Bunte Welt der Märchen

Märchen der Brüder Grimm

Prisma Verlag

Gesamtherstellung: Wiener Verlag
ISBN 3 570 08732 8

Inhalt

Märchen von einem, der auszog, das Fürchten zu lernen

Ein Vater hatte zwei Söhne, davon war der älteste klug und gescheit und wußte sich in alles wohl zu schicken, der jüngste aber war dumm, konnte nichts begreifen und lernen; und wenn ihn die Leute sahen, sprachen sie: „Mit dem wird der Vater noch seine Last haben!" Wenn nun etwas zu tun war, so mußte es der älteste allzeit ausrichten; hieß ihn aber der Vater noch spät oder gar in der Nacht etwas holen und der Weg ging dabei über den Kirchhof oder sonst einen schaurigen Ort, so antwortete er wohl: „Ach nein, Vater, ich gehe nicht dahin, es gruselt mir!" denn er fürchtete sich. Oder, wenn abends beim Feuer Geschichten erzählt wurden, wobei einem die Haut schaudert, so sprachen die Zuhörer manchmal: „Ach, es gruselt mir!" Der jüngste saß in einer Ecke und hörte das mit an und konnte nicht begreifen, was es heißen sollte. „Immer sagen sie, es gruselt mir! es gruselt mir! Mir gruselt's nicht: das wird wohl eine Kunst sein, von der ich auch nichts verstehe."

Nun geschah es, daß der Vater einmal zu ihm sprach: „Hör du, in der Ecke dort, du wirst groß und stark, du mußt auch etwas lernen, womit du dein Brot verdienst. Siehst du, wie dein Bruder sich Mühe gibt, aber an dir ist Hopfen und Malz verloren." – „Ei, Vater", antwortete er, „ich will gerne was lernen; ja, wenn's anginge, so möchte ich lernen, daß mir's gruselte; davon versteh ich noch gar nichts." Der älteste lachte, als er das hörte, und dachte bei sich: Du lieber Gott, was ist mein Bruder ein Dummbart, aus dem wird sein Lebtag nichts: was ein Häkchen werden will, muß sich beizeiten krümmen. Der Vater seufzte und antwortete ihm: „Das Gruseln, das sollst du schon lernen, aber dein Brot wirst du damit nicht verdienen."

Bald danach kam der Küster zum Besuch ins Haus; da klagte ihm der Vater seine Not und erzählte, wie sein jüngster Sohn in allen Dingen so schlecht beschlagen wäre, er wüßte nichts und lernte nichts. „Denkt Euch, als ich ihn fragte, womit er sein Brot verdienen wollte, hat er gar verlangt, das Gruseln zu lernen." – „Wenn's weiter nichts ist", antwortete der Küster, „das kann er bei mir lernen; tut ihn nur zu mir, ich will ihn schon abhobeln." Der Vater war es zufrieden, weil er dachte: Der Junge wird doch ein wenig zugestutzt. Der Küster nahm ihn also ins Haus, und er mußte die Glocke läuten. Nach ein paar Tagen weckte er ihn um Mitternacht, hieß ihn aufstehen, in den Kirchturm steigen und läuten. Du sollst schon lernen, was Gruseln ist, dachte er, ging heimlich voraus, und als der Junge oben war und sich umdrehte und das Glockenseil fassen wollte, so sah er auf der Treppe, dem Schallloch gegenüber, eine weiße Gestalt stehen. „Wer da?“ rief er, aber die Gestalt gab keine Antwort, regte und bewegte sich nicht. „Gib Antwort“, rief der Junge, „oder mache, daß du fortkommst, du hast hier in der Nacht nichts zu schaffen.“ Der Küster aber blieb unbeweglich stehen, damit der Junge glauben sollte, es wäre ein Gespenst. Der Junge rief zum zweitenmal: „Was willst du hier? Sprich, wenn du ein ehrlicher Kerl bist, oder ich werfe dich die Treppe hinab.“ Der Küster dachte: Das wird so schlimm nicht gemeint sein, gab keinen Laut von sich und stand, als wenn er von Stein wäre. Da rief ihn der Junge zum drittenmal an, und als das auch vergeblich war, nahm er einen Anlauf und stieß das Gespenst die Treppe hinab, daß es zehn Stufen hinabfiel und in einer Ecke liegenblieb. Darauf läutete er die Glocke, ging heim, legte sich, ohne ein Wort zu sagen, ins Bett und schlief fort. Die Küsterfrau wartete lange Zeit auf ihren Mann, aber er wollte nicht wiederkommen. Da ward ihr endlich angst, sie weckte den Jungen und fragte: „Weißt du nicht, wo mein Mann geblieben ist? Er ist vor dir auf den Turm gestiegen.“ – „Nein“, antwortete der Junge; „aber da hat einer dem Schalloch gegenüber auf der Treppe gestanden, und weil er keine Antwort geben und auch nicht weggehen wollte, so habe ich ihn für einen Spitzbuben gehalten und hinuntergestoßen. Geht nur hin, so werdet Ihr sehen, ob er's gewesen ist; es sollte mir leid tun.“ Die Frau sprang fort und fand ihren Mann, der in einer Ecke lag und jammerte und ein Bein gebrochen hatte.

Sie trug ihn herab und eilte dann mit lautem Geschrei zu dem Vater des Jungen. „Euer Junge“, rief sie, „hat ein großes Unglück angerichtet, meinen Mann hat er die Treppe hinabgeworfen, daß er ein Bein gebrochen hat. Schafft den Taugenichts aus unserem Hause.“ Der Vater erschrak, kam herbeigelaufen und schalt den Jungen aus. „Was sind das für gottlose Streiche, die muß dir der Böse eingegeben haben.“ – „Vater“, antwortete er, „hört nur an, ich bin ganz unschuldig: er stand da in der Nacht wie einer, der Böses im Sinne hat. Ich wußte nicht, wer's war, und habe ihn dreimal ermahnt, zu reden oder wegzugehen.“ – „Ach“, sprach der Vater, „mit dir erleb ich nur Unglück, geh mir aus den Augen, ich will dich nicht mehr ansehen.“ – „Ja, Vater, recht gern, wartet nur, bis Tag ist, da will ich ausgehen und das Gruseln lernen, so versteh ich doch eine Kunst, die mich ernähren kann.“ – „Lerne, was du willst“, sprach der Vater, „mir ist alles einerlei. Da hast du fünfzig Taler, damit geh in die weite Welt und sage keinem Menschen, wo du her bist, und wer dein Vater ist, denn ich muß mich deiner schämen.“ – „Ja, Vater, wie Ihr's haben wollt; wenn Ihr nicht mehr verlangt, das kann ich leicht in acht behalten.“

Als nun der Tag anbrach, steckte der Junge seine fünfzig Taler in die Tasche, ging hinaus auf die große Landstraße und sprach immer vor sich hin: „Wenn mir's nur gruselte! wenn mir's nur gruselte!“ Da kam ein Mann heran, der hörte das

Gespräch, das der Junge mit sich selber führte, und als sie ein Stück weiter waren, daß man den Galgen sehen konnte, sagte der Mann zu ihm: „Siehst du, dort ist der Baum, wo siebene mit des Seilers Tochter Hochzeit gehalten haben und jetzt das Fliegen lernen: setz dich darunter und warte, bis die Nacht kommt, so wirst du schon das Gruseln lernen." – „Wenn weiter nichts dazu gehört", antwortete der Junge, „das ist leicht getan; lerne ich aber so geschwind das Gruseln, so sollst du meine fünfzig Taler haben: komm nur morgen früh wieder zu mir." Da ging der Junge zu dem Galgen, setzte sich darunter und wartete, bis der Abend kam. Und weil ihn fror, machte er sich ein Feuer an; aber um Mitternacht ging der Wind so kalt, daß er trotz des Feuers nicht warm werden wollte. Und als der Wind die Gehenkten gegeneinanderstieß, daß sie sich hin und her bewegten, so dachte er: Du frierst unten bei dem Feuer, was mögen die da oben erst frieren und zappeln. Und weil er mitleidig war, legte er die Leiter an, stieg hinauf, knüpfte einen nach dem andern los und holte alle siebene herab. Darauf schürte er das Feuer, blies es an und setzte sie ringsherum, daß sie sich wärmen sollten. Aber sie saßen da und regten sich nicht, und das Feuer ergriff ihre Kleider. Da sprach er: „Nehmt euch in acht, sonst häng ich euch wieder hinauf." Die Toten aber hörten nicht, schwiegen und ließen ihre Lumpen fortbrennen. Da ward er bös und sprach: „Wenn ihr nicht achtgeben wollt, so kann ich euch nicht helfen, ich will nicht mit euch verbrennen", und hing sie nach der Reihe wieder hinauf. Nun setzte er sich zu seinem Feuer und schlief ein, und am andern Morgen, da kam der Mann zu ihm, wollte die fünfzig Taler haben und sprach: „Nun, weißt du, was Gruseln ist?" – „Nein", antwortete er, „woher sollte ich's wissen? Die da droben haben das Maul nicht aufgetan und waren so dumm, daß sie die paar alten Lappen, die sie am Leibe haben, brennen ließen." Da sah der Mann, daß er die fünfzig Taler heute nicht davontragen würde, ging fort und sprach: „So einer ist mir noch nicht vorgekommen."

Der Junge ging auch seines Wegs und fing wieder an, vor sich hin zu reden: „Ach, wenn mir's nur gruselte! ach, wenn mir's nur gruselte!" Das hörte ein Fuhrmann, der hinter ihm herschritt, und fragte: „Wer bist du?" – „Ich weiß nicht", antwortete der Junge. Der Fuhrmann fragte weiter: „Wo bist du her?" – „Ich weiß nicht." – „Wer ist dein Vater?" – „Das darf ich nicht sagen." – „Was brummst du beständig in den Bart hinein?" – „Ei", antwortete der Junge, „ich wollte, daß mir's gruselte, aber niemand kann mir's lehren." – „Laß dein dummes Geschwätz", sprach der Fuhrmann, „komm, geh mit mir, ich will sehen, daß ich dich unterbringe." Der Junge ging mit dem Fuhrmann, und abends gelangten sie zu einem Wirtshaus, wo sie übernachten wollten. Da sprach er beim Eintritt in die Stube wieder ganz laut: „Wenn mir's nur gruselte! wenn mir's nur gruselte." Der Wirt, der das hörte, lachte und sprach: „Wenn dich danach lüstet, dazu sollte hier wohl Gelegenheit sein." –

„Ach, schweig stille“, sprach die Wirtsfrau, „so mancher Vorwitzige hat schon sein Leben eingebüßt, es wäre Jammer und Schade um die schönen Augen, wenn die das Tageslicht nicht wieder sehen sollten.“ Der Junge aber sagte: „Wenn’s noch so schwer wäre, ich will’s einmal lernen, deshalb bin ich ja ausgezogen.“ Er ließ dem Wirt auch keine Ruhe, bis dieser erzählte, nicht weit davon stände ein verwünschtes Schloß, wo einer wohl lernen könnte, was Gruseln wäre, wenn er nur drei Nächte darin wachen wollte. Der König hätte dem, der’s wagen wollte, seine Tochter zur Frau versprochen, und die wäre die schönste Jungfrau, welche die Sonne beschien; in dem Schlosse steckten auch große Schätze, von bösen Geistern bewacht, die würden dann frei und könnten einen Armen reich genug machen. Schon viele wären wohl hinein-, aber noch keiner wieder herausgekommen. Da ging der Junge am andern Morgen vor den König und sprach: „Wenn’s erlaubt wäre, so wollte ich wohl drei Nächte in dem verwünschten Schlosse wachen.“ Der König sah ihn an, und weil er ihm gefiel, sprach er: „Du darfst dir noch dreierlei ausbitten, aber es müssen leblose Dinge sein, und das darfst du mit ins Schloß nehmen.“ Da antwortete er: „So bitt ich um ein Feuer, eine Drehbank und eine Schnitzbank mit dem Messer.“

Der König ließ ihm das alles bei Tage in das Schloß tragen. Als es Nacht werden wollte, ging der Junge hinauf, machte sich in einer Kammer ein helles Feuer an, stellte die Schnitzbank mit dem Messer daneben und setzte sich auf die Drehbank. „Ach, wenn mir’s nur gruselte!“ sprach er, „aber hier werde ich’s auch nicht lernen.“ Gegen Mitternacht wollte er sich sein Feuer einmal aufschüren. Wie er so hineinblies, da schrie’s plötzlich aus einer Ecke: „Au, miau! was uns friert!“ – „Ihr Narren“, rief er, „was schreit ihr! Wenn euch friert, kommt, setzt euch ans Feuer und wärmt euch.“ Und wie er das gesagt hatte, kamen zwei große schwarze Katzen in einem gewaltigen Sprunge herbei, setzten sich ihm zu beiden Seiten und sahen ihn mit ihren feurigen Augen ganz wild an. Über ein Weilchen, als sie sich gewärmt hatten, sprachen sie: „Kamerad, wollen wir eins in der Karte spielen?“ – „Warum nicht?“ antwortete er, „aber zeigt einmal eure Pfoten her.“ Da streckten sie die Krallen aus. „Ei“, sagte er, „was habt ihr lange Nägel! Wartet, die muß ich euch erst abschneiden.“ Damit packte er sie beim Kragen, hob sie auf die Schnitzbank und schraubte ihnen die Pfoten fest. „Euch habe ich auf die Finger gesehen“, sprach er, „da vergeht mir die Lust zum Kartenspiel“, schlug sie tot und warf sie hinaus ins Wasser. Als er aber die zwei zur Ruhe gebracht hatte und sich wieder zu seinem Feuer setzen wollte, da kamen aus allen Ecken und Enden schwarze Katzen und schwarze Hunde an glühenden Ketten, immer mehr und mehr, daß er sich nicht mehr bergen konnte: die schrien greulich, traten ihm auf sein Feuer, zerrten es auseinander und wollten es ausmachen. Das sah er ein Weilchen ruhig mit an; als es ihm aber zu arg ward, faßte er sein Schnitzmesser und rief: „Fort mit dir, du Gesindel", und haute auf sie los. Ein Teil sprang weg, die andern schlug er tot und warf sie hinaus in den Teich. Als er wiedergekommen war, blies er aus den Funken sein Feuer frisch an und wärmte sich. Und als er so saß, wollten ihm die Augen nicht länger offen bleiben, und er bekam Lust zu schlafen. Da blickte er um sich und sah in der Ecke ein großes Bett. „Das ist mir eben recht", sprach er und legte sich hinein. Als er aber die Augen zutun wollte, so fing das Bett von selbst an zu fahren und fuhr im ganzen Schloß herum. „Recht so", sprach er, „nur besser zu." Da rollte das Bett fort, als wären sechs Pferde vorgespannt, über Schwellen und Treppen auf und ab. Auf einmal hopp, hopp! warf es um, das Unterste zuoberst, daß es wie ein Berg auf ihm lag. Aber er schleuderte Decken und Kissen in die Höhe, stieg heraus und sagte: „Nun mag fahren, wer Lust hat", legte sich an sein Feuer und schlief, bis es Tag war. Am Morgen kam der König, und als er ihn da auf der Erde liegen sah, meinte er, die Gespenster hätten ihn umgebracht und er wäre tot. Da sprach er: „Es ist doch schade um den schönen Menschen." Das hörte der Junge, richtete sich auf und sprach: „So weit ist's noch nicht!" Da verwunderte sich der König, freute sich aber und fragte, wie es ihm gegangen wäre. „Recht gut", antwortete er, „eine Nacht wäre herum, die zwei andern werden auch herumgehen." Als er zum Wirt kam, da machte der große Augen. „Ich dachte nicht", sprach er, „daß ich dich wieder lebendig sehen würde; hast du nun gelernt, was Gruseln ist?" – „Nein", sagte er, „es ist alles vergeblich: wenn mir's nur einer sagen könnte!"

Die zweite Nacht ging er abermals hinauf ins alte Schloß, setzte sich zum Feuer und fing sein altes Lied wieder an: „Wenn mir's nur gruselte!" Wie Mitternacht herankam, ließ sich ein Lärm und ein Gepolter hören, erst sachte, dann immer stärker, dann war's ein bißchen still, endlich kam mit lautem Geschrei ein halber Mensch den Schornstein herab und fiel vor ihn hin. „Heda!" rief er, „noch ein halber gehört dazu, das ist zu wenig." Da ging der Lärm von frischem an, es tobte und heulte und fiel die andere Hälfte auch herab. „Wart", sprach er, „ich will dir erst das Feuer ein wenig anblasen." Wie er das getan hatte und sich wieder umsah, da waren die beiden Stücke zusammengefahren und saß da ein greulicher Mann auf seinem Platz. „So haben wir nicht gewettet", sprach der Junge, „die Bank ist mein." Der Mann wollte ihn wegdrängen, aber der Junge ließ sich's nicht gefallen, schob ihn mit Gewalt weg und setzte sich wieder auf seinen Platz. Da fielen noch mehr Männer herab, einer nach dem andern, die holten neun Totenbeine und zwei Totenköpfe, setzten auf und spielten Kegel. Der Junge bekam auch Lust und fragte: „Hört ihr, kann ich auch mit sein?" – „Ja, wenn du Geld hast." – „Geld genug", antwortete er; „aber eure Kugeln sind nicht recht rund." Da nahm er die Totenköpfe, setzte sie in die Drehbank und drehte sie rund. „So, jetzt werden sie besser schüppeln", sprach er, „heida!

nun geht's lustig!" Er spielte mit und verlor etwas von seinem Geld; als es aber zwölf Uhr schlug, war alles vor seinen Augen verschwunden. Er legte sich nieder und schlief ruhig ein. Am andern Morgen kam der König und wollte sich erkundigen. „Wie ist dir's diesmal gegangen?" fragte er. – „Ich habe gekegelt", antwortete er, „und ein paar Heller verloren." – „Hat dir denn nicht gegruselt?" – „Ei was", sprach er, „lustig hab ich mich gemacht. Wenn ich nur wüßte, was Gruseln wäre!"

In der dritten Nacht setzte er sich wieder auf seine Bank und sprach ganz verdrießlich: „Wenn es mir nur gruselte!" Als es spät war, kamen sechs große Männer und brachten eine Totenlade hereingetragen. Da sprach er: „Ha, ha, das ist gewiß mein Vetterchen, das erst vor ein paar Tagen gestorben ist", winkte mit dem Finger und rief: „Komm, Vetterchen, komm!" Sie stellten den Sarg auf die Erde, er aber ging hinzu und nahm den Deckel ab: da lag ein toter Mann darin. Er fühlte ihm ans Gesicht, aber es war kalt wie Eis. „Wart", sprach er, „ich will dich ein bißchen wärmen", ging ans Feuer, wärmte seine Hand und legte sie ihm aufs Gesicht, aber der Tote blieb kalt. Nun nahm er ihn heraus, setzte sich ans Feuer und legte ihn auf seinen Schoß und rieb ihm die Arme, damit das Blut wieder in Bewegung kommen sollte. Als auch das nichts helfen wollte, fiel ihm ein, wenn zwei zusammen im Bett liegen, so wärmen sie sich, brachte ihn ins Bett, deckte ihn zu und legte sich neben ihn. Über ein Weilchen ward auch der Tote warm und fing an, sich zu regen. Da sprach der Junge: „Siehst du, Vetterchen, hätt ich dich nicht gewärmt!"

Der Tote aber hub an und rief: „Jetzt will ich dich erwürgen." – „Was", sagte er, „ist das mein Dank? Gleich sollst du wieder in deinen Sarg", hub ihn auf, warf ihn hinein und machte den Deckel zu; da kamen die sechs Männer und trugen ihn wieder fort. „Es will mir nicht gruseln", sagte er, „hier lerne ich's mein Lebtag nicht."

Da trat ein Mann herein, der war größer als alle anderen und sah fürchterlich aus; er war aber alt und hatte einen langen weißen Bart. „O du Wicht", rief er, „nun sollst du bald lernen, was Gruseln ist, denn du sollst sterben." – „Nicht so schnell", antwortete der Junge, „soll ich sterben, so muß ich auch dabei sein." – „Dich will ich schon packen", sprach der Unhold. – „Sachte, sachte, mach dich nicht so breit; so stark wie du bin ich auch und wohl noch stärker." – „Das wollen wir sehen", sprach der Alte, „bist du stärker als ich, so will ich dich gehn lassen; komm, wir wollen's versuchen." Da führte er ihn durch dunkle Gänge zu einem Schmiedefeuer, nahm eine Axt und schlug den Amboß mit einem Schlag in die Erde. „Das kann ich noch besser", sprach der Junge und ging zu dem andern Amboß: der Alte stellte sich neben hin und wollte zusehen, und sein weißer Bart hing herab. Da faßte der Junge die Axt, spaltete den Amboß auf einen Hieb und klemmte den Bart des Alten mit hinein. „Nun hab ich dich", sprach der Junge, „jetzt ist das Sterben an dir." Dann faßte er eine Eisenstange und schlug auf den Alten los, bis er wimmerte und bat, er möchte aufhören, er wolle ihm große Reichtümer geben. Der Junge zog die Axt raus und ließ ihn los. Der Alte führte ihn wieder ins Schloß zurück und zeigte ihm in einem Keller drei Kasten voll Gold. „Davon“, sprach er, „ist ein Teil den Armen, der andere dem König, der dritte dein.“ Indem schlug es zwölfe, und der Geist verschwand, also daß der Junge im Finstern stand. „Ich werde mir doch heraushelfen können“, sprach er, tappte herum, fand den Weg in die Kammer und schlief dort bei seinem Feuer ein. Am andern Morgen kam der König und sagte: „Nun wirst du gelernt haben, was Gruseln ist?“ – „Nein“, antwortete er, „was ist's nur? Mein toter Vetter war da, und ein bärtiger Mann ist gekommen, der hat mir da unten viel Geld gezeigt; aber was Gruseln ist, hat mir keiner gesagt.“ Da sprach der König: „Du hast das Schloß erlöst und sollst meine Tochter heiraten.“ – „Das ist alles recht gut“, antwortete er; „aber ich weiß noch immer nicht, was Gruseln ist.“

Da ward das Gold heraufgebracht und die Hochzeit gefeiert, aber der junge König, so lieb er seine Gemahlin hatte und so vergnügt er war, sagte doch immer: „Wenn mir nur gruselte, wenn mir nur gruselte.“ Das verdroß sie endlich. Ihr Kammermädchen sprach: „Ich will Hilfe schaffen, das Gruseln soll er schon lernen.“ Sie ging hinaus zum Bach, der durch den Garten floß, und ließ sich einen ganzen Eimer voll Gründlinge holen. Nachts, als der junge König schlief, mußte seine Gemahlin ihm die Decke wegziehen und den Eimer voll kalt Wasser mit den Gründlingen über ihn herschütten, daß die kleinen Fische um ihn herum zappelten. Da wachte er auf und rief: „Ach, was gruselt mir, was gruselt mir, liebe Frau! Ja, nun weiß ich, was Gruseln ist.“

Rumpelstilzchen

Es war einmal ein Müller, der war arm, aber er hatte eine schöne Tochter. Nun traf es sich, daß er mit dem König zu sprechen kam. Um sich wichtig zu machen, sagte er zu ihm: „Ich habe eine Tochter, die kann Stroh zu Gold spinnen.“

Der König sprach zum Müller: „Das ist eine Kunst, die mir wohlgefällt. Wenn deine Tochter so geschickt ist, wie du sagst, so bring sie morgen in mein Schloß, da will ich sie auf die Probe stellen.“

Als nun das Mädchen zum König gebracht wurde, führte er es in eine Kammer, die ganz voll Stroh war. Er gab ihr Rad und Haspel und sprach: „Jetzt mach dich an die Arbeit, und wenn du bis morgen früh dieses Stroh nicht zu Gold versponnen hast, mußt du sterben!“ Darauf schloß er die Kammer zu, und das Mädchen blieb allein darin.

Da saß nun die arme Müllerstochter und wußte um ihr Leben keinen Rat. Sie verstand gar nichts davon, wie man Stroh zu Gold spinnen konnte. Ihre Angst wurde immer größer, und schließlich fing sie an zu weinen. Da ging auf einmal die Tür auf, und ein kleines Männlein trat herein und sprach: „Guten Abend, Jungfer Müllerin, warum weinst du so sehr?“

„Ach“, antwortete das Mädchen, „ich soll Stroh zu Gold spinnen und verstehe das nicht.“

Sprach das Männchen: „Was gibst du mir, wenn ich dir's spinne?“

„Mein Halsband“, sagte das Mädchen.

Das Männchen nahm das Halsband, setzte sich vor das Rädchen, und schnurr, schnurr, schnurr, dreimal gezogen, war die Spule voll. Dann steckte es eine andere auf, und schnurr, schnurr, schnurr, war auch die zweite voll. So ging es fort bis zum Morgen, da war alles Stroh versponnen, und alle Spulen waren voll Gold.

Bei Sonnenaufgang kam auch schon der König. Als er das Gold erblickte, erstaunte er und freute sich, aber sein Herz wurde nur noch goldgieriger. Er ließ die Müllerstochter in eine andere Kammer voll Stroh bringen, die noch viel größer war, und befahl ihr, auch das in einer Nacht zu spinnen, wenn ihr das Leben lieb wäre.

Das Mädchen wußte sich nicht zu helfen und weinte. Da ging abermals die Tür auf, das kleine Männchen erschien und sprach: „Was gibst du mir, wenn ich dir das Stroh zu Gold spinne?“

„Meinen Ring vom Finger“, antwortete das Mädchen.

Das Männchen nahm den Ring, fing wieder an mit dem Rade zu schnurren und hatte bis zum Morgen alles Stroh zu glänzendem Gold gesponnen.

Der König freute sich bei diesem Anblick über alle Maßen, hatte aber noch immer nicht genug von dem Gold. Er ließ die Müllerstochter in eine noch größere Kammer voll Stroh bringen und sprach: „Dieses Stroh mußt du noch in dieser Nacht verspinnen. Gelingt es dir, so sollst du meine Gemahlin werden.“ Wenn sie auch nur eine Müllerstochter ist, dachte er, eine reichere Frau finde ich in der ganzen Welt nicht.

Als das Mädchen allein war, kam das Männchen zum dritten Male wieder und sprach: „Was gibst du mir, wenn ich dir auch noch dieses Mal das Stroh spinne?“

„Ich habe nichts mehr, was ich dir geben könnte“, antwortete das Mädchen.

„So versprich mir dein erstes Kind, wenn du Königin wirst.“

Wer weiß, wie das noch geht, dachte die Müllerstochter und wußte sich auch in ihrer Not nicht anders zu helfen. Sie versprach also dem Männchen, was es verlangte, und das Männchen spann dafür noch einmal das Stroh zu Gold.

Als am Morgen der König kam und alles so fand, wie er es gewünscht hatte, hielt er Hochzeit mit dem Mädchen, und die schöne Müllerstochter wurde Königin.

Nachdem ein Jahr vergangen war, bekam sie ein schönes Kind und dachte gar nicht mehr an das Männchen. Da trat dieses plötzlich in ihre Kammer und sprach: „Nun gib mir, was du versprochen hast!"

Die Königin erschrak und bot dem Männchen alle Reichtümer des Königreiches, wenn es ihr das Kind lassen wollte. Aber das Männchen sprach: „Nein, etwas Lebendes ist mir lieber als alle Schätze der Welt."

Da fing die Königin so zu jammern und zu weinen an, daß das Männlein Mitleid mit ihr hatte. „Drei Tage will ich dir Zeit lassen", sprach es, „wenn du bis dahin meinen Namen weißt, so sollst du dein Kind behalten."

Nun besann sich die Königin die ganze Nacht über auf alle Namen, die sie jemals gehört hatte. Sie fragte den König und seine Räte nach allen Namen, die sie wußten. Sie schickte einen Boten über Land, der sollte sich weit und breit erkundigen, was es sonst noch für Namen gäbe.

Als am andern Tag das Männchen kam, fing die Königin an mit Kaspar, Melchior, Balthasar, und sagte alle Namen, die sie wußte, der Reihe nach her.

Aber bei jedem sprach das Männlein: „Nein, nein, Frau Königin, so heiß' ich nicht!"

Am zweiten Tag ließ die Königin in der Nachbarschaft herumfragen, wie die Leute da genannt wurden, und sie sagte dem Männlein die ungewöhnlichsten und seltsamsten Namen vor: „Heißt du vielleicht Rippenbiest oder Hammelswade oder Schnürbein?"

Aber das Männchen antwortete immer: „So heiß' ich nicht!"

Am dritten Tage kam der Bote wieder zurück und erzählte: „Ich habe keinen einzigen neuen Namen finden können, aber als ich an einem hohen Berg um die Waldecke kam, wo Fuchs und Hase einander gute Nacht sagen, da sah ich ein kleines Haus. Vor dem Hause brannte ein Feuer, und um das Feuer sprang ein gar zu lächerliches Männchen, hüpfte auf einem Bein und schrie:

„Heute back' ich, morgen brau' ich,
übermorgen hol' ich der Königin ihr Kind;
ach, wie gut, daß niemand weiß,
daß ich Rumpelstilzchen heiß!"

Da könnt ihr euch denken, wie froh die Königin war, als sie diesen Namen hörte.

Als bald hernach das Männlein hereintrat und fragte: „Nun, Frau Königin, wie heiß' ich?", da fragte sie erst:

„Heißt du Kunz?“
„Nein.“
„Heißt du Heinz?“
„Nein.“
„Heißt du etwa Rumpelstilzchen?“
„Das hat dir der Teufel gesagt, das hat dir der Teufel gesagt!“ schrie das Männlein und stieß den rechten Fuß vor Zorn so stark gegen die Erde, daß er bis an den Leib hineinfuhr. Dann packte es in seiner Wut den linken Fuß mit beiden Händen und riß sich selbst mitten entzwei.

König Drosselbart

Ein König hatte eine Tochter, die war über alle Maßen schön, aber dabei so stolz und übermütig, daß ihr kein Freier gut genug war. Sie wies einen nach dem andern ab und trieb noch dazu Spott mit ihnen. Einmal gab der König ein großes Fest und lud dazu aus der Nähe und Ferne alle heiratslustigen Männer ein. Sie wurden in Reihen nach Rang und Stand geordnet. Zuerst kamen die Könige, dann die Herzöge, die Fürsten, Grafen und Freiherrn und zuletzt die Edelleute.

Nun wurde die Königstochter durch die Reihen geführt, aber an jedem hatte sie etwas auszusetzen. Der eine war ihr zu dick, „das Weinfaß!“ sprach sie. Der andere zu lang, „lang und schwank hat keinen Gang“. Der dritte zu kurz, „kurz und dick hat kein Geschick“. Der vierte zu blaß, „der bleiche Tod!“. Der fünfte zu rot, „der Zinshahn!“. Der sechste war nicht gerade genug, „grünes Holz, hinter dem Ofen getrocknet!“. Und so hatte sie an jedem etwas auszusetzen. Besonders aber machte sie sich über einen guten König lustig, der ganz oben stand und dem das Kinn ein wenig krumm gewachsen war. „Ei“, rief sie und lachte, „der hat ja ein Kinn wie die Drossel einen Schnabel.“ Seit jener Zeit erhielt der König den Namen Drosselbart.

Als der alte König sah, daß seine Tochter die Leute nur verspottete und alle Freier, die da versammelt waren, verschmähte, wurde er zornig und schwur, sie sollte den ersten besten Bettler zum Manne nehmen, der vor seine Tür käme.

Ein paar Tage darauf hub ein Spielmann an, unter dem Fenster zu singen, um damit ein kleines Almosen zu verdienen. Als es der König hörte, sprach er: „Laßt ihn heraufkommen!“ Da trat der Spielmann herein und sang vor dem König und seiner Tochter. Als er fertig war, bat er um eine milde Gabe.

Der König sprach: „Dein Gesang hat mir so wohlgefallen, daß ich dir meine Tochter zur Frau geben will."

Die Königstochter erschrak, aber der König sagte: „Ich habe den Eid getan, dich dem ersten besten Bettelmann zu geben, und diesen Schwur will ich auch halten." Es half keine Widerrede, der Pfarrer wurde geholt, und die Königstochter mußte sich gleich mit dem Spielmann trauen lassen. Als dies geschehen war, sprach der König: „Es schickt sich nicht, daß du als ein Bettelweib noch länger in meinem Schlosse bleibst. Du mußt nun mit deinem Manne fortziehen."

Der Bettelmann führte sie an der Hand hinaus, und sie mußte mit ihm zu Fuß fortgehen. Als sie in einen großen Wald kamen, da fragte sie: „Ach, wem gehört der schöne Wald?"

„Der gehört dem König Drosselbart; hättest du ihn genommen, so wär' er dein."

„Ich arme Jungfer zart,
ach, hätt' ich genommen den König Drosselbart!"

Darauf kamen sie über eine Wiese, da fragte sie wieder:
„Wem gehört die schöne grüne Wiese?"
„Die gehört dem König Drosselbart; hättest du ihn genommen, so wär' sie dein."

„Ich arme Jungfer zart,
ach, hätt' ich genommen den König Drosselbart!"

Dann kamen sie durch eine große Stadt, da fragte sie wieder:
„Wem gehört diese schöne Stadt?"
„Sie gehört dem König Drosselbart; hättest du ihn genommen, so wär' sie dein."

„Ich arme Jungfer zart,
ach, hätt' ich genommen den König Drosselbart!"

„Es gefällt mir gar nicht", sprach der Spielmann, „daß du dir immer einen andern zum Manne wünschest. Bin ich dir vielleicht nicht gut genug?"

Endlich kamen sie zu einem ganz kleinen Häuschen, da sprach sie:

„Ach Gott, wie ist das Haus so klein!
Wem mag das elende winzige Häuschen sein?"

Der Spielmann antwortete: „Das ist mein und dein Haus, in dem wir mitsammen wohnen werden." Sie mußte sich bücken, damit sie bei der niedrigen Tür hineinkam. „Wo sind die Diener?" fragte die Königstochter. „Was Diener!" antwortete der Bettelmann. „Du mußt selber tun, was du getan haben willst! Mach nur gleich Feuer an, stell Wasser auf und koch mir mein Essen, ich bin müde!"

Die Königstochter verstand aber nichts vom Feueranmachen und Kochen, und der Bettelmann mußte selbst mithelfen, damit es so leidlich ging.

Als sie die schmale Kost verzehrt hatten, legten sie sich zu Bett. Aber am anderen Morgen trieb er sie schon ganz früh hinaus, weil sie das Haus besorgen sollte. Ein paar Tage lebten sie auf diese Art schlecht und recht dahin und zehrten ihren Vorrat auf. Dann sprach der Mann: „Frau, so geht's nicht länger, daß wir hier alles verzehren und nichts verdienen. Du sollst Körbe flechten!" Er ging aus, schnitt Weiden und brachte sie heim. Da fing sie an zu flechten, aber die harten Weiden stachen ihr die zarten Hände wund.

„Ich sehe, das geht nicht", sprach der Mann. „Spinne lieber, vielleicht kannst du das besser." Sie setzte sich hin und versuchte zu spinnen, aber der harte Faden schnitt ihr bald in die weichen Finger, daß das Blut daran herunterlief.

„Siehst du", sprach der Mann, „du taugst zu keiner Arbeit. Mit dir bin ich schlecht daran. Nun will ich versuchen, einen Handel mit Töpfen und irdenem Geschirr anzufangen. Du sollst dich auf den Markt setzen und die Ware feilhalten."

Ach, dachte sie, wenn auf den Markt Leute aus meines Vaters Reich kommen und mich da sitzen sehen und feilhalten, wie werden sie mich verspotten! Aber es half nichts, sie mußte sich fügen, wenn sie nicht Hungers sterben wollten.

Das erste Mal ging's gut. Die Leute kauften der Frau, weil sie schön war, gern ihre Ware ab und bezahlten, was sie forderte. Ja, viele gaben ihr das Geld und ließen ihr die Töpfe noch dazu. Nun lebten sie von dem Erworbenen, so lange es reichte. Dann handelte der Mann wieder eine Menge neues Geschirr ein. Die Frau setzte sich damit an eine Ecke des Marktes, stellte es um sich her und hielt feil. Da kam plötzlich ein betrunkener Husar dahergejagt und ritt mitten in die Töpfe hinein, daß alle in tausend Scherben zersprangen. Sie fing an zu weinen und wußte vor Angst nicht, was sie anfangen sollte. „Ach, wie wird mir's ergehen!" rief sie, „was wird mein Mann dazu sagen!" Und sie lief heim und erzählte ihm das Unglück.

„Wer setzt sich auch an die Ecke des Marktes mit irdenem Geschirr!" sprach der Mann. „Laß nur das Weinen, ich sehe wohl, du bist zu keiner ordentlichen Arbeit zu gebrauchen. Ich bin in unseres Königs Schloß gewesen und habe gefragt, ob sie nicht eine Küchenmagd brauchen könnten. Sie haben mir versprochen, dich zu nehmen. Dafür bekommst du freies Essen."

So wurde die Königstochter eine Küchenmagd, mußte dem Koch zur Hand gehen und die sauerste Arbeit tun. Sie machte sich in beiden Taschen ein Töpfchen fest, darin brachte sie nach Hause, was sie von den Überresten bekam, und davon nährten sie sich.

Nun trug es sich zu, daß die Hochzeit des ältesten Königssohnes gefeiert werden sollte. Da ging die arme Frau hinauf, stellte sich vor die Saaltür und wollte zusehen. Als nun die Lichter angezündet wurden und alles voll Pracht und Herrlichkeit war, da dachte sie mit betrübtem Herzen an ihr Schicksal und verwünschte ihren Stolz und ihren Übermut, die sie erniedrigt und in so große Armut gestürzt hatten. Von den köstlichen Speisen, die da ein- und ausgetragen wurden und deren Geruch verlockend zu ihr aufstieg, warfen ihr die Diener manchmal ein paar Brocken zu. Die tat sie in ihr Töpfchen und wollte sie heimtragen.

Auf einmal trat der Königssohn herein. Er war ganz in Samt und Seide gekleidet und hatte goldene Ketten um den Hals. Als er die schöne Frau bei der Tür stehen sah, ergriff er sie bei der Hand und wollte mit ihr tanzen. Aber sie weigerte sich und erschrak, denn sie sah, daß es der König Drosselbart war, der einst um sie gefreit und den sie mit Spott abgewiesen hatte. Ihr Sträuben half aber nichts, und er zog sie in den Saal. Da zerriß das Band, an welchem ihre Taschen hingen, und die Töpfe fielen heraus, daß die Suppe ausfloß und die Brocken umhersprangen.

Als die Leute das sahen, erhob sich ein allgemeines Lachen und Spotten, und sie war so beschämt, daß sie sich lieber tausend Klafter unter die Erde gewünscht hätte. Sie sprang zur Tür hinaus und wollte entfliehen, aber auf der Treppe holte sie ein Mann ein und brachte sie zurück. Und als sie ihn ansah, war es wieder der König Drosselbart.

Er sprach ihr freundlich zu: „Fürchte dich nicht, ich und der Spielmann, der mit dir in dem elenden Häuschen gewohnt hat, sind eins. Dir zuliebe habe ich mich so verstellt. Und der Husar, der dir die Töpfe entzwei geritten hat, bin ich auch gewesen. Das alles ist geschehen, um deinen stolzen Sinn zu beugen und dich für deinen Hochmut zu strafen."

Da weinte sie bitterlich und sagte: „Ich habe großes Unrecht getan und bin nicht wert, deine Frau zu sein." Er aber sprach: „Tröste dich, die bösen Tage sind vorüber, jetzt wollen wir unsere Hochzeit feiern."

Da kamen die Kammerfrauen und zogen ihr die prächtigsten Kleider an. Ihr Vater kam und der ganze Hof, und alle wünschten ihr Glück zu ihrer Vermählung mit dem König Drosselbart. Jetzt fing die rechte Freude erst an. Ich wollte, du und ich, wir wären auch dabei gewesen.

Der treue Johannes

Es war einmal ein alter König, der war krank und dachte: Es wird wohl das Totenbett sein, auf dem ich liege. Da sprach er: „Laßt mir den getreuen Johannes kommen." Der getreue Johannes war sein liebster Diener und hieß so, weil er ihm sein Lebelang so treu gewesen war. Als er nun vor das Bett kam, sprach der König zu ihm: „Getreuester Johannes, ich fühle, daß mein Ende herannaht, und da habe ich keine andere Sorge als um meinen Sohn: er ist noch in jungen Jahren, wo er sich nicht immer zu raten weiß, und wenn du mir nicht versprichst, ihn zu unterrichten in allem, was er wissen muß, und sein Pflegevater zu sein, so kann ich meine Augen nicht in Ruhe schließen." Da antwortete der getreue Johannes: „Ich will ihn nicht verlassen und will ihm mit Treue dienen, wenn's auch mein Leben kostet." Da sagte der alte König: „So sterb ich getrost und in Frieden." Und sprach dann weiter: „Nach meinem Tode sollst du ihm das ganze Schloß zeigen, alle Kammern, Säle und Gewölbe und alle Schätze, die darin liegen; aber die letzte Kammer in dem langen Gange sollst du ihm nicht zeigen, worin das Bild der Königstochter vom goldenen Dache verborgen steht. Wenn er das Bild erblickt, wird er eine heftige Liebe zu ihr empfinden und wird in Ohnmacht niederfallen und wird ihretwegen in große Gefahren geraten; davor sollst du ihn hüten." Und als der treue Johannes nochmals dem alten König die Hand darauf gegeben hatte, ward dieser still, legte sein Haupt auf das Kissen und starb.

Als der alte König zu Grabe getragen war, da erzählte der treue Johannes dem jungen König, was er seinem Vater auf dem Sterbelager versprochen hatte, und sagte: „Das will ich gewißlich halten und will dir treu sein, wie ich ihm gewesen bin, und sollte es mein Leben kosten." Die Trauer ging vorüber; da sprach der treue Johannes zu ihm: „Es ist nun Zeit, daß du dein Erbe siehst: ich will dir dein väterliches Schloß zeigen." Da führte er ihn überall herum, auf und ab, und ließ ihn alle die Reichtümer und prächtigen Kammern sehen; nur die eine Kammer öffnete er nicht, worin das gefährliche Bild stand. Das Bild war aber so gestellt, daß, wenn die Türe aufging, man gerade darauf sah, und war so herrlich gemacht, daß man meinte, es leibte und lebte und es gäbe nichts Lieblicheres und Schöneres auf der ganzen Welt. Der junge König aber merkte wohl, daß der getreue Johannes immer an einer Tür vorüberging und sprach: „Warum schließest du mir diese niemals auf?" – „Es ist etwas darin", antwortete er, „vor dem du erschrickst." Aber der König antwortete: „Ich habe das ganze Schloß gesehen, so will ich auch wissen, was darin ist", ging und wollte die Türe mit Gewalt öffnen. Da hielt ihn der getreue Johannes zurück und sagte: „Ich habe es deinem Vater vor seinem Tode versprochen, daß du nicht sehen sollst, was in der Kammer steht: es könnte dir und mir zu großem Unglück ausschlagen." – „Ach nein", antwortete der junge König, „wenn ich nicht hineinkomme, so ist's mein sicheres Verderben: ich würde Tag und Nacht keine Ruhe haben, bis ich's mit meinen Augen gesehen hätte. Nun gehe ich nicht von der Stelle, bis du aufgeschlossen hast."

Da sah der getreue Johannes, daß es nicht mehr zu ändern war, und suchte mit schwerem Herzen und vielem Seufzen aus dem großen Bund den Schlüssel heraus. Als er die Türe geöffnet hatte, trat er zuerst hinein und dachte, er wolle das Bildnis bedecken, daß es der König vor ihm nicht sähe. Aber was half das? Der König stellte sich auf die Fußspitzen und sah ihm über die Schulter. Und als er das Bildnis der Jungfrau erblickte, das so herrlich war und von Gold und Edelsteinen glänzte, da fiel er ohnmächtig zur Erde nieder. Der getreue Johannes hob ihn auf, trug ihn in sein Bett und dachte voll Sorgen: Das Unglück ist geschehen, Herr Gott, was will daraus werden! Dann stärkte er ihn mit Wein, bis er wieder zu sich selber kam. Das erste Wort, das er sprach, war: „Ach! wer ist das schöne Bild?" – „Das ist die Königstochter vom goldenen Dache", antwortete der treue Johannes. Da sprach der König weiter: „Meine Liebe zu ihr ist so groß, wenn alle Blätter an den Bäumen Zungen wären, sie könnten's nicht aussagen; mein Leben setze ich daran, daß ich sie erlange. Du bist mein getreuester Johannes, du mußt mir beistehen."

Der treue Diener besann sich lange, wie die Sache anzufangen wäre; denn es hielt schwer, nur vor das Angesicht der Königstochter zu kommen. Endlich hatte er ein Mittel ausgedacht und sprach zu dem König: „Alles, was sie um sich hat, ist von Gold, Tische, Stühle, Schüsseln, Becher, Näpfe und alles Hausgerät. In deinem Schatze liegen fünf Tonnen Goldes, laß eine von den Goldschmieden des Reichs verarbeiten zu allerhand Gefäßen und Gerätschaften, zu allerhand Vögel, Gewild und wunderbaren Tieren, das wird ihr gefallen, wir wollen damit hinfahren und unser Glück versuchen." Der König ließ alle Goldschmiede herbeiholen, die mußten Tag und Nacht arbeiten, bis endlich die herrlichsten Dinge fertig waren. Als alles auf ein Schiff geladen war, zog der getreue Johannes Kaufmannskleider an, und der König mußte ein Gleiches tun, um sich ganz unkenntlich zu machen. Dann fuhren sie über das Meer und fuhren so lange, bis sie zu der Stadt kamen, worin die Königstochter vom goldenen Dache wohnte.

Der treue Johannes hieß den König auf dem Schiffe zurückbleiben und auf ihn warten. „Vielleicht", sprach er, „bring ich die Königstochter mit, darum sorgt, daß alles in Ordnung ist, laßt die Goldgefäße aufstellen und das ganze Schiff ausschmükken." Darauf suchte er sich in sein Schürzchen allerlei von den Goldsachen zusammen, stieg ans Land und ging gerade nach dem königlichen Schloß. Als er in den Schloßhof kam, stand da beim Brunnen ein schönes Mädchen, das hatte zwei goldene Eimer in der Hand und schöpfte damit. Und als es das blinkende Wasser forttragen wollte und sich umdrehte, sah es den fremden Mann und fragte, wer er wäre? Da antwortete er: „Ich bin ein Kaufmann", und öffnete sein Schürzchen und ließ sie hineinschauen. Da rief sie: „Ei, was für schönes Goldzeug!" setzte die Eimer nieder und betrachtete eins nach dem andern. Da sprach das Mädchen: „Das muß die Königstochter sehen, die hat so große Freude an den Goldsachen, daß sie Euch alles abkauft." Es nahm ihn bei der Hand und führte ihn hinauf, denn es war die Kammerjungfer. Als die Königstochter die Ware sah, war sie ganz vergnügt und sprach: „Es ist so schön gearbeitet, daß ich dir alles abkaufen will." Aber der getreue Johannes sprach: „Ich bin nur der Diener von einem reichen Kaufmann. Was ich hier habe, ist nichts gegen das, was mein Herr auf seinem Schiff stehen hat, und das ist das Künstlichste und Köstlichste, was je in Gold ist gearbeitet worden." Sie wollte alles heraufgebracht haben, aber er sprach: „Dazu gehören viele Tage, so groß ist die Menge, und so viel Säle, um es aufzustellen, daß Euer Haus nicht Raum dafür hat." Da ward ihre Neugier und Lust immer mehr angeregt, so daß sie endlich sagte: „Führe mich hin zu dem Schiff, ich will selbst hingehen und deines Herrn Schätze betrachten."

Da führte sie der getreue Johannes zu dem Schiff hin und war ganz freudig, und der König, als er sie erblickte, sah, daß ihre Schönheit noch größer war, als das Bild sie dargestellt hatte, und meinte nicht anders, als das Herz wollte ihm zerspringen. Nun stieg sie in das Schiff, und der König führte sie hinein; der getreue Johannes aber blieb zurück bei dem Steuermann und hieß das Schiff abstoßen: „Spannt alle Segel auf, daß es fliegt wie ein Vogel in der Luft." Der König aber zeigte ihr drinnen das goldene Geschirr, jedes einzeln, die Schüsseln, Becher, Näpfe, die Vögel, das Gewild und die wunderbaren Tiere. Viele Stunden gingen herum, während sie alles besah, und in ihrer Freude merkte sie nicht, daß das Schiff dahinfuhr. Nachdem sie das letzte betrachtet hatte, dankte sie dem Kaufmann und wollte heim; als sie aber an des Schiffes Rand kam, sah sie, daß es fern vom Land auf hohem Meere ging und mit vollen Segeln forteilte. „Ach", rief sie erschrocken, „ich bin betrogen, ich bin entführt und in die Gewalt eines Kaufmanns geraten; lieber wollt ich sterben!" Der König aber faßte sie bei der Hand und sprach: „Ein Kaufmann bin ich nicht, ich bin ein König und nicht geringer an Geburt, als du bist: aber daß ich dich mit List entführt habe, das ist aus übergroßer Liebe geschehen. Das erstemal, als ich dein Bildnis gesehen habe, bin ich ohnmächtig zur Erde gefallen." Als die Königstochter vom goldenen Dache das hörte, ward sie getröstet, und ihr Herz ward ihm geneigt, so daß sie gerne einwilligte, seine Gemahlin zu werden.

Es trug sich aber zu, während sie auf dem hohen Meere dahinfuhren, daß der getreue Johannes, als er vorn auf dem Schiffe saß und Musik machte, in der Luft drei

Raben erblickte, die dahergeflogen kamen. Da hörte er auf zu spielen und horchte, was sie miteinander sprachen, denn er verstand das wohl. Die eine rief: „Ei, da führt er die Königstochter vom goldenen Dache heim." – „Ja", antwortete die zweite, „er hat sie noch nicht." Sprach die dritte: „Er hat sie doch, sie sitzt bei ihm im Schiffe." Da fing die erste wieder an und rief: „Was hilft ihm das! Wenn sie ans Land kommen, wird ihm ein fuchsrotes Pferd entgegenspringen: da wird er sich aufschwingen wollen, und tut er das, so sprengt es mit ihm fort und in die Luft hinein, daß er nimmermehr seine Jungfrau wiedersieht." Sprach die zweite: „Ist gar keine Rettung?" – „O ja, wenn ein anderer schnell aufsitzt, das Feuergewehr, das in den Halftern stekken muß, herausnimmt und das Pferd damit totschießt, so ist der junge König gerettet. Aber wer weiß das! Und wer's weiß und sagt's ihm, der wird zu Stein von den Fußzehen bis zum Knie." Da sprach die zweite: „Ich weiß noch mehr, wenn das Pferd auch getötet wird, so behält der junge König doch nicht seine Braut. Wenn sie zusammen ins Schloß kommen, so liegt dort ein gemachtes Brauthemd in einer Schüssel und sieht aus, als wär's von Gold und Silber gewebt, ist aber nichts als Schwefel und Pech: wenn er's antut, verbrennt es ihn bis auf Mark und Knochen." Sprach die dritte: „Ist da gar keine Rettung?" – „O ja", antwortete die zweite, „wenn einer mit Handschuhen das Hemd packt und wirft es ins Feuer, daß es verbrennt, so ist der junge König gerettet. Aber was hilft's! Wer's weiß und es ihm sagt, der wird halbes Leibes Stein vom Knie bis zum Herzen." Da sprach die dritte: „Ich weiß noch mehr; wird das Brauthemd auch verbrannt, so hat der junge König seine Braut doch noch nicht. Wenn nach der Hochzeit der Tanz anhebt und die junge Königin tanzt, wird sie plötzlich erbleichen und wie tot hinfallen: und hebt sie nicht einer auf und zieht aus ihrer rechten Brust drei Tropfen Blut und speit sie wieder aus, so stirbt sie. Aber verrät das einer, der es weiß, so wird er ganzes Leibes zu Stein vom Wirbel bis zur Fußzehe." Als die Raben miteinander gesprochen hatten, flogen sie weiter, und der getreue Johannes hatte alles wohl verstanden, aber von der Zeit an war er still und traurig; denn verschwieg er seinem Herrn, was er gehört hatte, so war dieser unglücklich; entdeckte er es ihm, so mußte er selbst sein Leben hingeben. Endlich aber sprach er bei sich: „Meinen Herrn will ich retten, und sollt ich selbst darüber zugrunde gehen."

Als sie nun ans Land kamen, da geschah es, wie die Rabe vorhergesagt hatte, und es sprengte ein prächtiger fuchsroter Gaul daher. „Wohlan", sprach der König, „der soll mich in mein Schloß tragen", und wollte sich aufsetzen, doch der treue Johannes kam ihm zuvor, schwang sich schnell darauf, zog das Gewehr aus den Halftern und schoß den Gaul nieder. Da riefen die andern Diener des Königs, die dem treuen Johannes doch nicht gut waren: „Wie schändlich, das schöne Tier zu töten, das den König in sein Schloß tragen sollte!" Aber der König sprach: „Schweigt und laßt ihn gehen, es ist mein getreuester Johannes, wer weiß, wozu das gut ist!" Nun gingen sie ins Schloß, und da stand im Saal eine Schüssel, und das gemachte Brauthemd lag darin und sah aus nicht anders, als wäre es von Gold und Silber. Der junge König ging darauf zu und wollte es ergreifen, aber der treue Johannes schob ihn weg, packte es mit Handschuhen an, trug es schnell ins Feuer und ließ es verbrennen. Die anderen Diener fingen wieder an zu murren und sagten: „Seht, nun verbrennt er gar des Königs Brauthemd." Aber der junge König sprach: „Wer weiß, wozu es gut ist, laßt ihn gehen, es ist mein getreuester Johannes." Nun ward die Hochzeit gefeiert: der Tanz hub an, und die Braut trat auch hinein, da hatte der treue Johannes acht und schaute ihr ins Antlitz; auf einmal erbleichte sie und fiel wie tot zur Erde. Da sprang er eilends hinzu, hob sie auf und trug sie in eine Kammer, da legte er sie nieder, kniete und sog die drei Blutstropfen aus ihrer rechten Brust und spie sie aus. Alsbald atmete sie wieder und erholte sich, aber der junge König hatte es mit angesehen und wußte nicht, warum es der getreue Johannes getan hatte, ward zornig darüber und rief: „Werft ihn ins Gefängnis." Am andern Morgen ward der getreue Johannes verurteilt und zum Galgen geführt, und als er oben stand, und gerichtet werden sollte, sprach er: „Jeder, der sterben soll, darf vor seinem Ende noch einmal reden, soll ich das Recht auch haben?" – „Ja", antwortete der König, „es soll dir vergönnt sein." Da sprach der treue Johannes: „Ich bin mit Unrecht verurteilt und bin dir immer treu gewesen", und erzählte, wie er auf dem Meer das Gespräch der Raben gehört und wie er, um seinen Herrn zu retten, das alles hätte tun müssen. Da rief der König: „O mein treuester Johannes, Gnade! Gnade! Führt ihn herunter." Aber der treue Johannes war bei dem letzten Wort, das er geredet hatte, leblos herabgefallen und war ein Stein.

Darüber trug nun der König und die Königin großes Leid, und der König sprach: „Ach, was hab ich große Treue so übel belohnt!" und ließ das steinerne Bild aufheben und in seine Schlafkammer neben sein Bett stellen. So oft er es ansah, weinte er und sprach: „Ach, könnt ich dich wieder lebendig machen, mein getreuester Johannes." Es ging eine Zeit herum, da gebar die Königin Zwillinge, zwei Söhnlein, die wuchsen heran und waren ihre Freude. Einmal, als die Königin in der Kirche war und die zwei Kinder bei dem Vater saßen und spielten, sah dieser wieder das steinerne Bildnis voll Trauer an, seufzte und rief: „Ach, könnt ich dich wieder lebendig machen, mein getreuester Johannes." Da fing der Stein an zu reden und sprach: „Ja, du kannst mich wieder lebendig machen, wenn du dein Liebstes daran wenden willst." Da rief der König: „Alles, was ich auf der Welt habe, will ich für dich hingeben." Sprach der Stein weiter: „Wenn du mit deiner eigenen Hand deinen beiden Kindern den Kopf abhaust und mich mit ihrem Blute bestreichst, so erhalte ich das Leben wieder." Der König erschrak, als er hörte, daß er seine liebsten Kinder selbst töten sollte, doch dachte er an die große Treue und daß der getreue Johannes für ihn gestorben war, zog sein Schwert und hieb mit eigener Hand den Kindern den Kopf ab. Und als er mit ihrem Blute den Stein bestrichen hatte, so kehrte das Leben zurück, und der getreue Johannes stand wieder frisch und gesund vor ihm. Er sprach zum König: „Deine Treue soll nicht unbelohnt bleiben", und nahm die Häupter der Kinder, setzte sie auf und bestrich die Wunde mit ihrem Blut, davon wurden sie im Augenblick wieder heil, sprangen herum und spielten fort, als wär ihnen nichts geschehen. Nun war der König voll Freude, und als er die Königin kommen sah, versteckte er den getreuen Johannes und die beiden Kinder in einen großen Schrank. Wie sie hereintrat, sprach er zu ihr: „Hast du gebetet in der Kirche?" – „Ja", antwortete sie, „aber ich habe beständig an den treuen Johannes gedacht, daß er so unglücklich durch uns geworden ist." Da sprach er: „Liebe Frau, wir können ihm das Leben wieder geben, aber es kostet uns unsere beiden Söhnlein, die müssen wir opfern." Die Königin ward bleich und erschrak im Herzen, doch sprach sie: „Wir sind's ihm schuldig wegen seiner großen Treue." Da freute er sich, daß sie dachte, wie er gedacht hatte, ging hin und schloß den Schrank auf, holte die Kinder und den treuen Johannes heraus und sprach: „Gott sei gelobt, er ist erlöst, und unsere Söhnlein haben wir auch wieder", und erzählte ihr, wie sich alles zugetragen hatte. Da lebten sie zusammen in Glückseligkeit bis an ihr Ende.

Der gute Handel

Ein Bauer, der hatte seine Kuh auf den Markt getrieben und für sieben Taler verkauft. Auf dem Heimweg mußte er an einem Teich vorbei, und da hörte er schon von weitem, wie die Frösche riefen: „Ak, ak, ak, ak." – „Ja", sprach er für sich, „die schreien auch ins Haberfeld hinein: sieben sind's, die ich gelöst habe, keine acht." Als er zu dem Wasser herankam, rief er ihnen zu: „Dummes Vieh, das ihr seid! Wißt ihr's nicht besser? Sieben Taler sind's und keine acht." Die Frösche blieben aber bei ihrem „ak, ak, ak, ak". – „Nun, wenn ihr's nicht glauben wollt, ich kann's euch vorzählen", holte das Geld aus der Tasche und zählte die sieben Taler ab, immer vierundzwanzig Groschen auf einen. Die Frösche kehrten sich aber nicht an seine Rechnung und riefen abermals „ak, ak, ak, ak". – „Ei", rief der Bauer ganz bös, „wollt ihr's besser wissen als ich, so zählt selber", und warf ihnen das Geld miteinander ins Wasser hinein. Er blieb stehen und wollte warten, bis sie fertig wären und ihm das

Seinige wieder brächten; aber die Frösche beharrten auf ihrem Sinn, schrien immerfort „ak, ak, ak, ak", und warfen auch das Geld nicht wieder heraus. Er wartete noch eine gute Weile, bis der Abend anbrach und er nach Hause mußte; da schimpfte er die Frösche aus und rief: „Ihr Wasserpatscher, ihr Dickköpfe, ihr Glotzaugen, ein groß Maul habt ihr und könnt schreien, daß einem die Ohren wehtun, aber sieben Taler könnt ihr nicht zählen; meint ihr, ich wollte dastehen, bis ihr fertig wärt?" Damit ging er fort, aber die Frösche riefen noch „ak, ak, ak, ak" hinter ihm her, daß er ganz verdrießlich heimkam.

Über eine Zeit erhandelte er sich wieder eine Kuh, die schlachtete er und machte die Rechnung, wenn er das Fleisch gut verkaufte, könnte er so viel lösen als die beiden Kühe wert wären, und das Fell hätte er obendrein. Als er nun mit dem Fleisch zur Stadt kam, war vor dem Tore ein ganzes Rudel Hunde zusammengelaufen, voran ein großer Windhund: der sprang um das Fleisch, schnupperte und bellte „was, was, was, was." Als er gar nicht aufhören wollte, sprach der Bauer zu ihm: „Ja, ich merke wohl, du sagst ‚was, was', weil du etwas von dem Fleisch verlangst; da sollt ich aber schön ankommen, wenn ich dir's geben wollte." Der Hund antwortete nichts als „was, was". – „Willst du's auch nicht wegfressen und für deine Kameraden da gutstehen?" – „Was, was", sprach der Hund. „Nun, wenn du dabei beharrst, so will ich dir's lassen, ich kenn dich wohl und weiß, bei wem du dienst; aber das sage ich dir, in drei Tagen muß ich mein Geld haben, sonst geht dir's schlimm: du kannst mir's nur hinausbringen." Darauf lud er das Fleisch ab und kehrte wieder um. Die Hunde machten sich darüber her und bellten laut: „was, was". Der Bauer, der es von weitem hörte, sprach zu sich: „Horch, jetzt verlangen sie alle was, aber der große muß mir einstehen."

Als drei Tage herum waren, dachte der Bauer: heute abend hast du dein Geld in der Tasche, und war ganz vergnügt. Aber es wollte niemand kommen und auszahlen. „Es ist kein Verlaß mehr auf jemand", sprach er, und endlich riß ihm die Geduld, daß er in die Stadt zu dem Fleischer ging und sein Geld forderte. Der Fleischer meinte, es wäre ein Spaß, aber der Bauer sagte: „Spaß beiseite, ich will mein Geld. Hat der große Hund euch nicht die ganze geschlachtete Kuh vor drei Tagen heimgebracht?" Da ward der Fleischer zornig, griff nach einem Besenstiel und jagte ihn hinaus. „Wart", sprach der Bauer, „es gibt noch Gerechtigkeit auf der Welt!" und ging in das königliche Schloß und bat sich Gehör aus. Er ward vor den König geführt, der saß mit seiner Tochter und fragte, was ihm für ein Leid widerfahren wäre? „Ach", sagte er, „die Frösche und Hunde haben mir das Meinige genommen, und der Metzger hat mich dafür mit dem Stock bezahlt", und erzählte weitläufig, wie es zugegangen war. Darüber fing die Königstochter laut an zu lachen, und der König sprach zu ihm: „Recht kann ich dir hier nicht geben, aber dafür sollst du meine

Tochter zur Frau haben. Ihr Lebtag hat sie noch nicht gelacht als eben über dich, und ich habe sie dem versprochen, der sie zum Lachen brächte. Du kannst Gott für dein Glück danken." – „Oh", antwortete der Bauer, „ich will sie gar nicht: ich habe daheim nur eine einzige Frau, und die ist mir schon zuviel; wenn ich nach Hause komme, so ist mir nicht anders, als ob in jedem Winkel eine stände." Da ward der König zornig und sagte: „Du bist ein Grobian." – „Ach, Herr König", antwortete der Bauer, „was könnt Ihr von einem Ochsen anders erwarten als Rindfleisch!" – „Warte", erwiderte der König, „du sollst einen andern Lohn haben. Jetzt pack dich fort, aber in drei Tagen komm wieder, so sollen dir fünfhundert vollgezählt werden."

Wie der Bauer hinaus vor die Tür kam, sprach die Schildwache: „Du hast die Königstochter zum Lachen gebracht, da wirst da was Rechtes bekommen haben." – „Ja, das meine ich", antwortete der Bauer, „fünfhundert werden mir ausbezahlt." – „Hör", sprach der Soldat, „gib mir etwas davon: was willst du mit all dem Geld anfangen!" – „Weil du's bist", sprach der Bauer, „so sollst du zweihundert haben; melde dich in drei Tagen beim König und laß dir's aufzählen." Ein Händler, der in der Nähe gestanden und das Gespräch mit angehört hatte, lief dem Bauer nach, hielt ihn beim Rock und sprach: „Gotteswunder, was seid Ihr ein Glückskind! ich will's Euch wechseln, ich will's Euch umsetzen in Scheidemünz, was wollt Ihr mit den harten Talern?" – „Mauschel", sagte der Bauer, „dreihundert kannst du noch haben, gib mir's gleich in Münze; heut über drei Tage wirst du dafür beim König bezahlt werden." Der Händler freute sich über das Profitchen und brachte die Summe in schlechten Groschen, wo drei so viel wert sind als zwei gute. Nach Verlauf der drei Tage ging der Bauer, dem Befehl des Königs gemäß, vor den König. „Zieht ihm den Rock aus", sprach dieser, „er soll seine fünfhundert haben." – „Ach", sagte der Bauer, „sie gehören nicht mehr mein; zweihundert habe ich an die Schildwache verschenkt, und dreihundert hat mir der Händler eingewechselt, von Rechts wegen gebührt mir gar nichts." Indem kamen der Soldat und der Händler herein, verlangten das Ihrige, das sie dem Bauer abgewonnen hätten, und erhielten die Schläge richtig zugemessen. Der Soldat ertrug's geduldig und wußte schon, wie's schmeckte; der Händler aber tat jämmerlich: „Au weih geschrien! Sind das die harten Taler?" Der König mußte über den Bauer lachen, und da aller Zorn verschwunden war, sprach er: „Weil du deinen Lohn schon verloren hast, bevor er dir zuteil ward, so will ich dir einen Ersatz geben: geh in meine Schatzkammer und hol dir Geld, soviel du willst." Der Bauer ließ sich das nicht zweimal sagen und füllte in seine weiten Taschen, was nur hinein wollte. Danach ging er ins Wirtshaus und überzählte sein Geld. Der Händler war ihm nachgeschlichen und hörte, wie er mit sich allein brummte: „Nun hat mich der Spitzbube von König doch hinters Licht geführt!

Hätte er mir nicht selbst das Geld geben können, so wüßte ich, was ich hätte; wie kann ich nun wissen, ob es richtig ist, was ich so auf gut Glück eingesteckt habe!" – „Gott bewahre", sprach der Händler für sich, „der spricht despektierlich von unserem Herrn; ich lauf und geb's an, da krieg ich eine Belohnung, und er wird obendrein noch bestraft." Als der König von den Reden des Bauern hörte, geriet er in Zorn und ließ den Händler hingehen und den Sünder herbeiholen. Der Händler lief zum Bauer: „Ihr sollt gleich zum Herrn König kommen, wie Ihr geht und steht." – „Ich weiß besser, was sich schickt", antwortete der Bauer, „erst laß ich mir einen neuen Rock machen; meinst du, ein Mann, der so viel Geld in der Tasche hat, sollte in dem alten Lumpenrock hingehen?" Der Händler, als er sah, daß der Bauer ohne einen andern Rock nicht wegzubringen war, und weil er fürchtete, wenn der Zorn des Königs verraucht wäre, so käme er um seine Belohnung und der Bauer um seine Strafe; so sprach er: „Ich will Euch für die kurze Zeit einen schönen Rock leihen aus bloßer Freundschaft. Was tut der Mensch nicht alles aus Liebe!" Der Bauer ließ sich das gefallen, zog den Rock vom Händler an und ging mit ihm fort. Der König hielt dem Bauer die bösen Reden vor, die der Händler hinterbracht hatte. „Ach", sprach der Bauer, „was der sagt, ist immer gelogen, dem geht kein wahres Wort aus dem Munde; der Kerl da ist imstand und behauptet, ich hätte seinen Rock an." – „Was soll mir das?" schrie der Händler. „Ist der Rock nicht mein? Hab' ich ihn Euch nicht aus bloßer Freundschaft geborgt, damit Ihr vor den Herrn König treten konntet?" Wie der König das hörte, sprach er: „Einen hat der Händler gewiß betrogen, mich oder den Bauer", und ließ ihm noch etwas in harten Talern nachzahlen. Der Bauer aber ging in dem guten Rock und mit dem guten Geld in der Tasche heim und sprach: „Diesmal hab ich's getroffen."

Die kluge Else

Es war ein Mann, der hatte eine Tochter, die hieß die kluge Else. Als sie erwachsen war, sprach der Vater: „Wir wollen sie heiraten lassen.“ – „Ja“, sagte die Mutter, „wenn nur einer käme, der sie haben wollte!“ Endlich kam von weither einer, der hieß Hans und hielt um sie an. Er machte aber zur Bedingung, daß die kluge Else auch recht gescheit wäre. „Oh“, sprach der Vater, „die hat Zwirn im Kopf!“ Und die Mutter sagte: „Ach, die sieht den Wind auf der Gasse laufen und hört die Fliegen husten!“ – „Ja“, sprach der Hans, „wenn sie nicht recht gescheit ist, so nehm' ich sie nicht.“

Als sie nun zu Tisch saßen und gegessen hatten, sprach die Mutter: „Else, geh in den Keller und hol Bier!“ Da nahm die kluge Else den Krug von der Wand, ging in den Keller und klappte unterwegs brav mit dem Deckel, damit ihr die Zeit ja nicht lang würde. Als sie unten war, holte sie ein Stühlchen und stellte es vors Faß, damit sie sich nicht zu bücken brauchte und ihrem Rücken nicht wehe täte. Dann stellte sie die Kanne vor sich hin, drehte den Hahn auf, und während der Zeit, daß das Bier hineinlief, wollte sie doch ihre Augen nicht müßig lassen. Sie sah an die Decke hinauf und erblickte gerade über sich eine Kreuzhacke, die die Maurer da aus Versehen hatten stecken lassen. Da fing die kluge Else an zu weinen und sprach: „Wenn ich den Hans kriege und wir kriegen ein Kind, und das ist groß und wir schicken das Kind in den Keller, daß es hier soll Bier zapfen, so fällt ihm vielleicht die Kreuzhacke auf den Kopf und schlägt es tot.“ Da saß sie und weinte und jammerte aus Leibeskräften über das bevorstehende Unglück. Die oben warteten auf den Trank, aber die kluge Else kam nicht. Da sprach die Frau zur Magd: „Geh doch hinunter in den Keller und sieh, wo die Else bleibt!“ Die Magd ging und fand sie vor dem Faß sitzen und laut schreien. „Else, was weinst du?“ fragte die Magd. „Ach“, antwortete sie, „soll ich nicht weinen? Wenn ich den Hans kriege und wir kriegen ein Kind, und das ist groß und soll hier Bier zapfen, so fällt ihm vielleicht die Kreuzhacke auf den Kopf und schlägt es tot.“ Da sprach die Magd: „Was haben wir für eine kluge Else!“ setzte sich zu ihr und fing auch an, über das Unglück zu weinen. Über eine Weile, als die Magd nicht wiederkam und die droben Durst bekamen, sprach der Mann zum Knecht: „Geh doch hinunter in den Keller und sieh, wo die Else und die Magd bleiben!“ Der Knecht ging hinab. Da saßen die kluge Else und die Magd und weinten beide zusammen. Der Knecht fragte: „Was weint ihr denn?“ – „Ach“, sprach die Else, „soll ich nicht weinen? Wenn ich den Hans kriege und wir kriegen ein Kind und das ist groß und soll hier Bier zapfen, so fällt ihm vielleicht die Kreuzhacke auf den Kopf und schlägt es tot.“ Da sprach der Knecht: „Was haben wir für eine kluge Else!" setzte sich zu ihr und fing auch an, laut zu heulen. Oben warteten sie auf den Knecht. Als er aber nicht wiederkam, sprach der Mann zu seiner Frau: „Geh doch hinunter in den Keller und sieh, wo die Else bleibt!" Die Frau ging hinab, fand alle drei in Wehklagen und fragte nach der Ursache. Da erzählte auch ihr die Else, ihr zukünftiges Kind werde wohl von der Kreuzhacke totgeschlagen werden, wenn es erst groß sei und hier Bier zapfen solle. Da sprach die Mutter gleichfalls: „Ach, was haben wir für eine kluge Else!" setzte sich hin und weinte mit. Der Mann oben wartete noch ein Weilchen, als aber seine Frau nicht wiederkam und sein Durst immer größer ward, sprach er: „Ich muß nun selber in den Keller gehen und sehen, wo die Else bleibt." Als er aber in den Keller kam, und alle da beieinander saßen und weinten und er die Ursache hörte, daß das Kind der Else schuld sei, das sie vielleicht einmal zur Welt bringe und das von der Kreuzhacke totgeschlagen werden könne, da rief er: „Was für eine kluge Else!" setzte sich und weinte auch mit. Der Bräutigam blieb lange oben allein. Da niemand wiederkommen wollte, dachte er: Sie werden unten auf mich warten; du mußt auch hingehen und sehen, was sie vorhaben. Als er hinabkam, saßen da die fünf und jammerten ganz erbärmlich, einer immer lauter als der andere. „Was für ein Unglück ist denn geschehen?" fragte er. „Ach, lieber Hans", sprach die Else, „wenn wir einander heiraten und haben ein Kind und es ist groß, und wir schicken's vielleicht hierher, um Bier zu zapfen, da kann ihm ja die Kreuzhacke, die da oben steckengeblieben ist, wenn sie herabfallen sollte, den Kopf einschlagen. Sollen wir da nicht weinen?" – „Nun", sprach Hans, „mehr Verstand ist für meinen Haushalt nicht nötig. Weil du so eine kluge Else bist, will ich dich haben." Er packte sie bei der Hand, nahm sie mit hinauf und hielt Hochzeit mit ihr.

Als sie den Hans eine Weile hatte, sprach er: „Frau, ich will fortgehen, arbeiten und uns Geld verdienen. Geh du ins Feld und schneid das Korn, daß wir Brot haben!" – „Ja, mein lieber Hans, das will ich tun." Nachdem der Hans fort war, kochte sie sich einen guten Brei und nahm ihn mit aufs Feld. Als sie vor den Acker kam, sprach sie zu sich selbst: „Was tu ich? Schneid' ich erst oder ess' ich erst? Hei, ich will erst essen!" Nun aß sie ihren Topf mit Brei aus, und als sie dick satt war, sprach sie wieder: „Was tu ich? Schneid' ich erst oder schlaf' ich erst? Hei, ich will erst schlafen!" Da legte sie sich ins Korn und schlief ein. Der Hans war längst wieder zu Haus, aber die Else wollte nicht kommen. Da sprach er: „Was hab' ich für eine kluge Else! Die ist so fleißig, daß sie nicht einmal nach Haus kommt und ißt." Als sie aber noch immer ausblieb und es Abend ward, ging der Hans hinaus und wollte sehen, was sie geschnitten hätte. Aber es war nichts geschnitten, sondern die Else lag im Korn und schlief. Da eilte der Hans geschwind heim, holte ein Vogelgarn mit kleinen Schellen und hängte es um sie herum. Und sie schlief noch immerfort. Dann lief er heim, schloß die Haustür zu und arbeitete. Endlich, als es schon ganz dunkel war, erwachte die kluge Else. Als sie aufstand, rappelte es um sie herum und die Schellen klingelten bei jedem Schritt, den sie tat. Da erschrak sie, ward irre, ob sie auch wirklich die kluge Else sei, und sprach: „Bin ich's oder bin ich's nicht?" Sie wußte aber nicht, was sie darauf antworten sollte, und stand eine Zeitlang im Zweifel. Endlich dachte sie: Ich will nach Haus gehen und fragen, ob ich's bin oder ob ich's nicht bin. Die werden's ja wissen. Sie lief vor ihre Haustür, aber die war verschlossen. Da klopfte sie an das Fenster und rief: „Hans, ist die Else drinnen?" – „Ja", antwortete Hans, „sie ist drinnen." Da erschrak sie und sprach: „Ach, Gott, dann bin ich's nicht!" und ging vor eine andere Tür. Als aber die Leute das Klingeln der Schellen hörten, wollten sie nicht aufmachen und sie konnte nirgends unterkommen. Da lief sie fort zum Dorf hinaus, und niemand hat sie wiedergesehen.

Der Schneider im Himmel

Es trug sich zu, daß der liebe Gott an einem schönen Tag in dem himmlischen Garten sich ergehen wollte und alle Apostel und Heiligen mitnahm, also daß niemand mehr im Himmel blieb als der heilige Petrus. Der Herr hatte ihm aber befohlen, während seiner Abwesenheit niemand einzulassen. Petrus stand also an der Pforte und hielt Wache. Nicht lange, so klopfte jemand an. Petrus fragte, wer da sei und was er wolle. „Ich bin ein armer, ehrlicher Schneider", antwortete eine feine Stimme, „der um Einlaß bittet." – „Ja, ehrlich", sagte Petrus, „wie der Dieb am Galgen! Du hast lange Finger gemacht und den Leuten das Tuch abgezwickt. Du kommst nicht in den Himmel. Der Herr hat mir verboten, solange er fort sei, irgend jemanden einzulassen." – „Seid doch barmherzig!" rief der Schneider. „Kleine Flicklappen, die von selbst vom Tisch herabfallen, sind nicht gestohlen und nicht der Rede wert. Seht, ich hinke und habe von dem Weg da her Blasen an den Füßen! Ich kann unmöglich wieder umkehren. Laßt mich nur hinein! Ich will alle schlechte Arbeit tun, will die Kinder tragen, die Windeln waschen, die Bänke, darauf sie gespielt haben, säubern und ihre zerrissenen Kleider flicken."

Der heilige Petrus ließ sich aus Mitleid bewegen und öffnete dem lahmen Schneider die Himmelspforte so weit, daß er mit seinem dürren Leib hineinschlüpfen konnte. Er mußte sich in einen Winkel hinter die Tür setzen und sollte sich da still und ruhig verhalten, damit ihn der Herr, wenn er zurückkäme, nicht bemerkte und zornig würde. Der Schneider gehorchte. Als aber der heilige Petrus einmal zur Tür hinaustrat, stand er auf und ging voll Neugierde in allen Winkeln des Himmels herum. Endlich kam er zu einem Platz, da standen viele schöne, köstliche Stühle und in der Mitte ein ganz goldener Sessel, der mit glänzenden Edelsteinen besetzt war. Er war auch viel höher als die übrigen Stühle und ein goldener Fußschemel stand davor. Es war aber der Sessel, auf dem der Herr saß, wenn er daheim war, und von dem aus er alles sehen konnte, was auf Erden geschah. Der Schneider sah den Sessel eine gute Weile an, denn er gefiel ihm besser als alles andere. Endlich konnte er den Vorwitz nicht bezähmen, stieg hinauf und setzte sich in den Sessel. Da sah er alles, was auf Erden geschah. So bemerkte er auch eine alte häßliche Frau, die an einem Bach stand und wusch, wobei sie heimlich zwei Schleier beiseite tat. Der Schneider erzürnte sich bei diesem Anblick so sehr, daß er den goldenen Fußschemel ergriff und durch den Himmel nach der alten Diebin auf die Erde hinabwarf. Da er aber den Schemel nicht wieder heraufholen konnte, schlich er sich sachte aus dem Sessel weg, setzte sich an seinen Platz hinter die Tür und tat, als ob er kein Wasser getrübt hätte.

Als der Herr und Meister mit dem himmlischen Gefolge wieder zurückkam, ward er zwar den Schneider hinter der Tür nicht gewahr; als er sich aber auf seinen Sessel setzte, fehlte der Schemel. Er fragte den heiligen Petrus, wo der Schemel hingekommen sei. Der wußte es nicht. Da fragte der Herr weiter, ob er jemand hereingelassen habe. „Ich weiß niemand", antwortete Petrus, „der da gewesen wäre, als ein lahmer Schneider, der noch hinter der Tür sitzt." Da ließ der Herr den Schneider vor sich treten und fragte ihn, ob er den Schemel weggenommen und wo er ihn hingetan habe. „O Herr", antwortete der Schneider, „ich habe ihn im Zorn auf die Erde hinab nach einem alten Weib geworfen, das ich bei der Wäsche zwei Schleier stehlen sah." – „O du Schalk", sprach der Herr, „wollte ich richten, wie du richtest, wie meinst du, daß es dir schon längst ergangen wäre? Ich hätte schon lange keine Stühle, Bänke, Sessel, ja keine Ofengabel mehr hier, sonern alles nach den Sündern hinabgeworfen. Fortan kannst du nicht mehr im Himmel bleiben, sondern mußt wieder hinaus vor das Tor. Da sieh zu, wo du hinkommst! Hier soll niemand strafen, denn ich allein, der Herr."

Der Wolf und der Fuchs

Der Wolf hatte den Fuchs gezwungen, mit ihm zu gehen. Was der Wolf wollte, das mußte der Fuchs tun, weil er der Schwächere war. Der Fuchs wäre seinen Herrn deshalb gern losgeworden. Einmal trug es sich zu, daß sie beide durch den Wald gingen. Da sprach der Wolf: „Rotfuchs, schaff mir etwas zu fressen, oder ich fresse dich selber auf!"

Da antwortete der Fuchs: „Ich weiß einen Bauernhof, in dem es ein paar junge Lämmlein gibt. Wenn du Lust hast, wollen wir eines davon holen."

Dem Wolf war das recht. Sie gingen also hin, und der Fuchs stahl ein Lämmlein, brachte es dem Wolf und machte sich aus dem Staub. Der Wolf fraß das Lämmlein auf, war damit aber nicht zufrieden, sondern wollte noch ein zweites haben und ging, um es zu holen.

Weil er sich dabei aber so ungeschickt anstellte, bemerkte ihn die Mutter des Lämmleins. Sie fing an so entsetzlich zu schreien und zu blöken, daß die Bauersleute herbeigelaufen kamen. Da fanden sie den Wolf und schlugen ihn so erbärmlich, daß er hinkend und heulend beim Fuchs ankam.

„Du hast mich schön angeführt", sprach er, „ich wollte noch ein Lamm holen, da haben mich die Bauern erwischt und mich windelweich geschlagen."

Der Fuchs antwortete: „Warum bist du auch so ein gieriger Nimmersatt!"

Am andern Tag gingen sie wieder mitsammen fort. Da sprach der gierige Wolf abermals: „Rotfuchs, schaff mir etwas zu fressen, oder ich fresse dich selber auf!"

Da antwortete der Fuchs: „Ich weiß ein Bauernhaus, da bäckt die Frau heute abend Pfannkuchen. Wir wollen uns welche davon holen!"

Sie gingen hin, und der Fuchs schlich ums Haus herum. Er guckte und schnupperte so lange, bis er ausfindig gemacht hatte, wo die Schüssel stand. Dann zog er sechs Pfannkuchen herab und brachte sie dem Wolf. „Da hast du zu fressen", sprach er zu ihm und ging seiner Wege.

Der Wolf hatte die Pfannkuchen in einem Augenblick hinuntergeschluckt und sprach: „Sie schmecken nach mehr!" Und er ging hin und riß in seiner Gier die ganze Schüssel herunter, daß sie in Stücke sprang. Das machte aber einen solchen Lärm, daß die Frau herauskam. Als sie den Wolf sah, rief sie ihre Leute. Die eilten herbei und schlugen den Wolf, was das Zeug hielt, daß er mit zwei lahmen Beinen laut heulend zum Fuchs in den Wald kam.

„Du hast mich schön angeführt!" rief er. „Die Bauern haben mich erwischt und mir die Haut gegerbt!"

Der Fuchs aber antwortete: „Warum bist du auch so ein Nimmersatt!"

Als sie am dritten Tag mitsammen draußen waren und der Wolf nur mit Mühe forthinken konnte, sprach er wieder: „Rotfuchs, schaff mir etwas zu fressen, oder ich fresse dich selber auf!"

Der Fuchs antwortete: „Ich weiß einen Mann, der hat geschlachtet. Das eingesalzene Fleisch liegt in einem Faß im Keller. Das wollen wir holen!"

Da sprach der Wolf: „Aber ich will gleich mitgehen, damit du mir hilfst, wenn ich nicht fortkann."

„Meinetwegen", sagte der Fuchs und zeigte ihm die Schliche und Wege, auf denen sie endlich in den Keller gelangten. Da gab es Fleisch im Überfluß. Der Wolf machte sich gleich daran und dachte: Das soll mir schmecken! Bis ich da aufhöre, hat es Zeit!

Auch der Fuchs ließ sich's gut schmecken. Er blickte aber überall herum, lief oft zu dem Loch, durch das sie gekommen waren, und versuchte, ob er noch durchschlupfen könnte.

Da sprach der Wolf: „Lieber Fuchs, sag mir, warum rennst du so hin und her und springst hinaus und herein?"

„Ich muß doch schauen, ob jemand kommt!" antwortete der listige Fuchs. „Friß nur nicht zuviel!"

Aber der Wolf antwortete: „Ich geh nicht eher fort, als bis das Faß leer ist."

Indessen kam der Bauer, der das Herumspringen des Fuchses gehört hatte, in den Keller. Als ihn der Fuchs sah, war er mit einem Satz beim Loch draußen. Der Wolf wollte nach, aber er hatte sich so dick gefressen, daß er nicht mehr durch das Loch konnte, sondern steckenblieb. Da kam der Bauer mit einem Knüppel und schlug ihn tot.

Der Fuchs aber sprang in den Wald und war froh, daß er den alten Nimmersatt los war.

Brüderchen und Schwesterchen

Brüderchen nahm sein Schwesterchen an der Hand und sprach: „Seit die Mutter tot ist, haben wir keine gute Stunde mehr; die Stiefmutter schlägt uns alle Tage, und wenn wir zu ihr kommen, stößt sie uns mit den Füßen fort. Die harten Brotkrusten, die übrigbleiben, sind unsere Speise, und dem Hündlein unter dem Tisch geht's besser: dem wirft sie doch manchmals einen guten Bissen zu. Daß Gott erbarm, wenn

das unsere Mutter wüßte! Komm, wir wollen miteinander in die weite Welt gehen." Sie gingen den ganzen Tag über Wiesen, Felder und Steine, und wenn es regnete, sprach das Schwesterchen: „Gott und unsere Herzen, die weinen zusammen!" Abends kamen sie in einen großen Wald und waren so müde von Jammer, Hunger und dem langen Weg, daß sie sich in einen hohlen Baum setzten und einschliefen.

Am andern Morgen, als sie aufwachten, stand die Sonne schon hoch am Himmel und schien heiß in den Baum hinein. Da sprach das Brüderchen: „Schwesterchen, mich dürstet; wenn ich ein Brünnlein wüßte, ich ging und tränk einmal; ich mein, ich hört eins rauschen." Brüderchen stand auf, nahm Schwesterchen an der Hand, und sie wollten das Brünnlein suchen. Die böse Stiefmutter aber war eine Hexe und hatte wohl gesehen, wie die beiden Kinder fortgegangen waren, war ihnen nachgeschlichen, heimlich, wie die Hexen schleichen, und hatte alle Brunnen im Walde verwünscht. Als sie nun ein Brünnlein fanden, das so glitzerig über die Steine sprang, wollte das Brüderchen daraus trinken; aber das Schwesterchen hörte, wie es im Rauschen sprach: „Wer aus mir trinkt, wird ein Tiger; wer aus mir trinkt, wird ein Tiger." Da rief das Schwesterchen: „Ich bitte dich, Brüderchen, trink nicht, sonst wirst du ein wildes Tier und zerreißest mich." Das Brüderchen trank nicht, ob es gleich so großen Durst hatte, und sprach: „Ich will warten bis zur nächsten Quelle." Als sie zum zweiten Brünnlein kamen, hörte das Schwesterchen, wie auch dieses sprach: „Wer aus mir trinkt, wird ein Wolf; wer aus mir trinkt, wird ein Wolf." Da rief das Schwesterchen: „Brüderchen, ich bitte dich, trink nicht, sonst wirst du ein Wolf und frissest mich." Das Brüderchen trank nicht und sprach: „Ich will warten, bis wir zur nächsten Quelle kommen, aber dann muß ich trinken, du magst sagen, was du willst, mein Durst ist gar zu groß." Und als sie zum dritten Brünnlein kamen, hörte das Schwesterlein, wie es im Rauschen sprach: „Wer aus mir trinkt, wird ein Reh; wer aus mir trinkt, wird ein Reh." Das Schwesterchen sprach: „Ach Brüderchen, ich bitte dich, trink nicht, sonst wirst du ein Reh und läufst mir fort." Aber das Brüderchen hatte sich gleich beim Brünnlein niedergekniet, hinabgebeugt und von dem Wasser getrunken, und wie die ersten Tropfen auf seine Lippen gekommen waren, lag es da als ein Rehkälbchen.

Nun weinte das Schwesterchen über das arme verwünschte Brüderchen, und das Rehchen weinte auch und saß so traurig neben ihm. Da sprach das Mädchen endlich: „Sei still, liebes Rehchen, ich will dich ja nimmermehr verlassen." Dann band es sein goldenes Strumpfband ab und tat es dem Rehchen um den Hals und rupfte Binsen und flocht ein weiches Seil daraus. Daran band es das Tierchen und führte es weiter und ging immer tiefer in den Wald hinein. Und als sie lange, lange gegangen waren, kamen sie endlich an ein kleines Haus, und das Mädchen schaute hinein, und weil es leer war, dachte es: Hier können wir bleiben und wohnen. Da suchte es dem Rehchen Laub und Moos zu einem weichen Lager, und jeden Morgen ging es aus und sammelte sich Wurzeln, Beeren und Nüsse, und für das Rehchen brachte es zartes Gras mit, das fraß es ihm aus der Hand, war vergnügt und spielte vor ihm herum. Abends, wenn Schwesterchen müde war und sein Gebet gesagt hatte, legte es seinen Kopf auf den Rücken des Rehkälbchens, das war sein Kissen, darauf es sanft einschlief. Und hätte das Brüderchen nur seine menschliche Gestalt gehabt, es wäre ein herrliches Leben gewesen.

Das dauerte eine Zeitlang, daß sie so allein in der Wildnis waren. Es trug sich aber zu, daß der König des Landes eine große Jagd in dem Wald hielt. Da schallte das Hörnerblasen, Hundegebell und das lustige Geschrei der Jäger durch die Bäume, und das Rehlein hörte es und wäre gar zu gerne dabeigewesen. „Ach", sprach es zum Schwesterchen, „laß mich hinaus in die Jagd, ich kann's nicht länger mehr aushalten", und bat so lange, bis es einwilligte. „Aber", sprach es zu ihm, „komm mir ja abends wieder, vor den wilden Jägern schließ ich mein Türlein; und damit ich dich kenne, so klopf und sprich: Mein Schwesterlein, laß mich herein! Und wenn du nicht so sprichst, so schließ ich mein Türlein nicht auf." Nun sprang das Rehchen hinaus, und war ihm so wohl und war so lustig in freier Luft. Der König und seine Jäger sahen das schöne Tier und setzten ihm nach, aber sie konnten es nicht einholen, und wenn sie meinten, sie hätten es gewiß, da sprang es über das Gebüsch weg und war verschwunden. Als es dunkel ward, lief es zu dem Häuschen, klopfte und sprach: „Mein Schwesterlein, laß mich herein." Da ward ihm die kleine Tür aufgetan, es sprang hinein und ruhte sich die ganze Nacht auf seinem weichen Lager aus. Am andern Morgen ging die Jagd von neuem an, und als das Rehlein wieder das Hifthorn hörte und das Hoho der Jäger, da hatte es keine Ruhe und sprach: „Schwesterchen, mach mir auf, ich muß hinaus." Das Schwesterchen öffnete ihm die Türe und sprach: „Aber zu Abend mußt du wieder da sein und dein Sprüchlein sagen." Als der König und seine Jäger das Rehlein mit dem goldenen Halsband wieder sahen, jagten sie ihm alle nach, aber es war ihnen zu schnell und behend. Das währte den ganzen Tag, endlich aber hatten es die Jäger abends umzingelt, und einer verwundete es ein wenig am Fuß, so daß es hinken mußte und langsam fortlief. Da schlich ihm ein Jäger nach bis zu dem Häuschen und hörte, wie es rief: „Mein Schwesterlein, laß mich herein", und sah, daß die Tür ihm aufgetan und alsbald wieder zugeschlossen ward. Der Jäger behielt das alles wohl im Sinn, ging zum König und erzählte ihm, was er gesehen und gehört hatte. Da sprach der König: „Morgen soll noch einmal gejagt werden."

Das Schwesterchen aber erschrak gewaltig, als es sah, daß sein Rehkälbchen verwundet war. Es wusch ihm das Blut ab, legte Kräuter auf und sprach: „Geh auf dein Lager, lieb Rehchen, daß du wieder heil wirst." Die Wunde aber war so gering, daß das Rehchen am Morgen nichts mehr davon spürte. Und als es die Jagdlust wieder draußen hörte, sprach es: „Ich kann's nicht aushalten, ich muß dabei sein; so bald soll mich keiner kriegen." Das Schwesterchen weinte und sprach: „Nun werden sie dich töten, und ich bin hier allein im Wald und bin verlassen von aller Welt; ich laß dich nicht hinaus." – „So sterb ich dir hier vor Betrübnis", antwortete das Rehchen, „wenn ich das Hifthorn höre, so mein ich, ich müßt aus den Schuhen springen!" Da konnte das Schwesterchen nicht anders und schloß ihm mit schwerem Herzen die Tür auf, und das Rehchen sprang gesund und fröhlich in den Wald. Als es der König erblickte, sprach er zu seinen Jägern: „Nun jagt ihm den ganzen Tag nach bis in die Nacht, aber daß ihm keiner etwas zuleide tut." Sobald die Sonne untergegangen war, sprach der König zum Jäger: „Nun komm und zeige mir das Waldhäuschen." Und als er vor dem Türlein war, klopfte er an und rief: „Lieb Schwesterlein, laß mich herein." Da ging die Tür auf, und der König trat herein, und da stand ein Mädchen, das war so schön, wie er noch keins gesehen. Das Mädchen erschrak, als es sah, daß nicht sein Rehlein, sondern ein Mann hereinkam, der eine goldene Krone auf dem Haupt hatte. Aber der König sah es freundlich an, reichte ihm die Hand und sprach: „Willst du mit mir gehen auf mein Schloß und meine liebe Frau sein?" – „Ach ja", antwortete das Mädchen, „aber das Rehchen muß auch mit, das verlaß ich nicht." Sprach der König: „Es soll bei dir bleiben, solange du lebst, und soll ihm an nichts fehlen." Indem kam es hereingesprungen, da band es das Schwesterchen wieder an das Binsenseil, nahm es selbst in die Hand und ging mit ihm aus dem Waldhäuschen fort.

Der König nahm das schöne Mädchen auf sein Pferd und führte es in sein Schloß, wo die Hochzeit mit großer Pracht gefeiert wurde, und war es nun die Frau Königin, und lebten sie lange Zeit vergnügt zusammen; das Rehlein ward gehegt und gepflegt und sprang in dem Schloßgarten herum. Die böse Stiefmutter aber, um deretwillen die Kinder in die Welt hineingegangen waren, die meinte nicht anders, als Schwesterchen wäre von den wilden Tieren im Walde zerrissen worden und Brüderchen als ein Rehkalb von den Jägern totgeschossen. Als sie nun hörte, daß sie so glücklich waren und es ihnen so wohlging, da wurden Neid und Mißgunst in ihrem Herzen rege und ließen ihr keine Ruhe, und sie hatte keinen andern Gedanken, als wie sie die beiden doch noch ins Unglück bringen könnte. Ihre rechte Tochter, die häßlich war wie die Nacht und nur ein Auge hatte, die machte ihr Vorwürfe und sprach: „Eine Königin zu werden, das Glück hätte mir gebührt." – „Sei nur still", sagte die Alte und sprach sie zufrieden, „wenn's Zeit ist, will ich schon bei der Hand sein." Als nun die Zeit herangerückt war und die Königin ein schönes Knäblein zur Welt gebracht hatte und der König gerade auf der Jagd war, nahm die alte Hexe die Gestalt der Kammerfrau an, trat in die Stube, wo die Königin lag, und sprach zu der

Kranken: „Kommt, das Bad ist fertig, das wird Euch wohltun und frische Kräfte geben: geschwind, eh es kalt wird." Ihre Tochter war auch bei der Hand, sie trugen die schwache Königin in die Badstube und legten sie in die Wanne: dann schlossen sie die Tür ab und liefen davon. In der Badstube aber hatten sie ein rechtes Höllenfeuer angemacht, daß die schöne junge Königin bald ersticken mußte.

Als das vollbracht war, nahm die Alte ihre Tochter, setzte ihr eine Haube auf und legte sie ins Bett an der Königin Stelle. Sie gab ihr auch die Gestalt und das Ansehen der Königin, nur das verlorene Auge konnte sie ihr nicht wiedergeben. Damit es aber der König nicht merkte, mußte sie sich auf die Seite legen, wo sie kein Auge hatte. Am Abend, als er heimkam und hörte, daß ihm ein Söhnlein geboren war, freute er sich herzlich und wollte ans Bett seiner lieben Frau gehen und sehen, was sie machte. Da rief die Alte geschwind: „Beileibe, laßt die Vorhänge zu, die Königin darf noch nicht ins Licht sehen und muß Ruhe haben." Der König ging zurück und wußte nicht, daß eine falsche Königin im Bette lag.

Als es aber Mitternacht war und alles schlief, da sah die Kinderfrau, die in der Kinderstube neben der Wiege saß und allein noch wachte, wie die Türe aufging und die rechte Königin hereintrat. Sie nahm das Kind aus der Wiege, legte es in ihren Arm und gab ihm zu trinken. Dann schüttelte sie ihm sein Kißchen, legte es wieder hinein und deckte es mit dem Deckbettchen zu. Sie vergaß aber auch das Rehchen nicht, ging in die Ecke, wo es lag, und streichelte ihm über den Rücken. Darauf ging sie ganz stillschweigend wieder zur Türe hinaus, und die Kinderfrau fragte am andern Morgen die Wächter, ob jemand während der Nacht ins Schloß gegangen wäre, aber sie antworteten: „Nein, wir haben niemand gesehen." So kam sie viele Nächte und sprach niemals ein Wort dabei; die Kinderfrau sah sie immer, aber sie getraute sich nicht, jemand etwas davon zu sagen.

Als nun so eine Zeit verflossen war, da hub die Königin in der Nacht an zu reden und sprach:

„Was macht mein Kind? Was macht mein Reh? Nun komm ich noch zweimal und dann nimmermehr."

Die Kinderfrau antwortete ihr nicht, aber als sie wieder verschwunden war, ging sie zum König und erzählte ihm alles. Sprach der König: „Ach Gott, was ist das! Ich will in der nächsten Nacht bei dem Kinde wachen." Abends ging er in die Kinderstube, aber um Mitternacht erschien die Königin wieder und sprach:

„Was macht mein Kind? Was macht mein Reh? Nun komm ich noch einmal und dann nimmermehr."

Und pflegte dann des Kindes, wie sie gewöhnlich tat, ehe sie verschwand. Der König getraute sich nicht, sie anzureden, aber er wachte auch in der folgenden Nacht. Sie sprach abermals:

„Was macht mein Kind? Was macht mein Reh? Nun komm ich noch diesmal und dann nimmermehr."

Da konnte sich der König nicht zurückhalten, sprang zu ihr und sprach: „Du kannst niemand anders sein als meine liebe Frau." Da antwortete sie: „Ja, ich bin deine liebe Frau", und hatte in dem Augenblick durch Gottes Gnade das Leben wieder erhalten, war frisch, rot und gesund. Darauf erzählte sie dem König den Frevel, den die böse Hexe und ihre Tochter an ihr verübt hatten. Der König ließ beide vor Gericht führen, und es ward ihnen das Urteil gesprochen. Die Tochter ward in den Wald geführt, wo sie die wilden Tiere zerrissen, die Hexe aber ward ins Feuer gelegt und mußte jammervoll verbrennen. Und wie sie zu Asche verbrannt war, verwandelte sich das Rehkälbchen und erhielt seine menschliche Gestalt wieder; Schwesterchen und Brüderchen aber lebten glücklich zusammen bis an ihr Ende.

Rapunzel

Es war einmal ein Mann und eine Frau, die wünschten sich schon lange vergeblich ein Kind; endlich machte sich die Frau Hoffnung, der liebe Gott werde ihren Wunsch erfüllen. Die Leute hatten in ihrem Hinterhaus ein kleines Fenster, daraus konnte man in einen prächtigen Garten sehen, der voll der schönsten Blumen und Kräuter stand; er war aber von einer hohen Mauer umgeben, und niemand wagte hineinzugehen, weil er einer Zauberin gehörte, die große Macht hatte und von aller Welt gefürchtet ward. Eines Tages stand die Frau an diesem Fenster und sah in den Garten hinab; da erblickte sie ein Beet, das mit den schönsten Rapunzeln bepflanzt war: und sie sahen so frisch und grün aus, daß sie lüstern ward und das größte Verlangen empfand, von den Rapunzeln zu essen. Das Verlangen nahm jeden Tag zu, und da sie wußte, daß sie keine davon bekommen konnte, so fiel sie ganz ab, sah blaß und elend aus. Da erschrak der Mann und fragte: „Was fehlt dir, liebe Frau?" – „Ach", antwortete sie, „wenn ich keine Rapunzeln aus dem Garten hinter unserm Hause zu essen kriege, so sterbe ich." Der Mann, der sie liebhatte, dachte: Eh du deine Frau sterben lässest, holst du ihr von den Rapunzeln, es mag kosten, was es will. In der Abenddämmerung stieg er also über die Mauer in den Garten der Zauberin, stach in aller Eile eine Handvoll Rapunzeln und brachte sie seiner Frau. Sie machte sich sogleich Salat daraus und aß sie in voller Begierde auf. Sie hatten ihr aber so gut, so gut geschmeckt, daß sie den andern Tag noch dreimal so viel Lust bekam. Sollte sie Ruhe haben, so mußte der Mann noch einmal in den Garten steigen. Er machte sich also in der Abenddämmerung wieder hinab; als er aber die Mauer herabgeklettert war, erschrak er gewaltig, denn er sah die Zauberin vor sich stehen.

„Wie kannst du es wagen", sprach sie mit zornigem Blick, „in meinen Garten zu steigen und wie ein Dieb mir meine Rapunzeln zu stehlen? Das soll dir schlecht bekommen." – „Ach", antwortete er, „laßt Gnade für Recht ergehen, ich habe mich nur aus Not dazu entschlossen: meine Frau hat Eure Rapunzeln aus dem Fenster erblickt und empfindet ein so großes Gelüsten, daß sie sterben würde, wenn sie nicht davon zu essen bekäme." Da ließ die Zauberin in ihrem Zorne nach und sprach zu ihm: „Verhält es sich so, wie du sagst, so will ich dir gestatten, Rapunzeln mitzunehmen, soviel du willst, allein, ich mache eine Bedingung: du mußt mir das Kind geben, das deine Frau zur Welt bringen wird. Es soll ihm gut gehen, und ich will für es sorgen wie eine Mutter." Der Mann sagte in der Angst alles zu, und als die Frau in Wochen kam, so erschien sogleich die Zauberin, gab dem Kinde den Namen Rapunzel und nahm es mit sich fort.

Rapunzel ward das schönste Kind unter der Sonne. Als es zwölf Jahre alt war, schloß es die Zauberin in einen Turm, der in einem Walde lag und weder Treppe noch Türe hatte, nur ganz oben war ein kleines Fensterchen. Wenn die Zauberin hinein wollte, so stellte sie sich unten hin und rief:

„Rapunzel, Rapunzel,
Laß mir dein Haar herunter."

Rapunzel hatte lange prächtige Haare, fein wie gesponnen Gold. Wenn sie nun die Stimme der Zauberin vernahm, so band sie ihre Zöpfe los, wickelte sie oben um einen Fensterhaken, und dann fielen die Haare zwanzig Ellen tief herunter, und die Zauberin stieg daran hinauf.

Nach ein paar Jahren trug es sich zu, daß der Sohn des Königs durch den Wald ritt und an dem Turm vorüberkam. Da hörte er einen Gesang, der war so lieblich, daß er stille hielt und horchte. Das war Rapunzel, die in ihrer Einsamkeit sich die Zeit damit vertrieb, ihre süße Stimme erschallen zu lassen. Der Königssohn wollte zu ihr hinaufsteigen und suchte nach einer Türe des Turms, aber es war keine zu finden. Er ritt heim, doch der Gesang hatte ihm so sehr das Herz gerührt, daß er jeden Tag hinaus in den Wald ging und zuhörte. Als er einmal so hinter einem Baum stand, sah er, daß eine Zauberin herankam, und hörte, wie sie hinaufrief:

„Rapunzel, Rapunzel,
Laß dein Haar herunter."

Da ließ Rapunzel die Haarflechten herab, und die Zauberin stieg zu ihr hinauf. „Ist das die Leiter, auf welcher man hinaufkommt, so will ich auch einmal mein Glück versuchen." Und den folgenden Tag, als es anfing dunkel zu werden, ging er zu dem Turme und rief:

„Rapunzel, Rapunzel,
Laß dein Haar herunter."

Alsbald fielen die Haare herab, und der Königssohn stieg hinauf.

Anfangs erschrak Rapunzel gewaltig, als ein Mann zu ihr hereinkam, wie ihre Augen noch nie einen erblickt hatten, doch der Königssohn fing an, ganz freundlich mit ihr zu reden, und erzählte ihr, daß von ihrem Gesang sein Herz so sehr sei bewegt worden, daß es ihm keine Ruhe gelassen und er sie selbst habe sehen müssen. Da verlor Rapunzel ihre Angst, und als er sie fragte, ob sie ihn zum Mann nehmen wollte, und sie sah, daß er jung und schön war, so dachte sie: Der wird mich lieber haben als die alte Frau Gothel, und sagte ja und legte ihre Hand in seine Hand. Sie sprach: „Ich will gerne mit dir gehen, aber ich weiß nicht, wie ich herabkommen kann. Wenn du kommst, so bring jedesmal einen Strang Seide mit, daraus will ich eine Leiter flechten, und wenn die fertig ist, so steige ich herunter und du nimmst mich auf dein Pferd." Sie verabredeten, daß er bis dahin alle Abende zu ihr kommen sollte, denn bei Tag kam die Alte. Die Zauberin merkte auch nichts davon, bis einmal Rapunzel anfing und zu ihr sagte: „Sag sie mir doch, Frau Gothel, wie kommt es nur, sie wird mir viel schwerer heraufzuziehen als der junge Königssohn, der ist in einem Augenblick bei mir." – „Ach, du gottloses Kind", rief die Zauberin, „was muß ich von dir hören; ich dachte, ich hätte dich von aller Welt geschieden, und du hast mich doch betrogen!" In ihrem Zorne packte sie die schönen Haare der Rapunzel, schlug sie ein paarmal um ihre linke Hand, griff eine Schere mit der rechten, und ritsch, ratsch, waren sie abgeschnitten, und die schönen Flechten lagen auf der Erde. Und sie war so unbarmherzig, daß sie die arme Rapunzel in eine Wüstenei brachte, wo sie in großem Jammer und Elend leben mußte.

Denselben Tag aber, wo sie Rapunzel verstoßen hatte, machte abends die Zauberin die abgeschnittenen Flechten oben am Fensterhaken fest, und als der Königssohn kam und rief:

„Rapunzel, Rapunzel,
Laß dein Haar herunter“,

so ließ sie die Haare hinab. Der Königssohn stieg hinauf, aber er fand oben nicht seine liebste Rapunzel, sondern die Zauberin, die ihn mit bösen und giftigen Blicken ansah. „Aha“, rief sie höhnisch, „du willst die Frau Liebste holen, aber der schöne Vogel sitzt nicht mehr im Nest und singt nicht mehr; die Katze hat ihn geholt und wird dir auch noch die Augen auskratzen. Für dich ist Rapunzel verloren, du wirst sie nie wieder erblicken.“ Der Königssohn geriet außer sich vor Schmerz, und in der Verzweiflung sprang er den Turm herab: das Leben brachte er davon, aber die Dornen, in die er fiel, zerstachen ihm die Augen. Da irrte er blind im Walde umher, aß nichts als Wurzeln und Beeren und tat nichts als jammern und weinen über den Verlust seiner liebsten Frau. So wanderte er einige Jahre im Elend umher und geriet endlich in die Wüstenei, wo Rapunzel mit den Zwillingen, die sie geboren hatte, einem Knaben und Mädchen, kümmerlich lebte. Er vernahm eine Stimme, und sie deuchte ihm so bekannt. Da ging er darauf zu, und wie er herankam, erkannte ihn Rapunzel und fiel ihm um den Hals und weinte. Zwei von ihren Tränen aber benetzten seine Augen, da wurden sie wieder klar, und er konnte damit sehen wie sonst. Er führte sie in sein Reich, wo er mit Freude empfangen ward, und sie lebten noch lange glücklich und vergnügt.

Der Frieder und das Catherlieschen

Es war ein Mann, der hieß Frieder, und eine Frau, die hieß Catherlieschen, die hatten einander geheiratet und lebten zusammen als junge Eheleute. Eines Tages sprach der Frieder: „Ich will jetzt zu Acker, Catherlieschen; wann ich wiederkomme, muß etwas Gebratenes auf dem Tisch stehen für den Hunger und ein frischer Trunk dabei für den Durst.“ – „Geh nur, Friederchen“, antwortete die Catherlies, „geh nur, will dir's schon recht machen.“ Als nun die Essenszeit herbeirückte, holte sie eine Wurst aus dem Schornstein, tat sie in eine Bratpfanne, legte Butter dazu und stellte sie übers Feuer. Die Wurst fing an zu braten und zu brutzeln, Catherlieschen stand dabei, hielt den Pfannenstiel und hatte so seine Gedanken; da fiel ihm ein: Bis die Wurst fertig wird, derweil könntest du ja im Keller den Trunk zapfen. Also stellte es den Pfannenstiel fest, nahm eine Kanne, ging hinab in den Keller und zapfte Bier. Das Bier lief in die Kanne, und Catherlieschen sah ihm zu; da fiel ihm ein: Holla, der Hund oben ist nicht beigetan, der könnte die Wurst aus der Pfanne holen, du kämst mir recht! Und im Hui war es die Kellertreppe hinauf; aber der Spitz hatte die Wurst schon im Maul und schleifte sie auf der Erde mit sich fort. Doch Catherlieschen, nicht faul, setzte ihm nach und jagte ihn ein gut Stück ins Feld; aber der Hund war geschwinder als Catherlieschen, ließ auch die Wurst nicht fahren, sondern über die Äcker hin hüpfen. „Hin ist hin!" sprach Catherlieschen, kehrte um, und weil es sich müdegelaufen hatte, ging es hübsch langsam und kühlte sich ab. Während der Zeit lief das Bier aus dem Faß immerzu, denn Catherlieschen hatte den Hahn nicht umgedreht, und als die Kanne voll und sonst kein Platz war, so lief es in den Keller und hörte nicht eher auf, als bis das ganze Faß leer war. Catherlieschen sah schon auf der Treppe das Unglück. „Spuk", rief es, „was fängst du jetzt an, daß es der Frieder nicht merkt!" Es besann sich ein Weilchen, endlich fiel ihm ein, von der letzten Kirmes stände noch ein Sack mit schönem Weizenmehl auf dem Boden, das wollte es herabholen und in das Bier streuen. „Ja", sprach es, „wer zu rechter Zeit was spart, der hat's hernach in der Not", stieg auf den Boden, trug den Sack herab und warf ihn gerade auf die Kanne voll Bier, daß sie umstürzte und der Trunk des Frieders auch im Keller schwamm. „Es ist ganz recht", sprach Catherlieschen, „wo eins ist, muß das andere auch sein", und zerstreute das Mehl im ganzen Keller. Als es fertig war, freute es sich gewaltig über seine Arbeit und sagte: „Wie's so reinlich und sauber hier aussieht!"

Um Mittagszeit kam der Frieder heim. „Nun, Frau, was hast du mir zurecht gemacht?" – „Ach, Friederchen", antwortete sie, „ich wollte dir ja eine Wurst braten, aber während ich das Bier dazu zapfte, hat sie der Hund aus der Pfanne weggeholt, und als ich das Bier mit dem Weizenmehl auftrocknen wollte, hab ich die Kanne auch noch umgestoßen; aber sei nur zufrieden, der Keller ist wieder ganz trocken." Sprach der Frieder: „Catherlieschen, das hättest du nicht tun müssen! Läßt die Wurst wegholen und das Bier aus dem Faß laufen und verschüttest obendrein unser feines Mehl!" – „Ja, Friederchen, das habe ich nicht gewußt, hättest mir's sagen müssen."

Der Mann dachte: Geht das so mit deiner Frau, so mußt du dich besser vorsehen. Nun hatte er eine hübsche Summe Taler zusammengebracht, die wechselte er in Gold ein und sprach zum Catherlieschen: „Siehst du, das sind gelbe Gickelinge, die will ich in einen Topf tun und im Stall unter der Kuhkrippe vergraben: aber daß du mir ja davonbleibst, sonst geht dir's schlimm:" Sprach sie: „Nein, Friederchen, will's gewiß nicht tun." Nun, als der Frieder fort war, da kamen Krämer, die irdne Näpfe und Töpfe feil hatten, ins Dorf und fragten bei der jungen Frau an, ob sie nichts zu handeln hätte. „O ihr lieben Leute", sprach Catherlieschen, „ich hab kein Geld und kann nichts kaufen; aber könnt ihr gelbe Gickelinge brauchen, so will ich wohl kaufen." – „Gelbe Gickelinge, warum nicht? Laßt sie einmal sehen." – „So geht in den Stall und grabt unter der Kuhkrippe, so werdet ihr die gelben Gickelinge finden, ich darf nicht dabeigehen." Die Spitzbuben gingen hin, gruben und fanden eitel Gold. Da packten sie auf damit, liefen fort und ließen Töpfe und Näpfe im Haus stehen. Catherlieschen meinte, sie müßte das neue Geschirr auch brauchen: weil nun in der Küche ohnhin kein Mangel daran war, schlug sie jedem Topf den Boden aus und steckte sie insgesamt zum Zierat auf die Zaunpfähle rings ums Haus herum. Wie der Frieder kam und den neuen Zierat sah, sprach er: „Catherlieschen, was hast du gemacht?" – „Hab's gekauft, Friederchen, für die gelben Gickelinge, die unter der Kuhkrippe steckten; bin selber nicht dabeigegangen, die Krämer haben sich's herausgraben müssen." – „Ach, Frau", sprach der Frieder, „was hast du gemacht! Das waren keine Gickelinge, es war eitel Gold und war all unser Vermögen; das hättest du nicht tun sollen." – „Ja, Friederchen", antwortete sie, „das hab ich nicht gewußt, hättest mir's vorher sagen sollen."

Catherlieschen stand ein Weilchen und besann sich, da sprach es: „Hör, Friederchen, das Gold wollen wir schon wieder kriegen, wollen hinter den Dieben herlaufen." – „So komm", sprach der Frieder, „wir wollen's versuchen; nimm aber Butter und Käse mit, daß wir auf dem Weg was zu essen haben." – „Ja, Friederchen, will's mitnehmen." Sie machten sich fort, und weil der Frieder besser zu Fuß war, ging Catherlieschen hinten nach. Ist mein Vorteil, dachte es, wenn wir umkehren, hab' ich ja ein Stück voraus. Nun kam es an einen Berg, wo auf beiden Seiten des Wegs tiefe Fahrgleise waren. „Da seh einer", sprach Catherlieschen, „was sie das arme Erdreich zerrissen, geschunden und gedrückt haben! Das wird sein Lebtag nicht wieder heil." Und aus mitleidigem Herzen nahm es seine Butter und bestrich die Gleise, rechts und links, damit sie von den Rädern nicht so gedrückt würden; und wie es sich bei seiner Barmherzigkeit so bückte, rollte ihm ein Käse aus der Tasche den Berg hinab. Sprach das Catherlieschen: „Ich habe den Weg schon einmal herauf gemacht, ich gehe nicht wieder hinab, es mag ein anderer hinlaufen und ihn wieder holen." Also nahm es einen andern Käs und rollte ihn hinab. Die Käse aber kamen nicht wieder, da ließ es noch einen dritten hinablaufen und dachte: Vielleicht warten sie auf Gesellschaft und gehen nicht gern allein. Als sie alle drei ausblieben, sprach es „Ich weiß nicht, was das vorstellen soll! Doch kann's ja sein, der dritte hat den Weg nicht gefunden und sich verirrt, ich will nur den vierten schicken, daß er sie herbeiruft." Der vierte machte es aber nicht besser als der dritte. Da ward das Catherlieschen ärgerlich und warf noch den fünften und sechsten hinab, und das waren die letzten. Eine Zeitlang blieb es stehen und lauerte, daß sie kämen, als sie aber immer nicht kamen, sprach es: „O ihr seid gut nach dem Tod schicken, ihr bleibt fein lange aus;

meint ihr, ich wollte noch länger auf euch warten? Ich gehe meiner Wege, ihr könnt mir nachlaufen, ihr habt jüngere Beine als ich." Catherlieschen ging fort und fand den Frieder, der war stehen geblieben und hatte gewartet, weil er gerne was essen wollte. „Nun, gib einmal her, was du mitgenommen hast." Sie reichte ihm das trockne Brot. „Wo ist Butter und Käse?" fragte der Mann. „Ach, Friederchen", sagte Catherlieschen, „mit der Butter hab' ich die Fahrgleise geschmiert, und die Käse werden bald kommen; einer lief mir fort, da hab' ich die andern nachgeschickt, sie sollten ihn rufen." Sprach der Frieder: „Das hättest du nicht tun sollen, Catherlieschen, die Butter an den Weg schmieren und die Käse hinabrollen." – „Ja, Friederchen, hättest mir's sagen müssen."

Da aßen sie das trockene Brot zusammen, und der Frieder sagte: „Catherlieschen, hast du auch unser Haus verwahrt, wie du fortgegangen bist?" – „Nein, Friederchen, hättest mir's vorher sagen sollen." – „So geh wieder heim und bewahr das Haus, ehe wir weitergehen; bring auch etwas anderes zu essen mit, ich will hier auf dich warten." Catherlieschen ging zurück und dachte: Friederchen will etwas anders zu essen, Butter und Käse schmeckt ihm wohl nicht, so will ich ein Tuch voll Hutzeln und einen Krug Essig zum Trunk mitnehmen. Danach riegelte es die Obertüre zu, aber die Untertüre hob es aus, nahm sie auf die Schulter und glaubte, wenn es die Tür in Sicherheit gebracht hätte, müßte das Haus wohl bewahrt sein. Catherlieschen nahm sich Zeit zum Weg und dachte: Desto länger ruht sich Friederchen aus. Als es ihn wieder erreicht hatte, sprach es: „Da, Friederchen, hast du die Haustüre, da kannst du das Haus selber verwahren." – „Ach, Gott", sprach er, „was habe ich für eine kluge Frau! Hebt die Tür unten aus, daß alles hineinlaufen kann, und riegelt sie oben zu. Jetzt ist's zu spät, noch einmal nach Haus zu gehen; aber du hast die Tür hierher gebracht, so sollst du sie auch ferner tragen." – „Die Türe will ich tragen, Friederchen, aber die Hutzeln und der Essigkrug werden mir zu schwer: ich hänge sie an die Türe, die mag sie tragen."

Nun gingen sie in den Wald und suchten die Spitzbuben, aber sie fanden sie nicht. Weil's endlich dunkel ward, stiegen sie auf einen Baum und wollten da übernachten. Kaum aber saßen sie oben, so kamen die Kerle daher, die forttragen, was nicht mitgehen will, und die Dinge finden, ehe sie verloren sind. Sie ließen sich gerade unter dem Baum nieder, auf dem Frieder und Catherlieschen saßen, machten sich ein Feuer an und wollten ihre Beute teilen. Der Frieder stieg von der andern Seite herab und sammelte Steine, stieg damit wieder hinauf und wollte die Diebe totwerfen. Die Steine aber trafen nicht, und die Spitzbuben riefen: „Es ist bald Morgen, der Wind schüttelt die Tannäpfel herunter." Catherlieschen hatte die Türe noch immer auf der Schulter, und weil sie so schwer drückte, dachte es, die Hutzeln wären schuld, und sprach: „Friederchen, ich muß die Hutzeln hinabwerfen." – „Nein, Catherlieschen, jetzt nicht", antwortete er, „sie könnten uns verraten." – „Ach, Friederchen, ich muß, sie drücken mich gar zu sehr." – „Nun, so tu's ins Henkers Namen!" Da rollten die Hutzeln zwischen den Ästen herab, und die Kerle unten sprachen: „Die Vögel misten." Eine Weile danach, weil die Türe noch immer drückte, sprach Catherlieschen: „Ach, Friederchen, ich muß den Essig ausschütten." – „Nein, Catherlieschen, das darfst du nicht, es könnte uns verraten." – „Ach, Friederchen, ich muß, er drückt mich gar zu sehr." – „Nun so tu's ins Henkers Namen!" Da schüttete es den Essig aus, daß er die Kerle bespritzte. Sie sprachen untereinander: „Der Tau tröpfelt schon herunter." Endlich dachte Catherlieschen: Sollte es wohl die Türe sein, was mich so drückt? und sprach: „Friederchen, ich muß die Türe hinabwerfen." – „Nein, Catherlieschen, jetzt nicht, sie könnte uns verraten." – „Ach, Friederchen, ich muß, sie drückt mich gar zu sehr." – „Nein, Catherlieschen, halt sie ja fest." – „Ach, Friederchen, ich laß sie fallen." – „Ei", antwortete Frieder ärgerlich, „so laß sie fallen ins Teufels Namen!" Da fiel sie herunter mit starkem Gepolter, und die Kerle unten riefen: „Der Teufel kommt vom Baum herab", rissen aus und ließen alles im Stich. Frühmorgens, wie die zwei herunterkamen, fanden sie all ihr Gold wieder und trugen's heim.

Als sie wieder zu Haus waren, sprach der Frieder: „Catherlieschen, nun mußt du aber auch fleißig sein und arbeiten." – „Ja, Friederchen, will's schon tun, will ins Feld gehen, Frucht schneiden." Als Catherlieschen im Feld war, sprach's mit sich selber: „Eß ich, eh ich schneid, oder schlaf ich, eh ich schneid? Hei, ich will eher essen!" Da aß Catherlieschen und ward überm Essen schläfrig und fing an zu schneiden und schnitt halb träumend all seine Kleider entzwei, Schürze, Rock und Hemd. Wie Catherlieschen nach langem Schlaf wieder erwachte, stand es halb nackigt da und sprach zu sich selber: „Bin ich's, oder bin ich's nicht? Ach, ich bin's nicht!" Unterdessen ward's Nacht, da lief Catherlieschen ins Dorf hinein, klopfte an ihres Mannes Fenster und rief: „Friederchen?" – „Was ist denn?" – „Möcht gern wissen, ob Catherlieschen drinnen ist?" – „Ja, ja", antwortete der Frieder, „es wird wohl drin liegen und schlafen." Sprach sie: „Gut, dann bin ich gewiß schon zu Haus", und lief fort.

Draußen fand Catherlieschen Spitzbuben, die wollten stehlen. Da ging Catherlieschen zu ihnen und sprach: „Ich will euch helfen stehlen!" Die Spitzbuben meinten, es wüßte die Gelegenheit des Orts, und waren's zufrieden. Catherlieschen ging vor die Häuser und rief: „Leute, habt ihr was? Wir wollen stehlen." Dachten die Spitzbuben: Das wird gut werden und wünschten, sie wären Catherlieschen wieder los. Da sprachen sie zu ihm: „Vorm Dorfe hat der Pfarrer Rüben auf dem Feld, geh hin und rupf uns Rüben." Catherlieschen ging hin auf's Land und fing an zu rupfen, war aber so faul und hob sich nicht in die Höhe. Da kam ein Mann vorbei, sah's und stand still und dachte, das wäre der Teufel, der so in den Rüben wühlte. Lief fort ins Dorf zum Pfarrer und sprach: „Herr Pfarrer, in Eurem Rübenland ist der Teufel und rupft." – „Ach Gott", antwortete der Pfarrer, „ich habe einen lahmen Fuß, ich kann nicht hinaus und ihn wegbannen." Sprach der Mann: „So will ich Euch hockeln", und hockelte ihn hinaus. Und als sie an das Land kamen, machte sich das Catherlieschen auf und reckte sich in die Höhe. „Ach, der Teufel!" rief der Pfarrer, und beide eilten fort, und der Pfarrer konnte vor großer Angst mit seinem lahmen Fuß gerader laufen als der Mann, der ihn gehockelt hatte, mit seinen gesunden Beinen.

Die zwei Brüder

Es waren einmal zwei Brüder, ein reicher und ein armer. Der reiche war ein Goldschmied und bös von Herzen: der arme nährte sich davon, daß er Besen band, und war gut und redlich. Der arme hatte zwei Kinder, das waren Zwillingsbrüder und sich so ähnlich wie ein Tropfen Wasser dem andern. Die zwei Knaben gingen in des Reichen Haus ab und zu und erhielten von dem Abfall manchmal etwas zu essen. Es trug sich zu, daß der arme Mann, als er in den Wald ging, Reisig zu holen, einen Vogel sah, der ganz golden war und so schön, wie ihm noch niemals einer vor Augen gekommen war. Da hob er ein Steinchen auf, warf nach ihm und traf ihn auch glücklich; es fiel aber nur eine goldene Feder herab, und der Vogel flog fort. Der Mann nahm die Feder und brachte sie seinem Bruder, der sah sie an und sprach: „Es ist eitel Gold", und gab ihm viel Geld dafür. Am andern Tag stieg der Mann auf einen Birkenbaum und wollte ein paar Äste abhauen; da flog derselbe Vogel heraus, und als der Mann nachsuchte, fand er ein Nest, und ein Ei lag darin, das war von Gold. Er nahm das Ei mit heim und brachte es seinem Bruder, der sprach wiederum: „Es ist eitel Gold", und gab ihm, was es wert war. Zuletzt sagte der Goldschmied: „Den Vogel selber möchte ich wohl haben." Der Arme ging zum drittenmal in den Wald und sah den Goldvogel wieder auf dem Baum sitzen; da nahm er einen Stein und warf ihn herunter und brachte ihn seinem Bruder, der gab ihm einen großen Haufen Gold dafür. „Nun kann ich mir forthelfen", dachte er und ging zufrieden nach Haus.

Der Goldschmied war klug und listig und wußte wohl, was das für ein Vogel war. Er rief seine Frau und sprach: „Brat mir den Goldvogel und sorge, daß nichts davon wegkommt; ich habe Lust, ihn ganz allein zu essen." Der Vogel aber war kein gewöhnlicher, sondern so wunderbarer Art, daß wer Herz und Leber von ihm aß, jeden Morgen ein Goldstück unter seinem Kopfkissen fand. Die Frau machte den Vogel zurecht, steckte ihn an einen Spieß und ließ ihn braten. Nun geschah es, daß, während er am Feuer stand und die Frau anderer Arbeiten wegen notwendig aus der Küche gehen mußte, die zwei Kinder des armen Besenbinders hereinliefen, sich vor den Spieß stellten und ein paarmal herumdrehten. Und als da gerade zwei Stücklein aus dem Vogel in die Pfanne herabfielen, sprach der eine: „Die paar Bißchen wollen wir essen, ich bin so hungrig, es wird's ja niemand daran merken." Da aßen sie beide die Stückchen auf; die Frau kam aber dazu, sah, daß sie etwas aßen, und sprach: „Was habt ihr gegessen?" – „Ein paar Stückchen, die aus dem Vogel herausgefallen sind", antworteten sie. „Das ist Herz und Leber gewesen", sprach die Frau ganz erschrocken, und damit ihr Mann nichts vermißte und nicht böse ward, schlachtete sie geschwind ein Hähnchen, nahm Herz und Leber heraus und legte es zu dem Goldvogel. Als es gar war, trug sie ihn dem Goldschmied auf, der ihn ganz allein verzehrte und nichts übrigließ. Am andern Morgen aber, als er unter sein Kopfkissen griff und dachte, das Goldstück hervorzuholen, war so wenig wie sonst eins zu finden.

Die beiden Kinder aber wußten nicht, was ihnen für ein Glück zuteil geworden war. Am andern Morgen, wie sie aufstanden, fiel etwas auf die Erde und klingelte, und als sie es aufhoben, da waren's zwei Goldstücke. Sie brachten sie ihrem Vater, der wunderte sich und sprach: „Wie sollte das zugegangen sein?" Als sie aber am andern Morgen wieder zwei fanden und so jeden Tag, da ging er zu seinem Bruder und erzählte ihm die seltsame Geschichte. Der Goldschmied merkte gleich, wie es gekommen war und daß die Kinder Herz und Leber von dem Goldvogel gegessen hatten, und um sich zu rächen und weil er neidisch und hartherzig war, sprach er zu dem Vater: „Deine Kinder sind mit dem Bösen im Spiel, nimm das Gold nicht und dulde sie nicht länger in deinem Haus, denn er hat Macht über sie und kann dich selbst noch ins Verderben bringen." Der Vater fürchtete den Bösen, und so schwer es ihm ankam, führte er doch die Zwillinge hinaus in den Wald und verließ sie da mit traurigem Herzen.

Nun liefen die zwei Kinder im Wald umher und suchten den Weg nach Haus, konnten ihn aber nicht finden, sondern verirrten sich immer weiter. Endlich begegneten sie einem Jäger, der fragte: „Wem gehört ihr, Kinder?" – „Wir sind des armen Besenbinders Jungen", antworteten sie und erzählten ihm, daß ihr Vater sie nicht länger im Hause hätte behalten wollen, weil alle Morgen ein Goldstück unter ihrem Kopfkissen läge. „Nun", sagte der Jäger, „das ist gerade nichts Schlimmes, wenn ihr nur rechtschaffen dabei bleibt und euch nicht auf die faule Haut legt." Der gute Mann, weil ihm die Kinder gefielen und er selbst keine hatte, so nahm er sie mit nach Haus und sprach: „Ich will euer Vater sein und euch großziehen." Sie lernten da bei ihm die Jägerei, und das Goldstück, das ein jeder beim Aufstehen fand, das hob er ihnen auf, wenn sie's in Zukunft nötig hätten.

Als sie herangewachsen waren, nahm sie ihr Pflegevater eines Tages mit in den Wald und sprach: „Heute sollt ihr euren Probeschuß tun, damit ich euch freisprechen und zu Jägern machen kann." Sie gingen mit ihm auf den Anstand und warteten lange, aber es kam kein Wild. Der Jäger sah über sich und sah eine Kette von Schneegänsen in der Gestalt eines Dreiecks fliegen; da sagte er zu dem einen: „Nun schieß von jeder Ecke eine herab." Der tat's und vollbrachte damit seinen Probeschuß. Bald darauf kam noch eine Kette angeflogen und hatte die Gestalt der Ziffer Zwei. Da hieß der Jäger den andern gleichfalls von jeder Ecke eine herunterholen, und dem gelang sein Probeschuß auch. Nun sagte der Pflegevater: „Ich sprech' euch frei, ihr seid ausgelernte Jäger." Darauf gingen die zwei Brüder zusammen in den Wald, ratschlagten miteinander und verabredeten etwas. Und als sie abends sich zum Essen niedergesetzt hatten, sagten sie zu ihrem Pflegevater: „Wir rühren die Speise nicht an und nehmen keinen Bissen, bevor Ihr uns eine Bitte gewährt habt." Sprach er: „Was ist denn eure Bitte?" Sie antworteten: „Wir haben nun ausgelernt, wir müssen uns auch in der Welt versuchen; so erlaubt, daß wir fortziehen und wandern." Da sprach der Alte mit Freuden: „Ihr redet wie brave Jäger; was ihr begehrt, ist mein eigner Wunsch gewesen; zieht aus, es wird euch wohlergehen." Darauf aßen und tranken sie fröhlich zusammen.

Als der bestimmte Tag kam, schenkte der Pflegevater jedem eine gute Büchse und einen Hund und ließ jeden von seinen gesparten Goldstücken nehmen, soviel er wollte. Darauf begleitete er sie ein Stück Wegs, und beim Abschied gab er ihnen noch ein blankes Messer und sprach: „Wann ihr euch einmal trennt, so stoßt dies Messer am Scheideweg in einen Baum; daran kann einer, wenn er zurückkommt, sehen, wie es seinem abwesenden Bruder ergangen ist, denn die Seite, nach welcher dieser ausgezogen ist, rostet, wann er stirbt; solange er aber lebt, bleibt sie blank." Die zwei Brüder gingen immer weiter fort und kamen in einen Wald, so groß, daß sie unmöglich in einem Tag herauskonnten. Also blieben sie die Nacht darin und aßen, was sie in die Jägertasche gesteckt hatten; sie gingen aber auch noch den zweiten Tag und kamen nicht heraus. Da sie nichts zu essen hatten, so sprach der eine: „Wir müssen uns etwas schießen, sonst leiden wir Hunger", lud seine Büchse und sah sich um. Und als ein alter Hase dahergelaufen kam, lege er an, aber der Hase rief:

„Lieber Jäger, laß mich leben,
Ich will dir auch zwei Junge geben."

Sprang auch gleich ins Gebüsch und brachte zwei Junge; die Tierlein spielten aber so munter und waren so artig, daß die Jäger es nicht übers Herz bringen konnten, sie zu töten. Sie behielten sie also bei sich, und die kleinen Hasen folgten ihnen auf dem Fuße nach. Bald darauf schlich ein Fuchs vorbei, den wollten sie niederschießen, aber der Fuchs rief:

„Lieber Jäger, laß mich leben,
Ich will dir auch zwei Junge geben."

Er brachte auch zwei Füchslein, und die Jäger mochten sie auch nicht töten, gaben sie den Hasen zur Gesellschaft, und sie folgten ihnen nach. Nicht lange, so schritt ein Wolf aus dem Dickicht, die Jäger legten auf ihn an, aber der Wolf rief:

„Lieber Jäger, laß mich leben,
Ich will dir auch zwei Junge geben."

Die zwei jungen Wölfe taten die Jäger zu den andern Tieren, und sie folgten ihnen nach. Darauf kam ein Bär, der wollte gern noch länger herumtraben und rief:

„Lieber Jäger, laß mich leben,
Ich will dir auch zwei Junge geben."

Die zwei jungen Bären wurden zu den andern gesellt, und waren ihrer schon acht. Endlich, wer kam? Ein Löwe kam und schüttelte seine Mähne. Aber die Jäger ließen sich nicht schrecken und zielten auf ihn; aber der Löwe sprach gleichfalls:

„Lieber Jäger, laß mich leben,
Ich will dir auch zwei Junge geben."

Er holte auch seine Jungen herbei, und nun hatten die Jäger zwei Löwen, zwei Bären, zwei Wölfe, zwei Füchse und zwei Hasen, die ihnen nachzogen und dienten. Indessen war ihr Hunger damit nicht gestillt worden; da sprachen sie zu den Füchsen: „Hört ihr Schleicher, schafft uns etwas zu essen, ihr seid ja listig und verschlagen." Sie antworteten: „Nicht weit von hier liegt ein Dorf, wo wir schon manches Huhn geholt haben; den Weg dahin wollen wir euch zeigen." Da gingen sie ins Dorf, kauften sich etwas zu essen und ließen auch ihren Tieren Futter geben und zogen dann weiter. Die Füchse aber wußten guten Bescheid in der Gegend, wo die Hühnerhöfe waren, und konnten die Jäger überall zurechtweisen.

Nun zogen sie eine Weile herum, konnten aber keinen Dienst finden, wo sie zusammen geblieben wären; da sprachen sie: „Es geht nicht anders, wir müssen uns trennen." Sie teilten die Tiere, so daß jeder einen Löwen, einen Bären, einen Wolf, einen Fuchs und einen Hasen bekam. Dann nahmen sie Abschied, versprachen sich brüderliche Liebe bis in den Tod und stießen das Messer, das ihnen ihr Pflegevater mitgegeben, in einen Baum; worauf der eine nach Osten, der andere nach Westen zog.

Der jüngste aber kam mit seinen Tieren in eine Stadt, die war ganz mit schwarzem Flor überzogen. Er ging in ein Wirtshaus und fragte den Wirt, ob er nicht seine Tiere herbergen könnte. Der Wirt gab ihnen einen Stall, wo in der Wand ein Loch war; da kroch der Hase hinaus und holte sich ein Kohlhaupt, und der Fuchs holte sich ein Huhn und, als er das gefressen hatte, auch den Hahn dazu; der Wolf aber, der Bär und der Löwe, weil sie zu groß waren, konnten nicht hinaus. Da ließ sie der Wirt hinbringen, wo eben eine Kuh auf dem Rasen lag, daß sie sich satt fraßen. Und als der Jäger für seine Tiere gesorgt hatte, fragte er erst den Wirt, warum die Stadt so mit Trauerflor umhängt wäre? Sprach der Wirt: „Weil morgen unseres Königs einzige Tochter sterben wird." Fragte der Jäger: „Ist sie sterbenskrank?" – „Nein", antwortete der Wirt, „sie ist frisch und gesund, aber sie muß doch sterben." – „Wie geht das zu?" fragte der Jäger. „Draußen vor der Stadt ist ein hoher Berg, darauf wohnt ein Drache, der muß alle Jahre eine reine Jungfrau haben, sonst verwüstet er das ganze Land. Nun sind schon alle Jungfrauen hingegeben, und ist niemand mehr übrig als die Königstochter; dennoch ist keine Gnade, sie muß ihm überliefert werden; und das soll morgen geschehen." Sprach der Jäger: „Warum wird der Drache nicht getötet?" – „Ach", antwortete der Wirt, „so viele Ritter haben's versucht, aber allesamt ihr Leben eingebüßt; der König hat dem, der den Drachen besiegt, seine Tochter zur Frau versprochen, und er soll auch nach seinem Tod das Reich erben."

Der Jäger sagte dazu weiter nichts, aber am andern Morgen nahm er seine Tiere und stieg mit ihnen auf den Drachenberg. Da stand oben eine kleine Kirche, und auf dem Altar standen drei gefüllte Becher, und dabei war die Schrift: „Wer die Becher austrinkt, wird der stärkste Mann auf Erden und wird das Schwert führen, das vor der Türschwelle vergraben liegt." Der Jäger trank da nicht, ging hinaus und suchte das Schwert in der Erde, vermochte aber nicht, es von der Stelle zu bewegen. Da ging er hin und trank die Becher aus und war nun stark genug, das Schwert aufzunehmen und seine Hand konnte es ganz leicht führen. Als die Stunde kam, wo die Jungfrau dem Drachen sollte ausgeliefert werden, begleitete sie der König, der Marschall und die Hofleute hinaus. Sie sah von weitem den Jäger oben auf dem Drachenberg und meinte, der Drache stände da und erwartete sie, und wollte nicht hinaufgehen, endlich aber, weil die ganze Stadt sonst verloren gewesen, mußte sie den schweren Gang tun. Der König und die Hofleute kehrten voll großer Trauer heim, des Königs Marschall aber sollte stehenbleiben und aus der Ferne alles mitansehen.

Als die Königstochter oben auf den Berg kam, stand da nicht der Drache, sondern der junge Jäger, der sprach ihr Trost ein und sagte, er wolle sie retten, führte sie in die Kirche und verschloß sie darin. Gar nicht lange, so kam mit großem Gebraus der siebenköpfige Drache dahergefahren. Als er den Jäger erblickte, verwunderte er sich und sprach: „Was hast du hier auf dem Berge zu schaffen?“ Der Jäger antwortete: „Ich will mit dir kämpfen.“ Sprach der Drache: „So mancher Rittersmann hat hier sein Leben gelassen, mit dir will ich auch fertig werden“, und atmete Feuer aus sieben Rachen. Das Feuer sollte das trockne Gras anzünden, und der Jäger sollte in der Glut und dem Dampf ersticken, aber die Tiere kamen herbeigelaufen und traten das Feuer aus. Da fuhr der Drache gegen den Jäger, aber er schwang sein Schwert, daß es in der Luft sang, und schlug ihm drei Köpfe ab. Da ward der Drache erst recht wütend, erhob sich in die Luft, spie die Feuerflammen über den Jäger aus und wollte sich auf ihn stürzen, aber der Jäger zückte nochmals sein Schwert und hieb ihm wieder drei Köpfe ab. Das Untier ward matt und sank nieder und wollte doch wieder auf den Jäger los, aber er schlug ihm mit der letzten Kraft den Schweif ab, und weil er nicht mehr kämpfen konnte, rief er seine Tiere herbei, die zerrissen es in Stücke. Als der Kampf zu Ende war, schloß der Jäger die Kirche auf und fand die Königstochter auf der Erde liegen, weil ihr die Sinne vor Angst und Schrecken während des Streites vergangen waren. Er trug sie heraus, und als sie wieder zu sich selbst kam und die Augen aufschlug, zeigte er ihr den zerrissenen Drachen und sagte ihr, daß sie nun erlöst wäre. Sie freute sich und sprach: „Nun wirst du mein liebster Gemahl werden, denn mein Vater hat mich demjenigen versprochen, der den Drachen tötet.“ Darauf hing sie ihr Halsband von Korallen ab und verteilte es unter die Tiere, um sie zu belohnen, und der Löwe erhielt das goldene Schlößchen davon. Ihr Taschentuch aber, in dem ihr Name stand, schenkte sie dem Jäger, der ging hin und schnitt aus den sieben Drachenköpfen die Zungen aus, wickelte sie in das Taschentuch und verwahrte sie wohl.

Als das geschehen war, weil er von dem Feuer und dem Kampf so matt und müde war, sprach er zur Jungfrau: „Wir sind beide so matt und müde, wir wollen ein wenig schlafen.“ Da sagte sie „Ja“, und sie ließen sich auf die Erde nieder, und der Jäger sprach zu dem Löwen: „Du sollst wachen, damit uns niemand im Schlaf überfällt“, und beide schliefen ein. Der Löwe legte sich neben sie, um zu wachen, aber er war vom Kampf auch müde, daß er den Bären rief und sprach: „Lege dich neben mich, ich muß ein wenig schlafen, und wenn was kommt, so wecke mich auf.“ Da legte sich der Bär neben ihn, aber er war auch müde und rief den Wolf und sprach: „Lege dich neben mich, ich muß ein wenig schlafen, und wenn was kommt, so wecke mich auf." Da legte sich der Wolf neben ihn, aber er war auch müde und rief den Fuchs und sprach: „Lege dich neben mich, ich muß ein wenig schlafen, und wenn was kommt, so wecke mich auf." Da legte sich der Fuchs neben ihn, aber er war auch müde, rief den Hasen und sprach: „Lege dich neben mich, ich muß ein wenig schlafen, und wenn was kommt, so wecke mich auf." Da setzte sich der Hase neben ihn, aber der Hase war auch müde und hatte niemand, den er zur Wache herbeirufen konnte, und schlief ein. Da schlief nun die Königstochter, der Jäger, der Löwe, der Bär, der Wolf, der Fuchs und der Hase, und sie schliefen alle einen festen Schlaf.

Der Marschall aber, der von weitem hatte zuschauen sollen, als er den Drachen nicht mit der Jungfrau fortfliegen sah und alles auf dem Berg ruhig ward, nahm sich ein Herz und stieg hinauf. Da lag der Drache zerstückt und zerrissen auf der Erde und nicht weit davon die Königstochter und ein Jäger mit seinen Tieren, die waren alle in tiefen Schlaf versunken. Und weil er bös und gottlos war, so nahm er sein Schwert und hieb dem Jäger das Haupt ab und faßte die Jungfrau auf den Arm und trug sie den Berg hinab. Da erwachte sie und erschrak, aber der Marschall sprach: „Du bist in meinen Händen, du sollst sagen, daß ich es gewesen bin, der den Drachen getötet hat." – „Das kann ich nicht", antwortete sie, „denn ein Jäger mit seinen Tieren hat's getan." Da zog er sein Schwert und drohte sie zu töten, wo sie ihm nicht gehorchte, und zwang sie damit, daß sie es versprach. Darauf brachte er sie vor den König, der sich vor Freuden nicht zu lassen wußte, als er sein liebes Kind wieder lebend erblickte, das er von dem Untier zerrissen glaubte. Der Marschall sprach zu ihm: „Ich habe den Drachen getötet und die Jungfrau und das ganze Reich befreit, darum fordere ich sie zur Gemahlin, so wie es zugesagt ist." Der König fragte die Jungfrau: „Ist das wahr, was er spricht?" – „Ach ja", antwortete sie, „es muß wohl wahr sein; aber ich halte mir aus, daß erst über Jahr und Tag die Hochzeit gefeiert wird", denn sie dachte, in der Zeit etwas von ihrem lieben Jäger zu hören.

Auf dem Drachenberg aber lagen noch die Tiere neben ihrem toten Herrn und schliefen; da kam eine große Hummel und setzte sich dem Hasen auf die Nase, aber der Hase wischte sie mit der Pfote ab und schlief weiter. Die Hummel kam zum zweitenmal, aber der Hase wischte sie wieder ab und schlief fort. Da kam sie zum drittenmal und stach ihm in die Nase, daß er aufwachte. Sobald der Hase wach war, weckte er den Fuchs, und der Fuchs den Wolf, und der Wolf den Bär, und der Bär den Löwen. Und als der Löwe aufwachte und sah, daß die Jungfrau fort war und sein Herr tot, fing er an, fürchterlich zu brüllen, und rief: „Wer hat das vollbracht? Bär, warum hast du mich nicht geweckt?" Der Bär fragte den Wolf: „Warum hast du mich nicht geweckt?", und der Wolf den Fuchs: „Warum hast du mich nicht geweckt?" und der Fuchs den Hasen: „Warum hast du mich nicht geweckt?" Der arme Has wußte allein nichts zu antworten, und die Schuld blieb auf ihm hangen. Da wollten sie über ihn herfallen, aber er bat und sprach: „Bringt mich nicht um, ich will unsern Herrn wieder lebendig machen. Ich weiß einen Berg, da wächst eine Wurzel, wer die im Mund hat, der wird von aller Krankheit und allen Wunden geheilt. Aber der Berg liegt zweihundert Stunden von hier." Sprach der Löwe: „In vierundzwanzig Stunden mußt du hin- und hergelaufen sein und die Wurzel mitbringen." Da sprang der Hase fort, und in vierundzwanzig Stunden war er wieder zurück und brachte die Wurzel mit. Der Löwe setzte dem Jäger den Kopf wieder an, und der Hase steckte ihm die Wurzel in den Mund; alsbald fügte sich alles wieder zusammen, und das Herz schlug, und das Leben kehrte zurück. Da erwachte der Jäger und erschrak, als er die Jungfrau nicht mehr sah, und dachte: Sie ist wohl fortgegangen, während ich schlief, um mich loszuwerden. Der Löwe hatte in der großen Eile seinem Herrn den Kopf verkehrt aufgesetzt, der aber merkte es nicht bei seinen traurigen Gedanken an die Königstochter. Erst zu Mittag, als er etwas essen wollte, da sah er, daß ihm der Kopf nach dem Rücken zu stand, konnte es nicht begreifen und fragte die Tiere, was ihm im Schlaf widerfahren wäre. Da erzählte ihm der Löwe, daß sie auch alle aus Müdigkeit eingeschlafen wären, und beim Erwachen hätten sie ihn tot gefunden mit abgeschlagenem Haupte, der Hase hätte die Lebenswurzel geholt, er aber in der Eile den Kopf verkehrt gehalten; doch wolle er seinen Fehler wieder gutmachen. Dann riß er dem Jäger den Kopf wieder ab, drehte ihn herum, und der Hase heilte ihn mit der Wurzel fest.

Der Jäger aber war traurig, zog in der Welt herum und ließ seine Tiere vor den Leuten tanzen. Es trug sich zu, daß er gerade nach Verlauf eines Jahres wieder in dieselbe Stadt kam, wo er die Königstochter vom Drachen erlöst hatte, und die Stadt war diesmal ganz mit rotem Scharlach ausgehängt. Da sprach er zum Wirt: „Was will das sagen? Vorm Jahr war die Stadt mit schwarzem Flor überzogen, was soll heute der rote Scharlach?" Der Wirt antwortete: „Vorm Jahr sollte unsers Königs Tochter dem Drachen ausgeliefert werden, aber der Marschall hat mit ihm gekämpft und ihn getötet, und da soll morgen ihre Vermählung gefeiert werden; darum war die Stadt damals mit schwarzem Flor zur Trauer und ist heute mit rotem Scharlach zur Freude ausgehängt."

Am andern Tag, wo die Hochzeit sein sollte, sprach der Jäger um die Mittagszeit zum Wirt: „Glaubt Er wohl, Herr Wirt, daß ich heut Brot von des Königs Tisch hier bei Ihm essen will?" – „Ja", sprach der Wirt, „da wollt ich noch hundert Goldstücke dransetzen, daß das nicht wahr ist." Der Jäger nahm die Wette an und setzte einen Beutel mit ebensoviel Goldstücken dagegen. Dann rief er den Hasen und sprach: „Geh hin, lieber Springer, und hol mir von dem Brot, das der König ißt." Nun war das Häslein das geringste und konnte es keinem andern wieder auftragen, sondern mußte sich selbst auf die Beine machen. Ei, dachte es, wann ich so allein durch die Straßen springe, da werden die Metzgerhunde hinter mir drein sein. Wie es dachte, so geschah es auch, und die Hunde kamen hinter ihm drein und wollten ihm sein gutes Fell flicken. Es sprang aber, hast du nicht gesehen! und flüchtete sich in ein Schilderhaus, ohne daß es der Soldat gewahr wurde. Da kamen die Hunde und wollten es heraushaben, aber der Soldat verstand keinen Spaß und schlug mit dem Kolben drein, daß sie schreiend und heulend fortliefen. Als der Hase merkte, daß die Luft rein war, sprang er zum Schloß hinein und gerade zur Königstochter, setzte sich unter ihren Stuhl und kratzte sie am Fuß. Da sagte sie: „Willst du fort!", und meinte, es wäre ihr Hund. Der Hase kratzte zum zweitenmal am Fuß, da sagte sie wieder: „Willst du fort!" und meinte, es wäre ihr Hund. Aber der Hase ließ sich nicht irre machen und kratzte zum drittenmal, da guckte sie herab und erkannte den Hasen an seinem Halsband. Nun nahm sie ihn auf ihren Schoß, trug ihn in ihre Kammer und sprach: „Lieber Hase, was willst du?" Antwortete er: „Mein Herr, der den Drachen getötet hat, ist hier und schickt mich, ich soll um Brot bitten, wie es der König ißt." Da war sie voll Freude und ließ den Bäcker kommen und befahl ihm, ein Brot zu bringen, wie es der König aß. Sprach das Häslein: „Aber der Bäcker muß mir's auch hintragen, damit mir die Metzgerhunde nichts tun." Der Bäcker trug es ihm bis an die Türe der Wirtsstube; da stellte sich der Hase auf die Hinterbeine, nahm alsbald das Brot in die Vorderpfoten und brachte es seinem Herrn. Da sprach der Jäger: „Sieht Er, Herr Wirt, die hundert Goldstücke sind mein." Der Wirt wunderte sich, aber der Jäger sagte weiter: „Ja, Herr Wirt, das Brot hätt' ich, nun will ich aber auch von des Königs Braten essen." Der Wirt sagte: „Das möcht ich sehen", aber wetten wollte er nicht mehr. Rief der Jäger den Fuchs und sprach: „Mein Füchslein, geh hin und hol mir Braten, wie ihn der König ißt." Der Rotfuchs wußte die Schliche besser, ging an den Ecken und durch die Winkel, ohne daß ihn ein Hund sah, setzte sich unter der Königstochter Stuhl und kratzte an ihrem Fuß. Da sah sie herab und erkannte den Fuchs am Halsband, nahm ihn mit in ihre Kammer und sprach: „Lieber Fuchs, was willst du?" Antwortete er: „Mein Herr, der den Drachen getötet hat, ist hier und schickt mich, ich soll bitten um einen Braten, wie ihn der König ißt." Da ließ sie den Koch kommen, der mußte einen Braten, wie ihn der König aß, anrichten und dem Fuchs bis an die Türe tragen; da nahm ihm der Fuchs die Schlüssel ab, wedelte mit seinem Schwanz erst die Fliegen weg, die sich auf den Braten gesetzt hatten, und brachte ihn dann seinem Herrn. „Sieht Er, Herr Wirt", sprach der Jäger, „Brot und Fleisch ist da, nun will ich auch Zugemüs essen, wie es der König ißt." Da rief er den Wolf und sprach: „Lieber Wolf, geh hin und hol mir Zugemüs, wie's der König ißt." Da ging der Wolf geradezu ins Schloß, weil er sich vor niemand fürchtete, und als er in der Königstochter Zimmer kam, da zupfte er sie hinten am Kleid, daß sie sich umschauen mußte. Sie erkannte ihn am Halsband und nahm ihn mit in ihre Kammer und sprach: „Lieber Wolf, was willst du?" Antwortete er: „Mein Herr, der den Drachen getötet hat, ist hier, ich soll bitten um Zugemüs, wie es der König ißt." Da ließ sie den Koch kommen, der mußte ein Zugemüs bereiten, wie es der König aß, und mußte es dem Wolf bis vor die Türe tragen; da nahm ihm der Wolf die Schüssel ab und brachte sie seinem Herrn. „Sieht Er, Herr Wirt", sprach der Jäger, „nun hab ich Brot, Fleisch und Zugemüs, aber ich will auch Zuckerwerk essen, wie es der König ißt." Rief er den Bären und sprach: „Lieber Bär, du leckst doch gern etwas Süßes, geh hin und hol mir Zuckerwerk, wie es der König ißt." Da trabte der Bär nach dem Schlosse und ging ihm jedermann aus dem Wege. Als er aber zur Wache kam, hielt sie die Flinten vor und wollte ihn nicht ins königliche Schloß lassen. Aber er hob sich in die Höhe und gab mit seinen Tatzen links und rechts ein paar Ohrfeigen, daß die ganze Wache zusammenfiel, und darauf ging er gerades Weges zu der Königstochter, stellte sich hinter sie und brummte ein wenig. Da schaute sie rückwärts und erkannte den Bären und hieß ihn mitgehn in ihre Kammer und sprach: „Lieber Bär, was willst du?" Antwortete er: „Mein Herr, der den Drachen getötet hat, ist hier, ich soll bitten um Zuckerwerk, wie's der König ißt." Da ließ sie den Zuckerbäcker kommen, der mußte Zuckerwerk backen, wie's der König aß, und dem Bären vor die Türe tragen; da leckte der Bär erst die Zuckererbsen auf, die heruntergerollt waren, dann stellte er sich aufrecht, nahm die Schüssel und brachte sie seinem Herrn. „Sieht Er, Herr Wirt", sprach der Jäger, „nun hab ich Brot, Fleisch, Zugemüs und Zuckerwerk, aber ich will auch Wein trinken, wie ihn der König trinkt." Er rief seinen Löwen herbei und sprach: „Lieber Löwe, du trinkst dir doch gerne einen Rausch, geh und hol mir Wein, wie ihn der König trinkt." Da schritt der Löwe über die Straße, und die Leute liefen vor ihm, und als er an die Wache kam, wollte sie den Weg sperren, aber er brüllte nur einmal, so sprang alles fort. Nun ging der Löwe vor das königliche Zimmer und klopfte mit seinem Schweif an die Türe. Da kam die Königstochter heraus und wäre fast über den Löwen erschrocken, aber sie erkannte ihn an dem goldenen Schloß von ihrem Halsbande und hieß ihn mit in ihre Kammer gehen und sprach: „Lieber Löwe, was willst du?" Antwortete der: „Mein Herr, der den Drachen getötet hat, ist hier, ich soll bitten um Wein, wie ihn der König trinkt." Da ließ sie den Mundschenk kommen, der sollte dem Löwen Wein geben, wie ihn der König tränke. Sprach der Löwe: „Ich will mitgehen und sehen, daß ich den rechten kriege." Da ging er mit dem Mundschenk hinab, und als sie unten hinkamen, wollte ihm dieser von dem gewöhnlichen Wein zapfen, wie ihn des Königs Diener tranken, aber der Löwe sprach: „Halt! Ich will den Wein erst versuchen", zapfte sich ein halbes Maß und schluckte es auf einmal hinab. „Nein", sagte er, „das ist nicht der rechte." Der

Mundschenk sah ihn schief an, ging aber und wollte ihm aus einem andern Faß geben, das für des Königs Marschall war. Sprach der Löwe: „Halt! Erst will ich den Wein versuchen“, zapfte sich ein halbes Maß und trank es; „der ist besser, aber noch nicht der rechte.“ Da ward der Mundschenk bös und sprach: „Was so ein dummes Vieh vom Wein verstehen will!“ Aber der Löwe gab ihm einen Schlag hinter die Ohren, daß er unsanft zur Erde fiel, und als er sich wieder aufgemacht hatte, führte er den Löwen ganz stillschweigend in einen kleinen besonderen Keller, wo des Königs Wein lag, von dem sonst kein Mensch zu trinken bekam. Der Löwe zapfte sich erst ein halbes Maß und versuchte den Wein, dann aber sprach er: „Das kann von dem rechten sein“, und hieß den Mundschenk sechs Flaschen füllen. Nun stiegen sie hinauf; wie der Löwe aber aus dem Keller ins Freie kam, schwankte er hin und her und war ein wenig trunken, und der Mundschenk mußte ihm den Wein bis vor die Türe tragen; da nahm der Löwe den Henkelkorb in das Maul und brachte ihn seinem Herrn. Sprach der Jäger: „Sieht Er, Herr Wirt, da hab ich Brot, Fleisch, Zugemüs, Zuckerwerk und Wein, wie es der König hat, nun will ich mit meinen Tieren Mahlzeit halten“, und setzte sich hin, aß und trank und gab dem Hasen, dem Fuchs, dem Wolf, dem Bär und dem Löwen auch davon zu essen und zu trinken und war guter Dinge, denn er sah, daß ihn die Königstochter noch lieb hatte. Und als er Mahlzeit gehalten hatte, sprach er: „Herr Wirt, nun hab ich gegessen und getrunken, wie der König ißt und trinkt, jetzt will ich an des Königs Hof gehen und die Königstochter heiraten.“ Fragte der Wirt: „Wie soll das zugehen, da sie schon einen Bräutigam hat und heute die Vermählung gefeiert wird?“ Da zog der Jäger das Taschentuch heraus, das ihm die Königstochter auf dem Drachenberg gegeben hatte und worin die sieben Zungen des Untiers eingewickelt waren, und sprach: „Dazu soll mir helfen, was ich da in der Hand halte.“ Da sah der Wirt das Tuch an und sprach: „Wenn ich alles glaube, so glaube ich das nicht und will Haus und Hof dransetzen.“ Der Jäger aber nahm einen Beutel mit tausend Goldstücken, stellte ihn auf den Tisch und sagte: „Das setze ich dagegen.“

Nun sprach der König an der königlichen Tafel zu seiner Tochter: „Was haben die wilden Tiere alle gewollt, die zu dir gekommen und in mein Schloß ein- und ausgegangen sind?“ Da antwortete sie: „Ich darf's nicht sagen, aber schickt hin und laßt den Herrn dieser Tiere holen, so werdet Ihr wohltun.“ Der König schickte einen Diener ins Wirtshaus und ließ den fremden Mann einladen, und der Diener kam gerade, wie der Jäger mit dem Wirt gewettet hatte. Da sprach er: „Sieht Er, Herr Wirt, da schickt der König einen Diener und läßt mich einladen, aber ich gehe so noch nicht.“ Und zu dem Diener sagte er: „Ich lasse den Herrn König bitten, daß er mir königliche Kleider schickt, einen Wagen mit sechs Pferden und Diener, die mir aufwarten.“ Als der König die Antwort hörte, sprach er zu seiner Tochter: „Was soll ich tun?“ Sagte sie: „Laßt ihn holen, wie er's verlangt, so werdet Ihr wohltun.“ Da schickte der König königliche Kleider, einen Wagen mit sechs Pferden und Diener, die ihm aufwarten sollten. Als der Jäger sie kommen sah, sprach er: „Sieht Er, Herr Wirt, nun werde ich abgeholt, wie ich es verlangt habe“, und zog die königlichen Kleider an, nahm das Tuch mit den Drachenzungen und fuhr zum König. Als ihn der König kommen sah, sprach er zu seiner Tochter: „Wie soll ich ihn empfangen?“ Antwortete sie: „Geht ihm entgegen, so werdet Ihr wohltun.“ Da ging ihm der König entgegen und führte ihn herauf, und seine Tiere folgten ihm nach. Der König wies ihm einen Platz an neben sich und seiner Tochter, der Marschall saß auf der andern Seite als Bräutigam, aber der kannte ihn nicht mehr. Nun wurden gerade die sieben Häupter des Drachen zur Schau aufgetragen, und der König sprach: „Die sieben Häupter hat der Marschall dem Drachen abgeschlagen, darum geb ich ihm heute meine Tochter zur Gemahlin.“ Da stand der Jäger auf, öffnete die sieben Rachen und sprach: „Wo sind die sieben Zungen des Drachen?“ Da erschrak der Marschall, ward bleich und wußte nicht, was er antworten sollte, endlich sagte er in der Angst: „Drachen haben keine Zungen.“ Sprach der Jäger: „Die Lügner sollten keine haben, aber die Drachenzungen sind das Wahrzeichen des Siegers“, und wickelte das Tuch auf; da lagen sie alle siebene darin, und dann steckte er jede Zunge in den Rachen, in den sie gehörte, und sie paßte genau. Darauf nahm er das Tuch, in welches der Name der Königstochter gestickt war, und zeigte es der Jungfrau und fragte sie, wem sie es gegeben hätte, da antwortete sie: „Dem, der den Drachen getötet hat.“ Und dann rief er sein Getier, nahm jedem das Halsband und dem Löwen das goldene Schloß ab und zeigte es der Jungfrau und fragte, wem es angehörte. Antwortete sie: „Das Halsband und das goldene Schloß waren mein, ich habe es unter die Tiere verteilt, die den Drachen besiegen halfen.“ Da sprach der Jäger: „Als ich müde von dem Kampf geruht und geschlafen habe, da ist der Marschall gekommen und hat mir den Kopf abgehauen. Dann hat er die Königstochter fortgetragen und vorgegeben, er sei es gewesen, der den Drachen getötet habe; und daß er gelogen hat, beweise ich mit den Zungen, dem Tuch und dem Halsband.“ Und dann erzählte er, wie ihn seine Tiere durch eine wunderbare Wurzel geheilt hätten, und daß er ein Jahr lang mit ihnen herumgezogen und endlich wieder hierher gekommen wäre, wo er den Betrug des Marschalls durch die Erzählung des Wirtes erfahren hätte. Da fragte der König seine Tochter: „Ist es wahr, daß dieser den Drachen getötet hat?“ Da antwortete sie: „Ja, es ist wahr; jetzt darf ich die Schandtat des Marschalls offenbaren, weil sie ohne mein Zutun an den Tag gekommen ist, denn er hat mir das Versprechen zu schweigen abgezwungen. Darum aber habe ich mir ausgehalten, daß erst in Jahr und Tag die Hochzeit sollte gefeiert werden.“ Da ließ der König zwölf Ratsherren rufen, die sollten über den Marschall Urteil sprechen, und die urteilten, daß er müßte von vier Ochsen zerrissen werden. Also ward der Marschall gerichtet, der König aber übergab seine Tochter dem Jäger und ernannte ihn zu seinem Statthalter im ganzen Reich. Die Hochzeit ward mit großen Freuden gefeiert, und der junge König ließ seinen Vater und Pflegevater holen und überhäufte sie mit Schätzen. Den Wirt vergaß er auch nicht und ließ ihn kommen und sprach zu ihm: „Sieht Er, Herr Wirt, die Königstochter habe ich geheiratet, und sein Haus und Hof sind mein." Sprach der Wirt: „Ja, das wäre nach den Rechten." Der junge König aber sagte: „Es soll nach Gnaden gehen: Haus und Hof soll Er behalten, und die tausend Goldstücke schenke ich Ihm noch dazu."

Nun waren der junge König und die junge Königin guter Dinge und lebten vergnügt zusammen. Er zog oft hinaus auf die Jagd, weil das seine Freude war, und die treuen Tiere mußten ihn begleiten. Es lag aber in der Nähe ein Wald, von dem hieß es, er wäre nicht geheuer, und wäre einer erst darin, so käme er nicht leicht wieder heraus. Der junge König hatte aber große Lust, darin zu jagen, und ließ dem alten König keine Ruhe, bis er es ihm erlaubte. Nun ritt er mit einer großen Begleitung aus, und als er zu dem Wald kam, sah er eine schneeweiße Hirschkuh darin und sprach zu seinen Leuten: „Haltet hier, bis ich zurückkomme, ich will das schöne Wild jagen", und ritt ihm nach in den Wald hinein, und nur seine Tiere folgten ihm. Die Leute hielten und warteten bis Abend, aber er kam nicht wieder: da ritten sie heim und erzählten der jungen Königin: „Der junge König ist im Zauberwald einer weißen Hirschkuh nachgejagt und ist nicht wieder gekommen." Da war sie in großer Besorgnis um ihn. Er war aber dem schönen Wild immer nachgeritten und konnte es niemals einholen; wenn er meinte, es wäre schußrecht, so sah er es gleich wieder in weiter Ferne dahinspringen, und endlich verschwand es ganz. Nun merkte er, daß er tief in den Wald hineingeraten war, nahm sein Horn und blies, aber er bekam keine Antwort, denn seine Leute konnten's nicht hören. Und da auch die Nacht einbrach, sah er, daß er diesen Tag nicht heimkommen könnte, stieg ab, machte sich bei einem Baum ein Feuer an und wollte dabei übernachten. Als er bei dem Feuer saß und seine Tiere sich auch neben ihn gelegt hatten, deuchte ihn, als hörte er eine menschliche Stimme; er schaute umher, konnte aber nichts bemerken. Bald darauf hörte er wieder ein Ächzen wie von oben her, da blickte er in die Höhe und sah ein altes Weib auf dem Baum sitzen, das jammerte in einem fort: „Hu, hu, hu, was mich friert." Sprach er: „Steig herab und wärme dich, wenn dich friert." Sie aber sagte: „Nein, deine Tiere beißen mich." Antwortete er: „Sie tun dir nichts, altes Mütterchen, komm nur herunter." Sie war aber eine Hexe und sprach: „Ich will dir eine Rute von dem Baum herabwerfen; wenn du sie damit auf den Rücken schlägst, tun sie mir nichts." Da warf sie ihm ein Rütlein herab, und er schlug sie damit, alsbald lagen sie still und waren in Stein verwandelt. Und als die Hexe vor den Tieren sicher war, sprang sie herunter und rührte auch ihn mit einer Rute an und verwandelte ihn in Stein. Darauf lachte sie und schleppte ihn und die Tiere in einen Graben, wo schon mehr solcher Steine lagen.

Als aber der junge König gar nicht wieder kam, ward die Angst und Sorge der Königin immer größer. Nun trug sich zu, daß gerade in dieser Zeit der andere Bruder, der bei der Trennung gen Osten gewandelt war, in das Königreich kam. Er hatte einen Dienst gesucht und keinen gefunden, war dann herumgezogen hin und her und hatte seine Tiere tanzen lassen. Da fiel ihm ein, er wollte einmal nach dem Messer sehen, das sie bei ihrer Trennung in einen Baumstamm gestoßen hatten, um zu erfahren, wie es seinem Bruder ginge. Wie er dahin kam, war seines Bruders Seite halb verrostet und halb war sie noch blank. Da erschrak er und dachte: Meinem Bruder muß ein großes Unglück zugestoßen sein, doch kann ich ihn vielleicht noch retten, denn die Hälfte des Messers ist noch blank. Er zog mit seinen Tieren gen Westen, und als er in das Stadttor kam, trat ihm die Wache entgegen und fragte, ob sie ihn bei seiner Gemahlin melden sollte; die junge Königin wäre schon seit ein paar Tagen in großer Angst über sein Ausbleiben und fürchtete, er wäre im Zauberwald umgekommen. Die Wache nämlich glaubte nicht anders, als er wäre der junge König selbst, so ähnlich sah er ihm, und hatte auch die wilden Tiere hinter sich laufen. Da merkte er, daß von seinem Bruder die Rede war, und dachte: Es ist das beste, ich gebe mich für ihn aus, so kann ich ihn wohl leichter erretten. Also ließ er sich von der Wache ins Schloß begleiten und ward mit großen Freuden empfangen. Die junge Königin meinte nicht anders, als es wäre ihr Gemahl, und fragte ihn, warum er so lange ausgeblieben wäre. Er antwortete: „Ich hatte mich in einem Wald verirrt und konnte mich nicht eher wieder herausfinden." Abends ward er in das königliche Bette gebracht, aber er legte ein zweischneidiges Schwert zwischen sich und die junge Königin; sie wußte nicht, was das heißen sollte, getraute aber nicht zu fragen.

Da blieb er ein paar Tage und erforschte derweil alles, wie es mit dem Zauberwald beschaffen war; endlich sprach er: „Ich muß noch einmal dort jagen." Der König und die junge Königin wollten es ihm ausreden, aber er bestand darauf und zog mit großer Begleitung hinaus. Als er in den Wald gekommen war, erging es ihm wie seinem Bruder, er sah eine weiße Hirschkuh und sprach zu seinen Leuten: „Bleibt hier und wartet, bis ich wiederkomme, ich will das schöne Wild jagen", ritt in den Wald hinein, und seine Tiere liefen ihm nach. Aber er konnte die Hirschkuh nicht einholen und geriet so tief in den Wald, daß er darin übernachten mußte. Und als er ein Feuer angemacht hatte, hörte er über sich ächzen: „Hu, hu, hu, wie mich friert!" Da schaute er hinauf, und es saß dieselbe Hexe oben im Baum. Sprach er: „Wenn dich friert, so komm herab, altes Mütterchen, und wärme dich." Antwortete sie: „Nein, deine Tiere beißen mich." Er aber sprach: „Sie tun dir nichts." Da rief sie: „Ich will dir eine Rute hinabwerfen; wenn du sie damit schlägst, so tun sie mir nichts." Wie der Jäger das hörte, traute er der Alten nicht und sprach: „Meine Tiere schlag ich nicht, komm du herunter, oder ich hol dich." Da rief sie: „Was willst du wohl? Du tust mir doch nichts." Er aber antwortete: „Kommst du nicht, so schieß ich dich herunter." Sprach sie: „Schieß nur zu, vor deinen Kugeln fürchte ich mich nicht." Da legte er an und schoß nach ihr, aber die Hexe war fest gegen alle Bleikugeln, lachte, daß es gellte, und rief: „Du sollst mich noch nicht treffen." Der Jäger wußte Bescheid, riß sich drei silberne Knöpfe vom Rock und lud sie in die Büchse, denn dagegen war ihre Kunst umsonst, und als er losdrückte, stürzte sie gleich mit Geschrei herab. Da stellte er den Fuß auf sie und sprach: „Alte Hexe, wenn du nicht gleich gestehst, wo mein Bruder ist, so pack ich dich auf mit beiden Händen und werfe dich ins Feuer." Sie war in großer Angst, bat um Gnade und sagte: „Er liegt mit seinen Tieren versteinert in einem Graben." Da zwang er sie, mit hinzugehen, drohte ihr und sprach: „Alte Meerkatze, jetzt machst du meinen Bruder und alle Geschöpfe, die hier liegen, lebendig, oder du kommst ins Feuer." Sie nahm eine Rute und rührte die Steine an: da wurde sein Bruder mit den Tieren wieder lebendig, und viele andere, Kaufleute, Handwerker, Hirten, standen auf, dankten für ihre Befreiung und zogen heim. Die Zwillingsbrüder aber, als sie sich wiedersahen, küßten sich und freuten sich von Herzen. Dann griffen sie die Hexe, banden sie und legten sie ins Feuer, und als sie verbrannt war, da tat sich der Wald von selber auf und war licht und hell, und man konnte das königliche Schloß auf drei Stunden Wegs sehen.

Nun gingen die zwei Brüder zusammen nach Haus und erzählten einander auf dem Weg ihre Schicksale. Und als der jüngste sagte, er wäre an des Königs Statt Herr im ganzen Lande, sprach der andere: „Das hab ich wohl gemerkt, dann als ich in die Stadt kam und für dich angesehen ward, da geschah mir alle königliche Ehre; die junge Königin hielt mich für ihren Gemahl, und ich mußte an ihrer Seite essen und in deinem Bett schlafen." Wie das der andere hörte, ward er so eifersüchtig und zornig, daß er sein Schwert zog und seinem Bruder den Kopf abschlug. Als dieser aber tot dalag und er sein rotes Blut fließen sah, reute es ihn gewaltig: „Mein Bruder hat mich erlöst", rief er aus, „und ich habe ihn dafür getötet!" und jammerte laut. Da kam sein Hase und erbot sich, von der Lebenswurzel zu holen, sprang fort und brachte sie noch zu rechter Zeit, und der Tote ward wieder ins Leben gebracht und merkte gar nichts von der Wunde.

Darauf zogen sie weiter, und der jüngste sprach: „Du siehst aus wie ich, hast königliche Kleider an wie ich, und die Tiere folgen dir nach wie mir; wir wollen zu den entgegengesetzten Toren eingehen und von zwei Seiten zugleich beim alten König anlangen." Also trennten sie sich, und bei dem alten König kam zu gleicher

Zeit die Wache von dem einen und dem andern Tore und meldete, der junge König mit den Tieren wäre von der Jagd angelangt. Sprach der König: „Es ist nicht möglich, die Tore liegen eine Stunde weit auseinander." Indem aber kamen von zwei Seiten die beiden Brüder in den Schloßhof hinein und stiegen beide herauf. Da sprach der König zu seiner Tochter: „Sag an, welcher ist dein Gemahl? Es sieht einer aus wie der andere, ich kann's nicht wissen." Sie war da in großer Angst und konnte es nicht sagen; endlich fiel ihr das Halsband ein, das sie den Tieren gegeben hatte, suchte und fand an dem einen Löwen ihr goldenes Schlößchen. Da rief sie vergnügt: „Der, dem dieser Löwe nachfolgt, der ist mein rechter Gemahl." Da lachte der junge König und sagte: „Ja, das ist der rechte", und sie setzten sich zusammen zu Tisch, aßen und tranken und waren fröhlich. Abends, als der junge König zu Bett ging, sprach seine Frau: „Warum hast du die vorigen Nächte immer ein zweischneidiges Schwert in unser Bett gelegt, ich habe geglaubt, du wolltest mich totschlagen." Da erkannte er, wie treu sein Bruder gewesen war.

Hänsel und Gretel

Vor einem großen Wald wohnte ein armer Holzhacker mit seiner Frau und seinen zwei Kindern. Der Bub hieß Hänsel und das Mädchen Gretel. Die Familie hatte wenig zu nagen und zu beißen, und als einmal große Teuerung ins Land kam, konnte der Vater das tägliche Brot nicht mehr schaffen.

Als er sich nun abends im Bett Gedanken machte und sich vor Sorgen herumwälzte, seufzte er und sprach zu seiner Frau: „Was soll aus uns werden? Wie können wir unsere armen Kinder ernähren, da wir für uns selbst nichts mehr haben?" – „Weißt du was, Mann", antwortete die Frau, „wir wollen morgen in aller Frühe die Kinder hinaus in den Wald führen, wo er am dicksten ist. Da machen wir ihnen ein Feuer an und geben jedem noch ein Stückchen Brot, dann gehen wir an unsere Arbeit und lassen sie allein. Sie finden den Weg nicht wieder nach Haus, und wir sind sie los." – „Nein, Frau", sagte der Mann, „das tue ich nicht. Wie sollt' ich's übers Herz bringen, meine Kinder im Wald allein zu lassen! Die wilden Tiere würden bald kommen und sie zerreißen." – „O du Narr", sagte sie, „dann müssen wir alle vier Hungers sterben, und du kannst gleich die Bretter für die Särge hobeln!" Und sie ließ ihm keine Ruhe, bis er einwilligte.

Die beiden Kinder, die vor Hunger nicht schlafen konnten, hatten gehört, was die Stiefmutter zum Vater gesagt hatte. Gretel weinte bittere Tränen und sprach zu Hänsel: „Nun ist's um uns geschehen." – „Still, Gretel", sprach Hänsel, „gräme dich nicht! Ich will uns schon helfen." Und als die Alten eingeschlafen waren, stand er auf, zog sein Röcklein an und schlich aus dem Haus. Da schien der Mond ganz hell, und die weißen Kieselsteine vor dem Haus glänzten wie lauter Batzen. Hänsel bückte sich und steckte so viele in sein Rocktäschlein, als nur hinein wollten. Dann schlich er wieder ins Haus zurück und sprach zu Gretel: „Sei getrost, liebes Schwesterchen, und schlaf nur ruhig ein! Gott wird uns nicht verlassen." Und er legte sich wieder in sein Bett.

Als der Tag anbrach, kam schon die Frau und weckte die beiden Kinder. „Steht auf, ihr Faulenzer! Wir wollen in den Wald gehen und Holz holen." Dann gab sie jedem ein Stückchen Brot und sprach: „Da habt ihr etwas für den Mittag; aber eßt's nicht vorher auf! Weiter kriegt ihr nichts." Gretel nahm das Brot unter die Schürze, weil Hänsel die Steine in der Tasche hatte. Danach machten sie sich alle zusammen auf den Weg nach dem Wald. Als sie ein Weilchen gegangen waren, stand Hänsel still und guckte nach dem Haus zurück und tat das wieder und immer wieder. Der Vater fragte: „Hänsel, was guckst du denn da und bleibst zurück? Hab acht und vergiß deine Beine nicht!" – „Ach, Vater", sagte Hänsel, „ich sehe nach meinem weißen Kätzchen! Das sitzt oben auf dem Dach und will mir Lebewohl sagen." Die Frau sprach: „Narr, das ist dein Kätzchen nicht, das ist die Morgensonne, die auf den Schornstein scheint." Hänsel aber hatte nicht nach dem Kätzchen gesehen, sondern immer einen von den blanken Kieselsteinen aus seiner Tasche auf den Weg geworfen.

Als sie mitten in den Wald gekommen waren, sprach der Vater: „Nun sammelt Holz, Kinder! Ich will ein Feuer anmachen, damit ihr nicht friert." Hänsel und Gretel trugen Reisig zusammen, einen kleinen Berg hoch. Als die Flamme recht kräftig brannte, sagte die Frau: „Nun legt euch ans Feuer, Kinder, und ruht euch aus! Wir gehen weiter in den Wald hinein und hauen Holz. Wenn wir fertig sind, kommen wir wieder und holen euch ab."

Hänsel und Gretel saßen am Feuer, und als der Mittag kam, aß jedes sein Stücklein Brot. Und weil sie die Schläge der Holzaxt hörten, glaubten sie, ihr Vater sei in der Nähe. Es war aber nicht die Holzaxt, sondern ein Ast, den er an einen dürren Baum gebunden hatte und den der Wind hin und her schlug. Und als sie so lange gesessen hatten, fielen ihnen die Augen zu vor Müdigkeit und sie schliefen fest ein. Als sie endlich erwachten, war es schon finstere Nacht. Gretel fing an zu weinen und sprach: „Wie sollen wir nun aus dem Wald kommen?" Hänsel aber tröstete sie: „Wart nur ein Weilchen, bis der Mond aufgegangen ist, dann wollen wir den Weg

schon finden!" Und als der volle Mond aufgestiegen war, nahm Hänsel sein Schwesterchen an der Hand und sie gingen den Kieselsteinen nach. Die schimmerten wie neu geschlagene Batzen und zeigten ihnen den Weg. Sie gingen die ganze Nacht hindurch, kamen bei anbrechendem Tag wieder zu ihres Vaters Haus und klopften an die Tür. Als die Frau aufmachte und sah, daß es Hänsel und Gretel waren, sprach sie: „Ihr bösen Kinder, was habt ihr so lange im Wald geschlafen! Wir haben geglaubt, ihr wolltet gar nicht wiederkommen." Der Vater aber freute sich, denn es war ihm zu Herzen gegangen, daß er die Kinder so allein zurückgelassen hatte.

Nicht lange danach war wieder Not in allen Ecken, und die Kinder hörten, wie die Mutter nachts im Bett zu dem Vater sprach: „Fast alles ist wieder aufgezehrt; wir haben noch einen halben Laib Brot, hernach hat das Lied ein Ende. Die Kinder müssen fort. Wir wollen sie diesmal tiefer in den Wald hineinführen, damit sie den Weg nicht wieder herausfinden. Es ist sonst keine Rettung für uns." Dem Mann fiel es schwer aufs Herz, und er dachte: Es wäre besser, daß du den letzten Bissen mit deinen Kindern teiltest. Aber die Frau hörte auf nichts, was er sagte, schalt ihn und machte ihm Vorwürfe. Wer A sagt, muß auch B sagen, und weil er das erstemal nachgegeben hatte, so mußte er es auch zum zweitenmal.

Die Kinder waren aber noch wach gewesen und hatten das Gespräch mit angehört. Als die Alten schliefen, stand Hänsel wieder auf, wollte hinaus und Kieselsteine auflesen wie das vorige Mal. Aber die Frau hatte die Tür verschlossen und Hänsel konnte nicht hinaus. Da tröstete er sein Schwesterchen und sprach: „Weine nicht, Gretel, und schlaf nur ruhig! Der liebe Gott wird uns schon helfen."

Am frühen Morgen kam die Frau und holte die Kinder aus dem Bett. Sie erhielten ihr Stückchen Brot; das war aber noch kleiner als das vorige Mal. Auf dem Weg nach dem Wald zerbröckelte es Hänsel in der Tasche, stand von Zeit zu Zeit still und warf Bröcklein auf die Erde. „Hänsel, was stehst du und guckst dich um?" fragte der Vater. „Geh deiner Wege!" – „Ich sehe nach meinem Täubchen. Das sitzt auf dem Dach und will mir Lebewohl sagen", antwortete Hänsel. „Narr", sagte die Frau, „das ist dein Täubchen nicht; das ist die Morgensonne, die auf den Schornstein oben scheint." Hänsel aber warf nach und nach alle Bröcklein auf den Weg.

Die Frau führte die Kinder in den tiefsten Wald, wo sie ihr Lebtag noch nicht gewesen waren. Da ward wieder ein großes Feuer angemacht und die Mutter sagte: „Bleibt nur da sitzen, Kinder, und wenn ihr müde seid, könnt ihr ein wenig schlafen! Wir gehen weiter in den Wald hinein und hauen Holz. Am Abend, wenn wir fertig sind, kommen wir und holen euch ab." Als es Mittag war, teilte Gretel ihr Brot mit Hänsel, der sein Stück auf den Weg gestreut hatte. Dann schliefen sie ein und der Abend verging, aber niemand kam zu den armen Kindern. Sie erwachten erst in der finsteren Nacht. Hänsel tröstete sein Schwesterchen und sagte: „Wart nur,

Gretel, bis der Mond aufgeht! Dann werden wir die Brotbröcklein sehen, die ich ausgestreut habe; die zeigen uns den Weg nach Haus." Als der Mond kam, machten sie sich auf; aber sie fanden kein Bröcklein mehr, denn die vielen Vögel des Waldes hatten sie weggepickt. Hänsel sagte zu Gretel: „Wir werden den Weg schon finden."

Aber sie fanden ihn nicht. Sie gingen die ganze Nacht und noch einen Tag von Morgen bis Abend, aber sie kamen aus dem Wald nicht heraus und waren sehr hungrig, denn sie hatten nichts als die Beeren, die sie fanden. Und weil sie so müde waren, daß die Beine sie nicht mehr tragen wollten, legten sie sich unter einen Baum und schliefen ein.

Nun war's schon der dritte Morgen, daß sie ihres Vaters Haus verlassen hatten. Sie fingen wieder an zu gehen, gerieten aber immer tiefer in den Wald. Wenn nicht bald Hilfe kam, so mußten sie verschmachten. Als es Mittag war, sahen sie ein schönes, schneeweißes Vöglein auf einem Ast sitzen, das sang so schön, daß sie stehenblieben und ihm zuhörten. Als es fertig war, schwang es seine Flügel und flog vor ihnen her. Und sie gingen ihm nach, bis sie zu einem Häuschen gelangten, auf dessen Dach sich der Vogel setzte. Als sie ganz nah herankamen, sahen sie, daß das Häuslein aus Brot gebaut und mit Kuchen gedeckt war; die Fenster aber waren von hellem Zucker. „Da wollen wir uns dranmachen", sprach Hänsel, „und eine gesegnete Mahlzeit halten. Ich will ein Stück vom Dach essen; du, Gretel, kannst vom Fenster essen, das schmeckt süß." Hänsel reckte sich in die Höhe und brach ein wenig vom Dach ab, um zu versuchen, wie es schmeckte, und Gretel stellte sich an die Scheiben und knupperte daran. Da rief eine feine Stimme aus der Stube heraus:

„Knupper, knupper, kneischen,
wer knuppert an meinem Häuschen?"

Die Kinder antworteten:

„Der Wind, der Wind,
das himmlische Kind!"

und aßen weiter, ohne sich irremachen zu lassen. Da ging auf einmal die Tür auf und eine steinalte Frau, die sich auf eine Krücke stützte, kam herausgeschlichen. Hänsel und Gretel erschraken so gewaltig, daß sie fallen ließen, was sie in den Händen hielten. Die Alte aber wackelte mit dem Kopf und sprach: „Ei, ihr lieben Kinder, wer hat euch hieher gebracht? Kommt nur herein und bleibt bei mir! Es geschieht euch kein Leid." Sie faßte beide an der Hand und führte sie in ihr Häuschen. Da ward gutes Essen aufgetragen: Milch und Pfannkuchen mit Zucker, Äpfel und Nüsse. Hernach wurden zwei Bettlein weiß überzogen, und Hänsel und Gretel legten sich hinein und meinten, sie wären im Himmel.

Die Alte hatte sich nur so freundlich angestellt; sie war aber eine böse Hexe, die den Kindern auflauerte, und hatte das Brothäuslein bloß gebaut, um sie herbeizulokken. Wenn eins in ihre Gewalt kam, so tötete sie es und verspeiste es dann. Früh am nächsten Morgen, ehe die Kinder erwacht waren, stand sie schon auf, und als sie beide so lieblich ruhen sah mit den vollen roten Backen, murmelte sie vor sich hin: „Das wird ein guter Bissen werden!" Sie packte Hänsel mit ihrer dürren Hand, trug ihn in einen kleinen Stall, den sie mit einer Gittertür versperrte. Er mochte schreien, wie er wollte, es half ihm nichts. Dann ging sie zu Gretel, rüttelte sie wach und rief: „Steh auf, Faulenzerin, trag Wasser und koch deinem Bruder etwas Gutes! Der sitzt draußen im Stall und soll fett werden. Wenn er fett ist, will ich ihn essen." Gretel fing an, bitterlich zu weinen, aber es war alles vergeblich; sie mußte tun, was die böse Hexe verlangte.

Nun ward dem armen Hänsel das beste Essen gekocht, aber Gretel bekam nur ganz magere Kost. Jeden Morgen schlich die Alte zu dem Ställchen und rief: „Hänsel, streck deine Finger heraus, damit ich fühle, ob du bald fett bist!" Hänsel aber streckte ihr immer ein Knöchlein heraus, und die Alte, die trübe Augen hatte, konnte es nicht sehen und meinte, es seien Hänsels Finger, und sie wunderte sich, daß er gar nicht fett werden wollte. Als vier Wochen herum waren und Hänsel mager blieb, da verlor sie die Geduld. „Heda, Gretel", rief sie dem Mädchen zu, „sei flink und trag Wasser! Hänsel mag fett oder mager sein, morgen will ich ihn schlachten und kochen." Ach, wie jammerte das arme Schwesterlein, als es das Wasser tragen mußte, und wie flossen ihm die Tränen über die Backen herunter! „Lieber Gott, hilf uns doch!" rief sie aus. „Hätten uns nur die wilden Tiere im Wald gefressen, so wären wir doch zusammen gestorben!" – „Spar nur dein Geplärre!" sagte die Alte. „Es hilft dir alles nichts."

Am nächsten Morgen mußte Gretel früh heraus, den Kessel mit Wasser aufhängen und Feuer anzünden. „Erst wollen wir backen", sagte die Alte. „Ich habe den Backofen schon eingeheizt und den Teig geknetet." Sie stieß das arme Gretel hinaus zu dem Backofen, aus dem schon die Flammen herausschlugen. „Kriech hinein", sagte die Hexe, „und sieh zu, ob recht eingeheizt ist, damit wir das Brot einschießen können!" Wenn Gretel darin war, wollte sie den Ofen zumachen, und Gretel sollte darin braten, dann wollte sie das Mädchen auch aufessen. Aber Gretel merkte, was die Hexe im Sinn hatte, und sprach: „Ich weiß nicht, wie ich's machen soll. Wie komm' ich da hinein?" – „Dumme Gans", sagte die Alte, „die Öffnung ist groß genug. Siehst du wohl, ich könnte selbst hinein!" Und sie krabbelte heran und steckte den Kopf in den Backofen. Da gab ihr Gretel einen Stoß, daß sie weit hineinfuhr, machte die eiserne Tür zu und schob den Riegel vor. Hu, da fing die Hexe ganz grausig an zu heulen! Aber Gretel lief fort und die gottlose Hexe mußte elendiglich verbrennen.

Gretel aber lief schnurstracks zu Hänsel, öffnete sein Ställchen und rief: „Hänsel, wir sind erlöst! Die alte Hexe ist tot." Da sprang Hänsel heraus, wie ein Vogel aus dem Käfig, wenn ihm die Tür aufgemacht wird. Wie haben sie sich gefreut, sind sich um den Hals gefallen, sind herumgesprungen und haben sich geküßt! Und weil sie sich nicht mehr zu fürchten brauchten, so gingen sie in das Haus der Hexe hinein. Da standen in allen Ecken Kästen mit Perlen und Edelsteinen. „Die sind noch besser als Kieselsteine“, sagte Hänsel und stopfte in seine Taschen, was hinein wollte. Gretel sagte: „Ich will auch etwas mit nach Haus bringen“, und füllte sich ihr Schürzchen voll. „Aber jetzt wollen wir fort“, sagte Hänsel, „damit wir aus dem Hexenwald herauskommen.“

Als sie ein paar Stunden gegangen waren, gelangten sie an ein großes Wasser. „Wir können nicht hinüber“, sprach Hänsel, „ich seh' keinen Steg und keine Brücke.“ – „Hier fährt auch kein Schiffchen“, sagte Gretel. „Aber da schwimmt eine weiße Ente; wenn ich die bitte, so hilft sie uns hinüber.“ Und sie rief:

„Entchen, Entchen,
da steht Gretel und Hänsel.
Kein Steg und keine Brücke,
nimm uns auf deinen weißen Rücken!“

Das Entchen kam heran, und Hänsel setzte sich darauf und bat sein Schwesterchen, sich zu ihm zu setzen. „Nein“, entgegnete Gretel, „es wird dem Entchen zu schwer; es soll uns nacheinander hinüberbringen.“ Das tat das gute Tierchen, und als sie glücklich drüben waren und ein Weilchen weitergingen, da kam ihnen der Wald auf einmal immer bekannter vor. Endlich erblickten sie von weitem ihres Vaters Haus. Da fingen sie an zu laufen, stürzten in die Stube hinein und fielen ihrem Vater um den Hals.

Der Mann hatte keine frohe Stunde gehabt, seitdem er die Kinder im Wald gelassen hatte, die Frau aber war gestorben. Gretel schüttelte ihr Schürzchen aus, daß die Perlen und Edelsteine in der Stube umherflogen, und Hänsel warf eine Handvoll nach der andern aus seiner Tasche dazu. Da hatten alle Sorgen ein Ende und sie lebten fortan in eitel Freude zusammen.

Aschenputtel

Einem reichen Mann wurde seine Frau krank. Als sie fühlte, daß ihr Ende herankam, rief sie ihr einziges Töchterlein zu sich ans Bett und sprach: „Liebes Kind, bleib fromm und gut, so wird dir der liebe Gott immer beistehen, und ich will vom Himmel auf dich herabblicken und will um dich sein.“ Darauf tat sie die Augen zu und verschied. Das Mädchen ging jeden Tag hinaus zu dem Grab der Mutter, weinte und blieb fromm und gut. Als der Winter kam, deckte der Schnee ein weißes Tüchlein auf das Grab, und als die Sonne im Frühjahr es wieder weggezogen hatte, nahm sich der Mann eine andere Frau.

Die Frau brachte zwei Töchter mit ins Haus, die schön und weiß von Angesicht waren, aber garstig und schwarz von Herzen. Da ging für das arme Stiefkind eine schlimme Zeit an. „Soll die dumme Gans bei uns in der Stube sitzen?" sprachen sie. „Wer Brot essen will, muß es verdienen. Hinaus mit der Küchenmagd!" Sie nahmen ihm seine schönen Kleider weg, zogen ihm einen alten grauen Kittel an und gaben ihm hölzerne Schuhe. „Seht einmal die stolze Prinzessin, wie sie geputzt ist!" riefen sie, lachten und führten es in die Küche. Da mußte es von morgens bis abends schwere Arbeit tun, früh vor Tag aufstehen, Wasser tragen, Feuer anmachen, kochen und waschen. Obendrein taten ihm die Schwestern alles erdenkliche Herzeleid an, verspotteten es und schütteten ihm die Erbsen und Linsen in die Asche, so daß es lange sitzen und sie wieder auslesen mußte. Abends, wenn es sich müde gearbeitet hatte, kam es in kein Bett, sondern mußte sich neben den Herd in die Asche legen. Und weil es darum immer staubig und schmutzig aussah, nannten sie es Aschenputtel.

Es trug sich zu, daß der Vater einmal zum Markt ziehen wollte. Da fragte er die beiden Stieftöchter, was er ihnen mitbringen solle. „Schöne Kleider", sagte die eine, „Perlen und Edelsteine", die zweite. „Und du, Aschenputtel", sprach er, „was willst du haben?" – „Vater, das erste Reis, das Euch auf Euerm Heimweg an den Hut stößt, das brecht für mich ab!" Er kaufte nun für die beiden Stiefschwestern schöne Kleider, Perlen und Edelsteine. Als er auf dem Rückweg durch einen grünen Busch ritt, streifte ihn ein Haselreis und stieß ihm den Hut ab. Da brach er das Reis ab und nahm es mit. Als er nach Haus kam, gab er den Stieftöchtern, was sie sich gewünscht hatten, und dem Aschenputtel gab er das Reis von dem Haselbusch. Aschenputtel dankte ihm, ging zu seiner Mutter Grab, pflanzte das Reis darauf und weinte so sehr, daß die Tränen darauf niederfielen und es begossen. Es wuchs aber und ward ein schöner Baum. Aschenputtel ging alle Tage dreimal darunter, weinte und betete, und allemal kam ein weißes Vöglein auf den Baum, und wenn Aschenputtel einen Wunsch aussprach, warf ihm das Vöglein herab, was es sich gewünscht hatte.

Es begab sich aber, daß der König ein Fest veranstaltete, das drei Tage dauern sollte und wozu alle schönen Jungfrauen im Land eingeladen wurden, damit sich sein Sohn eine Braut aussuchen möchte. Als die zwei Stiefschwestern hörten, daß sie auch dabei erscheinen sollten, waren sie guter Dinge, riefen Aschenputtel und sprachen: „Kämme uns die Haare, bürste uns die Schuhe und mache uns die Schnallen fest! Wir gehen zur Hochzeit auf des Königs Schloß." Aschenputtel gehorchte, weinte aber, weil es auch gern zum Tanz mitgegangen wäre, und bat die Stiefmutter, sie möchte es ihm erlauben. „Du, Aschenputtel“, sprach sie, „bist voll Staub und Schmutz und willst zur Hochzeit? Du hast keine Kleider und Schuhe und willst tanzen?“ Als Aschenputtel aber mit Bitten fortfuhr, sprach sie endlich: „Da habe ich dir eine Schüssel Linsen in die Asche geschüttet; wenn du die Linsen in zwei Stunden wieder ausgelesen hast, darfst du mitgehen.“ Das Mädchen ging durch die Hintertür nach dem Garten und rief: „Ihr zahmen Täubchen, ihr Turteltäubchen, all ihr Vöglein unter dem Himmel, kommt und helft mir lesen,

die guten ins Töpfchen,
die schlechten ins Kröpfchen!“

Da kamen zum Küchenfenster zwei weiße Täubchen herein und dann die Turteltäubchen, und endlich schwirrten und schwärmten alle Vöglein unter dem Himmel herein und ließen sich um die Asche nieder. Und die Täubchen nickten mit den Köpfchen und fingen an pick, pick, pick, und da fingen die übrigen auch an pick, pick, pick und lasen alle guten Körnlein in die Schüssel. Kaum war eine Stunde herum, waren sie schon fertig und flogen alle wieder hinaus. Da brachte das Mädchen die Schüssel der Stiefmutter, freute sich und glaubte, es dürfe nun mit zu dem Fest gehen. Aber die Stiefmutter sprach: „Nein, Aschenputtel, du hast keine Kleider und kannst nicht tanzen. Du wirst nur ausgelacht.“ Als Aschenputtel nun weinte, sprach sie: „Wenn du mir zwei Schüsseln voll Linsen in einer Stunde aus der Asche rein lesen kannst, darfst du mitgehen.“ Sie dachte aber: Das ist ja nimmermehr möglich. Als sie die zwei Schüsseln Linsen in die Asche geschüttet hatte, ging das Mädchen durch die Hintertür nach dem Garten und rief: „Ihr zahmen Täubchen, ihr Turteltäubchen, all ihr Vöglein unter dem Himmel, kommt und helft mir lesen,

die guten ins Töpfchen,
die schlechten ins Kröpfchen!“

Da kamen zum Küchenfenster zwei weiße Täubchen herein und danach die Turteltäubchen, und endlich schwirrten und schwärmten alle Vögel unter dem Himmel herein und ließen sich um die Asche nieder. Und die Täubchen nickten mit ihren Köpfchen und fingen an pick, pick, pick, und da fingen die übrigen auch an pick, pick pick und lasen alle guten Körner in die Schüsseln. Und ehe eine halbe Stunde herum war, waren sie schon fertig und flogen alle wieder hinaus. Da trug das Mädchen die Schüsseln zur Stiefmutter, freute sich und glaubte, nun dürfe es mit zum Fest gehen. Aber die Stiefmutter sprach: „Es hilft dir alles nichts; du kommst nicht

mit, denn du hast keine Kleider und kannst nicht tanzen. Wir müßten uns deiner schämen." Darauf kehrte sie ihm den Rücken zu und ging mit ihren zwei stolzen Töchtern fort.

Als nun niemand mehr daheim war, ging Aschenputtel zu seiner Mutter Grab unter dem Haselbaum und rief:

„Bäumchen, rüttel dich und schüttel dich,
wirf Gold und Silber über mich!"

Da warf ihm der Vogel ein golden und silbern Kleid herunter und mit Seide und Silber ausgestickte Pantoffeln. In aller Eile zog es das Kleid an und ging zu dem Fest. Seine Schwestern aber und die Stiefmutter kannten es nicht und meinten, es müsse eine fremde Königstochter sein, so schön sah es in dem goldenen Kleid aus. An Aschenputtel dachten sie gar nicht und glaubten, es sitze daheim im Schmutz und suche die Linsen aus der Asche. Der Königsohn kam ihm entgegen, nahm es bei der Hand und tanzte mit ihm. Er wollte mit keiner andern tanzen und ließ seine Hand nicht mehr los.

Aschenputtel tanzte, bis es Abend war, da wollte es nach Hause gehen. Der Königsohn aber sprach: „Ich gehe mit und begleite dich", denn er wollte sehen, wem das schöne Mädchen gehörte. Sie entwischte ihm aber und sprang in das Taubenhaus. Nun wartete der Königsohn, bis der Vater heimkam, und sagte ihm, das Mädchen sei in das Taubenhaus gesprungen. Der Vater dachte: Sollte es Aschenputtel sein? Und er brach das Taubenhaus auf; aber es war niemand darin. Als sie das Haus betraten, lag Aschenputtel in seinen schmutzigen Kleidern in der Asche und ein trübes Öllämpchen brannte im Schornstein. Aschenputtel war geschwind aus dem Taubenhaus hinten herabgesprungen und zu dem Haselbäumchen gelaufen. Da hatte es die schönen Kleider ausgezogen und aufs Grab gelegt, und der Vogel hatte sie wieder weggenommen. Dann hatte es sich in seinem grauen Kittelchen in die Küche zur Asche gesetzt.

Am andern Tag, als das Fest von neuem anhub und die Eltern und Stiefschwestern wieder fort waren, ging Aschenputtel zu dem Haselbaum und sprach:

„Bäumchen, rüttel dich und schüttel dich,
wirf Gold und Silber über mich!"

Da warf der Vogel ein noch viel kostbareres Kleid herab als am vorigen Tag. Und als Aschenputtel mit diesem Kleid auf dem Fest erschien, erstaunte jedermann über seine Schönheit. Der Königsohn aber hatte gewartet, bis Aschenputtel kam, nahm es gleich bei der Hand und tanzte nur mit ihm. Als es nun Abend war, wollte es fort, und der Königsohn ging ihm nach und wollte sehen, in welches Haus es ging. Aber es sprang ihm davon und in den Garten hinter dem Haus. Darin stand ein schöner, großer Baum, an dem die herrlichsten Birnen hingen. Es kletterte behend wie ein Eichhörnchen zwischen die Äste, und der Königsohn wußte nicht, wo es hingekommen war. Er wartete aber, bis der Vater heimkam, und sprach zu ihm: „Das Mädchen ist mir entwischt; ich glaube, es ist auf den Birnbaum gesprungen." Der Vater dachte: Sollte es Aschenputtel sein? holte die Axt und hieb den Baum um. Aber es war niemand darauf. Und als sie in die Küche kamen, lag Aschenputtel da in der Asche wie sonst auch, denn es war auf der andern Seite vom Baum herabgesprungen, hatte dem Vogel auf dem Haselbäumchen die schönen Kleider wiedergebracht und sein graues Kittelchen angezogen.

Am dritten Tag, als die Eltern und Schwestern fort waren, ging Aschenputtel wieder zu seiner Mutter Grab und sprach zu dem Bäumchen:

„Bäumchen, rüttel dich und schüttel dich,
wirf Gold und Silber über mich!"

Nun warf ihm der Vogel ein Kleid herab, das war so prächtig und glänzend, wie es noch keines gehabt hatte, und die Pantoffeln waren ganz golden. Als es in dem Kleid zu dem Fest kam, wußten sie alle nicht, was sie vor Verwunderung sagen sollten. Der Königsohn tanzte wieder ganz allein mit ihm.

Als es nun Abend war, wollte Aschenputtel fort, und der Königsohn wollte es begleiten, aber es entsprang ihm so geschwind, daß er nicht folgen konnte. Der Königsohn hatte aber eine List gebraucht und hatte die ganze Treppe mit Pech bestreichen lassen. Da war, als das Mädchen hinabsprang, sein linker Pantoffel hängengeblieben. Der Königsohn hob ihn auf, und er war klein und zierlich und ganz golden. Am nächsten Morgen ging er damit zu dem Vater und sagte zu ihm: „Keine andere soll meine Gemahlin werden als die, an deren Fuß dieser goldene Schuh paßt." Da freuten sich die beiden Schwestern, denn sie hatten schöne Füße. Die Älteste ging mit dem Schuh in die Kammer und wollte ihn anprobieren. Aber sie konnte mit der großen Zehe nicht hineinkommen, denn der Schuh war ihr zu klein. Da reichte ihr die Mutter ein Messer und sprach: „Hau die Zehe ab! Wenn du Königin bist, brauchst du nicht mehr zu Fuß zu gehen." Das Mädchen hieb die Zehe ab, zwängte den Fuß in den Schuh, verbiß den Schmerz und ging hinaus zum Königsohn. Da nahm er sie als seine Braut aufs Pferd und ritt mit ihr fort. Sie mußten aber an dem Grab vorbei. Da saßen die zwei Täubchen auf dem Haselbäumchen und riefen:

„Ruckediguck, ruckediguck,
Blut ist im Schuck (Schuh)!
Der Schuck ist zu klein,
die rechte Braut sitzt noch daheim."

Da blickte der Königsohn auf ihren Fuß und sah, wie das Blut herausquoll. Er wendete sein Pferd um, brachte die falsche Braut wieder nach Haus und sagte, das sei nicht die rechte, die andere Schwester solle den Schuh anziehen. Da ging diese in die Kammer und kam mit den Zehen glücklich in den Schuh; aber die Ferse war zu groß. Da reichte ihr die Mutter ein Messer und sprach: „Hau ein Stück von der Ferse ab! Wenn du Königin bist, brauchst du nicht mehr zu Fuß zu gehen." Das Mädchen hieb ein Stück von der Ferse ab, zwängte den Fuß in den Schuh, verbiß den Schmerz und ging hinaus zum Königsohn. Da nahm er sie als seine Braut aufs Pferd und ritt mit ihr fort. Als sie an dem Haselbäumchen vorbeikamen, saßen die zwei Täubchen darauf und riefen:

„Ruckediguck, ruckediguck,
Blut ist im Schuck!
Der Schuck ist zu klein,
die rechte Braut sitzt noch daheim."

Der Königsohn blickte nieder auf ihren Fuß und sah, wie das Blut aus dem Schuh quoll und an den weißen Strümpfen rot heraufgestiegen war. Da wandte er sein Pferd und brachte die falsche Braut wieder nach Haus. „Das ist auch nicht die rechte", sprach er. „Habt Ihr keine andere Tochter?" – „Nein", sagte der Mann; „nur von meiner verstorbenen Frau ist noch ein kleines Aschenputtel da. Das kann unmöglich die Braut sein." Der Königsohn sprach, er solle es herschicken; die Mutter aber erwiderte: „Ach nein, das ist viel zu schmutzig, das darf sich nicht sehen lassen!" Er wollte es aber durchaus haben und Aschenputtel mußte gerufen werden. Da wusch es sich erst Hände und Angesicht rein, ging dann hin und neigte sich vor dem Königsohn, der ihm den goldenen Schuh reichte. Dann setzte es sich auf einen Schemel, zog den Fuß aus dem schweren Holzschuh und steckte ihn in den Pantoffel, der wie angegossen saß. Und als es sich in die Höhe richtete und der König ihm ins Gesicht sah, erkannte er das schöne Mädchen, das mit ihm getanzt hatte, und er rief: „Das ist die rechte Braut!" Die Stiefmutter und die beiden Schwestern erschraken und wurden bleich vor Ärger. Er aber nahm Aschenputtel aufs Pferd und ritt mit ihm fort. Als sie an dem Haselbäumchen vorbeikamen, riefen die zwei weißen Täubchen:

„Ruckediguck, ruckediguck,
kein Blut im Schuck!
Der Schuck ist nicht zu klein,
die rechte Braut, die führt er heim."

Als sie das gerufen hatten, kamen sie beide herabgeflogen und setzten sich Aschenputtel auf die Schultern, eines rechts, das andere links, und blieben da sitzen.

Als die Hochzeit mit dem Königsohn gehalten wurde, kamen die falschen Schwestern, wollten sich einschmeicheln und an Aschenputtels Glück teilhaben. Als die Brautleute nun zur Kirche gingen, war die Älteste zur rechten, die Jüngste zur linken Seite. Da pickten die Tauben einer jeden ein Auge aus. Hernach, als sie herausgingen, war die Älteste zur Linken, die Jüngste zur Rechten. Da pickten die Tauben einer jeden das andere Auge aus. So waren sie also für ihre Bosheit und Falschheit mit Blindheit für ihr Lebtag gestraft.

Katze und Maus in Gesellschaft

Eine Katze hatte Bekanntschaft mit einer Maus gemacht und ihr so viel von großer Liebe und Freundschaft vorgesagt, die sie zu ihr trüge, daß die Maus endlich einwilligte, mit ihr zusammen in einem Haus zu wohnen und gemeinschaftliche Wirtschaft zu führen. „Aber für den Winter müssen wir Vorsorge tragen, sonst leiden wir Hunger", sagte die Katze. „Du, Mäuschen, kannst dich nicht überallhin wagen und gerätst mir am Ende in eine Falle." Der gute Rat ward also befolgt und ein Töpfchen mit Fett angekauft. Sie wußten aber nicht, wohin sie es stellen sollten. Endlich nach langer Überlegung sprach die Katze: „Ich weiß keinen Ort, wo es besser aufgehoben wäre, als die Kirche; da getraut sich niemamd, etwas wegzunehmen. Wir stellen es unter den Altar und rühren es nicht eher an, als bis wir es nötig haben." Das Töpfchen ward also in Sicherheit gebracht. Aber es dauerte nicht lange, so trug die Katze Gelüste danach und sprach zur Maus: „Was ich dir sagen wollte, Mäuschen, ich bin von meiner Base zu Gevatter gebeten. Sie hat ein Söhnchen zur Welt gebracht, weiß mit braunen Flecken, das soll ich über die Taufe halten. Laß mich heute ausgehen und besorge du das Haus allein!" – „Ja, ja", antwortete die Maus, „geh in Gottes Namen! Wenn du was Gutes issest, so denk an mich! Von dem süßen roten Festwein tränk' ich auch gern ein Tröpfchen!"

Es war aber alles nicht wahr. Die Katze hatte keine Base und war nicht zu Gevatter gebeten. Sie ging geradeswegs nach der Kirche, schlich zu dem Fettöpfchen und leckte die fette Haut ab. Dann machte sie einen Spaziergang auf den Dächern der Stadt, streckte sich hernach in der Sonne aus und wischte sich den Bart, so oft sie an das Fettöpfchen dachte. Erst als es Abend war, kam sie wieder nach Haus. „Nun, da bist du ja wieder!" sagte die Maus. „Du hast gewiß einen lustigen Tag gehabt." – „Es ging an", antwortete die Katze. „Was hat denn das Kind für einen Namen bekommen?" fragte die Maus. „Hautab", sagte die Katze ganz trocken. „Hautab", rief die Maus, „das ist ja ein seltsamer Name! Ist der in eurer Familie gebräuchlich?" – „Was ist da weiter!" sagte die Katze. „Er ist nicht schlechter als Bröseldieb, wie deine Paten heißen."

Nicht lange danach überkam die Katze wieder ein Gelüste. Sie sprach zur Maus: „Du mußt mir den Gefallen tun und nochmals das Hauswesen allein besorgen; ich bin zum zweitenmal zu Gevatter gebeten, und da das Kind einen weißen Ring um den Hals hat, so kann ich's nicht abschlagen." Die gute Maus willigte ein, die Katze aber schlich hinter der Stadtmauer zu der Kirche und fraß den Fettopf halb aus. „Es schmeckt nichts besser", sagte sie, „als was man selber ißt", und war mit ihrem Tagwerk ganz zufrieden.

Als sie heimkam, fragte die Maus: „Wie ist denn dieses Kind getauft worden?" – „Halbaus", antwortete die Katze. „Halbaus! Was du sagst! Den Namen habe ich mein Lebtag noch nicht gehört. Ich wette, der steht nicht im Kalender."

Der Katze wässerte das Maul bald wieder nach der Leckerei. „Aller guten Dinge sind drei", sprach sie zu der Maus. „Ich soll wieder Gevatter stehen. Das Kind ist ganz schwarz und hat bloß weiße Pfoten, sonst kein weißes Haar am ganzen Leib. Das trifft sich alle paar Jahre nur einmal. Du lässest mich doch ausgehen?" – „Hautab, Halbaus", antwortete die Maus, „es sind seltsame Namen, die machen mich nachdenklich." – „Da sitzest du daheim in deinem dunkelgrauen Flausrock und deinem langen Haarzopf", sprach die Katze, „und fängst Grillen. Das kommt davon, wenn man bei Tag nicht ausgeht!" Die Maus räumte während der Abwesenheit der Katze auf und brachte das Haus in Ordnung; die naschhafte Katze aber fraß den Fetttopf rein aus. „Wenn erst alles aufgezehrt ist, so hat man Ruhe", sagte sie zu sich selbst und kam satt und dick erst in der Nacht nach Haus. Die Maus fragte gleich nach dem Namen, den das dritte Kind bekommen habe. „Er wird dir wohl auch nicht gefallen", sagte die Katze; „er heißt Ganzaus." – „Ganzaus!" rief die Maus. „Gedruckt ist er mir noch nicht vorgekommen. Ganzaus! Was soll das bedeuten?" Sie schüttelte den Kopf, rollte sich zusammen und legte sich schlafen.

Von nun an wollte niemand mehr die Katze zu Gevatter bitten. Als aber der Winter herangekommen und draußen nichts mehr zu finden war, gedachte die Maus ihres Vorrats und sprach: „Komm, Katze, wir wollen zu unserm Fettopf gehen, den wir uns aufgespart haben! Der wird uns schmecken." – „Jawohl", erwiderte die Katze, „der wird dir schmecken, als wenn du deine feine Zunge zum Fenster hinausstreckst." Sie machten sich auf den Weg, und als sie anlangten, stand zwar der Fettopf noch an seinem Platz, war aber leer. „Ach", sagte die Maus, „jetzt merke ich, was geschehen ist! Jetzt kommt's an den Tag. Du bist mir die wahre Freundin! Aufgefressen hast du alles, während du behauptetest, Gevatter zu stehen: erst Haut ab, dann halb aus, dann ..." – „Willst du schweigen!" rief die Katze. „Noch ein Wort, und ich fresse dich auf!" – „Ganz aus", hatte die arme Maus schon auf der Zunge. Kaum war es heraus, tat die Katze einen Satz nach ihr, packte sie und schlang sie hinunter.

Das Wasser des Lebens

Es war einmal ein König, der war krank, und niemand glaubte, daß er mit dem Leben davonkäme. Er hatte aber drei Söhne, die waren darüber betrübt, gingen hinunter in den Schloßgarten und weinten. Da begegnete ihnen ein alter Mann, der fragte sie nach ihrem Kummer. Sie sagten ihm, ihr Vater wäre so krank, daß er wohl sterben würde, denn es wollte ihm nichts helfen. Da sprach der Alte: „Ich weiß noch ein Mittel, das ist das Wasser des Lebens; wenn er davon trinkt, so wird er wieder gesund: es ist aber schwer zu finden." Der älteste sagte: „Ich will es schon finden", ging zum kranken König und bat ihn, er möchte ihm erlauben, auszuziehen, um das Wasser des Lebens zu suchen, denn das könnte ihn allein heilen. „Nein", sprach der König, „die Gefahr dabei ist zu groß, lieber will ich sterben." Er bat aber so lange, bis der König einwilligte. Der Prinz dachte in seinem Herzen: Bringe ich das Wasser, so bin ich meinem Vater der liebste und erbe das Reich.

Also machte er sich auf, und als er eine Zeitlang fortgeritten war, stand da ein Zwerg auf dem Wege, der rief ihn an und sprach: „Wo hinaus so geschwind?" – „Dummer Knirps", sagte der Prinz ganz stolz, „das brauchst du nicht zu wissen", und ritt weiter. Das kleine Männchen aber war zornig geworden und hatte einen bösen Wunsch getan. Der Prinz geriet bald hernach in eine Bergschlucht, und je weiter er ritt, je enger taten sich die Berge zusammen, und endlich ward der Weg so eng, daß er keinen Schritt weiter konnte; es war nicht möglich, das Pferd zu wenden oder aus dem Sattel zu steigen, und er saß da wie eingesperrt. Der kranke König wartete lange Zeit auf ihn, aber er kam nicht. Da sagte der zweite Sohn: „Vater, laßt mich ausziehen und das Wasser suchen", und dachte bei sich: Ist mein Bruder tot, so fällt das Reich mir zu. Der König wollte ihn anfangs auch nicht ziehen lassen, endlich gab er nach. Der Prinz zog also auf demselben Weg fort, den sein Bruder eingeschlagen hatte, und begegnete auch dem Zwerg, der ihn anhielt und fragte, wohin er so eilig wollte. „Kleiner Knirps", sagte der Prinz, „das brauchst du nicht zu wissen", und ritt fort, ohne sich weiter umzusehen. Aber der Zwerg verwünschte ihn, und er geriet wie der andere in eine Bergschlucht und konnte nicht vorwärts und rückwärts. So geht's aber den Hochmütigen.

Als auch der zweite Sohn ausblieb, so erbot sich der jüngste, auszuziehen und das Wasser zu holen, und der König mußte ihn endlich ziehen lassen. Als er dem Zwerg begegnete und dieser fragte, wohin er so eilig wolle, so hielt er an, gab Rede und Antwort und sagte: „Ich suche das Wasser des Lebens, denn mein Vater ist sterbenskrank." – „Weißt du auch, wo das zu finden ist?" – „Nein", sagte der Prinz. „Weil du dich betragen hast, wie sich's geziemt, nicht übermütig wie deine falschen Brüder, so will ich dir Auskunft geben und dir sagen, wie du zu dem Wasser des Lebens gelangst. Es quillt aus einem Brunnen in dem Hofe eines verwünschten Schlosses; aber du dringst nicht hinein, wenn ich dir nicht eine eiserne Rute gebe und zwei Laiberchen Brot. Mit der Rute schlag dreimal an das eiserne Tor des Schlosses, so wird es aufspringen; inwendig liegen zwei Löwen, die den Rachen aufsperren; wenn du aber jedem ein Brot hineinwirfst, so werden sie still, und dann eile dich und hol von dem Wasser des Lebens, bevor es zwölf schlägt, sonst schlägt das Tor wieder zu, und du bist eingesperrt." Der Prinz dankte ihm, nahm die Rute und das Brot und machte sich auf den Weg. Und als er anlangte, war alles so, wie der Zwerg gesagt hatte. Das Tor sprang beim dritten Rutenschlag auf, und als er die Löwen mit dem Brot besänftigt hatte, trat er in das Schloß und kam in einen großen schönen Saal, darin saßen verwünschte Prinzen, denen zog er die Ringe vom Finger, dann lag da ein Schwert und ein Brot, das nahm er weg. Und weiter kam er in ein Zimmer, darin stand eine schöne Jungfrau, die freute sich, als sie ihn sah, küßte ihn und sagte, er hätte sie erlöst und sollte ihr ganzes Reich haben, und wenn er in einem Jahr wieder käme, so sollte ihre Hochzeit gefeiert werden. Dann sagte sie ihm auch, wo der Brunnen wäre mit dem Lebenswasser, er müßte sich aber eilen und daraus schöpfen, eh es zwölf schlüge. Da ging er weiter und kam endlich in ein Zimmer, wo ein schönes, frischgedecktes Bett stand, und weil er müde war, wollt' er erst ein wenig ausruhen. Also legte er sich und schlief ein: als er erwachte, schlug es dreiviertel auf zwölf. Da sprang er ganz erschrocken auf, lief zu dem Brunnen und schöpfte daraus mit einem Becher, der daneben stand, und eilte, daß er fortkam. Wie er eben zum eisernen Tor hinausging, da schlug's zwölf, und das Tor schlug so heftig zu, daß es ihm noch ein Stück von der Ferse wegnahm.

Er aber war froh, daß er das Wasser des Lebens erlangt hatte, ging heimwärts und kam wieder an dem Zwerg vorbei. Als dieser das Schwert und das Brot sah, sprach er: „Damit hast du großes Gut gewonnen, mit dem Schwert kannst du ganze Heere schlagen, das Brot aber wird niemals all." Der Prinz wollte ohne seine Brüder nicht zu dem Vater nach Haus kommen und sprach: „Lieber Zwerg, kannst du mir nicht sagen, wo meine zwei Brüder sind? Sie sind früher als ich nach dem Wasser des Lebens ausgezogen und sind nicht wiedergekommen." – „Zwischen zwei Bergen stecken sie eingeschlossen", sprach der Zwerg, „dahin habe ich sie gewünscht, weil sie so übermütig waren." Da bat der Prinz so lange, bis der Zwerg sie wieder losließ; aber er warnte ihn und sprach: „Hüte dich vor ihnen, sie haben ein böses Herz."

Als seine Brüder kamen, freute er sich und erzählte ihnen, wie es ihm ergangen wäre, daß er das Wasser des Lebens gefunden und einen Becher voll mitgenommen und eine schöne Prinzessin erlöst hätte, die wollte ein Jahr lang auf ihn warten, dann sollte Hochzeit gehalten werden, und er bekäme ein großes Reich. Danach ritten sie zusammen fort und gerieten in ein Land, wo Hunger und Krieg war, und der König glaubte schon, er müßte verderben, so groß war die Not. Da ging der Prinz zu ihm und gab ihm das Brot, womit er sein ganzes Reich speiste und sättigte; und dann gab ihm der Prinz auch das Schwert, damit schlug er die Heere seiner Feinde und konnte nun in Ruhe und Frieden leben. Da nahm der Prinz sein Brot und Schwert wieder zurück, und die drei Brüder ritten weiter. Sie kamen aber noch in zwei Länder, wo Hunger und Krieg herrschten, und da gab der Prinz den Königen jedesmal sein Brot und Schwert und hatte nun drei Reiche gerettet. Und danach setzten sie sich auf ein Schiff und fuhren übers Meer. Während der Fahrt da sprachen die beiden ältesten unter sich: „Der jüngste hat das Wasser des Lebens gefunden und wir nicht, dafür wird ihm unser Vater das Reich geben, das uns gebührt, und er wird unser Glück wegnehmen." Da wurden sie rachsüchtig und verabredeten miteinander, daß sie ihn verderben wollten. Sie warteten, bis er einmal fest eingeschlafen war; da gossen sie das Wasser des Lebens aus dem Becher und nahmen es für sich, ihm aber gossen sie bitteres Meerwasser hinein.

Als sie nun daheim ankamen, brachte der jüngste dem kranken König seinen Becher, damit er daraus trinken und gesund werden sollte. Kaum aber hatte er ein wenig von dem bitteren Meerwasser getrunken, so ward er noch kränker als zuvor. Und wie er darüber jammerte, kamen die beiden ältesten Söhne und klagten den jüngsten an, er hätte ihn vergiften wollen, sie brächten ihm das rechte Wasser des Lebens und reichten es ihm. Kaum hatte er davon getrunken, so fühlte er seine Krankheit verschwinden und ward stark und gesund wie in seinen jungen Tagen.

Danach gingen die beiden zu dem jüngsten, verspotteten ihn und sagten: „Du hast zwar das Wasser des Lebens gefunden, aber du hast die Mühe gehabt und wir den Lohn; du hättest klüger sein und die Augen aufbehalten sollen; wir haben dir's genommen, während du auf dem Meere eingeschlafen warst, und übers Jahr, da holt sich einer von uns die schöne Königstochter. Aber hüte dich, daß du nichts davon verrätst, der Vater glaubt dir doch nicht, und wenn du ein einziges Wort sagst, so sollst du noch obendrein dein Leben verlieren, schweigst du aber, so soll dir's geschenkt sein."

Der alte König war zornig über seinen jüngsten Sohn und glaubte, er hätte ihm nach dem Leben getrachtet. Also ließ er den Hof versammeln und das Urteil über ihn sprechen, daß er heimlich sollte erschossen werden. Als der Prinz nun einmal auf die Jagd ritt und nichts Böses vermutete, mußte des Königs Jäger mitgehen. Draußen, als sie ganz allein im Wald waren und der Jäger so traurig aussah, sagte der Prinz zu ihm: „Lieber Jäger, was fehlt dir?" Der Jäger sprach: „Ich kann's nicht sagen und soll es doch." Da sprach der Prinz: „Sage heraus, was es ist, ich will dir's verzeihen." – „Ach", sagte der Jäger, „ich soll Euch totschießen, der König hat mir's befohlen." Da erschrak der Prinz und sprach: „Lieber Jäger, laß mich leben, da geb ich dir mein königliches Kleid, gib mir dafür dein schlechtes." Der Jäger sagte: „Das will ich gerne tun, ich hätte doch nicht nach Euch schießen können." Da tauschten sie die Kleider, und der Jäger ging heim, der Prinz aber ging weiter in den Wald hinein.

Über eine Zeit, da kamen zu dem alten König drei Wagen mit Gold und Edelsteinen für seinen jüngsten Sohn; sie waren aber von den drei Königen geschickt, die mit des Prinzen Schwert die Feinde geschlagen und mit seinem Brot ihr Land ernährt hatten und die sich dankbar bezeigen wollten. Da dachte der alte König: Sollte mein Sohn unschuldig gewesen sein? und sprach zu seinen Leuten: „Wäre er noch am Leben, wie tut mir's so leid, daß ich ihn habe töten lassen." – „Er lebt noch", sprach der Jäger, „ich konnte es nicht übers Herz bringen, Euren Befehl auszuführen", und sagte dem König, wie es zugegangen war. Da fiel dem König ein Stein von dem Herzen, und er ließ in allen Reichen verkündigen, sein Sohn dürfte wiederkommen und sollte in Gnaden aufgenommen werden.

Die Königstochter aber ließ eine Straße vor ihrem Schloß machen, die war ganz golden und glänzend, und sagte ihren Leuten, wer darauf geradewegs zu ihr geritten käme, das wäre der rechte und den sollten sie einlassen; wer aber daneben käme, der wäre der rechte nicht und den sollten sie auch nicht einlassen. Als nun die Zeit bald herum war, dachte der älteste, er wollte sich eilen, zur Königstochter gehen und sich für den Erlöser ausgeben, da bekäme er sie zur Gemahlin und das Reich daneben. Also ritt er fort, und als er vor das Schloß kam und die schöne goldene Straße sah, dachte er: Das wäre jammerschade, wenn du darauf rittest, lenkte ab und ritt rechts nebenher. Wie er aber vor das Tor kam, sagten die Leute zu ihm, er wäre der rechte nicht, er sollte wieder fortgehen. Bald darauf machte sich der zweite Prinz auf, und wie der zur goldenen Straße kam und das Pferd den einen Fuß darauf gesetzt hatte, dachte er: Es wäre jammerschade, da könnte etwas abtreten, lenkte ab und ritt links nebenher. Wie er aber vor das Tor kam, sagten die Leute, er wäre der rechte nicht, er sollte wieder fortgehen. Als nun das ganze Jahr herum war, wollte der dritte aus dem Wald fort zu seiner Liebsten reiten und bei ihr sein Leid vergessen. Also machte er sich auf und dachte immer an sie und wäre gerne schon bei ihr gewesen und sah die goldene Straße gar nicht. Da ritt sein Pferd mitten darüber hin, und als er vor das Tor kam, ward es aufgetan, und die Königstochter empfing ihn mit Freuden und sagte, er wär ihr Erlöser und der Herr des Königreichs, und ward die Hochzeit gehalten mit großer Glückseligkeit. Und als sie vorbei war, erzählte sie ihm, daß sein Vater ihn zu sich entboten und ihm verziehen hätte. Da ritt er hin und sagte ihm alles, wie seine Brüder ihn betrogen und er doch dazu geschwiegen hätte. Der alte König wollte sie strafen, aber sie hatten sich aufs Meer gesetzt und waren fortgeschifft und kamen ihr Lebtag nicht wieder.

Doktor Allwissend

Es war einmal ein armer Bauer namens Krebs, der fuhr mit zwei Ochsen ein Fuder Holz in die Stadt und verkaufte es für zwei Taler an einen Doktor. Wie ihm nun das Geld ausbezahlt wurde, saß der Doktor gerade zu Tisch; da sah der Bauer, wie er schön aß und trank, und das Herz ging ihm danach auf, und er wäre auch gern ein Doktor gewesen. Also blieb er noch ein Weilchen stehen und fragte endlich, ob er nicht auch könne ein Doktor werden. „O ja“, sagte der Doktor, „das ist bald geschehen.“ – „Was muß ich tun?“ fragte der Bauer. „Erstlich kauf dir ein Abc-Buch, so eins, wo vorn ein Göckelhahn drin ist; zweitens mache deinen Wagen und deine zwei Ochsen zu Geld und schaff dir damit Kleider an und was sonst zur Doktorei gehört; drittens laß dir ein Schild malen mit den Worten: ‚Ich bin der Doktor Allwissend‘, und laß das oben über deine Haustür nageln.“ Der Bauer tat alles, wie's ihn geheißen war. Als er nun ein wenig gedoktert hatte, aber noch nicht viel, ward einem reichen, großen Herrn Geld gestohlen. Da ward ihm von dem Doktor Allwissend gesagt, der in dem und dem Dorfe wohnte und auch wissen müßte, wo das Geld hingekommen wäre. Also ließ der Herr seinen Wagen anspannen, fuhr hinaus ins Dorf und fragte bei ihm an, ob er der Doktor Allwissend wäre? Ja, der wäre er. So sollte er mitgehen und das gestohlene Geld wieder schaffen. O ja, aber die Grete, seine Frau, müßte auch mit. Der Herr war das zufrieden und ließ sie beide in den Wagen sitzen, und sie fuhren zusammen fort. Als sie auf den adeligen Hof kamen, war der Tisch gedeckt; da sollte er erst mitessen. Ja, aber seine Frau, die Grete, auch, sagte er und setzte sich mit ihr hinter den Tisch. Wie nun der erste Bediente mit einer Schüssel schönem Essen kam, stieß der Bauer seine Frau an und sagte: „Grete, das war der erste", und meinte, er wäre derjenige, welcher das erste Essen brächte. Der Bediente aber meinte, er hätte damit sagen wollen, das ist der erste Dieb, und weil er's nun wirklich war, ward ihm angst, und er sagte draußen zu seinen Kameraden: „Der Doktor weiß alles, wir kommen übel an: er hat gesagt, ich wäre der erste." Der zweite wollte gar nicht herein, er mußte aber doch. Wie er nun mit der Schüssel hereinkam, stieß der Bauer seine Frau an: „Grete, das ist der zweite." Dem Bedienten ward ebenfalls angst, und er machte, daß er hinauskam. Dem dritten ging's nicht besser, der Bauer sagte wieder: „Grete, das ist der dritte." Der vierte mußte eine verdeckte Schüssel hereintragen, und der Herr sprach zum Doktor, er sollte seine Kunst zeigen und raten, was darunter läge; es waren aber Krebse. Der Bauer sah die Schüssel an, wußte nicht, wie er sich helfen sollte, und sprach: „Ach, ich armer Krebs!" Wie der Herr das hörte, rief er: „Da, er weiß es, nun weiß er auch, wer das Geld hat."

Dem Bedienten aber ward gewaltig angst, und er blinzelte den Doktor an, er möchte einmal herauskommen. Wie er nun hinauskam, gestanden sie ihm alle viere, sie hätten das Geld gestohlen; sie wollten's ja gerne herausgeben und ihm eine schwere Summe dazu, wenn er sie nicht verraten wollte; es ging ihnen sonst an den Hals. Sie führten ihn auch hin, wo das Geld versteckt lag. Damit war der Doktor zufrieden, ging wieder hinein, setzte sich an den Tisch und sprach: „Herr, nun will ich in meinem Buch suchen, wo das Geld steckt." Der fünfte Bediente aber kroch in den Ofen und wollte hören, ob der Doktor noch mehr wüßte. Der saß aber und schlug sein Abc-Buch auf, blätterte hin und her und suchte den Göckelhahn. Weil er ihn aber nicht gleich finden konnte, sprach er: „Du bist doch darin und mußt auch heraus." Da glaubte der im Ofen, er wäre gemeint, sprang voller Schrecken heraus und rief: „Der Mann weiß alles." Nun zeigte der Doktor Allwissend dem Herrn, wo das Geld lag, sagte aber nicht, wer's gestohlen hatte, bekam von beiden Seiten viel Geld zur Belohnung und ward ein berühmter Mann.

Der arme Müllerbursch und das Kätzchen

In einer Mühle lebte ein alter Müller, der hatte weder Frau noch Kinder. Drei Müllerburschen dienten bei ihm. Als sie nun etliche Jahre bei ihm gewesen waren, sagte der Müller eines Tages zu ihnen: „Ich bin alt und will mich hinter den Ofen setzen. Zieht hinaus in die Welt, und wer mir das beste Pferd nach Hause bringt, dem will ich die Mühle geben und er soll mich dafür bis zu meinem Tod verpflegen."

Der dritte von den Burschen war der Kleinknecht. Er wurde von den anderen für dumm gehalten, und sie gönnten ihm die Mühle nicht. Als nun alle drei miteinander auszogen, sagten die zwei älteren zu dem dummen Hans: „Du kannst doch gleich hierbleiben, du kriegst dein Lebtag kein Pferd!"

Hans aber ging doch mit. Als es Nacht wurde, kamen sie zu einer Höhle und krochen hinein, um darin zu schlafen. Die zwei Klugen warteten, bis Hans eingeschlafen war, dann standen sie auf und gingen heimlich fort. Hänschen ließen sie liegen und meinten, es recht schlau gemacht zu haben. Aber es kam doch ganz anders, als sie dachten!

Als die Sonne kam und Hans erwachte, lag er in der tiefen Höhle. Er guckte sich überall um und rief: „Ach Gott, wo bin ich?" Schließlich erhob er sich, kroch aus der Höhle, ging in den Wald und dachte: Ich bin nun ganz allein und verlassen – wie soll ich da zu einem Pferd kommen?

Während er so in Gedanken dahinging, begegnete ihm auf einmal ein kleines buntes Kätzchen. Es sprach freundlich: „Hans, wo willst du hin?"

„Ach, du kannst mir doch nicht helfen", antwortete Hans.

„Ich kenne deinen Wunsch", sprach das Kätzchen, „du willst ein hübsches Pferd haben. Komm mit mir und sei sieben Jahre lang mein treuer Knecht, dann will ich dir ein Pferd geben, das schöner ist, als du jemals eines gesehen hast."

Das ist eine wunderliche Katze, dachte Hans, aber ich will doch sehen, ob es wahr ist, was sie sagt, und mit ihr gehen. Also nahm ihn die bunte Katze mit in ihr verwunschenes Schlößchen. Da waren lauter Kätzchen, die ihr dienten. Sie sprangen flink die Treppe auf und ab, waren lustig und guter Dinge. Abends, als sie sich zu Tisch setzten, mußten die drei Kätzchen Musik machen. Eines strich den Baß, das andere die Geige, das dritte setzte die Trompete an und blies die Backen auf, so sehr es nur konnte. Als sie gegessen hatten, wurde der Tisch weggetragen, und die bunte Katze sagte: „Nun komm, Hans, und tanz mit mir!"

„Nein", antwortete er, „mit einer Miezekatze tanz' ich nicht, das hab' ich noch niemals getan."

„So bringt ihn ins Bett“, sagte sie darauf zu den Kätzchen. Da leuchtete ihm eines in seine Schlafkammer, eines zog ihm die Schuhe aus, eines die Strümpfe, und zuletzt blies eines das Licht aus. Am anderen Morgen kamen sie wieder und halfen ihm aus dem Bett. Eines zog ihm die Strümpfe an, eines band ihm die Strumpfbänder, eines holte die Schuhe, eines wusch ihn, und eines trocknete ihm mit dem Schwanz das Gesicht ab. „Nun, hier lebt sich's ganz gut“, sagte Hans zu sich selbst und war mit seinem neuen Dienst recht zufrieden.

Er mußte aber auch für die Katze arbeiten und alle Tage Holz kleinmachen. Dazu kriegte er eine Axt aus Silber, auch die Keile und die Säge waren aus Silber, und der Schläger war aus Kupfer. Damit arbeitete er fleißig und blieb in dem verwunschenen Katzenschloß. Er hatte sein gutes Essen und Trinken, sah aber niemanden als die bunte Katze und ihr Gesinde.

Einmal sagte sie zu ihm: „Geh hin, mäh meine Wiese und breite das Gras zum Trocknen aus.“ Sie gab ihm eine silberne Sense und einen Wetzstein aus Gold und befahl ihm, auch alles wieder richtig abzuliefern.

Hans ging hin und tat, was ihm geheißen war. Nachdem er die Arbeit beendet hatte, trug er Sense, Wetzstein und Heu nach Hause und fragte die Katze, ob sie ihm noch nicht seinen Lohn geben wollte, da die sieben Jahre nun um wären.

„Nein“, sagte die Katze, „eine einzige Arbeit mußt du mir vorher noch tun: Da ist Bauholz aus Silber, eine Zimmeraxt, ein Winkeleisen und was sonst noch nötig ist, alles aus Silber. Damit sollst du mir nun ein kleines Häuschen bauen!“

Da baute Hans dem Kätzchen ein hübsches Häuschen. Als er fertig war, sagte er, er hätte nun alles getan, sei aber noch immer zu keinem Pferd gekommen.

„Willst du vielleicht einmal meine Pferde sehen?“ fragte die Katze darauf. „Ja“, sagte Hans. Da machte die Katze das Häuschen auf – da standen zwölf stolze Pferde, so glatt und blank, daß man sich darinnen spiegeln konnte. Dem Hans hüpfte bei diesem Anblick das Herz im Leibe. Nun gab ihm das Kätzchen noch zu essen und zu trinken, dann sprach es: „Geh nun heim, dein Pferd gebe ich dir aber nicht mit. In drei Tagen komme ich und bringe es dir nach!“

So machte sich Hans auf und die Katze zeigte ihm den Weg zur Mühle. Sie hatte ihm aber nicht einmal ein neues Kleid gegeben, sondern er mußte sein altes, lumpiges Gewand behalten, das er mitgebracht hatte und das ihm in den sieben Jahren überall zu kurz geworden war.

Als er nun heimkam, waren die beiden anderen Müllerburschen auch wieder da. Jeder von ihnen hatte ein Pferd mitgebracht, aber einer ein blindes, der andere ein lahmes.

Sie fragten: „Nun, Hans, wo hast du denn dein Pferd?“

„In drei Tagen wird es nachkommen“, antwortete Hans.

Da lachten sie und sagten: „Ja, du dummer Hans, wo willst du ein Pferd herkriegen! Das wird etwas Rechtes sein!"

Hans ging in die Stube. Der Müller aber sagte, er sollte nicht an den Tisch kommen, er wäre so zerrissen und zerlumpt, daß man sich mit ihm nur schämen müßte. Da gaben sie ihm ein bißchen Essen hinaus. Als sie abends schlafen gingen, wollten ihm die zwei anderen kein Bett geben. Er mußte endlich ins Gänseställchen kriechen und sich auf das harte Stroh legen.

Als er wieder aufwachte, waren die drei Tage bereits herum, und es kam eine Kutsche angefahren mit sechs Pferden, die glänzten, daß es eine Freude war. Ein Bedienter brachte noch ein siebentes mit, das war für Hans, den armen Müllerburschen.

Aus der Kutsche aber stieg eine schöne Königstochter. Das war niemand anderer, als das kleine bunte Kätzchen, dem der arme Hans sieben Jahre gedient hatte. Sie ging in die Mühle hinein und fragte den Müller, wo Hans, der Kleinknecht wäre.

„Ach", sagte der Müller, „den können wir nicht in die Stube hereinlassen. Er ist so zerlumpt, daß er im Gänsestall liegen muß!"

Da sagte die Königstochter, sie sollten ihn gleich holen. Also holten sie ihn heraus, und er trat in seinem armseligen Gewand vor die Königstochter. Da packten die Bedienten prächtige Kleider aus, Hans mußte sich waschen und anziehen, und als er fertig war, konnte kein König schöner aussehen als er. Darauf verlangte die Jungfrau die Pferde zu sehen, welche die anderen Mahlburschen mitgebracht hätten. Aber eines war blind, das andere lahm. Da ließ sie von ihren Knechten das siebente Pferd hereinführen. Als der Müller das sah, sagte er: „Ei der Tausend! So ein Pferd ist mir noch nicht auf den Hof gekommen!"

„Das ist für Hans", sagte die Königstochter.

„Wenn das so ist, muß er die Mühle kriegen", sagte der Müller.

Die Königstochter aber sagte, er möge seine Mühle nur behalten. Und sie nahm ihren treuen Hans bei der Hand, setzte sich mit ihm in die Kutsche und fuhr mit ihm fort.

Zuerst fuhren sie zu dem kleinen Häuschen, das er mit dem silbernen Werkzeug gebaut hatte. Da war es ein großes Schloß geworden, außen und innen von Gold und Silber. Dann hielten sie Hochzeit, und Hans war nun reich, so reich, daß er für sein Lebtag genug hatte.

Das tapfere Schneiderlein

An einem Sommermorgen saß ein Schneiderlein auf seinem Tisch beim Fenster, war guter Dinge und nähte aus Leibeskräften. Da kam eine Bauernfrau die Straße herab und rief: „Gute Marmelade! Gute Marmelade!“ Das klang dem Schneiderlein lieblich in die Ohren, es streckte seinen Kopf zum Fenster hinaus und rief: „Hier herauf, liebe Frau! Hier wird Sie Ihre Ware los!“

Die Frau stieg mit ihrem schweren Korb die drei Treppen zu dem Schneider hinauf und mußte alle ihre Töpfe vor ihm auspacken. Er besah sie der Reihe nach, hob sie in die Höhe, hielt die Nase dran und sagte endlich: „Die Marmelade scheint gut zu sein. Wieg Sie mir doch ein Achtel davon ab, liebe Frau. Wenn's etwas mehr ist, macht es mir auch nichts!“

Die Frau, die gehofft hatte, eine größere Menge zu verkaufen, gab ihm, was er verlangt hatte, ging aber recht verärgert fort.

„Nun, die Marmelade soll mir schmecken“, rief das Schneiderlein, „und mir Kraft und Stärke geben!“ Er holte das Brot aus dem Schrank, schnitt sich ein Stück über den ganzen Laib ab und strich die Marmelade darüber. „Das wird nicht bitter schmecken“, sprach er, „aber erst will ich das Wams fertig machen, ehe ich abbeiße.“ Er legte das Brot neben sich, nähte weiter und machte vor Freude immer größere Stiche.

Indessen stieg der Geruch von der süßen Marmelade hinauf an die Wand, wo die Fliegen in großer Menge saßen. Sie wurden davon angelockt und ließen sich scharenweise auf der Marmelade nieder. „Ei, wer hat euch eingeladen?“ sprach das Schneiderlein und jagte die ungebetenen Gäste fort. Die Fliegen aber, die kein Deutsch verstanden, ließen sich nicht abweisen, sondern kamen in immer größerer Gesellschaft wieder.

Da lief dem Schneider endlich, wie man so sagt, die Laus über die Leber. Er packte ein Tuch und sagte: „Wartet, ich will es euch geben!“ Damit schlug er unbarmherzig auf die Fliegen los. Als er das Tuch wegzog, lagen nicht weniger als sieben Fliegen tot vor ihm und streckten die Beine. „Bist du so ein Kerl?“ sprach er und bewunderte seine eigene Tapferkeit. „Das soll die ganze Stadt erfahren!“

In aller Hast schnitt sich das Schneiderlein einen Gürtel, nähte ihn und stickte mit großen Buchstaben darauf: Sieben auf einen Streich! „Ei was, Stadt“, sprach er weiter, „die ganze Welt soll es erfahren!“ Und sein Herz wackelte vor Freude wie ein Lämmerschwänzchen.

Der Schneider band sich den Gürtel um den Leib und wollte in die Welt hinaus, weil er meinte, die Werkstätte wäre zu klein für seine Tapferkeit. Ehe er abzog, suchte er im Hause herum, ob nichts da wäre, was er mitnehmen könnte. Er fand aber nichts als einen alten Käse, den steckte er ein. Vor dem Tore bemerkte er einen Vogel, der sich im Gesträuch gefangen hatte. Der mußte zu dem Käse in die Tasche. Dann begann er flott drauflos zumarschieren, und weil er leicht und behende war, fühlte er keine Müdigkeit.

Der Weg führte ihn auf einen Berg. Als er den höchsten Gipfel erreicht hatte, saß da ein gewaltiger Riese und schaute sich ganz gemächlich um. Das Schneiderlein ging beherzt auf ihn zu und redete ihn an: „Guten Tag, Kamerad! Na, sitzest du da und guckst den Wolken nach? Ich bin eben dabei, in die Welt zu wandern. Hast du Lust, mitzukommen?"

Der Riese sah den Schneider verächtlich an und sprach: „Du Wicht! Du kümmerlicher Kerl!"

„Wie sprichst du mit mir?" antwortete das Schneiderlein, knöpfte den Rock auf und zeigte dem Riesen seinen Gürtel. „Da kannst du lesen, was ich für ein Mann bin!"

Der Riese las: Sieben auf einen Streich! Er meinte, es wären Menschen gewesen, die der Schneider erschlagen hätte, und bekam ein wenig Respekt vor dem kleinen Kerl. Doch wollte er ihn zuerst prüfen. Er nahm einen Stein in die Hand und drückte ihn zusammen, daß das Wasser heraustropfte. „Das mach mir nach, wenn du so stark bist!" sprach der Riese.

„Ist's weiter nichts?" sagte das Schneiderlein. „Das ist für mich ein Kinderspiel!" Er griff in die Tasche, holte den weichen Käse hervor und drückte ihn, daß der Saft herauslief. „Gelt", sprach er, „das war ein wenig besser!"

Der Riese wußte nicht, was er sagen sollte, doch wollte er dem Männlein eine solche Kraft noch immer nicht zutrauen. Er hob einen Stein auf und warf ihn so hoch, daß man ihn mit den Augen kaum noch sehen konnte. „Nun, du Wichtelmännchen, das tu mir nach!"

„Gut geworfen", sagte der Schneider, „aber der Stein hat doch wieder zur Erde herabfallen müssen. Ich aber will einen hinaufwerfen, der soll gar nicht wiederkommen." Er griff in die Tasche, nahm den Vogel und warf ihn in die Luft. Der Vogel war froh über die wiedergewonnene Freiheit, stieg auf, flog fort und kam nicht wieder.

„Nun, wie gefällt dir das Stückchen, Kamerad?" fragte der Schneider. „Werfen kannst du wohl", sagte der Riese, „aber nun wollen wir sehen, ob du auch imstande bist, etwas Ordentliches zu tragen." Er führte das Schneiderlein zu einem mächtigen Eichbaum, der gefällt auf dem Boden lag, und sagte: „Wenn du stark genug bist, so hilf mir den Baum aus dem Wald heraustragen!"

„Gern", antwortete der kleine Mann, „nimm du nur den Stamm auf deine Schul-

Johañ Meckerling
Schneider-Meister
J M
GABER

ter, ich will die Äste mit dem Gezweig aufheben und tragen, das ist doch das Schwerste."

Der Riese nahm den Stamm auf die Schulter. Der Schneider aber setzte sich auf einen Ast, und der Riese, der sich nicht umsehen konnte, mußte den ganzen Baum und das Schneiderlein noch obendrein forttragen. Der Schneider war lustig und guter Dinge und pfiff das Liedchen „Es ritten drei Schneider zum Tore hinaus ...", als wäre das Baumtragen ein Kinderspiel.

Nachdem der Riese die schwere Last ein Stück Weges fortgeschleppt hatte, konnte er nicht weiter und rief: „Hör einmal, ich muß den Baum fallen lassen!" Der Schneider sprang flink herab, faßte den Baum mit beiden Armen, als wenn er ihn wirklich getragen hätte, und sprach zum Riesen: „Du bist ein so großer Kerl und kannst nicht einmal ein solches Bäumlein tragen!"

Sie gingen zusammen weiter. Als sie an einem Kirschbaum vorbeikamen, faßte der Riese die Krone des Baumes, wo die reifsten Früchte hingen. Er bog sie herab, gab sie dem Schneider in die Hand und forderte ihn auf zu essen. Das Schneiderlein aber war viel zu schwach, um den Baum halten zu können. Als der Riese losließ, fuhr der Baum in die Höhe, und der Schneider wurde mit in die Luft geschnellt.

Als er unverletzt wieder herabgefallen war, sprach der Riese: „Was, hast du nicht so viel Kraft, die schwache Gerte zu halten?"

„An der Kraft fehlt es nicht", antwortete das Schneiderlein, „meinst du, das wäre etwas für einen, der sieben mit einem Streich getroffen hat? Ich bin über den Baum gesprungen, weil die Jäger da unten in das Gebüsch schießen. Spring nach, wenn du's vermagst."

Der Riese machte einen Versuch, konnte aber nicht über den Baum kommen, sondern blieb in den Ästen hängen, so daß das Schneiderlein auch im Springen die Oberhand behielt.

Nun sprach der Riese: „Wenn du so ein tapferer Kerl bist, so komm mit in unsere Höhle und übernachte bei uns." Das Schneiderlein war einverstanden und folgte ihm. Als sie in der Höhle anlangten, saßen da noch andere Riesen beim Feuer. Jeder hatte ein gebratenes Schaf in der Hand und aß davon. Das Schneiderlein sah sich um und sagte: „Hier ist es doch viel weitläufiger als in meiner Werkstatt."

Der Riese wies ihm ein Bett an und sagte, er solle sich hineinlegen und ausschlafen. Dem Schneiderlein war aber das Bett zu groß, es legte sich nicht hinein, sondern kroch in eine Ecke. Als es Mitternacht war, und der Riese meinte, das Schneiderlein läge in tiefem Schlaf, stand er auf, nahm eine große Eisenstange und schlug das Bett mit einem Schlag entzwei. Er war fest überzeugt, er hätte dem Grashüpfer damit den Garaus gemacht.

Am frühen Morgen gingen die Riesen in den Wald und hatten das Schneiderlein ganz vergessen. Da kam es auf einmal ganz lustig und verwegen dahergeschritten. Die Riesen erschraken, fürchteten, es schlüge sie alle tot, und liefen in wilder Hast davon. Das Schneiderlein aber zog weiter, immer seiner spitzen Nase nach.

Nachdem es lange gewandert war, kam es in den Hof eines königlichen Palastes. Weil es müde war, legte es sich ins Gras und schlief ein. Während es so dalag, kamen Leute daher, betrachteten es von allen Seiten, und lasen auf dem Gürtel: Sieben auf einen Streich! „Ach“, sprachen sie, „was will dieser grimmige Kriegsheld hier bei uns mitten im Frieden? Das muß ein mächtiger Herr sein!“

Sie meldeten es dem König und meinten, wenn Krieg ausbrechen sollte, wäre das ein wichtiger und nützlicher Mann, den man um keinen Preis fortlassen dürfte. Dem König gefiel der Rat. Er schickte einen von seinen Hofleuten zu dem Schneider mit dem Auftrag, ihn, wenn er aufgewacht wäre, als Krieger aufzunehmen. Der Abgesandte blieb bei dem Schläfer stehen und wartete, bis er seine Glieder streckte und die Augen aufschlug. Dann brachte er seinen Antrag vor.

„Eben deswegen bin ich hiehergekommen“, antwortete der Schneider. „Ich bin bereit, in des Königs Dienste zu treten.“ Daraufhin wurde er ehrenvoll empfangen.

Die übrigen Kriegsleute aber waren dem Schneiderlein nicht gewogen und wünschten, es wäre tausend Meilen weit weg. „Was soll daraus werden?“ sprachen sie untereinander. „Wenn wir Zank mit ihm kriegen und er haut zu, so fallen gleich sieben von uns auf jeden Streich. Da kann unsereiner nicht bestehen!“ Also faßten sie einen Entschluß, begaben sich allesamt zum König und baten um ihren Abschied. „Wir wagen es nicht“, sprachen sie, „neben einem Mann zu stehen, der sieben auf einen Streich erschlägt.“

Der König war traurig, daß er um des einen willen alle seine treuen Diener verlieren sollte. Er wünschte, daß seine Augen den Fremden nie gesehen hätten, und wäre ihn gern wieder losgewesen. Aber er getraute sich nicht, ihm den Abschied zu geben, weil er fürchtete, er möchte ihn vielleicht samt seinen Getreuen totschlagen und sich auf den Thron setzen.

Er sann lange hin und her, endlich fand er einen Rat. Er schickte zu dem Schneiderlein und ließ ihm sagen, weil er ein so großer Kriegsheld wäre, so wollte er ihm ein Anerbieten machen: In einem Walde seines Landes hausten zwei Riesen, die mit Rauben, Morden, Sengen und Brennen großen Schaden anrichteten. Niemand dürfte sich ihnen nähern, ohne das Leben aufs Spiel zu setzen. Wenn er diese beiden Riesen bezwingen könnte, wolle er, der König, ihm seine einzige Tochter zur Gemahlin geben und das halbe Königreich obendrein. Auch sollten hundert Reiter mitziehen und ihm Beistand leisten.

Das wäre das Richtige für dich, dachte das Schneiderlein, eine schöne Königstochter und ein halbes Königreich werden einem nicht alle Tage angeboten! „O ja“, gab er zur Antwort, „die Riesen will ich schon bändigen. Die hundert Reiter hab' ich dabei nicht nötig. Wer sieben auf einen Streich trifft, braucht sich vor zweien nicht zu fürchten."

Das Schneiderlein zog also aus, und die hundert Reiter folgten ihm. Als er zum Rande des Waldes kam, sprach er zu seinen Begleitern: „Bleibt nur hier, ich will schon allein mit den Riesen fertig werden." Dann sprang er in den Wald hinein und schaute sich rechts und links um.

Nach einem Weilchen erblickte er beide Riesen. Sie lagen unter einem Baum und schliefen und schnarchten dabei, daß sich die Äste auf und nieder bogen. Das Schneiderlein, nicht faul, sammelte rasch beide Taschen voll Steine und stieg damit auf den Baum. Als es in der Mitte war, rutschte es auf einen Ast, bis es gerade über die Schläfer zu sitzen kam. Dann ließ es dem einen Riesen einen Stein nach dem anderen auf die Brust fallen. Der Riese spürte lange nichts, doch endlich wachte er auf, stieß seinen Gesellen an und sprach: „Warum schlägst du mich?"

„Du träumst", sagte der andere, „ich schlage dich nicht."

Sie legten sich wieder nieder und schliefen weiter. Da warf der Schneider auf den zweiten einen Stein herab. „Was soll das?" rief der andere. „Warum wirfst du auf mich" – „Ich werfe doch nicht!" antwortete der erste und brummte.

Sie zankten sich eine Weile herum, doch weil sie müde waren, ließen sie's gut sein, und die Augen fielen ihnen wieder zu.

Das Schneiderlein aber fing sein Spiel von neuem an, suchte den größten Stein aus und warf ihn dem ersten Riesen mit aller Gewalt auf die Brust. „Jetzt ist es mir aber zu dumm!" schrie der Riese, sprang wie ein Unsinniger auf und stieß seinen Gesellen gegen den Baum, daß dieser zitterte. Der andere schlug mit derselben Kraft zurück, und sie gerieten in solche Wut, daß sie Bäume ausrissen und so lange aufeinander losschlugen, bis sie endlich beide zugleich tot auf die Erde fielen.

Nun sprang das Schneiderlein vom Baum herab. „Ein Glück", sprach es, „daß sie den Baum, auf dem ich saß, nicht ausgerissen haben, sonst hätte ich wie ein Eichkätzchen auf einen anderen springen müssen. Doch unsereiner ist ja flink!"

Es zog sein Schwert und versetzte jedem Riesen ein paar tüchtige Hiebe in die Brust. Dann ging es hinaus zu den Reitern und sprach: „So, die Arbeit ist getan! Ich habe beiden den Garaus gemacht. Aber hart ist es hergegangen, sie haben in der Not Bäume ausgerissen und sich erbittert gewehrt. Doch das hilft alles nichts, wenn einer kommt wie ich, der sieben auf einen Streich erschlägt!"

„Seid Ihr denn nicht verwundet?" fragten die Reiter.

„Keine Spur", antwortete der Schneider, „kein Haar haben sie mir gekrümmt."

Die Reiter wollten ihm nicht glauben und ritten in den Wald. Da fanden sie die toten Riesen, und ringsherum lagen die ausgerissenen Bäume.

Das Schneiderlein verlangte nun vom König die versprochene Belohnung. Dieser aber bereute sein Versprechen, und er sann aufs neue, wie er sich den grimmigen Helden vom Halse schaffen könnte. „Ehe du meine Tochter und das halbe Reich erhältst", sprach er zu ihm, „mußt du noch eine Heldentat vollbringen. In dem Wald haust ein Einhorn, das großen Schaden anrichtet. Das mußt du zuerst noch einfangen!"

„Vor einem Einhorn fürchte ich mich noch weniger als vor zwei Riesen", antwortete das Schneiderlein. „ ‚Sieben auf einen Streich!' das ist mein Wahlspruch."

Er nahm einen Strick und eine Axt mit und ging hinaus in den Wald. Die Begleiter, die ihm der König mitgegeben hatte, ließ er wieder am Waldrand warten. Er brauchte nicht lange zu suchen, da kam auch schon das Einhorn herbei und sprang geradezu auf den Schneider los, als wollte es ihn aufspießen.

„Nur langsam!" sprach dieser, „so geschwind geht das nicht!" Er blieb stehen und wartete, bis das Tier ganz nahe heran war, dann sprang er flink und geschickt hinter einen Baum. Das Einhorn rannte mit aller Kraft gegen den Baum und spießte dabei sein Horn so fest in den Stamm, daß es nicht Kraft genug hatte, es wieder herauszuziehen. So war es gefangen.

„Jetzt habe ich das Vöglein", sagte der Schneider und kam hinter dem Baum hervor. Er legte dem Einhorn den Strick um den Hals, dann hieb er mit der Axt das Horn aus dem Baum. Als das geschehen war, führte er das Tier ab und brachte es dem König.

Der König wollte ihm den versprochenen Lohn aber noch immer nicht gewähren und stellte eine dritte Forderung. Der Schneider sollte vor der Hochzeit erst noch ein Wildschwein fangen, das im Walde großen Schaden verursachte. Die Jäger sollten ihm Beistand leisten.

„Gern", sagte der Schneider, „das ist wirklich eine Kleinigkeit." Die Jäger nahm er nicht mit in den Wald. Sie waren damit wohl einverstanden, denn das Wildschwein hatte sie schon mehrmals recht übel empfangen.

Als das grimmige Schwein den Schneider erblickte, lief es mit schäumendem Maul und wetzenden Hauern auf ihn zu und wollte ihn zur Erde werfen. Der flüchtige Held aber sprang in eine Kapelle, die in der Nähe stand, und gleich mit einem Satz oben beim Fenster wieder hinaus. Das Wildschwein war hinter ihm hergelaufen. Der Schneider aber hüpfte außen herum und schlug die Tür hinter dem Untier zu. So war das wütende Tier gefangen, denn es war viel zu schwer und unbeholfen, um ebenfalls beim Fenster wieder hinausspringen zu können.

Dann rief das Schneiderlein die Jäger herbei. Diese mußten sich das gefangene Tier ansehen. Der Held aber begab sich zum König, der nun, mochte er wollen oder nicht, sein Versprechen halten und ihm seine Tochter und das halbe Königreich übergeben mußte. Hätte er gewußt, daß kein wirklicher Held, sondern ein Schneiderlein vor ihm stand, wäre es ihm wohl noch saurer angekommen. Die Hochzeit wurde also mit großer Pracht und kleiner Freude gehalten, und aus dem Schneider somit ein König gemacht.

Nach einiger Zeit hörte die junge Königin in der Nacht, wie ihr Gemahl im Traume sprach: „Junge, mach mir das Wams und flick mir die Hosen, oder ich will dir die Elle über die Ohren schlagen!"

Da merkte sie, woher der junge Herr stammte. Sie klagte am andern Morgen dem Vater ihr Leid und bat, er möchte sie von dem Mann erlösen, der nichts anderes wäre als ein Schneider.

Der König sprach ihr Trost zu und sagte: „Laß in der nächsten Nacht die Schlafkammer offen. Wenn er eingeschlafen ist, sollen meine Diener hineingehen, ihn binden und auf ein Schiff tragen, das in die weite Welt fährt."

Die junge Königin war damit zufrieden. Des Königs Waffenträger aber, der alles mit angehört hatte, war dem jungen Herrn gewogen und hinterbrachte ihm den ganzen Anschlag.

„Die sollen nur kommen!" sagte der Schneider, „ich will ihnen schon heimleuchten!"

Abends legte er sich zu gewöhnlicher Zeit zu Bett. Als seine Frau glaubte, er sei eingeschlafen, stand sie auf und öffnete die Tür. Das Schneiderlein aber, das sich nur so stellte, als ob es schliefe, fing an, mit heller Stimme zu rufen: „Junge, mach mir das Wams und flick mir die Hosen, oder ich will dir die Elle über die Ohren schlagen! Ich habe sieben mit einem Streich getroffen, zwei Riesen getötet, ein Einhorn fortgeführt und ein Wildschwein gefangen! Sollte ich mich jetzt vielleicht vor denen fürchten, die da draußen vor meiner Kammer stehen?"

Als diese den Schneider so sprechen hörten, liefen sie vor Angst Hals über Kopf davon, und keiner wagte sich mehr zurück. Also war und blieb das Schneiderlein sein Lebtag König.

Daumerlings Wanderschaft

Ein Schneider hatte einen Sohn, der war klein geraten und nicht größer als ein Daumen, darum hieß er auch der Daumerling. Er hatte aber Courage im Leibe und sagte zu seinem Vater: „Vater, ich soll und muß in die Welt hinaus." – „Recht, mein Sohn", sprach der Alte, nahm eine lange Stopfnadel und machte am Licht einen Knoten von Siegellack daran, „da hast du auch einen Degen mit auf den Weg." Nun wollte das Schneiderlein noch einmal mitessen und hüpfte in die Küche, um zu sehen, was die Frau Mutter zu guter Letzt gekocht hätte. Es war aber eben angerichtet, und die Schüssel stand auf dem Herd. Da sprach es: „Frau Mutter, was gibt's heute zu essen?" – „Sieh du selbst zu", sagte die Mutter. Da sprang Daumerling auf den Herd und guckte in die Schüssel: weil er aber den Hals zu weit hineinstreckte, faßte ihn der Dampf von der Speise und trieb ihn zum Schornstein hinaus. Eine Weile ritt er auf dem Dampf in der Luft herum, bis er endlich wieder auf die Erde herabsank. Nun war das Schneiderlein draußen in der weiten Welt, zog umher, ging auch bei einem Meister in die Arbeit, aber das Essen war ihm nicht gut genug. „Frau Meisterin, wenn sie uns kein besser Essen gibt", sagte Daumerling, „so gehe ich fort und schreibe morgen früh mit Kreide an Ihre Haustüre: Kartoffel zuviel, Fleisch zuwenig, Adies, Herr Kartoffelkönig." – „Was willst du wohl, Grashüpfer?" sagte die Meisterin, ward böse, ergriff einen Lappen und wollte nach ihm schlagen: mein Schneiderlein kroch behende unter den Fingerhut, guckte unten hervor und streckte der Frau Meisterin die Zunge heraus. Sie hob den Fingerhut auf und wollte ihn pakken, aber der kleine Daumerling hüpfte in die Lappen, und wie die Meisterin die Lappen auseinanderwarf und ihn suchte, machte er sich in den Tischritz. „He, he, Frau Meisterin", rief er und steckte den Kopf in die Höhe, und wenn sie zuschlagen wollte, sprang er in die Schublade hinunter. Endlich aber erwischte sie ihn doch und jagte ihn zum Haus hinaus.

Das Schneiderlein wanderte und kam in einen großen Wald; da begegnete ihm ein Haufen Räuber, die hatten vor, des Königs Schatz zu bestehlen. Als sie das Schneiderlein sahen, dachten sie, so ein kleiner Kerl kann durch ein Schlüsselloch kriechen und uns als Dietrich dienen. „Heda", rief einer, „du Riese Goliath, willst du mit zur Schatzkammer gehen? Du kannst dich hineinschleichen und das Geld herauswerfen." Der Daumerling besann sich, endlich sagte er „ja" und ging mit zu der Schatzkammer. Da besah er die Türe oben und unten, ob kein Ritz darin wäre. Nicht lange, so entdeckte er einen, der breit genug war, um ihn einzulassen. Er wollte auch gleich hindurch, aber eine von den beiden Schildwachen, die vor der Tür standen, bemerkte ihn und sprach zu der andern: „Was kriecht da für eine häßliche Spinne?

Ich will sie tottreten." – „Laß das arme Tier gehen", sagte die andere, „es hat dir ja nichts getan". Nun kam der Daumerling durch den Ritz glücklich in die Schatzkammer, öffnete das Fenster, unter welchem die Räuber standen, und warf ihnen einen Taler nach dem andern hinaus. Als das Schneiderlein in der besten Arbeit war, hörte es den König kommen, der seine Schatzkammer besehen wollte, und verkroch sich eilig. Der König merkte, daß viele harte Taler fehlten, konnte aber nicht begreifen, wer sie sollte gestohlen haben, da Schlösser und Riegel in gutem Stand waren und alles wohl verwahrt schien. Da ging er wieder fort und sprach zu den zwei Wachen: „Habt acht, es ist einer hinter dem Geld." Als der Daumerling nun seine Arbeit von neuem anfing, hörten sie das Geld drinnen sich regen und klingen, klipp, klapp, klipp, klapp. Sie sprangen geschwind hinein und wollten den Dieb greifen. Aber das Schneiderlein, das sie kommen hörte, war noch geschwinder, sprang in eine Ecke und deckte einen Taler über sich, so daß nichts von ihm zu sehen war; dabei neckte es noch die Wachen und rief: „Hier bin ich." Die Wachen liefen dahin, wie sie aber ankamen, war es schon in eine andere Ecke unter einen Taler gehüpft und rief: „He, hier bin ich." Die Wachen sprangen eilends herbei, Daumerling war aber längst in einer dritten Ecke und rief: „He, hier bin ich." Und so hatte es sie zu Narren und trieb sie so lange in der Schatzkammer herum, bis sie müde waren und davongingen. Nun warf es die Taler nach und nach alle hinaus; den letzten schnellte es mit aller Macht, hüpfte dann selber noch behendiglich darauf und flog mit ihm durchs Fenster hinab. Die Räuber machten ihm große Lobsprüche: „Du bist ein gewaltiger Held", sagten sie, „willst du unser Hauptmann werden?" Daumerling bedankte sich aber und sagte, er wollte erst die Welt sehen. Sie teilten nun die Beute, das Schneiderlein aber verlangte nur einen Kreuzer, weil es nicht mehr tragen konnte.

Darauf schnallte es seinen Degen wieder um den Leib, sagte den Räubern guten Tag und nahm den Weg zwischen die Beine. Es ging bei einigen Meistern in Arbeit, aber sie wollte ihm nicht schmecken; endlich verdingte es sich als Hausknecht in einem Gasthof. Die Mägde aber konnten es nicht leiden, denn ohne daß sie es sehen konnten, sah es alles, was sie heimlich taten, und gab bei der Herrschaft an, was sie sich von den Tellern genommen und aus dem Keller für sich weggeholt hatten. Da sprachen sie: „Wart, wir wollen dir's einträнken", und verabredeten untereinander, ihm einen Schabernack anzutun. Als die eine Magd bald hernach im Garten mähte und den Daumerling da herumspringen und an den Kräutern auf- und abkriechen sah, mähte sie ihn mit dem Gras schnell zusammen, band alles in ein großes Tuch und warf es heimlich den Kühen vor. Nun war eine große Schwarze darunter, die schluckte ihn mit hinab, ohne ihm weh zu tun. Unten gefiel's ihm aber schlecht, denn es war da ganz finster und brannte auch kein Licht. Als die Kuh gemelkt wurde, da rief er:

„Strip, strap, stroll,
Ist der Eimer bald voll?"

Doch bei dem Geräusch des Melkens wurde er nicht verstanden. Hernach trat der Hausherr in den Stall und sprach: „Morgen soll die Kuh da geschlachtet werden." Da war dem Daumerling angst, daß er mit heller Stimme rief: „Laßt mich erst heraus, ich sitze ja drin." Der Herr hörte das wohl, wußte aber nicht, wo die Stimme herkam. „Wo bist du?" fragte er. „In der schwarzen", antwortete er, aber der Herr verstand nicht, was das heißen sollte, und ging fort.

Am andern Morgen ward die Kuh geschlachtet. Glücklicherweise traf bei dem Zerhacken und Zerlegen den Daumerling kein Hieb, aber er geriet unter das Wurstfleisch. Wie nun der Metzger herbeitrat und seine Arbeit anfing, schrie er aus Leibeskräften: „Hackt nicht zu tief, hackt nicht zu tief, ich stecke ja drunter." Vor dem Lärmen der Hackmesser hörte das kein Mensch. Nun hatte der arme Daumerling seine Not, aber die Not macht Beine, und da sprang er so behend zwischen den Hackmessern durch, daß ihn keins anrührte und er mit heiler Haut davonkam. Aber entspringen konnt er auch nicht; es war keine andere Auskunft, er mußte sich mit den Speckbrocken in eine Blutwurst hinunterstopfen lassen. Da war das Quartier etwas enge, und dazu ward er noch in den Schornstein zum Räuchern aufgehängt, wo ihm Zeit und Weile gewaltig lang wurde. Endlich im Winter wurde er heruntergeholt, weil die Wurst einem Gast sollte vorgesetzt werden. Als nun die Frau Wirtin die Wurst in Scheiben schnitt, nahm er sich in acht, daß er den Kopf nicht zu weit vorstreckte, damit ihm nicht etwa der Hals mit abgeschnitten würde. Endlich ersah er seinen Vorteil, machte sich Luft und sprang heraus.

In dem Hause aber, wo es ihm so übel ergangen war, wollte das Schneiderlein nicht länger mehr bleiben, sondern begab sich gleich wieder auf die Wanderung. Doch seine Freiheit dauerte nicht lange. Auf dem offenen Feld kam es einem Fuchs in den Weg, der schnappte es in Gedanken auf. „Ei, Herr Fuchs", rief's Schneiderlein, „ich bin's ja, der in Eurem Hals steckt, laßt mich wieder frei." – „Du hast recht", antwortete der Fuchs, „an dir habe ich doch soviel als nichts; versprichst du mir die Hühner in deines Vaters Hof, so will ich dich loslassen." – „Von Herzen gern", antwortete der Daumerling, „die Hühner sollst du alle haben, das gelobe ich dir." Da ließ ihn der Fuchs wieder los und trug ihn selber heim. Als der Vater sein liebes Söhnlein wiedersah, gab er dem Fuchs gerne alle die Hühner, die er hatte. „Dafür bring ich dir auch ein schön Stück Geld mit", sprach der Daumerling und reichte ihm den Kreuzer, den er auf seiner Wanderschaft erworben hatte.

„Warum hat aber der Fuchs die armen Piephühner zu fressen kriegt?" – „Ei, du Narr, deinem Vater wird ja wohl sein Kind lieber sein als die Hühner auf dem Hof."

Fitchers Vogel

Es war einmal ein Hexenmeister, der nahm die Gestalt eines armen Mannes an, ging vor die Häuser und bettelte und fing die schönen Mädchen. Kein Mensch wußte, wo er sie hinbrachte, denn sie kamen nie wieder zum Vorschein. Eines Tages erschien er vor der Türe eines Mannes, der drei schöne Töchter hatte, sah aus wie ein armer, schwacher Bettler und trug eine Kötze auf dem Rücken, als wollte er milde Gaben darin sammeln. Er bat um ein bißchen Essen, und als die älteste herauskam und ihm ein Stück Brot reichen wollte, rührte er sie nur an, und sie mußte in seine Kötze springen. Darauf eilte er mit starken Schritten fort und trug sie in einen finstern Wald zu seinem Haus, das mitten darin stand. In dem Haus war alles prächtig; er gab ihr, was sie nur wünschte, und sprach: „Mein Schatz, es wird dir wohlgefallen bei mir, du hast alles, was dein Herz begehrt." Das dauerte ein paar Tage, da sagte er: „Ich muß fortreisen und dich eine kurze Zeit allein lassen; da sind die Hausschlüssel, du kannst überall hingehen und alles betrachten, nur nicht in eine Stube, die dieser kleine Schlüssel da aufschließt, das verbiet ich dir bei Lebensstrafe." Auch gab er ihr ein Ei und sprach: „Das Ei verwahre mir sorgfältig und trag es lieber beständig bei dir, denn ginge es verloren, so würde ein großes Unglück daraus entstehen." Sie nahm die Schlüssel und das Ei und versprach, alles wohl auszurichten. Als er fort war, ging sie in dem Haus herum von unten bis oben und besah alles; die Stuben glänzten von Silber und Gold, und sie meinte, sie hätte nie so große Pracht gesehen. Endlich kam sie auch zu der verbotenen Tür; sie wollte vorübergehen, aber die Neugierde ließ ihr keine Ruhe. Sie besah den Schlüssel, er sah aus wie ein anderer, sie steckte ihn ein und drehte ein wenig, da sprang die Türe auf. Aber was erblickte sie, als sie hineintrat? Ein großes, blutiges Becken stand in der Mitte, und darin lagen tote, zerhauene Menschen, daneben stand ein Holzblock, und ein blinkendes Beil lag darauf. Sie erschrak so sehr, daß das Ei, das sie in der Hand hielt, hineinplumpte. Sie holte es wieder heraus und wischte das Blut ab, aber vergeblich, es kam den Augenblick wieder zum Vorschein; sie wischte und schabte, aber sie konnte es nicht herunterkriegen.

Nicht lange, so kam der Mann von der Reise zurück, und das erste, was er forderte, war der Schlüssel und das Ei. Sie reichte es ihm hin, aber sie zitterte dabei, und er sah an den roten Flecken, daß sie in der Blutkammer gewesen. „Bist du gegen meinen Willen in die Kammer gegangen", sprach er, „so sollst du gegen deinen Willen wieder hinein. Dein Leben ist zu Ende." Er warf sie nieder, schleifte sie an den Haaren hin, schlug ihr das Haupt auf dem Blocke ab und zerhackte sie, daß ihr Blut auf dem Boden dahinfloß. Dann warf er sie zu den übrigen ins Becken.

„Jetzt will ich mir die zweite holen“, sprach der Hexenmeister, ging wieder in Gestalt eines armen Mannes vor das Haus und bettelte. Da brachte ihm die zweite ein Stück Brot, er fing sie wie die erste durch bloßes Anrühren und trug sie fort. Es erging ihr nicht besser als ihrer Schwester, sie ließ sich von ihrer Neugierde verleiten, öffnete die Blutkammer und schaute hinein und mußte es bei seiner Rückkehr mit dem Leben büßen. Er ging nun und holte die dritte, die aber war klug und listig. Als er ihr die Schlüssel und das Ei gegeben hatte und fortgereist war, verwahrte sie das Ei erst sorgfältig, dann besah sie das Haus und ging zuletzt in die verbotene Kammer. Ach, was erblickte sie! Ihre beiden lieben Schwestern lagen da in dem Bekken jämmerlich ermordet und zerhackt. Aber sie hub an und suchte die Glieder zusammen und legte sie zurecht, Kopf, Leib, Arm und Beine. Und als nichts mehr fehlte, da fingen die Glieder an, sich zu regen, und schlossen sich aneinander, und beide Mädchen öffneten die Augen und waren wieder lebendig. Da freuten sie sich, küßten und herzten einander. Der Mann forderte bei seiner Ankunft gleich Schlüssel und Ei, und als er keine Spur von Blut daran entdecken konnte, sprach er: „Du hast die Probe bestanden, du sollst meine Braut sein.“ Er hatte jetzt keine Macht mehr über sie und mußte tun, was sie verlangte. „Wohlan“, antwortete sie, „du sollst vorher einen Korb voll Gold meinem Vater und meiner Mutter bringen und es selbst auf deinem Rücken hintragen; derweil will ich die Hochzeit bestellen.“ Dann lief sie zu ihren Schwestern, die sie in einem Kämmerlein versteckt hatte, und sagte: „Der Augenblick ist da, wo ich euch retten kann. Der Bösewicht soll euch selbst wieder heimtragen; aber sobald ihr zu Hause seid, sendet mir Hilfe.“ Sie setzte beide in einen Korb und deckte sie mit Gold ganz zu, daß nichts von ihnen zu sehen war, dann rief sie den Hexenmeister herein und sprach: „Nun trag den Korb fort; aber daß du mir unterwegs nicht stehenbleibst und ruhest, ich schaue durch mein Fensterlein und habe acht.“

Der Hexenmeister hob den Korb auf seinen Rücken und ging damit fort; er drückte ihn aber so schwer, daß ihm der Schweiß über das Angesicht lief. Da setzte er sich nieder und wollte ein wenig ruhen, aber gleich rief eine im Korbe: „Ich schaue durch mein Fensterlein und sehe, daß du ruhst. Willst du gleich weiter!“ Er meinte, die Braut rief ihm das zu, und machte sich wieder auf. Nochmals wollte er sich setzen, aber es rief gleich: „Ich schaue durch mein Fensterlein und sehe, daß du ruhst. Willst du gleich weiter!“ Und sooft er stillstand, rief es, und da mußte er fort, bis er endlich stöhnend und außer Atem den Korb mit dem Gold und den beiden Mädchen in ihrer Eltern Haus brachte.

Daheim aber ordnete die Braut das Hochzeitsfest an und ließ die Freunde des Hexenmeisters dazu einladen. Dann nahm sie einen Totenkopf mit grinsenden Zähnen, setzte ihm einen Schmuck auf und einen Blumenkranz, trug ihn oben vors

Bodenloch und ließ ihn da hinausschauen. Als alles bereit war, steckte sie sich in ein Faß mit Honig, schnitt das Bett auf und wälzte sich darin, daß sie aussah wie ein wunderlicher Vogel und kein Mensch sie erkennen konnte. Da ging sie zum Haus hinaus, und unterwegs begegnete ihr ein Teil der Hochzeitsgäste, die fragten:

„Du Fitchers Vogel, wo kommst du her?"
„Ich komme von Fitze Fitchers Hause her."
„Was macht denn da die junge Braut?"
„Hat gekehrt von unten bis oben das Haus,
Und guckt zum Bodenloch heraus."

Endlich begegnete ihr der Bräutigam, der langsam zurückwanderte. Er fragte wie die andern:

„Du Fitchers Vogel, wo kommst du her?"
„Ich komme von Fitze Fitchers Hause her."
„Was macht denn da meine junge Braut?"
„Hat gekehrt von unten bis oben das Haus,
Und guckt zum Bodenloch heraus."

Der Bräutigam schaute hinauf und sah den geputzten Totenkopf; da meinte er, es wäre seine Braut, und nickte ihr zu und grüßte sie freundlich. Wie er aber samt seinen Gästen ins Haus gegangen war, da langten die Brüder und Verwandte der Braut an, die zu ihrer Rettung gesendet waren. Sie schlossen alle Türen des Hauses zu, daß niemand entfliehen konnte, und steckten es an, also daß der Hexenmeister mitsamt seinem Gesindel verbrennen mußte.

Der gestiefelte Kater

Ein Müller hatte drei Söhne, seine Mühle, einen Esel und einen Kater; die Söhne mußten mahlen, der Esel Getreide holen und Mehl forttragen und die Katz die Mäuse wegfangen. Als der Müller starb, teilten sich die drei Söhne in die Erbschaft, der älteste bekam die Mühle, der zweite den Esel, der dritte den Kater, weiter blieb nichts für ihn übrig. Da war er traurig und sprach zu sich selbst: „Ich hab es doch am allerschlimmsten gekriegt; mein ältester Bruder kann mahlen, mein zweiter kann auf seinem Esel reiten. Was kann ich mit dem Kater anfangen? Laß ich mir ein paar Pelzhandschuhe aus seinem Fell machen, so ist's vorbei." – „Hör", fing der Kater an, der alles verstanden hatte, was er gesagt, „du brauchst mich nicht zu töten, um ein paar schlechte Handschuh aus meinem Pelz zu kriegen; laß mir nur ein paar Stiefel machen, daß ich ausgehen kann und mich unter den Leuten sehen lassen, dann soll dir bald geholfen sein." Der Müllerssohn verwunderte sich, daß der Kater so sprach; weil aber eben der Schuster vorbeiging, rief er ihn herein und ließ ihm ein paar Stiefel anmessen. Als sie fertig waren, zog sie der Kater an, nahm einen Sack, machte den Boden desselben voll Korn, oben aber die Schnur daran, womit man ihn zuziehen konnte; dann warf er ihn über den Rücken und ging auf zwei Beinen, wie ein Mensch, zur Tür hinaus.

Dazumal regierte ein König in dem Land, der aß die Rebhühner so gern. Es war aber eine Not, daß keine zu kriegen waren. Der ganze Wald war voll; aber sie waren so scheu, daß kein Jäger sie erreichen konnte. Das wußte der Kater und gedachte seine Sache besser zu machen. Als er in den Wald kam, tat er den Sack auf, breitete das Korn auseinander, die Schnur aber legte er ins Gras und leitete sie hinter eine Hecke. Da versteckte er sich selber, schlich herum und lauerte. Die Rebhühner kamen bald gelaufen, fanden das Korn, und eins nach dem andern hüpfte in den Sack hinein. Als eine gute Anzahl darin war, zog der Kater den Strick zu, lief herzu und drehte ihnen den Hals um; dann warf er den Sack auf den Rücken und ging geradewegs nach des Königs Schloß. Die Wache rief: „Halt! Wohin?" – „Zu dem König", antwortete der Kater kurzweg. – „Bist du toll, ein Kater zum König?" – „Laßt ihn nur gehen", sagte ein anderer, „der König hat doch oft Langeweil, vielleicht macht ihm der Kater mit seinem Brummen und Spinnen Vergnügen." Als der Kater vor den König kam, machte er eine Reverenz und sagte: „Mein Herr, der Graf" – dabei nannte er einen langen und vornehmen Namen – „läßt sich dem Herrn König empfehlen und schickt ihm hier Rebhühner, die er eben in Schlingen gefangen hat." Der König erstaunte über die schönen, fetten Rebhühner, wußte sich vor Freude nicht zu lassen, und befahl, dem Kater so viel Gold aus der Schatzkammer in den Sack zu tun, als er tragen könne: „Das bring deinem Herrn und dank ihm noch vielmal für sein Geschenk."

Der arme Müllerssohn aber saß zu Haus am Fenster, stützte den Kopf auf die Hand und dachte, daß er nun sein Letztes für die Stiefel des Katers weggegeben, und was werde ihm der großes dafür bringen können. Da trat der Kater herein, warf den Sack vom Rücken, schnürte ihn auf und schüttelte das Gold vor den Müller hin: „Da hast du etwas für die Stiefel, der König läßt dich auch grüßen und dir viel Dank sagen." Der Müller war froh über den Reichtum, ohne daß er noch recht begreifen konnte, wie es zugegangen war. Der Kater aber, während er seine Stiefel auszog, erzählte ihm alles, dann sagte er: „Du hast zwar jetzt Geld genug, aber dabei soll es nicht bleiben; morgen zieh ich meine Stiefel wieder an, du sollst noch reicher werden, dem König hab ich auch gesagt, daß du ein Graf bist." Am andern Tag ging der Kater, wie er gesagt hatte, wohl gestiefelt, wieder auf die Jagd, und brachte dem König einen reichen Fang. So ging es alle Tage, und der Kater brachte alle Tage Gold heim, und war so beliebt wie einer bei dem König, daß er aus- und eingehen durfte und im Schloß herumstreichen, wo er wollte. Einmal stand der Kater in der Küche des Königs beim Herd und wärmte sich, da kam der Kutscher und fluchte: „Ich wünsch', der König mit der Prinzessin wär beim Henker! Ich wollt' ins Wirtshaus gehen und einmal trinken und Karten spielen, da soll ich sie spazierenfahren an den See." Wie der Kater das hörte, schlich er nach Haus und sagte zu seinem Herrn: „Wenn du willst ein Graf und reich werden, so komm mit mir hinaus an den See und bad' dich darin." Der Müller wußte nicht, was er dazu sagen sollte, doch folgte er dem Kater, ging mit ihm, zog sich splinternackend aus und sprang ins Wasser. Der Kater aber nahm seine Kleider, trug sie fort und versteckte sie. Kaum war er damit fertig, da kam der König dahergefahren; der Kater fing sogleich an, erbärmlich zu lamentieren: „Ach! allergnädigster König! Mein Herr, der hat sich hier im See gebadet, da ist ein Dieb gekommen und hat ihm die Kleider gestohlen, die am Ufer lagen, nun ist der Herr Graf im Wasser und kann nicht heraus, und wenn er länger darin bleibt, wird er sich erkälten und sterben." Wie der König das hörte, ließ er haltmachen, und einer von seinen Leuten mußte zurückjagen und von des Königs Kleidern holen. Der Herr Graf zog die prächtigsten Kleider an, und weil ihm ohnehin der König wegen der Rebhühner, die er meinte von ihm empfangen zu haben, gewogen war, so mußte er sich zu ihm in die Kutsche setzen. Die Prinzessin war auch nicht bös darüber, denn der Graf war jung und schön, und er gefiel ihr recht gut.

Der Kater aber war vorausgegangen und zu einer großen Wiese gekommen, wo über hundert Leute waren und Heu machten. „Wem ist die Wiese, ihr Leute?" fragte der Kater. – „Dem großen Zauberer." – „Hört, jetzt wird der König bald vorbeifahren, wenn er fragt, wem die Wiese gehört, so antwortet: dem Grafen; und wenn ihr das nicht tut, so werdet ihr alle totgeschlagen." – Darauf ging der Kater weiter und kam an ein Kornfeld, so groß, daß es niemand übersehen konnte, da standen mehr als zweihundert Leute und schnitten das Korn. „Wem ist das Korn, ihr Leute?" – „Dem Zauberer." – „Hört, jetzt wird der König vorbeifahren, wenn er fragt, wem das Korn gehört, so antwortet: dem Grafen; und wenn ihr das nicht tut, so werdet ihr alle totgeschlagen." – Endlich kam der Kater an einen prächtigen Wald, da standen mehr als dreihundert Leute, fällten die großen Eichen und machten Holz. – „Wem ist der Wald, ihr Leute?“ – „Dem Zauberer.“ – „Hört, jetzt wird der König vorbeifahren, wenn er fragt, wem der Wald gehört, so antwortet: dem Grafen; und wenn ihr das nicht tut, so werdet ihr alle umgebracht.“ Der Kater ging noch weiter, die Leute sahen ihm alle nach und weil er so wunderlich aussah, und wie ein Mensch in Stiefeln daherging, fürchteten sie sich vor ihm. Er kam bald an des Zauberers Schloß, trat kecklich hinein und vor ihn hin. Der Zauberer sah ihn verächtlich an, und fragte ihn, was er wolle. Der Kater machte eine Reverenz und sagte: „Ich habe gehört, daß du in jedes Tier nach deinem Gefallen dich verwandeln könntest; was einen Hund, Fuchs oder auch Wolf betrifft, da will ich es wohl glauben; aber von einem Elefant, das scheint mir ganz unmöglich, und deshalb bin ich gekommen, um mich selbst zu überzeugen.“ Der Zauberer sagte stolz: „Das ist mir eine Kleinigkeit“, und war in dem Augenblick in einen Elefanten verwandelt. „Das ist viel. Aber auch in einen Löwen?“ – „Das ist auch nichts“, sagte der Zauberer und stand als ein Löwe vor dem Kater. Der Kater stellte sich erschrocken und rief: „Das ist unglaublich und unerhört, dergleichen hätt' ich mir nicht im Traume in die Gedanken kommen lassen; aber noch mehr als alles andere wäre es, wenn du dich auch in ein so kleines Tier, wie eine Maus ist, verwandeln könntest. Du kannst gewiß mehr als irgendein Zauberer auf der Welt; aber das wird dir doch zu hoch sein.“ Der Zauberer ward ganz freundlich von den süßen Worten und sagte: „O ja, liebes Kätzchen, das kann ich auch“, und sprang als eine Maus im Zimmer herum. Der Kater war hinter ihm her, fing die Maus mit einem Sprung und fraß sie auf.

Der König aber war mit dem Grafen und der Prinzessin weiter spazierengefahren und kam zu der großen Wiese. „Wem gehört das Heu?“ fragte der König. – „Dem Herrn Grafen“, riefen alle, wie der Kater ihnen befohlen hatte. – „Ihr habt da ein schönes Stück Land, Herr Graf“, sagte er. Darnach kamen sie an das große Kornfeld. „Wem gehört das Korn, ihr Leute?“ – „Dem Herrn Grafen.“ – „Ei! Herr Graf, große schöne Ländereien!“ – Darauf zu dem Wald: „Wem gehört das Holz, ihr Leute?“ – „Dem Herrn Grafen.“ – Der König verwunderte sich noch mehr und sagte: „Ihr müßt ein reicher Mann sein, Herr Graf; ich glaube nicht, daß ich einen so prächtigen Wald habe.“ Endlich kamen sie an das Schloß, der Kater stand oben an der Treppe, und als der Wagen unten hielt, sprang er herab, machte die Türe auf und sagte: „Herr König, Ihr gelangt hier in das Schloß meines Herrn, des Grafen, den diese Ehre für sein Lebtag glücklich machen wird.“ Der König stieg aus und verwunderte sich über das prächtige Gebäude, das fast größer und schöner war als sein Schloß; der Graf aber führte die Prinzessin die Treppe hinauf in den Saal, der ganz von Gold und Edelsteinen flimmerte.

Da ward die Prinzessin mit dem Grafen versprochen, und als der König starb, ward er König, der gestiefelte Kater aber erster Minister.

Der singende Knochen

Es war einmal in einem Land große Klage über ein Wildschwein, das den Bauern die Äcker umwühlte, das Vieh tötete und den Menschen mit seinen Hauern den Leib aufriß. Der König versprach jedem, der das Land von dieser Plage befreien würde, eine große Belohnung; aber das Tier war so groß und stark, daß sich niemand in die Nähe des Waldes wagte, worin es hauste. Endlich ließ der König bekanntmachen, wer das Wildschwein einfange oder töte, solle seine einzige Tochter zur Gemahlin haben.

Nun lebten zwei Brüder in dem Land, Söhne eines armen Mannes, die meldeten sich und wollten das Wagnis übernehmen. Der Ältere, der listig und klug war, tat es aus Hochmut, der Jüngere, der unschuldig und dumm war, aus gutem Herzen. Der König sagte: „Damit ihr desto sicherer das Tier findet, sollt ihr von entgegengesetzten Seiten in den Wald gehen." Da ging der Ältere von Westen und der Jüngere von Osten hinein. Als der Jüngere ein Weilchen gegangen war, trat ein Männlein zu ihm; das hielt einen schwarzen Spieß in der Hand und sprach: „Diesen Spieß gebe ich dir, weil dein Herz unschuldig und gut ist; damit kannst du getrost auf das wilde Schwein losgehen, es wird dir keinen Schaden zufügen." Er dankte dem Männlein, nahm den Spieß auf die Schulter und ging ohne Furcht weiter. Nicht lange, so erblickte er das Tier, das auf ihn losrannte. Er hielt ihm aber den Spieß entgegen und in seiner blinden Wut rannte es so gewaltig hinein, daß ihm das Herz entzweigeschnitten ward. Da nahm er das Ungetüm auf die Schulter, ging heimwärts und wollt' es dem König bringen.

Als er auf der anderen Seite des Waldes herauskam, stand da am Eingang ein Haus, wo die Leute sich bei Tanz und Wein belustigten. Sein älterer Bruder war da eingetreten und hatte gedacht, das Schwein laufe ihm doch nicht fort, erst wolle er sich rechten Mut trinken. Als er nun seinen Bruder erblickte, der mit seiner Beute beladen aus dem Wald kam, ließ ihm sein neidisches und boshaftes Herz keine Ruhe. Er rief ihm zu: „Komm doch herein, lieber Bruder, ruhe dich aus und stärke dich mit einem Becher Wein!"

Der Jüngere, der nichts Arges dahinter vermutete, ging hinein und erzählte dem Bruder von dem guten Männlein, das ihm einen Spieß gegeben, womit er das Schwein getötet habe.

Der Ältere hielt ihn bis zum Abend zurück, dann gingen sie zusammen fort. Als sie aber in der Dunkelheit zu der Brücke über einen Bach kamen, ließ der Ältere den Bruder vorangehen, und als dieser mitten über dem Wasser war, gab er ihm von hinten einen Schlag, daß er tot hinabstürzte. Er begrub ihn unter der Brücke, nahm

das Schwein und brachte es dem König mit dem Vorgeben, er habe es getötet, worauf er die Tochter des Königs zur Gemahlin erhielt.

Als sein Bruder verschwunden blieb, sagte er: „Das Schwein wird ihm den Leib aufgerissen haben“, und das glaubte jedermann.

Weil aber vor Gott nichts verborgen bleibt, sollte auch diese schwarze Tat ans Licht kommen.

Nach langen Jahren trieb ein Hirt einmal seine Herde über die Brücke, sah unten im Sand ein schneeweißes Knöchlein liegen und dachte, das gebe ein gutes Mundstück für sein Horn. Er stieg hinab, hob es auf und schnitzte ein Mundstück daraus. Als er zum erstenmal darauf blies, fing das Knöchlein zur großen Verwunderung des Hirten von selbst an zu singen:

„Ach du liebes Hirtlein,
du bläst auf meinem Knöchlein!
Mein Bruder hat mich erschlagen,
unter der Brücke begraben
um das wilde Schwein
für des Königs Töchterlein.“

„Was für ein wunderliches Hörnchen“, sagte der Hirt, „das von selber singt! Das muß ich dem König bringen.“

Als er damit vor den König kam, fing das Hörnchen abermals an, sein Liedchen zu singen. Der König verstand es wohl und ließ die Erde unter der Brücke aufgraben. Da kam das ganze Gerippe des Erschlagenen zum Vorschein.

Der böse Bruder konnte die Tat nicht leugnen, ward in einen Sack genäht und ersäuft. Die Gebeine des Gemordeten aber wurden auf dem Kirchhof in einem schönen Grab zur Ruhe gelegt.

Die zwölf Brüder

Es war einmal ein König und eine Königin, die lebten in Frieden miteinander und hatten zwölf Kinder, das waren aber lauter Buben. Nun sprach der König zu seiner Frau: „Wenn das dreizehnte Kind, das du zur Welt bringst, ein Mädchen ist, so sollen die zwölf Buben sterben, damit sein Reichtum groß wird und das Königreich ihm zufällt.“ Er ließ auch zwölf Särge machen, die waren schon mit Hobelspänen gefüllt, und in jedem lag das Totenkißchen, und ließ sie in eine verschlossene Stube bringen, dann gab er der Königin den Schlüssel und gebot ihr, niemand etwas davon zu sagen.

Die Mutter aber saß nun den ganzen Tag und trauerte, so daß der kleinste Sohn, der immer bei ihr war und den sie nach der Bibel Benjamin nannte, zu ihr sprach: „Liebe Mutter, warum bist du so traurig?“ – „Liebstes Kind“, antwortete sie, „ich darf dir's nicht sagen.“ Er ließ ihr aber keine Ruhe, bis sie ging und die Stube aufschloß und ihm die zwölf mit Hobelspänen schon gefüllten Totenladen zeigte. Darauf sprach sie: „Mein liebster Benjamin, diese Särge hat dein Vater für dich und deine elf Brüder machen lassen, denn wenn ich ein Mädchen zur Welt bringe, so sollt ihr allesamt getötet und darin begraben werden.“ Und als sie weinte, während sie das sprach, so tröstete sie der Sohn und sagte: „Weine nicht, liebe Mutter, wir wollen uns schon helfen und wollen fortgehen.“ Sie aber sprach: „Geh mit deinen elf Brüdern hinaus in den Wald, und einer setze sich immer auf den höchsten Baum, der zu finden ist, und halte Wacht und schaue nach dem Turm hier im Schloß. Gebär ich ein Söhnlein, so will ich eine weiße Fahne aufstecken, und dann dürft ihr wiederkommen. Gebär ich ein Töchterlein, so will ich eine rote Fahne aufstecken, und dann flieht fort, so schnell ihr könnt, und der liebe Gott behüte euch. Alle Nacht will ich aufstehen und für euch beten, im Winter, daß ihr an einem Feuer euch wärmen könnt, im Sommer, daß ihr nicht in der Hitze schmachtet.“

Nachdem sie also ihre Söhne gesegnet hatte, gingen sie hinaus in den Wald. Einer hielt um den andern Wacht, saß auf der höchsten Eiche und schaute nach dem Turm. Als elf Tage herum waren und die Reihe an Benjamin kam, da sah er, wie eine Fahne aufgesteckt wurde: es war aber nicht die weiße, sondern die rote Blutfahne, die verkündigte, daß sie alle sterben sollten. Wie die Brüder das hörten, wurden sie zornig und sprachen: „Sollten wir um eines Mädchens willen den Tod leiden! Wir schwören, daß wir uns rächen wollen: Wo wir ein Mädchen finden, soll sein rotes Blut fließen.“

Darauf gingen sie tiefer in den Wald hinein, und mitten drein, wo er am dunkelsten war, fanden sie ein kleines verwünschtes Häuschen, das leer stand. Da sprachen sie: „Hier wollen wir wohnen, und du, Benjamin, du bist der jüngste und schwächste, du sollst daheimbleiben und haushalten, wir andern wollen ausgehen und Essen holen.“ Nun zogen sie in den Wald und schossen Hasen, wilde Rehe, Vögel und Täubchen und was zu essen stand: das brachten sie dem Benjamin, der mußte es ihnen zurechtmachen, damit sie ihren Hunger stillen konnten. In dem Häuschen lebten sie zehn Jahre zusammen, und die Zeit ward ihnen nicht lang.

Das Töchterchen, das ihre Mutter, die Königin, geboren hatte, war nun herangewachsen, war gut von Herzen und schön von Angesicht und hatte einen goldenen

Stern auf der Stirne. Einmal, als große Wäsche war, sah es darunter zwölf Mannshemden und fragte seine Mutter: „Wem gehören diese zwölf Hemden, für den Vater sind sie doch viel zu klein?“ Da antwortete sie mit schwerem Herzen: „Liebes Kind, die gehören deinen zwölf Brüdern.“ Sprach das Mädchen: „Wo sind meine zwölf Brüder, ich habe noch niemals von ihnen gehört.“ Sie antwortete: „Das weiß Gott, wo sie sind: sie irren in der Welt herum.“ Da nahm sie das Mädchen und schloß ihm das Zimmer auf und zeigte ihm die zwölf Särge mit dem Hobelspänen und den Totenkißchen. „Diese Särge“, sprach sie, „waren für deine Brüder bestimmt, aber sie sind heimlich fortgegangen, eh' du geboren warst“, und erzählte ihm, wie sich alles zugetragen hatte. Da sagte das Mädchen: „Liebe Mutter, weine nicht, ich will gehen und meine Brüder suchen.“

Nun nahm es die zwölf Hemden und ging fort und geradezu in den großen Wald hinein. Es ging den ganzen Tag, und am Abend kam es zu dem verwünschten Häuschen. Da trat es hinein und fand einen jungen Knaben, der fragte: „Wo kommst du her und wo willst du hin?“ und erstaunte, daß sie so schön war, königliche Kleider trug und einen Stern auf der Stirn hatte. Da antwortete sie: „Ich bin eine Königstochter und suche meine zwölf Brüder und will gehen, soweit der Himmel blau ist, bis ich sie finde.“ Sie zeigte ihm auch die zwölf Hemden, die ihnen gehörten. Da sah Benjamin, daß es seine Schwester war, und sprach: „Ich bin Benjamin, dein jüngster Bruder.“ Und sie fing an zu weinen vor Freude und Benjamin auch, und sie küßten und herzten einander vor großer Liebe. Hernach sprach er: „Liebe Schwester, es ist noch ein Vorbehalt da; wir hatten verabredet, daß ein jedes Mädchen, das uns begegnete, sterben sollte, weil wir um ein Mädchen unser Königreich verlassen mußten.“ Da sagte sie: „Ich will gerne sterben, wenn ich damit meine zwölf Brüder erlösen kann.“ – „Nein“, antwortete er, „du sollst nicht sterben, setze dich unter diese Bütte, bis die elf Brüder kommen, dann will ich schon einig mit ihnen werden.“ Also tat sie; und wie es Nacht ward, kamen die andern von der Jagd, und die Mahlzeit war bereit. Und als sie am Tische saßen und aßen, fragten sie: „Was gibt's Neues?“ Sprach Benjamin: „Wißt ihr nichts?“ – „Nein“, antworteten sie. Sprach er weiter: „Ihr seid im Walde gewesen, und ich bin daheimgeblieben und weiß doch mehr als ihr.“ – „So erzähle uns“, riefen sie. Antwortete er: „Versprecht ihr mir auch, daß das erste Mädchen, das uns begegnet, nicht soll getötet werden?“ – „Ja“, riefen sie alle, „das soll Gnade haben, erzähl uns nur.“ Da sprach er: „Unsere Schwester ist da“, und hub die Bütte auf, und die Königstochter kam hervor in ihren königlichen Kleidern, mit dem goldenen Stern auf der Stirne und war so schön, zart und fein. Da freuten sie sich alle, fielen ihr um den Hals und küßten sie und hatten sie von Herzen lieb.

Nun blieb sie bei Benjamin zu Haus und half ihm bei der Arbeit. Die elfe zogen in den Wald, fingen Gewild, Rehe, Vögel und Täuberchen, damit sie zu essen hatten, und die Schwester und Benjamin sorgten, daß es zubereitet wurde. Sie suchte das Holz zum Kochen und die Kräuter zum Gemüs und stellte die Töpfe ans Feuer, also daß die Mahlzeit immer fertig war, wenn die elfe kamen. Sie hielt auch sonst Ordnung im Häuschen und deckte die Bettlein hübsch weiß und rein, und die Brüder waren immer zufrieden und lebten in großer Einigkeit mit ihr.

Auf eine Zeit hatten die beiden daheim eine schöne Kost zurechtgemacht, und wie sie nun alle beisammen waren, setzten sie sich, aßen und tranken und waren voller Freude. Es war aber ein kleines Gärtchen an dem verwünschten Häuschen, darin standen zwölf Lilienblumen, die man auch Studenten heißt. Nun wollte sie ihren Brüdern ein Vergnügen machen, brach die zwölf Blumen ab und dachte, jedem aufs Essen eine zu schenken. Wie sie aber die Blumen abgebrochen hatte, in demselben Augenblick waren die zwölf Brüder in zwölf Raben verwandelt und flogen über den Wald hin fort, und das Haus mit dem Garten war auch verschwunden. Da war nun das arme Mädchen allein in dem wilden Wald, und wie es sich umsah, so stand eine alte Frau neben ihm, die sprach: „Mein Kind, was hast du angefangen? Warum hast du die zwölf weißen Blumen nicht stehenlassen? Das waren deine Brüder, die sind nun auf immer in Raben verwandelt." Das Mädchen sprach weinend: „Ist denn kein Mittel, sie zu erlösen?" – „Nein", sagte die Alte, „es ist keins auf der ganzen Welt als eins, das ist aber so schwer, daß du sie damit nicht befreien wirst, denn du mußt sieben Jahre stumm sein, darfst nicht sprechen und nicht lachen, und sprichst du ein einziges Wort und es fehlt nur eine Stunde an den sieben Jahren, so ist alles umsonst, und deine Brüder werden von dem einen Wort getötet."

Da sprach das Mädchen in seinem Herzen: „Ich weiß gewiß, daß ich meine Brüder erlöse", und ging und suchte einen hohen Baum, setzte sich darauf und spann und sprach nicht und lachte nicht. Nun trug's sich zu, daß ein König in dem Walde jagte; der hatte einen großen Windhund, der lief zu dem Baum, wo das Mädchen drauf saß, sprang herum, schrie und bellte hinauf. Da kam der König herbei und sah die schöne Königstochter mit dem goldenen Stern auf der Stirne und war so entzückt über ihre Schönheit, daß er ihr zurief, ob sie seine Gemahlin werden wollte. Sie gab keine Antwort, nickte aber ein wenig mit dem Kopf. Da stieg er selbst auf den Baum, trug sie herab, setzte sie auf sein Pferd und führte sie heim. Da ward die Hochzeit mit großer Pracht und Freude gefeiert: aber die Braut sprach nicht und lachte nicht. Als sie ein paar Jahre miteinander vergnügt gelebt hatten, fing die Mutter des Königs, die eine böse Frau war, an, die junge Königin zu verleumden, und sprach zum König: „Es ist ein gemeines Bettelmädchen, das du dir mitgebracht hast; wer weiß, was für gottlose Streiche sie heimlich treibt. Wenn sie stumm ist und nicht sprechen kann, so könnte sie doch einmal lachen, aber wer nicht lacht, der hat ein böses Gewissen." Der König wollte zuerst nicht daran glauben, aber die Alte trieb es so lange und beschuldigte sie so viel böser Dinge, daß der König sich endlich überreden ließ und sie zum Tod verurteilte.

Nun ward im Hof ein großes Feuer angezündet, darin sollte sie verbrannt werden; und der König stand oben am Fester und sah mit weinenden Augen zu, weil er sie noch immer so lieb hatte. Und als sie schon an den Pfahl festgebunden war und das Feuer an ihren Kleidern mit roten Zungen leckte, da war eben der letzte Augenblick von den sieben Jahren verflossen. Da ließ sich in der Luft ein Geschwirr hören, und zwölf Raben kamen herangezogen und senkten sich nieder: und wie sie die Erde berührten, waren es ihre zwölf Brüder, die sie erlöst hatte. Sie rissen das Feuer auseinander, löschten die Flammen, machten ihre liebe Schwester frei und küßten und herzten sie. Nun aber, da sie ihren Mund auftun und reden durfte, erzählte sie dem Könige, warum sie stumm gewesen wäre und niemals gelacht hätte. Der König freute sich, als er hörte, daß sie unschuldig war, und sie lebten nun alle zusammen in Einigkeit bis an ihren Tod. Die böse Stiefmutter ward vor Gericht gestellt und in ein Faß gesteckt, das mit siedendem Öl und giftigen Schlangen angefüllt war, und starb eines bösen Todes.

Marienkind

Vor einem großen Wald lebte ein Holzhacker mit seiner Frau. Der hatte nur ein einziges Kind, das war ein Mädchen von drei Jahren. Sie waren aber so arm, daß sie nicht mehr das tägliche Brot hatten und nicht wußten, was sie ihm zu essen geben sollten. Eines Morgens ging der Holzhacker voller Sorgen hinaus in den Wald an seine Arbeit, und als er da Holz hackte, stand auf einmal eine schöne, große Frau vor ihm, die hatte eine Krone von leuchtenden Sternen auf dem Haupt und sprach zu ihm: „Ich bin die Jungfrau Maria, die Mutter des Christkindleins. Du bist arm und dürftig. Bring mir dein Kind! Ich will es mit mir nehmen, seine Mutter sein und für es sorgen." Der Holzhacker gehorchte, holte sein Kind und übergab es der Jungfrau Maria. Die nahm es mit sich hinauf in den Himmel. Da ging es ihm wohl; es aß Zuckerbrot und trank süße Milch, seine Kleider waren von Gold und die Englein spielten mit ihm. Als es nun vierzehn Jahre alt geworden war, rief die Jungfrau Maria es einmal zu sich und sprach: „Liebes Kind, ich habe eine große Reise vor. Da nimm die Schlüssel zu den dreizehn Türen des Himmelreichs in Verwahrung! Zwölf davon darfst du aufschließen und die Herrlichkeiten, die dahinter sind, betrachten, aber die dreizehnte, zu der dieser kleine Schlüssel gehört, die ist dir verboten. Hüte dich, sie aufzuschließen, sonst wirst du unglücklich!" Das Mädchen versprach, gehorsam zu sein. Als nun die Jungfrau Maria weg war, fing es an, die Wohnungen des Himmelreichs zu besehen; jeden Tag schloß es eine auf, bis es die zwölf kennengelernt hatte. In jeder saß ein Apostel, von großem Glanz umgeben. Das Mädchen freute sich über all die Pracht und Herrlichkeit, und die Englein, die es immer begleiteten, freuten sich mit ihm. Nun war die verbotene Tür allein noch übrig. Da empfand das Mädchen große Lust, zu wissen, was dahinter verborgen wäre, und es sprach zu den Englein: „Ganz aufmachen will ich sie nicht und will auch nicht hineingehen, aber ich will sie aufschließen, damit wir ein wenig durch den Ritz sehen." – „Ach nein", sagten die Englein, „das wäre Sünde! Die Jungfrau Maria hat's verboten, und es könnte leicht dein Unglück werden." Da schwieg das Mädchen, aber die Begierde in seinem Herzen schwieg nicht still, sondern nagte und pickte ordentlich daran und ließ ihm keine Ruhe. Und als die Englein einmal alle hinausgegangen waren, dachte es: Nun bin ich ganz allein und könnte hineingucken; es weiß es ja niemand, wenn ich's tue. Es suchte den Schlüssel heraus, und als es ihn in der Hand hielt, steckte es ihn auch in das Schloß, und als es ihn hineingesteckt hatte, drehte es ihn auch um. Da sprang die Tür auf, und das Mädchen sah drinnen die Dreieinigkeit im Feuer und Glanz sitzen. Es blieb ein Weilchen stehen und betrachtete alles mit Erstaunen, dann rührte es ein wenig mit dem Finger an dem Glanz, da ward der Finger ganz golden. Alsbald empfand es eine gewaltige Angst, schlug die Tür heftig zu und lief fort. Die Angst wollte auch nicht wieder weichen, es mochte anfangen, was es wollte, und das Herz klopfte in einem fort und wollte nicht ruhig werden. Auch das Gold blieb an dem Finger und ging nicht ab, das Mädchen mochte waschen und reiben, soviel es wollte.

Gar nicht lange, so kam die Jungfrau Maria von ihrer Reise zurück. Sie rief das Mädchen zu sich und forderte ihm die Himmelsschlüssel wieder ab. Als es den Bund hinreichte, blickte ihm die Jungfrau in die Augen und sprach: „Hast du auch nicht die dreizehnte Tür geöffnet?" – „Nein", antwortete es. Da legte die Jungfrau ihre Hand auf des Mädchens Herz, fühlte, wie das klopfte, und merkte wohl, daß das Kind ihr Gebot übertreten und die Tür aufgeschlossen hatte. Da sprach sie noch einmal: „Hast du es gewiß nicht getan?" – „Nein", sagte das Mädchen zum zweitenmal. Da erblickte die Jungfrau den Finger, der von der Berührung des himmlischen Feuers golden geworden war, sah wohl, daß das Mädchen gesündigt hatte, und sprach zum drittenmal: „Hast du es nicht getan?" – „Nein", sagte das Mädchen zum drittenmal. Da sprach die Jungfrau Maria: „Du hast mir nicht gehorcht und hast noch dazu gelogen; du bist nicht mehr würdig, im Himmel zu sein."

Da versank das Mädchen in einen tiefen Schlaf, und als es erwachte, lag es unten auf der Erde, mitten in einer Wildnis. Es wollte rufen, aber es konnte keinen Laut hervorbringen. Es sprang auf und wollte fortlaufen; aber wo es sich hinwendete, immer ward es von dichten Dornhecken zurückgehalten, die es nicht durchbrechen konnte. In der Einöde, in die es eingeschlossen war, stand ein alter hohler Baum, der mußte seine Wohnung sein. Da kroch es hinein, wenn die Nacht kam, und schlief darin, und wenn es stürmte und regnete, fand es darin Schutz. Aber das war ein jämmerliches Leben, und wenn das Mädchen daran dachte, wie es im Himmel so schön gewesen war und die Engel mit ihm gespielt hatten, so weinte es bitterlich. Wurzeln und Waldbeeren waren seine einzige Nahrung. Im Herbst sammelte es die herabgefallenen Nüsse und Blätter und trug sie in die Höhle. Die Nüsse waren im Winter seine Speise, und wenn Schnee und Eis kam, kroch es wie ein armes Tier in die Blätter, daß es nicht fror. Nicht lange, so zerrissen seine Kleider und es fiel ihm ein Stück nach dem andern vom Leib. Sobald aber die Sonne wieder warm schien, kam es heraus und setzte sich vor den Baum, und seine langen Haare bedeckten es von allen Seiten wie ein Mantel. So saß es ein Jahr nach dem andern und fühlte den Jammer und das Elend der Welt.

Einmal, als die Bäume wieder in frischem Grün standen, jagte der König des Landes in dem Wald. Er verfolgte ein Reh, und weil es in das Gebüsch geflohen war, das den Waldplatz einschloß, stieg er vom Pferd, riß das Gestrüpp auseinander und hieb sich mit seinem Schwert einen Weg. Als er endlich hindurchgedrungen war, sah er unter dem Baum ein wunderschönes Mädchen sitzen, das von seinem goldenen Haar bis zu den Fußspitzen bedeckt war. Der König stand still und betrachtete es voll Erstaunen; dann redete er es an und sprach: „Wer bist du? Warum sitzest du hier in der Einöde?“ Das Mädchen gab aber keine Antwort, denn es konnte seinen Mund nicht auftun. Der König sprach weiter: „Willst du mit mir auf mein Schloß gehen?“ Da nickte das Mädchen nur ein wenig mit dem Kopf. Der König nahm es auf seinen Arm, trug es auf sein Pferd und ritt mit ihm heim. Als er auf das königliche Schloß kam, ließ er ihm schöne Kleider anziehen und gab ihm alles im Überfluß. Und obgleich es nicht sprechen konnte, so war es doch schön und holdselig, daß er es von Herzen liebgewann, und es dauerte nicht lange, da vermählte er sich mit ihm.

Als etwa ein Jahr verflossen war, brachte die Königin einen Sohn zur Welt. In der Nacht darauf, als sie allein in ihrem Bett lag, erschien ihr die Jungfrau Maria und sprach: „Willst du die Wahrheit sagen und gestehen, daß du die verbotene Tür aufgeschlossen hast, so will ich deinen Mund öffnen und dir die Sprache wiedergeben; verharrst du aber in der Sünde und leugnest hartnäckig, so nehme ich dein neugeborenes Kind mit mir.“ Der Königin ward verliehen zu antworten; sie blieb aber verstockt und sprach: „Nein, ich habe die verbotene Tür nicht aufgemacht.“ Da nahm ihr die Jungfrau Maria das neugeborene Kind aus den Armen und verschwand damit. Als am andern Morgen das Kind nicht zu finden war, ging ein Gemurmel unter den Leuten, die Königin sei eine Menschenfresserin und habe ihr eigenes Kind umgebracht. Sie hörte alles und konnte nichts dagegen sagen; der König aber wollte es nicht glauben, weil er sie so lieb hatte.

Nach einem Jahr gebar die Königin wieder einen Sohn. In der Nacht trat wieder die Jungfrau Maria zu ihr herein und sprach: „Willst du gestehen, daß du die verbotene Tür geöffnet hast, so will ich dir dein Kind wiedergeben und deine Zunge lösen; verharrst du aber in der Sünde und leugnest, so nehme ich auch dieses Neugeborene mit mir." Da sprach die Königin wiederum: „Nein, ich habe die verbotene Tür nicht geöffnet", und die Jungfrau nahm ihr das Kind aus den Armen weg und mit sich in den Himmel. Als auch dieses Kind verschwunden war, sagten die Leute ganz laut, die Königin habe es verschlungen, und des Königs Räte verlangten, sie solle gerichtet werden. Der König aber hatte sie so lieb, daß er es nicht glauben wollte, und verbot den Räten bei Todesstrafe, darüber zu reden.

Im nächsten Jahr gebar die Königin ein wunderschönes Töchterlein. Da erschien ihr zum drittenmal nachts die Jungfrau Maria und sprach: „Folge mir!" Sie nahm die Königin bei der Hand, führte sie in den Himmel und zeigte ihr da ihre beiden ältesten Kinder. Die lachten sie an und spielten mit der Weltkugel. Als sich die Königin darüber freute, sprach die Jungfrau Maria: „Ist dein Herz noch nicht erweicht? Wenn du eingestehst, daß du die verbotene Tür geöffnet hast, so will ich dir deine beiden Söhne zurückgeben." Aber die Königin antwortete zum drittenmal: „Nein, ich habe die verbotene Tür nicht geöffnet." Da ließ sie die Jungfrau wieder zur Erde hinabsinken und nahm ihr auch das dritte Kind.

Am andern Morgen, als es ruchbar ward, riefen alle Leute laut: „Die Königin ist eine Menschenfresserin, sie muß verurteilt werden", und der König konnte seine Räte nicht mehr zurückweisen. Es ward ein Gericht über sie gehalten, und weil sie nicht antworten und sich nicht verteidigen konnte, ward sie verurteilt, auf dem Scheiterhaufen zu sterben. Das Holz wurde zusammengetragen, und als sie an einen Pfahl gebunden war und das Feuer ringsumher zu brennen anfing, da schmolz das harte Eis des Stolzes, ihr Herz ward von Reue bewegt und sie dachte: Könnt' ich nur noch vor meinem Tode gestehen, daß ich die Tür geöffnet habe! Da kam ihr die Stimme, daß sie laut ausrief: „Ja, Maria, ich habe es getan!" Und alsbald fing der Himmel an zu regnen und löschte die Feuerflammen. Über der Reumütigen aber brach ein Licht hervor und die Jungfrau Maria kam herab, die beiden Söhnlein zu ihren Seiten und das neugeborene Töchterlein auf dem Arm. Und sie sprach freundlich zu ihr: „Wer seine Sünde bereut und eingesteht, dem ist sie vergeben." Dann reichte sie ihr die drei Kinder, löste ihr die Zunge und gab ihr Glück für das ganze Leben.

Tischlein deck dich, Goldesel und Knüppel aus dem Sack

Vor Zeiten lebte einmal ein Schneider, der hatte drei Söhne. Er besaß auch eine Ziege. Diese Ziege ernährte sie alle zusammen mit ihrer Milch und mußte daher ihr gutes Futter haben und täglich hinaus auf die Weide geführt werden. Die Söhne taten dies abwechselnd.

Einmal brachte sie der älteste auf den Kirchhof, wo die schönsten Kräuter standen, und ließ sie da fressen und herumspringen. Abends, als es Zeit war heimzugehen, fragte er: „Ziege, bist du satt?“ Die Ziege antwortete:

„Ich bin so satt, ich mag kein Blatt, meh, meh!“

„So komm nach Haus“, sprach der Junge, faßte sie am Strickchen, führte sie in den Stall und band sie fest. „Nun“, sagte der alte Schneider, „hat die Ziege ihr gehöriges Futter?“ – „Oh“, antwortete der Sohn, „die ist so satt, sie mag kein Blatt.“

Der Vater aber wollte sich selbst davon überzeugen, ging hinab in den Stall, streichelte das liebe Tier und fragte: „Ziege, bist du auch satt?“ Die Ziege antwortete:

„Wovon sollt' ich satt sein?
Ich sprang nur über Gräbelein
und fand kein einzig Blättelein, meh, meh!“

„Was muß ich hören“, rief der Schneider, lief hinauf und sprach zu dem Jungen: „Ei, du Lügner, du sagst, die Ziege wäre satt, und hast sie hungern lassen?“ In seinem Zorn nahm er die Elle von der Wand und jagte seinen Sohn mit Schlägen hinaus.

Am andern Tag war die Reihe am zweiten Sohn. Er suchte an der Gartenhecke einen Platz aus, wo lauter gute Kräuter standen, und die Ziege fraß sie alle ab. Abends, als der Junge heim wollte, fragte er: „Ziege, bist du satt?“ Die Ziege antwortete:

„Ich bin so satt, ich mag kein Blatt, meh, meh!“

„So komm nach Haus“, sprach der Junge, führte sie heim und band sie im Stalle fest. „Nun“, sagte der alte Schneider, „hat die Ziege ihr gehöriges Futter?“ – „Oh“, antwortete der Sohn, „die ist so satt, sie mag kein Blatt.“

Der Schneider wollte sich darauf nicht verlassen, ging in den Stall und fragte: „Ziege, bist du auch satt?“ Die Ziege antwortete:

„Wovon sollt' ich satt sein?
Ich sprang nur über Gräbelein
und fand kein einzig Blättelein, meh, meh!“

„So ein Bösewicht“, schrie der Schneider, „das fromme Tier hungern zu lassen!“ Er lief hinaus und schlug mit der Elle auch den zweiten Jungen zur Haustür hinaus.

Die Reihe kam jetzt an den dritten Sohn. Er wollte seine Sache besonders gut machen, suchte Buschwerk mit dem schönsten Laub und ließ die Ziege daran fressen. Abends, als er heim wollte, fragte er: „Ziege, bist du satt?“ Die Ziege antwortete:

„Ich bin so satt, ich mag kein Blatt, meh, meh!“

„So komm nach Haus“, sagte der Junge, führte sie in den Stall und band sie fest. „Nun“, sagte der alte Schneider, „hat die Ziege ihr gehöriges Futter?“ – „Oh“, antwortete der Sohn, „die ist so satt, sie mag kein Blatt.“ Der Schneider traute aber dem Buben nicht, ging hinab und fragte: „Ziege, bist du auch satt?“ Das boshafte Tier antwortete:

„Wovon sollt' ich satt sein?
Ich sprang nur über Gräbelein
und fand kein einzig Blättelein, meh, meh!“

„So ein Lügenpeter!“ rief der Schneider, „einer so verlogen und pflichtvergessen wie der andere!“ Und vor Zorn ganz außer sich, sprang er hinauf und schlug den armen Jungen mit der Elle so gewaltig, daß dieser weinend und schreiend zur Tür hinauslief.

Der alte Schneider war nun mit seiner Ziege allein. Am andern Morgen ging er hinab in den Stall, liebkoste die Ziege und sprach: „Komm, mein liebes Tierlein, ich will dich nun selbst zur Weide führen.“ Er nahm sie am Strick und führte sie zu grünen Hecken und saftigen Gräsern und was die Ziegen sonst noch gern fressen. „Da kannst du dich einmal nach Herzenslust sättigen“, sprach er zu ihr und ließ sie weiden bis zum Abend. Dann fragte er: „Ziege, bist du satt?“ Sie antwortete:

„Ich bin so satt, ich mag kein Blatt, meh, meh!“

„So komm nach Haus“, sagte der Schneider, führte sie in den Stall und band sie fest. Als er wegging, kehrte er sich noch einmal um und sagte: „Nun bist du doch einmal satt!“ Aber die Ziege machte es ihm nicht besser und rief:

„Wie sollt’ ich satt sein?
Ich sprang nur über Gräbelein
und fand kein einzig Blättelein, meh, meh!“

Als der Schneider das hörte, stutzte er und sah ein, daß er seine drei Söhne grundlos verstoßen hatte. „Warte“, rief er, „du undankbares Geschöpf! Dich fortzujagen, wäre eine zu geringe Strafe. Ich will dich zeichnen, daß du dich unter ehrbaren Schneidern nicht mehr sehen lassen darfst!“

In wilder Hast sprang er hinauf, holte sein Rasiermesser, seifte der Ziege den

Kopf ein und schor sie so glatt wie seine flache Hand. Und weil das Schlagen mit der Elle zu ehrenvoll gewesen wäre, holte er die Peitsche und versetzte der Ziege solche Hiebe, daß sie in gewaltigen Sprüngen davonlief.

Als nun der Schneider so ganz einsam in seinem Hause saß, wurde er sehr traurig und hätte seine Söhne gern wieder bei sich gehabt. Aber niemand wußte, wo sie hingeraten waren.

Der älteste war indessen zu einem Tischler in die Lehre gegangen. Da lernte er fleißig und unverdrossen. Als seine Lehrzeit um war und er auf Wanderschaft gehen sollte, schenkte ihm der Meister ein Tischchen, das gar kein besonderes Aussehen hatte und von ganz gewöhnlichem Holz war. Aber es hatte eine gute Eigenschaft. Wenn man es hinstellte und sprach: „Tischchen, deck dich!" so war das gute Tischchen auf einmal mit einem sauberen Tüchlein bedeckt. Darauf befand sich ein Teller, Messer und Gabel lagen daneben und Schüsseln mit Gesottenem und Gebratenem standen herum, so viele Platz hatten. Mitten darunter leuchtete ein großes Glas mit rotem Wein, daß einem das Herz lachte.

Der junge Geselle dachte: Ei, damit hab' ich genug für mein Lebtag! Er zog guter Dinge in der Welt umher und kümmerte sich gar nicht darum, ob ein Wirtshaus gut oder schlecht und ob etwas darin zu bekommen war oder nicht. Wo es ihm nicht gefiel, brauchte er ja nicht einzukehren. Er nahm auf dem Felde, im Walde, auf einer Wiese, wo er eben gerade Lust hatte, sein Tischchen vom Rücken, stellte es vor sich hin und sprach: „Deck dich!" Und sofort war alles da, was sein Herz begehrte.

Endlich kam es ihm in den Sinn, wieder zu seinem Vater zurückzukehren. Er dachte, sein Zorn würde sich gelegt haben und mit dem Tischchen deck dich würde er ihn sicherlich gern wieder aufnehmen. Da trug es sich zu, daß er auf dem Heimweg abends in ein Wirtshaus kam, das voller Gäste war. Sie hießen den Tischler willkommen und luden ihn ein, sich zu ihnen zu setzen und mit ihnen zu essen, sonst würde er schwerlich noch etwas bekommen.

„Nein", antwortete der Tischler, „die paar Bissen will ich euch nicht wegessen. Lieber sollt ihr meine Gäste sein."

Sie lachten und meinten, er triebe seinen Spaß mit ihnen. Er aber stellte sein hölzernes Tischchen mitten in die Stube und sprach: „Tischchen, deck dich!" Augenblicklich war es mit Speisen bedeckt, die so gut und schön waren, wie sie der Wirt nicht hätte herbeischaffen können.

„Zugegriffen, liebe Freunde!" sprach der Tischler. Und als die Gäste sahen, daß die Einladung wirklich ernst gemeint war, ließen sie sich nicht zweimal bitten, rückten heran, zogen ihre Messer und griffen tapfer zu. Was sie am meisten verwunderte, war aber folgendes: Wenn eine Schüssel leer geworden war, stellte sich gleich von selbst eine volle auf ihren Platz.

Der Wirt stand in einer Ecke und sah voll Staunen zu. Er wußte gar nicht, was er sagen sollte, dachte aber bei sich: Einen solchen Koch wie dieses Tischchen könntest du in deiner Wirtschaft auch brauchen!

Der Tischler und seine Gesellschaft waren lustig bis in die späte Nacht. Endlich legten sie sich schlafen, und auch der junge Geselle ging zu Bett und stellte sein Wunschtischchen an die Wand. Dem Wirt aber ließen seine Gedanken keine Ruhe. Es fiel ihm ein, daß in seiner Rumpelkammer ein altes Tischchen stand, das gerade so aussah wie das des Wanderburschen. Das holte er ganz sachte herbei und vertauschte es mit dem Wunschtischchen.

Am andern Morgen zahlte der Tischler sein Schlafgeld. Dann packte er sein Tischchen auf, dachte gar nicht daran, daß er ein falsches haben könnte, und ging seiner Wege. Zu Mittag kam er bei seinem Vater an, der ihn mit großer Freude empfing.

„Nun, mein lieber Sohn, was hast du gelernt?" sagte er zu ihm.

„Vater, ich bin ein Tischler geworden."

„Ein gutes Handwerk", erwiderte der Alte. „Aber was hast du von deiner Wanderschaft mitgebracht?"

„Vater, das Beste, was ich mitgebracht habe, ist dieses Tischchen."

Der Schneider betrachtete es von allen Seiten und sagte: „Daran hast du aber kein Meisterstück gemacht, das ist ein altes und schlechtes Tischchen."

„Aber es ist ein Tischchen deck dich", antwortete der Sohn. „Wenn ich es hinstelle und ihm sage, es solle sich decken, so stehen gleich die schönsten Gerichte darauf und ein Wein dabei, der das Herz erfreut. Ladet nur alle Verwandten und Freunde ein, die sollen sich einmal laben und erquicken, das Tischchen macht sie alle satt."

Als die Gesellschaft beisammen war, stellte der Tischler sein Tischchen mitten in die Stube und sprach: „Tischchen, deck dich!" Aber das Tischen regte sich nicht und blieb so leer wie ein anderer Tisch, der die Sprache nicht versteht.

Da merkte der arme Geselle, daß ihm das Tischchen vertauscht worden war, und er schämte sich, weil er nun wie ein Lügner dastand. Die Verwandten aber lachten ihn aus und mußten hungrig und durstig heimwandern. Der Vater holte seine Nadel wieder hervor und schneiderte fort, der Sohn aber ging zu einem Tischlermeister in die Arbeit.

Der zweite Sohn war zu einem Müller gekommen und bei ihm in die Lehre gegangen. Als seine Lehrjahre um waren, sprach der Meister: „Weil du brav und fleißig warst, schenke ich dir einen Esel von besonderer Art. Er zieht keinen Wagen und trägt auch keine Säcke." – „Wozu ist er denn nütze?" fragte der junge Geselle.

„Er speit Gold!" antwortete der Müller. „Wenn du ihn auf ein Tuch stellst und sprichst ‚Bricklebrit!' speit dir das gute Tier Goldstücke aus, hinten und vorne."

„Das läßt sich hören!" sprach der Geselle, dankte dem Meister und zog in die Welt. Wenn er Gold nötig hatte, brauchte er nur zu seinem Esel „Bricklebrit!" zu sagen, dann regnete es Goldstücke, und er hatte weiter keine Mühe, als sie vom Boden aufzuheben. Wo er hinkam, war ihm das Beste gerade gut genug, und je teurer es war, desto lieber war es ihm, er hatte ja immer einen vollen Beutel.

Als er sich eine Zeitlang in der Welt umgesehen hatte, beschloß er, seinen Vater wieder aufzusuchen. Wenn ich mit dem Goldesel komme, so wird er seinen Zorn vergessen und mich gut aufnehmen, dachte er. Es trug sich aber zu, daß er auf dem Heimweg in dasselbe Wirtshaus geriet, in welchem seinem Bruder das Tischchen vertauscht worden war. Er führte seinen Esel an der Hand, und der Wirt wollte ihm das Tier abnehmen und anbinden. Der junge Geselle aber sprach: „Gebt Euch keine Mühe! Meinen Grauschimmel führe ich selbst in den Stall und binde ihn auch selbst an, denn ich muß wissen, wo er steht."

Dem Wirt kam das verwunderlich vor und er meinte, einer, der seinen Esel selbst besorgen müsse, hätte wohl nicht viel zu verzehren. Als aber der Fremde in die Tasche griff, zwei Goldstücke herausholte und sagte, er solle nur etwas Gutes zu essen bringen, machte er große Augen, lief und suchte das Beste, was er auftreiben konnte. Nach der Mahlzeit fragte der Gast, was er schuldig wäre. Der Wirt wollte die Gelegenheit nützen und rechnete noch ein paar Goldstücke mehr. Der Geselle griff in die Tasche, aber sein Gold war eben zu Ende. „Wartet einen Augenblick, Herr Wirt", sagte er, „ich will mir gleich Gold holen." Er nahm aber das Tischtuch mit. Der Wirt wußte nicht, was das heißen sollte. Er war neugierig, schlich dem Gast nach, und da dieser die Stalltüre zuriegelte, guckte er durch ein Astloch.

Der Fremde breitete unter dem Esel das Tuch aus, rief „Bricklebrit", und augenblicklich fing das Tier an, Gold zu speien von hinten und vorn, daß es ordentlich auf die Erde herabregnete.

„Ei der Tausend!" sagte der Wirt, „da sind die Dukaten bald geprägt! So ein Geldbeutel ist nicht übel!"

Der Gast bezahlte seine Zeche und legte sich schlafen. Der Wirt aber schlich in der Nacht hinab in den Stall, führte den Goldesel weg und band einen anderen Esel an seine Stelle.

Am folgenden Morgen in aller Frühe zog der Geselle mit seinem Grauschimmel ab und meinte, er hätte seinen Goldesel. Zu Mittag kam er bei seinem Vater an, der sich freute, als er ihn wieder sah, und ihn gerne aufnahm.

„Was ist aus dir geworden, mein Sohn?" fragte der Alte.

„Ein Müller, lieber Vater", antwortete er.

„Was hast du von deiner Wanderschaft mitgebracht?"

„Weiter nichts als einen Esel."

„Esel gibt es hier genug", sagte der Vater. „Da wäre mir doch eine gute Ziege lieber gewesen."

„Ja", antwortete der Sohn, „aber es ist kein gewöhnlicher Esel, sondern ein Goldesel. Wenn ich sage ‚Bricklebrit!' so speit Euch das gute Tier ein ganzes Tuch voller Goldstücke. Laßt nur alle Verwandten herbeirufen, ich mache sie alle zu reichen Leuten!"

„Das laß ich mir gefallen!" sagte der Schneider, „dann brauche ich mich nicht weiter mit der Nadel zu quälen." Er sprang gleich fort und rief die Verwandten herbei. Sobald sie alle beisammen waren, bat sie der Müller, Platz zu machen, breitete sein Tuch aus und brachte den Esel in die Stube. „Jetzt gebt acht!" sagte er und rief: „Bricklebrit!" Aber es waren keine Goldstücke, was da herabfiel, und es zeigte sich, daß das Tier nichts vom Dukatenmachen verstand.

Da machte der arme Müller ein langes Gesicht und merkte, daß er betrogen worden war. Er bat die Verwandten um Verzeihung, weil sie wieder so arm heimgehen mußten, wie sie gekommen waren. Es blieb nichts übrig, der Alte mußte wieder nach der Nadel greifen und der Junge mußte sich bei einem Müller verdingen.

Der dritte Bruder war zu einem Drechsler in die Lehre gekommen, und weil das ein gar kunstreiches Handwerk ist, mußte er am längsten lernen. Seine Brüder aber berichteten ihm in einem Brief, wie schlecht es ihnen ergangen wäre und wie sie der Wirt noch am letzten Abend um ihre schönen Wunschdinge gebracht habe.

Als der Drechsler nun ausgelernt hatte und wandern sollte, schenkte ihm sein Meister, der mit ihm sehr zufrieden war, einen Sack und sagte: „Es liegt ein Knüppel darin."

„Den Sack kann ich umhängen, und er kann mir gute Dienste leisten. Aber was soll der schwere Knüppel darin?"

„Das will ich dir sagen", antwortete der Meister. „Hat dir jemand etwas zuleid getan, so sprich nur ‚Knüppel, aus dem Sack!' Augenblicklich springt dann der Knüppel heraus und tanzt deinen Feinden so lustig auf dem Rücken herum, daß sie sich acht Tage lang nicht regen und bewegen können. Und eher läßt er nicht ab, als bis du sagst: ‚Knüppel, in den Sack!' "

Der Geselle dankte dem Meister, hängte den Sack um und wanderte fort. Und wenn ihm jemand zu nahe kommen und ihn belästigen wollte, sprach er: „Knüppel, aus dem Sack!" Sofort sprang der Knüppel heraus und klopfte einem nach dem andern den Rücken voll.

Zur Abendzeit kam der junge Drechsler in dasselbe Wirtshaus, in dem seine Brüder betrogen worden waren. Er legte seinen Ranzen vor sich auf den Tisch und fing an zu erzählen, was er alles Merkwürdiges in der Welt gesehen habe. „Ja", sagte er, „man findet wohl ein Tischchen deck dich, einen Goldesel und dergleichen. Lauter gute Dinge, die ich nicht verachte. Aber das ist alles nichts gegen den Schatz, den ich mir erworben habe und da in meinem Sack mit mir führe."

Der Wirt spitzte die Ohren. Was in aller Welt mag das sein? dachte er. Der Sack ist wohl mit lauter Edelsteinen angefüllt. Den muß ich auch noch haben, denn aller guter Dinge sind drei!

Als Schlafenszeit war, streckte sich der Gast auf der Bank aus und legte seinen Sack als Kopfkissen unter. Als der Wirt meinte, der Fremde läge in tiefem Schlaf, kam er herbei und zog ganz sachte und vorsichtig an dem Sack. Er wollte versuchen, den Sack wegzuziehen und einen andern unterzulegen. Der Drechsler aber hatte schon lange darauf gewartet. Als nun der Wirt eben einen herzhaften Ruck tun wollte, rief er: „Knüppel, aus dem Sack!" Sofort fuhr das Knüppelchen heraus, sprang dem Wirt auf den Rücken, und klopfte ihn, daß es eine Art hatte. Der Wirt schrie zum Erbarmen, aber je lauter er schrie, desto kräftiger schlug ihm der Knüppel den Takt dazu. Endlich fiel der Wirt erschöpft zur Erde.

Da sprach der Drechsler: „Wenn du das Tischchen deck dich und den Goldesel nicht herausgibst, soll der Tanz von neuem losgehen!"

„Ach nein", rief der Wirt ganz kleinlaut, „ich gebe alles gern wieder heraus, laßt nur den verwünschten Kobold endlich wieder in den Sack kriechen!"

Da sprach der Geselle: „Ich will Gnade für Recht ergehen lassen. Aber hüte dich, noch einmal jemanden zu betrügen!" Dann rief er: „Knüppel, in den Sack!" und ließ ihn ruhen.

Der Drechsler zog am andern Morgen mit dem Tischchen deck dich und dem Goldesel heim zu seinem Vater. Der Schneider freute sich, als er ihn wieder sah und fragte auch ihn, was er in der Fremde gelernt hätte.

„Lieber Vater", antwortete der Sohn, „ich bin ein Drechsler geworden."

„Ein kunstreiches Handwerk", sagte der Vater. „Was hast du von der Wanderschaft mitgebracht?"

„Ein kostbares Stück, lieber Vater, einen Knüppel im Sack."

„Was!" rief der Vater. „Einen Knüppel! Das ist der Mühe wert! Den kannst du dir von jedem Baum abhauen!"

„Einen solchen aber nicht, lieber Vater! Wenn ich zu dem sage: ‚Knüppel, aus dem Sack!' so springt der Knüppel aus dem Sack und macht jedem, der es nicht gut mit mir meint, einen schlimmen Tanz. Und er läßt nicht eher nach, bis der Bösewicht auf der Erde liegt und um Gnade bittet. Seht Ihr, mit diesem Knüppel habe ich das Tischchen deck dich und den Goldesel wieder herbeigeschafft, die der diebische Wirt meinen Brüdern abgenommen hat. Jetzt laßt die beiden rufen und ladet alle Verwandten ein, ich will sie speisen und tränken und ihnen die Taschen mit Gold füllen."

Der alte Schneider wollte diesen Worten zwar nicht recht trauen, holte aber doch die Verwandten herbei. Da legte der Drechsler ein Tuch auf dem Boden auf, führte den Goldesel herein und sagte zu seinem Bruder: „Nun, lieber Bruder, sprich mit ihm!" Der Müller sagte: „Bricklebrit!" und augenblicklich sprangen die Goldstücke auf das Tuch herab, als käme ein Platzregen. Der Esel hörte nicht eher auf, bis sie alle so viel hatten, als sie nur tragen konnten.

Dann holte der Drechsler das Tischchen und sagte: „Lieber Bruder, nun sprich mit ihm!" Kaum hatte der Tischler „Tischchen, deck dich!" gesagt, so war es gedeckt und mit den schönsten Schüsseln reichlich beladen. Das gab eine Mahlzeit! Die ganze Verwandtschaft blieb beisammen bis in die späte Nacht, und alle waren lustig und guter Dinge.

Der Schneider aber verschloß Nadel und Zwirn, Elle und Bügeleisen in einen Schrank und lebte mit seinen drei Söhnen fortan in Freude und Herrlichkeit.

Wo ist aber die Ziege hingekommen, die schuld war, daß der Schneider seine drei Söhne fortjagte? Das will ich dir sagen. Sie schämte sich, daß sie einen kahlen Kopf hatte, lief in eine Fuchshöhle und verkroch sich darin. Als der Fuchs nach Hause kam, funkelten ihm ein paar große Augen aus der Dunkelheit entgegen. Da erschrak er und lief davon. Er begegnete dem Bären, der fragte ihn: „Was ist los mit dir, Bruder Fuchs?"

„Ach", antwortete der Rotfuchs, „ein grimmiges Tier sitzt in meiner Höhle und hat mich mit feurigen Augen angeglotzt."

„Das wollen wir bald austreiben", sprach der Bär, ging mit zu der Höhle und schaute hinein. Als er aber die feurigen Augen erblickte, fürchtete er sich ebenfalls und nahm Reißaus.

Die Biene begegnete ihm, und da sie merkte, daß ihm in seiner Haut nicht wohl zumute war, sprach sie: „Bär, du machst ja ein arg verdrießliches Gesicht! Wo ist deine gute Laune geblieben?"

„Du hast gut reden", antwortete der Bär. „Es sitzt ein grimmiges Tier mit Glotzaugen im Hause des Rotfuchses, und wir können es nicht herausjagen."

Die Biene sprach: „Du tust mir leid. Ich bin ein armes, schwaches Geschöpf, das ihr für gewöhnlich nicht anguckt. Aber ich glaube doch, daß ich euch helfen kann."

Sie flog in die Fuchshöhle, setzte sich der Ziege auf den glattgeschorenen Kopf und stach sie so gewaltig, daß diese aufsprang. „Meh, meh!" schrie sie, und lief wie toll in die Welt hinein. Und niemand weiß bis zu dieser Stunde, wohin sie gelaufen ist.

Das Lumpengesindel

Hähnchen sprach zum Hühnchen: „Jetzt ist die Zeit, in der die Nüsse reif werden. Da wollen wir mitsammen auf den Berg gehen und uns einmal richtig satt essen, ehe das Eichhörnchen alle wegholt."

„Ja", antwortete das Hühnchen, „komm, das Vergnügen wollen wir uns machen." Da gingen sie mitsammen auf den Berg, und weil es ein heller Tag war, blieben sie bis zum Abend.

Nun weiß ich nicht, ob sie sich so dick gegessen hatten oder ob sie so übermütig geworden waren, kurz und gut, sie wollten nicht zu Fuß nach Hause gehen, und das Hähnchen mußte einen kleinen Wagen aus Nußschalen bauen. Als er fertig war, setzte sich das Hühnchen hinein und sagte zum Hähnchen: „Du kannst dich gleich vorspannen!" – „Du kommst mir recht", sagte das Hähnchen, „lieber geh' ich zu Fuß nach Hause, als daß ich mich vorspannen lasse. Nein, so haben wir nicht gewettet! Kutscher will ich wohl sein und auf dem Bock sitzen, aber selbst ziehen, das tu' ich nicht!"

Als sie so stritten, schnatterte eine Ente daher: „Ihr Diebsvolk, wer hat euch erlaubt, auf meinen Nußberg zu gehen! Wartet, das soll euch schlecht bekommen!" Sie ging mit aufgesperrtem Schnabel auf das Hähnchen los. Aber das Hähnchen war auch nicht faul und rückte der Ente tüchtig zu Leibe. Es hackte mit seinen Sporen so gewaltig auf sie los, daß die Ente um Gnade bat und sich gern zur Strafe vor den Wagen spannen ließ. Das Hähnchen setzte sich nun auf den Bock und war Kutscher. Darauf ging es fort unter beständigem Jagen: „Ente, lauf zu, lauf, was du kannst!"

Als sie ein Stück Weges gefahren waren, begegneten sie zwei Fußgängern, einer Stecknadel und einer Nähnadel. Beide riefen: „Halt! Halt!" Sie sagten, es würde gleich stichdunkel werden, da könnten sie keinen Schritt weiter. Auch wäre es so schmutzig auf der Straße. Sie baten, ob sie sich nicht ein wenig aufsetzen könnten, sie wären in der Schneiderherberge vor dem Tor gewesen und hätten sich beim Bier verspätet. Da es magere Leute waren, die nicht viel Platz brauchten, ließ das Hähnchen beide einsteigen. Doch mußten sie versprechen, ihm und seinem Hühnchen nicht auf die Füße zu treten.

Spät abends kamen sie zu einem Wirtshaus. Weil sie in der Nacht nicht weiterfahren wollten, die Ente auch nicht gut zu Fuß war und immer von einer Seite auf die andere fiel, so kehrten sie ein. Der Wirt war aber ein fauler Kerl und machte anfangs viele Einwendungen. Sein Haus wäre schon voll, sagte er und dachte bei sich: Das sind doch keine vornehmen Herrschaften! Als sie ihm aber das Ei versprachen, welches das Hühnchen unterwegs gelegt hatte, und er überdies die Ente behalten sollte, die alle Tage ein Ei legte, sagte der Wirt endlich, sie könnten die Nacht über bleiben. Nun ließen sie Speise und Trank auftragen und lebten in Saus und Braus.

Frühmorgens, als es dämmerte und noch alles schlief, weckte Hähnchen das Hühnchen, holte das Ei, pickte es auf, und sie verzehrten es gemeinsam. Die Schalen aber warfen sie auf den Herd. Dann gingen sie zu der Nähnadel, die noch schlief, packten sie beim Kopf und steckten sie in das Sesselkissen des Wirts. Die Stecknadel aber steckten sie in sein Handtuch. Endlich flogen sie mir nichts, dir nichts, über die Heide davon.

Die Ente, die gern unter freiem Himmel schlief und im Hof geblieben war, hörte sie fortschwirren, machte sich munter und fand einen Bach, auf dem sie hinabschwamm. Das ging geschwinder als vor dem Wagen!

Ein paar Stunden später stieg der Wirt aus den Federn, wusch sich und wollte sich am Handtuch abtrocknen. Da fuhr ihm die Stecknadel über das Gesicht und machte ihm einen roten Strich von einem Ohr zum andern. Da ging er in die Küche und wollte sich eine Pfeife anstecken. Als er aber an den Herd kam, sprangen ihm die Eierschalen in die Augen. „Heute morgen will mir alles an den Kopf", sagte er und ließ sich verdrießlich auf seinen Großvaterstuhl nieder. Aber geschwind fuhr er wieder in die Höhe und schrie: „Au weh!" Die Nähnadel hatte ihn noch schlimmer und nicht in den Kopf gestochen!

Nun war der Wirt vollends böse, und sein Verdacht richtete sich gegen die Gäste, die gestern abends so spät gekommen waren. Als er aber ging und sich nach ihnen umsah, waren sie fort. Da tat er einen Schwur, kein solches Lumpengesindel mehr in sein Haus zu nehmen, das viel verzehrt, nichts bezahlt und zum Dank noch obendrein Schabernack treibt!

Der Froschkönig oder der eiserne Heinrich

In den alten Zeiten, wo das Wünschen noch geholfen hat, lebte ein König, dessen Töchter waren alle schön; aber die jüngste war so schön, daß die Sonne selber, die doch so vieles gesehen hat, sich verwunderte, sooft sie ihr ins Gesicht schien. Nahe bei dem Schlosse des Königs lag ein großer dunkler Wald, und in dem Walde unter einer alten Linde war ein Brunnen: wenn nun der Tag recht heiß war, so ging das Königskind hinaus in den Wald und setzte sich an den Rand des kühlen Brunnens:

und wenn sie Langeweile hatte, so nahm sie eine goldene Kugel, warf sie in die Höhe und fing sie wieder; und das war ihr liebstes Spielwerk.

Nun trug es sich einmal zu, daß die goldene Kugel der Königstochter nicht in ihr Händchen fiel, das sie in die Höhe gehalten hatte, sondern vorbei auf die Erde schlug und geradezu ins Wasser hineinrollte. Die Königstochter folgte ihr mit den Augen nach, aber die Kugel verschwand, und der Brunnen war tief, so tief, daß man keinen Grund sah. Da fing sie an zu weinen und weinte immer lauter und konnte sich gar nicht trösten. Und wie sie so klagte, rief ihr jemand zu: „Was hast du vor, Königstochter? Du schreist ja, daß sich ein Stein erbarmen möchte." Sie sah sich um, woher die Stimme käme, da erblickte sie einen Frosch, der seinen dicken, häßlichen Kopf aus dem Wasser streckte. „Ach, du bist's, alter Wasserpatscher", sagte sie, „ich weine über meine goldene Kugel, die mir in den Brunnen hinabgefallen ist." – „Sei still und weine nicht", antwortete der Frosch, „ich kann wohl Rat schaffen, aber was gibst du mir, wenn ich dein Spielwerk wieder heraufhole?" – „Was du haben willst, lieber Frosch", sagte sie, „meine Kleider, meine Perlen und Edelsteine, auch noch die goldene Krone, die ich trage." Der Frosch antwortete: „Deine Kleider, deine Perlen und Edelsteine und deine goldene Krone, die mag ich nicht: aber wenn du mich liebhaben willst und ich soll dein Geselle und Spielkamerad sein, an deinem Tischlein neben dir sitzen, von deinem goldenen Tellerlein essen, aus deinem Becherlein trinken, in deinem Bettlein schlafen: wenn du mir das versprichst, so will ich hinuntersteigen und dir die goldene Kugel wieder heraufholen." – „Ach ja", sagte sie, „ich verspreche dir alles, was du willst, wenn du mir nur die Kugel wieder bringst." Sie dachte aber: Was der einfältige Frosch schwätzt, der sitzt im Wasser bei seinesgleichen und quakt und kann keines Menschen Geselle sein.

Der Frosch, als er die Zusage erhalten hatte, tauchte seinen Kopf unter, sank hinab, und über ein Weilchen kam er wieder heraufgerudert, hatte die Kugel im Maul und warf sie ins Gras. Die Königstochter war voll Freude, als sie ihr schönes Spielwerk wieder erblickte, hob es auf und sprang damit fort. „Warte, warte", rief der Frosch, „nimm mich mit, ich kann nicht so laufen wie du." Aber was half es ihm, daß er ihr sein quak quak so laut nachschrie, als er konnte! Sie hörte nicht darauf, eilte nach Haus und hatte bald den armen Frosch vergessen, der wieder in seinen Brunnen hinabsteigen mußte.

Am andern Tage, als sie mit dem König und allen Hofleuten sich zur Tafel gesetzt hatte und von ihrem goldenen Tellerlein aß, da kam, plitsch platsch, etwas die Marmortreppe heraufgekrochen, und als es oben angelangt war, klopfte es an die Tür und rief: „Königstochter, jüngste, mach mir auf." Sie lief und wollte sehen, wer draußen wäre, als sie aber aufmachte, so saß der Frosch davor. Da warf sie die Tür hastig zu, setzte sich wieder an den Tisch, und es war ihr ganz angst. Der König sah wohl, daß ihr das Herz gewaltig klopfte, und sprach: „Mein Kind, was fürchtest du dich, steht etwa ein Riese vor der Tür und will dich holen?" – „Ach nein", antwortete sie, „es ist kein Riese, sondern ein garstiger Frosch." – „Was will der Frosch von dir?" – „Ach lieber Vater, als ich gestern im Wald bei dem Brunnen saß und spielte, da fiel meine goldene Kugel ins Wasser. Und weil ich so weinte, hat sie der Frosch wieder heraufgeholt, und weil er es durchaus verlangte, so versprach ich ihm, er sollte mein Geselle werden; ich dachte aber nimmermehr, daß er aus seinem Wasser herauskönnte. Nun ist er draußen und will zu mir herein." Indem klopfte es zum zweitenmal und rief:

„Königstochter, jüngste,
Mach mir auf,
Weißt du nicht, was gestern
Du zu mir gesagt
Bei dem kühlen Brunnenwasser?
Königstochter, jüngste,
Mach mir auf."

Da sagte der König: „Was du versprochen hast, das mußt du auch halten; geh nur und mach ihm auf." Sie ging und öffnete die Türe, da hüpfte der Frosch herein, ihr immer auf dem Fuße nach, bis zu ihrem Stuhl. Da saß er und rief: „Heb mich herauf zu dir." Sie zauderte, bis es endlich der König befahl. Als der Frosch erst auf dem Stuhl war, wollte er auf den Tisch, und als er da saß, sprach er: „Nun schieb mir dein goldenes Tellerlein näher, damit wir zusammen essen." Das tat sie zwar, aber man sah wohl, daß sie's nicht gerne tat. Der Frosch ließ sich's gut schmecken, aber ihr blieb fast jedes Bißlein im Halse. Endlich sprach er: „Ich habe mich sattgegessen und bin müde; nun trag mich in dein Kämmerlein und mach dein seiden Bettlein zurecht, da wollen wir uns schlafenlegen." Die Königstocher fing an zu weinen und fürchtete sich vor dem kalten Frosch, den sie nicht anzurühren getraute, und der nun in ihrem schönen reinen Bettlein schlafen sollte. Der König aber ward zornig und sprach: „Wer dir geholfen hat, als du in der Not warst, den sollst du hernach nicht verachten." Da packte sie ihn mit zwei Fingern, trug ihn hinauf und setzte ihn in eine Ecke. Als sie aber im Bett lag, kam er gekrochen und sprach: „Ich bin müde, ich will schlafen so gut wie du: heb mich herauf, oder ich sag's deinem Vater." Da ward sie erst bitterböse, holte ihn herauf und warf ihn aus allen Kräften wider die Wand. „Nun wirst du Ruhe haben, du garstiger Frosch."

Als er aber herabfiel, war er kein Frosch, sondern ein Königssohn mit schönen und freundlichen Augen. Der war nun nach ihres Vaters Willen ihr lieber Geselle und Gemahl. Da erzählte er ihr, er wäre von einer bösen Hexe verwünscht worden, und niemand hätte ihn aus dem Brunnen erlösen können als sie allein, und morgen wollten sie zusammen in sein Reich gehen. Dann schliefen sie ein, und am andern Morgen, als die Sonne sie aufweckte, kam ein Wagen herangefahren, mit acht weißen Pferden bespannt, die hatten weiße Straußfedern auf dem Kopf und gingen in goldenen Ketten, und hinten stand der Diener des jungen Königs, das war der treue Heinrich. Der treue Heinrich hatte sich so betrübt, als sein Herr war in einen Frosch verwandelt worden, daß er drei eiserne Bande hatte um sein Herz legen lassen, damit es ihm nicht vor Weh und Traurigkeit zerspränge. Der Wagen aber sollte den jungen König in sein Reich abholen; der treue Heinrich hob beide hinein, stellte sich wieder hinten auf und war voller Freude über die Erlösung. Und als sie ein Stück Wegs gefahren waren, hörte der Königssohn, daß es hinter ihm krachte, als wäre etwas zerbrochen. Da drehte er sich um und rief:

„Heinrich, der Wagen bricht."
„Nein, Herr, der Wagen nicht,
Es ist ein Band von meinem Herzen,
Das da lag in großen Schmerzen,
Als Ihr in dem Brunnen saßt,
Als Ihr eine Fretsche (Frosch) wast."

Noch einmal und noch einmal krachte es auf dem Weg, und der Königssohn meinte immer, der Wagen bräche, und es waren doch nur die Bande, die vom Herzen des treuen Heinrich absprangen, weil sein Herr erlöst und glücklich war.

Die sechs Schwäne

Es jagte einmal ein König in einem großen Wald und jagte dem Wild so eifrig nach, daß ihm niemand von seinen Leuten folgen konnte. Als der Abend herankam, hielt er still und blickte um sich; da sah er, daß er sich verirrt hatte. Er suchte einen Ausgang, konnte aber keinen finden. Da sah er eine alte Frau mit wackelndem Kopfe, die auf ihn zukam; das war aber eine Hexe. „Liebe Frau", sprach er zu ihr, „könnt Ihr mir nicht den Weg durch den Wald zeigen?" – „O ja, Herr König", antwortete sie, „das kann ich wohl, aber es ist eine Bedingung dabei; wenn ihr die nicht erfüllt, so kommt Ihr nimmermehr aus dem Wald und müßt darin Hungers sterben." – „Was ist das für eine Bedingung?" fragte der König. „Ich habe eine Tochter", sagte die Alte, „die so schön ist, wie Ihr keine auf der Welt finden könnt, und wohl verdient, Eure Gemahlin zu werden; wollt Ihr die zur Frau Königin machen, so zeige ich Euch den Weg aus dem Walde." Der König in der Angst seines Herzens willigte ein, und die Alte führte ihn zu ihrem Häuschen, wo ihre Tochter beim Feuer saß. Sie empfing den König, als wenn sie ihn erwartet hätte, und er sah wohl, daß sie sehr schön war, aber sie gefiel ihm doch nicht, und er konnte sie ohne heimliches Grausen nicht ansehen. Nachdem er das Mädchen zu sich aufs Pferd gehoben hatte, zeigte ihm die Alte den Weg, und der König gelangte wieder in sein königliches Schloß, wo die Hochzeit gefeiert wurde.

Der König war schon einmal verheiratet gewesen und hatte von seiner ersten Gemahlin sieben Kinder, sechs Knaben und ein Mädchen, die er über alles auf der Welt liebte. Weil er nun fürchtete, die Stiefmutter möchte sie nicht gut behandeln und ihnen gar ein Leid antun, so brachte er sie in ein einsames Schloß, das mitten in einem Walde stand. Es lag so verborgen, und der Weg war so schwer zu finden, daß er ihn selbst nicht gefunden hätte, wenn ihm nicht eine weise Frau ein Knäuel Garn von wunderbarer Eigenschaft geschenkt hätte; wenn er das vor sich hinwarf, so wikkelte es sich von selbst los und zeigte ihm den Weg. Der König ging aber so oft zu seinen lieben Kindern, daß der Königin seine Abwesenheit auffiel; sie war neugierig und wollte wissen, was er draußen ganz allein in dem Walde zu schaffen habe. Sie gab seinen Dienern viel Geld, und die verrieten ihr das Geheimnis und sagten ihr auch von dem Knäuel, das allein den Weg zeigen könnte. Nun hatte sie keine Ruhe, bis sie herausgebracht hatte, wo der König das Knäuel aufbewahrte, und dann machte sie kleine, weißseidene Hemdchen, und da sie von ihrer Mutter Hexenkünste gelernt hatte, so nähte sie einen Zauber hinein. Und als der König einmal auf die Jagd geritten war, nahm sie die Hemdchen und ging in den Wald, und das Knäuel zeigte ihr den Weg. Die Kinder, die aus der Ferne jemand kommen sahen, meinten, ihr lieber Vater käme zu ihnen, und sprangen ihm voller Freude entgegen. Da warf sie über ein jedes eins von den Hemdchen, und wie das ihren Leib berührt hatte, verwandelten sie sich in Schwäne und flogen über den Wald hinweg. Die Königin ging ganz vergnügt nach Haus und glaubte, ihre Stiefkinder los zu sein, aber das Mädchen war ihr mit den Brüdern nicht entgegengelaufen, und sie wußte nichts von ihm. Anderntags kam der König und wollte seine Kinder besuchen; er fand aber niemand als das Mädchen. „Wo sind deine Brüder?" fragte der König. „Ach, lieber Vater", antwortete es, „die sind fort und haben mich allein zurückgelassen", und erzählte ihm, daß es aus seinem Fensterlein mit angesehen habe, wie seine Brüder als Schwäne über den Wald weggeflogen wären, und zeigte ihm die Federn, die sie in dem Hof hatten fallen lassen und die es aufgelesen hatte. Der König trauerte, aber er dachte nicht, daß die Königin die böse Tat vollbracht hätte, und weil er fürchtete, das Mädchen würde ihm auch geraubt, so wollte er es mit fortnehmen. Aber es hatte Angst vor der Stiefmutter und bat den König, daß es nur noch diese Nacht im Waldschloß bleiben dürfte.

Das arme Mädchen dachte: Meines Bleibens ist nicht länger hier, ich will gehen und meine Brüder suchen. Und als die Nacht kam, entfloh es und ging gerade in den Wald hinein. Es ging die ganze Nacht durch und auch den andern Tag in einem fort, bis es vor Müdigkeit nicht weiter konnte. Da sah es eine Wildhütte, stieg hinauf und fand eine Stube mit sechs kleinen Betten, aber es getraute nicht, sich in eins zu legen, sondern kroch unter eins, legte sich auf den harten Boden und wollte die Nacht da zubringen. Als aber die Sonne bald untergehen wollte, hörte es ein Rauschen und sah, daß sechs Schwäne zum Fenster hereingeflogen kamen. Sie setzten sich auf den Boden und bliesen einander an und bliesen sich alle Federn ab, und ihre Schwanenhaut streifte sich ab wie ein Hemd. Da sah sie das Mädchen an und erkannte ihre Brüder, freute sich und kroch unter dem Bett hervor. Die Brüder waren nicht weniger erfreut, als sie ihr Schwesterchen erblickten, aber ihre Freude war von kurzer Dauer. „Hier kann deines Bleibens nicht sein", sprachen sie zu ihm, „das ist eine Herberge für Räuber; wenn die heimkommen und finden dich, so ermorden sie dich." – „Könnt ihr mich denn nicht beschützen?" fragte das Schwesterchen. „Nein", antworteten sie, „denn wir können nur eine Viertelstunde lang jeden Abend unsere Schwanenhaut ablegen und haben in dieser Zeit unsere menschliche Gestalt, aber dann werden wir wieder in Schwäne verwandelt." Das Schwesterchen weinte und sagte: „Könnt ihr denn nicht erlöst werden?" – „Ach nein", antworteten sie, „die Bedingungen sind zu schwer. Du darfst sechs Jahre lang nicht sprechen und nicht lachen und mußt in der Zeit sechs Hemdchen für uns aus Sternenblumen zusammennähen. Kommt ein einziges Wort aus deinem Munde, so ist alle Arbeit verloren." Und als die Brüder das gesprochen hatten, war die Viertelstunde herum, und sie flogen als Schwäne wieder zum Fenster hinaus.

Das Mädchen aber faßte den festen Entschluß, seine Brüder zu erlösen, und wenn es auch sein Leben kostete. Es verließ die Wildhütte, ging mitten in den Wald und setzte sich auf einen Baum und brachte die Nacht zu. Am andern Morgen ging es aus, sammelte Sternblumen und fing an zu nähen. Reden konnte es mit niemand, und zum Lachen hatte es keine Lust: es saß da und sah nur auf seine Arbeit. Als es schon lange Zeit da zugebracht hatte, geschah es, daß der König des Landes in dem Wald jagte und seine Jäger zu dem Baum kamen, auf welchem das Mädchen saß. Sie riefen es an und sagten: „Wer bist du?" Es gab aber keine Antwort. „Komm herab zu uns", sagten sie, „wir wollen dir nichts zuleid tun." Es schüttelte bloß mit dem

Kopf. Als sie es weiter mit Fragen bedrängten, so warf es ihnen seine goldene Halskette herab und dachte, sie damit zufriedenzustellen. Sie ließen aber nicht ab; da warf es ihnen seinen Gürtel herab, und als auch dies nicht half, seine Strumpfbänder und nach und nach alles, was es anhatte und entbehren konnte, so daß es nichts mehr als ein Hemdlein behielt. Die Jäger ließen sich aber damit nicht abweisen, stiegen auf den Baum, hoben das Mädchen herab und führten es vor den König. Der König fragte: „Wer bist du? Was machst du auf dem Baum?" Aber es antwortete nicht. Er fragte es in allen Sprachen, die er wußte, aber es blieb stumm wie ein Fisch. Weil es aber so schön war, so ward des Königs Herz gerührt, und er faßte eine große Liebe zu ihm. Er tat ihm seinen Mantel um, nahm es vor sich aufs Pferd und brachte es in sein Schloß. Da ließ er ihm reiche Kleider antun, und es strahlte in seiner Schönheit wie der helle Tag, aber es war kein Wort aus ihm herauszubringen. Er setzte es bei Tisch an seine Seite, und seine bescheidenen Mienen und seine Sittsamkeit gefielen ihm so sehr, daß er sprach: „Diese begehre ich zu heiraten und keine auf der Welt", und nach einigen Tagen vermählte er sich mit ihr.

Der König aber hatte eine böse Mutter, die war unzufrieden mit dieser Heirat und sprach schlecht von der jungen Königin. „Wer weiß, wo die Dirne her ist", sagte sie, „die nicht reden kann; sie ist eines Königs nicht würdig." Über ein Jahr, als die Königin das erste Kind zu Welt brachte, nahm es ihr die Alte weg und bestrich ihr im Schlafe den Mund mit Blut. Da ging sie zum König und klagte sie an, sie wäre eine Menschenfresserin. Der König wollte es nicht glauben und litt nicht, daß man ihr ein Leid antat. Sie saß aber beständig und nähte an den Hemden und achtete auf nichts anderes. Das nächste Mal, als sie wieder einen schönen Knaben gebar, übte die falsche Schwiegermutter denselben Betrug aus, aber der König konnte sich nicht entschließen, ihren Reden Glauben beizumessen. Er sprach: „Sie ist zu fromm und gut, als daß sie so etwas tun könnte; wäre sie nicht stumm und könnte sie sich verteidigen, so würde ihre Unschuld an den Tag kommen." Als aber das drittemal die Alte das neugeborene Kind raubte und die Königin anklagte, die kein Wort zu ihrer Verteidigung vorbrachte, so konnte der König nicht anders, er mußte sie dem Gericht übergeben, und das verurteilte sie, den Tod durchs Feuer zu erleiden.

Als der Tag herankam, wo das Urteil sollte vollzogen werden, da war zugleich der letzte Tag von den sechs Jahren herum, in welchen sie nicht sprechen und lachen durfte, und sie hatte ihre lieben Brüder aus der Macht des Zaubers befreit. Die sechs Hemden waren fertig geworden, nur daß am letzten der linke Ärmel noch fehlte. Als sie nun zum Scheiterhaufen geführt wurde, legte sie die Hemden auf ihren Arm, und als sie oben stand und das Feuer eben sollte angezündet werden, so schaute sie sich um: da kamen sechs Schwäne durch die Luft dahergezogen. Da sah sie, daß ihre Erlösung nahte, und ihr Herz regte sich in Freude. Die Schwäne rauschten zu ihr her und senkten sich herab, so daß sie ihnen die Hemden überwerfen konnte; und wie sie davon berührt wurden, fielen die Schwanenhäute ab, und ihre Brüder standen leibhaftig vor ihr und waren frisch und schön; nur dem jüngsten fehlte der linke Arm, und er hatte dafür einen Schwanenflügel am Rücken. Sie herzten und küßten sich, und die Königin ging zu dem Könige, der ganz bestürzt war, und fing an zu reden und sagte: „Liebster Gemahl, nun darf ich sprechen und dir offenbaren, daß ich unschuldig bin und fälschlich angeklagt", und erzählte ihm von dem Betrug der Alten, die ihre drei Kinder weggenommen und verborgen hätte. Da wurden sie zu großer Freude des Königs herbeigeholt, und die böse Schwiegermutter wurde zur Strafe auf den Scheiterhaufen gebunden und zu Asche verbrannt. Der König aber und die Königin mit ihren sechs Brüdern lebten lange Jahre in Glück und Frieden.

Dornröschen

Vor Zeiten war ein König und eine Königin, die sprachen jeden Tag: „Ach, wenn wir doch ein Kind hätten!" und kriegten immer keines. Da trug sich zu, als die Königin einmal im Bade saß, daß ein Frosch aus dem Wasser ans Land kroch und zu ihr sprach: „Dein Wunsch wird erfüllt werden; ehe ein Jahr vergeht, wirst du eine Tochter zur Welt bringen." Was der Frosch gesagt hatte, das geschah, und die Königin gebar ein Mädchen, das war so schön, daß der König vor Freude sich nicht zu lassen wußte und ein großes Fest anstellte. Er ladete nicht bloß seine Verwandte, Freunde und Bekannte, sondern auch die weisen Frauen dazu ein, damit sie dem Kind hold und gewogen wären. Es waren ihrer dreizehn in seinem Reiche; weil er aber nur zwölf goldene Teller hatte, von welchen sie essen sollten, so mußte eine von ihnen daheim bleiben. Das Fest ward mit aller Pracht gefeiert, und als es zu Ende war, beschenkten die weisen Frauen das Kind mit ihren Wundergaben: die eine mit Tugend, die andere mit Schönheit, die dritte mit Reichtum, und so mit allem, was auf der Welt zu wünschen ist. Als elfe ihre Sprüche eben getan hatten, trat plötzlich die dreizehnte herein. Sie wollte sich dafür rächen, daß sie nicht eingeladen war, und ohne jemand zu grüßen oder nur anzusehen, rief sie mit lauter Stimme: „Die Königstochter soll sich in ihrem fünfzehnten Jahr an einer Spindel stechen und tot hinfallen." Und ohne ein Wort weiter zu sprechen, kehrte sie sich um und verließ den Saal. Alle waren erschrocken, da trat die zwölfte hervor, die ihren Wunsch noch übrig hatte, und weil sie den bösen Spruch nicht aufheben, sondern nur ihn mildern konnte, so sagte sie: „Es soll aber kein Tod sein, sondern ein hundertjähriger tiefer Schlaf, in welchen die Königstochter fällt."

Der König, der sein liebes Kind vor dem Unglück gern bewahren wollte, ließ den Befehl ausgehen, daß alle Spindeln im ganzen Königreiche sollten verbrannt werden. An dem Mädchen aber wurden die Gaben der weisen Frauen sämtlich erfüllt, denn es war so schön, sittsam, freundlich und verständig, daß es jedermann, der es ansah, liebhaben mußte. Es geschah, daß an dem Tage, wo es gerade fünfzehn Jahr alt ward, der König und die Königin nicht zu Haus waren und das Mädchen ganz allein im Schloß zurückblieb. Da ging es allerorten herum, besah Stuben und Kammern, wie es Lust hatte, und kam endlich auch an einen alten Turm. Es stieg die enge Wendeltreppe hinauf und gelangte zu einer kleinen Türe. In dem Schloß steckte ein verrosteter Schlüssel, und als es umdrehte, sprang die Türe auf und saß da in einem kleinen Stübchen eine alte Frau mit einer Spindel und spann emsig ihren Flachs. „Guten Tag, du altes Mütterchen", sprach die Königstochter, „was machst du da?" – „Ich spinne", sagte die Alte und nickte mit dem Kopf. „Was ist das für ein Ding, das so lustig herumspringt?" sprach das Mädchen, nahm die Spindel und wollte auch spinnen. Kaum hatte sie aber die Spindel angerührt, so ging der Zauberspruch in Erfüllung, und sie stach sich damit in den Finger.

In dem Augenblick aber, wo sie den Stich empfand, fiel sie auf das Bett nieder, das dastand, und lag in einem tiefen Schlaf. Und dieser Schlaf verbreitete sich über das ganze Schloß: der König und die Königin, die eben heimgekommen und in den Saal getreten waren, fingen an einzuschlafen und der ganze Hofstaat mit ihnen. Da schliefen auch die Pferde im Stall, die Hunde im Hofe, die Tauben auf dem Dache, die Fliegen an der Wand, ja, das Feuer, das auf dem Herde flackerte, ward still und schlief ein, und der Braten hörte auf zu brutzeln, und der Koch, der den Küchenjungen, weil er etwas versehen hatte, in den Haaren ziehen wollte, ließ ihn los und schlief. Und der Wind legte sich, und auf den Bäumen vor dem Schloß regte sich kein Blättchen mehr.

Rings um das Schloß aber begann eine Dornenhecke zu wachsen, die jedes Jahr höher ward und endlich das ganze Schloß umzog und darüber hinaus wuchs, daß gar nichts mehr davon zu sehen war, selbst nicht die Fahne auf dem Dach. Es ging aber die Sage in dem Land von dem schönen schlafenden Dornröschen, denn so ward die Königstochter genannt, also daß von Zeit zu Zeit Königssöhne kamen und durch die Hecke in das Schloß dringen wollten. Es war ihnen aber nicht möglich, denn die Dornen, als hätten sie Hände, hielten fest zusammen, und die Jünglinge blieben darin hängen, konnten sich nicht wieder losmachen und starben eines jämmerlichen Todes. Nach langen langen Jahren kam wieder einmal ein Königssohn in das Land und hörte, wie ein alter Mann von der Dornenhecke erzählte, es sollte ein Schloß

dahinter stehen, in welchem eine wunderschöne Königstochter, Dornröschen genannt, schon seit hundert Jahren schliefe, und mit ihr schliefe der König und die Königin und der ganze Hofstaat. Er wußte auch von seinem Großvater, daß schon viele Königssöhne gekommen wären und versucht hätten, durch die Dornenhecke

zu dringen, aber sie wären darin hängengeblieben und eines traurigen Todes gestorben. Da sprach der Jüngling: „Ich fürchte mich nicht, ich will hinaus und das schöne Dornröschen sehen." Der gute Alte mochte ihm abraten, wie er wollte, er hörte nicht auf seine Worte.

Nun waren aber gerade die hundert Jahre verflossen, und der Tag war gekommen, wo Dornröschen wieder erwachen sollte. Als der Königssohn sich der Dornenhecke näherte, waren es lauter große, schöne Blumen, die taten sich von selbst auseinander und ließen ihn unbeschädigt hindurch, und hinter ihm taten sie sich wieder als eine Hecke zusammen. Im Schloßhof sah er die Pferde und scheckigen Jagdhunde liegen und schlafen, auf dem Dache saßen die Tauben und hatten das Köpfchen unter die Flügel gesteckt. Und als er ins Haus kam, schliefen die Fliegen an der Wand, der Koch in der Küche hielt noch die Hand, als wollte er den Jungen anpakken, und die Magd saß vor dem schwarzen Huhn, das sollte gerupft werden. Da ging er weiter und sah im Saale den ganzen Hofstaat liegen und schlafen, und oben bei dem Throne lag der König und die Königin. Da ging er noch weiter, und alles war so still, daß einer seinen Atem hören konnte, und endlich kam er zu dem Turm und öffnete die Türe zu der kleinen Stube, in welcher Dornröschen schlief. Da lag es und war so schön, daß er die Augen nicht abwenden konnte, und er bückte sich und gab ihm einen Kuß. Wie er es mit dem Kuß berührt hatte, schlug Dornröschen die Augen auf, erwachte und blickte ihn ganz freundlich an. Da gingen sie zusammen herab, und der König erwachte und die Königin und der ganze Hofstaat und sahen einander mit großen Augen an. Und die Pferde im Hof standen auf und rüttelten sich: die Jagdhunde sprangen und wedelten: die Tauben auf dem Dache zogen das Köpfchen unterm Flügel hervor, sahen umher und flogen ins Feld: die Fliegen an den Wänden krochen weiter: das Feuer in der Küche erhob sich, flackerte und kochte das Essen: der Braten fing an zu brutzeln: und der Koch gab dem Jungen eine Ohrfeige, daß er schrie: und die Magd rupfte das Huhn fertig. Und da wurde die Hochzeit des Königssohns mit dem Dornröschen in aller Pracht gefeiert, und sie lebten vergnügt bis an ihr Ende.

Die Bremer Stadtmusikanten

Es war einmal ein Mann, der hatte einen Esel, welcher schon lange Jahre unverdrossen die Säcke in die Mühle getragen hatte. Nun aber gingen die Kräfte des Esels zu Ende, so daß er zur Arbeit nicht mehr taugte. Da dachte der Herr daran, ihn wegzugeben. Aber der Esel merkte, daß sein Herr etwas Böses im Sinne hatte, lief fort und machte sich auf den Weg nach Bremen. Dort, so meinte er, könnte er ja Stadtmusikant werden.

Als er schon eine Weile gegangen war, fand er einen Jagdhund am Wege liegen, der jämmerlich heulte. „Warum heulst du denn so, Packan?" fragte der Esel.

„Ach", sagte der Hund, „weil ich alt bin, jeden Tag schwächer werde und auch nicht mehr mit auf die Jagd kann, wollte mich mein Herr totschießen. Da hab ich Reißaus genommen. Aber womit soll ich nun mein Brot verdienen?"

„Weißt du was", sprach der Esel, „ich gehe nach Bremen und werde dort Stadtmusikant. Komm mit mir und laß dich auch bei der Musik annehmen. Ich spiele die Laute und du schlägst die Pauken." Der Hund war einverstanden, und sie gingen mitsammen weiter.

Es dauerte nicht lange, da sahen sie eine Katze am Wege sitzen, die machte ein Gesicht wie drei Tage Regenwetter. „Was ist denn dir in die Quere gekommen, alter Bartputzer?" fragte der Esel.

„Wer kann da lustig sein, wenn's einem an den Kragen geht", antwortete die Katze. „Weil ich nun alt bin, meine Zähne stumpf werden und ich lieber hinter dem Ofen sitze und spinne, als nach Mäusen herumjage, hat mich meine Frau ersäufen wollen. Ich konnte mich zwar noch davonschleichen, aber nun ist guter Rat teuer. Wo soll ich jetzt hin?"

„Geh mit uns nach Bremen! Du verstehst dich doch auf die Nachtmusik, da kannst du Stadtmusikant werden." Die Katze hielt das für gut und ging mit.

Als die drei so miteinander gingen, kamen sie an einem Hof vorbei. Da saß der Haushahn auf dem Tor und schrie aus Leibeskräften. „Du schreist einem durch Mark und Bein", sprach der Esel, „was hast du vor?"

„Die Hausfrau hat der Köchin befohlen, mir heute abend den Kopf abzuschlagen. Morgen, am Sonntag, haben sie Gäste, da wollen sie mich in der Suppe essen. Nun schrei ich aus vollem Hals, so lang ich noch kann."

„Ei was", sagte der Esel, „zieh lieber mit uns fort, wir gehen nach Bremen, etwas Besseres als den Tod findest du überall. Du hast eine gute Stimme, und wenn wir mitsammen musizieren, wird es gar herrlich klingen." Dem Hahn gefiel der Vorschlag, und sie gingen alle vier mitsammen fort.

Sie konnten aber die Stadt Bremen an einem Tag nicht erreichen und kamen abends in einen Wald, wo sie übernachten wollten. Der Esel und der Hund legten sich unter einen großen Baum, die Katze kletterte auf einen Ast, und der Hahn flog bis in den Wipfel, wo es am sichersten für ihn war.

Ehe er einschlief, sah er sich noch einmal nach allen vier Windrichtungen um. Da bemerkte er einen Lichtschein. Er sagte seinen Gefährten, daß in der Nähe ein Haus sein müsse, denn er sehe ein Licht. Der Esel antwortete: „So wollen wir uns aufmachen und noch hingehen, denn hier ist die Herberge schlecht." Der Hund meinte, ein paar Knochen und etwas Fleisch daran täten ihm auch gut.

Also machten sie sich auf den Weg nach der Gegend, wo das Licht war. Bald sahen sie es heller schimmern, und es wurde immer größer, bis sie vor ein hellerleuchtetes Räuberhaus kamen. Der Esel, als der größte, näherte sich dem Fenster und schaute hinein.

„Was siehst du, Grauschimmel?" fragte der Hahn.

„Was ich sehe?" antwortete der Esel. „Einen gedeckten Tisch mit schönem Essen und Trinken, und Räuber sitzen rundherum und lassen sich's gutgehen!"

„Das wäre etwas für uns", sprach der Hahn.

Da überlegten die Tiere, wie sie es anfangen könnten, die Räuber hinauszujagen. Endlich fanden sie ein Mittel. Der Esel stellte sich mit den Vorderfüßen auf das Fenster, der Hund sprang auf des Esels Rücken, die Katze kletterte auf den Hund, und zuletzt flog der Hahn hinauf und setzte sich der Katze auf den Kopf. Als das geschehen war, fingen sie auf ein Zeichen an, ihre Musik zu machen: der Esel schrie, der Hund bellte, die Katze miaute und der Hahn krähte. Darauf stürzten sie durch das Fenster in die Stube hinein, daß die Scheiben klirrten.

Die Räuber fuhren bei dem entsetzlichen Geschrei in die Höhe. Sie meinten, ein Gespenst käme herein, und flohen in größter Furcht in den Wald hinaus.

Nun setzten sich die vier Gesellen an den Tisch, und jeder aß nach Herzenslust von den Speisen, die ihm am besten schmeckten.

Als sie fertig waren, löschten sie das Licht aus, und jeder suchte sich eine Schlafstätte nach seinem Geschmack. Der Esel legte sich auf den Mist, der Hund hinter die Tür, die Katze auf den Herd bei der warmen Asche, und der Hahn flog auf das Dach hinauf. Und weil sie müde waren von ihrem langen Weg, schliefen sie bald ein.

Als Mitternacht vorbei war und die Räuber von weitem sahen, daß kein Licht mehr im Hause brannte und alles ruhig schien, sprach der Hauptmann: „Wir hätten uns doch nicht sollen ins Bockshorn jagen lassen." Er schickte einen Räuber zurück, um nachzusehen, ob noch jemand im Hause wäre.

Der Räuber fand alles still. Er ging in die Küche und wollte ein Licht anzünden. Da sah er die feurigen Augen der Katze und meinte, es wären glühende Kohlen. Er hielt ein Schwefelhölzchen daran, daß es Feuer fangen sollte. Aber die Katze verstand keinen Spaß, sprang ihm ins Gesicht und kratzte ihn aus Leibeskräften. Da erschrak er gewaltig und wollte zur Hintertür hinauslaufen. Aber der Hund, der da lag, sprang auf und biß ihn ins Bein. Als der Räuber über den Hof am Misthaufen vorbeirannte, gab ihm der Esel noch einen tüchtigen Schlag mit dem Hinterfuß. Der Hahn aber, der von dem Lärm aus dem Schlaf geweckt worden war, rief vom Dache herunter: „Kikeriki!"

Da lief der Räuber, was er konnte, zu seinem Hauptmann zurück und sprach: „Ach, in dem Haus sitzt eine greuliche Hexe, die hat mich angehaucht und mir mit ihren langen Fingern das Gesicht zerkratzt. An der Tür steht ein Mann mit einem Messer, der hat mich ins Bein gestochen. Auf dem Hof liegt ein schwarzes Ungetüm, das hat mit einem Holzprügel auf mich losgeschlagen. Und oben auf dem Dache, da sitzt der Richter, der rief: ‚Bringt mir den Schelm her!' Da machte ich, daß ich fortkam."

Von nun an getrauten sich die Räuber nicht mehr in das Haus. Den vier Bremer Musikanten aber gefiel's darin so gut, daß sie nicht wieder hinaus wollten. Und wenn sie nicht gestorben sind, so sind sie noch heute drin.

Frau Holle

Eine Witwe hatte zwei Töchter, davon war die eine schön und fleißig, die andere häßlich und faul. Sie hatte aber die häßliche und faule viel lieber, weil diese ihre rechte Tochter war, und die andere mußte alle Arbeit tun und der Aschenputtel im Hause sein. Das arme Mädchen mußte sich täglich auf die große Straße zu einem Brunnen setzen und dort so viel spinnen, daß ihm das Blut aus den Fingern sprang. Nun trug es sich zu, daß die Spule einmal ganz blutig war. Da bückte sich das Mädchen und wollte die Spule im Brunnen abwaschen. Sie sprang ihm aber aus der Hand und fiel ins Wasser. Das Mädchen weinte, lief zur Mutter und erzählte ihr das Unglück.

Diese schalt es aber heftig und sprach: „Hast du die Spule hinunterfallen lassen, so hole sie auch wieder herauf!"

Da ging das Mädchen zu dem Brunnen zurück und wußte nicht, was es anfangen sollte. Endlich sprang es in seiner Herzensangst in den Brunnen hinein, um die Spule zu holen. Es verlor die Besinnung. Als es erwachte und wieder zu sich selber kam, war es auf einer Wiese, wo viel tausend Blumen standen.

Auf dieser Wiese ging es fort und kam zu einem Backofen, der voller Brot war. Das Brot aber rief: „Ach, zieh mich 'raus, zieh mich 'raus, sonst verbrenn' ich! Ich bin schon längst ausgebacken." Da trat das Mädchen hinzu und holte mit dem Brotschieber alles Brot heraus.

Danach ging es weiter und kam zu einem Baum, der voller Äpfel hing. Der rief ihm zu: „Ach, schüttel mich, schüttel mich, wir Äpfel sind alle miteinander reif!" Da schüttelte das Mädchen den Baum, daß die Äpfel fielen, als regneten sie herab, und es schüttelte so lange, bis kein Apfel mehr oben war. Als es alle auf einen Haufen zusammengelegt hatte, ging es wieder weiter.

Endlich kam es zu einem kleinen Haus, aus dem eine alte Frau guckte. Weil sie aber so große Zähne hatte, bekam das Mädchen Angst und wollte fortlaufen. Die alte Frau aber rief ihm nach: „Was fürchtest du dich, liebes Kind? Bleib bei mir! Wenn du alle Arbeit im Hause ordentlich tun willst, so soll dir's gut gehen. Du mußt nur achtgeben, daß du mein Bett gut machst und es fleißig aufschüttelst, daß die Federn fliegen. Dann schneit es in der Welt, ich bin nämlich die Frau Holle."

Weil die Alte ihm so gut zusprach, faßte sich das Mädchen ein Herz und willigte ein. Es besorgte auch alles zur Zufriedenheit der Frau Holle und schüttelte ihr das Bett immer so gewaltig auf, daß die Federn wie Schneeflocken umherflogen. Dafür hatte es auch ein gutes Leben bei ihr, kein böses Wort und alle Tage Gesottenes und Gebratenes.

So war das Mädchen eine Zeitlang bei der Frau Holle. Da wurde es traurig und wußte anfangs selbst nicht, was ihm fehlte. Endlich merkte es, daß es Heimweh war. Obwohl es ihm hier doch vieltausendmal besser ging als zu Hause, hatte es doch Sehnsucht dahin. Da sagte es zur Frau Holle: „Ich habe so Heimweh, und wenn es mir hier auch noch so gut geht, so kann ich doch nicht länger bleiben. Ich muß wieder heim zu den Meinigen."

Die Frau Holle sagte: „Es gefällt mir, daß du wieder nach Hause willst, und weil du mir so treu gedient hast, so will ich dich selbst wieder zurückführen."

Sie nahm das Mädchen darauf bei der Hand und führte es vor ein großes Tor. Das Tor wurde aufgetan, und als das Mädchen gerade darunterstand, fiel ein gewaltiger Goldregen nieder, und alles Gold blieb an ihm hängen, so daß es über und über davon bedeckt war. „Das sollst du haben, weil du so fleißig gewesen bist", sprach die Frau Holle und gab ihm auch die Spule wieder, die in den Brunnen gefallen war.

Daraufhin wurde das Tor verschlossen, und das Mädchen befand sich wieder auf der Welt, nicht weit von seiner Mutter Haus. Als es in den Hof kam, saß der Hahn auf dem Brunnen und rief:

„Kikeriki,
unsere goldene Jungfrau ist wieder hie!“

Das Mädchen ging hinein zu seiner Mutter, und weil es so mit Gold bedeckt ankam, wurde es von ihr und der Schwester gut aufgenommen.

Das Mädchen erzählte alles, was ihm begegnet war. Als die Mutter hörte, wie es den großen Reichtum erlangt hatte, wollte sie der andern, häßlichen und faulen Tochter gerne dasselbe Glück verschaffen. Sie mußte sich darum auch an den Brunnen setzen und spinnen. Damit ihre Spule blutig wurde, stach sie sich in die Finger und stieß die Hand in die Dornenhecke. Dann warf sie die Spule in den Brunnen und sprang selber hinein.

Sie kam, wie die andere, auf die schöne Wiese und ging auf demselben Pfade weiter. Als sie zu dem Backofen gelangte, schrie das Brot wieder: „Ach, zieh mich ’raus, zieh mich ’raus, sonst verbrenn’ ich, ich bin schon längst ausgebacken!“

Die Faule aber antwortete: „Ich habe keine Lust, mich schmutzig zu machen“, und ging fort. Sie kam zu einem Apfelbaum, der rief:

„Ach, schüttel mich, schüttel mich, wir Äpfel sind alle miteinander reif!“

Sie antwortete aber: „Du kommst mir recht, es könnte mir einer auf den Kopf fallen!“ Damit ging sie weiter.

Als sie vor der Frau Holle Haus kam, fürchtete sie sich nicht, weil sie von ihren großen Zähnen schon gehört hatte. Sie trat auch gleich in ihre Dienste. Am ersten Tag nahm sie sich sehr zusammen. Sie war fleißig und folgte der Frau Holle, wenn sie ihr etwas sagte, denn sie dachte an das viele Gold, das sie ihr schenken würde. Am zweiten Tag aber fing sie schon an zu faulenzen. Am dritten noch mehr, da wollte sie morgens gar nicht aufstehen. Sie machte auch der Frau Holle das Bett nicht, wie sich’s gehörte, und schüttelte es nicht, daß die Federn aufflogen. Das verdroß die Frau Holle bald und sie sagte ihr den Dienst auf.

Die Faule war damit sehr zufrieden und meinte, nun würde der Goldregen kommen. Die Frau Holle führte sie auch zu dem Tor. Als sie aber darunterstand, wurde statt des Goldes ein großer Kessel voll Pech ausgeschüttet. „Das ist zur Belohnung deiner Dienste“, sagte die Frau Holle und schloß das Tor zu.

Da kam die Faule heim. Aber sie war ganz mit Pech bedeckt, und der Hahn auf dem Brunnen rief, als er sie sah:

„Kikeriki,
unsere schmutzige Jungfrau ist wieder hie!“

Das Pech aber blieb fest an ihr haften und ging nicht mehr weg, so lange sie lebte.

Schneewittchen

Es war einmal mitten im Winter, und die Schneeflocken fielen wie Federn vom Himmel herab, da saß eine Königin an einem Fenster, das einen Rahmen von schwarzem Ebenholz hatte, und nähte. Und wie sie so nähte und nach dem Schnee aufblickte, stach sie sich mit der Nadel in den Finger, und es fielen drei Tropfen Blut in den Schnee. Und weil das Rote im weißen Schnee so schön aussah, dachte sie bei sich: Hätt' ich ein Kind so weiß wie Schnee, so rot wie Blut und so schwarz wie das Holz an dem Rahmen. Bald darauf bekam sie ein Töchterlein, das war so weiß wie Schnee, so rot wie Blut und so schwarzhaarig wie Ebenholz, und ward darum das *Schneewittchen* (Schneeweißchen) genannt. Und wie das Kind geboren war, starb die Königin.

Über ein Jahr nahm sich der König eine andere Gemahlin. Es war eine schöne Frau, aber sie war stolz und übermütig und konnte nicht leiden, daß sie an Schönheit von jemand sollte übertroffen werden. Sie hatte einen wunderbaren Spiegel; wenn sie vor den trat und sich darin beschaute, sprach sie:

„Spieglein, Spieglein an der Wand,
Wer ist die Schönste im ganzen Land?"

so antwortete der Spiegel:

„Frau Königin, Ihr seid die Schönste im Land."

Da war sie zufrieden, denn sie wußte, daß der Spiegel die Wahrheit sagte.

Schneewittchen aber wuchs heran und wurde immer schöner, und als es sieben Jahr alt war, war es so schön wie der klare Tag und schöner als die Königin selbst. Als diese einmal ihren Spiegel fragte:

„Spieglein, Spieglein an der Wand,
Wer ist die Schönste im ganzen Land?"

so antwortete er:

„Frau Königin, Ihr seid die Schönste hier;
Aber Schneewittchen ist tausendmal schöner als Ihr."

Da erschrak die Königin und ward gelb und grün vor Neid. Von Stund an, wenn sie Schneewittchen erblickte, kehrte sich ihr das Herz im Leibe herum, so haßte sie das Mädchen. Und der Neid und der Hochmut wuchsen wie ein Unkraut in ihrem Herzen immer höher, daß sie Tag und Nacht keine Ruhe mehr hatte. Da rief sie einen Jäger und sprach: „Bring das Kind hinaus in den Wald, ich will's nicht mehr vor meinen Augen sehen. Du sollst es töten und mir Lunge und Leber zum Wahrzeichen mitbringen." Der Jäger gehorchte und führte es hinaus, und als er den Hirschfänger gezogen hatte und Schneewittchens unschuldiges Herz durchbohren wollte, fing es an zu weinen und sprach: „Ach lieber Jäger, laß mir mein Leben; ich will in den wilden Wald laufen und nimmermehr wieder heimkommen." Und weil es so schön war, hatte der Jäger Mitleiden und sprach: „So lauf hin, du armes Kind." – Die wilden Tiere werden dich bald gefressen haben, dachte er, und doch war's ihm, als wär ein Stein von seinem Herzen gewälzt, weil er es nicht zu töten brauchte. Und als gerade ein junger Frischling dahergesprungen kam, stach er ihn ab, nahm Lunge und Leber heraus und brachte sie als Wahrzeichen der Königin mit. Der Koch mußte sie in Salz kochen, und das boshafte Weib aß sie auf und meinte, sie hätte Schneewittchens Lunge und Leber gegessen.

Nun war das arme Kind in dem großen Wald mutterselig allein, und ward ihm so angst, daß es alle Blätter an den Bäumen ansah und nicht wußte, wie es sich helfen sollte. Da fing es an zu laufen und lief über die spitzen Steine und durch die Dornen, und die wilden Tiere sprangen an ihm vorbei, aber sie taten ihm nichts. Es lief, solange nur die Füße noch fortkonnten, bis es bald Abend werden wollte; da sah es ein kleines Häuschen und ging hinein, sich zu ruhen. In dem Häuschen war alles klein, aber so zierlich und reinlich, daß es nicht zu sagen ist. Da stand ein weißgedecktes Tischlein mit sieben kleinen Tellern, jedes Tellerlein mit seinem Löffelein, ferner sieben Messerlein und Gäblein und sieben Becherlein. An der Wand waren sieben Bettlein nebeneinander aufgestellt und schneeweiße Laken darübergedeckt. Schneewittchen, weil es so hungrig und durstig war, aß von jedem Tellerlein ein wenig Gemüs und Brot und trank aus jedem Becherlein einen Tropfen Wein; denn es wollte nicht einem allein alles wegnehmen. Hernach, weil es so müde war, legte es sich in ein Bettchen, aber keins paßte; das eine war zu lang, das andre zu kurz, bis endlich das siebente recht war; und darin blieb es liegen, befahl sich Gott und schlief ein.

Als es ganz dunkel geworden war, kamen die Herren von dem Häuslein, das waren die sieben Zwerge, die in den Bergen nach Erz hackten und gruben. Sie zündeten ihre sieben Lichtlein an, und wie es nun hell im Häuslein ward, sahen sie, daß jemand darin gewesen war, denn es stand nicht alles so in der Ordnung, wie sie es verlassen hatten. Der erste sprach: „Wer hat auf meinem Stühlchen gesessen?" Der zweite: „Wer hat von meinem Tellerchen gegessen?“ Der dritte: „Wer hat von meinem Brötchen genommen?“ Der vierte: „Wer hat von meinem Gemüschen gegessen?“ Der fünfte: „Wer hat mit meinem Gäbelchen gestochen?“ Der sechste: „Wer hat mit meinem Messerchen geschnitten?“ Der siebente: „Wer hat aus meinem Becherlein getrunken?“ Dann sah sich der erste um und sah, daß auf seinem Bett eine kleine Delle war, da sprach er: „Wer hat in mein Bettchen getreten?“ Die anderen kamen gelaufen und riefen: „In meinem hat auch jemand gelegen.“ Der siebente aber, als er in sein Bett sah, erblickte Schneewittchen, das lag drin und schlief. Nun rief er die andern, die kamen herbeigelaufen und schrien vor Verwunderung, holten ihre sieben Lichtlein und beleuchteten Schneewittchen. „Ei, du mein Gott! Ei, du mein Gott!“ riefen sie, „was ist das Kind so schön!“, und hatten so große Freude, daß sie es nicht aufweckten, sondern im Bettlein fortschlafen ließen. Der siebente Zwerg aber schlief bei seinen Gesellen, bei jedem eine Stunde, da war die Nacht herum.

Als es Morgen war, erwachte Schneewittchen, und wie es die sieben Zwerge sah, erschrak es. Sie waren aber freundlich und fragten: „Wie heißt du?“ – „Ich heiße Schneewittchen“, antwortete es. „Wie bist du in unser Haus gekommen?“ sprachen weiter die Zwerge. Da erzählte es ihnen, daß seine Stiefmutter es hätte wollen umbringen lassen, der Jäger hätte ihm aber das Leben geschenkt, und da wär es gelaufen den ganzen Tag, bis es endlich ihr Häuslein gefunden hätte. Die Zwerge sprachen: „Willst du unsern Haushalt versehen, kochen, betten, waschen, nähen und stricken, und willst du alles ordentlich und reinlich halten, so kannst du bei uns bleiben, und es soll dir an nichts fehlen.“ – „Ja“, sagte Schneewittchen, „von Herzen gern“, und blieb bei ihnen. Es hielt ihnen das Haus in Ordnung. Morgens gingen sie in die Berge und suchten Erz und Gold, abends kamen sie wieder, und da mußte ihr Essen bereit sein. Den Tag über war das Mädchen allein; da warnten es die guten Zwerglein und sprachen: „Hüte dich vor deiner Stiefmutter, die wird bald wissen, daß du hier bist; laß ja niemand herein.“

Die Königin aber, nachdem sie Schneewittchens Lunge und Leber glaubte gegessen zu haben, dachte nicht anders, als sie wäre wieder die Erste und Allerschönste, trat vor ihren Spiegel und sprach:

„Spieglein, Spieglein an der Wand,
Wer ist die Schönste im ganzen Land?“

Da antwortete der Spiegel:

„Frau Königin, Ihr seid die Schönste hier,
Aber Schneewittchen über den Bergen
Bei den sieben Zwergen
Ist noch tausendmal schöner als Ihr."

Da erschrak sie, denn sie wußte, daß der Spiegel keine Unwahrheit sprach, und merkte, daß der Jäger sie betrogen hatte und Schneewittchen noch am Leben war. Und da sann und sann sie aufs neue, wie sie es umbringen wollte; denn solange sie nicht die Schönste war im ganzen Land, ließ ihr der Neid keine Ruhe. Und als sie sich endlich etwas ausgedacht hatte, färbte sie sich das Gesicht und kleidete sich wie eine alte Krämerin und war ganz unkenntlich. In dieser Gestalt ging sie über die sieben Berge zu den sieben Zwergen, klopfte an die Türe und rief: „Schöne Ware feil! feil!" Schneewittchen guckte zum Fenster heraus und rief: „Guten Tag, liebe Frau, was habt Ihr zu verkaufen?" – „Gute Ware, schöne Ware", antwortete sie, „Schnürriemen von allen Farben", und holte einen hervor, der aus bunter Seide geflochten war. Die ehrliche Frau kann ich hereinlassen, dachte Schneewittchen, riegelte die Tür auf und kaufte sich den hübschen Schnürriemen. „Kind", sprach die Alte, „wie du aussiehst! Komm, ich will dich einmal ordentlich schnüren." Schneewittchen hatte kein Arg, stellte sich vor sie und ließ sich mit dem neuen Schnürriemen schnüren; aber die Alte schnürte geschwind und schnürte so fest, daß dem Schneewittchen der Atem verging, und es für tot hinfiel. „Nun bist du die Schönste gewesen", sprach sie und eilte hinaus.

Nicht lange darauf, zur Abendzeit, kamen die sieben Zwerge nach Haus; aber wie erschraken sie, als sie ihr liebes Schneewittchen auf der Erde liegen sahen; und es regte und bewegte sich nicht, als wäre es tot. Sie hoben es in die Höhe, und weil sie sahen, daß es zu fest geschnürt war, schnitten sie den Schnürriemen entzwei: da fing es an, ein wenig zu atmen, und ward nach und nach wieder lebendig. Als die Zwerge hörten, was geschehen war, sprachen sie: „Die alte Krämerfrau war niemand als die gottlose Königin! Hüte dich und laß keinen Menschen herein, wenn wir nicht bei dir sind."

Das böse Weib aber, als es nach Hause gekommen war, ging vor den Spiegel und fragte:

„Spieglein, Spieglein an der Wand,
Wer ist die Schönste im ganzen Land?"

Da antwortete er wie sonst:

„Frau Königin, Ihr seid die Schönste hier,
Aber Schneewittchen über den Bergen
Bei den sieben Zwergen
Ist noch tausendmal schöner als Ihr."

Als sie das hörte, lief ihr alles Blut zum Herzen, so erschrak sie, denn sie sah wohl, daß Schneewittchen wieder lebendig geworden war. „Nun aber", sprach sie, „will ich etwas aussinnen, das dich zugrunde richten soll", und mit Hexenkünsten, die sie verstand, machte sie einen giftigen Kamm. Dann verkleidete sie sich und nahm die Gestalt eines andern alten Weibes an. So ging sie hin über die sieben Berge zu den sieben Zwergen, klopfte an die Türe und rief: „Gute Ware feil! feil!" Schneewittchen schaute heraus und sprach: „Geht nur weiter, ich darf niemand hereinlassen." – „Das Ansehen wird dir doch erlaubt sein", sprach die Alte, zog den giftigen Kamm heraus und hielt ihn in die Höhe. Da gefiel er dem Kinde so gut, daß es sich betören ließ und die Türe öffnete. Als sie des Kaufs einig waren, sprach die Alte: „Nun will ich dich einmal ordentlich kämmen." Das arme Schneewittchen dachte an nichts und ließ die Alte gewähren; aber kaum hatte sie den Kamm in die Haare gesteckt, als das Gift darin wirkte und das Mädchen ohne Besinnung niederfiel. „Du Ausbund von Schönheit", sprach das boshafte Weib, „jetzt ist's um dich geschehen", und ging fort. Zum Glück aber war es bald Abend, wo die sieben Zwerglein nach Haus kamen. Als sie Schneewittchen wie tot auf der Erde liegen sahen, hatten sie gleich die Stiefmutter im Verdacht, suchten nach und fanden den giftigen Kamm, und kaum hatten sie ihn herausgezogen, so kam Schneewittchen wieder zu sich und erzählte, was vorgegangen war. Da warnten sie es noch einmal, auf seiner Hut zu sein und niemand die Türe zu öffnen.

Die Königin stellte sich daheim vor den Spiegel und sprach:

„Spieglein, Spieglein an der Wand,
Wer ist die Schönste im ganzen Land?"

Da antwortete er wie vorher:

„Frau Königin, Ihr seid die Schönste hier,
Aber Schneewittchen über den Bergen
Bei den sieben Zwergen
Ist noch tausendmal schöner als Ihr."

Als sie den Spiegel so reden hörte, zitterte und bebte sie vor Zorn. „Schneewittchen soll sterben“, rief sie, „und wenn es mein eigenes Leben kostet.“ Darauf ging sie in eine ganz verborgene einsame Kammer, wo niemand hinkam, und machte da einen giftigen Apfel. Äußerlich sah er schön aus, weiß mit roten Backen, daß jeder, der ihn erblickte, Lust danach bekam; aber wer ein Stückchen davon aß, der mußte sterben. Als der Apfel fertig war, färbte sie sich das Gesicht und verkleidete sich in eine Bauersfrau, und so ging sie über die sieben Berge zu den sieben Zwergen. Sie klopfte an, Schneewittchen streckte den Kopf zum Fenster heraus und sprach: „Ich darf keinen Menschen einlassen, die sieben Zwerge haben mir's verboten.“ – „Mir auch recht“, antwortete die Bäuerin, „meine Äpfel will ich schon loswerden. Da, einen will ich dir schenken.“ – „Nein“, sprach Schneewittchen, „ich darf nichts annehmen.“ – „Fürchtest du dich vor Gift?“ sprach die Alte, „siehst du, da schneide ich den Apfel in zwei Teile; den roten Backen iß du, den weißen will ich essen.“ Der Apfel war aber so künstlich gemacht, daß der rote Backen allein vergiftet war. Schneewittchen lusterte den schönen Apfel an, und als es sah, daß die Bäuerin davon aß, so konnte es nicht länger widerstehen, streckte die Hand hinaus und nahm die giftige Hälfte. Kaum aber hatte es einen Bissen davon im Munde, so fiel es tot zur Erde nieder. Da betrachtete es die Königin mit grausigen Blicken und lachte überlaut und sprach: „Weiß wie Schnee, rot wie Blut, schwarz wie Ebenholz! Diesmal können dich die Zwerge nicht wieder erwecken.“ Und als sie daheim den Spiegel befragte:

„Spieglein, Spieglein an der Wand,
Wer ist die Schönste im ganzen Land?“

so antwortete er endlich:

„Frau Königin, Ihr seid die Schönste im Land.“

Da hatte ihr neidisches Herz Ruhe, so gut ein neidisches Herz Ruhe haben kann.

Die Zwerglein, wie sie abends nach Haus kamen, fanden Schneewittchen auf der Erde liegen, und es ging kein Atem mehr aus seinem Mund, und es war tot. Sie hoben es auf, suchten, ob sie was Giftiges fänden, schnürten es auf, kämmten ihm die Haare, wuschen es mit Wasser und Wein, aber es half alles nichts; das liebe Kind war tot und blieb tot. Sie legten es auf eine Bahre und setzten sich alle siebene daran und beweinten es und weinten drei Tage lang. Da wollten sie es begraben, aber es sah noch so frisch aus wie ein lebender Mensch und hatte noch seine schönen roten Backen. Sie sprachen: „Das können wir nicht in die schwarze Erde versenken“, und ließen einen durchsichtigen Sarg von Glas machen, daß man es von allen Seiten sehen konnte, legten es hinein und schrieben mit goldenen Buchstaben seinen Namen darauf und daß es eine Königstochter wäre. Dann setzten sie den Sarg hinaus auf den Berg, und einer von ihnen blieb immer dabei und bewachte ihn. Und die Tiere kamen auch und beweinten Schneewittchen, erst eine Eule, dann ein Rabe, zuletzt ein Täubchen.

Nun lag Schneewittchen lange, lange Zeit in dem Sarg und verweste nicht, sondern sah aus, als wenn es schliefe, denn es war noch so weiß als Schnee, so rot als Blut und so schwarzhaarig wie Ebenholz. Es geschah aber, daß ein Königssohn in den Wald geriet und zu dem Zwergenhaus kam, da zu übernachten. Er sah auf dem Berg den Sarg und das schöne Schneewittchen darin und las, was mit goldenen Buchstaben darauf geschrieben war. Da sprach er zu den Zwergen: „Laßt mir den Sarg, ich will euch geben, was ihr dafür haben wollt." Aber die Zwerge antworteten: „Wir geben ihn nicht um alles Gold in der Welt." Da sprach er: „So schenkt mir ihn denn, ich kann nicht leben, ohne Schneewittchen zu sehen, ich will es ehren und hochachten wie mein Liebstes." Wie er so sprach, empfanden die guten Zwerglein Mitleiden mit ihm und gaben ihm den Sarg. Der Königssohn ließ ihn nun von seinen Dienern auf den Schultern forttragen. Da geschah es, daß sie über einen Strauch stolperten, und von dem Schüttern fuhr der giftige Apfelgrütz, den Schneewittchen abgebissen hatte, aus dem Hals. Und nicht lange, so öffnete es die Augen, hob den Deckel vom Sarg in die Höhe und richtete sich auf und war wieder lebendig. „Ach, Gott, wo bin ich?" rief es. Der Königssohn sagte voll Freude: „Du bist bei mir", und erzählte, was sich zugetragen hatte, und sprach: „Ich habe dich lieber als alles auf der Welt; komm mit mir in meines Vaters Schloß, du sollst meine Gemahlin werden." Da war ihm Schneewittchen gut und ging mit ihm, und ihre Hochzeit war mit großer Pracht und Herrlichkeit angeordnet.

Zu dem Fest wurde aber auch Schneewittchens gottlose Stiefmutter eingeladen. Wie sie sich nun mit schönen Kleidern angetan hatte, trat sie vor den Spiegel und sprach:

„Spieglein, Spieglein an der Wand,
Wer ist die Schönste im ganzen Land?"

Der Spiegel antwortete:

„Frau Königin, Ihr seid die Schönste hier,
Aber die junge Königin ist tausendmal schöner als Ihr."

Da stieß das böse Weib einen Fluch aus, und ward ihr so angst, so angst, daß sie sich nicht zu lassen wußte. Sie wollte zuerst gar nicht auf die Hochzeit kommen: doch ließ es ihr keine Ruhe, sie mußte fort und die junge Königin sehen. Und wie sie hereintrat, erkannte sie Schneewittchen, und vor Angst und Schrecken stand sie da und konnte sich nicht regen. Aber es waren schon eiserne Pantoffeln über Kohlenfeuer gestellt und wurden mit Zangen hereingetragen und vor sie hingestellt. Da mußte sie in die rotglühenden Schuhe treten und so lange tanzen, bis sie tot zur Erde fiel.

Der Ranzen, das Hütlein und das Hörnlein

Es waren einmal drei Brüder, die waren immer tiefer in Armut geraten, und endlich war die Not so groß, daß sie Hunger leiden mußten und nichts mehr zu beißen und zu brechen hatten. Da sprachen sie: „Es kann so nicht bleiben; es ist besser, wir gehen in die Welt und suchen unser Glück." Sie machten sich also auf und waren schon weite Wege und über viele Grashälmerchen gegangen, aber das Glück war ihnen noch nicht begegnet. Da gelangten sie eines Tages in einen großen Wald, und mitten darin war ein Berg, und als sie näher kamen, so sahen sie, daß der Berg ganz von Silber war. Da sprach der älteste: „Nun habe ich das gewünschte Glück gefunden und verlange kein größeres." Er nahm von dem Silber, soviel er nur tragen konnte, kehrte dann um und ging wieder nach Haus. Die beiden andern aber sprachen: „Wir verlangen vom Glück noch etwas mehr als bloßes Silber", rührten es nicht an und gingen weiter. Nachdem sie abermals ein paar Tage gegangen waren, so kamen sie zu einem Berg, der ganz von Gold war. Der zweite Bruder stand, besann sich und war ungewiß. „Was soll ich tun?" sprach er, „soll ich mir von dem Golde soviel nehmen, daß ich mein Lebtag genug habe, oder soll ich weitergehen?" Endlich faßte er einen Entschluß, füllte in seine Taschen, was hinein wollte, sagte seinem Bruder Lebewohl und ging heim. Der dritte aber sprach: „Silber und Gold, das rührt mich nicht: Ich will meinem Glück nicht absagen, vielleicht ist mir etwas Besseres beschert." Er zog weiter, und als er drei Tage gegangen war, so kam er in einen Wald, der noch größer war als die vorigen und gar kein Ende nehmen wollte; und da er nichts zu essen und zu trinken fand, so war er nahe daran zu verschmachten. Da stieg er auf einen hohen Baum, ob er da oben Waldes Ende sehen möchte, aber so weit sein Auge reichte, sah er nichts als die Gipfel der Bäume. Da begab er sich von dem Baume wieder herunterzusteigen, aber der Hunger quälte ihn, und er dachte: Wenn ich nur noch einmal meinen Leib ersättigen könnte. Als er herabkam, sah er mit Erstaunen unter dem Baum einen Tisch, der mit Speisen reichlich besetzt war, die ihm entgegendampften. „Diesmal“, sprach er, „ist mein Wunsch zu rechter Zeit erfüllt worden“, und ohne zu fragen, wer das Essen gebracht und wer es gekocht hätte, nahte er sich dem Tisch und aß mit Lust, bis er seinen Hunger gestillt hatte. Als er fertig war, dachte er, es wäre doch schade, wenn das feine Tischtüchlein hier in dem Walde verderben sollte, legte es säuberlich zusammen und steckte es ein. Darauf ging er weiter, und abends, als der Hunger sich wieder regte, wollte er sein Tüchlein auf die Probe stellen, breitete es aus und sagte: „So wünsche ich, daß du abermals mit guten Speisen besetzt wärest“, und kaum war der Wunsch über seine Lippen gekommen, so standen so viel Schüsseln mit dem schönsten Essen darauf, als nur Platz hatten. „Jetzt merke ich“, sagte er, „in welcher Küche für mich gekocht wird; du sollst mir lieber sein als der Berg von Silber und Gold“, denn er sah wohl, daß es ein Tüchleindeckdich war. Das Tüchlein war ihm aber doch nicht genug, um sich daheim zur Ruhe zu setzen, sondern er wollte lieber noch in der Welt herumwandern und weiter sein Glück versuchen. Eines Abends traf er in einem einsamen Walde einen schwarz bestaubten Köhler, der brannte da Kohlen und hatte Kartoffeln am Feuer stehen, damit wollte er seine Mahlzeit halten. „Guten Abend, du Schwarzamsel“, sagte er, „wie geht dir's in deiner Einsamkeit?“ – „Einen Tag wie den andern“, erwiderte der Köhler, „und jeden Abend Kartoffeln; hast du Lust dazu und willst mein Gast sein?“ – „Schönen Dank“, antwortete der Reisende, „ich will dir die Mahlzeit nicht wegnehmen, du hast auf einen Gast nicht gerechnet, aber wenn du mit mir vorlieb nehmen willst, so sollst du eingeladen sein.“ – „Wer soll dir anrichten?“ sprach der Köhler, „ich sehe, daß du nichts bei dir hast, und ein paar Stunden im Umkreis ist niemand, der dir etwas geben könnte.“ – „Und doch soll's ein Essen sein“, antwortete er, „so gut, wie du noch keins gekostet hast.“ Darauf holte er sein Tüchlein aus dem Ranzen, breitete es auf die Erde und sprach: „Tüchlein, deck dich“, und alsbald stand da Gesottenes und Gebratenes und war so warm, als wenn es eben aus der Küche käme. Der Köhler machte große Augen, ließ sich aber nicht lange bitten, sondern langte zu und schob immer größere Bissen in sein schwarzes Maul hinein. Als sie abgegessen hatten, schmunzelte der Köhler und sagte: „Hör, dein Tüchlein hat meinen Beifall, das wäre so etwas für mich in dem Walde, wo mir niemand etwas Gutes kocht. Ich will dir einen Tausch vorschlagen, da in der Ecke hängt ein Soldatenranzen, der zwar alt und unscheinbar ist, in dem aber wunderbare Kräfte stecken; da ich ihn doch nicht mehr brauche, so will ich ihn für das Tüchlein geben.“ – „Erst muß ich wissen, was das für wunderbare Kräfte sind“, erwiderte er. „Das will ich dir sagen“, antwortete der Köhler, „wenn du mit der

Hand darauf klopfst, so kommt jedesmal ein Gefreiter mit sechs Mann, die haben Ober- und Untergewehr, und was du befiehlst, das vollbringen sie." – „Meinetwegen", sagte er, „wenn's nicht anders sein kann, so wollen wir tauschen", gab dem Köhler das Tüchlein, hob den Ranzen von dem Haken, hing ihn um und nahm Abschied. Als er ein Stück Wegs gegangen war, wollte er die Wunderkräfte seines Ranzens versuchen und klopfte darauf. Alsbald traten die sieben Kriegshelden vor ihn, und der Gefreite sprach: „Was verlangt mein Herr und Gebieter?" – „Marschiert im Eiltempo zu dem Köhler und fordert mein Wünschtüchlein zurück." Sie machten linksum, und gar nicht so lange, so brachten sie das Verlangte und hatten es dem Köhler, ohne viel zu fragen, abgenommen. Er hieß sie wieder abziehen, ging weiter und hoffte, das Glück würde ihm noch heller scheinen. Bei Sonnenuntergang kam er zu einem andern Köhler, der bei dem Feuer seine Abendmahlzeit bereitete. „Willst du mit mir essen", sagte der rußige Geselle, „Kartoffeln mit Salz, aber ohne Schmalz, so setz dich zu mir nieder." – „Nein", antwortete er, „für diesmal sollst du mein Gast sein", deckte sein Tüchlein auf, das gleich mit den schönsten Gerichten besetzt war. Sie aßen und tranken zusammen und waren guter Dinge. Nach dem Essen sprach der Kohlenbrenner: „Da oben auf der Kammbank liegt ein altes, abgegriffenes Hütlein, das hat seltsame Eigenschaften: wenn das einer aufsetzt und dreht es auf dem Kopf herum, so gehen die Feldschlangen, als wären zwölfe nebeneinander aufgeführt, und schießen alles darnieder, daß niemand dagegen bestehen kann. Mir nützt das Hütlein nichts, und für dein Tischtuch will ich's wohl hingeben." – „Das läßt sich hören", antwortete er, nahm das Hütlein, setzte es auf und ließ sein Tüchlein zurück. Kaum aber war er ein Stück Wegs gegangen, so klopfte er auf seinen Ranzen, und seine Soldaten mußten ihm das Tüchlein wieder holen. Es kommt eins zum andern, dachte er, und es ist mir, als wäre mein Glück noch nicht zu Ende. Seine Gedanken hatten ihn auch nicht betrogen. Nachdem er abermals einen Tag gegangen war, kam er zu einem dritten Köhler, der ihn nicht anders als die vorigen zu ungeschmälzten Kartoffeln einlud. Er ließ ihn aber von seinem Wunschtüchlein mitessen, und das schmeckte dem Köhler so gut, daß er ihm zuletzt ein Hörnlein dafür bot, das noch ganz andere Eigenschaften hatte als das Hütlein. Wenn man darauf blies, so fielen alle Mauern und Festungswerke, endlich alle Städte und Dörfer übern Haufen. Er gab dem Köhler zwar das Tüchlein dafür, ließ sich's aber hernach von seiner Mannschaft wieder abfordern, so daß er endlich Ranzen, Hütlein und Hörnlein beisammen hatte. „Jetzt", sprach er, „bin ich ein gemachter Mann, und es ist Zeit, daß ich heimkehre und sehe, wie es meinen Brüdern ergeht."

Als er daheim anlangte, hatten sich seine Brüder von ihrem Silber und Gold ein schönes Haus gebaut und lebten in Saus und Braus. Er trat bei ihnen ein; weil er aber in einem halbzerrissenen Rock kam, das schäbige Hütlein auf dem Kopf und

den alten Ranzen auf dem Rücken, so wollten sie ihn nicht für ihren Bruder anerkennen. Sie spotteten und sagten: „Du gibst dich für unsern Bruder aus, der Silber und Gold verschmähte und für sich ein besseres Glück verlangte; der kommt gewiß in voller Pracht als ein mächtiger König angefahren, nicht als ein Bettelmann" und jagten ihn zur Türe hinaus. Da geriet er in Zorn, klopfte auf seinen Ranzen so lange, bis hundertundfünfzig Mann in Reih und Glied vor ihm standen. Er befahl ihnen, das Haus seiner Brüder zu umzingeln, und zwei sollten Haselgerten mitnehmen und den beiden Übermütigen die Haut auf dem Leibe so lange weichgerben, bis sie wüßten, wer er wäre. Es entstand ein gewaltiger Lärm, die Leute liefen zusammen, und wollten den beiden in der Not Beistand leisten, aber sie konnten gegen die Soldaten nichts ausrichten. Es geschah endlich dem Könige Meldung davon, der ward unwillig und ließ einen Hauptmann mit seiner Schar ausrücken, der sollte den Ruhestörer aus der Stadt jagen; aber der Mann mit dem Ranzen hatte bald eine größere Mannschaft zusammen, die schlug den Hauptmann mit seinen Leuten zurück, daß sie mit blutigen Nasen abziehen mußten. Der König sprach: „Der hergelaufene Kerl ist noch zu bändigen", und schickte am andern Tage eine größere Schar gegen ihn aus, aber sie konnte noch weniger ausrichten. Er stellte noch mehr Volk entgegen, und um noch schneller fertig zu werden, drehte er ein paarmal sein Hütlein auf dem Kopf herum; da fing das schwere Geschütz an zu spielen, und des Königs Leute wurden geschlagen und in die Flucht gejagt. „Jetzt mache ich nicht eher Frieden", sprach er, „als bis mir der König seine Tochter zur Frau gibt und ich in seinem Namen das ganze Reich beherrsche." Das ließ er dem König verkündigen, und dieser sprach zu seiner Tochter: „Muß ist eine harte Nuß. Was bleibt mir anders übrig, als daß ich tue, was er verlangt? Will ich Frieden haben und die Krone auf meinem Haupte behalten, so muß ich dich hingeben."

Die Hochzeit ward also gefeiert, aber die Königstochter war verdrießlich, daß ihr Gemahl ein gemeiner Mann war, der einen schäbigen Hut trug und einen alten Ranzen umhängen hatte. Sie wäre ihn gerne wieder los gewesen und sann Tag und Nacht, wie sie das bewerkstelligen könnte. Da dachte sie, sollten seine Wunderkräfte wohl in dem Ranzen stecken?, verstellte sich und liebkoste ihn, und als sein Herz weich geworden war, sprach sie: „Wenn du nur den schlechten Ranzen ablegen wolltest, er verunziert dich so sehr, daß ich mich deiner schämen muß." – „Liebes Kind", antwortete er, „dieser Ranzen ist mein größter Schatz; solange ich den habe, fürchte ich keine Macht der Welt", und verriet ihr, mit welchen Wunderkräften er begabt war. Da fiel sie ihm um den Hals, als wenn sie ihn küssen wollte, nahm ihm aber mit Behendigkeit den Ranzen von der Schulter und lief damit fort. Sobald sie allein war, klopfte sie darauf und befahl den Kriegsleuten, sie sollten ihren vorigen Herrn festnehmen und aus dem königlichen Palast fortführen. Sie gehorchten, und die falsche Frau ließ noch mehr Leute hinter ihm herziehen, die ihn ganz zum Lande hinausjagen sollten. Da wäre er verloren gewesen, wenn er nicht das Hütlein gehabt hätte. Kaum aber waren seine Hände frei, so schwenkte er es ein paarmal; alsbald fing das Geschütz an zu donnern und schlug alles nieder, und die Königstochter mußte selbst kommen und um Gnade bitten. Weil sie so beweglich bat und sich zu bessern versprach, so ließ er sich überreden und bewilligte ihr Frieden. Sie tat freundlich mit ihm, stellte sich an, als hätte sie ihn sehr lieb, und wußte ihn nach einiger Zeit so zu betören, daß er ihr vertraute, wenn auch einer den Ranzen in seine Gewalt bekäme, so könnte er doch nichts gegen ihn ausrichten, solange das alte Hütlein noch sein wäre. Als sie das Geheimnis wußte, wartete sie, bis er eingeschlafen war, dann nahm sie ihm das Hütlein weg und ließ ihn hinaus auf die Straße werfen. Aber noch war ihm das Hörnlein übrig, und in großem Zorne blies er aus allen Kräften hinein. Alsbald fiel alles zusammen, Mauern, Festungswerk, Städte und Dörfer, und schlugen den König und die Königstochter tot. Und wenn er das Hörnlein nicht abgesetzt und nur noch ein wenig länger geblasen hätte, so wäre alles über den Haufen gestürzt und kein Stein auf dem andern geblieben. Da widerstand ihm niemand mehr, und er setzte sich zum König über das ganze Reich.

Die Nixe im Teich

Es war einmal ein Müller, der führte mit seiner Frau ein vergnügtes Leben. Sie hatten Geld und Gut, und ihr Wohlstand nahm von Jahr zu Jahr noch zu. Aber Unglück kommt über Nacht! Wie ihr Reichtum gewachsen war, so schwand er von Jahr zu Jahr wieder hin, und zuletzt konnte der Müller kaum noch die Mühle, in der er saß, sein Eigentum nennen. Er war voll Kummer, und wenn er sich nach der Arbeit des Tages niederlegte, so fand er keine Ruhe, sondern wälzte sich voll Sorgen in seinem Bett.

Eines Morgens stand er schon vor Tagesanbruch auf, ging hinaus ins Freie und dachte, es sollte ihm leichter ums Herz werden. Als er über dem Mühldamm dahinschritt, brach eben der erste Sonnenstrahl hervor, und er hörte in dem Weiher etwas rauschen. Er wendete sich um und erblickte ein schönes Weib, das sich langsam aus dem Wasser erhob. Ihre langen Haare, die sie über den Schultern mit ihren zarten Händen gefaßt hatte, flossen an beiden Seiten herab und bedeckten ihren weißen

Leib. Er sah wohl, daß es die Nixe des Teichs war, und wußte vor Furcht nicht, ob er davongehen oder stehenbleiben sollte. Aber die Nixe ließ ihre sanfte Stimme hören, nannte ihn bei Namen und fragte, warum er so traurig wäre. Der Müller war anfangs verstummt; als er sie aber so freundlich sprechen hörte, faßte er sich ein Herz und erzählte ihr, daß er sonst in Glück und Reichtum gelebt hätte, aber jetzt so arm wäre, daß er sich nicht zu raten wüßte. „Sei ruhig", antwortete die Nixe, „ich will dich reicher und glücklicher machen, als du je gewesen bist, nur mußt du mir versprechen, daß du mir geben willst, was eben in deinem Hause jung geworden ist." – „Was kann das anders sein", dachte der Müller, „als ein junger Hund oder ein junges Kätzchen?" und sagte ihr zu, was sie verlangte. Die Nixe stieg wieder in das Wasser hinab, und er eilte getröstet und gutes Mutes nach seiner Mühle. Noch hatte er sie nicht erreicht, da trat die Magd aus der Haustüre und rief ihm zu, er sollte sich freuen, seine Frau hätte ihm einen kleinen Knaben geboren. Der Müller stand wie vom Blitz gerührt; er sah wohl, daß die tückische Nixe das gewußt und ihn betrogen hatte. Mit gesenktem Haupt trat er zu dem Bett seiner Frau, und als sie ihn fragte: „Warum freust du dich nicht über den schönen Knaben?" so erzählte er ihr, was ihm begegnet war und was für ein Versprechen er der Nixe gegeben hatte. „Was hilft mir Glück und Reichtum", fügte er hinzu, „wenn ich mein Kind verlieren soll? Aber was kann ich tun?" Auch die Verwandten, die gekommen waren, Glück zu wünschen, wußten keinen Rat.

Indessen kehrte das Glück in das Haus des Müllers ein. Was er unternahm, gelang; es war, als ob Kisten und Kasten von selbst sich füllten und das Geld im Schrank über Nacht sich mehrte. Es dauerte nicht lange, so war sein Reichtum größer als je zuvor. Aber er konnte sich nicht ungestört darüber freuen; die Zusage, die er der Nixe getan hatte, quälte sein Herz. Sooft er an dem Teich vorbeikam, fürchtete er, sie möchte auftauchen und ihn an seine Schuld mahnen. Den Knaben selbst ließ er nicht in die Nähe des Wassers: „Hüte dich", sagte er zu ihm, „wenn du das Wasser berührst, so kommt eine Hand heraus, hascht dich und zieht dich hinab." Doch als Jahr auf Jahr verging und die Nixe sich nicht wieder zeigte, so fing der Müller an, sich zu beruhigen.

Der Knabe wuchs zum Jüngling heran und kam bei einem Jäger in die Lehre. Als er ausgelernt hatte und ein tüchtiger Jäger geworden war, nahm ihn der Herr des Dorfes in seine Dienste. In dem Dorf war ein schönes und treues Mädchen, das gefiel dem Jäger, und als sein Herr das bemerkte, schenkte er ihm ein kleines Haus; die beiden hielten Hochzeit, lebten ruhig und glücklich und liebten sich von Herzen.

Einstmals verfolgte der Jäger ein Reh. Als das Tier aus dem Wald in das freie Feld ausbog, setzte er ihm nach und streckte es endlich mit einem Schuß nieder. Er bemerkte nicht, daß er sich in der Nähe des gefährlichen Weihers befand, und ging, nachdem er das Tier ausgeweidet hatte, zu dem Wasser, um seine mit Blut befleckten Hände zu waschen. Kaum aber hatte er sie hineingetaucht, als die Nixe emporstieg, lachend mit ihren nassen Armen ihn umschlang und so schnell hinabzog, daß die Wellen über ihm zusammenschlugen.

Als es Abend war und der Jäger nicht nach Hause kam, so geriet seine Frau in Angst. Sie ging aus, ihn zu suchen, und da er ihr oft erzählt hatte, daß er sich vor den Nachstellungen der Nixe in acht nehmen müßte und nicht in die Nähe des Weihers sich wagen dürfte, so ahnte sie schon, was geschehen war. Sie eilte zu dem Wasser, und als sie am Ufer seine Jägertasche liegen fand, da konnte sie nicht länger an dem Unglück zweifeln. Wehklagend und händeringend rief sie ihren Liebsten mit Namen, aber vergeblich; sie eilte hinüber auf die andere Seite des Weihers und rief ihn aufs neue; sie schalt die Nixe mit harten Worten, aber keine Antwort erfolgte.

Der Spiegel des Wassers blieb ruhig, nur das halbe Gesicht des Mondes blickte unbeweglich zu ihr herauf.

Die arme Frau verließ den Teich nicht. Mit schnellen Schritten, ohne Rast und Ruhe, umkreiste sie ihn immer von neuem, manchmal still, manchmal einen heftigen Schrei ausstoßend, manchmal in leisem Wimmern. Endlich waren ihre Kräfte zu Ende; sie sank zur Erde nieder und verfiel in einen tiefen Schlaf. Bald überkam sie ein Traum.

Sie stieg zwischen großen Felsblöcken angstvoll aufwärts; Dornen und Ranken hakten sich an ihre Füße, der Regen schlug ihr ins Gesicht, und der Wind zauste ihr langes Haar. Als sie die Anhöhe erreicht hatte, bot sich ihr ein ganz anderer Anblick dar. Der Himmel war blau, die Luft mild, der Boden senkte sich sanft hinab, und auf einer grünen, bunt beblümten Wiese stand eine reinliche Hütte. Sie ging darauf zu und öffnete die Tür; da saß eine Alte mit weißen Haaren, die ihr freundlich winkte. In dem Augenblick erwachte die arme Frau. Der Tag war schon angebrochen, und sie entschloß sich, gleich dem Traum Folge zu leisten. Sie stieg mühsam den Berg hinauf, und es war alles so, wie sie es in der Nacht gesehen hatte. Die Alte empfing sie freundlich und zeigte ihr einen Stuhl, auf den sie sich setzen sollte. „Du mußt ein Unglück erlebt haben“, sagte sie, „weil du meine einsame Hütte aufsuchst.“ Die Frau erzählte ihr unter Tränen, was ihr begegnet war. „Tröste dich“, sagte die Alte, „Ich will dir helfen; da hast du einen goldenen Kamm. Harre, bis der Vollmond aufgestiegen ist, dann geh zu dem Weiher, setze dich am Rand nieder und strähle dein langes schwarzes Haar mit diesem Kamm. Wenn du aber fertig bist, so lege ihn am Ufer nieder, und du wirst sehen, was geschieht.“

Die Frau kehrte zurück, aber die Zeit bis zum Vollmond verstrich ihr langsam. Endlich erschien die leuchtende Scheibe am Himmel; da ging sie hinaus an den Weiher, setzte sich nieder und kämmte ihre langen schwarzen Haare mit dem goldenen

Kamm, und als sie fertig war, legte sie ihn an den Rand des Wassers nieder. Nicht lange, so brauste es aus der Tiefe, eine Welle erhob sich, rollte an das Ufer und führte den Kamm mit sich fort. Es dauerte nicht länger, als der Kamm nötig hatte, auf den Grund zu sinken, so teilte sich der Wasserspiegel, und der Kopf des Jägers stieg in die Höhe. Er sprach nicht, schaute aber seine Frau mit traurigen Blicken an. In demselben Augenblick kam eine zweite Welle herangerauscht und bedeckte das Haupt des Mannes. Alles war verschwunden, der Weiher lag so ruhig wie zuvor, und nur das Gesicht des Vollmondes glänzte darauf.

Trostlos kehrte die Frau zurück, doch der Traum zeigte ihr die Hütte der Alten. Abermals machte sie sich am nächsten Morgen auf den Weg und klagte der weisen Frau ihr Leid. Die Alte gab ihr eine goldene Flöte und sprach: „Harre, bis der Vollmond wieder kommt, dann nimm diese Flöte, setze dich an das Ufer, blas ein schönes Lied darauf, und wenn du damit fertig bist, so lege sie auf den Sand; du wirst sehen, was geschieht."

Die Frau tat, wie die Alte gesagt hatte. Kaum lag die Flöte auf dem Sand, so brauste es aus der Tiefe! Eine Welle erhob sich heran und führte die Flöte mit sich fort. Bald darauf teilte sich das Wasser, und nicht bloß der Kopf, auch der Mann bis zur Hälfte des Leibes stieg hervor. Er breitete voll Verlangen seine Arme nach ihr aus; aber eine zweite Welle rauschte heran, bedeckte ihn und zog ihn wieder hinab.

„Ach, was hilft es mir", sagte die Unglückliche, „daß ich meinen Liebsten nur erblicke, um ihn wieder zu verlieren." Der Gram erfüllte aufs neue ihr Herz; aber der Traum führte sie zum drittenmal in das Haus der Alten. Sie machte sich auf den Weg, und die weise Frau gab ihr ein goldenes Spinnrad, tröstete sie und sprach: „Es ist noch nicht alles vollbracht, harre, bis der Vollmond kommt, dann nimm das Spinnrad, setze dich an das Ufer und spinn die Spule voll, und wenn du fertig bist, so stelle das Spinnrad nahe an das Wasser, und du wirst sehen, was geschieht."

Die Frau befolgte alles genau. Sobald der Vollmond sich zeigte, trug sie das goldene Spinnrad an das Ufer und spann emsig, bis der Flachs zu Ende und die Spule mit dem Faden ganz angefüllt war. Kaum aber stand das Rad am Ufer, so brauste es noch heftiger als sonst in der Tiefe des Wassers, eine mächtige Welle eilte herbei und trug das Rad mit sich fort. Alsbald stieg mit einem Wasserstrahl der Kopf und der ganze Leib des Mannes in die Höhe. Schnell sprang er ans Ufer, faßte seine Frau an der Hand und entfloh. Aber kaum hatten sie sich eine kleine Strecke entfernt, so erhob sich mit entsetzlichem Brausen der ganze Weiher und strömte mit reißender Gewalt in das weite Feld hinein. Schon sahen die Fliehenden ihren Tod vor Augen; da rief die Frau in ihrer Angst die Hilfe der Alten an, und in dem Augenblick waren sie verwandelt, sie in eine Kröte, er in einen Frosch. Die Flut, die sie erreicht hatte, konnte sie nicht töten, aber sie riß sie beide voneinander und führte sie weit weg.

Als das Wasser sich verlaufen hatte und beide wieder den trockenen Boden berührten, so kam ihre menschliche Gestalt zurück. Aber keiner wußte, wo das andere geblieben war; sie befanden sich unter fremden Menschen, die ihre Heimat nicht kannten. Hohe Berge und tiefe Täler lagen zwischen ihnen. Um sich das Leben zu erhalten, mußten beide die Schafe hüten. Sie trieben lange Jahre ihre Herden durch Feld und Wald und waren voll Trauer und Sehnsucht.

Als wieder einmal der Frühling aus der Erde hervorgebrochen war, zogen beide an einem Tag mit ihren Herden aus, und der Zufall wollte, daß sie einander entgegenzogen. Er erblickte an einem fernen Bergesabhang eine Herde und trieb seine Schafe nach der Gegend hin. Sie kamen in einem Tal zusammen, aber sie erkannten sich nicht, doch freuten sie sich, daß sie nicht mehr so einsam waren. Von nun an trieben sie jeden Tag ihre Herden nebeneinander; sie sprachen nicht viel, aber sie fühlten sich getröstet. Eines Abends, als der Vollmond am Himmel schien und die Schafe schon ruhten, holte der Schäfer die Flöte aus seiner Tasche und blies ein schönes, aber trauriges Lied. Als er fertig war, bemerkte er, daß die Schäferin bitterlich weinte. „Warum weinst du?" fragte er. „Ach", antwortete sie, „so schien auch der Vollmond, als ich zum letztenmal dieses Lied auf der Flöte blies und das Haupt meines Liebsten aus dem Wasser hervorkam." Er sah sie an, und es war ihm, als fiele eine Decke von den Augen; er erkannte seine liebste Frau; und als sie ihn anschaute und der Mond auf sein Gesicht schien, erkannte sie ihn auch. Sie umarmten und küßten sich, und ob sie glückselig waren, braucht keiner zu fragen.

Der goldene Vogel

Es war vor Zeiten ein König, der hatte einen schönen Lustgarten hinter seinem Schloß, darin stand ein Baum, der goldene Äpfel trug. Als die Äpfel reiften, wurden sie gezählt, aber gleich den nächsten Morgen fehlte einer. Das ward dem König gemeldet, und er befahl, daß alle Nächte unter dem Baume Wache sollte gehalten werden. Der König hatte drei Söhne, davon schickte er den ältesten bei einbrechender Nacht in den Garten; wie es aber Mitternacht war, konnte er sich des Schlafes nicht erwehren, und am nächsten Morgen fehlte wieder ein Apfel. In der folgenden Nacht mußte der zweite Sohn wachen, aber dem erging es nicht besser; als es zwölf Uhr geschlagen hatte, schlief er ein, und morgens fehlte ein Apfel. Jetzt kam die Reihe zu wachen an den dritten Sohn, der war auch bereit, aber der König traute ihm nicht viel zu und meinte, er würde noch weniger ausrichten als seine Brüder; endlich aber gestattete er es doch. Der Jüngling legte sich also unter den Baum, wachte und ließ den Schlaf nicht Herr werden. Als es zwölf schlug, so rauschte etwas durch die Luft, und er sah im Mondschein einen Vogel daherfliegen, dessen Gefieder ganz von Gold glänzte. Der Vogel ließ sich auf dem Baume nieder und hatte eben einen Apfel abgepickt, als der Jüngling einen Pfeil nach ihm abschoß. Der Vogel entflog, aber der Pfeil hatte sein Gefieder getroffen, und eine seiner goldenen Federn fiel herab. Der Jüngling hob sie auf, brachte sie am andern Morgen dem König und erzählte ihm, was er in der Nacht gesehen hatte. Der König versammelte seinen Rat, und jedermann erklärte, eine Feder wie diese sei mehr wert als das gesamte Königreich.

„Ist die Feder so kostbar“, erklärte der König, „so hilft mir auch die eine nichts, sondern ich will und muß den ganzen Vogel haben.“

Der älteste Sohn machte sich auf den Weg, verließ sich auf seine Klugheit und meinte den goldenen Vogel schon zu finden. Wie er eine Strecke gegangen war, sah er an dem Rande eines Waldes einen Fuchs sitzen, legte seine Flinte an und zielte auf ihn. Der Fuchs rief: „Schieß mich nicht, ich will dir dafür einen guten Rat geben. Du bist auf dem Weg nach dem goldenen Vogel und wirst heut abend in ein Dorf kommen, wo zwei Wirtshäuser einander gegenüberstehen. Eins ist hell erleuchtet, und es geht darin lustig her; da kehr aber nicht ein, sondern geh ins andere, wenn es dich auch schlecht ansieht.“ – Wie kann mir wohl so ein albernes Tier einen vernünftigen Rat erteilen! dachte der Königssohn und drückte los, aber er fehlte den Fuchs, der den Schwanz streckte und schnell in den Wald lief. Darauf setzte er seinen Weg fort und kam abends in das Dorf, wo die beiden Wirtshäuser standen: in dem einen ward gesungen und gesprungen, das andere hatte ein armseliges betrübtes Ansehen. Ich wäre wohl ein Narr, dachte er, wenn ich in das lumpige Wirtshaus ginge und das schöne liegen ließ. Also ging er in das lustige ein, lebte da in Saus und Braus und vergaß den Vogel, seinen Vater und alle guten Lehren.

Als eine Zeit verstrichen und der älteste Sohn immer und immer nicht nach Hause gekommen war, so machte sich der zweite auf den Weg und wollte den goldenen Vogel suchen. Wie dem ältesten begegnete ihm der Fuchs und gab ihm den guten Rat, den er nicht achtete. Er kam zu den beiden Wirtshäusern, wo sein Bruder am Fenster des einen stand, aus dem der Jubel erschallte, und ihn anrief. Er konnte nicht widerstehen, ging hinein und lebte nur seinen Lüsten.

Wiederum verstrich eine Zeit, da wollte der jüngste Königssohn ausziehen und sein Heil versuchen, der Vater aber wollte es nicht zulassen. „Es ist vergeblich“, sprach er, „der wird den goldenen Vogel noch weniger finden als seine Brüder, und wenn ihm ein Unglück zustößt, so weiß er sich nicht zu helfen; es fehlt ihm am

Besten." Doch endlich, wie keine Ruhe mehr da war, ließ er ihn ziehen. Vor dem Walde saß wieder der Fuchs, bat um sein Leben und erteilte den guten Rat. Der Jüngling war gutmütig und sagte: „Sei ruhig, Füchslein, ich tue dir nichts zuleid." – „Es soll dich nicht gereuen", antwortete der Fuchs; „und damit du schneller fortkommst, so steig hinten auf meinen Schwanz." Und kaum hatte er sich aufgesetzt, so fing der Fuchs an zu laufen, und da ging's über Stock und Stein, daß die Haare im Winde pfiffen. Als sie zu dem Dorfe kamen, stieg der Jüngling ab, befolgte den guten Rat und kehrte, ohne sich umzusehen, in das geringe Wirtshaus ein, wo er ruhig übernachtete. Am andern Morgen, wie er auf das Feld kam, saß da schon der Fuchs und sagte: „Ich will dir weiter sagen, was du zu tun hast. Geh du immer geradeaus, endlich wirst du an ein Schloß kommen, vor dem eine ganze Schar Soldaten liegt, aber kümmre dich nicht darum, denn sie werden alle schlafen und schnarchen: geh mittendurch und geradewegs in das Schloß hinein, und geh durch alle Stuben; zuletzt wirst du in eine Kammer kommen, wo ein goldener Vogel in einem hölzernen Käfig hängt. Nebenan steht ein leerer Goldkäfig zum Prunk, aber hüte dich, daß du den Vogel nicht aus seinem schlechten Käfig herausnimmst und in den prächtigen tust, sonst möchte es dir schlimm ergehen." Nach diesen Worten streckte der Fuchs wieder seinen Schwanz aus, und der Königssohn setzte sich auf; da ging's über Stock und Stein, daß die Haare im Winde pfiffen. Als er bei dem Schloß angelangt war, fand er alles so, wie der Fuchs gesagt hatte. Der Königssohn kam in die Kammer, wo der goldene Vogel in einem hölzernen Käfig saß, und ein goldener stand daneben; die drei goldenen Äpfel aber lagen in der Stube umher. Da dachte er, es wäre lächerlich, wenn er den schönen Vogel in dem gemeinen und häßlichen Käfig lassen wollte, öffnete die Türe, packte ihn und setzte ihn in den goldenen. In dem Augenblick aber tat der Vogel einen durchdringenden Schrei. Die Soldaten erwachten, stürzten herein und führten ihn ins Gefängnis. Den andern Morgen wurde er vor ein Gericht gestellt und, da er alles bekannte, zum Tode verurteilt. Doch sagte der König, er wollte ihm unter einer Bedingung das Leben schenken, wenn er ihm nämlich das goldene Pferd brächte, welches noch schneller liefe als der Wind, und dann sollte er obendrein zur Belohnung den goldenen Vogel erhalten.

Der Königssohn machte sich auf den Weg, seufzte aber und war traurig, denn wo sollte er das goldene Pferd finden? Da sah er auf einmal seinen alten Freund, den Fuchs, an dem Wege sitzen. „Siehst du", sprach der Fuchs, „so ist es gekommen, weil du mir nicht gehört hast. Doch sei guten Mutes, ich will mich deiner annehmen und dir sagen, wie du zu dem goldenen Pferd gelangst. Du mußt gerades Weges fortgehen, so wirst du zu einem Schloß kommen, wo das Pferd im Stalle steht. Vor dem Stall werden die Stallknechte liegen, aber sie werden schlafen und schnarchen, und du kannst geruhig das goldene Pferd herausführen. Aber eins mußt du in acht nehmen: leg ihm den schlechten Sattel von Holz und Leder auf und ja nicht den goldenen, der dabeihängt, sonst wird es dir schlimm ergehen." Dann streckte der Fuchs seinen Schwanz aus, der Königssohn setzte sich auf, und es ging fort über Stock und Stein, daß die Haare im Wind pfiffen. Alles traf so ein, wie der Fuchs gesagt hatte; er kam in den Stall, wo das goldene Pferd stand. Als er ihm aber den schlechten Sattel auflegen wollte, so dachte er: Ein so schönes Tier wird verschändet, wenn ich ihm nicht den guten Sattel auflege, der ihm gebührt. Kaum aber berührte der goldene Sattel das Pferd, so fing es an, laut zu wiehern. Die Stallknechte erwachten, ergriffen den Jüngling und warfen ihn ins Gefängnis. Am anderen Morgen wurde er vom Gerichte zum Tode verurteilt, doch versprach ihm der König das Leben zu schenken und dazu das goldene Pferd, wenn er die schöne Königstochter vom goldenen Schlosse herbeischaffen könnte.

Mit schwerem Herzen machte sich der Jüngling auf den Weg, doch zu seinem Glücke fand er bald den treuen Fuchs. „Ich sollte dich nur deinem Unglück überlassen", sagte der Fuchs, „aber ich habe Mitleid mit dir und will dir noch einmal aus deiner Not helfen. Dein Weg führt dich gerade zu dem goldenen Schlosse: abends wirst du anlangen, und nachts, wenn alles still ist, dann geht die schöne Königstochter ins Badehaus, um da zu baden. Und wenn sie hineingeht, so spring auf sie zu und gib ihr einen Kuß, dann folgt sie dir, und du kannst sie mit dir fortführen; nur dulde nicht, daß sie vorher von ihren Eltern Abschied nimmt, sonst kann es dir schlimm ergehen." Dann streckte der Fuchs seinen Schwanz, der Königssohn setzte sich auf, und so ging es über Stock und Stein, daß die Haare im Winde pfiffen. Als er beim goldenen Schloß ankam, war es so, wie der Fuchs gesagt hatte. Er wartete bis um Mitternacht; als alles in tiefem Schlaf lag und die schöne Jungfrau ins Badehaus ging, da sprang er hervor und gab ihr einen Kuß. Sie sagte, sie wollte gerne mit ihm gehen, bat ihn aber flehentlich und mit Tränen, er möchte ihr erlauben, vorher von ihren Eltern Abschied zu nehmen. Er widerstand anfänglich ihren Bitten; als sie aber immer mehr weinte und ihm zu Fuß fiel, so gab er endlich nach. Kaum aber war die Jungfrau zu dem Bette ihres Vaters getreten, so wachte er und alle anderen, die im Schloß waren, auf, und der Jüngling ward festgehalten und ins Gefängnis gesetzt.

Am andern Morgen sprach der König zu ihm: „Dein Leben ist verwirkt, und du kannst bloß Gnade finden, wenn du den Berg abträgst, der vor meinen Fenstern liegt und über welchen ich nicht hinaussehen kann, und das mußt du binnen acht Tagen zustande bringen. Gelingt dir das, so sollst du meine Tochter zur Belohnung haben." Der Königssohn fing an, grub und schaufelte, ohne abzulassen; als er aber nach sieben Tagen sah, wie wenig er ausgerichtet hatte und alle seine Arbeit so gut wie nichts war, so fiel er in große Traurigkeit und gab alle Hoffnung auf. Am Abend des siebenten Tags aber erschien der Fuchs und sagte: „Du verdienst nicht, daß ich

A GABER

mich deiner annehme, aber geh nur hin und lege dich schlafen, ich will die Arbeit für dich tun." Am andern Morgen, als er erwachte und zum Fenster hinaussah, so war der Berg verschwunden. Der Jüngling eilte voll Freude zum König und meldete ihm, daß die Bedingung erfüllt wäre, und der König mochte wollen oder nicht, er mußte Wort halten und ihm seine Tochter geben.

Nun zogen die beiden zusammen fort, und es währte nicht lange, so kam der treue Fuchs zu ihnen. „Das Beste hast du zwar", sagte er, „aber zu der Jungfrau aus dem goldenen Schloß gehört auch das goldene Pferd." – „Wie soll ich das bekommen?" fragte der Jüngling. „Das will ich dir sagen", antwortete der Fuchs, „zuerst bring dem Könige, der dich nach dem goldenen Schlosse geschickt hat, die schöne Jungfrau. Da wird unerhörte Freude sein, sie werden dir das goldene Pferd gerne geben und werden dir's vorführen. Setz dich alsbald auf und reiche allen zum Abschied die Hand herab, zuletzt der schönen Jungfrau, und wenn du sie gefaßt hast, so zieh sie mit einem Schwung hinauf und jage davon: und niemand ist imstande, dich einzuholen, denn das Pferd läuft schneller als der Wind."

Alles wurde glücklich vollbracht, und der Königssohn führte die schöne Jungfrau auf dem goldenen Pferd fort. Der Fuchs blieb nicht zurück und sprach zu dem Jüngling: „Jetzt will ich dir auch zu dem goldenen Vogel verhelfen. Wenn du nahe bei dem Schlosse bist, wo sich der Vogel befindet, so laß die Jungfrau absitzen, und ich will sie in meine Obhut nehmen. Dann reit' mit dem goldenen Pferd in den Schloßhof; bei dem Anblick wird große Freude sein, und sie werden dir den goldenen Vogel herausbringen. Wie du den Käfig in der Hand hast, so jage zu uns zurück und hole dir die Jungfrau wieder ab." Als der Anschlag geglückt war und der Königssohn mit seinen Schätzen heimreiten wollte, so sagte der Fuchs: „Nun sollst du mich für meinen Beistand belohnen." – „Was verlangst du dafür?" fragte der Jüngling. „Wenn wir dort in den Wald kommen, so schieß mich tot und hau mir Kopf und Pfoten ab." – „Das wäre eine schöne Dankbarkeit", sagte der Königssohn, „das kann ich dir unmöglich gewähren." Sprach der Fuchs: „Wenn du es nicht tun willst, so muß ich dich verlassen; ehe ich aber fortgehe, will ich dir noch einen guten Rat geben. Vor zwei Stücken hüte dich, kauf kein Galgenfleisch und setze dich an keinen Brunnenrand." Damit lief er in den Wald.

Der Jüngling dachte: Das ist ein wunderliches Tier, das seltsame Grillen hat. Wer wird Galgenfleisch kaufen? Und die Lust, mich an einen Brunnenrand zu setzen, ist mir noch niemals gekommen. Er ritt mit der schönen Jungfrau weiter, und sein Weg führte ihn wieder durch das Dorf, in welchem seine beiden Brüder geblieben waren. Da war großer Auflauf und Lärmen, und als er fragte, was da los wäre, hieß es, es sollten zwei Leute aufgehängt werden. Als er näher hinzukam, sah er, daß es seine Brüder waren, die allerhand schlimme Streiche verübt und all ihr Gut vertan hatten.

Er fragte, ob sie nicht könnten freigemacht werden. „Wenn Ihr für sie bezahlen wollt", antworteten die Leute; „aber was wollt Ihr an die schlechten Menschen Euer Geld hängen und sie loskaufen." Er besann sich aber nicht, zahlte für sie, und als sie freigegeben waren, so setzten sie die Reise gemeinschaftlich fort.

Sie kamen in den Wald, wo ihnen der Fuchs zuerst begegnet war, und da es darin kühl und lieblich war und die Sonne heiß brannte, so sagten die beiden Brüder: „Laßt uns hier an dem Brunnen ein wenig ausruhen, essen und trinken." Er willigte ein, und während des Gesprächs vergaß er sich, setzte sich an den Brunnenrand und versah sich nichts Arges. Aber die beiden Brüder warfen ihn rückwärts in den Brunnen, nahmen die Jungfrau, das Pferd und den Vogel und zogen heim zu ihrem Vater. „Da bringen wir nicht bloß den goldenen Vogel", sagten sie, „wir haben auch das goldene Pferd und die Jungfrau von dem goldenen Schlosse erbeutet." Da war große Freude, aber das Pferd fraß nicht, der Vogel pfiff nicht, und die Jungfrau, die saß und weinte.

Der jüngste Bruder war aber nicht umgekommen. Der Brunnen war zum Glück trocken, und er fiel auf weiches Moos, ohne Schaden zu nehmen, konnte aber nicht wieder heraus. Auch in dieser Not verließ ihn der treue Fuchs nicht, kam zu ihm herabgesprungen und schalt ihn, daß er seinen Rat vergessen hätte. „Ich kann's aber doch nicht lassen", sagte er, „ich will dir wieder an das Tageslicht helfen." Er sagte ihm, er sollte seinen Schwanz anpacken und sich fest daran halten, und zog ihn dann in die Höhe. „Noch bist du nicht aus aller Gefahr", sagte der Fuchs, „deine Brüder waren deines Todes nicht gewiß und haben den Wald mit Wächtern umstellt, die sollen dich töten, wenn du dich sehen ließest." Da saß ein armer Mann am Weg, mit dem vertauschte der Jüngling die Kleider und gelangte auf diese Weise an des Königs Hof. Niemand erkannte ihn, aber der Vogel fing an zu pfeifen, das Pferd fing an zu fressen, und die schöne Jungfrau hörte Weinens auf. Der König fragte verwundert: „Was hat das zu bedeuten?" Da sprach die Jungfrau: „Ich weiß es nicht, aber ich war so traurig, und nun bin ich so fröhlich. Es ist mir, als wäre mein rechter Bräutigam gekommen." Sie erzählte ihm alles, was geschehen war, obgleich die anderen Brüder ihr den Tod angedroht hatten, wenn sie etwas verraten würde. Der König hieß alle Leute vor sich bringen, die in seinem Schloß waren; da kam auch der Jüngling als ein armer Mann in seinen Lumpenkleidern, aber die Jungfrau erkannte ihn gleich und fiel ihm um den Hals. Die gottlosen Brüder wurden ergriffen und hingerichtet, er aber ward mit der schönen Jungfrau vermählt und zum Erben des Königs bestimmt.

Aber wie ist es dem armen Fuchs ergangen? Lange danach ging der Königssohn einmal wieder in den Wald, da begegnete ihm der Fuchs und sagte: „Du hast nun alles, was du dir wünschen kannst; aber mit meinem Unglück will es kein Ende nehmen, und es steht doch in deiner Macht, mich zu erlösen", und abermals bat er flehentlich, er möchte ihn totschießen und ihm Kopf und Pfoten abhauen. Also tat er's, und kaum war es geschehen, so verwandelte sich der Fuchs in einen Menschen und war niemand anders als der Bruder der schönen Königstochter, der endlich von dem Zauber, der auf ihm lag, erlöst war. Und nun fehlte nichts mehr zu ihrem Glück, solange sie lebten.

Die sieben Raben

Ein Mann hatte sieben Söhne und immer noch kein Töchterchen, so sehr er sich's auch wünschte; endlich gab ihm seine Frau wieder gute Hoffnung zu einem Kinde, und wie's zur Welt kam, war's auch ein Mädchen. Die Freude war groß, aber das Kind war schmächtig und klein und sollte wegen seiner Schwachheit die Nottaufe haben. Der Vater schickte einen der Knaben eilends zur Quelle, Taufwasser zu holen; die andern sechs liefen mit, und weil jeder der erste beim Schöpfen sein wollte, so fiel ihnen der Krug in den Brunnen. Da standen sie und wußten nicht, was sie tun sollten, und keiner getraute sich heim. Als sie immer nicht zurückkamen, ward der Vater ungeduldig und sprach: „Gewiß haben sie's wieder über ein Spiel vergessen, die gottlosen Jungen." Es ward ihm angst, das Mädchen müßte ungetauft verscheiden, und im Ärger rief er: „Ich wollte, daß die Jungen alle zu Raben würden." Kaum war das Wort ausgeredet, so hörte er ein Geschwirr über seinem Haupt in der Luft, blickte in die Höhe und sah sieben kohlschwarze Raben auf und davon fliegen.

Die Eltern konnten die Verwünschung nicht mehr zurücknehmen, und so traurig sie über den Verlust ihrer sieben Söhne waren, trösteten sie sich doch einigermaßen durch ihr liebes Töchterchen, das bald zu Kräften kam und mit jedem Tag schöner ward. Es wußte lange Zeit nicht einmal, daß es Geschwister gehabt hatte, denn die Eltern hüteten sich, ihrer zu erwähnen, bis es eines Tages von ungefähr die Leute von sich sprechen hörte, das Mädchen wäre wohl schön, aber doch eigentlich schuld an dem Unglück seiner sieben Brüder. Da ward es ganz betrübt, ging zu Vater und Mutter und fragte, ob es denn Brüder gehabt hätte und wo sie hingeraten wären? Nun durften die Eltern das Geheimnis nicht länger verschweigen, sagten jedoch, es sei so des Himmels Verhängnis und seine Geburt nur der unschuldige Anlaß gewesen. Allein das Mädchen machte sich täglich ein Gewissen daraus und glaubte, es müßte seine Geschwister wieder erlösen. Es hatte nicht Ruhe und Rast, bis es sich heimlich aufmachte und in die weite Welt ging, seine Brüder irgendwo aufzuspüren und zu befreien, es möchte kosten, was es wollte. Es nahm nichts mit sich als ein Ringlein von seinen Eltern zum Andenken, einen Laib Brot für den Hunger, ein Krüglein Wasser für den Durst und ein Stühlchen für die Müdigkeit.

Nun ging es immer zu, weit, weit, bis an der Welt Ende. Da kam es zur Sonne, aber die war zu heiß und fürchterlich und fraß die kleinen Kinder. Eilig lief es weg und lief hin zu dem Mond, aber der war gar zu kalt und auch grausig und bös, und als er das Kind merkte, sprach er: „Ich rieche Menschenfleisch." Da machte es sich geschwind fort und kam zu den Sternen, die waren ihm freundlich und gut, und jeder saß auf seinem besonderen Stühlchen. Der Morgenstern aber stand auf, gab ihm ein Hinkelbeinchen und sprach: „Wenn du das Beinchen nicht hast, kannst du den Glasberg nicht aufschließen, und in dem Glasberg, da sind deine Brüder."

Das Mädchen nahm das Beinchen, wickelte es wohl in ein Tüchlein und ging wieder fort, so lange, bis es an den Glasberg kam. Das Tor war verschlossen, und es wollte das Beinchen hervorholen; aber wie es das Tüchlein aufmachte, so war es leer, und es hatte das Geschenk der guten Sterne verloren. Was sollte es nun anfangen? Seine Brüder wollte es erretten und hatte keinen Schlüssel zum Glasberg. Das gute Schwesterchen nahm ein Messer, schnitt sich ein kleines Fingerchen ab, steckte es in das Tor und schloß glücklich auf. Als es eingegangen war, kam ihm ein Zwerglein entgegen, das sprach: „Mein Kind, was suchst du?" – „Ich suche meine Brüder, die sieben Raben", antwortete es. Der Zwerg sprach: „Die Herren Raben sind nicht zu Haus, aber willst du hier so lang warten, bis sie kommen, so tritt ein." Darauf trug das Zwerglein die Speise der Raben herein auf sieben Tellerchen und in sieben Becherchen, und von jedem Tellerchen aß das Schwesterchen ein Bröckchen, und aus jedem Becherchen trank es ein Schlückchen; in das letzte Becherchen aber ließ es das Ringlein fallen, das es mitgenommen hatte.

Auf einmal hörte es in der Luft ein Geschwirr und ein Geweh, da sprach das Zwerglein: „Jetzt kommen die Herren Raben heimgeflogen." Da kamen sie, wollten essen und trinken und suchten ihre Tellerchen und Becherchen. Da sprach einer nach dem andern: „Wer hat von meinem Tellerchen gegessen? Wer hat aus meinem Becherchen getrunken? Das ist eines Menschen Mund gewesen." Und wie der siebente auf den Grund des Bechers kam, rollte ihm das Ringlein entgegen. Da sah er es an und erkannte, daß es ein Ring von Vater und Mutter war, und sprach: „Gott gebe, unser Schwesterlein wäre da, so wären wir erlöst." Wie das Mädchen, das hinter der Tür stand und lauschte, den Wunsch hörte, so trat es hervor, und da bekamen alle die Raben ihre menschliche Gestalt wieder. Und sie herzten und küßten einander und zogen fröhlich heim.

Daumesdick

Es war ein armer Bauersmann, der saß abends beim Herd und schürte das Feuer, und die Frau saß und spann. Da sprach er: „Wie ist's so traurig, daß wir keine Kinder haben! Es ist so still bei uns, und in den andern Häusern ist's so laut und lustig." – „Ja", antwortete die Frau und seufzte, „wenn's nur ein einziges wäre, und wenn's auch ganz klein wäre, nur Daumens groß, so wollt ich schon zufrieden sein; wir hätten's doch von Herzen lieb." Nun geschah es, daß die Frau kränklich ward und nach sieben Monaten ein Kind gebar, das zwar an allen Gliedern vollkommen, aber nicht länger als ein Daumen war. Da sprachen sie: „Es ist, wie wir es gewünscht haben, und es soll unser liebes Kind sein", und nannten es nach seiner Gestalt Daumesdick. Sie ließen's nicht an Nahrung fehlen, aber das Kind ward nicht größer, sondern blieb, wie es in der ersten Stunde gewesen war; doch schaute es verständig aus den Augen und zeigte sich bald als ein kluges und behendes Ding, dem alles glückte, was es anfing.

Der Bauer machte sich eines Tages fertig, in den Wald zu gehen und Holz zu fällen; da sprach er so vor sich hin: „Nun wollt ich, daß einer da wäre, der mir den Wagen nachbrächte." – „Vater", rief Daumesdick, „den Wagen will ich schon bringen, verlaßt Euch drauf, er soll zur bestimmten Zeit im Walde sein." Da lachte der Mann und sprach: „Wie sollte das zugehen, du bist viel zu klein, um das Pferd mit dem Zügel zu leiten." – „Das tut nichts, Vater, wenn nur die Mutter anspannen will, ich setze mich dem Pferd ins Ohr und rufe ihm zu, wie es gehen soll." – „Nun", antwortete der Vater, „einmal wollen wir's versuchen." Als die Stunde kam, spannte die Mutter an und setzte Daumesdick ins Ohr des Pferdes, und dann rief der Kleine, wie das Pferd gehen sollte: „Jüh und joh! Hott und har!" Da ging es ganz ordentlich als wie bei einem Meister, und der Wagen fuhr den rechten Weg nach dem Walde. Es trug sich zu, als er eben um eine Ecke bog und der Kleine: „Har, har!" rief, daß zwei fremde Männer daherkamen. „Mein", sprach der eine, „was ist das? Da fährt ein Wagen, und ein Fuhrmann ruft dem Pferde zu und ist doch nicht zu sehen." – „Das geht nicht mit rechten Dingen zu", sagte der andere, „wir wollen dem Karren folgen und sehen, wo er anhält." Der Wagen aber fuhr vollends in den Wald hinein und richtig zu dem Platze, wo das Holz gehauen ward. Als Daumesdick seinen Vater erblickte, rief er ihm zu: „Siehst du, Vater, da bin ich mit dem Wagen, nun hol mich herunter." Der Vater faßte das Pferd mit der Linken und holte mit der Rechten sein Söhnlein aus dem Ohr, das sich ganz lustig auf einen Strohhalm niedersetzte. Als die beiden fremden Männer den Daumesdick erblickten, wußten sie nicht, was sie vor Verwunderung sagen sollten. Da nahm der eine den andern beiseit und sprach:

„Hör, der kleine Kerl könnte unser Glück machen, wenn wir ihn in einer großen Stadt vor Geld sehen ließen: wir wollen ihn kaufen." Sie gingen zu dem Bauer und sprachen: „Verkauft uns den kleinen Mann, er soll's gut bei uns haben." – „Nein", antwortete der Vater, „es ist mein Herzblatt und ist mir für alles Gold in der Welt nicht feil." Daumesdick aber, als er von dem Handel gehört, war an den Rockfalten seines Vaters hinaufgekrochen, stellte sich ihm auf die Schulter und wisperte ihm ins Ohr: „Vater, gib mich nur hin, ich will schon wieder zurückkommen." Da gab ihn der Vater für ein schönes Stück Geld den beiden Männern hin. „Wo willst du sitzen", sprachen sie zu ihm. „Ach, setzt mich nur auf den Rand von Eurem Hut, da kann ich auf und ab spazieren und die Gegend betrachten und falle doch nicht herunter." Sie taten ihm den Willen, und als Daumesdick Abschied von seinem Vater genommen hatte, machten sie sich mit ihm fort. So gingen sie, bis es dämmerig ward; da sprach der Kleine: „Hebt mich einmal herunter, es ist nötig." – „Bleib nur droben", sprach der Mann, auf dessen Kopf er saß, „ich will mir nichts draus machen, die Vögel lassen mir auch manchmal was drauf fallen." – „Nein", sprach Daumesdick, „ich weiß auch, was sich schickt: hebt mich nur geschwind herab." Der Mann nahm den Hut ab und setzte den Kleinen auf einen Acker am Weg, da sprang und kroch er ein wenig zwischen den Schollen hin und her, dann schlüpfte er plötzlich in ein Mausloch, das er sich ausgesucht hatte. „Guten Abend, ihr Herren, geht nur ohne mich heim", rief er ihnen zu und lachte sie aus. Sie liefen herbei und stachen mit Stöcken in das Mausloch, aber das war vergebliche Mühe: Daumesdick kroch immer weiter zurück, und da es bald ganz dunkel ward, so mußten sie mit Ärger und mit leerem Beutel wieder heimwandern.

Als Daumesdick merkte, daß sie fort waren, kroch er aus dem unterirdischen Gang wieder hervor. „Es ist auf dem Acker in der Finsternis so gefährlich gehen", sprach er, „wie leicht bricht einer Hals und Bein!" Zum Glück stieß er an ein leeres Schneckenhaus. „Gottlob", sagte er, „da kann ich die Nacht sicher zubringen", und setzte sich hinein. Nicht lang, als er eben einschlafen wollte, so hörte er zwei Männer vorübergehen, davon sprach der eine: „Wie wir's nur anfangen, um dem reichen Pfarrer sein Geld und sein Silber zu holen?" – „Das könnt ich dir sagen", rief Daumesdick dazwischen. „Was war das?" sprach der eine Dieb erschrocken, „ich hörte jemand sprechen." Sie blieben stehen und horchten, da sprach Daumesdick wieder: „Nehmt mich mit, so will ich euch helfen." – „Wo bist du denn?" – „Sucht nur auf der Erde und merkt, wo die Stimme herkommt", antwortete er. Da fanden ihn endlich die Diebe und hoben ihn in die Höhe. „Du kleiner Wicht, was willst du uns helfen!" sprachen sie. „Seht", antwortete er, „ich krieche zwischen den Eisenstäben in die Kammer des Pfarrers und reiche euch heraus, was ihr haben wollt." – „Wohlan", sagten sie, „wir wollen sehen, was du kannst." Als sie bei dem Pfarrhaus waren, kroch Daumesdick in die Kammer, schrie aber gleich aus Leibeskräften: „Wollt ihr alles haben, was hier ist?“ Die Diebe erschraken und sagten: „So sprich doch leise, damit niemand aufwacht.“ Aber Daumesdick tat, als hätte er sie nicht verstanden, und schrie von neuem: „Was wollt ihr? Wollt ihr alles haben, was hier ist?“ Das hörte die Köchin, die in der Stube daran schlief, richtete sich im Bett auf und horchte. Die Diebe aber waren vor Schrecken ein Stück Wegs zurückgelaufen; endlich faßten sie wieder Mut und dachten: Der kleine Kerl will uns necken. Sie kamen zurück und flüsterten ihm zu: „Nun mach Ernst und reich uns etwas heraus.“ Da schrie Daumesdick noch einmal, so laut er konnte: „Ich will euch ja alles geben, reicht nur die Hände herein.“ Das hörte die horchende Magd ganz deutlich, sprang aus dem Bett und stolperte zur Tür herein. Die Diebe liefen fort und rannten, als wäre der wilde Jäger hinter ihnen; die Magd aber, als sie nichts bemerken konnte, ging ein Licht anzuzünden. Wie sie damit hereinkam, machte sich Daumesdick, ohne daß er gesehen wurde, hinaus in die Scheune; die Magd aber, nachdem sie alle Winkel durchgesucht und nichts gefunden hatte, legte sich endlich wieder zu Bett und glaubte, sie hätte mit offenen Augen und Ohren doch nur geträumt.

Daumesdick war in den Heuhälmchen herumgeklettert und hatte einen schönen Platz zum Schlafen gefunden; da wollte er sich ausruhen, bis es Tag wäre, und dann zu seinen Eltern wieder heimgehen. Aber er mußte andere Dinge erfahren! Ja, es gibt viel Trübsal und Not auf der Welt! Die Magd stieg, als der Tag graute, schon aus dem Bett, um das Vieh zu füttern. Ihr erster Gang war in die Scheune, wo sie einen Arm voll Heu packte und gerade dasjenige, worin der arme Daumesdick lag und schlief. Er schlief aber so fest, daß er nichts gewahr ward und nicht eher aufwachte, als bis er in dem Maul der Kuh war, die ihn mit dem Heu aufgerafft hatte. „Ach Gott“, rief er, „wie bin ich in die Walkmühle geraten!“, merkte aber bald, wo er war. Da hieß es aufpassen, daß er nicht zwischen die Zähne kam und zermalmt ward, und hernach mußte er doch mit in den Magen hinabrutschen. „In dem Stübchen sind die Fenster vergessen“, sprach er, „und scheint keine Sonne herein, ein Licht wird auch nicht gebracht.“ Überhaupt gefiel ihm das Quartier schlecht, und was das schlimmste war, es kam immer mehr neues Heu zur Türe hinein, und der Platz ward immer enger. Da rief er endlich in der Angst, so laut er konnte: „Bringt mir kein frisch Futter mehr, bringt mir kein frisch Futter mehr.“ Die Magd melkte gerade die Kuh, und als sie sprechen hörte, ohne jemand zu sehen, und es dieselbe Stimme war, die sie auch in der Nacht gehört hatte, erschrak sie so, daß sie von ihrem Stühlchen herabglitschte und die Milch verschüttete. Sie lief in der größten Hast zu ihrem Herrn und rief: „Ach Gott, Herr Pfarrer, die Kuh hat geredet.“ – „Du bist verrückt“, antwortete der Pfarrer, ging aber doch selbst in den Stall und wollte nachsehen, was es da gäbe. Kaum aber hatte er den Fuß hineingesetzt, so rief

Daumesdick aufs neue: „Bringt mir kein frisch Futter mehr, bringt mir kein frisch Futter mehr." Da erschrak der Pfarrer selbst, meinte, es wäre ein böser Geist in die Kuh gefahren, und hieß sie töten. Sie ward geschlachtet, der Magen aber, worin Daumesdick steckte, auf den Mist geworfen. Daumesdick hatte große Mühe, sich hindurchzuarbeiten, doch brachte er's so weit, daß er Platz bekam; aber als er eben sein Haupt herausstrecken wollte, kam ein neues Unglück. Ein hungriger Wolf lief heran und verschlang den ganzen Magen mit einem Schluck. Daumesdick verlor den Mut nicht; vielleicht, dachte er, läßt der Wolf mit sich reden, und rief ihm aus dem Wanste zu: „Lieber Wolf, ich weiß dir einen herrlichen Fraß." – „Wo ist der zu holen?" sprach der Wolf. „In dem und dem Haus, da mußt du durch die Gosse hineinkriechen und wirst Kuchen, Speck und Wurst finden, soviel du essen willst", und beschrieb ihm genau seines Vaters Haus. Der Wolf ließ sich das nicht zweimal sagen, drängte sich in der Nacht zur Gosse hinein und fraß in der Vorratskammer nach Herzenslust. Als er sich gesättigt hatte, wollte er wieder fort, aber er war so dick geworden, daß er denselben Weg nicht wieder hinaus konnte. Darauf hatte Daumesdick gerechnet und fing nun an, in dem Leib des Wolfs einen gewaltigen Lärm zu machen, tobte und schrie, was er konnte. „Willst du stille sein", sprach der Wolf, „du weckst die Leute auf." – „Ei was", antwortete der Kleine, „du hast dich satt gefressen, ich will mich auch lustig machen", und fing von neuem an, aus allen Kräften zu schreien. Davon erwachten endlich sein Vater und seine Mutter, liefen an die Kammer und schauten durch die Spalte hinein. Wie sie sahen, daß ein Wolf darin hauste, liefen sie davon, und der Mann holte die Axt und die Frau die Sense. „Bleib dahinten", sprach der Mann, als sie in die Kammer traten, „wenn ich ihm einen Schlag gegeben habe und er davon noch nicht tot ist, so mußt du auf ihn einhauen und ihm den Leib zerschneiden." Da hörte Daumesdick die Stimme seines Vaters und rief: „Lieber Vater, ich bin hier, ich stecke im Leibe des Wolfs." Sprach der Vater voll Freuden: „Gottlob, unser liebes Kind hat sich wieder gefunden", und hieß die Frau die Sense wegtun, damit Daumesdick nicht beschädigt würde. Danach holte er aus und schlug dem Wolf einen Schlag auf den Kopf, daß er tot niederstürzte, dann suchten sie Messer und Schere, schnitten ihm den Leib auf und zogen den Kleinen wieder hervor. „Ach", sprach der Vater, „was haben wir für Sorge um dich ausgestanden!" – „Ja, Vater, ich bin viel in der Welt herumgekommen; gottlob, daß ich wieder frische Luft schöpfe!" – „Wo bist du denn all gewesen?" – „Ach, Vater, ich war in einem Mauseloch, in einer Kuh Bauch und in eines Wolfs Wanst: nun bleib ich bei euch." – „Und wir verkaufen dich um alle Reichtümer der Welt nicht wieder", sprachen die Eltern, herzten und küßten ihren lieben Daumesdick. Sie gaben ihm zu essen und trinken und ließen ihm neue Kleider machen, denn die seinigen waren ihm auf der Reise verdorben.

Allerleirauh

Es war einmal ein König, der hatte eine Frau mit goldenen Haaren, und sie war so schön, daß sich ihresgleichen nicht mehr auf Erden fand. Es geschah, daß sie krank lag, und als sie fühlte, daß sie bald sterben würde, rief sie den König und sprach: „Wenn du nach meinem Tode dich wieder vermählen willst, so nimm keine, die nicht ebenso schön ist, wie ich bin, und die nicht solche goldenen Haare hat, wie ich habe; das mußt du mir versprechen." Nachdem es ihr der König versprochen hatte, tat sie die Augen zu und starb.

Der König war lange Zeit nicht zu trösten und dachte nicht daran, eine zweite Frau zu nehmen. Endlich sprachen seine Räte: „Es geht nicht anders, der König muß sich wieder vermählen, damit wir eine Königin haben." Nun wurden Boten weit und breit umhergeschickt, eine Braut zu suchen, die an Schönheit der verstorbenen Königin ganz gleichkäme. Es war aber keine in der ganzen Welt zu finden, und wenn man sie auch gefunden hätte, so war doch keine da, die solche goldenen Haare gehabt hätte. Also kamen die Boten unverrichteter Sache wieder heim.

Nun hatte der König eine Tochter, die war geradeso schön wie ihre verstorbene Mutter und hatte auch solche goldene Haare. Als sie herangewachsen war, sah sie der König einmal an und sah, daß sie in allem seiner verstorbenen Gemahlin ähnlich war, und fühlte plötzlich eine heftige Liebe zu ihr. Da sprach er zu seinen Räten: „Ich will meine Tochter heiraten, denn sie ist das Ebenbild meiner verstorbenen Frau, und sonst kann ich doch keine Braut finden, die ihr gleicht." Als die Räte das hörten, erschraken sie und sprachen: „Gott hat verboten, daß der Vater seine Tochter heirate, aus der Sünde kann nichts Gutes entspringen, und das Reich wird mit ins Verderben gezogen." Die Tochter erschrak noch mehr, als sie den Entschluß ihres Vaters vernahm, hoffte aber, ihn von seinem Vorhaben noch abzubringen. Da sagte sie zu ihm: „Eh' ich Euren Wunsch erfülle, muß ich erst drei Kleider haben, eins so golden wie die Sonne, eins so silbern wie der Mond, und eins so glänzend wie die Sterne; ferner verlange ich einen Mantel von tausenderlei Pelz und Rauhwerk zusammengesetzt, und ein jedes Tier in Eurem Reich muß ein Stück von seiner Haut dazu geben." Sie dachte aber: Das anzuschaffen ist ganz unmöglich, und ich bringe damit meinen Vater von seinen bösen Gedanken ab. Der König ließ aber nicht ab, und die geschicktesten Jungfrauen in seinem Reiche mußten die drei Kleider weben, eins so golden wie die Sonne, eins so silbern wie der Mond, und eins so glänzend wie die Sterne; und seine Jäger mußten alle Tiere im ganzen Reich auffangen und ihnen ein Stück von ihrer Haut abziehen; daraus ward ein Mantel von tausenderlei Rauhwerk gemacht. Endlich, als alles fertig war, ließ der König den Mantel herbeiholen, breitete ihn vor ihr aus und sprach: „Morgen soll die Hochzeit sein."

Als nun die Königstochter sah, daß keine Hoffnung mehr war, ihres Vaters Herz umzuwenden, so faßte sie den Entschluß, zu entfliehen. In der Nacht, während alles schlief, stand sie auf und nahm von ihren Kostbarkeiten dreierlei, einen goldenen Ring, ein goldenes Spinnrädchen und ein goldenes Haspelchen; die drei Kleider von Sonne, Mond und Sternen tat sie in eine Nußschale, zog den Mantel von allerlei Rauhwerk an und machte sich Gesicht und Hände mit Ruß schwarz. Dann befahl sie sich Gott und ging fort und ging die ganze Nacht, bis sie in einen großen Wald kam. Und weil sie müde war, setzte sie sich in einen hohlen Baum und schlief ein.

Die Sonne ging auf, und sie schlief fort und schlief noch immer, als es schon hoher Tag war. Da trug es sich zu, daß der König, dem dieser Wald gehörte, darin jagte. Als seine Hunde zu dem Baum kamen, schnupperten sie, liefen ringsherum und bellten. Sprach der König zu den Jägern: „Seht doch, was dort für ein Wild sich versteckt hat." Die Jäger folgten dem Befehl, und als sie wiederkamen, sprachen sie: „In dem hohlen Baum liegt ein wunderliches Tier, wie wir noch niemals eins gesehen haben: an seiner Haut ist tausenderlei Pelz; es liegt aber und schläft." Sprach der König: „Seht zu, ob ihr's lebendig fangen könnt, dann bindet's auf den Wagen und nehmt's mit." Als die Jäger das Mädchen anfaßten, erwachte es voll Schrecken und rief ihnen zu: „Ich bin ein armes Kind, von Vater und Mutter verlassen, erbarmt euch mein und nehmt mich mit." Da sprachen sie: „Allerleirauh, du bist gut für die Küche, komm nur mit, da kannst du die Asche zusammenkehren." Also setzten sie es auf den Wagen und fuhren heim in das königliche Schloß. Dort wiesen sie ihm ein Ställchen an unter der Treppe, wo kein Tageslicht hinkam, und sagten: „Rauhtierchen, da kannst du wohnen und schlafen." Dann ward es in die Küche geschickt, da trug es Holz und Wasser, schürte das Feuer, rupfte das Federvieh, belas das Gemüs, kehrte die Asche und tat alle schlechte Arbeit.

Da lebte Allerleirauh lange Zeit recht armselig. Ach, du schöne Königstochter, wie soll's mit dir noch werden! Es geschah aber einmal, daß ein Fest im Schloß gefeiert ward, da sprach sie zum Koch: „Darf ich ein wenig hinaufgehen und zusehen? Ich will mich außen vor die Türe stellen." Antwortete der Koch: „Ja, geh nur hin, aber in einer halben Stunde mußt du wieder hier sein und die Asche zusammentragen." Da nahm sie ihr Öllämpchen, ging in ihr Ställchen, zog den Pelzrock aus und wusch sich den Ruß von dem Gesicht und den Händen ab, so daß ihre volle Schönheit wieder an den Tag kam. Dann machte sie die Nuß auf und holte ihr Kleid hervor, das wie die Sonne glänzte. Und wie das geschehen war, ging sie hinauf zum Fest, und alle traten ihr aus dem Weg, denn niemand kannte sie, und meinten nicht anders, als daß es eine Königstochter wäre. Der König aber kam ihr entgegen, reichte ihr die Hand und tanzte mit ihr und dachte in seinem Herzen: So schön haben meine Augen noch keine gesehen. Als der Tanz zu Ende war, verneigte sie sich, und wie sich der König umsah, war sie verschwunden, und niemand wußte, wohin. Die Wächter, die vor dem Schlosse standen, wurden gerufen und ausgefragt, aber niemand hatte sie erblickt.

Sie war aber in ihr Ställchen gelaufen, hatte geschwind ihr Kleid ausgezogen, Gesicht und Hände schwarz gemacht und den Pelzmantel umgetan und war wieder Allerleirauh. Als sie nun in die Küche kam und an ihre Arbeit gehen und die Asche zusammenkehren wollte, sprach der Koch: „Laß das gut sein bis morgen und koche mir die Suppe für den König, ich will auch einmal ein bißchen oben zugucken; aber laß mir kein Haar hineinfallen, sonst kriegst du in Zukunft nichts mehr zu essen." Da ging der Koch fort, und Allerleirauh kochte die Suppe für den König und kochte eine Brotsuppe, so gut es konnte, und wie sie fertig war, holte es in dem Ställchen seinen goldenen Ring und legte ihn in die Schüssel, in welche die Suppe angerichtet ward. Als der Tanz zu Ende war, ließ sich der König die Suppe bringen und aß sie, und sie schmeckte ihm so gut, daß er meinte, niemals eine bessere Suppe gegessen zu haben. Wie er aber auf den Grund kam, sah er da einen goldenen Ring liegen und konnte nicht begreifen, wie er dahin geraten war. Da befahl er, der Koch sollte vor ihn kommen. Der Koch erschrak, wie er den Befehl hörte, und sprach zu Allerleirauh: „Gewiß hast du ein Haar in die Suppe fallen lassen; wenn's wahr ist, so kriegst du Schläge." Als er vor den König kam, fragte dieser, wer die Suppe gekocht hätte? Antwortete der Koch: „Ich habe sie gekocht." Der König aber sprach: „Das ist nicht wahr, denn sie war auf andere Art und viel besser gekocht als sonst." Antwortete er: „Ich muß es gestehen, daß ich sie nicht gekocht habe, sondern das Rauhtierchen." Sprach der König: „Geh und laß es heraufkommen."

Als Allerleirauh kam, fragte der König: „Wer bist du?" – „Ich bin ein armes Kind, das keinen Vater und Mutter mehr hat." Fragte er weiter: „Wozu bist du im Schloß?" Antwortete es: „Ich bin zu nichts gut, als daß mir die Stiefel um den Kopf geworfen werden." Fragte er weiter: „Wo hast du den Ring her, der in der Suppe war?" Antwortete es: „Von dem Ring weiß ich nichts." Also konnte der König nichts erfahren und mußte es wieder fortschicken.

Über eine Zeit war wieder ein Fest, da bat Allerleirauh den Koch wie voriges Mal um Erlaubnis, zusehen zu dürfen. Antwortete er: „Ja, komm in einer halben Stunde wieder und koch dem König die Brotsuppe, die er so gern ißt." Da lief es in sein Ställchen, wusch sich geschwind und nahm aus der Nuß das Kleid, das so silbern war wie der Mond, tat es an. Da ging sie hinauf und glich einer Königstochter, und der König trat ihr entgegen und freute sich, daß er sie wiedersah, und weil eben der Tanz anhub, so tanzten sie zusammen. Als aber der Tanz zu Ende war, verschwand sie wieder so schnell, daß der König nicht bemerken konnte, wo sie hinging. Sie sprang aber in ihr Ställchen und machte sich wieder zum Rauhtierchen und ging in die Küche, die Brotsuppe zu kochen. Als der Koch oben war, holte es das goldene Spinnrad und tat es in die Schüssel, so daß die Suppe darüber angerichtet wurde. Danach ward sie dem König gebracht, der aß sie, und sie schmeckte ihm so gut wie das vorige Mal, und ließ den Koch kommen, der mußte auch diesmal gestehen, daß

Allerleirauh die Suppe gekocht hätte. Allerleirauh kam da wieder vor den König, aber sie antwortete, daß sie nur dazu da wäre, daß ihr die Stiefel an den Kopf geworfen würden, und daß sie von dem goldenen Spinnrädchen gar nichts wüßte.

Als der König zum drittenmal ein Fest anstellte, da ging es nicht anders als die

vorigen Male. Der Koch sprach zwar: „Du bist eine Hexe, Rauhtierchen, und tust immer was in die Suppe, davon sie so gut wird und dem König besser schmeckt, als was ich koche“; doch weil es so bat, so ließ er es auf bestimmte Zeit hingehen. Nun zog es ein Kleid an, das wie die Sterne glänzte, und trat damit in den Saal. Der König tanzte wieder mit der schönen Jungfrau und meinte, daß sie noch niemals so schön gewesen wäre. Und während er tanzte, steckte er ihr, ohne daß sie es merkte, einen goldenen Ring an den Finger und hatte befohlen, daß der Tanz recht lange währen sollte. Wie er zu Ende war, wollte er sie an den Händen festhalten, aber sie riß sich los und sprang so geschwind unter die Leute, daß sie vor seinen Augen verschwand. Sie lief, was sie konnte in ihr Ställchen unter der Treppe; weil sie aber zu lange und über eine halbe Stunde geblieben war, so konnte sie das schöne Kleid nicht ausziehen, sondern warf nur den Mantel von Pelz darüber, und in der Eile machte sie sich auch nicht ganz rußig, sondern ein Finger blieb weiß. Allerleirauh lief nun in die Küche, kochte dem König die Brotsuppe und legte, wie der Koch fort war, den goldenen Haspel hinein. Der König, als er den Haspel auf dem Grunde fand, ließ Allerleirauh rufen. Da erblickte er den weißen Finger und sah den Ring, den er im Tanze ihr angesteckt hatte. Da ergriff er sie an der Hand und hielt sie fest, und als sie sich losmachen und fortspringen wollte, tat sich der Pelzmantel ein wenig auf, und das Sternenkleid schimmerte hervor. Der König faßte den Mantel und riß ihn ab. Da kamen die goldenen Haare hervor, und sie stand da in voller Pracht und konnte sich nicht länger verbergen. Und als sie Ruß und Asche aus ihrem Gesicht gewischt hatte, da war sie schöner, als man noch jemand auf Erden gesehen hat. Der König aber sprach: „Du bist meine liebe Braut, und wir scheiden nimmermehr voneinander.“ Darauf ward die Hochzeit gefeiert, und sie lebten vergnügt bis an ihren Tod.

Die zertanzten Schuhe

Es war einmal ein König, der hatte zwölf Töchter, eine immer schöner als die andere. Sie schliefen zusammen in einem Saal, wo ihre Betten nebeneinanderstanden, und abends, wenn sie darin lagen, schloß der König die Tür zu und verriegelte sie. Wenn er aber am Morgen die Tür aufschloß, sah er, daß ihre Schuhe zertanzt waren, und niemand konnte herausbringen, wie das zugegangen war. Da ließ der König ausrufen, wer es könne ausfindig machen, wo sie in der Nacht tanzten, der solle sich eine davon zur Frau wählen und nach seinem Tod König sein; wer sich aber melde und es nach drei Tagen und Nächten nicht herausbringe, der habe sein Leben verwirkt.

Nicht lange, da meldete sich ein Königssohn und erbot sich, das Wagnis zu unternehmen. Er ward wohl aufgenommen und abends in ein Zimmer geführt, das an den Schlafsaal stieß. Sein Bett war da aufgeschlagen und er sollte achtgeben, wo die Mädchen hingingen und tanzten. Und damit sie nichts heimlich treiben konnten oder zu einem andern Ort hinausgingen, war auch die Saaltür offengelassen. Dem Königssohn fiel es aber wie Blei auf die Augen und er schlief ein. Als er am nächsten Morgen aufwachte, waren alle zwölf zum Tanz gewesen, denn ihre Schuhe standen da und hatten Löcher in den Sohlen. Den zweiten und dritten Abend ging es nicht anders, und da ward ihm sein Haupt ohne Barmherzigkeit abgeschlagen. Es kamen hernach noch viele und meldeten sich zu dem Wagestück; sie mußten aber alle ihr Leben lassen.

Nun trug sich's zu, daß ein armer Soldat, der eine Wunde hatte und nicht mehr dienen konnte, sich auf dem Weg nach der Stadt befand, wo der König wohnte. Da begegnete ihm eine alte Frau; die fragte ihn, wo er hin wollte. „Ich weiß selber nicht recht", sprach er und setzte im Scherz hinzu: „Ich hätte wohl Lust, ausfindig zu machen, wo die Königstöchter ihre Schuhe vertanzen, und danach König zu werden." – „Das ist so schwer nicht", sagte die Alte. „Du mußt den Wein nicht trinken, der dir abends gebracht wird, und mußt tun, als wärst du fest eingeschlafen." Darauf gab sie ihm ein Mäntelchen und sprach: „Wenn du das umhängst, bist du unsichtbar und kannst den zwölfen dann nachschleichen." Als der Soldat den guten Rat bekommen hatte, ward's Ernst bei ihm, so daß er ein Herz faßte, vor den König ging und sich als Freier meldete. Er ward so gut aufgenommen wie die andern auch und wurden ihm königliche Kleider angetan. Abends zur Schlafenszeit ward er in das Vorzimmer geführt. Als er zu Bett gehen wollte, kam die Älteste und brachte ihm einen Becher Wein. Aber er hatte sich einen Schwamm unter das Kinn gebunden, ließ den Wein da hineinlaufen und trank keinen Tropfen. Dann legte er sich nieder, und als er ein Weilchen gelegen hatte, fing er an zu schnarchen wie im tiefsten Schlaf. Das hörten die zwölf Königstöchter, lachten, und die Älteste sprach: „Der hätte auch sein Leben sparen können!" Danach standen sie auf, öffneten Schränke, Kisten und Kasten, holten prächtige Kleider heraus, putzten sich vor den Spiegeln, sprangen herum und freuten sich auf den Tanz. Nur die Jüngste sagte: „Ich weiß nicht, ihr freut euch; aber mir ist so wunderlich zumut. Gewiß widerfährt uns ein Unglück." – „Du bist eine Schneegans", sagte die Älteste, „die sich immer fürchtet. Hast du vergessen, wie viele Königssöhne schon umsonst dagewesen sind? Dem Soldaten hätt' ich nicht einmal einen Schlaftrunk zu geben brauchen, der Lümmel wäre doch nicht aufgewacht."

Als sie alle fertig waren, sahen sie erst nach dem Soldaten; aber der hatte die Augen zugetan, rührte und regte sich nicht, und sie glaubten nun ganz sicher zu sein. Da ging die Älteste an ihr Bett und klopfte daran. Alsbald sank es in die Erde und sie stiegen durch die Öffnung hinab, eine nach der andern, die Älteste voran. Der Soldat, der alles mitangesehen hatte, zauderte nicht lange, hängte sein Mäntelchen um und stieg hinter der Jüngsten mit hinab. Mitten auf der Treppe trat er ihr ein wenig aufs Kleid. Da erschrak sie und rief: „Was ist das? Wer hält mich am Kleid?" – „Sei nicht so einfältig!" sagte die Älteste. „Du bist an einem Haken hängengeblieben." Da gingen sie vollends hinab, und als sie unten waren, standen sie in einem prächtigen Baumgang; da waren alle Blätter von Silber und schimmerten und glänzten. Der Soldat dachte: Du willst dir ein Wahrzeichen mitnehmen, und brach einen Zweig davon ab. Da fuhr ein gewaltiger Krach aus dem Baum. Die Jüngste rief wieder: „Es ist nicht richtig. Habt ihr den Knall gehört?" Die Älteste aber sprach: „Das sind Freudenschüsse, weil wir unsere Prinzen bald erlöst haben." Sie kamen darauf in einen Baumgang, wo alle Blätter von Gold, und endlich in einen dritten, wo sie klarer Demant waren. Von beiden brach er einen Zweig ab, wobei es jedesmal krachte, daß die Jüngste vor Schrecken zusammenfuhr; aber die Älteste blieb dabei, es seien Freudenschüsse. Sie gingen weiter und kamen zu einem großen Wasser. Darauf standen zwölf Schifflein und in jedem Schifflein saß ein schöner Prinz. Die hatten auf die zwölf gewartet, und jeder nahm eine zu sich; der Soldat aber stieg mit der Jüngsten ein. Da sprach der Prinz: „Ich weiß nicht, das Schiff ist heute viel schwerer und ich muß aus allen Kräften rudern, wenn ich es fortbringen soll." – „Wovon anders sollte das kommen", sprach die Jüngste, „als vom warmen Wetter; es ist mir auch so heiß zumut." Jenseits des Wassers aber stand ein schönes, hellerleuchtetes Schloß, woraus eine lustige Musik erschallte von Pauken und Trompeten. Sie ruderten hinüber, traten ein und jeder Prinz tanzte mit seiner Liebsten. Der Soldat aber tanzte unsichtbar mit, und wenn eine einen Becher mit Wein hielt, so trank er ihn aus, daß er leer war, wenn sie ihn an den Mund brachte. Und der Jüngsten ward auch angst darüber, aber die Älteste brachte sie immer zum Schweigen. Sie tanzten da bis drei Uhr am andern Morgen, wo alle Schuhe durchgetanzt waren und sie aufhören mußten. Die Prinzen fuhren sie über das Wasser wieder zurück, und der Soldat setzte sich diesmal vornehin zur Ältesten. Am Ufer nahmen sie von ihren Prinzen Abschied und versprachen, in der folgenden Nacht wiederzukommen. Als sie an der Treppe waren, lief der Soldat voraus und legte sich in sein Bett, und als die zwölf langsam und müde heraufgetrippelt kamen, schnarchte er schon wieder so laut, daß sie es alle hören konnten, und sie sprachen: „Vor dem sind wir sicher." Da zogen sie ihre schönen Kleider aus, brachten sie weg, stellten die zertanzten Schuhe unter das Bett und legten sich nieder.

Am andern Morgen wollte der Soldat nichts sagen, sondern das wunderliche Wesen noch mitansehen, und er ging die zweite und die dritte Nacht wieder mit. Da war alles wie das erstemal, und sie tanzten jedesmal, bis die Schuhe durch waren. Das drittemal aber nahm er zum Wahrzeichen einen Becher mit. Als die Stunde gekommen war, wo er antworten sollte, steckte er die drei Zweige und den Becher zu sich und ging vor den König; die zwölf aber standen hinter der Tür und horchten, was er sagen würde. Als der König die Frage tat: „Wo haben meine zwölf Töchter ihre Schuhe in der Nacht vertanzt?", da antwortete er: „Mit zwölf Prinzen in einem unterirdischen Schloß." Und er berichtete, wie es zugegangen war, und holte die Wahrzeichen hervor. Da ließ der König seine Töchter kommen und fragte sie, ob der Soldat die Wahrheit gesagt habe, und als sie sahen, daß sie verraten waren und Leugnen nichts half, mußten sie alles eingestehen. Darauf fragte ihn der König, welche er zur Frau haben wolle. Er antwortete: „Ich bin nicht mehr jung; so gebt mir die Älteste!" Da ward noch am selbigen Tag die Hochzeit gehalten und ihm das Reich nach des Königs Tod versprochen. Aber die Prinzen wurden auf so viele Tage wieder verwünscht, wie sie Nächte mit den zwölfen getanzt hatten.

Das Märchen von der Unke

Es war einmal ein kleines Kind, dem gab seine Mutter jeden Nachmittag ein Schüsselchen mit Milch und Weckbrocken, und das Kind setzte sich damit hinaus in den Hof. Wenn es aber anfing zu essen, kam die Hausunke aus einer Mauerritze hervorgekrochen, senkte ihr Köpfchen in die Milch und aß mit. Das Kind hatte seine Freude daran, und wenn es mit seinem Schüsselchen dasaß und die Unke nicht gleich herbeikam, so rief es ihr zu:

„Unke, Unke, komm geschwind,
komm herbei, du kleines Ding!
Sollst dein Bröckchen haben,
an der Milch dich laben."

Da kam die Unke gelaufen und ließ es sich gut schmecken. Sie zeigte sich auch dankbar, denn sie brachte dem Kind aus ihrem heimlichen Schatz allerlei schöne

Dinge, glänzende Steine, Perlen und goldene Spielsachen. Die Unke trank aber nur Milch und ließ die Brocken liegen. Da nahm das Kind einmal sein Löffelchen, schlug ihr damit sanft auf den Kopf und sagte: „Ding, iß auch Brocken!" Die Mutter, die in der Küche stand, hörte, daß das Kind mit jemandem sprach, und als sie sah, daß es mit seinem Löffelchen nach einer Unke schlug, lief sie mit einem Scheit Holz heraus und tötete das gute Tier.

Von der Zeit an ging eine Veränderung mit dem Kind vor. Es war, solange die Unke mit ihm gegessen hatte, groß und stark geworden; jetzt aber verlor es seine schönen roten Backen und magerte ab. Nicht lange, so fing in der Nacht der Totenvogel an zu schreien, und das Rotkehlchen sammelte Zweiglein und Blätter zu einem Totenkranz, und bald hernach lag das Kind auf der Bahre.

Hans im Glück

Hans hatte sieben Jahre bei seinem Herrn gedient, da sprach er zu ihm: „Herr, meine Zeit ist herum, nun wollte ich gerne wieder heim zu meiner Mutter, gebt mir meinen Lohn." Der Herr antwortete: „Du hast mir treu und ehrlich gedient; wie der Dienst war, so soll der Lohn sein", und gab ihm ein Stück Gold, das so groß als Hansens Kopf war, Hans zog sein Tüchlein aus der Tasche, wickelte den Klumpen hinein, setzte ihn auf die Schulter und machte sich auf den Weg nach Haus. Wie er so dahinging und immer ein Bein vor das andere setzte, kam ihm ein Reiter in die Augen, der frisch und fröhlich auf einem muntern Pferd vorbeitrabte. „Ach", sprach Hans ganz laut, „was ist das Reiten ein schönes Ding! Da sitzt einer wie auf einem Stuhl, stößt sich an keinen Stein, spart die Schuh und kommt fort, er weiß nicht wie." Der Reiter, der das gehört hatte, hielt an und rief: „Ei, Hans, warum läufst du auch zu Fuß?" – „Ich muß ja wohl", antwortete er, „da habe ich einen Klumpen heimzutragen: es ist zwar Gold, aber ich kann den Kopf dabei nicht gerad halten, auch drückt mir's auf die Schulter." – „Weißt du was", sagte der Reiter, „wir wollen tauschen: ich gebe dir mein Pferd, und du gibst mir deinen Klumpen." – „Von Herzen gern", sprach Hans, „aber ich sage Euch, Ihr müßt Euch damit schleppen." Der Reiter stieg ab, nahm das Gold und half dem Hans hinauf, gab ihm die Zügel fest in die Hände und sprach: „Wenn's nun recht geschwind soll gehen, so mußt du mit der Zunge schnalzen und hopp hopp rufen."

Hans war seelenfroh, als er auf dem Pferde saß und so frank und frei dahinritt. Über ein Weilchen fiel's ihm ein, es sollte noch schneller gehen, und fing an, mit der Zunge zu schnalzen und „hopp hopp" zu rufen. Das Pferd setzte sich in starken Trab, und ehe sich's Hans versah, war er abgeworfen und lag in einem Graben, der die Äcker von der Landstraße trennte. Das Pferd wäre auch durchgegangen, wenn es nicht ein Bauer aufgehalten hätte, der des Weges kam und eine Kuh vor sich her trieb. Hans suchte seine Glieder zusammen und machte sich wieder auf die Beine. Er war aber verdrießlich und sprach zu dem Bauer: „Es ist ein schlechter Spaß, das Reiten, zumal wenn man auf so eine Mähre gerät wie diese, die stößt und einen herabwirft, daß man den Hals brechen kann; ich setze mich nun und nimmermehr wieder auf. Da lob ich mir Eure Kuh, da kann einer mit Gemächlichkeit hinterhergehen und hat obendrein seine Milch, Butter und Käse jeden Tag gewiß. Was gäb ich darum, wenn ich so eine Kuh hätte!" – „Nun", sprach der Bauer, „geschieht Euch so ein großer Gefallen, so will ich Euch wohl die Kuh für das Pferd vertauschen." Hans willigte mit tausend Freuden ein. Der Bauer schwang sich aufs Pferd und ritt eilig davon.

Hans trieb seine Kuh ruhig vor sich her und bedachte den glücklichen Handel. „Hab ich nur ein Stück Brot, und daran wird mir's doch nicht fehlen, so kann ich, so oft mir's beliebt, Butter und Käse dazu essen; hab ich Durst, so melk' ich meine Kuh und trinke Milch. Herz, was verlangst du mehr?" Als er zu einem Wirtshaus kam, machte er Halt, aß in der großen Freude alles, was er bei sich hatte, sein Mittag- und Abendbrot, rein auf und ließ sich für seine letzten paar Heller ein halbes Glas Bier einschenken. Dann trieb er seine Kuh weiter, immer nach dem Dorfe seiner Mutter zu. Die Hitze ward drückender, je näher der Mittag kam, und Hans befand sich in einer Heide, die wohl noch eine Stunde dauerte. Da ward es ihm ganz heiß, so daß ihm vor Durst die Zunge am Gaumen klebte. Dem Ding ist zu helfen, dachte Hans, jetzt will ich meine Kuh melken und mich an der Milch laben. Er band sie an einen dürren Baum, und da er keinen Eimer hatte, so stellte er seine Ledermütze unter, aber wie er sich auch bemühte, es kam kein Tropfen Milch zum Vorschein. Und weil er sich ungeschickt dabei anstellte, so gab ihm das ungeduldige Tier endlich mit einem der Hinterfüße einen solchen Schlag vor den Kopf, daß er zu Boden taumelte und eine Zeitlang sich gar nicht besinnen konnte, wo er war. Glücklicherweise kam gerade ein Metzger des Weges, der auf einem Schubkarren ein junges Schwein liegen hatte. „Was sind das für Streiche!" rief er und half dem guten Hans auf. Hans erzählte, was vorgefallen war. Der Metzger reichte ihm seine Flasche und sprach: „Da trinkt einmal und erholt Euch. Die Kuh will wohl keine Milch geben, das ist ein altes Tier, das höchstens noch zum Ziehen taugt oder zum Schlachten." – „Ei, ei", sprach Hans und strich sich die Haare über den Kopf, „wer hätte das gedacht! Es ist freilich gut, wenn man so ein Tier ins Haus abschlachten kann, was gibt's für Fleisch! Aber ich mache mir aus dem Kuhfleisch nicht viel, es ist mir nicht saftig genug. Ja, wer so ein junges Schwein hätte! Das schmeckt anders, dabei noch die Würste." – „Hört, Hans", sprach da der Metzger, „Euch zuliebe will ich tauschen und will Euch das Schwein für die Kuh lassen." – „Gott lohn Euch Eure Freundschaft", sprach Hans, übergab ihm die Kuh, ließ sich das Schweinchen vom Karren losmachen und den Strick, woran es gebunden war, in die Hand geben.

Hans zog weiter und überdachte, wie ihm doch alles nach Wunsch ginge; begegnete ihm je eine Verdrießlichkeit, so würde sie doch gleich wieder gutgemacht. Es gesellte sich danach ein Bursch zu ihm, der trug eine schöne weiße Gans unter dem Arm. Sie boten einander die Zeit, und Hans fing an, von seinem Glück zu erzählen und wie er immer so vorteilhaft getauscht hätte. Der Bursch erzählte ihm, daß er die Gans zu einem Kindtaufschmaus brächte. „Hebt einmal", fuhr er fort und packte sie bei den Flügeln, „wie schwer sie ist; sie ist aber auch acht Wochen lang genudelt worden. Wer in den Braten beißt, muß sich das Fett von beiden Seiten abwischen." – „Ja", sprach Hans und wog sie mit der einen Hand, „die hat ihr Gewicht, aber mein Schwein ist auch keine Sau." Indessen sah sich der Bursch nach allen Seiten ganz bedenklich um, schüttelte auch wohl mit dem Kopf. „Hört", fing er darauf an, „mit Eurem Schweine mag's nicht ganz richtig sein. In dem Dorf, durch das ich gekommen bin, ist eben dem Schulzen eins aus dem Stall gestohlen worden. Ich fürchte, ich fürchte, Ihr habt's da in der Hand. Sie haben Leute ausgeschickt, und es wäre ein schlimmer Handel, wenn sie Euch mit dem Schwein erwischten: das geringste ist, daß Ihr ins finstere Loch gesteckt werdet." Dem guten Hans ward bang. „Ach Gott", sprach er, „helft mir aus der Not, Ihr wißt hier herum besseren Bescheid, nehmt mein Schwein da und laßt mir Eure Gans." – „Ich muß schon etwas aufs Spiel setzen", antwortete der Bursche, „aber ich will doch nicht schuld sein, daß Ihr ins Unglück geratet." Er nahm also das Seil in die Hand und trieb das Schwein schnell auf einem Seitenweg fort; der gute Hans aber ging, seiner Sorgen entledigt, mit der Gans unter dem Arme der Heimat zu. „Wenn ich's recht überlege", sprach er mit sich selbst, „habe ich noch Vorteil bei dem Tausch: erstlich den guten Braten, hernach die Menge von Fett, die herausträufeln wird, das gibt Gänsefettbrot auf ein Vierteljahr; und endlich die schönen weißen Federn, die laß ich mir in mein Kopfkissen stopfen, und darauf will ich wohl ungewiegt einschlafen. Was wird meine Mutter eine Freude haben!"

Als er durch das letzte Dorf gekommen war, stand da ein Scherenschleifer mit seinem Karren, sein Rad schnurrte, und er sang dazu:

„Ich schleife die Schere und drehe geschwind
Und hänge mein Mäntelchen nach dem Wind."

Hans blieb stehen und sah ihm zu; endlich redete er ihn an und sprach: „Euch geht's wohl, weil Ihr so lustig bei Eurem Schleifen seid." – „Ja", antwortete der Scherenschleifer, „das Handwerk hat einen güldenen Boden. Ein rechter Schleifer ist

ein Mann, der, sooft er in die Tasche greift, auch Geld darin findet. Aber wo habt Ihr die schöne Gans gekauft?" – „Die hab ich nicht gekauft, sondern für mein Schwein eingetauscht." – „Und das Schwein?" – „Das hab ich für eine Kuh gekriegt.“ – „Und die Kuh?“ – „Die hab ich für ein Pferd bekommen.“ – „Und das Pferd?“ – „Dafür hab ich einen Klumpen Gold, so groß als mein Kopf, gegeben.“ – „Und das Gold?“ – „Ei, das war mein Lohn für sieben Jahre Dienst.“ – „Ihr habt Euch jederzeit zu helfen gewußt“, sprach der Schleifer, „könnt Ihr's nun dahin bringen, daß Ihr das Geld in der Tasche springen hört, wenn Ihr aufsteht, so habt Ihr Euer Glück gemacht.“ – „Wie soll ich das anfangen?“ sprach Hans. „Ihr müßt ein Schleifer werden wie ich; dazu gehört eigentlich nichts als ein Wetzstein, das andere findet sich schon von selbst. Da hab ich einen, der ist zwar ein wenig schadhaft, dafür sollt Ihr mir aber auch weiter nichts als Eure Gans geben; wollt Ihr das?“ – „Wie könnt Ihr noch fragen“, antwortete Hans, „ich werde ja zum glücklichsten Menschen auf Erden; habe ich Geld, sooft ich in die Tasche greife, was brauche ich da länger zu sorgen?“ reichte ihm die Gans hin und nahm den Wetzstein in Empfang. „Nun“, sprach der Schleifer und hob einen gewöhnlichen schweren Feldstein, der neben ihm lag, auf, „da habt Ihr noch einen tüchtigen Stein dazu, auf dem sich's gut schlagen läßt und Ihr Eure alten Nägel geradeklopfen könnt. Nehmt ihn und hebt ihn ordentlich auf.“

Hans lud den Stein auf und ging mit vergnügtem Herzen weiter; seine Augen leuchteten vor Freude. „Ich muß in einer Glückshaut geboren sein“, rief er aus, „alles, was ich wünsche, trifft mir ein wie einem Sonntagskind.“ Indessen, weil er seit Tagesanbruch auf den Beinen gewesen war, begann er müde zu werden; auch plagte ihn der Hunger, da er allen Vorrat auf einmal in der Freude über die erhandelte Kuh aufgezehrt hatte. Er konnte endlich nur mit Mühe weitergehen und mußte jeden Augenblick haltmachen; dabei drückten ihn die Steine ganz erbärmlich. Da konnte er sich des Gedankens nicht erwehren, wie gut es wäre, wenn er sie gerade jetzt nicht zu tragen brauchte. Wie eine Schnecke kam er zu einem Feldbrunnen geschlichen, wollte da ruhen und sich mit einem frischen Trunk laben, damit er aber die Steine im Niedersitzen nicht beschädigte, legte er sie bedächtig neben sich auf den Rand des Brunnens. Darauf setzte er sich nieder und wollte sich zum Trinken bücken; da versah er's, stieß ein klein wenig an, und beide Steine plumpsten hinab. Hans, als er sie mit seinen Augen in die Tiefe hatte versinken sehen, sprang vor Freuden auf, kniete dann nieder und dankte Gott mit Tränen in den Augen, daß er ihm auch diese Gnade noch erwiesen und ihn auf eine so gute Art und ohne daß er sich einen Vorwurf zu machen brauchte, von den schweren Steinen befreit hätte, die ihm allein noch hinderlich gewesen wären. „So glücklich wie ich“, rief er aus, „gibt es keinen Menschen unter der Sonne.“ Mit leichtem Herzen und frei von aller Last sprang er nun fort, bis er daheim bei seiner Mutter war.

Die Goldkinder

Es war ein armer Mann und eine arme Frau, die hatten nichts als eine kleine Hütte und nährten sich vom Fischfang, und es ging bei ihnen von Hand zu Mund. Es geschah aber, als der Mann eines Tages beim Wasser saß und sein Netz auswarf, daß er einen Fisch herauszog, der ganz golden war. Und als er den Fisch voll Verwunderung betrachtete, hub dieser an zu reden und sprach: „Hör, Fischer, wirfst du mich wieder hinab ins Wasser, so mach ich deine kleine Hütte zu einem prächtigen Schloß." Da antwortete der Fischer: „Was hilft mir ein Schloß, wenn ich nichts zu essen habe?" Sprach der Goldfisch weiter: „Auch dafür soll gesorgt sein; es wird ein Schrank im Schloß sein; wenn du den aufschließest, so stehen Schüsseln darin mit den schönsten Speisen, soviel du dir wünschest." – „Wenn das ist", sprach der Mann, „so kann ich dir wohl den Gefallen tun." – „Ja", sagte der Fisch, „es ist aber die Bedingung dabei, daß du keinem Menschen auf der Welt, wer es auch immer sein mag, entdeckst, woher dein Glück gekommen ist; sprichst du ein einziges Wort, so ist alles vorbei."

Nun warf der Mann den wunderbaren Fisch wieder ins Wasser und ging heim. Wo aber sonst die Hütte gestanden hatte, da stand jetzt ein großes Schloß. Da machte er ein paar Augen, trat hinein und sah seine Frau, mit schönen Kleidern geputzt, in einer prächtigen Stube sitzen. Sie war ganz vergnügt und sprach: „Mann, wie ist das auf einmal gekommen? Das gefällt mir wohl." – „Ja", sagte der Mann, „es gefällt mir auch, aber es hungert mich auch gewaltig, gib mir erst was zu essen." Sprach die Frau: „Ich habe nichts und weiß in dem neuen Haus nichts zu finden." – „Das hat keine Not", sagte der Mann, „dort sehe ich einen großen Schrank, den schließ auf." Wie sie den Schrank aufschloß, stand da Kuchen, Fleisch, Obst, Wein und lachte einen ordentlich an. Da rief die Frau voll Freude: „Herz, was begehrst du nun?" und sie setzten sich nieder, aßen und tranken zusammen. Wie sie satt waren, fragte die Frau: „Aber, Mann, wo kommt all dieser Reichtum her?" – „Ach", antwortete er, „frage mich nicht darum, ich darf dir's nicht sagen; wenn ich's jemand entdecke, so ist unser Glück wieder dahin." – „Gut", sprach sie, „wenn ich's nicht wissen soll, so begehr ich's auch nicht zu wissen." Das war aber ihr Ernst nicht, es ließ ihr keine Ruhe Tag und Nacht, und sie quälte und stachelte den Mann so lang, bis er in der Ungeduld heraussagte, es käme alles von einem wunderbaren goldenen Fisch, den er gefangen und dafür wieder in Freiheit gelassen hätte. Und wie's heraus war, da verschwand alsbald das schöne Schloß mit dem Schrank, und sie saßen wieder in der alten Fischerhütte.

Der Mann mußte von vorne anfangen, seinem Gewerbe nachgehen und fischen.

Das Glück wollte es aber, daß er den goldenen Fisch noch einmal herauszog. „Hör“, sprach der Fisch, „wenn du mich wieder ins Wasser wirfst, so will ich dir noch einmal das Schloß mit dem Schrank voll Gesottenem und Gebratenem zurückgeben; nur halt dich fest und verrat beileibe nicht, von wem du's hast, sonst geht's wieder verloren.“ – „Ich will mich schon hüten“, antwortete der Fischer und warf den Fisch in sein Wasser hinab. Daheim war nun alles wieder in voriger Herrlichkeit, und die Frau war in einer Freude über das Glück; aber die Neugierde ließ ihr doch keine Ruhe, daß sie nach ein paar Tagen wieder zu fragen anhub, wie es zugegangen wäre und wie er es angefangen habe. Der Mann schwieg eine Zeitlang still dazu, endlich aber machte sie ihn so ärgerlich, daß er herausplatzte und das Geheimnis verriet. In dem Augenblick verschwand das Schloß, und sie saßen wieder in der alten Hütte. „Nun hast du's“, sagte der Mann, „jetzt können wir wieder am Hungertuch nagen.“ – „Ach“, sprach die Frau, „ich will den Reichtum lieber nicht, wenn ich nicht weiß, von wem er kommt; sonst habe ich doch keine Ruhe.“

Der Mann ging wieder fischen, und über eine Zeit so war' nicht anders, er holte den Goldfisch zum drittenmal heraus. „Höre“, sprach der Fisch, „ich sehe wohl, ich soll immer wieder in deine Hände fallen; nimm mich mit nach Hause und zerschneid mich in sechs Stücke, zwei davon gib deiner Frau zu essen, zwei deinem Pferd, und zwei leg in die Erde, so wirst du Segen haben.“ Der Mann nahm den Fisch mit nach Haus und tat, wie er ihm gesagt hatte. Es geschah aber, daß aus den zwei Stücken, die in die Erde gelegt waren, zwei goldene Lilien aufwuchsen, und daß das Pferd zwei goldene Füllen bekam, und des Fischers Frau zwei Kinder gebar, die ganz golden waren.

Die Kinder wuchsen heran, wurden groß und schön, und die Lilien und Pferde wuchsen mit ihnen. Da sprachen sie: „Vater, wir wollen uns auf unsere goldenen Rosse setzen und in die Welt ausziehen.“ Er aber antwortete betrübt: „Wie will ich's aushalten, wenn ihr fortzieht und ich nicht weiß, wie's euch geht?“ Da sagten sie: „Die zwei goldenen Lilien bleiben hier, daran könnt Ihr sehen, wie's uns geht: sind sie frisch, so sind wir gesund; sind sie welk, so sind wir krank; fallen sie um, so sind wir tot.“ Sie ritten fort und kamen in ein Wirtshaus, darin waren viele Leute, und als sie die zwei Goldkinder erblickten, fingen sie an zu lachen und zu spotten. Wie der eine das Gespött hörte, so schämte er sich, wollte nicht in die Welt, kehrte um und kam wieder zu seinem Vater. Der andere aber ritt fort und gelangte zu einem großen Wald. Und als er hineinreiten wollte, sprachen die Leute: „Es geht nicht, daß Ihr durchreitet, der Wald ist voller Räuber, die werden übel mit Euch umgehen, und gar, wenn sie sehen, daß Ihr golden seid und Euer Pferd auch, so werden sie Euch totschlagen.“ Er aber ließ sich nicht schrecken und sprach: „Ich muß und soll hindurch.“ Da nahm er Bärenfelle und überzog sich und sein Pferd damit, daß nichts mehr vom Gold zu sehen war, und ritt getrost in den Wald hinein. Als er ein wenig fortgeritten war, so hörte er es in den Gebüschen rauschen und vernahm Stimmen, die miteinander sprachen. Von der einen Seite rief's: „Da ist einer", von der andern aber: „Laß ihn laufen, das ist ein Bärenhäuter und arm und kahl wie eine Kirchenmaus, was sollen wir mit ihm anfangen!" So ritt das Goldkind glücklich durch den Wald und geschah ihm kein Leid.

Eines Tages kam er in ein Dorf, darin sah er ein Mädchen, das war so schön, daß er nicht glaubte, es könnte ein schöneres auf der Welt sein. Und weil er eine so große Liebe zu ihm empfand, so ging er zu ihm und sagte: „Ich habe dich von ganzem Herzen lieb, willst du meine Frau werden?" Er gefiel aber auch dem Mädchen so sehr, daß es einwilligte und sprach: „Ja, ich will deine Frau werden und dir treu sein mein Lebelang." Nun hielten sie Hochzeit zusammen, und als sie eben in der größten Freude waren, kam der Vater der Braut heim, und als er sah, daß seine Tochter Hochzeit machte, verwunderte er sich und sprach: „Wo ist der Bräutigam?" Sie zeigten ihm das Goldkind, das hatte aber noch seine Bärenfelle um. Da sprach der Vater zornig: „Nimmermehr soll ein Bärenhäuter meine Tochter haben", und wollte ihn ermorden. Da bat ihn die Braut, wie sie konnte, und sprach: „Er ist einmal mein Mann, und ich habe ihn von Herzen lieb", bis er sich endlich besänftigen ließ. Doch aber kam's ihm nicht aus dem Gedanken, so daß er am andern Morgen früh aufstand und seiner Tochter Mann sehen wollte, ob er ein gemeiner und verlumpter Bettler wäre. Wie er aber hinblickte, sah er einen herrlichen goldenen Mann im Bette, und die abgeworfenen Bärenfelle lagen auf der Erde. Da ging er zurück und dachte: „Wie gut ist's, daß ich meinen Zorn bändigte, ich hätte eine große Missetat begangen."

Dem Goldkind aber träumte, er zöge hinaus auf die Jagd nach einem prächtigen Hirsch, und als er am Morgen erwachte, sprach er zu seiner Braut: „Ich will hinaus auf die Jagd." Ihr war angst, und sie bat ihn dazubleiben und sagte: „Leicht kann dir ein großes Unglück begegnen", aber er antwortete: „Ich soll und muß fort." Da stand er auf und zog hinaus in den Wald, und gar nicht lange, so hielt auch ein stolzer Hirsch vor ihm, ganz nach seinem Traume. Er legte an und wollte ihn schießen, aber der Hirsch sprang fort. Da jagte er ihm nach, über Gräben und durch Gebüsche, und ward nicht müde den ganzen Tag; am Abend aber verschwand der Hirsch vor seinen Augen. Und als das Goldkind sich umsah, so stand er vor einem kleinen Haus, darin saß eine Hexe. Er klopfte an, und ein Mütterchen kam heraus und fragte: „Was wollt Ihr so spät noch mitten in dem großen Wald?" Er sprach: „Habt Ihr keinen Hirsch gesehen?" – „Ja", antwortete sie, „den Hirsch kenn' ich wohl", und ein Hündlein, das mit ihr aus dem Haus gekommen war, bellte dabei den Mann heftig an. „Willst du schweigen, du böse Kröte", sprach er, „sonst schieß ich dich tot." Da rief die Hexe zornig: „Was, mein Hündchen willst du töten!" und verwandelte ihn alsbald, daß er dalag wie ein Stein, und seine Braut erwartete ihn umsonst und dachte: Es ist gewiß eingetroffen, was mir so angst machte und so schwer auf dem Herzen lag.

Daheim aber stand der andere Bruder bei den Goldlilien, als plötzlich eine davon umfiel. „Ach Gott", sprach er, „meinem Bruder ist ein großes Unglück zugestoßen, ich muß fort, ob ich ihn vielleicht errette." Da sagte der Vater: „Bleib hier, wenn ich auch dich verliere, was soll ich anfangen?" Er aber antwortete: „Ich soll und muß fort." Da setzte er sich auf sein goldenes Pferd und ritt fort und kam in den großen Wald, wo sein Bruder lag und Stein war. Die alte Hexe kam aus ihrem Haus, rief ihn an und wollte ihn auch berücken, aber er näherte sich nicht, sondern sprach: „Ich schieße dich nieder, wenn du meinen Bruder nicht wieder lebendig machst." Sie rührte, so ungerne sie's auch tat, den Stein mit dem Finger an, und alsbald erhielt er sein menschliches Leben zurück. Die beiden Goldkinder aber freuten sich, als sie sich wiedersahen, küßten und herzten sich und ritten zusammen fort aus dem Wald, der eine zu seiner Braut, der andere heim zu seinem Vater. Da sprach der Vater: „Ich wußte wohl, daß du deinen Bruder erlöst hattest, denn die goldene Lilie ist auf einmal wieder aufgestanden und hat fortgeblüht." Nun lebten sie vergnügt, und es ging ihnen wohl bis an ihr Ende.

Der Teufel mit den drei goldenen Haaren

Es war einmal eine arme Frau, die gebar ein Söhnlein, und weil es eine Glückshaut um hatte, als es zur Welt kam, so ward ihm geweissagt, es werde im vierzehnten Jahr die Tochter des Königs zur Frau haben. Es trug sich zu, daß der König bald darauf ins Dorf kam, und niemand wußte, daß es der König war, und als er die Leute fragte, was es Neues gäbe, so antworteten sie: „Es ist in diesen Tagen ein Kind mit einer Glückshaut geboren: was so einer unternimmt, das schlägt ihm zum Glück aus. Es ist ihm auch vorausgesagt, in seinem vierzehnten Jahre solle er die Tochter des Königs zur Frau haben." Der König, der ein böses Herz hatte und über die Weissagung sich ärgerte, ging zu den Eltern, tat ganz freundlich und sagte: „Ihr armen Leute, überlaßt mir euer Kind, ich will es versorgen." Anfangs weigerten sie sich; da aber der fremde Mann schweres Geld bot und sie dachten: Es ist ein Glückskind, es muß doch zu seinem Besten ausschlagen – so willigten sie endlich ein und gaben ihm das Kind.

Der König legte es in eine Schachtel und ritt damit weiter, bis er zu einem tiefen Wasser kam, da warf er die Schachtel hinein und dachte: Von dem unerwarteten Freier habe ich meiner Tochter geholfen. Die Schachtel aber ging nicht unter, sondern schwamm wie ein Schiffchen, und es drang auch kein Tröpfchen Wasser hinein. So schwamm sie bis zwei Meilen vor des Königs Hauptstadt, wo eine Mühle war, an dessen Wehr sie hängenblieb. Ein Mahlbursche, der glücklicherweise dastand und sie bemerkte, zog sie mit einem Haken heran und meinte große Schätze zu finden, als er sie aber aufmachte, lag ein schöner Knabe darin, der ganz frisch und munter war. Er brachte ihn zu den Müllersleuten, und weil diese keine Kinder hatten, freuten sie sich und sprachen: „Gott hat es uns beschert." Sie pflegten den Findling wohl, und er wuchs in allen Tugenden heran.

Es trug sich zu, daß der König einmal bei einem Gewitter in die Mühle trat und die Müllersleute fragte, ob der große Junge ihr Sohn wäre. „Nein", antworteten sie, „es ist ein Findling, er ist vor vierzehn Jahren in einer Schachtel ans Wehr geschwommen, und der Mahlbursche hat ihn aus dem Wasser gezogen." Da merkte der König, daß es niemand anders als das Glückskind war, das er ins Wasser geworfen hatte, und sprach: „Ihr guten Leute, könnte der Junge nicht einen Brief an die Frau Königin bringen, ich will ihm zwei Goldstücke zum Lohn geben." – „Wie der Herr König gebietet", antworteten die Leute und hießen den Jungen sich bereithalten. Da schrieb der König einen Brief an die Königin, worin stand: „Sobald der Knabe mit diesem Schreiben angelangt ist, soll er getötet und begraben werden, und das alles soll geschehen sein, ehe ich zurückkomme."

Der Knabe machte sich mit diesem Briefe auf den Weg, verirrte sich aber und kam abends in einen großen Wald. In der Dunkelheit sah er ein kleines Licht, ging darauf zu und gelangte zu einem Häuschen. Als er hineintrat, saß eine alte Frau beim Feuer ganz allein. Sie erschrak, als sie den Knaben erblickte, und sprach: „Wo kommst du her und wo willst du hin?" – „Ich komme von der Mühle", antwortete er, „und will zur Frau Königin, der ich einen Brief bringen soll. Weil ich mich aber in dem Walde verirrt habe, so wollte ich hier gerne übernachten." – „Du armer Junge", sprach die Frau, „du bist in ein Räuberhaus geraten, und wenn sie heimkommen, so bringen sie dich um." – „Mag kommen, wer will", sagte der Junge, „ich fürchte mich nicht; ich bin aber so müde, daß ich nicht weiter kann", streckte sich auf eine Bank und schlief ein. Bald hernach kamen die Räuber und fragten zornig, was da für ein fremder Knabe läge. „Ach", sagte die Alte, „es ist ein unschuldiges Kind, es hat sich im Walde verirrt, und ich habe ihn aus Barmherzigkeit aufgenommen: er soll einen Brief an die Frau Königin bringen." Die Räuber erbrachen den

Brief und lasen ihn, und es stand darin, daß der Knabe sogleich, wie er ankäme, sollte ums Leben gebracht werden. Da empfanden die hartherzigen Räuber Mitleid und der Anführer zerriß den Brief und schrieb einen andern, und es stand darin, sowie der Knabe ankäme, sollte er sogleich mit der Königstochter vermählt werden. Sie ließen ihn dann ruhig bis zum andern Morgen auf der Bank liegen, und als er aufgewacht war, gaben sie ihm den Brief und zeigten ihm den rechten Weg. Die Königin aber, als sie den Brief empfangen und gelesen hatte, tat, wie darin stand, hieß ein prächtiges Hochzeitsfest anstellen, und die Königstochter ward mit dem Glückskind vermählt; und da der Jüngling schön und freundlich war, so lebte sie vergnügt und zufrieden mit ihm.

Nach einiger Zeit kam der König wieder in sein Schloß und sah, daß die Weissagung erfüllt und das Glückskind mit seiner Tochter vermählt war. „Wie ist das zugegangen?" sprach er, „ich habe in meinem Brief einen ganz anderen Befehl erteilt." Da reichte ihm die Königin den Brief und sagte, er möchte selbst sehen, was darin stünde. Der König las den Brief und merkte wohl, daß er mit einem anderen vertauscht worden. Er fragte den Jüngling, wie es mit dem anvertrauten Briefe zugegangen wäre, warum er einen andern dafür gebracht hätte. „Ich weiß von nichts", antwortete er, „er muß mir in der Nacht vertauscht sein, als ich im Walde geschlafen habe." Voll Zorn sprach der König: „So leicht soll es dir nicht werden; wer meine Tochter haben will, der muß mir aus der Hölle drei goldene Haare von dem Haupte des Teufels holen; bringst du mir, was ich verlange, so sollst du meine Tochter behalten." Damit hoffte der König ihn auf immer los zu werden. Das Glückskind aber antwortete: „Die goldenen Haare will ich wohl holen, ich fürchte mich vor dem Teufel nicht." Darauf nahm er Abschied und begann seine Wanderschaft.

Der Weg führte ihn zu einer großen Stadt, wo ihn der Wächter an dem Tore ausfragte, was für ein Gewerbe er verstände und was er wüßte. „Ich weiß alles", antwortete das Glückskind. „So kannst du uns einen Gefallen tun", sagte der Wächter, „wenn du uns sagst, warum unser Marktbrunnen, aus dem sonst Wein quoll, trokken geworden ist und nicht einmal mehr Wasser gibt." – „Das sollt ihr erfahren", antwortete er, „wartet nur, bis ich wiederkomme." Da ging er weiter und kam vor eine andere Stadt, da fragte der Torwächter wiederum, was für ein Gewerbe er verstünde und was er wüßte. „Ich weiß alles", antwortete er. „So kannst du uns einen Gefallen tun und uns sagen, warum ein Baum in unserer Stadt, der sonst goldene Äpfel trug, jetzt nicht einmal Blätter hervortreibt." – „Das sollt ihr erfahren", antwortete er, „wartet nur, bis ich wiederkomme." Da ging er weiter und kam an ein großes Wasser, über das er hinüber mußte. Der Fährmann fragte ihn, was er für ein Gewerbe verstände und was er wüßte. „Ich weiß alles", antwortete er. „So kannst du mir einen Gefallen tun", sprach der Fährmann, „und mir sagen, warum ich immer hin und her fahren muß und niemals abgelöst werde." – „Das sollst du erfahren", antwortete er, „warte nur, bis ich wiederkomme."

Als er über das Wasser hinüber war, so fand er den Eingang zur Hölle. Es war schwarz und rußig darin, und der Teufel war nicht zu Haus, aber seine Ellermutter saß da in einem breiten Sorgenstuhl. „Was willst du?" sprach sie zu ihm, sah aber gar nicht so böse aus. „Ich wollte gerne drei goldene Haare von des Teufels Kopf", antwortete er, „sonst kann ich meine Frau nicht behalten." – „Das ist viel verlangt", sagte sie, „wenn der Teufel heimkommt und findet dich, so geht dir's an den Kragen; aber du dauerst mich, ich will sehen, ob ich dir helfen kann." Sie verwandelte ihn in eine Ameise und sprach: „Kriech in meine Rockfalten, da bist du sicher." – „Ja", antwortete er, „das ist schon gut, aber drei Dinge möchte ich gerne noch wissen, warum ein Brunnen, aus dem sonst Wein quoll, trocken geworden ist, jetzt nicht einmal mehr Wasser gibt; warum ein Baum, der sonst goldene Äpfel trug, nicht einmal mehr Laub treibt, und warum ein Fährmann immer herüber und hinüber fahren muß und nicht abgelöst wird." – „Das sind schwere Fragen", antwortete sie, „aber halte dich nur still und ruhig, und hab acht, was der Teufel spricht, wann ich ihm die drei goldenen Haare ausziehe."

Als der Abend einbrach, kam der Teufel nach Haus. Kaum war er eingetreten, so merkte er, daß die Luft nicht rein war. „Ich rieche, rieche Menschenfleisch", sagte er, „es ist hier nicht richtig." Dann guckte er in alle Ecken und suchte, konnte aber nichts finden. Die Ellermutter schalt ihn aus: „Eben ist erst gekehrt", sprach sie, „und alles in Ordnung gebracht, nun wirfst du mir's wieder untereinander; immer hast du Menschenfleisch in der Nase! Setze dich nieder und iß dein Abendbrot." Als er gegessen und getrunken hatte, war er müde, legte der Ellermutter seinen Kopf in den Schoß und sagte, sie solle ihn ein wenig lausen. Es dauerte nicht lange, so schlummerte er ein, blies und schnarchte. Da faßte die Alte ein goldenes Haar, riß es aus und legte es neben sich. „Autsch!" schrie der Teufel, „was hast du vor?" – „Ich habe einen schweren Traum gehabt", antwortete die Ellermutter, „da hab ich dir in die Haare gefaßt." – „Was hat dir denn geträumt?" fragte der Teufel. „Mir hat geträumt, ein Marktbrunnen, aus dem sonst Wein quoll, sei versiegt, und es habe nicht einmal Wasser daraus quellen wollen, was ist wohl schuld daran?" – „He, wenn sie's wüßten!" antwortete der Teufel, „es sitzt eine Kröte unter einem Stein im Brunnen; wenn sie die töten, so wird der Wein schon wieder fließen." Die Ellermutter lauste ihn wieder, bis er einschlief und schnarchte, daß die Fenster zitterten. Da riß sie ihm das zweite Haar aus. „Hu! was machst du?" schrie der Teufel zornig. „Nimm's nicht übel", antwortete sie, „ich habe es im Traume getan." – „Was hat dir wieder geträumt?" fragte er. „Mir hat geträumt, in einem Königreiche stand ein Obstbaum, der hätte sonst goldene Äpfel getragen und wollte jetzt nicht einmal Laub treiben.

Was war wohl die Ursache davon?“ – „He, wenn sie’s wüßten!“ antwortete der Teufel, „an der Wurzel nagt eine Maus; wenn sie die töten, so wird er schon wieder goldene Äpfel tragen; nagt sie aber noch länger, so verdorrt der Baum gänzlich. Aber laß mich mit deinen Träumen in Ruhe; wenn du mich noch einmal im Schlafe störst, so kriegst du eine Ohrfeige.“ Die Ellermutter sprach ihm gut zu und lauste ihn wieder, bis er eingeschlafen war und schnarchte. Da faßte sie das dritte goldene Haar und riß es ihm aus. Der Teufel fuhr in die Höhe, schrie und wollte übel mit ihr wirtschaften, aber sie besänftigte ihn nochmals und sprach: „Wer kann für böse Träume!“ – „Was hat dir denn geträumt?“ fragte er und war doch neugierig. „Mir hat von einem Fährmann geträumt, der sich beklagte, daß er immer hin und her fahren müßte und nicht abgelöst würde. Was ist wohl schuld?“ – „He, der Dummbart!“ antwortete der Teufel, „wenn einer kommt und will überfahren, so muß er ihm die Stange in die Hand geben, dann muß der andere überfahren, und er ist frei.“ Da die Ellermutter ihm die drei goldenen Haare ausgerissen hatte und die drei Fragen beantwortet waren, so ließ sie den Teufel in Ruhe, und er schlief, bis der Tag anbrach.

Als der Teufel wieder fortgezogen war, holte die Alte die Ameise aus der Rockfalte und gab dem Glückskind die menschliche Gestalt zurück. „Da hast du die drei goldenen Haare“, sprach sie, „was der Teufel zu deinen drei Fragen gesagt hat, wirst du wohl gehört haben.“ – „Ja“, antwortete er, „ich habe es gehört und will’s wohl behalten.“ – „So ist dir geholfen“, sagte sie, „und nun kannst du deiner Wege ziehen.“ Er bedankte sich bei der Alten für die Hilfe in der Not, verließ die Hölle und war vergnügt, daß ihm alles so wohl geglückt war. Als er zu dem Fährmann kam, sollte er ihm die versprochene Antwort geben. „Fahr mich erst hinüber“, sprach das Glückskind, „so will ich dir sagen, wie du erlöst wirst“, und als er auf dem jenseitigen Ufer angelangt war, gab er ihm des Teufels Rat: „Wenn wieder einer kommt und will übergefahren sein, so gib ihm nur die Stange in die Hand.“ Er ging weiter und kam zu der Stelle, worin der unfruchtbare Baum stand und wo der Wächter auch Antwort haben wollte. Da sagte er ihm, wie er vom Teufel gehört hatte: „Tötet die Maus, die an seiner Wurzel nagt, so wird er wieder goldene Äpfel tragen.“ Da dankte ihm der Wächter und gab ihm zur Belohnung zwei mit Gold beladene Esel, die mußten ihm nachfolgen. Zuletzt kam er zu der Stadt, deren Brunnen versiegt war. Da sprach er zu dem Wächter, wie der Teufel gesprochen hatte: „Es sitzt eine Kröte im Brunnen unter einem Stein, die müßt ihr aufsuchen und töten, so wird er wieder reichlich Wein geben.“ Der Wächter dankte und gab ihm ebenfalls zwei mit Gold beladene Esel.

Endlich langte das Glückskind daheim bei seiner Frau an, die sich herzlich freute, als sie ihn wiedersah und hörte, wie wohl ihm alles gelungen war. Dem König brachte er, was er verlangt hatte, die drei goldenen Haare des Teufels, und als dieser die vier Esel mit dem Golde sah, ward er ganz vergnügt und sprach: „Nun sind alle Bedingungen erfüllt, und du kannst meine Tochter behalten. Aber, lieber Schwiegersohn, sage mir doch, woher ist das viele Gold? Das sind ja gewaltige Schätze!" – „Ich bin über einen Fluß gefahren", antwortete er, „und da habe ich es mitgenommen, es liegt dort statt des Sandes am Ufer." – „Kann ich mir auch davon holen?" sprach der König und war ganz begierig. „Soviel Ihr nur wollt", antwortete er, „es ist ein Fährmann auf dem Fluß, von dem laßt Euch überfahren, so könnt Ihr drüben Eure Säcke füllen." Der habsüchtige König machte sich in aller Eile auf den Weg, und als er zu dem Fluß kam, so winkte er dem Fährmann, der sollte ihn übersetzen. Der Fährmann kam und hieß ihn einsteigen, und als sie an das jenseitige Ufer kamen, gab er ihm die Ruderstange in die Hand und sprang davon. Der König aber mußte von nun an fahren zur Strafe für seine Sünden.

„Fährt er wohl noch?" – „Was denn? Es wird ihm niemand die Stange abgenommen haben."

Der Arme und der Reiche

Vor alten Zeiten, als der liebe Gott noch auf Erden unter den Menschen wandelte, trug es sich zu, daß er eines Abends müde war und ihn die Nacht überfiel, bevor er zu einer Herberge kam. Nun standen am Wege vor ihm zwei Häuser einander gegenüber: das eine war groß und schön, das andere klein und ärmlich anzusehen. Das große gehörte einem reichen, das kleine einem armen Manne.

Da dachte unser Herrgott: Dem Reichen werde ich nicht beschwerlich fallen, bei ihm will ich übernachten. Als der Reiche an seine Tür klopfen hörte, machte er das Fenster auf und fragte den Fremdling, was er suche. Der Herr antwortete: „Ich bitte um ein Nachtlager."

Der Reiche guckte den Wandersmann vom Kopf bis zu den Füßen an, und weil der liebe Gott schlichte Kleider trug und nicht aussah wie einer, der viel Geld in der Tasche hat, schüttelte der Reiche den Kopf und sprach: „Ich kann Euch nicht aufnehmen, meine Kammern sind voll von Kräutern und Samen. Wollte ich einen jeden beherbergen, der an meine Tür klopfte, so könnte ich selber den Bettelstab in die Hand nehmen! Sucht Euch anderswo eine Unterkunft!" Damit schlug er sein Fenster zu und ließ den lieben Gott stehen.

Da kehrte ihm der liebe Gott den Rücken und ging hinüber zu dem kleinen Haus. Kaum hatte er dort angeklopft, so machte der Arme schon sein Türchen auf und bat den Wandersmann einzutreten. „Bleibt die Nacht über bei mir", sagte er, „es ist schon finster, und heute könnt Ihr doch nicht mehr weitergehen."

Das gefiel dem lieben Gott, und er trat bei ihm ein. Die Frau des Armen reichte ihm die Hand und hieß ihn willkommen. Sie sagte: „Macht Euch's bequem! Ihr müßt vorliebnehmen mit dem, was wir haben. Es ist nicht viel, aber wir geben es gern."

Dann stellte sie Kartoffeln auf den Herd, und während diese kochten, molk sie die Ziege, damit sie ein wenig Milch dazu hätten. Als der Tisch gedeckt war, setzte sich der liebe Gott nieder und aß mit ihnen, und es schmeckte ihm prächtig, denn er sah nur zufriedene Gesichter neben sich.

Als sie gegessen hatten und Schlafenszeit war, rief die Frau heimlich ihren Mann und sprach: „Hör, lieber Mann, wir wollen uns heute Nacht Stroh aufschütten, damit sich der arme Wanderer in unser Bett legen und ausruhen kann. Er ist den ganzen Tag über gegangen, da wird einer müde."

„Vom Herzen gern", antwortete der Mann, „ich will ihm's anbieten." Er ging zum lieben Gott und bat ihn, er möchte sich in ihr Bett legen und seine Glieder ordentlich ausstrecken. Der liebe Gott wollte den beiden Alten ihr Lager nicht nehmen, aber sie ließen nicht ab, bis er es endlich tat und sich in ihr Bett legte. Die beiden Alten aber bereiteten sich ein Strohlager auf dem Fußboden.

Am anderen Morgen standen sie schon vor Tag auf und kochten dem Gast ein Frühstück, so gut sie es hatten. Als nun die Sonne durchs Fenster schien und der liebe Gott aufgestanden war, aß er wieder mit ihnen und wollte dann seines Weges ziehen. Auf der Türschwelle kehrte er sich nochmals um und sprach: „Weil ihr so gut und mitleidig wart, dürft ihr euch dreierlei wünschen. Ich will es euch erfüllen."

Da sagte der Arme: „Was soll ich mir sonst wünschen, als daß wir zwei, so lange wir leben, gesund bleiben und unser täglich Brot haben! Fürs dritte weiß ich mir nichts zu wünschen."

Der liebe Gott sprach: „Willst du dir nicht ein neues Haus an Stelle des alten wünschen?"

„O ja", sagte der Mann, „wenn ich das auch noch haben kann, so wär mir's wohl lieb."

Da erfüllte der Herr ihre Wünsche, verwandelte ihr altes Haus in ein neues und zog weiter.

Es war schon heller Vormittag, als der Reiche aufstand. Er legte sich ins Fenster und sah gegenüber, wo bisher eine alte Hütte gestanden war, ein schönes neues Haus mit roten Ziegeln. Da machte er große Augen, rief seine Frau herbei und sprach: „Sag mir, was ist geschehen? Gestern abend stand noch die alte elende Hütte dort, und heute steht auf demselben Fleck ein schönes neues Haus! Lauf hinüber und frage, wie das gekommen ist."

Die Frau ging und fragte den Armen aus. Er erzählte ihr: „Gestern abend kam ein Wanderer, der um Nachtherberge bat. Beim Abschied heute morgen hat er uns drei

Wünsche gewährt: Gesundheit in diesem Leben, das notdürftige tägliche Brot, und zuletzt noch statt unserer alten Hütte ein schönes neues Haus."

Die Frau des Reichen lief eilig zurück und erzählte ihrem Manne, wie alles gekommen war. Da sprach der Mann: „Ich könnte mir die Haare ausreißen! Hätte ich das nur gewußt, der Fremde ist vorher hier gewesen und hat bei uns übernachten wollen, ich aber habe ihn abgewiesen."

„Eil dich", sprach die Frau, „und setz dich auf dein Pferd, so kannst du den Mann noch einholen. Vielleicht gewährt er dir auch drei Wünsche."

Der Reiche befolgte den guten Rat, jagte mit seinem Pferde davon und holte den lieben Gott wirklich noch ein. „Nehmt mir's nur nicht übel, Herr", begann er, „daß ich Euch nicht gleich eingelassen habe. Während ich den Schlüssel zur Haustür suchte, seid Ihr mir leider weggegangen. Wenn Ihr aber wieder zurückkommt, müßt Ihr bei mir einkehren, versprecht mir das!"

„Ja", sprach der liebe Gott, „wenn ich einmal zurückkomme, dann werde ich es tun."

Da fragte der Reiche, ob er nicht auch drei Wünsche tun dürfte wie sein Nachbar. Ja, sagte der liebe Gott, es wäre aber nicht gut für ihn, und er sollte sich lieber nichts wünschen.

Der Reiche meinte, er wollte sich schon etwas aussuchen, was zu seinem Glück gereiche, wenn er nur wüßte, daß es erfüllt würde. Da sprach der liebe Gott: „Nun, meinetwegen! Reit heim, und drei Wünsche, die du tust, die sollen in Erfüllung gehen."

Nun hatte der Reiche, was er verlangte, ritt heimwärts und fing an nachzusinnen, was er sich wünschen sollte. Als er so angestrengt nachdachte und die Zügel fallen ließ, fing das Pferd an zu springen, so daß er immerfort in seinen Gedanken gestört wurde. Er klopfte dem Pferd auf den Hals und sagte: „Sei ruhig, Liese!" Aber das Tier machte aufs neue Männchen. Da wurde er zuletzt ärgerlich und rief ungeduldig: „Dummes Tier, du sollst dir den Hals brechen!"

Kaum hatte er diese Worte ausgesprochen, plumps, fiel er auf die Erde, und unter ihm lag das Pferd mit gebrochenem Hals und regte sich nicht mehr. Damit war der erste Wunsch erfüllt. Weil der Mann aber von Natur sehr geizig war, wollte er das Sattelzeug nicht im Stich lassen, schnitt es ab, hängte es auf seinen Rücken und ging zu Fuß damit weiter. Gottlob, daß ich noch zwei Wünsche übrig habe, dachte er und tröstete sich damit.

Als er nun langsam durch den Sand dahinging und zu Mittag die Sonne heiß brannte, wurde ihm vor Hitze ganz verdrießlich zumute. Das Sattelzeug drückte ihn auf den Rücken, und es war ihm immer noch nichts eingefallen, was er sich weiter wünschen sollte. „Wenn ich mir auch alle Reichtümer und Schätze der Welt wünsche", sprach er zu sich selbst, „so fällt mir hernach doch noch allerlei ein, dieses und jenes, das weiß ich im voraus. Ich will's aber so einrichten, daß mir gar nichts mehr zu wünschen übrigbleibt." Dann seufzte er und sprach: „Ja, wenn ich der bayrische Bauer wäre, der auch drei Wünsche frei hatte! Der wußte sich zu helfen! Der wünschte sich zuerst recht viel Bier, und zweitens so viel Bier, als er trinken könnte, und drittens noch ein Faß Bier dazu."

Manchmal meinte er, jetzt hätte er den richtigen Wunsch gefunden, aber im nächsten Augenblick schien's ihm doch wieder zu wenig. Da fiel ihm ein, wie gut es jetzt seine Frau hätte. Die säße daheim in der kühlen Stube und ließe sich's wohl schmekken! Das ärgerte ihn ordentlich, und ohne daß er es wußte, sprach er so vor sich hin: „Ich wollte, die säße daheim auf dem Sattel und könnte nicht herunter, statt daß ich ihn da auf meinem Rücken schleppen muß!"

Als das letzte Wort aus seinem Munde kam, war der Sattel von seinem Rücken verschwunden, und er merkte, daß damit auch sein zweiter Wunsch in Erfüllung gegangen war. Da wurde ihm erst recht heiß. Er fing an zu laufen und wollte sich daheim ganz einsam in seine Kammer hinsetzen und in Ruhe über den letzten Wunsch nachdenken.

Als er aber ankam und die Tür aufmachte, saß da seine Frau mitten in der Stube auf dem Sattel. Sie konnte nicht herunter und jammerte und schrie. Da sprach er: „Gib dich zufrieden, ich will dir alle Reichtümer der Welt herbeiwünschen, aber bleib da sitzen!"

Sie schalt ihn aber einen Schafskopf und sprach: „Was helfen mir alle Reichtümer der Welt, wenn ich auf dem Sattel sitze? Du hast mich daraufgewünscht, du mußt mir auch wieder herunterhelfen!"

Der Mann mochte wollen oder nicht, er mußte den dritten Wunsch aussprechen und seine Frau von dem Sattel erlösen. Der Wunsch wurde sogleich erfüllt.

Also hatte der Reiche von allen seinen drei Wünschen nichts gehabt als Ärger, Mühe, Scheltworte und den Verlust eines Pferdes. Die Armen gegenüber aber lebten vergnügt und zufrieden bis an ihr seliges Ende.

Die zwölf Jäger

Es war einmal ein Königssohn, der hatte eine Braut und hatte sie sehr lieb. Als er nun bei ihr saß und ganz vergnügt war, kam die Nachricht, daß sein Vater todkrank liege und ihn noch vor seinem Ende zu sehen verlange. Da sprach er zu seiner Liebsten: „Ich muß nun fort und muß dich verlassen. Da geb' ich dir einen Ring zu meinem Andenken. Wenn ich König bin, komm' ich wieder und hol' dich heim." Da ritt er fort. Als er bei seinem Vater anlangte, war dieser sterbenskrank und dem Tod nahe. Er sprach zu ihm: „Liebster Sohn, ich habe dich vor meinem Ende noch einmal sehen wollen. Versprich mir, nach meinem Willen dich zu verheiraten!“ Und er nannte ihm eine gewisse Königstochter, die sollte seine Gemahlin werden. Der Sohn war so betrübt, daß er sich gar nicht bedachte, sondern sprach: „Ja, lieber Vater, was Euer Wille ist, soll geschehen“, und darauf schloß der König die Augen und starb.

Als nun der Sohn zum König ausgerufen und die Trauerzeit verflossen war, mußte er das Versprechen halten, das er seinem Vater gegeben hatte; er ließ um die Königstochter werben, und sie ward ihm auch zugesagt. Das hörte seine Braut und grämte sich über die Untreue so sehr, daß sie fast verging. Da sprach ihr Vater zu ihr: „Liebstes Kind, warum bist du so traurig? Was du dir wünschest, das sollst du haben.“ Sie bedachte sich einen Augenblick, dann sprach sie: „Lieber Vater, ich wünsche mir elf Mädchen, von Angesicht, Gestalt und Wuchs mir völlig gleich.“ Der König sprach: „Wenn's möglich ist, soll dein Wunsch erfüllt werden.“ Und er ließ in seinem ganzen Reich so lange suchen, bis elf Jungfrauen gefunden waren, seiner Tochter von Angesicht, Gestalt und Wuchs völlig gleich.

Als sie zu der Königstochter kamen, ließ diese zwölf Jägerkleider machen, eins wie das andere. Die elf Jungfrauen mußten die Jägerkleider anziehen, und sie selber zog das zwölfte an. Darauf nahm sie Abschied von ihrem Vater und ritt mit ihnen fort an den Hof ihres ehemaligen Bräutigams, den sie so sehr liebte. Da fragte sie an, ob er Jäger brauche und ob er sie nicht alle zusammen in seinen Dienst nehmen wolle. Der König sah sie an und erkannte sie nicht. Weil es aber so schöne Leute waren, sprach er, ja, er wolle sie gern nehmen. Und da waren sie die zwölf Jäger des Königs.

Der König aber hatte einen Löwen, das war ein wunderliches Tier, denn er wußte alles Verborgene und Heimliche. Es trug sich zu, daß er eines Abends zum König sprach: „Du meinst, du hättest zwölf Jäger?“ – „Ja“, sagte der König, „zwölf Jäger sind's. Sprach der Löwe weiter: „Du irrst dich, das sind zwölf Mädchen.“ Antwortete der König: „Das ist nimmermehr wahr. Wie willst du das beweisen?“ – „Oh, laß nur Erbsen in dein Vorzimmer streuen!“ antwortete der Löwe. „Da wirst du's gleich sehen. Männer haben einen festen Tritt, wenn die über Erbsen hingehen, regt sich keine; aber Mädchen, die trippeln und trappeln und schlurfen, und die Erbsen rollen.“ Dem König gefiel der Rat wohl, und er ließ die Erbsen streuen.

Es war aber ein Diener des Königs, der war den Jägern gut, und als er hörte, daß sie sollten auf die Probe gestellt werden, ging er hin und erzählte ihnen alles: „Der Löwe will dem König weismachen, ihr seid Mädchen.“ Da dankte ihm die Königstochter und sprach hernach zu ihren Jungfrauen: „Tut euch Gewalt an und tretet fest auf die Erbsen!“ Als nun der König am andern Morgen die zwölf Jäger zu sich rufen ließ und sie ins Vorzimmer kamen, wo die Erbsen lagen, traten sie so fest darauf und hatten einen so sicheren Gang, daß auch nicht eine rollte oder sich bewegte. Da gingen sie wieder fort, und der König sprach zum Löwen: „Du hast mich belogen; sie gehen ja wie Männer." Der Löwe antwortete: „Sie haben's gewußt, daß sie sollten auf die Probe gestellt werden, und haben sich Gewalt angetan. Laß nur einmal zwölf Spinnräder ins Vorzimmer bringen, so werden sie herzukommen und werden sich daran freuen, und das tut kein Mann." Dem König gefiel der Rat, und er ließ die Spinnräder ins Vorzimmer stellen.

Der Diener aber, der's redlich mit den Jägern meinte, ging hin und entdeckte ihnen den Anschlag. Da sprach die Königstochter, als sie allein waren, zu ihren elf Mädchen: „Tut euch Gewalt an und blickt euch nicht um nach den Spinnrädern!" Als nun der König am andern Morgen seine zwölf Jäger rufen ließ, kamen sie durch das Vorzimmer und sahen die Spinnräder gar nicht an. Da sprach der König wiederum zum Löwen: „Du hast mich belogen. Es sind Männer, denn sie haben die Spinnräder nicht angesehen." Der Löwe antwortete: „Sie haben's gewußt, daß sie sollten auf die Probe gestellt werden, und haben sich Gewalt angetan." Der König aber wollte dem Löwen nicht mehr glauben.

Die zwölf Jäger begleiteten den König beständig auf die Jagd, und er hatte sie je länger je lieber. Nun geschah es, daß, als sie einmal auf der Jagd waren, Nachricht kam, die Braut des Königs sei im Anzug. Als die rechte Braut das hörte, tat's ihr so weh, daß es ihr fast das Herz brach und sie ohnmächtig auf die Erde fiel. Der König meinte, seinem lieben Jäger sei etwas zugestoßen, lief hinzu, wollte ihm helfen und zog ihm den Handschuh aus. Da erblickte er den Ring, den er seiner ersten Braut gegeben hatte, und als er ihr in das Gesicht sah, erkannte er sie. Da ward sein Herz so gerührt, daß er sie küßte, und als sie die Augen aufschlug, sprach er: „Du bist mein und ich bin dein, und kein Mensch auf der Welt kann das ändern." Zu der andern Braut aber schickte er einen Boten und ließ sie bitten, in ihr Reich zurückzukehren, denn er habe schon eine Gemahlin, und wer einen alten Schlüssel wiedergefunden habe, brauche den neuen nicht. Darauf ward die Hochzeit gefeiert, und der Löwe kam wieder in Gnade, weil er doch die Wahrheit gesagt hatte.

Die Bienenkönigin

Zwei Königssöhne gingen einmal auf Abenteuer und gerieten in ein wildes, wüstes Leben, so daß sie gar nicht wieder nach Hause kamen. Der jüngste, welcher der Dummling hieß, machte sich auf und suchte seine Brüder; aber wie er sie endlich fand, verspotteten sie ihn, daß er mit seiner Einfalt sich durch die Welt schlagen wollte, und sie zwei könnten nicht durchkommen und wären doch viel klüger. Sie zogen alle drei miteinander fort und kamen an einen Ameisenhaufen. Die zwei ältesten wollten ihn aufwühlen und sehen, wie die kleinen Ameisen in der Angst herumkröchen und ihre Eier forttrügen, aber der Dummling sagte: „Laßt die Tiere in Frieden, ich leid's nicht, daß ihr sie stört." Da gingen sie weiter und kamen an einen See, auf dem schwammen viele, viele Enten. Die zwei Brüder wollten ein paar fangen und braten, aber der Dummling ließ es nicht zu und sprach: „Laßt die Tiere in Frieden, ich leid's nicht, daß ihr sie tötet." Endlich kamen sie an ein Bienennest, darin war so viel Honig, daß er am Stamm herunterlief. Die zwei wollten Feuer unter den Baum legen und die Bienen ersticken, damit sie den Honig wegnehmen könnten. Der Dummling hielt sie aber wieder ab und sprach: „Laßt die Tiere in Frieden, ich leid's nicht, daß ihr sie verbrennt." Endlich kamen die drei Brüder in ein Schloß, wo in den Ställen lauter steinerne Pferde standen, auch war kein Mensch zu sehen, und sie gingen durch alle Säle, bis sie vor eine Tür ganz am Ende kamen, davor hingen drei Schlösser; es war aber mitten in der Tür ein Lädlein, dadurch konnte man in die Stube sehen. Da sahen sie ein graues Männchen, das an einem Tisch saß. Sie riefen es an, einmal, zweimal, aber es hörte nicht; endlich riefen sie zum drittenmal, da stand es auf, öffnete die Schlösser und kam heraus. Es sprach aber kein Wort, sondern führte sie zu einem reichbesetzten Tisch; und als sie gegessen und getrunken hatten, brachte es einen jeglichen in sein eigenes Schlafgemach. Am andern Morgen kam das graue Männchen zu dem ältesten, winkte und leitete ihn zu einer steinernen Tafel, darauf standen drei Aufgaben geschrieben, wodurch das Schloß erlöst werden könnte. Die erste war: in dem Wald unter dem Moos lagen die Perlen der Königstochter, tausend an der Zahl, die mußten aufgesucht werden, und wenn vor Sonnenuntergang noch eine einzige fehlte, so ward der, welcher gesucht hatte, zu Stein. Der älteste ging hin und suchte den ganzen Tag, als aber der Tag zu Ende war, hatte er erst hundert gefunden; es geschah, wie auf der Tafel stand, er ward in Stein verwandelt. Am folgenden Tag unternahm der zweite Bruder das Abenteuer: es ging ihm aber nicht viel besser als dem ältesten, er fand nicht mehr als zweihundert Perlen und ward zu Stein. Endlich kam auch an den Dummling die Reihe, der suchte im Moos, es war aber so schwer, die Perlen zu finden, und ging so langsam.

Da setzte er sich auf einen Stein und weinte.

Und wie er so saß, kam der Ameisenkönig, dem er einmal das Leben erhalten hatte, mit fünftausend Ameisen, und es währte gar nicht lange, so hatten die kleinen Tiere die Perlen miteinander gefunden und auf einen Haufen getragen. Die zweite Aufgabe aber war, den Schlüssel zu der Schlafkammer der Königstochter aus dem See zu holen. Wie der Dummling zum See kam, schwammen die Enten, die er einmal gerettet hatte, heran, tauchten unter und holten den Schlüssel aus der Tiefe. Die dritte Aufgabe aber war die schwerste; aus den drei schlafenden Töchtern des Königs sollte die jüngste und die liebste herausgesucht werden. Sie glichen sich aber vollkommen und waren durch nichts verschieden, als daß sie, bevor sie eingeschlafen waren, verschiedene Süßigkeiten gegessen hatten, die älteste ein Stück Zucker, die zweite ein wenig Sirup, die jüngste einen Löffel voll Honig. Da kam die Bienenkönigin von den Bienen, die der Dummling vor dem Feuer geschützt hatte, und versuchte den Mund von allen dreien; zuletzt blieb sie auf dem Mund sitzen, der Honig gegessen hatte, und so erkannte der Königssohn die rechte. Da war der Zauber vorbei, alles war aus dem Schlaf erlöst, und wer von Stein war, erhielt seine menschliche Gestalt wieder. Und der Dummling vermählte sich mit der jüngsten und liebsten und ward König nach ihres Vaters Tod; seine zwei Brüder aber erhielten die beiden andern Schwestern.

Die kluge Bauerntochter

Es war einmal ein armer Bauer, der hatte kein Land, nur ein kleines Häuschen und eine alleinige Tochter; da sprach die Tochter: „Wir sollten den Herrn König um ein Stück Rottland bitten." Da der König ihre Armut hörte, schenkte er ihnen auch ein Eckchen Rasen, den hackten sie und ihr Vater um, und wollten ein wenig Korn und derart Frucht darauf säen. Als sie den Acker beinahe herum hatten, so fanden sie in der Erde einen Mörsel von purem Gold: „Hör", sagte der Vater zu dem Mädchen, „weil unser Herr König ist so gnädig gewesen und hat uns diesen Acker geschenkt, so müssen wir ihm den Mörsel dafür geben." Die Tochter aber wollt' es nicht bewilligen und sagte: „Vater, wenn wir den Mörsel haben und haben den Stößer nicht, dann müssen wir auch den Stößer herbeischaffen, darum schweigt lieber still." Er wollte ihr aber nicht gehorchen, nahm den Mörsel, trug ihn zum Herrn König und sagte, den hätte er gefunden in der Heide, ob er ihn als eine Verehrung annehmen wollte. Der König nahm den Mörsel und fragte, ob er nichts mehr gefunden hätte? „Nein", antwortete der Bauer. Da sagte der König, er sollte nun auch den Stößer herbeischaffen. Der Bauer sprach, den hätten sie nicht gefunden; aber das half soviel, als hätt er's in den Wind gesagt, er ward ins Gefängnis gesetzt und sollte so lange dasitzen, bis er den Stößer herbeigeschafft hätte. Die Bedienten mußten ihm täglich Wasser und Brot bringen, was man so in dem Gefängnis kriegt; da hörten sie, wie der Mann als fortschrie: „Ach, hätt ich meiner Tochter gehört! Ach, ach, hätt ich meiner Tochter gehört!" Da gingen die Bedienten zum König und sprachen das, wie der Gefangene als fortschrie: „Ach, hätt ich doch meiner Tochter gehört!“, und wollte nicht essen und nicht trinken. Da befahl er den Bedienten, sie sollten den Gefangenen vor ihn bringen, und da fragte ihn der Herr König, warum er also fortschrie: Ach, hätt ich meiner Tochter gehört! „Was hat Eure Tochter denn gesagt?“ – „Ja, sie hat gesprochen, ich sollte den Mörsel nicht bringen, sonst müßt ich auch den Stößer schaffen.“ – „Habt Ihr so eine kluge Tochter, so laßt sie einmal herkommen.“ Also mußte sie vor den König kommen, der fragte sie, ob sie denn so klug wäre, und sagte, er wollte ihr ein Rätsel aufgeben; wenn sie das treffen könnte, dann wollte er sie heiraten. Da sprach sie gleich ja, sie wollt's erraten. Da sagte der König: „Komm zu mir, nicht gekleidet, nicht nackend, nicht geritten, nicht gefahren, nicht in dem Weg, nicht außer dem Weg, und wenn du das kannst, will ich dich heiraten.“ Da ging sie hin und zog sich aus splinternackend; da war sie nicht gekleidet, und nahm ein großes Fischgarn und setzte sich hinein und wickelte es ganz um sich herum, da war sie nicht nackend; und borgte einen Esel fürs Geld und band dem Esel das Fischgarn an den Schwanz, darin er sie fortschleppen mußte, und war das nicht geritten und nicht gefahren. Der Esel mußte sie aber in dem Fahrgleise schleppen, so daß sie nur mit der großen Zehe auf die Erde kam, und war das nicht in dem Weg und nicht außer dem Weg. Und wie sie so daherkam, sagte der König, sie hätte das Rätsel getroffen, und es wäre alles erfüllt. Da ließ er ihren Vater los aus dem Gefängnis und nahm sie zu sich als seine Gemahlin und befahl ihr das ganze königliche Gut an.

Nun waren etliche Jahre herum, als der Herr König einmal auf die Parade zog; da trug es sich zu, daß Bauern mit ihren Wagen vor dem Schloß hielten, die hatten Holz verkauft; etliche hatten Ochsen vorgespannt und etliche Pferde. Da war ein Bauer, der hatte drei Pferde, davon kriegte eins ein junges Füllchen, das lief weg und legte sich mitten zwischen zwei Ochsen, die vor dem Wagen waren. Als nun die Bauern zusammenkamen, fingen sie an, sich zu zanken, zu schmeißen und zu lärmen, und der Ochsenbauer wollte das Füllchen behalten und sagte, die Ochsen hätten's gehabt; und der andere sagte nein, seine Pferde hätten's gehabt, und es wäre sein. Der Zank kam vor den König, und der tat den Ausspruch, wo das Füllen gelegen hätte, da sollt es bleiben; und also bekam's der Ochsenbauer, dem's doch nicht gehörte. Da ging der andere weg, weinte und lamentierte über sein Füllchen. Nun hatte er gehört, wie daß die Frau Königin so gnädig wäre, weil sie auch von armen Bauersleuten gekommen wäre: ging zu ihr und bat sie, ob sie ihm nicht helfen könnte, daß er sein Füllchen wieder bekäme. Sagte sie: „Ja, wenn Ihr mir versprecht, daß Ihr mich nicht verraten wollt, so will ich's Euch sagen. Morgen früh, wenn der König auf der Wachtparade ist, so stellt Euch hin mitten in die Straße, wo er vorbeikommen muß, nehmt ein großes Fischgarn und tut, als fischet Ihr, und fischt also

fort und schüttet das Garn aus, als wenn Ihr's voll hättet", und sagte ihm auch, was er antworten sollte, wenn er vom König gefragt würde. Also stand der Bauer am andern Tag da und fischte auf einem trockenen Platz. Wie der König vorbeikam und das sah, schickte er seinen Läufer hin, der sollte fragen, was der närrische Mann vorhätte. Da gab er zur Antwort: „Ich fische." Fragte der Läufer, wie er fischen könnte, es wäre ja kein Wasser da. Sagte der Bauer: „So gut als zwei Ochsen können ein Füllen kriegen, so gut kann ich auf dem trockenen Platz fischen." Der Läufer ging hin und brachte dem König die Antwort; da ließ er den Bauer vor sich kommen und sagte ihm, das hätte er nicht von sich, von wem er das hätte; und sollt's gleich bekennen. Der Bauer aber wollt's nicht tun und sagte immer: Gott bewahr; er hätt' es von sich. Sie legten ihn aber auf ein Gebund Stroh und schlugen und drangsalten ihn so lange, bis er's bekannte, daß er's von der Frau Königin hätte. Als der König nach Hause kam, sagte er zu seiner Frau: „Warum bist du so falsch mit mir, ich will dich nicht mehr zur Gemahlin. Deine Zeit ist um, geh wieder hin, woher du kommen bist in dein Bauernhäuschen." Doch erlaubte er ihr eins, sie sollte sich das Liebste und Beste mitnehmen, was sie wüßte, und das sollte ihr Abschied sein. Sie sagte: „Ja, lieber Mann, wenn du's so befiehlst, will ich es auch tun", und fiel über ihn her und küßte ihn und sprach, sie wollte Abschied von ihm nehmen. Dann ließ sie einen starken Schlaftrunk kommen, Abschied mit ihm zu trinken; der König tat einen großen Zug, sie aber trank nur wenig. Da geriet er bald in einen tiefen Schlaf, und als sie das sah, rief sie einen Bedienten und nahm ein schönes weißes Linnentuch und schlug ihn da hinein, und die Bedienten mußten ihn in einen Wagen vor die Türe tragen, und fuhr sie ihn heim in ihr Häuschen. Da legte sie ihn in ihr Bettchen, und er schlief Tag und Nacht in einem fort, und als er aufwachte, sah er um sich und sagte: „Ach Gott, wo bin ich denn?", rief seinen Bedienten, aber es war keiner da. Endlich kam seine Frau vors Bett und sagte: „Lieber Herr König, Ihr habt mir befohlen, ich sollte das Liebste und Beste aus dem Schloß mitnehmen, nun hab ich nichts Besseres und Lieberes als dich; da hab ich dich mitgenommen." Dem König stiegen die Tränen in die Augen, und er sagte: „Liebe Frau, du sollst mein sein und ich dein"; und nahm sie wieder mit ins königliche Schloß und ließ sich aufs neue mit ihr vermählen; und werden sie ja wohl noch auf den heutigen Tag leben.

Die goldene Gans

Es war einmal ein Mann, der hatte drei Söhne. Der jüngste von ihnen hieß der Dummling und wurde verachtet und verspottet und bei jeder Gelegenheit zurückgesetzt. Da geschah es, daß der älteste einmal in den Wald gehen wollte, um Holz zu hauen. Ehe er ging, gab ihm seine Mutter einen feinen Eierkuchen und eine Flasche Wein, damit er nicht Hunger und Durst leiden müsse.

Als er in den Wald kam, begegnete ihm ein altes graues Männlein. Das wünschte ihm einen guten Tag und sprach: „Ach, lieber Freund, gib mir doch ein Stückchen Kuchen aus deiner Tasche und laß mich einen Schluck von deinem Wein trinken, ich bin so hungrig und durstig!"

Der Bursche aber antwortete: „Wenn ich dir meinen Kuchen und meinen Wein gebe, so habe ich ja selber nichts mehr. Schau, daß du weiterkommst!" Damit ließ er das Männlein stehen und ging fort.

Als er nun anfing, einen Baum umzuhauen, dauerte es nicht lange, so schlug er daneben, und die Axt traf ihn in den Arm, so daß er heimgehen und sich verbinden lassen mußte. Der Urheber dieses Mißgeschicks aber war niemand anderer als das graue Männlein.

Darauf ging der zweite Sohn in den Wald, und die Mutter gab ihm, wie dem ältesten, einen Eierkuchen und eine Flasche Wein mit. Auch ihm begegnete das graue Männchen und bat ihn um ein Stück Kuchen und einen Trunk Wein. Aber der zweite Bursche antwortete genauso wie sein älterer Bruder: „Was ich dir gebe, das geht mir selber ab. Schau, daß du weiterkommst!"

Damit ließ er das Männlein stehen und ging fort. Die Strafe blieb nicht aus: Als er ein paar Hiebe gegen einen Baum geführt hatte, schlug er sich ins Bein, daß er nach Hause getragen werden mußte.

Da sagte der Dummling: „Vater, laß mich einmal hinausgehen und Holz hauen!" Darauf antwortete der Vater: „Deine Brüder haben sich Schaden dabei getan – versuch es gar nicht, du verstehst doch nichts davon!"

Der Dummling aber bat so lange, bis der Vater endlich sagte: „Meinetwegen, geh hinaus! Durch Schaden wirst du klug werden!" Die Mutter gab ihm einen Kuchen, der mit Wasser angerührt und in der Asche gebacken war, und dazu eine Flasche saures Bier.

Als der Bursche in den Wald kam, begegnete ihm gleichfalls das graue Männchen, grüßte ihn und sprach: „Gib mir ein Stück von deinem Kuchen und einen Trunk aus deiner Flasche, ich bin so hungrig und durstig!"

Darauf antwortete der Dummling: „Ich habe aber nur Aschenkuchen und saures Bier. Wenn dir das recht ist, so wollen wir uns niedersetzen und essen."

Da setzten sie sich, und als der Dummling seinen Aschenkuchen herausholte, war's auf einmal ein feiner Eierkuchen, und das saure Bier war ein guter Wein. Nun aßen und tranken sie, und danach sprach das Männlein: „Weil du ein gutes Herz hast, mitleidig und freigebig bist, so will ich dir Glück bescheren. Dort steht ein alter Baum. Wenn du ihn umschlägst, so wirst du in den Wurzeln etwas finden!" Darauf verschwand das Männlein.

Der Dummling ging hin und hieb den Baum um. Da saß in seinen Wurzeln eine Gans, die hatte Federn von reinem Gold. Der Bursche hob sie herauf, nahm sie mit sich und ging in ein Wirtshaus, wo er übernachten wollte.

Der Wirt hatte drei Töchter. Als diese die Gans sahen, waren sie neugierig, was das für ein wunderlicher Vogel wäre, und hätten gerne eine von seinen Federn gehabt. Die älteste dachte: Es wird sich schon eine Gelegenheit finden, daß ich mir eine Feder herausziehen kann. Als der Dummling einmal hinausgegangen war, faßte sie die Gans beim Flügel, aber ihre Hand blieb fest daran hängen und sie konnte sie nicht mehr losmachen.

Bald danach kam die zweite Schwester und hatte ebenfalls keinen anderen Gedanken, als sich eine goldene Feder zu holen. Kaum aber hatte sie ihre Schwester angerührt, blieb sie an ihr fest hängen.

Endlich kam auch die dritte Schwester mit der gleichen Absicht. Da schrien ihr die anderen beiden zu: „Bleib weg! Um Himmels willen, bleib weg!" Aber das Mädchen begriff nicht, warum es wegbleiben sollte, und dachte: Wenn die dabei sind, kann ich auch dabei sein! Sie sprang herzu, aber kaum hatte sie ihre Schwester angerührt, blieb sie auch schon an ihr hängen. So mußten sie alle drei die Nacht bei der Gans zubringen.

Am andern Morgen nahm der Dummling die Gans auf den Arm, ging fort und kümmerte sich nicht um die drei Mädchen, die daran hingen. Sie mußten immer hinter ihm herlaufen, einmal links, einmal rechts, wie's ihm gerade in die Beine kam.

Unterwegs begegnete ihnen der Pfarrer. Als er den Aufzug sah, sprach er: „Schämt euch, ihr garstigen Mädchen! Warum lauft ihr dem jungen Burschen immer nach? Schickt sich denn das?" Damit faßte er die jüngste an der Hand und wollte sie zurückziehen. Kaum aber hatte er sie angerührt, blieb er gleichfalls hängen und mußte selber hinterdreinlaufen.

Nicht lange darauf kam der Mesner daher und sah den Herrn Pfarrer, der den drei Mädchen nachlief. Da wunderte er sich sehr und rief: „Ei, Herr Pfarrer, wo denn hin so geschwind? Vergeßt nicht, daß wir heute noch eine Kindstaufe haben!" Er lief auf ihn zu und faßte ihn am Ärmel, blieb aber sofort auch fest hängen.

Als die fünf so hintereinander hertrabten, kamen zwei Bauern mit ihren Hacken vom Feld. Da rief sie der Herr Pfarrer an und bat, sie möchten ihn und den Mesner losmachen. Kaum aber hatten die Bauern den Mesner angerührt, blieben sie an ihm hängen. Nun waren es ihrer sieben, die dem Dummling nachliefen.

Bald darauf kamen sie in eine Stadt. Dort herrschte ein König, der hatte eine Tochter, die war so ernsthaft, daß sie niemand zum Lachen bringen konnte. Darum hatte der König ein Gesetz verkünden lassen, daß derjenige, der die Königstochter zum Lachen bringen könne, sie heiraten dürfe. Als der Dummling das hörte, ging er mit seiner Gans und ihrem Anhang zur Königstochter, und als diese die sieben Menschen immer hintereinander herlaufen sah, fing sie hellauf zu lachen an und konnte gar nicht wieder aufhören.

Da verlangte der Dummling die Königstochter zur Frau. Aber dem König gefiel der Schwiegersohn nicht. Er machte allerlei Einwendungen und sagte, er müßte ihm erst einen Mann bringen, der einen Keller voll Wein austrinken könne.

Der Dummling dachte an das graue Männchen, das ihm wohl helfen könnte. Er ging hinaus in den Wald und sah an der Stelle, wo er den Baum abgehauen hatte, einen Mann sitzen, der ein gar betrübtes Gesicht machte. Der Dummling fragte, was ihm denn solche Sorgen mache. Da antwortete der Fremde: „Ach, ich habe so großen Durst und kann ihn nicht löschen. Das kalte Wasser vertrage ich nicht, ein Faß Wein habe ich zwar schon geleert, aber was ist so ein Tropfen auf einen heißen Stein?“

„Da kann ich dir helfen“, sagte der Dummling. „Komm nur mit mir, du sollst deinen Durst löschen!“

Er führte ihn in des Königs Keller. Der Mann machte sich über die großen Fässer her, trank und trank, daß ihm die Hüften weh taten, und ehe ein Tag um war, hatte er den ganzen Keller ausgetrunken.

Darauf verlangte der Dummling abermals seine Braut. Der König aber ärgerte sich, daß ein gewöhnlicher Bursche, den jedermann einen Dummling nannte, seine Tochter zur Frau haben sollte, und stellte neue Bedingungen. Zuerst, sagte er, müßte der Dummling noch einen Mann herbeischaffen, der einen Berg von Brot aufessen könnte.

Der Bursche besann sich nicht lange, sondern ging gleich wieder hinaus in den Wald. Da saß auf demselben Platz ein Mann, der sich den Leib mit einem Riemen zusammenschnürte. Er machte dabei ein grämliches Gesicht und sagte: „Einen ganzen Backofen voll Brot hab ich schon aufgegessen, aber was hilft das, wenn man so großen Hunger hat wie ich? Mein Magen bleibt leer, und ich muß mich zuschnüren, wenn ich nicht Hungers sterben soll.“

Der Dummling war froh über diese Begegnung und sprach: „Mach dich auf und geh mit mir, du sollst dich sattessen!“ Er führte den Mann an den Hof des Königs. Der hatte alles Mehl aus dem ganzen Reich zusammenfahren und einen ungeheuren

Berg Brot davon backen lassen. Der Mann aus dem Wald stellte sich davor hin, fing an zu essen, und in einem Tag war der ganze Berg verschwunden.

Der Dummling forderte nun zum dritten Male seine Braut. Aber der König suchte noch einmal eine Ausrede. Er verlangte ein Schiff, das zu Wasser und zu Lande fahren könnte. „Sobald du damit angesegelt kommst", sagte er. „Sollst du gleich meine Tochter zur Gemahlin haben."

Der Dummling ging geradewegs in den Wald. Da saß das alte graue Männchen, dem er seinen Kuchen gegeben hatte, und sagte: „Ich habe für dich getrunken und gegessen, ich will dir auch noch das Schiff geben. Das alles tue ich, weil du barmherzig gegen mich gewesen bist."

Und er gab ihm das Schiff, das zu Lande und zu Wasser fuhr. Als der König das sah, konnte er ihm seine Tochter nicht länger vorenthalten. Die Hochzeit wurde mit großer Pracht gefeiert. Nach des Königs Tod erbte der Dummling das Reich und lebte mit seiner Gemahlin lange Zeit in Glück und Fröhlichkeit.

Der gestohlene Heller

Es saß einmal ein Vater mit seiner Frau und seinen Kindern mittags am Tisch, und ein guter Freund, der zum Besuch gekommen war, aß mit ihnen. Und wie sie so saßen und es zwölf Uhr schlug, da sah der Fremde die Tür aufgehen und ein schneeweiß gekleidetes, ganz blasses Kindlein hereinkommen. Es blickte sich nicht um und sprach auch nichts, sondern ging geradezu in die Kammer nebenan. Bald darauf kam es zurück und ging ebenso still wieder zur Türe hinaus. Am zweiten und am dritten Tag kam es auf eben diese Weise. Da fragte endlich der Fremde den Vater, wem das schöne Kind gehörte, das alle Mittag in die Kammer ginge. „Ich habe es nicht gesehen", antwortete er, „und wüßte auch nicht, wem es gehören könnte." Am andern Tage, wie es wieder kam, zeigte es der Fremde dem Vater, der sah es aber nicht, und die Mutter und die Kinder alle sahen auch nichts. Nun stand der Fremde auf, ging zur Kammertüre, öffnete sie ein wenig und schaute hinein. Da sah er das Kind auf der Erde sitzen und emsig mit den Fingern in den Dielenritzen graben und wühlen; wie es aber den Fremden bemerkte, verschwand es. Nun erzählte er, was er gesehen hatte, und beschrieb das Kind genau; da erkannte es die Mutter und sagte: „Ach, das ist mein liebes Kind, das vor vier Wochen gestorben ist." Sie brachen die Dielen auf und fanden zwei Heller, die hatte einmal das Kind von der Mutter erhalten, um sie einem armen Manne zu geben, es hatte aber gedacht, dafür kannst du dir einen Zwieback kaufen, die Heller behalten und in die Dielenritzen versteckt; und da hatte es im Grabe keine Ruhe gehabt und war alle Mittage gekommen, um nach den Hellern zu suchen. Die Eltern gaben darauf das Geld einem Armen, und nachher ist das Kind nicht wieder gesehen worden.

Die sieben Schwaben

Einmal waren sieben Schwaben beisammen, der erste war der Herr Schulz, der zweite der Jackli, der dritte der Marli, der vierte der Jergli, der fünfte der Michel, der sechste der Hans, der siebente der Veitli; die hatten alle siebene sich vorgenommen, die Welt zu durchziehen, Abenteuer zu suchen und große Taten zu vollbringen. Damit sie aber auch mit bewaffneter Hand und sicher gingen, sahen sie's für gut an, daß sie sich zwar nur einen einzigen, aber recht starken und langen Spieß machen ließen. Diesen Spieß faßten sie alle siebene zusammen an; vorn ging der kühnste und männlichste, das mußte der Herr Schulz sein, und dann folgten die andern nach der Reihe, und der Veitli war der letzte.

Nun geschah es, als sie im Heumonat eines Tags einen weiten Weg gegangen waren, auch noch ein gut Stück bis in das Dorf hatten, wo sie über Nacht bleiben mußten, daß in der Dämmerung auf einer Wiese ein großer Roßkäfer oder eine Hornisse nicht weit von ihnen hinter einer Staude vorbeiflog und feindlich brummelte. Der Herr Schulz erschrak, daß er fast den Spieß hätte fallen lassen und ihm der Angstschweiß am ganzen Leibe ausbrach. „Horcht, horcht", rief er seinen Gesellen, „Gott ich höre eine Trommel!" Der Jackli, der hinter ihm den Spieß hielt und dem ich weiß nicht was für ein Geruch in die Nase kam, sprach: „Etwas ist ohne Zweifel vorhanden, denn ich schmeck das Pulver und den Zündstrick." Bei diesen Worten hub der Herr Schulz an, die Flucht zu ergreifen, und sprang im Hui über einen Zaun; weil er aber gerade auf die Zinken eines Rechens sprang, der vom Heumachen da liegengeblieben war, so fuhr ihm der Stiel ins Gesicht und gab ihm einen ungewaschenen Schlag. „O wei, o wei", schrie der Herr Schulz, „nimm mich gefangen, ich ergeb mich, ich ergeb mich!" Die andern sechs hüpften auch alle einer über den andern herzu und schrien: „Gibst du dich, so geb ich mich auch; gibst du dich, so geb ich mich auch." Endlich, wie kein Feind da war, der sie binden und fortführen wollte, merkten sie, daß sie betrogen waren; und damit die Geschichte nicht unter die Leute käme und sie nicht genarrt und gespottet würden, verschwuren sie sich untereinander, so lang davon stillzuschweigen, bis einer unverhofft das Maul auftäte.

Hierauf zogen sie weiter. Die zweite Gefährlichkeit, die sie erlebten, kann aber mit der ersten nicht verglichen werden. Nach etlichen Tagen trug sie ihr Weg durch ein Brachfeld; da saß ein Hase in der Sonne und schlief, streckte die Ohren in die Höhe und hatte die großen gläsernen Augen starr aufstehen. Da erschraken sie bei dem Anblick des grausamen und wilden Tieres insgesamt und hielten Rat, was zu tun das wenigst Gefährliche wäre. Denn so sie fliehen wollten, war zu besorgen, das Ungeheuer setzte ihnen nach und verschlänge sie alle mit Haut und Haar. Also sprachen sie: „Wir müssen einen großen und gefährlichen Kampf bestehen; frisch gewagt ist halb gewonnen", faßten alle siebene den Spieß an, der Herr Schulz vorn und der Veitli hinten. Der Herr Schulz wollte den Spieß noch immer anhalten, der Veitli aber war hinten ganz mutig geworden, wollte losbrechen und rief:

„Stoß zu in aller Schwabe Name,
Sonst wünsch i, daß ihr möcht erlahme."

Aber der Hans wußte ihn zu treffen und sprach:

„Beim Element, du hascht gut schwätze,
Bischt stets der letscht beim Drachehetze."

Der Michel rief:

„Es wird nit fehle um ei Haar,
So ischt es wohl der Teufel gar."

Drauf kam an den Jergli die Reihe, der sprach:

„Ischt er es nit, so ischt's sei Mutter
Oder des Teufels Stiefbruder."

Der Marli hatte da einen guten Gedanken und sagte zum Veitli:

„Gang, Veitli, gang, gang du voran,
I will dahinter vor di stahn."

Der Veitli hörte aber nicht drauf, und der Jackli sagte:

„Der Schulz, der muß der erschte sei,
Denn ihm gebührt die Ehr allei."

Da nahm sich der Herr Schulz ein Herz und sprach gravitätisch:

„So zieht denn herzhaft in den Streit,
Hieran erkennt man tapfre Leut."

Da gingen sie insgesamt auf den Drachen los. Der Herr Schulz segnete sich und rief Gott um Beistand an; wie aber das alles nicht helfen wollte und er dem Feind immer näherkam, schrie er in großer Angst: „Hau, hurlehau! hau! hauhau!" Davon erwachte der Hase, erschrak und sprang eilig davon. Als ihn der Herr Schulz so feldflüchtig sah, da rief er voll Freude:

„Potz, Veitli, lueg, lueg, was isch das?
Das Ungehüer ischt a Has."

Der Schwabenbund suchte aber weiter Abenteuer und kam an die Mosel, ein so moosiges, stilles und tiefes Wasser, darüber nicht viel Brücken sind, sondern man an mehreren Orten sich muß in Schiffen überfahren lassen. Weil die sieben Schwaben dessen unberichtet waren, riefen sie einem Mann, der jenseits des Wassers seine Arbeit vollbrachte, zu, wie man doch hinüberkommen könnte? Der Mann verstand wegen der Weite und wegen ihrer Sprache nicht, was sie wollten, und fragte auf sein trierisch: „Wat? Wat?" Da meinte der Herr Schulz, er spräche nicht anders als „wate, wate durchs Wasser", und hub an, weil er der Vorderste war, sich auf den Weg zu machen und in die Mosel hineinzugehen. Nicht lang, so versank er in den Schlamm und in die antreibenden tiefen Wellen, seinen Hut aber jagte der Wind hinüber an das jenseitige Ufer, und ein Frosch setzte sich dabei und quakte „wat, wat, wat". Die sechs andern hörten das drüben und sprachen: „Unser Gesell, der Herr Schulz, ruft uns. Kann er hinüberwaten, warum wir nicht auch?" Sprangen darum eilig alle zusammen in das Wasser und ertranken, also daß ein Frosch ihre sechse ums Leben brachte und niemand von dem Schwabenbund wieder nach Haus kam.

Die drei Handwerksburschen

Es waren drei Handwerksburschen, die hatten es verabredet, auf ihrer Wanderung beisammenzubleiben und immer in einer Stadt zu arbeiten. Auf eine Zeit aber fanden sie bei ihren Meistern kein Verdienst mehr, so daß sie endlich ganz abgerissen waren und nichts zu leben hatten. Da sprach der eine: „Was sollen wir anfangen? Hierbleiben können wir nicht länger, wir wollen wieder wandern, und wenn wir in der Stadt, wo wir hinkommen, keine Arbeit finden, so wollen wir beim Herbergsvater ausmachen, daß wir ihm schreiben, wo wir uns aufhalten, und einer vom andern Nachricht haben kann, und dann wollen wir uns trennen." Das schien den andern auch das Beste. Sie zogen fort; da kam ihnen auf dem Weg ein reichgekleideter Mann entgegen, der fragte, wer sie wären. „Wir sind Handwerksleute und suchen Arbeit: wir haben uns bisher zusammengehalten; wenn wir aber keine mehr finden, so wollen wir uns trennen." – „Das hat keine Not", sprach der Mann, „wenn ihr tun wollt, was ich euch sage, soll's euch an Geld und Arbeit nicht fehlen; ja, ihr sollt große Herren werden und in Kutschen fahren." Der eine sprach: „Wenn's unserer Seele und Seligkeit nicht schadet, so wollen wir's wohl tun." – „Nein", antwortete der Mann, „ich habe keinen Teil an euch." Der andere aber hatte nach seinen Füßen gesehen, und als er da einen Pferdefuß und einen Menschenfuß erblickte, wollte er sich nicht mit ihm einlassen. Der Teufel aber sprach: „Gebt euch zufrieden, es ist nicht auf euch abgesehen, sondern auf eines anderen Seele, der schon halb mein ist und dessen Maß nur vollaufen soll."

Weil sie nun sicher waren, willigten sie ein, und der Teufel sagte ihnen, was er verlangte. Der erste sollte auf jede Frage antworten: „Wir alle drei", der zweite: „Ums Geld", der dritte: „Und das war recht." Das sollten sie immer hintereinander sagen, weiter aber dürften sie kein Wort sprechen, und überträten sie das Gebot, so wäre gleich alles Geld verschwunden; solange sie es aber befolgten, sollten ihre Taschen immer voll sein. Zum Anfang gab er ihnen auch gleich so viel, als sie tragen konnten, und ließ sie in die Stadt in das und das Wirtshaus gehen. Sie gingen hinein, der Wirt kam ihnen entgegen und fragte: „Wollt ihr etwas zu essen?" Der erste antwortete: „Wir alle drei." – „Ja", sagte der Wirt, „das mein ich auch." Der zweite: „Ums Geld." – „Das versteht sich", sagte der Wirt. Der dritte: „Und das war recht." – „Jawohl war's recht", sagte der Wirt. Es ward ihnen nun gut Essen und Trinken gebracht und wohl aufgewartet. Nach dem Essen mußte die Bezahlung geschehen; da hielt der Wirt dem einen die Rechnung hin, der sprach: „Wir alle drei", der zweite: „Ums Geld", der dritte: „Und das war recht." – „Freilich ist's recht", sagte der Wirt, „alle drei bezahlen, und ohne Geld kann ich nichts geben." Sie bezahlten aber noch mehr, als er gefordert hatte. Die Gäste sahen das mit an und sprachen: „Die Leute müssen toll sein.“ – „Ja, das sind sie auch“, sagte der Wirt, „sie sind nicht recht klug.“

So blieben sie eine Zeitlang in dem Wirtshaus und sprachen kein ander Wort als: „Wir alle drei; ums Geld; und das war recht.“ Sie sahen aber und wußten alles, was darin vorging. Es trug sich zu, daß ein großer Kaufmann kam mit vielem Geld, der sprach: „Herr Wirt, heb Er mir mein Geld auf, da sind die drei närrischen Handwerksburschen, die möchten mir's stehlen.“ Das tat der Wirt. Wie er den Mantelsack in seine Stube trug, fühlte er, daß er schwer von Gold war. Darauf gab er den drei Handwerkern unten ein Lager, der Kaufmann aber kam oben hin in eine besondere Stube. Als Mitternacht war und der Wirt dachte, sie schliefen alle, kam er mit seiner Frau, und sie hatten eine Holzaxt und schlugen den reichen Kaufmann tot; nach vollbrachtem Mord legten sie sich wieder schlafen. Wie's nun Tag war, gab's großen Lärm, der Kaufmann lag tot im Bett und schwamm in seinem Blut. Da liefen alle Gäste zusammen, der Wirt aber sprach: „Das haben die drei tollen Handwerker getan.“ Die Gäste bestätigten es und sagten: „Niemand anders kann's gewesen sein.“ Der Wirt aber ließ sie rufen und sagte zu ihnen: „Habt ihr den Kaufmann getötet?“ – „Wir alle drei“, sagte der erste, „ums Geld“ der zweite, „und das war recht“ der dritte. „Da hört ihr's nun“, sprach der Wirt, „sie gestehen's selber.“ Sie wurden also ins Gefängnis gebracht und sollten gerichtet werden.

Wie sie nun sahen, daß es so ernsthaft ging, ward ihnen doch angst, aber nachts kam der Teufel und sprach: „Haltet nur noch einen Tag aus und verscherzt euer Glück nicht, es soll euch kein Haar gekrümmt werden.“ Am andern Morgen wurden sie vor Gericht geführt; da sprach der Richter: „Seid ihr die Mörder?“ – „Wir alle drei.“ – „Warum habt ihr den Kaufmann erschlagen?“ – „Ums Geld.“ – „Ihr Bösewichter“, sagte der Richter, „habt ihr euch nicht der Sünde gescheut?“ – „Und das war recht.“ – „Sie haben bekannt und sind noch halsstarrig dazu“, sprach der Richter, „führt sie gleich zum Tod.“ Also wurden sie hinausgebracht, und der Wirt mußte mit in den Kreis treten. Wie sie nun von den Henkersknechten gefaßt und oben aufs Gerüst geführt wurden, wo der Scharfrichter mit bloßem Schwerte stand, kam auf einmal eine Kutsche mit vier blutroten Füchsen bespannt und fuhr, daß das Feuer aus den Steinen sprang, aus dem Fenster aber winkte einer mit einem weißen Tuche. Da sprach der Scharfrichter: „Es kommt Gnade“, und ward auch aus dem Wagen „Gnade! Gnade!“ gerufen. Da trat der Teufel heraus, als ein sehr vornehmer Herr, prächtig gekleidet und sprach: „Ihr drei seid unschuldig; ihr dürft nun sprechen, sagt heraus, was ihr gesehen und gehört habt.“ Da sprach der älteste: „Wir haben den Kaufmann nicht getötet, der Mörder steht da im Kreis“ und deutete auf den Wirt, „zum Wahrzeichen geht in seinen Keller, da hängen noch viele andere, die er ums Leben gebracht." Da schickte der Richter die Henkersknechte hin, die fanden es, wie's gesagt war, und als sie dem Richter das berichtet hatten, ließ er den Wirt hinaufführen und ihm das Haupt abschlagen. Da sprach der Teufel zu den dreien: „Nun hab ich die Seele, die ich haben wollte, ihr seid aber frei und habt Geld für euer Lebtag."

Der Fuchs und die Katze

Es trug sich zu, daß die Katze in einem Walde dem Herrn Fuchs begegnete, und weil sie dachte: Er ist gescheit und wohl erfahren und gilt viel in der Welt, so sprach sie ihm freundlich zu. „Guten Tag, lieber Herr Fuchs, wie geht's? wie steht's? Wie schlagt Ihr Euch durch in dieser teuren Zeit?" Der Fuchs, alles Hochmutes voll, betrachtete die Katze von Kopf bis zu Füßen und wußte lange nicht, ob er eine Antwort geben sollte. Endlich sprach er: „O du armseliger Bartputzer, du buntscheckiger Narr, Hungerleider und Mäusejäger, was kommt dir in den Sinn? Du unterstehst dich zu fragen, wie mir's gehe? Was hast du gelernt? Wieviel Künste verstehst du?" – „Ich verstehe nur eine einzige", antwortete bescheidentlich die Katze. „Was ist das für eine Kunst?" fragte der Fuchs. „So die Hunde hinter mir her sind, kann ich auf einen Baum springen und mich retten." – „Ist das alles?" sagte der Fuchs, „ich bin Herr über hundert Künste und habe überdies noch einen Sack voll Listen. Du jammerst mich, komm mit mir, ich will dich lehren, wie man den Hunden entgeht." Indem kam ein Jäger mit vier Hunden daher. Die Katze sprang behend auf einen Baum und setzte sich in den Gipfel, wo Äste und Laubwerk sie völlig verbargen. „Bindet den Sack auf, Herr Fuchs, bindet den Sack auf", rief ihm die Katze zu, aber die Hunde hatten ihn schon gepackt und hielten ihn fest. „Ei, Herr Fuchs", rief die Katze, „Ihr bleibt mit Euern hundert Künsten stecken. Hättet Ihr heraufkriechen können wie ich, so wär's nicht um Euer Leben geschehen."

Der Eisenofen

Zur Zeit, wo das Wünschen noch geholfen hat, ward ein Königssohn von einer alten Hexe verwünscht, daß er im Walde in einem großen Eisenofen sitzen sollte. Da brachte er viele Jahre zu und konnte ihn niemand erlösen. Einmal kam eine Königstochter in den Wald, die hatte sich irre gegangen und konnte ihres Vaters Reich nicht wiederfinden; neun Tage war sie so herumgegangen und stand zuletzt vor dem eisernen Kasten. Da kam eine Stimme heraus und fragte sie: „Wo kommst du her, und wo willst du hin?" Sie antwortete: „Ich habe meines Vaters Königreich verloren und kann nicht wieder nach Haus kommen." Da sprach's aus dem Eisenofen: „Ich will dir wieder nach Haus verhelfen, und zwar in einer kurzen Zeit, wenn du willst unterschreiben, zu tun, was ich verlange. Ich bin ein größerer Königssohn als du eine Königstochter und will dich heiraten." Da erschrak sie und dachte: Lieber Gott, was soll ich mit dem Eisenofen anfangen! Weil sie aber gerne wieder zu ihrem Vater heim wollte, unterschrieb sie sich doch, zu tun, was er verlangte. Er sprach aber: „Du sollst wiederkommen, ein Messer mitbringen und ein Loch in das Eisen schrappen." Dann gab er ihr jemand zum Gefährten, der ging nebenher und sprach nicht; er brachte sie aber in zwei Stunden nach Haus. Nun war große Freude im Schloß, als die Königstochter wiederkam, und der alte König fiel ihr um den Hals und küßte sie. Sie war aber sehr betrübt und sprach: „Lieber Vater, wie mir's gegangen hat! Ich wäre nicht wieder nach Haus gekommen aus dem großen wilden Walde, wenn ich nicht wäre an einen eisernen Ofen gekommen, dem habe ich mich müssen dafür unterschreiben, daß ich wollte wieder zu ihm zurückkehren, ihn erlösen und heiraten." Da erschrak der alte König so sehr, daß er beinahe in eine Ohnmacht gefallen wäre, denn er hatte nur die einzige Tochter. Beratschlagten sich also, sie wollten die Müllerstochter, die schön wäre, an ihre Stelle nehmen; führten die hinaus, gaben ihr ein Messer und sagten, sie sollte an dem Eisenofen schaben. Sie schrappte auch vierundzwanzig Stunden lang, konnte aber nicht das Geringste herabbringen. Wie nun der Tag anbrach, rief's in dem Eisenofen: „Mich deucht, es ist Tag draußen." Da antwortete sie: „Das deucht mich auch, ich meine, ich höre meines Vaters Mühle rappeln." – „So bist du eine Müllerstochter, dann geh hinaus und laß die Königstochter herkommen." Da ging sie hin und sagte dem alten König, der draußen wollte sie nicht, er wollte seine Tochter. Da erschrak der alte König, und die Tochter weinte. Sie hatten aber noch eine Schweinehirtentochter, die war noch schöner als die Müllerstochter, der wollten sie ein Stück Geld geben, damit sie für die Königstochter zum eisernen Ofen ginge. Also ward sie hinausgebracht und mußte auch vierundzwanzig Stunden lang schrappen; sie brachte aber nichts davon. Wie nun der

Tag anbrach, rief's im Ofen: „Mich deucht, es ist Tag draußen." Da antwortete sie: „Das deucht mich auch, ich meine, ich höre meines Vaters Hörnchen tüten." – So bist du eine Schweinehirtentochter, geh gleich fort und laß die Königstochter kommen; und sag ihr, es sollt ihr widerfahren, was ich ihr versprochen hätte, und wenn sie nicht käme, sollte im ganzen Reich alles zerfallen und einstürzen und kein Stein auf dem andern bleiben." Als die Königstochter das hörte, fing sie an zu weinen; es war aber nun nicht anders, sie mußte ihr Versprechen halten. Da nahm sie Abschied von ihrem Vater, steckte ein Messer ein und ging zu dem Eisenofen in den Wald hinaus. Wie sie nun angekommen war, hub sie an zu schrappen, und das Eisen gab nach, und wie zwei Stunden vorbei waren, hatte sie schon ein kleines Loch geschabt. Da guckte sie hinein und sah einen so schönen Jüngling, ach, der glimmerte in Gold und Edelsteinen, daß er ihr recht in der Seele gefiel. Nun, da schrappte sie noch weiter fort und machte das Loch so groß, daß er heraus konnte. Da sprach er: „Du bist mein, und ich bin dein, du bist meine Braut und hast mich erlöst." Er wollte sie mit sich in sein Reich führen, aber sie bat sich aus, daß sie noch einmal dürfte zu ihrem Vater gehen, und der Königssohn erlaubte es ihr, doch sollte sie nicht mehr mit ihrem Vater sprechen als drei Worte, und dann sollte sie wiederkommen. Also ging sie heim, sie sprach aber mehr als drei Worte! Da verschwand alsbald der Eisenofen und war weit weg gerückt über gläserne Berge und schneidende Schwerter; doch der Königssohn war erlöst und nicht mehr darin eingeschlossen. Danach nahm sie Abschied von ihrem Vater und nahm etwas Geld mit, aber nicht viel, ging wieder in den großen Wald und suchte den Eisenofen, allein der war nicht zu finden. Neun Tage suchte sie; da ward ihr Hunger so groß, daß sie sich nicht zu helfen wußte, denn sie hatte nichts mehr zu leben. Und als es Abend ward, setzte sie sich auf einen kleinen Baum und gedachte darauf die Nacht hinzubringen, weil sie sich vor den wilden Tieren fürchtete. Als nun Mitternacht herankam, sah sie von fern ein kleines Lichtchen und dachte: Ach, da wär ich wohl erlöst, stieg vom Baum und ging dem Lichtchen nach, auf dem Weg aber betete sie. Da kam sie zu einem kleinen alten Häuschen und war viel Gras darum gewachsen und stand ein kleines Häufchen Holz davor. Dachte sie: Ach, wo kommst du hier hin! guckte durchs Fenster hinein, so sah sie nichts darin als dicke und kleine Itschen (Kröten), aber einen Tisch, schön gedeckt mit Wein und Braten, und Teller und Becher waren von Silber. Da nahm sie sich das Herz und klopfte an. Alsbald rief die Dicke:

„Jungfer grün und klein,
Hutzelbein,
Hutzelbeins Hündchen,
Hutzel hin und her,
Laß geschwind sehen, wer draußen wär."

Da kam eine kleine Itsche herbeigegangen und machte ihr auf. Wie sie eintrat, hießen alle sie willkommen, und sie mußte sich setzen. Sie fragte: „Wo kommt Ihr her? Wo wollt Ihr hin?" Da erzählte sie alles, wie es ihr ergangen wäre, und weil sie das Gebot übertreten hätte, nicht mehr als drei Worte zu sprechen, wäre der Ofen weg samt dem Königssohn; nun wollte sie so lange suchen und über Berg und Tal wandern, bis sie ihn fände. Da sprach die alte Dicke:

„Jungfer grün und klein,
Hutzelbein,
Hutzelbeins Hündchen,
Hutzel hin und her,
Bring mir die große Schachtel her."

Da ging die Kleine hin und brachte die Schachtel herbeigetragen. Hernach gaben sie ihr Essen und Trinken und brachten sie zu einem schönen gemachten Bett, das war wie Seide und Sammet, da legte sie sich hinein und schlief in Gottes Namen. Als der Tag kam, stand sie auf und gab ihr die alte Itsche drei Nadeln aus der großen Schachtel, die sollte sie mitnehmen; sie würden ihr nötig tun, denn sie müßte über einen hohen gläsernen Berg und über drei schneidende Schwerter und über ein großes Wasser; wenn sie das durchsetzte, würde sie ihren Liebsten wieder kriegen. Nun gab sie hiermit drei Teile, die sollte sie recht in acht nehmen, nämlich drei große Nadeln, ein Pflugrad und drei Nüsse. Hiermit reiste sie ab, und wie sie vor den gläsernen Berg kam, der so glatt war, steckte sie die drei Nadeln als hinter die Füße und dann wieder vorwärts und gelangte so hinüber, und als sie hinüber war, steckte sie sie an einen Ort, den sie wohl in acht nahm. Danach kam sie vor die drei schneidenden Schwerter; da stellte sie sich auf ihr Pflugrad und rollte hinüber. Endlich kam sie vor ein großes Wasser und, wie sie übergefahren war, in ein großes schönes Schloß. Sie ging hinein und hielt um einen Dienst an, sie wär' eine arme Magd und wollte sich gerne vermieten; sie wußte aber, daß der Königssohn drinnen war, den sie erlöst hatte aus dem eisernen Ofen im großen Wald. Also ward sie angenommen zum Küchenmädchen für geringen Lohn. Nun hatte der Königssohn schon wieder eine andere an der Seite, die wollte er heiraten; denn er dachte, sie wäre längst

gestorben. Abends, wie sie aufgewaschen hatte und fertig war, fühlte sie in die Tasche und fand die drei Nüsse, welche ihr die alte Itsche gegeben hatte. Biß eine auf und wollte den Kern essen, siehe, da war ein stolzes königliches Kleid drin. Wie's nun die Braut hörte, kam sie und hielt um das Kleid an und wollte es kaufen und sagte, es wäre kein Kleid für eine Dienstmagd. Da sprach sie, nein, sie wollt's nicht verkaufen, doch wann sie ihr einerlei (ein Ding) wollte erlauben, so sollte sie's haben, nämlich eine Nacht in der Kammer ihres Bräutigams zu schlafen. Die Braut erlaubte es ihr, weil das Kleid so schön war und sie noch keins so hatte. Wie's nun Abend war, sagte sie zu ihrem Bräutigam: „Das närrische Mädchen will in deiner Kammer schlafen." – „Wenn du's zufrieden bist, bin ich's auch", sprach er. Sie gab aber dem Mann ein Glas Wein, in das sie einen Schlaftrunk getan hatte. Also gingen beide in die Kammer schlafen, und er schlief so fest, daß sie ihn nicht erwecken konnte. Sie weinte die ganze Nacht und rief: „Ich habe dich erlöst aus dem wilden Wald und aus dem eisernen Ofen, ich habe dich gesucht und bin gegangen über einen gläsernen Berg, über drei schneidende Schwerter und über ein großes Wasser, ehe ich dich gefunden habe, und willst mich doch nicht hören." Die Bedienten saßen vor der Stubentüre und hörten, wie sie so die ganze Nacht weinte, und sagten's am Morgen ihrem Herrn. Und wie sie am andern Abend aufgewaschen hatte, biß sie die zweite Nuß auf, da war noch ein weit schöneres Kleid drin; wie das die Braut sah, wollte sie es auch kaufen. Aber Geld wollte das Mädchen nicht und bat sich aus, daß es noch einmal in der Kammer des Bräutigams schlafen dürfte. Die Braut gab ihm aber einen Schlaftrunk, und er schlief so fest, daß er nichts hören konnte. Das Küchenmädchen weinte aber die ganze Nacht und rief: „Ich habe dich erlöst aus einem Walde und aus einem eisernen Ofen, ich habe dich gesucht und bin gegangen über einen gläsernen Berg, über drei schneidende Schwerter und über ein großes Wasser, ehe ich dich gefunden habe, und nun willst mich doch nicht hören." Die Bedienten saßen vor der Stubentüre und hörten, wie sie so die ganze Nacht weinte, und sagten's am Morgen ihrem Herrn. Und als sie am dritten Abend aufgewaschen hatte, biß sie die dritte Nuß auf, da war ein noch schöneres Kleid drin, das starrte von purem Gold. Wie die Braut das sah, wollte sie es haben, das Mädchen aber gab es nur hin, wenn es zum drittenmal dürfte in der Kammer des Bräutigams schlafen. Der Königssohn aber hütete sich und ließ den Schlaftrunk vorbeilaufen. Wie sie nun anfing zu weinen und zu rufen: „Liebster Schatz, ich habe dich erlöst aus dem grausamen wilden Walde und aus einem eisernen Ofen", so sprang der Königssohn auf und sprach: „Du bist die Rechte, du bist mein, und ich bin dein." Darauf setzte er sich noch in der Nacht mit ihr in einen Wagen, und der falschen Braut nahmen sie die Kleider weg, daß sie nicht aufstehen konnte. Als sie zu dem großen Wasser kamen, da schifften sie hinüber, und vor den drei schneidenden Schwertern, da setzten sie sich aufs Pflugrad, und vor dem gläsernen Berg, da steckten sie die drei Nadeln hinein. So gelangten sie endlich zu dem alten kleinen Häuschen, aber wie sie hineintraten, war's ein großes Schloß. Die Itschen waren alle erlöst und lauter Königskinder und waren in voller Freude. Da ward Vermählung gehalten, und sie blieben in dem Schloß, das war viel größer als ihres Vaters Schloß. Weil aber der Alte jammerte, daß er allein bleiben sollte, so fuhren sie weg und holten ihn zu sich und hatten zwei Königreiche und lebten in gutem Ehestand.

Da kam eine Maus,
Das Märchen war aus.

Die Gänsemagd

Es lebte einmal eine alte Königin, der war ihr Gemahl schon lange Jahre gestorben, und sie hatte eine schöne Tochter. Wie die erwuchs, wurde sie weit über Feld an einen Königssohn versprochen. Als nun die Zeit kam, wo sie vermählt werden sollten und das Kind in das fremde Reich abreisen mußte, packte ihr die Alte gar viel köstliches Gerät und Geschmeide ein, Gold und Silber, Becher und Kleinode, kurz alles, was zu einem königlichen Brautschatz gehörte, denn sie hatte ihr Kind von Herzen lieb. Auch gab sie ihr eine Kammerjungfer bei, welche mitreiten und die Braut in die Hände des Bräutigams überliefern sollte, und jede bekam ein Pferd zur Reise, aber das Pferd der Königstochter hieß Falada und konnte sprechen. Wie nun die Abschiedsstunde da war, begab sich die alte Mutter in ihre Schlafkammer, nahm ein Messerlein und schnitt damit in ihre Finger, daß sie bluteten; darauf hielt sie ein weißes Läppchen unter, ließ drei Tropfen Blut hineinfallen, gab sie der Tochter und sprach: „Liebes Kind, verwahre sie wohl, sie werden dir unterwegs nottun."

Also nahmen sie beide voneinander betrübten Abschied. Das Läppchen steckte die Königstochter in ihren Busen vor sich, setzte sich aufs Pferd und zog nun fort zu ihrem Bräutigam. Da sie eine Stunde geritten waren, empfand sie heißen Durst und sprach zu ihrer Kammerjungfer: „Steig ab und schöpfe mir mit meinem Becher, den du für mich mitgenommen hast, Wasser aus dem Bache, ich möchte gern einmal trinken." – „Wenn Ihr Durst habt", sprach die Kammerjungfer, „so steigt selber ab, legt Euch ans Wasser und trinkt, ich mag Eure Magd nicht sein." Da stieg die

Königstochter vor großem Durst herunter, neigte sich über das Wasser im Bach und trank und durfte nicht aus dem goldenen Becher trinken. Da sprach sie: „Ach Gott!" da antworteten die drei Blutstropfen: „Wenn das deine Mutter wüßte, das Herz im Leibe tät ihr zerspringen." Aber die Königsbraut war demütig, sagte nichts und stieg wieder zu Pferd. So ritten sie etliche Meilen weiter fort, aber der Tag war warm, die Sonne stach, und sie durstete bald von neuem. Da sie nun an einen Wasserfluß kamen, rief sie noch einmal ihrer Kammerjungfer: „Steig ab und gib mir aus meinem Goldbecher zu trinken", denn sie hatte alle bösen Worte längst vergessen. Die Kammerjungfer sprach aber noch hochmütiger: „Wollt Ihr trinken, so trinkt allein, ich mag nicht Eure Magd sein." Da stieg die Königstochter hernieder vor großem Durst, legte sich über das fließende Wasser, weinte und sprach: „Ach Gott!", und die Blutstropfen antworteten wiederum: „Wenn das deine Mutter wüßte, das Herz im Leibe tät ihr zerspringen." Und wie sie so trank und sich recht überlehnte, fiel ihr das Läppchen, worin die drei Tropfen waren, aus dem Busen und floß mit dem Wasser fort, ohne daß sie es in ihrer großen Angst merkte. Die Kammerjungfer hatte aber zugesehen und freute sich, daß sie Gewalt über die Braut bekäme; denn damit, daß diese die Blutstropfen verloren hatte, war sie schwach und machtlos geworden. Als sie nun wieder auf ihr Pferd steigen wollte, das da hieß Falada, sagte die Kammerjungfrau: „Auf Falada gehör ich, und auf meinen Gaul gehörst du"; und das mußte sie sich gefallen lassen. Dann befahl ihr die Kammerfrau mit harten Worten, die königlichen Kleider auszuziehen und ihre schlechten anzulegen, und endlich mußte sie sich unter freiem Himmel verschwören, daß sie am königlichen Hof keinem Menschen etwas davon sprechen wollte; und wenn sie diesen Eid nicht abgelegt hätte, wäre sie auf der Stelle umgebracht worden. Aber Falada sah das alles an und nahm's wohl in acht.

Die Kammerfrau stieg nun auf Falada und die wahre Braut auf das schlechte Roß, und so zogen sie weiter, bis sie endlich in dem königlichen Schloß eintrafen. Da war große Freude über ihre Ankunft, und der Königssohn sprang ihnen entgegen, hob die Kammerfrau vom Pferde und meinte, sie wäre seine Gemahlin; sie ward die Treppe hinaufgeführt, die wahre Königstochter aber mußte unten stehenbleiben. Da schaute der alte König am Fenster und sah sie im Hof halten und sah, wie sie fein war, zart und gar schön; ging alsbald hin ins königliche Gemach und fragte die Braut nach der, die sie bei sich hätte und da unten im Hofe stände, und wer sie wäre? „Die hab ich mir unterwegs mitgenommen zur Gesellschaft; gebt der Magd was zu arbeiten, daß sie nicht müßig steht." Aber der alte König hatte keine Arbeit für sie und wußte nichts, als daß er sagte: „Da hab ich so einen kleinen Jungen, der hütet die Gänse, dem mag sie helfen." Der Junge hieß Kürdchen (Konrädchen), dem mußte die wahre Braut helfen, Gänse hüten.

Bald aber sprach die falsche Braut zu dem jungen König: „Liebster Gemahl, ich bitte Euch, tut mir einen Gefallen." Er antwortete: „Das will ich gerne tun." – „Nun, so laßt den Schinder rufen und da dem Pferde, worauf ich hergeritten bin, den Hals abhauen, weil es mich unterwegs geärgert hat." Eigentlich aber fürchtete sie, daß das Pferd sprechen möchte, wie sie mit der Königstochter umgegangen war. Nun war das so weit geraten, daß es geschehen und der treue Falada sterben sollte; da kam es auch der rechten Königstochter zu Ohr, und sie versprach dem Schinder heimlich ein Stück Geld, das sie ihm bezahlen wollte, wenn er ihr einen kleinen Dienst erwiese. In der Stadt war ein großes, finsteres Tor, wo sie abends und morgens mit den Gänsen durch mußte; unter das finstere Tor möchte er dem Falada seinen Kopf hinnageln, daß sie ihn doch noch mehr als einmal sehen könnte.

Also versprach das der Schindersknecht zu tun, hieb den Kopf ab und nagelte ihn unter das finstere Tor fest.

Des Morgens früh, da sie und Kürdchen unterm Tor hinaustrieben, sprach sie im Vorbeigehen:

„O du Falada, da du hangest",

da antwortete der Kopf:

„O du Jungfer Königin, da du gangest,
Wenn das deine Mutter wüßte,
Ihr Herz tät zerspringen."

Da zogen sie still weiter zur Stadt hinaus, und sie trieben die Gänse aufs Feld. Und wenn sie auf der Wiese angekommen war, saß sie nieder und machte ihre Haare auf, die waren eitel Gold, und Kürdchen sah sie und freute sich, wie sie glänzten, und wollte ihr ein paar ausraufen. Da sprach sie:

„Weh, weh, Windchen,
Nimm Kürdchen sein Hütchen,
Und laß'n sich mit jagen,
Bis ich mich geflochten und geschnatzt
Und wieder aufgesatzt."

Und da kam ein so starker Wind, daß er dem Kürdchen sein Hütchen wegwehte über alle Land, und mußte ihm nachlaufen. Bis es wieder kam, war sie mit dem Kämmen und Aufsetzen fertig, und er konnte keine Haare kriegen. Da war Kürdchen bös und sprach nicht mit ihr; und so hüteten sie die Gänse, bis daß es Abend ward, dann gingen sie nach Haus.

Den andern Morgen, wie sie unter dem finsteren Tor hinaustrieben, sprach die Jungfrau:

„O du Falada, da du hangest“,

Falada antwortete:

„O du Jungfer Königin, da du gangest,
Wenn das deine Mutter wüßte,
Das Herz tät ihr zerspringen.“

Und in dem Feld setzte sie sich wieder auf die Wiese und fing an, ihr Haar auszukämmen, und Kürdchen lief und wollte danach greifen, da sprach sie schnell:

„Weh, weh, Windchen,
Nimm Kürdchen sein Hütchen,
Und lass'n sich mit jagen,
Bis ich mich geflochten und geschnatzt
Und wieder aufgesatzt.“

Da wehte der Wind und wehte ihm das Hütchen vom Kopf weit weg, daß Kürdchen nachlaufen mußte; und als es wieder kam, hatte sie längst ihr Haar zurecht, und es konnte keins davon erwischen; und so hüteten sie die Gänse, bis es Abend ward.

Abends aber, nachdem sie heimgekommen waren, ging Kürdchen vor den alten König und sagte: „Mit dem Mädchen will ich nicht länger Gänse hüten.“ – „Warum denn?“ fragte der alte König. „Ei, das ärgert mich den ganzen Tag.“ Da befahl ihm der alte König zu erzählen, wie's ihm denn mit ihr ginge. Da sagte Kürdchen: „Morgens, wenn wir unter dem finstern Tor mit der Herde durchkommen, so ist da ein Gaulskopf an der Wand, zu dem redet sie:

Falada, da du hangest,

da antwortet der Kopf:

O du Königsjungfer, da du gangest,
Wenn das deine Mutter wüßte,
Das Herz tät ihr zerspringen.“

Und so erzählte Kürdchen weiter, was auf der Gänsewiese geschähe, und wie es da dem Hute im Winde nachlaufen müßte.

Der alte König befahl ihm, den nächsten Tag wieder hinauszutreiben, und er selbst, wie es Morgen war, setzte sich hinter das finstere Tor und hörte da, wie sie mit dem Haupt des Falada sprach; und dann ging er ihr auch nach in das Feld und barg sich in einem Busch auf der Wiese. Da sah er nun bald mit seinen eigenen Augen, wie die Gänsemagd und der Gänsejunge die Herde getrieben brachte, und wie nach einer Weile sie sich setzte und ihre Haare losflocht, die strahlten von Glanz. Gleich sprach sie wieder:

„Weh, weh, Windchen,
Nimm Kürdchen sein Hütchen,
Und lass'n sich mit jagen,
Bis ich mich geflochten und geschnatzt
Und wieder aufgesatzt."

Da kam ein Windstoß und fuhr mit Kürdchens Hut weg, daß es weit zu laufen hatte, und die Magd kämmte und flocht ihre Locken still fort, welches der alte König alles beobachtete. Darauf ging er unbemerkt zurück, und als abends die Gänsemagd heimkam, rief er sie beiseite und fragte, warum sie dem allem so täte? „Das darf ich Euch nicht sagen und darf auch keinem Menschen mein Leid klagen, denn so hab ich mich unter freiem Himmel verschworen, weil ich sonst um mein Leben gekommen wäre." Er drang in sie und ließ ihr keinen Frieden, aber er konnte nichts aus ihr herausbringen. Da sprach er: „Wenn du mir nichts sagen willst, so klag' dem Eisenofen da dein Leid", und ging fort. Da kroch sie in den Eisenofen, fing an zu jammern und zu weinen, schüttete ihr Herz aus und sprach: „Da sitze ich nun von aller Welt verlassen und bin doch eine Königstochter, und eine falsche Kammerjungfer hat mich mit Gewalt dahin gebracht, daß ich meine königlichen Kleider habe ablegen müssen, und hat meinen Platz bei meinem Bräutigam eingenommen, und ich muß als Gänsemagd gemeine Dienste tun. Wenn das meine Mutter wüßte, das Herz im Leibe tät ihr zerspringen." Der alte König stand aber außen an der Ofenröhre, lauerte ihr zu und hörte, was sie sprach. Da kam er wieder herein und hieß sie aus dem Ofen gehen. Da wurden ihr königliche Kleider angetan, und es schien ein Wunder, wie sie so schön war. Der alte König rief seinen Sohn und offenbarte ihm, daß er die falsche Braut hätte; die wäre bloß ein Kammermädchen, die wahre aber stände hier als die gewesene Gänsemagd. Der junge König war herzensfroh, als er ihre Schönheit und Tugend erblickte, und ein großes Mahl wurde angestellt, zu dem alle Leute und guten Freunde gebeten wurden. Obenan saß der Bräutigam, die

Königstochter zur einen Seite und die Kammerjungfer zur andern, aber die Kammerjungfer war verblendet und erkannte jene nicht mehr in dem glänzenden Schmuck. Als sie nun gegessen und getrunken hatten und gutes Muts waren, gab der alte König der Kammerfrau ein Rätsel auf, was eine solche wert wäre, die den Herrn so und so betrogen hätte, erzählte damit den ganzen Verlauf und fragte: „Welches Urteils ist diese würdig?“ Da sprach die falsche Braut: „Die ist nichts Besseres wert, als daß sie splitternackt ausgezogen und in ein Faß gesteckt wird, das inwendig mit spitzen Nägeln beschlagen ist, und zwei weiße Pferde müssen vorgespannt werden, die sie Gasse auf Gasse ab zu Tode schleifen.“ – „Das bist du“, sprach der alte König, „und hast dein eigen Urteil gefunden, und danach soll dir widerfahren.“ Und als das Urteil vollzogen war, vermählte sich der junge König mit seiner rechten Gemahlin, und beide beherrschten ihr Reich in Frieden und Seligkeit.

Der junge Riese

Ein Bauersmann hatte einen Sohn, der war so groß wie ein Daumen und ward gar nicht größer und wuchs in etlichen Jahren nicht ein Haarbreit. Einmal wollte der Bauer ins Feld gehen und pflügen; da sagte der Kleine: „Vater, ich will mit hinaus.“ – „Du willst mit hinaus?“ sprach der Vater „bleib du hier, dort bist du zu nichts nutz: du könntest mir auch verlorengehen.“ Da fing der Däumling an zu weinen, und um Ruhe zu haben, steckte ihn der Vater in die Tasche und nahm ihn mit. Draußen auf dem Felde holte er ihn wieder heraus und setzte ihn in eine frische Furche. Wie er da so saß, kam über den Berg ein großer Riese daher. „Siehst du dort den großen Butzemann?“ sagte der Vater und wollte den Kleinen schrecken, damit er artig wäre, „der kommt und holt dich.“ Der Riese aber hatte mit seinen langen Beinen kaum ein paar Schritte getan, so war er bei der Furche. Er hob den kleinen Däumling mit zwei Fingern behutsam in die Höhe, betrachtete ihn und ging, ohne ein Wort zu sprechen, mit ihm fort. Der Vater stand dabei, konnte vor Schrecken keinen Laut hervorbringen und dachte nicht anders, als sein Kind wäre verloren, also daß er's sein Lebtag nicht wieder mit Augen sehen würde.

Der Riese aber trug es heim und ließ es an seiner Brust saugen, und der Däumling wuchs und war groß und stark nach Art der Riesen. Nach Verlauf von zwei Jahren ging der Alte mit ihm in den Wald, wollte ihn versuchen und sprach: „Zieh dir eine Gerte heraus.“ Da war der Knabe schon so stark, daß er einen jungen Baum mit den Wurzeln aus der Erde riß. Der Riese aber meinte: „Das muß besser kommen“, nahm ihn wieder mit und säugte ihn noch zwei Jahre. Als er ihn versuchte, hatte seine Kraft schon so zugenommen, daß er einen alten Baum aus der Erde brechen konnte. Das war dem Riesen noch immer nicht genug, er säugte ihn abermals zwei Jahre, und als er dann mit ihm in den Wald ging und sprach: „Nun reiß einmal eine ordentliche Gerte aus", so riß der Junge den dicksten Eichenbaum aus der Erde, daß er krachte, und war ihm nur ein Spaß. „Nun ist's genug", sprach der Riese, „du hast ausgelernt", und führte ihn zurück auf den Acker, wo er ihn geholt hatte. Sein Vater stand da hinter dem Pflug, der junge Riese ging auf ihn zu und sprach: „Sieht Er wohl, Vater, was Sein Sohn für ein Mann geworden ist." Der Bauer erschrak und sagte: „Nein, du bist mein Sohn nicht, ich will dich nicht, geh weg von mir." – „Freilich bin ich Sein Sohn, laß Er mich an die Arbeit, ich kann pflügen so gut als Er und noch besser." – „Nein, nein, du bist mein Sohn nicht, du kannst auch nicht pflügen, geh weg von mir." Weil er sich aber vor dem großen Mann fürchtete, ließ er den Pflug los, trat zurück und setzte sich zur Seite ans Land. Da nahm der Junge das Geschirr und drückte bloß mit einer Hand darauf, aber der Druck war so gewaltig, daß der Pflug tief in die Erde ging. Der Bauer konnte das nicht mit ansehen und rief ihm zu: „Wenn du pflügen willst, mußt du nicht so gewaltig drücken, das gibt schlechte Arbeit." Der Junge aber spannte die Pferde aus, zog selber den Pflug und sagte: „Geh Er nur nach Haus, Vater, und laß Er die Mutter eine große Schüssel voll Essen kochen; ich will derweil den Acker schon umreißen." Da ging der Bauer heim und bestellte das Essen bei seiner Frau; der Junge aber pflügte das Feld, zwei Morgen groß, ganz allein, und dann spannte er sich auch selber vor die Egge und eggte alles mit zwei Eggen zugleich. Wie er fertig war, ging er in den Wald und riß zwei Eichenbäume aus, legte sie auf die Schultern und hinten und vorn eine Egge darauf, und hinten und vorn auch ein Pferd, und trug das alles, als wäre es ein Bund Stroh, nach seiner Eltern Haus. Wie er in den Hof kam, erkannte ihn seine Mutter nicht und fragte: „Wer ist der entsetzliche große Mann?" Der Bauer sagte: „Das ist unser Sohn." Sie sprach: „Nein, unser Sohn ist das nimmermehr, so groß haben wir keinen gehabt, unserer war ein kleines Ding" Sie rief ihm zu: „Geh fort, wir wollen dich nicht." Der Junge schwieg still, zog seine Pferde in den Stall, gab ihnen Hafer und Heu, alles wie sich's gehörte. Als er fertig war, ging er in die Stube, setzte sich auf die Bank und sagte: „Mutter, nun hätte ich Lust, zu essen, ist's bald fertig?" Da sagte sie: „Ja", und brachte zwei volle Schüsseln herein, daran hätten sie und ihr Mann acht Tage lang satt gehabt. Der Junge aber aß sie allein auf und fragte sie, ob sie nicht mehr vorsetzen könnte? „Nein, sagte sie, „das ist alles, was wir haben." – „Das war ja nur zum Schmecken, ich muß mehr haben." Sie getraute sich nicht, ihm zu widerstehen, ging hin und setzte einen großen Schweinekessel voll übers Feuer, und wie es gar war, trug sie es herein. „Endlich kommen noch ein paar Brocken", sagte er und aß alles hinein; es war aber doch nicht genug, seinen Hunger zu stillen. Da sprach er: „Vater, ich sehe wohl, bei Ihm werd ich nicht satt; will Er mir einen Stab von Eisen verschaffen, der stark ist und den ich vor meinen Knien nicht zerbrechen kann, so will ich fort in die Welt gehen." Der Bauer war froh, spannte seine zwei Pferde vor den Wagen und holte bei dem Schmied einen Stab so groß und dick, als ihn die zwei Pferde nur fortschaffen konnten. Der Junge nahm ihn vor die Knie, und ratsch! brach er ihn wie eine Bohnenstange in der Mitte entzwei und warf ihn weg. Der Vater spannte vier Pferde vor und holte einen Stab, so groß und dick, als ihn die vier Pferde fortschaffen konnten. Der Sohn knickte auch diesen vor dem Knie entzwei, warf ihn hin und sprach: „Vater, der kann mir nicht helfen, Er muß besser vorspannen und einen stärkeren Stab holen." Da spannte der Vater acht Pferde vor und holte einen, so groß und dick, als ihn die acht Pferde herbeifahren konnten. Wie der Sohn den in die Hand nahm, brach er gleich oben ein Stück davon ab und sagte: „Vater, ich sehe, Er kann mir keinen Stab anschaffen, wie ich ihn brauche, ich will nicht länger bei ihm bleiben."

Da ging er fort und gab sich für einen Schmiedegesellen aus. Er kam in ein Dorf, darin wohnte ein Schmied, der war ein Geizmann, gönnte keinem Menschen etwas und wollte alles allein haben; zu dem trat er in die Schmiede und fragte, ob er keinen Gesellen brauchte. „Ja", sagte der Schmied, sah ihn an und dachte, das ist ein tüchtiger Kerl, der wird gut vorschlagen und sein Brot verdienen. Er fragte: „Wieviel willst du Lohn haben?" – „Gar keinen will ich haben", antwortete er, „nur alle vierzehn Tage, wenn die andern Gesellen ihren Lohn bezahlt kriegen, will ich dir zwei Streiche geben, die mußt du aushalten." Das war der Geizmann von Herzen zufrieden und dachte damit viel Geld zu sparen. Am andern Morgen sollte der fremde Geselle zuerst vorschlagen; wie aber der Meister den glühenden Stab brachte und jener den ersten Schlag tat, so flog das Eisen voneinander und der Amboß sank in die Erde so tief, daß sie ihn gar nicht wieder herausbringen konnten. Da ward der Geizmann bös und sagte: „Ei was, dich kann ich nicht brauchen, du schlägst gar zu grob, was willst du für den einen Zuschlag haben?" Da sprach er: „Ich will dir nur einen ganz kleinen Streich geben, weiter nichts." Und hob seinen Fuß auf und gab ihm einen Tritt, daß er über vier Fuder Heu hinausflog. Darauf suchte er sich den dicksten Eisenstab aus, der in der Schmiede war, nahm ihn als einen Stock in die Hand und ging weiter.

Als er eine Weile gezogen war, kam er zu einem Vorwerk und fragte den Amtmann, ob er keinen Großknecht nötig hätte. „Ja", sagte der Amtmann, „ich kann einen brauchen. Du siehst aus wie ein tüchtiger Kerl, der schon was vermag, wieviel willst du Jahreslohn haben?" Er antwortete wiederum, er verlangte gar keinen Lohn, aber alle Jahre wollte er ihm drei Streiche geben, die müßte er aushalten. Das war der Amtmann zufrieden, denn er war auch ein Geizhals. Am andern Morgen, da sollten die Knechte ins Holz fahren, und die andern Knechte waren schon auf, er aber lag noch im Bett. Da rief ihn einer an: „Steh auf, es ist Zeit, wir wollen ins Holz, und du mußt mit." – „Ach", sagte er ganz grob und trotzig „geht ihr nur hin, ich komme doch eher wieder als ihr alle miteinander." Da gingen die andern zum Amtmann und erzählten ihm, der Großknecht läge noch im Bett und wollte nicht mit ins Holz fahren. Der Amtmann sagte, sie sollten ihn noch einmal wecken und ihn heißen die Pferde vorspannen. Der Großknecht sprach aber wie vorher: „Geht ihr nur hin, ich komme doch eher wieder als ihr alle miteinander." Darauf blieb er noch zwei Stunden liegen, da stieg er endlich aus den Federn, holte sich aber erst zwei Scheffel voll Erbsen vom Boden, kochte sich einen Brei und aß den mit guter Ruhe, und wie das alles geschehen war, ging er hin, spannte die Pferde vor und fuhr ins Holz. Nicht weit vor dem Holz war ein Hohlweg, wo er durch mußte; da fuhr er den Wagen erst vorwärts, dann mußten die Pferde stillhalten, und er ging hinter den Wagen, nahm Bäume und Reisig und machte da eine große Hucke (Verhack), so daß kein Pferd durchkommen konnte. Wie er nun vors Holz kam, fuhren die andern eben mit ihren beladenen Wagen heraus und wollten heim; da sprach er zu ihnen: „Fahrt nur hin, ich komme doch eher als ihr nach Haus." Er fuhr gar nicht weit ins Holz, riß gleich zwei der allergrößten Bäume aus der Erde, warf sie auf den Wagen und drehte um. Als er vor der Hucke anlangte, standen die andern noch da und konnten nicht durch. „Seht ihr wohl", sprach er, „wärt ihr bei mir geblieben, so wärt ihr ebenso schnell nach Haus gekommen und hättet noch eine Stunde schlafen können." Er wollte nun zufahren, aber seine Pferde konnten sich nicht durcharbeiten; da spannte er sie aus, legte sie oben auf den Wagen, nahm selber die Deichsel in die Hand, und hüf! zog er alles durch, und das ging so leicht, als hätt' er Federn geladen. Wie er drüben war, sprach er zu den andern: „Seht ihr wohl, ich bin schneller hindurch als ihr", fuhr weiter, und die andern mußten stehenbleiben. In dem Hof aber nahm er einen Baum in die Hand, zeigte ihn dem Amtmann und sagte: „Ist das nicht ein schönes Klafterstück?" Da sprach der Amtmann zu seiner Frau: „Der Knecht ist gut; wenn er auch lang schläft, er ist doch eher wieder da als die andern."

Nun diente er dem Amtmann ein Jahr. Wie das herum war und die andern Knechte ihren Lohn kriegten, sprach er, es wäre Zeit, er wollte sich auch seinen Lohn nehmen. Dem Amtmann ward aber angst vor den Streichen, die er kriegen sollte, und bat ihn inständig, er möchte sie ihm schenken, lieber wolle er selbst Großknecht werden, und er solle Amtmann sein. „Nein", sprach er, „ich will kein Amtmann werden, ich bin Großknecht und will's bleiben, ich will aber austeilen, was bedungen ist." Der Amtmann wollte ihm geben, was er nur verlangte, aber es half nichts, der Großknecht sprach zu allem „nein". Da wußte sich der Amtmann nicht zu helfen und bat ihn um vierzehn Tage Frist, er wolle sich auf etwas besinnen. Der Großknecht sprach, die Frist sollte er haben. Der Amtmann berief alle seine Schreiber zusammen, sie sollten sich bedenken und ihm einen Rat geben. Die Schreiber besannen sich lang, endlich sagten sie, vor dem Großknecht wäre niemand seines Lebens sicher, der schlüge einen Menschen wie eine Mücke tot. Er sollte ihn heißen in den Brunnen steigen und ihn reinigen; wenn er unten wäre, wollten sie einen von den Mühlensteinen, die da lägen, herbeirollen und ihm auf den Kopf werfen, dann würde er nicht wieder an des Tages Licht kommen. Der Rat gefiel dem Amtmann, und der Großknecht war bereit, in den Brunnen hinabzusteigen. Als er unten auf dem Grund stand, rollten sie den größten Mühlstein hinab und meinten, der Kopf wäre ihm eingeschlagen, aber er rief: „Jagt die Hühner vom Brunnen weg, die kratzen da oben im Sand und werfen mir die Körner in die Augen, daß ich nicht sehen kann." Da rief der Amtmann: „Husch, husch!", und tat, als scheuche er die Hühner weg. Als der Großknecht mit seiner Arbeit fertig war, stieg er herauf und sagte: „Seht einmal, ich habe doch ein schönes Halsband um", da war es der Mühlenstein, den er um den Hals trug. Der Großknecht wollte jetzt seinen Lohn nehmen, aber der Amtmann bat wieder um vierzehn Tage Bedenkzeit. Die Schreiber kamen zusammen und gaben den Rat, er sollte den Großknecht in die verwünschte Mühle schicken, um dort in der Nacht Korn zu mahlen; von da wäre noch kein Mensch morgends lebendig herausgekommen. Der Anschlag gefiel dem Amtmann, er rief den Großknecht noch denselben Abend und hieß ihn acht Malter Korn in die Mühle fahren und in der Nacht noch mahlen; sie hätten's nötig. Da ging der Großknecht auf den Boden und tat zwei Malter in seine rechte Tasche, zwei in die linke, vier nahm er in einem Quersack halb auf den Rücken, halb auf die Brust und ging also beladen nach der verwünschten Mühle. Der Müller sagte ihm, bei Tag könnte er recht gut da mahlen, aber nicht in der Nacht, da wäre die Mühle verwünscht, und wer da noch hineingegangen wäre, den hätte man am Morgen tot darin gefunden. Er sprach: „Ich will schon durchkommen, macht Euch nur fort und legt Euch aufs Ohr." Darauf ging er in die Mühle und schüttete das Korn auf. Gegen elf Uhr ging er in die Müllerstube und setzte sich auf die Bank. Als er ein Weilchen da gesessen hatte, tat sich auf einmal die Tür auf und kam eine große, große Tafel herein, und auf die Tafel stellte sich Wein und Braten und viel gutes Essen, alles von selber, denn es war niemand da, der's auftrug. Und danach rückten sich die Stühle herbei, aber es kamen keine Leute, bis auf einmal sah er Finger, die hantierten mit den Messern und Gabeln und legten Speisen auf die Teller, aber sonst konnte er nichts sehen. Da er hungrig war und die Speisen sah, so setzte er sich auch an die Tafel, aß mit und ließ sich's gut schmecken. Als er satt war und die andern ihre Schüsseln auch ganz leer gemacht hatten, da wurden die Lichter auf einmal alle ausgeputzt, das hörte er deutlich, und wie's nun stockfinster war, so kriegte er so etwas wie eine Ohrfeige ins Gesicht. Da sprach er: „Wenn noch einmal so etwas kommt, so teil' ich auch wieder aus." Und wie er zum zweitenmal eine Ohrfeige kriegte, da schlug er gleichfalls mit hinein. Und so ging das fort die ganze Nacht, er nahm nichts umsonst, sondern gab reichlich zurück und schlug nicht faul um sich herum: bei Tagesanbruch aber hörte alles auf. Wie der Müller aufgestanden war, wollte er nach ihm sehen und verwunderte sich, daß er noch lebte. Da sprach er: „Ich habe mich satt gegessen, habe Ohrfeigen gekriegt, aber ich habe auch Ohrfeigen ausgeteilt." Der Müller freute sich und sagte, nun wäre die Mühle erlöst, und wollte ihm gern zur Belohnung viel Geld geben. Er sprach aber: „Geld will ich nicht, ich habe doch genug." Dann nahm er sein Mehl auf den Rücken, ging nach Haus und sagte dem Amtmann, er hätte die Sache ausgerichtet und wollte nun seinen bedungenen Lohn. Wie der Amtmann das hörte, da ward ihm erst recht angst; er wußte sich nicht zu fassen, ging in der Stube auf und ab, und die Schweißtropfen liefen ihm von der Stirne herunter. Da machte er das Fenster auf nach frischer Luft, ehe er sich's aber versah, hatte ihm der Großknecht einen Tritt gegeben, daß er durchs Fenster in die Luft hineinflog, immer fort, bis ihn niemand mehr sehen konnte. Da sprach der Großknecht zur Frau des Amtmanns: „Kommt er nicht wieder, so müßte Ihr den anderen Streich hinnehmen." Sie rief: „Nein, nein, ich kann's nicht aushalten", und machte das andere Fenster auf, weil ihr die Schweißtropfen die Stirne herunterliefen. Da gab er ihr einen Tritt, daß sie gleichfalls hinausflog und, da sie leichter war, noch viel höher als ihr Mann. Der Mann rief: „Komm doch zu mir", sie aber rief: „Komm du zu mir, ich kann nicht zu dir." Und sie schwebten da in der Luft und konnte keins zum andern kommen, und ob sie da noch schweben, das weiß ich nicht; der junge Riese aber nahm seine Eisenstange und ging weiter.

Die Sterntaler

Es war einmal ein kleines Mädchen, dem waren Vater und Mutter gestorben. Es war so arm, daß es kein Kämmerchen mehr hatte, darin zu wohnen, und kein Bettchen mehr, darin zu schlafen, und schließlich gar nichts mehr als die Kleider auf dem Leib und ein Stückchen Brot in der Hand, das ihm ein mitleidiges Herz geschenkt hatte. Es war aber gut und fromm. Und weil es so von aller Welt verlassen war, ging es im Vertrauen auf den lieben Gott hinaus ins Feld. Da begegnete ihm ein

armer Mann, der sprach: „Ach, gib mir etwas zu essen! Ich bin so hungrig." Das Mädchen reichte ihm das ganze Stückchen Brot, sagte: „Gott segne dir's!" und ging weiter. Da kam ein Kind, das jammerte und sprach: „Es friert mich so an meinem Kopf. Schenk mir etwas, womit ich ihn bedecken kann!" Da tat das Mädchen seine Mütze ab und gab sie ihm. Als es noch eine Weile gegangen war, kam wieder ein Kind, das hatte kein Leibchen an und fror. Da gab es ihm seines. Und noch weiter, da bat eines um ein Röcklein. Das gab es auch von sich hin. Schließlich gelangte es in einen Wald. Es war schon dunkel geworden, da kam noch eines und bat um ein Hemdlein. Das fromme Mädchen dachte: Es ist dunkle Nacht, da sieht dich niemand; du kannst wohl dein Hemd weggeben. Und es zog das Hemd ab und gab es auch noch hin. Als es so stand und gar nichts mehr anhatte, fielen auf einmal die Sterne vom Himmel und waren lauter harte, blanke Taler. Und ob es gleich sein Hemdlein weggegeben, so hatte es auf einmal ein neues an, und das war vom allerfeinsten Linnen. Da sammelte es die Taler zusammen und war nun reich für sein Lebtag.

Die beiden Wanderer

Berg und Tag begegnen sich nicht, wohl aber die Menschenkinder, zumal gut und böse. So kam auch einmal ein Schuster und ein Schneider auf der Wanderschaft zusammen. Der Schneider war ein kleiner, hübscher Kerl und war immer lustig und guter Dinge. Er sah den Schuster von der andern Seite herankommen, und da er an seinem Felleisen merkte, was er für ein Handwerk trieb, rief er ihm ein Spottliedchen zu:

„Nähe mir die Naht,
Ziehe mir den Draht,
Streich ihn rechts und links mit Pech,
Schlag, schlag mir fest den Zweck."

Der Schuster aber konnte keinen Spaß vertragen, er verzog ein Gesicht, als wenn er Essig getrunken hätte, und machte Miene, das Schneiderlein am Kragen zu pakken. Der kleine Kerl fing aber an zu lachen, reichte ihm seine Flasche und sprach:

„Es ist nicht bös gemeint, trink einmal und schluck die Galle hinunter." Der Schuster tat einen gewaltigen Schluck, und das Gewitter auf seinem Gesicht fing an, sich zu verziehen. Er gab dem Schneider die Flasche zurück und sprach: „Ich habe ihr ordentlich zugesprochen; man sagt wohl vom vielen Trinken, aber nicht vom großen Durst. Wollen wir zusammen wandern?" – „Mir ist's recht", antwortete der Schneider, „wenn du nur Lust hast, in eine große Stadt zu gehen, wo es nicht an Arbeit fehlt." – „Gerade dahin wollte ich auch", antwortete der Schuster, „in einem kleinen Nest ist nichts zu verdienen, und auf dem Lande gehen die Leute lieber barfuß." Sie wanderten also zusammen weiter und setzten immer einen Fuß vor den andern wie die Wiesel im Schnee.

Zeit genug hatten sie beide, aber wenig zu beißen und zu brechen. Wenn sie in eine Stadt kamen, so gingen sie umher und grüßten das Handwerk, und weil das Schneiderlein so frisch und munter aussah und so hübsche rote Backen hatte, so gab ihm jeder gerne, und wenn das Glück gut war, so gab ihm die Meistertochter unter der Haustüre auch noch einen Kuß auf den Weg. Wenn er mit dem Schuster wieder zusammentraf, so hatte er immer mehr in seinem Bündel. Der griesgrämige Schuster schnitt ein schiefes Gesicht und meinte: „Je größer der Schelm, je größer das Glück." Aber der Schneider fing an zu lachen und zu singen und teilte alles, was er bekam, mit seinem Kameraden. Klingelten nun ein paar Groschen in seiner Tasche, so ließ er auftragen, schlug vor Freude auf den Tisch, daß die Gläser tanzten, und es hieß bei ihm: „Leicht verdient und leicht vertan."

Als sie eine Zeitlang gewandert waren, kamen sie an einen großen Wald, durch welchen der Weg nach der Königsstadt ging. Es führten aber zwei Fußsteige hindurch; davon war der eine sieben Tage lang, der andere nur zwei Tage, aber niemand von ihnen wußte, welcher der kürzere Weg war. Die zwei Wanderer setzten sich unter einen Eichenbaum und ratschlagten, wie sie sich vorsehen und für wieviel Tage sie Brot mitnehmen wollten. Der Schuster sagte: „Man muß weiter denken, als man geht, ich will für sieben Tage Brot mitnehmen." – „Was", sagte der Schneider, für sieben Tage Brot auf dem Rücken schleppen wie ein Lasttier und sich nicht umschauen? Ich halte mich an Gott und kehre mich an nichts. Das Geld, das ich in der Tasche habe, das ist im Sommer so gut als im Winter; aber das Brot wird in der heißen Zeit trocken und obendrein schimmelig. Mein Rock geht auch nicht länger als auf die Knöchel. Warum sollen wir den richtigen Weg nicht finden? Für zwei Tage Brot und damit gut." Es kaufte sich also ein jeder sein Brot, und dann gingen sie auf gut Glück in den Wald hinein.

In dem Wald war es so still wie in einer Kirche. Kein Wind wehte, kein Bach rauschte, kein Vogel sang, und durch die dichtbelaubten Äste drang kein Sonnenstrahl. Der Schuster sprach kein Wort, ihn drückte das schwere Brot auf dem Rükken, daß ihm der Schweiß über sein verdrießliches und finsteres Gesicht herabfloß. Der Schneider aber war ganz munter, sprang daher, pfiff auf einem Blatt oder sang sein Liedchen und dachte: Gott im Himmel muß sich freuen, daß ich so lustig bin. Zwei Tage ging das so fort; aber als am dritten Tag der Wald kein Ende nehmen wollte und der Schneider sein Brot aufgegessen hatte, so fiel ihm das Herz doch eine Elle tiefer herab; indessen verlor er nicht den Mut, sondern verließ sich auf Gott und auf sein Glück. Den dritten Tag legte er sich abends hungrig unter einen Baum und stand den andern Morgen hungrig wieder auf. So ging es auch den vierten Tag, und wenn der Schuster sich auf einen umgestürzten Baum setzte und seine Mahlzeit verzehrte, so blieb dem Schneider nichts als das Zusehen. Bat er um ein Stückchen Brot, so lachte der andere höhnisch und sagte: „Du bist immer so lustig gewesen, da kannst du auch einmal versuchen, wie's tut, wenn man unlustig ist; die Vögel, die morgens zu früh singen, die stößt abends der Habicht." Kurz, er war ohne Barmherzigkeit. Aber am fünften Morgen konnte der arme Schneider nicht mehr aufstehen und vor Mattigkeit kaum ein Wort herausbringen; die Backen waren ihm weiß und die Augen rot. Da sagte der Schuster zu ihm: „Ich will dir heute ein Stückchen Brot geben, aber dafür will ich dir dein rechtes Auge ausstechen." Der unglückliche Schneider, der doch gerne sein Leben erhalten wollte, konnte sich nicht anders helfen; er weinte noch einmal mit beiden Augen und hielt sie dann hin, und der Schuster, der ein Herz von Stein hatte, stach ihm mit einem scharfen Messer das rechte Auge aus. Dem Schneider kam in den Sinn, was ihm sonst seine Mutter gesagt hatte, wenn er in der Speisekammer genascht hatte: Essen so viel man mag, und leiden, was man muß. Als er sein teuer bezahltes Brot verzehrt hatte, machte er sich wieder auf die Beine, vergaß sein Unglück und tröstete sich damit, daß er mit einem Auge noch immer genug sehen könnte. Aber am sechsten Tage meldete sich der Hunger aufs neue und zehrte ihm fast das Herz auf. Er fiel abends bei einem Baum nieder, und am siebenten Morgen konnte er sich vor Mattigkeit nicht erheben, und der Tod saß ihm im Nacken. Da sagte der Schuster: „Ich will Barmherzigkeit ausüben und dir nochmals Brot geben; umsonst bekommst du es nicht, ich steche dir dafür das andere Auge noch aus." Da erkannte der Schneider sein leichtsinniges Leben, bat den lieben Gott um Verzeihung und sprach: „Tue, was du mußt, ich will leiden, was ich muß; aber bedenke, daß unser Herrgott nicht jeden Augenblick richtet und daß eine andere Stunde kommt, wo die böse Tat vergolten wird, die du an mir verübst und die ich nicht an dir verdient habe. Ich habe in guten Tagen mit der geteilt, was ich hatte. Mein Handwerk ist der Art, daß Stich muß Stich vertreiben. Wenn ich keine Augen mehr habe und nicht mehr nähen kann, so muß ich betteln gehen. Laß mich nur, wenn ich blind bin, hier nicht allein liegen, sonst muß ich verschmachten." Der Schuster aber, der Gott aus seinem Herzen vertrieben hatte, nahm das

Messer und stach ihm noch das linke Auge aus. Dann gab er ihm ein Stück Brot zu essen, reichte ihm einen Stock und führte ihn hinter sich her.

Als die Sonne unterging, kamen sie aus dem Wald, und vor dem Wald auf dem Feld stand ein Galgen. Dahin leitete der Schuster den blinden Schneider, ließ ihn dann liegen und ging seiner Wege. Vor Müdigkeit, Schmerz und Hunger schlief der Unglückliche ein und schlief die ganze Nacht. Als der Tag dämmerte, erwachte er, wußte aber nicht, wo er lag. An dem Galgen hingen zwei arme Sünder, und auf dem Kopfe eines jeden saß eine Krähe. Da fing der eine an zu sprechen: „Bruder, wachst du?" – „Ja, ich wache", antwortete der zweite. „So will ich dir etwas sagen", fing der erste wieder an, „der Tau, der heute nacht über uns vom Galgen herabgefallen ist, der gibt jedem, der sich damit wäscht, die Augen wieder. Wenn das die Blinden wüßten, wie mancher könnte sein Gesicht wieder haben, der nicht glaubt, daß das möglich sei." Als der Schneider das hörte, nahm er sein Taschentuch, drückte es auf das Gras und als es mit dem Tau befeuchtet war, wusch er seine Augenhöhlen damit. Alsbald ging in Erfüllung, was der Gehenkte gesagt hatte, und ein Paar frische und gesunde Augen füllten die Höhlen. Es dauerte nicht lange, so sah der Schneider die Sonne hinter den Bergen aufsteigen. Vor ihm in der Ebene lag die große Königsstadt mit ihren prächtigen Toren und hundert Türmen, und die goldenen Knöpfe und Kreuze, die auf den Spitzen standen, fingen an zu glühen. Er unterschied jedes Blatt an den Bäumen, erblickte die Vögel, die vorbeiflogen, und die Mücken, die in der Luft tanzten. Er holte eine Nähnadel aus der Tasche, und als er den Zwirn einfädeln konnte, so gut als er es je gekonnt hatte, so sprang sein Herz vor Freude. Er warf sich auf seine Knie, dankte Gott für die erwiesene Gnade und sprach seinen Morgensegen; er vergaß auch nicht, für die armen Sünder zu bitten, die da hingen wie die Schwengel in der Glocke und die der Wind aneinander schlug. Dann nahm er sein Bündel auf den Rücken, vergaß bald das ausgestandene Herzeleid und ging unter Singen und Pfeifen weiter.

Das erste, was ihm begegnete, war ein braunes Füllen, das frei im Felde herumsprang. Er packte es an der Mähne, wollte sich aufschwingen und in die Stadt reiten. Das Füllen aber bat um seine Freiheit: „Ich bin noch zu jung", sprach es, „auch ein leichter Schneider wie du bricht mir den Rücken entzwei, laß mich laufen, bis ich stark geworden bin. Es kommt vielleicht eine Zeit, wo ich dir's lohnen kann." – „Lauf hin", sagte der Schneider, „ich sehe, du bist auch so ein Springinsfeld." Er gab ihm noch einen Hieb mit der Gerte über den Rücken, daß es vor Freude mit den Hinterbeinen ausschlug, über Hecken und Gräben setzte und in das Feld hineinjagte.

Aber das Schneiderlein hatte seit gestern nichts gegessen. „Die Sonne", sprach er, „füllt mir zwar die Augen, aber das Brot nicht den Mund. Das erste, was mir begegnet und halbweg genießbar ist, muß herhalten." Indem schritt ein Storch ganz ernsthaft über die Wiese daher. „Halt, halt!" rief der Schneider und packte ihn am Bein, „ich weiß nicht, ob du zu genießen bist; aber mein Hunger erlaubt mir keine lange Wahl, ich muß dir den Kopf abschneiden und dich braten." – „Tue das nicht", antwortete der Storch, „ich bin ein heiliger Vogel, dem niemand ein Leid zufügt und der den Menschen großen Nutzen bringt. Läßt du mir mein Leben, so kann ich dir's ein andermal vergelten." – „So zieh ab, Vetter Langbein", sagte der Schneider. Der Storch erhob sich, ließ die langen Beine hängen und flog gemächlich fort.

„Was soll daraus werden?" sagte der Schneider zu sich selbst, „mein Hunger wird immer größer und mein Magen immer leerer. Was mir jetzt in den Weg kommt, das ist verloren." Indem sah er auf einem Teich ein paar junge Enten daherschwimmen. „Ihr komm ja wie gerufen", sagte er, packte eine davon und wollte ihr den Hals umdrehen. Da fing eine alte Ente, die in dem Schilf steckte, laut an zu kreischen, schwamm mit aufgesperrtem Schnabel herbei und bat ihn flehentlich, sich ihrer lieben Kinder zu erbarmen. „Denkst du nicht", sagte sie, „wie deine Mutter jammern würde, wenn dich einer wegholen und dir den Garaus machen wollte." – „Sei nur still", sagte der gutmütige Schneider, „du sollst deine Kinder behalten", und setzte die Gefangene wieder in das Wasser.

Als er sich umkehrte, stand er vor einem alten Baum, der halb hohl war, und sah die wilden Bienen aus- und einfliegen. „Da finde ich gleich den Lohn für meine gute Tat", sagte der Schneider, „der Honig wird mich laben." Aber der Weisel kam heraus, drohte und sprach: „Wenn du mein Volk anrührst und mein Nest zerstörst, so sollen dir unsere Stacheln wie zehntausend glühende Nadeln in die Haut fahren. Läßt du uns aber in Ruhe und gehst deiner Wege, so wollen wir dir ein andermal dafür einen Dienst leisten."

Das Schneiderlein sah, daß auch hier nichts anzufangen war. „Drei Schüsseln leer", sagte er, „und auf der vierten nichts, das ist eine schlechte Mahlzeit." Er schleppte sich also mit seinem ausgehungerten Magen in die Stadt, und da es eben zu Mittag läutete, so war für ihn im Gasthas schon gekocht, und er konnte sich gleich zu Tisch setzen. Als er satt war, sagte er: „Nun will ich auch arbeiten." Er ging in der Stadt umher, suchte einen Meister und fand auch bald ein gutes Unterkommen. Da er aber sein Handwerk von Grund aus gelernt hatte, so dauerte es nicht lange, er ward berühmt, und jeder wollte seinen neuen Rock von dem kleinen Schneider gemacht haben. Alle Tage nahm sein Ansehen zu. „Ich kann in meiner Kunst nicht weiterkommen", sprach er, „und doch geht's jeden Tag besser." Endlich bestellte ihn der König zu seinem Hofschneider.

Aber wie's in der Welt geht: an demselben Tag war sein ehemaliger Kamerad, der Schuster, auch Hofschuster geworden. Als dieser den Schneider erblickte und sah, daß er wieder zwei gesunde Augen hatte; so peinigte ihn das Gewissen. Ehe er

Rache an mir nimmt, dachte er bei sich selbst, muß ich ihm eine Grube graben. Wer aber andern eine Grube gräbt, fällt selbst hinein. Abends, als er Feierabend gemacht hatte und es dämmerig geworden war, schlich er sich zu dem König und sagte: „Herr König, der Schneider ist ein übermütiger Mensch und hat sich vermessen, er wollte die goldene Krone wieder herbeischaffen, die vor alten Zeiten ist verlorengegangen." – „Das sollte mir lieb sein", sprach der König, ließ den Schneider am andern Morgen vor sich fordern und befahl ihm, die Krone wieder herbeizuschaffen oder für immer die Stadt zu verlassen. Oho, dachte der Schneider, ein Schelm gibt mehr, als er hat. Wenn der murrköpfige König von mir verlangt, was kein Mensch leisten kann, so will ich nicht warten bis morgen, sondern gleich heute wieder zur Stadt hinauswandern. Er schnürte also sein Bündel; als er aber aus dem Tor heraus war, so tat es ihm doch leid, daß er sein Glück aufgeben und die Stadt, in der es ihm so wohl ergangen war, mit dem Rücken ansehen sollte. Er kam zu dem Teich, wo er mit den Enten Bekanntschaft gemacht hatte; da saß gerade die Alte, der er ihre Jungen gelassen hatte, am Ufer und putzte sich mit dem Schnabel. Sie erkannte ihn gleich und fragte, warum er den Kopf so hängen lasse. „Du wirst dich nicht wundern, wenn du hörst, was mir begegnet ist", antwortete der Schneider und erzählte ihr sein Schicksal. „Wenn's weiter nichts ist", sagte die Ente, „da können wir Rat schaffen. Die Krone ist ins Wasser gefallen und liegt unten auf dem Grund; wie bald haben wir sie wieder heraufgeholt. Breite nur derweil dein Taschentuch am Ufer aus." Sie tauchte mit ihren zwölf Jungen unter, und nach fünf Minuten war sie wieder oben und saß mitten in der Krone, die auf ihren Fittigen ruhte, und die zwölf Jungen schwammen rundherum, hatten ihre Schnäbel untergelegt und halfen tragen. Sie schwammen ans Land und legten die Krone auf das Tuch. Du glaubst nicht, wie prächtig die Krone war; wenn die Sonne darauf schien, so glänzte sie wie hunderttausend Karfunkelsteine. Der Schneider band sein Tuch mit den vier Zipfeln zusammen und trug sie zum König, der in einer Freude war und dem Schneider eine goldene Kette um den Hals hing.

Als der Schuster sah, daß der eine Streich mißlungen war, so besann er sich auf einen zweiten, trat vor den König und sprach „Herr König, der Schneider ist wieder so übermütig geworden, er vermißt sich, das ganze königliche Schloß mit allem, was darin ist, los und fest, innen und außen in Wachs abzubilden." Der König ließ den Schneider kommen und befahl ihm, das ganze königliche Schloß mit allem, was darin wäre, los und fest, innen und außen, in Wachs abzubilden, und wenn er es nicht zustande brächte oder es fehlte nur ein Nagel an der Wand, so sollte er zeitlebens unter der Erde gefangen sitzen. Der Schneider dachte, es kommt immer ärger, das hält kein Mensch aus, warf sein Bündel auf den Rücken und wanderte fort. Als er an den hohlen Baum kam, setzte er sich nieder und ließ den Kopf hängen. Die

Bienen kamen herausgeflogen, und der Weisel fragte ihn, ob er einen steifen Hals hätte, weil er den Kopf so schief hielt. „Ach nein", antwortete der Schneider, „mich drückt etwas anderes", und erzählte, was der König von ihm gefordert hatte. Die Bienen fingen an, untereinander zu summen und zu brummen, und der Weisel sprach: „Geh nur wieder nach Haus, komm aber morgen um diese Zeit wieder und bring ein großes Tuch mit, so wird alles gut gehen." Da kehrte er wieder um, die Bienen aber flogen nach dem königlichen Schloß, geradezu in die offenen Fenster hinein, krochen in allen Ecken herum und besahen alles aufs genaueste. Dann flogen sie zurück und bildeten das Schloß in Wachs nach mit einer solchen Geschwindigkeit, daß man meinte, er wüchse einem vor den Augen. Schon am Abend war alles fertig, und als der Schneider am folgenden Morgen kam, so stand das ganze prächtige Gebäude da, und es fehlte kein Nagel an der Wand und kein Ziegel auf dem Dach; dabei war es zart und schneeweiß und roch süß wie Honig. Der Schneider packte es vorsichtig in sein Tuch und brachte es dem König; der aber konnte sich nicht genug verwundern, stellte es in seinem größten Saal auf und schenkte dem Schneider dafür ein großes steinernes Haus.

Der Schuster aber ließ nicht nach, ging zum drittenmal zu dem König und sprach: „Herr König, dem Schneider ist zu Ohren gekommen, daß auf dem Schloßhof kein Wasser springen will; da hat er sich vermessen, es solle mitten im Hof mannshoch aufsteigen und hell sein wie Kristall." Da ließ der König den Schneider herbeiholen und sagte: „Wenn nicht morgen ein Strahl von Wasser in meinem Hof springt, wie du versprochen hast, so soll dich der Scharfrichter auf demselben Hof um einen Kopf kürzer machen." Der arme Schneider besann sich nicht lange und eilte zum Tore hinaus, und weil es ihm diesmal ans Leben gehen sollte, so rollten ihm die Tränen über die Backen herab.

Indem er so voll Trauer dahinging, kam das Füllen herangesprungen, dem er einmal die Freiheit geschenkt hatte und aus dem ein hübscher Brauner geworden war. „Jetzt kommt die Stunde", sprach er zu ihm, „wo ich dir deine Guttat vergelten kann. Ich weiß schon, was dir fehlt; aber es soll dir bald geholfen werden. Sitz nur auf, mein Rücken kann deiner zwei tragen." Dem Schneider kam das Herz wieder, er sprang in einem Satz auf, und das Pferd rannte in vollem Lauf zur Stadt hinein und geradezu auf den Schloßhof. Da jagte es dreimal rund herum, schnell wie der Blitz, und beim drittenmal stürzte es nieder. In dem Augenblick aber krachte es furchtbar. Ein Stück Erde sprang in der Mitte des Hofs wie eine Kugel in die Luft und über das Schloß hinaus, und gleich dahinter her erhob sich ein Strahl von Wasser, so hoch wie Mann und Pferd, und das Wasser war so rein wie Kristall, und die Sonnenstrahlen fingen an, darauf zu tanzen. Als der König das sah, stand er vor Verwunderung auf ging und umarmte das Schneiderlein im Angesicht aller Menschen.

Aber das Glück dauerte nicht lang. Der König hatte Töchter genug, eine immer schöner als die andere, aber keinen Sohn. Da begab sich der boshafte Schuster zum viertenmal zu dem König und sprach: „Herr König, der Schneider läßt nicht ab von seinem Übermut. Jetzt hat er sich vermessen, wenn er wolle, so könne er dem König einen Sohn durch die Lüfte herbeitragen lassen." Der König ließ den Schneider rufen und sprach: „Wenn du mir binnen neun Tagen einen Sohn bringen läßt, so sollst du meine älteste Tochter zur Frau haben." Der Lohn ist freilich groß, dachte das Schneiderlein, da täte man wohl ein übriges, aber die Kirschen hängen mir zu hoch; wenn ich danach steige, so bricht unter mir der Ast, und ich falle herab. Er ging nach Haus, setzte sich mit untergeschlagenen Beinen auf seinen Arbeitstisch und bedachte sich, was zu tun wäre. „Es geht nicht", rief er endlich aus, „ich will fort, hier kann ich doch nicht in Ruhe leben." Er schnürte sein Bündel und eilte zum Tore hinaus. Als er auf die Wiesen kam, erblickte er seinen alten Freund, den Storch, der da, wie ein Weltweiser, auf und ab ging, zuweilen stillstand, einen Frosch in nähere Betrachtung nahm und ihn endlich verschluckte. Der Storch kam heran und begrüßte ihn. „Ich sehe", hub er an, „du hast deinen Ranzen auf dem Rücken, warum willst du die Stadt verlassen?" Der Schneider erzählte ihm, was der König von ihm verlangt hatte und er nicht erfüllen konnte, und jammerte über sein Mißgeschick. „Laß dir darüber keine grauen Haare wachsen", sagte der Storch, „ich will dir aus der Not helfen. Schon lange bringe ich die Wickelkinder in die Stadt; da kann ich auch einmal einen kleinen Prinzen aus dem Brunnen holen. Geh heim und verhalte dich ruhig. Heut über neun Tage begib dich in das königliche Schloß, da will ich kommen." Das Schneiderlein ging nach Haus und war zu rechter Zeit in dem Schloß. Nicht lange, so kam der Storch herangeflogen und klopfte ans Fenster. Der Schneider öffnete ihm, und Vetter Langbein stieg vorsichtig herein und ging mit gravitätischen Schritten über den glatten Marmorboden; er hatte aber ein Kind im Schnabel, das schön wie ein Engel war und seine Händchen nach der Königin ausstreckte. Er legte es ihr auf den Schoß, und sie herzte und küßte es und war vor Freude außer sich. Der Storch nahm, bevor er wieder wegflog, seine Reisetasche von der Schulter herab und überreichte sie der Königin. Es steckten Tüten darin mit bunten Zuckererbsen, sie wurden unter die kleinen Prinzessinen verteilt. Die älteste aber erhielt nichts, sondern bekam den lustigen Schneider züm Mann. „Es ist mir gerade so", sprach der Schneider, „als wenn ich das große Los gewonnen hätte. Meine Mutter hatte doch recht, die sagte immer: Wer auf Gott vertraut und nur Glück hat, dem kann's nicht fehlen."

Der Schuster mußte die Schuhe machen, in welchen das Schneiderlein auf dem Hochzeitsfest tanzte, hernach ward ihm befohlen, die Stadt auf immer zu verlassen. Der Weg nach dem Wald führte ihn zu dem Galgen. Von Zorn, Wut und der Hitze des Tages ermüdet, warf es sich nieder. Als er die Augen zumachte und schlafen wollte, stürzten die beiden Krähen von den Köpfen der Gehenkten mit lautem Geschrei herab und hackten ihm die Augen aus. Unsinnig rannte er in den Wald und muß darin verschmachtet sein; denn es hat ihn niemand wieder gesehen oder etwas von ihm gehört.

Schneeweißchen und Rosenrot

Eine arme Witwe, die lebte einsam in einem Hüttchen, und vor dem Hüttchen war ein Garten, darin standen zwei Rosenbäumchen, davon trug das eine weiße, das andere rote Rosen; und sie hatte zwei Kinder, die glichen den beiden Rosenbäumchen, und das eine hieß Schneeweißchen und das andere Rosenrot. Sie waren aber so fromm und gut, so arbeitsam und unverdrossen, als je zwei Kinder auf der Welt gewesen sind; Schneeweißchen war nur stiller und sanfter als Rosenrot. Rosenrot sprang lieber in den Wiesen und Feldern unher, suchte Blumen und fing Sommervögel; Schneeweißchen aber saß daheim bei der Mutter, half ihr im Hauswesen oder las ihr vor, wenn nichts zu tun war. Die beiden Kinder hatten einander so lieb, daß sie sich immer an den Händen faßten, sooft sie zusammen ausgingen, und wenn Schneeweißchen sagte: „Wir wollen uns nicht verlassen", so antwortete Rosenrot: „Solange wir leben nicht", und die Mutter setzte hinzu: „Was das eine hat, soll's mit dem andern teilen." Oft liefen sie im Walde allein umher und sammelten rote Beeren, aber kein Tier tat ihnen etwas zuleid, sondern sie kamen vertraulich herbei; das Häschen fraß ein Kohlblatt aus ihren Händen, das Reh graste an ihrer Seite, der Hirsch sprang ganz lustig vorbei, und die Vögel blieben auf den Ästen sitzen und sangen, was sie nur wußten. Kein Unfall traf sie; wenn sie sich im Walde verspätet hatten und die Nacht sie überfiel, so legten sie sich nebeneinander auf das Moos und schliefen, bis der Morgen kam, und die Mutter wußte das und hatte ihretwegen keine Sorge. Einmal, als sie im Walde übernachtet hatten und das Morgenrot sie aufweckte, da sahen sie ein schönes Kind in einem weißen glänzenden Kleidchen neben ihrem Lager sitzen. Es stand auf und blickte sie ganz freundlich an, sprach aber nichts und ging in den Wald hinein. Und als sie sich umsahen, so hatten sie ganz nahe bei einem Abgrunde geschlafen und wären gewiß hineingefallen, wenn sie in der Dunkelheit noch ein paar Schritte weitergegangen wären. Die Mutter aber sagte ihnen, das müßte der Engel gewesen sein, der gute Kinder bewache.

Schneeweißchen und Rosenrot hielten das Hüttchen der Mutter so reinlich, daß es eine Freude war, hineinzuschauen. Im Sommer besorgte Rosenrot das Haus und stellte der Mutter jeden Morgen, ehe sie aufwachte, einen Blumenstrauß vors Bett, darin war von jedem Bäumchen eine Rose. Im Winter zündete Schneeweißchen das Feuer an und hing den Kessel an den Feuerhaken, und der Kessel war von Messing, glänzte aber wie Gold, so rein war er gescheuert. Abends, wenn die Flocken fielen, sagte die Mutter: „Geh, Schneeweißchen, und schieb den Riegel vor", und dann setzten sie sich an den Herd, und ihre Mutter nahm die Brille und las aus einem großen Buche vor, und die beiden Mädchen hörten zu, saßen und spannen; neben ihnen lag ein Lämmchen auf dem Boden, und hinter ihnen auf einer Stange saß ein weißes Täubchen und hatte seinen Kopf unter den Flügel gesteckt.

Eines Abends, als sie so vertraulich beisammen saßen, klopfte jemand an die Türe, als wollte er eingelassen sein. Die Mutter sprach: „Geschwind, Rosenrot, mach auf, es wird ein Wanderer sein, der Obdach sucht." Rosenrot ging und schob den Riegel weg und dachte, es wäre ein armer Mann; aber der war es nicht, es war ein Bär, der seinen dicken schwarzen Kopf zur Türe hereinstreckte. Rosenrot schrie laut und sprang zurück, das Lämmchen blökte, das Täubchen flatterte auf, und Schneeweißchen versteckte sich hinter der Mutter Bett. Der Bär aber fing an zu sprechen und sagte: „Fürchtet euch nicht, ich tue euch nichts zuleid, ich bin halb erfroren und will mich nur ein wenig bei euch wärmen." – „Du armer Bär", sprach die Mutter, „leg dich ans Feuer und gib nur acht, daß dir dein Pelz nicht brennt." Dann rief sie: „Schneeweeißchen, Rosenrot, kommt hervor, der Bär tut euch nichts, er meint's ehrlich." Da kamen sie beide heran, und nach und nach näherten sich auch das Lämmchen und Täubchen und hatten keine Furcht vor ihm. Der Bär sprach: „Ihr Kinder, klopft mir den Schnee ein wenig aus dem Pelzwerk", und sie holten den Besen und kehrten dem Bär das Fell rein; er aber streckte sich ans Feuer und brummte ganz vergnügt und behaglich. Nicht lange, so wurden sie ganz vertraut und trieben Mutwillen mit dem unbeholfenen Gast. Sie zausten ihm das Fell mit den Händen, setzten ihre Füßchen auf seinen Rücken und walgerten ihn hin und her, oder sie nahmen eine Haselrute und schlugen auf ihn los, und wenn er brummte, so lachten sie. Der Bär ließ sich's aber gerne gefallen, nur wenn sie's gar zu arg machten, rief er: „Laßt mich am Leben, ihr Kinder!

Schneeweißchen, Rosenrot,
Schlägst dir den Freier tot."

Als Schlafenszeit war und die andern zu Bett gingen, sagte die Mutter zu dem Bär: „Du kannst in Gottes Namen da am Herde liegen bleiben, so bist du vor Kälte und dem bösen Wetter geschützt." Sobald der Tag graute, ließen ihn die beiden Kinder hinaus, und er trabte über den Schnee in den Wald hinein. Von nun an kam der Bär jeden Abend zu der bestimmten Stunde, legte sich an den Herd und erlaubte den Kindern, Kurzweil mit ihm zu treiben, soviel sie wollten; und sie waren so gewöhnt an ihn, daß die Türe nicht eher zugeriegelt ward, als bis der schwarze Gesell angelangt war.

Als das Frühjahr herangekommen und draußen alles grün war, sagte der Bär eines Morgens zu Schneeweißchen: „Nun muß ich fort und darf den ganzen Sommer nicht wiederkommen." – „Wo gehst du denn hin, lieber Bär?" fragte Schneeweißchen. „Ich muß in den Wald und meine Schätze vor den bösen Zwergen hüten; im Winter, wenn die Erde hart gefroren ist, müssen sie wohl unten bleiben und können sich nicht durcharbeiten, aber jetzt, wenn die Sonne die Erde aufgetaut und erwärmt hat, da brechen sie durch, steigen herauf, suchen und stehlen; was einmal in ihren Händen ist und in ihren Höhlen liegt, das kommt so leicht nicht wieder an des Tages Licht." Schneeweißchen war ganz traurig über den Abschied, und als es ihm die Tür aufriegelte und der Bär sich hinausdrängte, blieb er an dem Türhaken hängen, und ein Stück seiner Haut riß auf, und da war es Schneeweißchen, als hätte es Gold durchschimmern gesehen; aber es war seiner Sache nicht gewiß. Der Bär lief eilig fort und war bald hinter den Bäumen verschwunden.

Nach einiger Zeit schickte die Mutter die Kinder in den Wald, Reisig zu sammeln. Da fanden sie draußen einen großen Baum, der lag gefällt auf dem Boden, und an dem Stamme sprang zwischen dem Gras etwas auf und ab; sie konnten aber nicht unterscheiden, was es war. Als sie näherkamen, sahen sie einen Zwerg mit einem alten verwelkten Gesicht und einem ellenlangen schneeweißen Bart. Das Ende des Bartes war in eine Spalte des Baumes eingeklemmt, und der Kleine sprang hin und her wie ein Hündchen an einem Seil und wußte nicht, wie er sich helfen sollte. Er glotzte die Mädchen mit seinen roten feurigen Augen an und schrie: „Was steht ihr da! Könnt ihr nicht herbei gehen und mir Beistand leisten?" – „Was hast du angefangen, kleines Männchen?" fragte Rosenrot. „Dumme neugierige Gans", antwortete der Zwerg, „den Baum habe ich mir spalten wollen, um kleines Holz in der Küche zu haben; bei den dicken Klötzen verbrennt gleich das bißchen Speise, das unsereiner braucht, der nicht soviel hinunterschlingt als ihr, grobes, gieriges Volk. Ich hatte den Keil schon glücklich hineingetrieben, und es wäre alles nach Wunsch gegangen; aber das verwünschte Holz war zu glatt und sprang unversehens heraus, und der Baum fuhr so geschwind zusammen, daß ich meinen schönen weißen Bart nicht mehr herausziehen konnte; nun steckt es drin, und ich kann nicht fort. Da lachen die albernen, glatten Milchgesichter! Pfui, was seid ihr garstig!" Die Kinder gaben sich alle Mühe; aber sie konnten den Bart nicht herausziehen, er steckte zu

fest. „Ich will laufen und Leute herbeiholen", sagte Rosenrot. „Wahnsinnige Schafsköpfe", schnarrte der Zwerg, „wer wird gleich Leute herbeirufen, ihr seid mir schon um zwei zuviel: fällt euch nichts Besseres ein?" – „Sei nur nicht ungeduldig", sagte Schneeweißchen, „ich will schon Rat schaffen", holte sein Scherchen aus der Tasche und schnitt das Ende des Bartes ab. Sobald der Zwerg sich frei fühlte, griff er nach einem Sack, der zwischen den Wurzeln des Baumes steckte und mit Gold gefüllt war, hob ihn heraus und brummte vor sich hin: „Ungehobeltes Volk, schneidet mir ein Stück von meinem stolzen Barte ab! Lohn's euch der Kuckuck!" Damit schwang er seinen Sack auf den Rücken und ging fort, ohne die Kinder nur noch einmal anzusehen.

Einige Zeit danach wollten Schneeweißchen und Rosenrot ein Gericht Fische angeln. Als sie nahe bei dem Bach waren, sahen sie, daß etwas wie eine große Heuschrecke nach dem Wasser zu hüpfte, als wollte es hineinspringen. Sie liefen heran und erkannten den Zwerg. „Wo willst du hin?" fragte Rosenrot, „du willst doch nicht ins Wasser?" – „Solch ein Narr bin ich nicht", schrie der Zwerg, „seht ihr nicht, der verwünschte Fisch will mich hineinziehen?" Der Kleine hatte dagesessen und geangelt, und unglücklicherweise hatte der Wind seinen Bart mit der Angelschnur verflochten; als gleich darauf ein großer Fisch anbiß, fehlten dem schwachen Geschöpf die Kräfte, ihn herauszuziehen; der Fisch behielt die Oberhand und riß den Zwerg zu sich hin. Zwar hielt er sich an allen Halmen und Binsen, aber das half nicht viel, er mußte den Bewegungen des Fisches folgen und war in beständiger Gefahr, ins Wasser gezogen zu werden. Die Mädchen kamen zu rechter Zeit, hielten ihn fest und versuchten, den Bart von der Schnur loszumachen, aber vergebens, Bart und Schnur waren fest ineinander verwirrt. Es blieb nichts übrig, als das Scherchen hervorzuholen und den Bart abzuschneiden, wobei ein kleiner Teil desselben verlorenging. Als der Zwerg das sah, schrie er sie an: „Ist das eine Manier, ihr Lorche, einem das Gesicht zu schänden? Nicht genug, daß ihr mir den Bart unten abgestutzt habt, jetzt schneidet ihr mir den besten Teil davon ab; ich darf mich vor den Meinigen gar nicht sehen lassen. Daß ihr laufen müßtet und die Schuhsohlen verloren hättet!" Dann holte er einen Sack Perlen, der im Schilfe lag, und ohne ein Wort weiter zu sagen, schleppte er ihn fort und verschwand hinter einem Stein.

Es trug sich zu, daß bald hernach die Mutter die beiden Mädchen nach der Stadt schickte, Zwirn, Nadeln, Schnüre und Bänder einzukaufen. Der Weg führte sie über eine Heide, auf der hier und da mächtige Felsenstücke zerstreut lagen. Da sahen sie einen großen Vogel in der Luft schweben, der langsam über ihnen kreiste, sich immer tiefer herabsenkte und endlich nicht weit bei einem Felsen niederstieß. Gleich darauf hörten sie einen durchdringenden, jämmerlichen Schrei. Sie liefen herzu und sahen mit Schrecken, daß der Adler ihren alten Bekannten, den Zwerg, gepackt und ihn forttragen wollte. Die mitleidigen Kinder hielten gleich das Männchen fest und zerrten sich so lange mit dem Adler herum, bis er seine Beute fahren ließ. Als der Zwerg sich von dem ersten Schrecken erholt hatte, schrie er mit seiner kreischenden Stimme: „Konntet ihr nicht säuberlicher mit mir umgehen? Gerissen habt ihr an meinem dünnen Röckchen, daß es überall zerfetzt und durchlöchert ist, unbeholfenes und täppisches Gesindel, das ihr seid!" Dann nahm er einen Sack mit Edelsteinen und schlüpfte wieder unter den Felsen in seine Höhle. Die Mädchen waren an seinen Undank schon gewöhnt, setzten ihren Weg fort und verrichteten ihr Geschäft in der Stadt. Als sie beim Heimweg wieder auf die Heide kamen, überraschten sie den Zwerg, der auf einem reinlichen Plätzchen seinen Sack mit Edelsteinen ausgeschüttet und nicht gedacht hatte, daß so spät noch jemand daherkommen würde. Die Abendsonne schien über die glänzenden Steine, sie schimmerten und leuchteten so prächtig in allen Farben, daß die Kinder stehenblieben und sie betrachteten. „Was steht ihr da und habt Maulaffen feil!" schrie der Zwerg, und sein aschgraues Gesicht ward zinnoberrot vor Zorn. Er wollte mit seinen Scheltworten fortfahren, als sich ein lautes Brummen hören ließ und ein schwarzer Bär aus dem Wald herbeitrabte. Erschrocken sprang der Zwerg auf; aber er konnte nicht mehr zu seinem Schlupfwinkel gelangen, der Bär war schon in seiner Nähe. Da rief er in Herzensangst: „Lieber Herr Bär, verschont mich, ich will Euch alle meine Schätze geben; sehet, die schönen Edelsteine, die da liegen. Schenkt mir das Leben! Was habt Ihr an mir kleinem schmächtigem Kerl? Ihr spürt mich nicht zwischen den Zähnen; da, die beiden gottlosen Mädchen packt, das sind für Euch zarte Bissen, fett wie junge Wachteln, die freßt in Gottes Namen." Der Bär kümmerte sich um seine Worte nicht, gab dem boshaften Geschöpf einen einzigen Schlag mit der Tatze, und es regte sich nicht mehr.

Die Mädchen waren fortgesprungen, aber der Bär rief ihnen nach: „Schneeweißchen und Rosenrot, fürchtet euch nicht, wartet, ich will mit euch gehen." Da erkannten sie seine Stimme und blieben stehen, und als der Bär bei ihnen war, fiel plötzlich die Bärenhaut ab, und er stand da als ein schöner Mann und war ganz in Gold gekleidet. „Ich bin eines Königs Sohn", sprach er, „und war von dem gottlosen Zwerg, der mir meine Schätze gestohlen hatte, verwünscht, als ein wilder Bär in dem Walde zu laufen, bis ich durch seinen Tod erlöst würde. Jetzt hat er seine wohlverdiente Strafe empfangen."

Schneeweißchen ward mit ihm vermählt und Rosenrot mit seinem Bruder, und sie teilten die großen Schätze miteinander, die der Zwerg in seiner Höhle zusammengetragen hatte. Die alte Mutter lebte noch lange Jahre ruhig und glücklich bei ihren Kindern. Die zwei Rosenbäumchen aber nahm sie mit, und sie standen vor ihrem Fenster und trugen jedes Jahr die schönsten Rosen, weiß und rot.

Der gläserne Sarg

Sage niemand, daß ein armer Schneider es nicht weit bringen und nicht zu hohen Ehren gelangen könne; es ist weiter gar nichts nötig, als daß er an die rechte Schmiede kommt und, was die Hauptsache ist, daß es ihm glückt. Ein solches artiges und behendes Schneiderbürschchen ging einmal seiner Wanderschaft nach und kam in einen großen Wald, und weil es den Weg nicht wußte, verirrte es sich. Die Nacht brach ein, und es blieb ihm nichts übrig, als in dieser schauerlichen Einsamkeit ein Lager zu suchen. Auf dem weichen Moose hätte er freilich ein gutes Bett gefunden, allein die Furcht vor den wilden Tieren ließ ihm da keine Ruhe, und er mußte sich endlich entschließen, auf einem Baume zu übernachten. Er suchte eine hohe Eiche, stieg bis in den Gipfel hinauf und dankte Gott, daß er sein Bügeleisen bei sich trug, weil ihn sonst der Wind, der über die Gipfel der Bäume wehte, weggeführt hätte.

Nachdem er einige Stunden in der Finsternis, nicht ohne Zittern und Zagen, zugebracht hatte, erblickte er in geringer Entfernung den Schein eines Lichtes; und weil er dachte, daß da eine menschliche Wohnung sein möchte, wo er sich besser befinden würde als auf den Ästen eines Baums, so stieg er vorsichtig herab und ging dem Lichte nach. Es leitete ihn zu einem kleinen Häuschen, das aus Rohr und Binsen geflochten war. Er klopfte mutig an, die Türe öffnete sich, und bei dem Scheine des herausfallenden Lichtes sah er ein altes eisgraues Männchen, das ein von buntfarbigen Lappen zusammengesetztes Kleid anhatte. „Wer seid Ihr, und was wollt Ihr?" fragte es mit einer schnarrenden Stimme. „Ich bin ein armer Schneider", antwortete er, „den die Nacht hier in der Wildnis überfallen hat, und bitte Euch inständig, mich bis morgen in Eurer Hütte aufzunehmen." – „Geh deiner Wege", erwiderte der Alte mit mürrischem Tone, „mit Landstreichern will ich nichts zu schaffen haben; suche dir anderwärts ein Unterkommen." Nach diesen Worten wollte er wieder in sein Haus schlüpfen; aber der Schneider hielt ihn am Rockzipfel fest und bat so beweglich, daß der Alte, der so böse nicht war, als er sich anstellte, endlich erweicht ward und ihn mit in seine Hütte nahm, wo er ihm zu essen gab und dann in einem Winkel ein ganz gutes Nachtlager anwies.

Der müde Schneider brauchte keines Einwiegens, sondern schlief sanft bis an den Morgen, würde auch noch nicht an das Aufstehen gedacht haben, wenn er nicht von einem lauten Lärm wäre aufgeschreckt worden. Ein heftiges Schreien und Brüllen drang durch die dünnen Wände des Hauses. Der Schneider, den ein unerwarteter Mut überkam, sprang auf, zog in der Hast seine Kleider an und eilte hinaus. Da erblickte er nahe bei dem Häuschen einen großen schwarzen Stier und einen schönen Hirsch, die in dem heftigsten Kampfe begriffen waren. Sie gingen mit so großer

Wut aufeinander los, daß von ihrem Getrampel der Boden erzitterte und die Luft von ihrem Geschrei erdröhnte. Es war lange ungewiß, welcher von beiden den Sieg davon tragen würde; endlich stieß der Hirsch seinem Gegner das Geweih in den Leib, worauf der Stier mit entsetzlichem Brüllen zur Erde sank und durch einige Schläge des Hirsches völlig getötet ward. Der Schneider, welcher dem Kampfe mit Erstaunen zugesehen hatte, stand noch unbeweglich da, als der Hirsch in vollen Sprüngen auf ihn zueilte und ihn, ehe er entfliehen konnte, mit seinem großen Geweihe geradezu aufgabelte. Er konnte sich nicht lange besinnen, denn es ging schnellen Laufes fort über Stock und Stein, Berg und Tal, Wiese und Wald. Er hielt sich mit beiden Händen an die Enden des Geweihes fest und überließ sich seinem Schicksal. Es kam ihm aber nicht anders vor, als flöge er davon. Endlich hielt der Hirsch vor einer Felsenwand still und ließ den Schneider sanft herabfallen. Der Schneider, mehr tot als lebendig, bedurfte längerer Zeit, um wieder zur Besinnung zu kommen. Als er sich einigermaßen erholt hatte, stieß der Hirsch, der neben ihm stehengeblieben war, sein Geweih mit solcher Gewalt gegen eine in dem Felsen befindliche Türe, daß sie aufsprang. Feuerflammen schlugen heraus, auf welche ein großer Dampf folgte, der den Hirsch seinen Augen entzog. Der Schneider wußte nicht, was er tun und wohin er sich wenden sollte, um aus dieser Einöde wieder unter Menschen zu gelangen. Indem er also unschlüssig stand, tönte eine Stimme aus dem Felsen, die ihm zurief: „Tritt ohne Furcht herein, dir soll kein Leid widerfahren." Er zauderte zwar, doch, von einer heimlichen Gewalt angetrieben, gehorchte er der Stimme und gelangte durch die eiserne Tür in einen großen geräumigen Saal, dessen Decke, Wände und Boden aus glänzend geschliffenen Quadratsteinen bestanden, auf deren jedem ihm unbekannte Zeichen eingehauen waren. Er betrachtete alles voll Bewunderung und war eben im Begriff, wieder hinauszugehen, als er abermals die Stimme vernahm, welche ihm sagte:

„Tritt auf den Stein, der in der Mitte des Saales liegt, und dein wartet großes Glück."

Sein Mut war schon soweit gewachsen, daß er dem Befehle Folge leistete. Der Stein begann unter seinen Füßen nachzugeben und sank lagsam in die Tiefe hinab. Als er wieder feststand und der Schneider sich umsah, befand er sich in einem Saale, der an Umfang dem vorigen gleich war. Hier aber gab es mehr zu betrachten und zu bewundern. In die Wände waren Vertiefungen eingehauen, in welchen Gefäße von durchsichtigem Glase standen, die mit farbigem Spiritus oder mit einem bläulichen Rauche angefüllt waren. Auf dem Boden des Saales standen, einander gegenüber, zwei große gläserne Kasten, die sogleich seine Neugierde reizten. Indem er zu dem einen trat, erblickte er darin ein schönes Gebäude, einem Schlosse ähnlich, von Wirtschaftsgebäuden, Ställen und Scheuern und einer Menge anderer artigen Sachen umgeben. Alles war klein, aber überaus sorgfältig und zierlich gearbeitet und schien von einer kunstreichen Hand mit der höchsten Genauigkeit ausgeschnitzt zu sein.

Er würde seine Augen von der Betrachtung dieser Seltenheiten noch nicht abgewendet haben, wenn sich nicht die Stimme abermals hätte hören lassen. Sie forderte ihn auf, sich umzukehren und den gegenüberstehenden Glaskasten zu beschauen. Wie stieg seine Verwunderung, als er darin ein Mädchen von größter Schönheit erblickte. Es lag wie im Schlafe und war in lange blonde Haare wie in einen kostbaren Mantel eingehüllt. Die Augen waren fest geschlossen, doch die lebhafte Gesichtsfarbe und ein Band, das der Atem hin und her bewegte, ließen keinen Zweifel an ihrem Leben. Der Schneider betrachtete die Schöne mit klopfendem Herzen, als sie plötzlich die Augen aufschlug und bei seinem Anblick in freudigem Schrecken zusammenfuhr. „Gerechter Himmel“, rief sie, „meine Befreiung naht! Geschwind, geschwind, hilf mir aus meinem Gefängnis! Wenn du den Riegel an diesem gläsernen Sarg wegschiebst, so bin ich erlöst.“ Der Schneider gehorchte ohne Zaudern, alsbald hob sie den Glasdeckel in die Höhe, stieg heraus und eilte in die Ecke des Saals, wo sie sich in einen weiten Mantel verhüllte. Dann setzte sie sich auf einen Stein nieder, hieß den jungen Mann herangehen, und nachdem sie einen freundlichen Kuß auf seinen Mund gedrückt hatte, sprach sie: „Mein lang ersehnter Befreier, der gütige Himmel hat dich zu mir geführt und meinen Leiden ein Ziel gesetzt. An demselben Tage, wo sie endigen, soll dein Glück beginnen. Du bist der vom Himmel bestimmte Gemahl und sollst, von mir geliebt und mit allen irdischen Gütern überhäuft, in ungestörter Freude dein Leben zubringen. Sitz nieder und höre die Erzählung meines Schicksals.

Ich bin die Tochter eines reichen Grafen. Meine Eltern starben, als ich noch in zarter Jugend war, und empfahlen mich in ihrem letzten Willen meinem älteren Bruder, bei dem ich auferzogen wurde. Wir liebten uns so zärtlich und waren so übereinstimmend in unserer Denkungsart und unsern Neigungen, daß wir beide den Entschluß faßten, uns niemals zu verheiraten, sondern bis an das Ende unseres Lebens beisammenzubleiben. In unserem Hause war an Gesellschaft nie Mangel; Nachbarn und Freunde besuchten uns häufig, und wir übten gegen alle die Gastfreundschaft in vollem Maße. So geschah es auch eines Abends, daß ein Fremder in unser Schloß geritten kam und unter dem Vorgeben, den nächsten Ort nicht mehr erreichen zu können, um ein Nachtlager bat. Wir gewährten seine Bitte mit zuvorkommender Höflichkeit, und er unterhielt uns während des Abendessens mit seinem Gespräche und eingemischten Erzählungen auf das anmutigste. Mein Bruder hatte ein so großes Wohlgefallen an ihm, daß er ihn bat, ein paar Tage bei uns zu verweilen, wozu er nach einigem Weigern einwilligte. Wir standen erst spät in der Nacht vom Tische auf, dem Fremden wurde ein Zimmer angewiesen, und ich eilte, ermüdet wie ich war, meine Glieder in die weichen Federn zu senken. Kaum war ich ein wenig eingeschlummert, so weckten mich die Töne einer zarten und lieblichen Musik. Da ich nicht begreifen konnte, woher sie kamen, so wollte ich mein im Nebenzimmer schlafendes Kammermädchen rufen, allein zu meinem Erstaunen fand ich, daß mir, als lastete ein Alp auf meiner Brust, von einer unbekannten Gewalt die Sprache benommen und ich unvermögend war, den geringsten Laut von mir zu geben. Indem sah ich bei dem Schein der Nachtlampe den Fremden in mein durch zwei Türen fest verschlossenes Zimmer eintreten. Er näherte sich mir und sagte, daß er durch Zauberkräfte, die ihm zu Gebote ständen, die liebliche Musik habe ertönen lassen, um mich aufzuwecken, und dringe jetzt selbst durch alle Schlösser in der Absicht, mir Herz und Hand anzubieten. Mein Widerwille aber gegen seine Zauberkünste war so groß, daß ich ihn keiner Antwort würdigte. Er blieb eine Zeitlang unbeweglich stehen, wahrscheinlich in der Absicht, einen günstigen Entschluß zu erwarten; als ich aber fortfuhr zu schweigen, erklärte er zornig, daß er sich rächen und Mittel finden werde, meinen Hochmut zu bestrafen, worauf er das Zimmer verließ. Ich brachte die Nacht in höchster Unruhe zu und schlummerte erst gegen Morgen ein. Als ich erwacht war, eilte ich zu meinem Bruder, um ihn von dem, was vorgefallen war, zu benachrichtigen, allein ich fand ihn nicht auf seinem Zimmer, und der Bediente sagte mir, daß er bei anbrechendem Tage mit dem Fremden auf die Jagd geritten sei.

Mir ahnte gleich nichts Gutes. Ich kleidete mich schnell an, ließ meinen Leibzelter satteln und ritt, nur von einem Diener begleitet, in vollem Jagen nach dem Walde. Der Diener stürzte mit dem Pferde und konnte mir, da das Pferd den Fuß gebrochen hatte, nicht folgen. Ich setzte, ohne mich aufzuhalten, meinen Weg fort, und in wenigen Minuten sah ich den Fremden mit einem schönen Hirsch, den er an der Leine führte, auf mich zukommen. Ich fragte ihn, wo er meinen Bruder gelassen habe und wie er zu diesem Hirsche gelangt sei, aus dessen großen Augen ich Tränen fließen sah. Anstatt mir zu antworten, fing er an laut aufzulachen. Ich geriet darüber in höchsten Zorn, zog meine Pistole und drückte sie gegen das Ungeheuer ab, aber die Kugel prallte von seiner Brust zurück und fuhr in den Kopf meines Pferdes. Ich stürzte zur Erde, und der Fremde murmelte einige Worte, die mir das Bewußtsein raubten.

Als ich wieder zur Besinnung kam, fand ich mich in dieser unterirdischen Gruft in einem gläsernen Sarge. Der Schwarzkünstler erschien nochmals, sagte, daß er meinen Bruder in einen Hirsch verwandelt, mein Schloß mit allem Zubehör verkleinert in den andern Glaskasten eingeschlossen und meine in Rauch verwandelten Leute in Glasflaschen gebannt hätte. Wollte ich mich jetzt seinem Wunsche fügen, so sei es ihm ein leichtes, alles wieder in den vorigen Stand zu setzen; er brauche nur die

Gefäße zu öffnen, so werde alles wieder in die natürliche Gestalt zurückkehren. Ich antwortete ihm so wenig als das erstemal. Er verschwand und ließ mich in meinem Gefängnisse liegen, in welchem mich ein tiefer Schlaf befiel. Unter den Bildern, welche an meiner Seele vorübergingen, war auch das tröstliche, daß ein junger Mann kam und mich befreite, und als ich heute die Augen öffne, so erblicke ich dich und sehe meinen Traum erfüllt. Hilf mir vollbringen, was in jenem Gesichte noch weiter geschah. Das erste ist, daß wir den Glaskasten, in welchem mein Schloß sich befindet, auf jenen breiten Stein heben."

Der Stein, sobald er beschwert war, hob sich mit dem Fräulein und dem Jüngling in die Höhe und stieg durch die Öffnung der Decke in den obern Saal, wo sie dann leicht ins Freie gelangen konnten. Hier öffnete das Fräulein den Deckel, und es war wunderbar anzusehen, wie Schloß, Häuser und Gehöfte sich ausdehnten und in größter Schnelligkeit zu natürlicher Größe heranwuchsen. Sie kehrten darauf in die unterirdische Höhle zurück und ließen die mit Rauch gefüllten Gläser von dem Steine herauftragen. Kaum hatte das Fräulein die Flasche geöffnet, so drang der blaue Rauch heraus und verwandelte sich in lebendige Menschen, in welchen das Fräulein ihre Diener und Leute erkannte. Ihre Freude ward noch vermehrt, als ihr Bruder, der den Zauberer in dem Stier getötet hatte, in menschlicher Gestalt aus dem Wald herauskam, und noch denselben Tag reichte das Fräulein, ihrem Versprechen gemäß, dem glücklichen Schneider die Hand am Altare.

Der Gevatter Tod

Es war einmal ein armer Mann, der hatte zwölf Kinder und mußte Tag und Nacht arbeiten, damit er ihnen genug Brot geben konnte. Als nun auch noch ein dreizehntes zur Welt kam, wußte sich der Mann in seiner Not nicht zu helfen. Er lief hinaus auf die große Landstraße und wollte den ersten, der ihm begegnete, zu Gevatter bitten.

Der erste, der ihm begegnete, war aber niemand anderer als der liebe Gott. Dieser wußte schon, was der arme Mann auf dem Herzen hatte, und sprach zu ihm: „Lieber Mann, du dauerst mich. Ich will dein Kind aus der Taufe heben und es glücklich machen auf Erden."

Der Mann aber sagte: „Wer bist du?"

„Ich bin der liebe Gott."

„Dann möchte ich dich lieber nicht zum Paten meines Kindes haben", sagte der Mann, „denn du gibst den Reichen und läßt die Armen hungern." So sprach der Mann, weil er es nicht begriff, wie weise Gott Reichtum und Armut verteilt. Also wandte er sich ab und ging weiter.

Da trat der Teufel auf ihn zu und sprach: „Willst du mich zum Paten deines Kindes nehmen, so will ich ihm Gold in Hülle und Fülle geben und alle Freuden der Welt obendrein."

Der Mann fragte: „Wer bist du?"

„Ich bin der Teufel."

„So will ich dich nicht zum Gevatter haben", sprach der Mann, „denn du betrügst und verführst die Menschen."

Er ging weiter, da kam der dürrbeinige Tod auf ihn zugeschritten und sprach: „Nimm mich zum Gevatter."

Der Mann fragte: „Wer bist du?"

„Ich bin der Tod, der alle gleichmacht."

Da sprach der Mann: „Du bist der Rechte. Du holst den Reichen wie den Armen ohne Unterschied, du sollst mein Gevattersmann sein."

Der Tod antwortete: „Ich will dein Kind reich und berühmt machen, denn wer mich zum Freunde hat, dem kann es an nichts fehlen."

Der Mann sprach: „Nun gut. Am nächsten Sonntag ist die Taufe, stelle dich nur zur rechten Zeit ein." Und der Tod erschien, wie er es versprochen hatte, und stand ganz ordentlich Gevatter.

Als nun der Knabe herangewachsen war, trat eines Tages der Pate bei ihm ein und hieß ihn mitgehen. Er führte ihn hinaus in den Wald, zeigte ihm ein Kräutlein, das da wuchs, und sprach: „Jetzt sollst du dein Patengeschenk empfangen. Ich will dich zu einem berühmten Arzt machen. Wenn du zu einem Kranken gerufen wirst, will ich dir jedesmal erscheinen. Stehe ich zu Häupten des Kranken, so kannst du getrost versprechen, ihn wieder gesund zu machen. Du brauchst ihm dann nur von jenem Kräutlein einzugeben, und er wird alsbald genesen. Stehe ich aber zu Füßen des Kranken, dann ist er mein, und kein Arzt der Welt kann ihn mehr retten. Aber hüte dich, daß du das Kräutlein nicht gegen meinen Willen gebrauchst, sonst wird es dir schlimm ergehen!"

Es dauerte nicht lange, so war der Jüngling der berühmteste Arzt auf der ganzen Welt. Von weit und breit kamen die Leute zu ihm, holten ihn zu den Kranken und gaben ihm so viel Gold, daß er bald ein reicher Mann war. „Er braucht einen Kranken nur anzusehen, so weiß er schon, wie es steht, ob er wieder gesund wird oder ob er sterben muß", sagten die Leute von ihm.

Nun trug es sich einmal zu, daß der König krank wurde. Auch er ließ den berühmten Arzt holen und fragte ihm, ob er wieder gesund werden könne. Als der Arzt aber an das Bett des Königs trat, stand dort der Tod zu Füßen des Kranken. Da wußte der Arzt, daß es für den König keine Hilfe mehr gab.

Wenn ich doch einmal den Tod überlisten könnte, dachte der Arzt. Er wird es mir freilich übelnehmen, aber vielleicht drückt er doch ein Auge zu, da ich doch sein Patenkind bin. Ich will es wagen!

Er faßte also den kranken König und legte ihn verkehrt ins Bett, so daß der Tod zu Häupten des Kranken zu stehen kam. Dann gab er dem König von dem Kräutlein ein, und der Kranke erholte sich bald und wurde wieder gesund.

Der Tod aber kam zu dem Arzt, machte ein böses Gesicht, drohte mit dem Finger und sagte: „Du hast mich hinters Licht geführt! Diesmal will ich dir's nachsehen, weil du mein Patenkind bist. Aber wagst du es noch einmal, so geht es dir an den Kragen und ich nehme dich selbst mit fort!"

Bald darauf wurde die Tochter des König schwer krank. Sie war das einzige Kind des Königs, und dieser weinte daher Tag und Nacht, daß ihm schier die Augen erblindeten. Schließlich ließ er im ganzen Lande verkünden, wer die Prinzessin vom Tode errettete, der sollte ihr Gemahl sein, und einst selbst König werden.

Als der berühmte Arzt zum Bett der Königstochter kam, sah er den Tod zu ihren Füßen stehen. Nun hätte er sich wohl der Warnung seines Paten erinnern sollen. Aber die Schönheit der Königstochter und der Wunsch, ihr Gemahl zu werden, betörten ihn so, daß er alle Bedenken in den Wind schlug. Er sah nicht, daß der Tod ihm zornige Blicke zuwarf und ihm mit seiner dürren Faust drohte. Er hob die Kranke auf und legte ihr Haupt dahin, wo vorher ihre Füße gelegen waren. Dann gab er ihr das Kräutlein ein, und alsbald röteten sich die Wangen der Königstochter, und das Leben regte sich in ihr von neuem.

Als sich der Tod zum zweiten Male um sein Eigentum betrogen sah, ging er mit langen Schritten auf den Arzt zu und sprach: „Jetzt ist es aber aus mit dir, nun kommt die Reihe an dich selbst!"

Er packte ihn mit seiner eiskalten Hand, daß es kein Widerstehen gab, und führte ihn in eine unterirdische Höhle. Da brannten tausend und aber tausend Lichter in unübersehbaren Reihen, einige groß, andere halbgroß, andere klein. Jeden Augenblick erloschen ein paar, und andere brannten wieder auf, so daß die Flämmchen in beständigem Wechsel hin und her zu hüpfen schienen.

„Siehst du", sprach der Tod, „das sind die Lebenslichter der Menschen. Die großen gehören Kindern, die halbgroßen Menschen in ihren besten Jahren, die kleinen gehören Greisen. Aber auch Kinder und junge Leute haben oft nur ein kleines Lichtlein."

„Zeig mir doch mein Lebenslicht", sagte der Arzt und meinte, es wäre noch recht groß. Der Tod aber deutete auf ein kleines Endchen, das eben auszugehen drohte, und sagte: „Das ist es!"

„Ach, lieber Pate", sagte der erschrockene Arzt, „zündet mir doch ein neues Lichtlein an. Tut mir den Gefallen, damit ich mein Leben noch genießen kann und der Gemahl der schönen Königstochter werde."

„Ich kann nicht", antwortete der Tod. „Ehe ein neues anbrennt, muß erst ein anderes verlöschen."

„So steckt das alte auf ein neues, damit es gleich fortbrennt, wenn das Endchen am Verlöschen ist", bat der Arzt.

Der Tod tat, als ob er diesen Wunsch erfüllen wollte, und griff nach einem frischen, großen Licht. Weil er sich aber rächen wollte, stellte er sich dabei absichtlich recht ungeschickt, und das Lichtchen fiel um und verlosch.

Im selben Augenblick fiel der Arzt zu Boden, er war nun selbst in die Hand des Todes geraten.

Der faule Heinz

Heinz war faul, und obgleich er weiter nichts zu tun hatte, als seine Ziege täglich auf die Weide zu treiben, so seufzte er dennoch, wenn er nach vollbrachtem Tagewerk abends nach Hause kam. „Es ist in Wahrheit eine schwere Last", sagte er, „und ein mühseliges Geschäft, so eine Ziege jahraus jahrein bis in den späten Herbst ins Feld zu treiben. Und wenn man sich noch dabei hinlegen und schlafen könnte! Aber nein, da muß man die Augen auf haben, damit sie die jungen Bäume nicht beschädigt, durch die Hecke in einen Garten dringt oder gar davonläuft. Wie soll da einer zur Ruhe kommen und seines Lebens froh werden!" Er setzte sich, sammelte seine Gedanken und überlegte, wie er seine Schultern von dieser Bürde frei machen könnte. Lange war alles Nachsinnen vergeblich, plötzlich fiel's ihm wie Schuppen von den Augen. „Ich weiß, was ich tue", rief er aus, „ich heirate die dicke Trine, die hat auch eine Ziege und kann meine mit austreiben, so brauche ich mich nicht länger zu quälen."

Heinz erhob sich also, setzte seine müden Glieder in Bewegung, ging quer über die Straße, denn weiter war der Weg nicht, wo die Eltern der dicken Trine wohnten, und hielt um ihre arbeitsame und tugendreiche Tochter an. Die Eltern besannen sich nicht lange: „Gleich und gleich gesellt sich gern", meinten sie und willigten ein.

Nun ward die dicke Trine Heinzens Frau und trieb die beiden Ziegen aus. Heinz hatte gute Tage und brauchte sich von keiner andern Arbeit zu erholen als von seiner eigenen Faulheit. Nur dann und wann ging er mit hinaus und sagte: „Es geschieht bloß, damit mir die Ruhe hernach desto besser schmeckt; man verliert sonst alles Gefühl dafür."

Aber die dicke Trine war nicht minder faul. „Lieber Heinz", sprach sie eines Tages, „warum sollen wir uns das Leben ohne Not sauer machen und unsere beste Jugendzeit verkümmern? Ist es nicht besser, wir geben die beiden Ziegen, die jeden Morgen einen mit ihrem Meckern im besten Schlafe stören, unserm Nachbar und der gibt uns einen Bienenstock dafür? Den Bienenstock stellen wir an einen sonnigen Platz hinter das Haus und bekümmern uns weiter nicht darum. Die Bienen brauchen nicht gehütet und nicht ins Feld getrieben zu werden; sie fliegen aus, finden den Weg nach Haus von selbst wieder und sammeln Honig, ohne daß es uns die geringste Mühe macht." – „Du hast wie eine verständige Frau gesprochen", antwortete Heinz, „deinen Vorschlag wollen wir ohne Zaudern ausführen; außerdem schmeckt und nährt der Honig besser als die Ziegenmilch und läßt sich auch länger aufbewahren."

Der Nachbar gab für die beiden Ziegen gerne einen Bienenstock. Die Bienen flogen unermüdlich vom frühen Morgen bis zum späten Abend aus und ein und füllten den Stock mit dem schönsten Honig, so daß Heinz im Herbst einen ganzen Krug voll herausnehmen konnte.

Sie stellten den Krug auf ein Brett, das oben an der Wand in ihrer Schlafkammer befestigt war, und weil sie fürchteten, er könne ihnen gestohlen werden oder die Mäuse könnten darüber geraten, so holte Trine einen starken Haselstock herbei und legte ihn neben ihr Bett, damit sie ihn, ohne unnötigerweise aufzustehen, mit der Hand erreichen und die ungebetenen Gäste von dem Bette aus verjagen könnte.

Der faule Heinz verließ das Bett nicht gerne vor Mittag: „Wer früh aufsteht", sprach er, „sein Gut verzehrt." Eines Morgens, als er so am hellen Tag noch in den Federn lag und von dem langen Schlaf ausruhte, sprach er zu seiner Frau: „Die Weiber lieben die Süßigkeit, und du naschest von dem Honig; es ist besser, ehe er von dir allein ausgegessen wird, daß wir dafür eine Gans mit einem jungen Gänslein erhandeln." – „Aber nicht eher", erwiderte Trine, „als bis wir ein Kind haben, das sie hütet. Soll ich mich etwa mit den jungen Gänsen plagen und meine Kräfte dabei unnötigerweise zusetzen?" – „Meinst du", sagte Heinz, „der Junge werde Gänse hüten? Heutzutage gehorchen die Kinder nicht mehr: sie tun nach ihrem Willen, weil sie sich klüger dünken als die Eltern, gerade wie jener Knecht; der die Kuh suchen sollte und drei Amseln nachjagte." – „Oh", antwortete Trine, „dem soll es schlecht bekommen, wenn er nicht tut, was ich sage. Einen Stock will ich nehmen und mit ungezählten Schlägen ihm die Haut gerben. Siehst du, Heinz", rief sie in ihrem Eifer und faßte den Stock, mit dem sie die Mäuse verjagen wollte, „siehst du, so will ich auf ihn losschlagen." Sie holte aus, traf aber unglücklicherweise den Honigkrug über dem Bette. Der Krug sprang wider die Wand und fiel in Scherben herab, und der schöne Honig floß auf den Boden. „Da liegt nun die Gans mit dem jungen Gänslein", sagte Heinz, „und braucht nicht gehütet zu werden. Aber ein Glück ist es, daß mir der Krug nicht auf den Kopf gefallen ist, wir haben alle Ursache, mit unserm Schicksal zufrieden zu sein." Und da er in einer Scherbe noch etwas Honig bemerkte, so langte er danach und sprach ganz vergnügt: „Das Restchen, Frau, wollen wir uns noch schmecken lassen und dann nach dem gehabten Schrekken ein wenig ausruhen; was tut's, wenn wir etwas später als gewöhnlich aufstehen, der Tag ist noch lang genug." – „Ja", antwortete Trine, „man kommt immer noch zur rechten Zeit. Weißt du, die Schnecke war einmal zur Hochzeit eingeladen, machte sich auf den Weg, kam aber zur Kindtaufe an. Vor dem Hause stürzte sie noch über den Zaun und sagte: ‚Eilen tut nicht gut.' "

Der Vogel Greif

Es war einmal ein König – wo der regiert und wie er geheißen hat, weiß ich nimmer –, der hatte keinen Sohn, nur eine einzige Tochter, die war immer krank, und kein Doktor konnte sie heilen. Da wurde dem König geweissagt, seine Tochter werde sich an Äpfeln gesundessen. Da ließ er durchs ganze Land bekanntmachen: Wer seiner Tochter Äpfel bringe, daß sie sich daran gesundessen könne, der bekäme sie zur Frau und würde König werden. Das hörte auch ein Bauer, der drei Söhne hatte. Da sprach er zum ältesten: „Geh auf den Speicher hinauf, nimm einen Handkorb voll von den schönsten Äpfeln mit den roten Backen und trag sie zu Hof; vielleicht kann sich die Königstochter daran gesundessen, und du darfst sie heiraten und wirst König." Der Bursche machte es auch so und nahm den Weg unter die Füße. Als er eine Zeitlang gegangen war, begegnete er einem kleinen eisgrauen Männlein; das fragte ihn, was er da im Handkorb hätte. Da sagte Ulrich – denn so hieß er –: „Froschschenkel." Das Männlein sagte darauf: „Nun, so sollen's welche sein und bleiben", und ging weiter. Endlich kam Ulrich vors Schloß und ließ sich anmelden: er habe Äpfel, die die Tochter gesund machen würden, wenn sie davon äße. Das freute den König gewaltig, und er ließ den Ulrich vor sich kommen. Aber, o weh!, als er aufdeckte, hatte er statt Äpfel Froschschenkel im Korb, die noch zappelten. Darüber wurde der König böse und ließ ihn zum Haus hinausjagen. Als er heimkam, erzählte er dem Vater, wie es ihm ergangen war.

Da schickte der Vater den nächstältesten Sohn, der Samuel hieß; aber dem erging es genauso wie Ulrich. Es begegnete ihm auch das kleine eisgraue Männlein, und das fragte ihn, was er da im Korbe habe. Der Samuel sagte: „Schweinsborsten"; und das eisgraue Männlein sagte: „Nun, so sollen's welche sein und bleiben." Als er nun vors Königsschloß kam und sagte, er habe Äpfel, an denen sich die Königstochter gesundessen könne, so wollten sie ihn nicht einlassen und sagten, es sei schon einer dagewesen und habe sie zum Narren gehalten. Samuel aber bestand darauf, er habe gewiß Äpfel, sie sollten ihn nur einlassen. Endlich glaubten sie ihm und führten ihn vor den König. Aber als er seinen Korb aufdeckte, so hatte er eben Schweinsborsten. Da wurde der König so furchtbar zornig, daß er den Samuel aus dem Haus peitschen ließ. Als er heimkam, erzählte er, wie es ihm ergangen war.

Da kam der jüngste Bub, den sie nur immer den dummen Hans nannten, und fragte den Vater, ob er auch mit Äpfeln gehen dürfe. „Ja", sagte da der Vater, „du wärst der rechte Kerl dazu! Wenn die Gescheiten nichts ausrichten, was wolltest denn du ausrichten!" Der Bub aber ließ nicht nach: „Doch Vater, ich will auch gehen." – „Geh mir doch weg, du dummer Kerl, du mußt warten, bis du gescheiter wirst", sagte darauf der Vater und kehrte ihm den Rücken. Der Hans aber zupfte ihn hinten am Kittel: „Doch, Vater, ich will auch gehen." – „Nun, meinetwegen, so geh; du wirst wohl wieder zurückkommen", gab der Vater unwirsch zur Antwort. Der Bub freute sich sehr und sprang hochauf. „Ja, tu jetzt noch wie ein Narr; du wirst von einem Tag zum andern immer dümmer", sagte der Vater wieder. Das machte aber dem Hans nichts aus, und er ließ sich in seiner Freude nicht stören. Weil es aber auf die Nacht zuging, so dachte er, er wolle warten bis zum Morgen, er komme heute doch nimmer an den Hof. Nachts im Bett konnte er nicht schlafen; und wenn er auch einmal eine Weile eingeschlummert war, so träumte ihm von schönen Jungfrauen, von Schlössern, Gold und Silber und allerhand solchen Sachen. Morgens in der Frühe machte er sich auf den Weg, und gleich darauf begegnete ihm ein kleines mürrisches Männchen in einem eisgrauen Gewand und fragte ihn, was er da im Korbe hätte. Der Hans gab ihm zur Antwort, er habe Äpfel, an denen sich die Königstochter gesundessen wolle. „Nun", sagte das Männlein, „so sollen es solche sein und bleiben."

Aber am Hof wollten sie den Hans durchaus nicht einlassen; denn es seien schon zwei dagewesen und hätten gesagt; sie brächten Äpfel, und da hätte der eine Froschschenkel und der andere Schweinsborsten gehabt. Der Hans aber ließ nicht nach mit Bitten, er habe gewiß keine Froschschenkel, sondern die schönsten Äpfel, die im ganzen Königreich wüchsen. Weil er nun so treuherzig redete, so dachte der Torhüter, der könne nicht lügen; sie ließen ihn also ein und hatten auch recht daran getan. Denn als der Hans seinen Korb vor dem König aufdeckte, da lagen goldgelbe Äpfel darin. Der König freute sich und ließ gleich seiner Tochter davon bringen und harrte nun in banger Erwartung, bis man ihm Bericht brächte, was sie für Wirkung getan hätten. Aber nicht lange Zeit verging, so gab ihm jemand Bericht; aber wer ist es gewesen? Die Tochter selbst! Sobald sie von den Äpfeln gegessen hatte, war sie gesund aus dem Bett gesprungen. Was der König für eine Freude hatte, läßt sich gar nicht beschreiben. Aber nun wollte er dem Hans die Tochter nicht zur Frau geben und sagte, er müsse ihm zuvor noch einen Nachen machen, der auf dem trockenen Land noch besser ginge als im Wasser. Der Hans nahm die Bedingung an und ging heim und erzählte, wie es ihm ergangen sei. Da schickte der Vater den Ulrich ins Holz, um einen solchen Nachen zu machen. Er arbeitete fleißig und pfiff dazu. Um Mittag, als die Sonne am höchsten stand, kam ein kleines eisgraues Männlein und fragte, was er da mache. Der Ulrich gab ihm zur Antwort: „Rührlöffel." Das eisgraue Männlein sagte: „Nun, so sollen's welche sein und bleiben." Am Abend meinte der Ulrich, er hätte jetzt einen Nachen gemacht; aber als er sich hineinsetzen wollte, so waren's lauter Rührlöffel. Am andern Tag ging der Samuel in den Wald; aber es ging ihm genauso wie dem Ulrich. Am dritten Tag ging der dumme Hans. Er schaffte recht fleißig, so daß der ganze Wald von seinen kräftigen Schlägen widerhallte; dazu sang und pfiff er recht lustig. Da kam wieder das kleine Männlein zu Mittag, wo es am heißesten war, und fragte, was er da mache. „Einen Nachen, der auf dem trockenen Land besser geht als auf dem Wasser"; und wenn er damit fertig sei, so bekomme er die Königstochter zur Frau. „Nun", sagte das Männlein, „dann soll es so einer werden und bleiben."

Am Abend, als die Sonne im Goldglanz unterging, war der Hans auch fertig mit seinem Nachen und mit allem, was dazu gehörte. Er setzte sich hinein und ruderte der Königsstadt zu. Der Nachen aber ging so geschwind wie der Wind. Der König sah es von weitem, wollte aber dem Hans seine Tochter noch nicht geben, und sagte, er müsse erst noch hundert Hasen vom frühen Morgen bis zum späten Abend hüten; und wenn ihm einer fortkäme, so bekomme er die Tochter nicht. Der Hans war's zufrieden, und gleich am andern Tage ging er mit seiner Herde auf die Weide und paßte sehr genau auf, daß ihm keiner davonliefe. Es dauerte aber gar nicht lange, so kam eine Magd vom Schloß und sagte zum Hans, er solle ihr geschwind einen Hasen geben, sie hätten Besuch bekommen. Der Hans merkte aber wohl, wo das hinaus wollte, und sagte, er gäbe keinen her; der König könne dann morgen seinem Besuch mit Hasenpfeffer aufwarten. Die Magd aber ließ nicht nach und am Ende fing sie an zu schimpfen. Da sagte der Hans, wenn die Königstochter selber

komme, so wolle er einen Hasen geben. Das sagte die Magd im Schloß; und die Königstochter ging selbst. Unterdessen aber kam zum Hans wieder das kleine Männlein und fragte ihn, was er da tue. Ha, er müsse da hundert Hasen hüten, daß ihm keiner davonlaufe; und dann dürfe er die Königstochter heiraten und wäre König. „Gut", sagte das Männlein; „da hast du ein Pfeifchen, und wenn dir einer fortläuft, so pfeif nur, dann kommt er wieder zurück." Als nun die Königstochter kam, gab ihr Hans einen Hasen in die Schürze. Aber wie sie etwa hundert Schritte weg war, pfiff der Hans, und der Hase sprang ihr aus der Schürze und – hast du nicht gesehen? – wieder zu der Herde. Als es nun Abend war, pfiff der Hasenhirt noch einmal und schaute, ob alle da seien, und trieb sie dann zum Schloß. Der König wunderte sich, wie nur der Hans imstande gewesen sei, hundert Hasen zu hüten, ohne daß ihm einer davongelaufen sei. Er wollte ihm aber die Tochter trotzdem noch nicht geben und sagte, er müsse ihm erst noch eine Feder aus dem Schwanz des Vogel Greif bringen. Der Hans machte sich gleich auf den Weg und marschierte recht rüstig vorwärts. Am Abend kam er zu einem Schloß; da fragte er um ein Nachtlager, denn damals gab es noch keine Wirtshäuser. Da sagte ihm der Herr vom Schloß mit Freuden zu und fragte ihn, wohin er wolle. Der Hans gab darauf zur Antwort: „Zum Vogel Greif." – „So, zum Vogel Greif? Man sagt immer, der wisse alles, und ich habe den Schlüssel zu einer eisernen Geldkiste verloren: Ihr könnt doch so gut sein und ihn fragen, wo er sei." – „Ja freilich", sagte der Hans, „das will ich schon tun." Am frühen Morgen ging er von dort weiter und kam unterwegs zu einem anderen Schloß, in dem er wieder über Nacht blieb. Als die Leute dort vernahmen, daß er zum Vogel Greif wolle, sagten sie, es sei im Hause eine Tochter krank, und sie hätten schon alle Mittel gebraucht; aber es wolle keines anschlagen; er solle doch so gut sein und den Vogel Greif fragen, was die Tochter wieder gesundmachen könne. Der Hans sagte, das wolle er gern tun, und ging weiter. Da kam er zu einem Wasser, und anstatt einer Fähre war da ein großer, großer Mann, der alle Leute hinübertragen mußte. Der Mann fragte den Hans, wo seine Reise hinginge. „Zum Vogel Greif", sagte der Hans. „Nun, wenn Ihr zu ihm kommt", sagte da der Mann, „so fragt ihn auch, warum ich alle Leute über das Wasser tragen muß." Da sagte der Hans: „Ja, bei Gott, ja, das will ich schon tun." Da nahm ihn der Mann auf die Achsel und trug ihn hinüber. Endlich kam nun der Hans zum Haus vom Vogel Greif; aber da war nur die Frau daheim, und der Vogel Greif selber nicht. Da fragte ihn die Frau, was er wolle. Da erzählte ihr der Hans alles: daß er eine Feder holen sollte aus dem Schwanz des Vogel Greif; und dann hätten sie in einem Schloß den Schlüssel zu einer Geldkiste verloren, und er sollte den Vogel Greif fragen, wo der Schlüssel sei; dann sei in einem andern Schloß eine Tochter krank und er sollte wissen, was die Tochter gesundmachen könne; dann sei nicht weit von hier ein Wasser und ein

Mann dabei, der die Leute hinübertragen müsse, und er möchte gern wissen, warum dieser Mann alle Leute hinübertragen müsse. Da sagte die Frau: „Ja schaut, mein guter Freund, es kann kein Christ mit dem Vogel Greif reden, er frißt sie alle; wenn Ihr aber wollt, so könnt Ihr Euch unter sein Bett legen, und zur Nacht, wenn er recht fest schläft, so könnt Ihr dann herauflangen und ihm eine Feder aus dem Schwanz reißen; und wegen der Sachen, die Ihr wissen solltet, will ich ihn selber fragen." Der Hans war das alles zufrieden und legte sich unters Bett. Am Abend kam der Vogel Greif heim, und wie er in die Stube kam, so sagte er: „Frau, da riecht's nach Mensch." – „Ja", sagte da die Frau, „'s ist heut' einer dagewesen, aber er ist wieder fort"; und da sagte der Vogel Greif nichts mehr. Mitten in der Nacht, als der Vogel Greif recht schnarchte, langte Hans hinauf und riß ihm eine Feder aus dem Schwanz. Da schreckte der Vogel Greif plötzlich auf und sagte: „Frau, es riecht nach Mensch, und es ist mir, als habe mich jemand am Schwanz gezerrt." Da sagte die Frau: „Du hast gewiß geträumt, und ich hab dir ja heut' schon gesagt, es war ein Mensch da; aber er ist wieder fort. Der hat mir allerhand Sachen erzählt. Sie hätten in einem Schloß den Schlüssel zu einer Geldkiste verloren und könnten ihn nicht mehr finden." – „Oh, die Narren", sagte der Vogel Greif, „der Schlüssel liegt im Holzhaus hinter der Tür unter einem Holzstoß." – „Und dann hat er auch gesagt, in einem Schloß sei eine Tochter krank, und sie wüßten kein Mittel, um sie gesundzumachen." – „Oh, die Narren", sagte der Vogel Greif, „unter der Kellerstiege hat eine Kröte ein Nest von ihren Haaren gemacht, und wenn sie die Haare wiederbekommt, so wird sie gesund." – „Und dann hat er auch noch gesagt, es sei an einem Ort ein Wasser und ein Mann dabei, der müsse alle Leute darübertragen." – „Oh, der Narr", sagte der Vogel Greif, „täte er nur einmal einen mitten hineinstellen, er brauchte dann keinen mehr hinüberzutragen."

Am Morgen früh stand der Vogel Greif auf und ging fort. Da kam der Hans unter dem Bett vor und hatte eine schöne Feder; auch hatte er gehört, was der Vogel Greif gesagt hatte von dem Schlüssel und der Tochter und dem Manne. Die Frau vom Vogel Greif erzählte ihm dann alles noch einmal, daß er nichts vergesse, und dann ging er wieder heimwärts. Zuerst kam er zu dem Mann am Wasser. Der fragte ihn gleich, was der Vogel Greif gesagt habe; da sagte der Hans, er solle ihn erst hinübertragen, er wolle es ihm dann drüben sagen. Da trug ihn der Mann hinüber. Als er drüben war, sagte ihm der Hans, er sollte nur einmal einen mitten hinein ins Wasser stellen, so müßte er dann keinen mehr hinübertragen. Da freute sich der Mann sehr und sagte zum Hans, er wolle ihn zum Dank noch einmal hin- und zurücktragen. Da sagte der Hans: nein, er wolle ihm die Mühe ersparen, er sei so schon mit ihm zufrieden und ging weiter. Da kam er zu dem Schloß, wo die Tochter krank war: die nahm er auf die Schulter, denn sie konnte nicht laufen, und trug sie die Kellerstiege hinunter und nahm das Krötennest unter der untersten Stufe vor und gab es der Tochter in die Hände: und die sprang ihm von der Schulter herunter, und vor ihm die Stiege hinauf und war ganz gesund. Jetzt hatten der Vater und die Mutter eine große Freude und machten dem Hans Geschenke von Gold und Silber; und was er nur immer wollte, das gaben sie ihm. Als nun der Hans in das andere Schloß kam, ging er gleich ins Holzhaus und fand richtig hinter der Tür unter dem Holzstoß den Schlüssel und brachte ihn dem Herrn. Der freute sich auch nicht wenig und gab dem Hans zur Belohnung viel von dem Gold, das in der Kiste war, und sonst noch allerhand Sachen, wie Kühe und Schafe und Geißen.

Als der Hans zum König kam mit all den Sachen, mit dem Geld und dem Gold und Silber, und den Kühen, Schafen und Geißen, da fragte ihn der König, wo er nur das alles bekommen habe. Da sagte der Hans, der Vogel Greif gebe einem, soviel man wolle. Da dachte der König, er könne das auch brauchen, und machte sich auch auf den Weg zum Vogel Greif. Aber als er zu dem Wasser kam, da war er eben der erste, der nach dem Hans kam, und der Mann stellte ihn mitten ins Wasser ab und ging fort. Und der König ertrank. Der Hans aber heiratete die Tochter und wurde König.

Die vier kunstreichen Brüder

Es war ein armer Mann, der hatte vier Söhne; wie die herangewachsen waren, sprach er zu ihnen: „Liebe Kinder, ihr müßt jetzt hinaus in die Welt, ich habe nichts, das ich euch geben könnte; macht euch auf und geht in die Fremde, lernt ein Handwerk und seht, wie ihr euch durchschlagt." Da ergriffen die vier Brüder den Wanderstab, nahmen Abschied von ihrem Vater und zogen zusammen zum Tor hinaus. Als sie eine Zeitlang gewandert waren, kamen sie an einen Kreuzweg, der nach vier verschiedenen Gegenden führte. Da sprach der älteste: „Hier müssen wir uns trennen, aber heut über vier Jahre wollen wir an dieser Stelle wieder zusammentreffen und in der Zeit unser Glück versuchen."

Nun ging jeder seinen Weg, und dem ältesten begegnete ein Mann, der fragte ihn, wo er hinauswollte und was er vorhätte. „Ich will ein Handwerk lernen", antwortete er. Da sprach der Mann: „Geh mit mir und werde ein Dieb." – „Nein", antwortete er, „das gilt für kein ehrliches Handwerk mehr, und das Ende vom Lied ist, daß einer als Schwengel in der Feldglocke gebraucht wird." – „Oh", sprach der Mann,

„vor dem Galgen brauchst du dich nicht zu fürchten; ich will dich bloß lehren, wie du holst, was sonst kein Mensch kriegen kann, und wo dir niemand auf die Spur kommt." Da ließ er sich überreden, ward bei dem Manne ein gelernter Dieb und ward so geschickt, daß vor ihm nichts sicher war, was er einmal haben wollte. Der zweite Bruder begegnete einem Mann, der dieselbe Frage tat, was er in der Welt lernen wollte. „Ich weiß es noch nicht", antwortete er. „So geh mit mir und werde ein Sterngucker; nichts besser als das, es bleibt einem nichts verborgen." Er ließ sich das gefallen und ward ein so geschickter Sterngucker, daß sein Meister, als er ausgelernt hatte und weiterziehen wollte, ihm ein Fernrohr gab und zu ihm sprach: „Damit kannst du sehen, was auf Erden und am Himmel vorgeht, und kann dir nichts verborgen bleiben." Den dritten Bruder nahm ein Jäger in die Lehre und gab ihm in allem, was zur Jägerei gehört, so guten Unterricht, daß er ein ausgelernter Jäger ward. Der Meister schenkte ihm beim Abschied eine Büchse und sprach: „Die fehlt nicht, was du damit aufs Korn nimmst, das triffst du sicher." Der jüngste Bruder begegnete gleichfalls einem Manne, der ihn anredete und nach seinem Vorhaben fragte. „Hast du nicht Lust, ein Schneider zu werden?" – „Daß ich nicht wüßte", sprach der Junge, „das Krummsitzen von morgens bis abends, das Hin- und Herfegen mit der Nadel und das Bügeleisen will mir nicht in den Sinn." – „Ei was", antwortete der Mann, „du sprichst, wie du's verstehst! Bei mir lernst du eine ganz andere Schneiderkunst, die ist anständig und ziemlich, zum Teil sehr ehrenvoll." Da ließ er sich überreden, ging mit und lernte die Kunst des Mannes aus dem Fundament. Beim Abschied gab ihm dieser eine Nadel und sprach: „Damit kannst du zusammennähen, was dir vorkommt, es sei so weich wie ein Ei oder so hart als Stahl; und es wird ganz zu einem Stück, daß keine Naht mehr zu sehen ist."

Als die bestimmten vier Jahre herum waren, kamen die vier Brüder zu gleicher Zeit an dem Kreuzwege zusammen, herzten und küßten sich und kehrten heim zu ihrem Vater. „Nun", sprach dieser ganz vergnügt, „hat euch der Wind wieder zu mir geweht?" Sie erzählten, wie es ihnen ergangen war und daß jeder das Seinige gelernt hätte. Nun saßen sie gerade vor dem Haus unter einem großen Baum; da sprach der Vater: „Jetzt will ich euch auf die Probe stellen und sehen, was ihr könnt." Danach schaute er auf und sagte zu dem zweiten Sohne: „Oben im Gipfel dieses Baumes sitzt zwischen zwei Ästen ein Buchfinkennest, sag mir: Wieviel Eier liegen darin?" Der Sterngucker nahm sein Glas, schaute hinauf und sagte: „Fünfe sind's." Sprach der Vater zum ältesten: „Hol du die Eier herunter, ohne daß der Vogel, der darauf sitzt und brütet, gestört wird." Der kunstreiche Dieb stieg hinauf und nahm dem Vöglein, das gar nichts davon merkte und ruhig sitzenblieb, die fünf Eier unter dem Leib weg und brachte sie dem Vater herab. Der Vater nahm sie, legte an jede Ecke des Tisches eins und das fünfte in die Mitte und sprach zum Jäger: „Du schießest mir mit einem Schuß die fünf Eier in der Mitte entzwei." Der Jäger legte seine Büchse an und schoß die Eier, wie es der Vater verlangt hatte, alle fünfe, und zwar in einem Schuß. Der hatte gewiß von dem Pulver, das um die Ecke schießt. „Nun kommt die Reihe an dich", sprach der Vater zu dem vierten Sohn, „du nähst die Eier wieder zusammen und auch die jungen Vöglein, die darin sind, und zwar so, daß ihnen der Schuß nichts schadet." Der Schneider holte seine Nadel und nähte, wie's der Vater verlangt hatte. Als er fertig war, mußte der Dieb die Eier wieder auf den Baum ins Nest tragen und dem Vogel, ohne daß er etwas merkte, wieder unterlegen. Das Tierchen brütete sie vollends aus, und nach ein paar Tagen krochen die Jungen hervor und hatten da, wo sie vom Schneider zusammengenäht waren, ein rotes Streifchen um den Hals.

„Ja", sprach der Alte zu seinen Söhnen, „ich muß euch über den grünen Klee loben, ihr habt eure Zeit wohl benutzt und was Rechtschaffenes gelernt. Ich kann nicht sagen, wem von euch der Vorzug gebührt. Wenn ihr nun bald Gelegenheit habt, eure Kunst anzuwenden, da wird sich's ausweisen."

Nicht lange danach kam großer Lärm ins Land, die Königstochter wäre von einem Drachen entführt worden. Der König war Tag und Nacht darüber in Sorgen und ließ bekanntmachen, wer sie zurückbrächte, sollte sie zur Gemahlin haben. Die vier Brüder sprachen untereinander: „Das wäre eine Gelegenheit, wo wir uns könnten sehen lassen", wollten zusammen ausziehen und die Königstochter befreien. „Wo sie ist, will ich bald wissen", sprach der Sterngucker, schaute durch sein Fernrohr und sprach: „Ich sehe sie schon, sie sitzt weit von hier auf einem Felsen im Meer und neben ihr der Drache, der sie bewacht." Da ging er zu dem König und bat um ein Schiff für sich und seine Brüder und fuhr mit ihnen übers Meer, bis sie zu dem Felsen hinkamen. Die Königstochter saß da, aber der Drache lag in ihrem Schoß und schlief. Der Jäger sprach: „Ich darf nicht schießen, ich würde die schöne Jungfrau zugleich töten." „So will ich mein Heil versuchen", sagte der Dieb, schlich sich heran und stahl sie unter dem Drachen weg, aber so leis und behend, daß das Untier nichts merkte, sondern fortschnarchte. Sie eilten voll Freude mit ihr aufs Schiff und steuerten in die offene See; aber der Drache, der bei seinem Erwachen die Königstochter nicht mehr gefunden hatte, kam hinter ihnen her und schnaubte wütend durch die Luft. Als er gerade über dem Schiff schwebte und sich herablassen wollte, legte der Jäger seine Büchse an und schoß ihm mitten ins Herz. Das Untier fiel tot herab, war aber so groß und gewaltig, daß es im Herabfallen das ganze Schiff zertrümmerte. Sie erhaschten glücklich noch ein paar Bretter und schwammen auf dem weiten Meer umher. Da war wieder große Not, aber der Schneider, nicht faul, nahm seine wunderbare Nadel, nähte die Bretter mit ein paar großen Stichen in der Eile zusammen, setzte sich darauf und sammelte alle Stücke des Schiffs. Dann nähte er auch diese so geschickt zusammen, daß in kurzer Zeit das Schiff wieder segelfertig war und sie glücklich heimfahren konnten.

Als der König seine Tochter wieder erblickte, war große Freude. Er sprach zu den vier Brüdern: „Einer von euch soll sie zur Gemahlin haben; aber welcher das ist, macht unter euch aus." Da entstand ein heftiger Streit unter ihnen, denn jeder machte Ansprüche. Der Sterngucker sprach: „Hätt' ich nicht die Königstochter gesehen, so wären alle eure Künste umsonst gewesen! Darum ist sie mein." Der Dieb sprach: „Was hätte das Sehen geholfen, wenn ich sie nicht unter dem Drachen weggeholt hätte! Darum ist sie mein." Der Jäger sprach: „Ihr wärt doch samt der Königstochter von dem Untier zerrissen worden, hätte es meine Kugel nicht getroffen! Darum ist sie mein." Der Schneider sprach: „Und hätte ich euch mit meiner Kunst nicht das Schiff wieder zusammengeflickt, ihr wärt alle jämmerlich ertrunken! Darum ist sie mein." Da tat der König den Ausspruch: „Jeder von euch hat gleiches Recht, und weil ein jeder die Jungfrau nicht haben kann, so soll sie keiner von euch haben; aber ich will jedem zur Belohnung ein halbes Königreich geben." Den Brüdern gefiel diese Entscheidung, und sie sprachen: „Es ist besser so, als daß wir uneins werden." Da erhielt jeder ein halbes Königreich, und sie lebten mit ihrem Vater in aller Glückseligkeit, solange es Gott gefiel.

Die Lebenszeit

Als Gott die Welt geschaffen hatte und allen Kreaturen ihre Lebenszeit bestimmen wollte, kam der Esel und fragte: „Herr, wie lange soll ich leben?" – „Dreißig Jahre", antwortete Gott, „ist dir das recht?" – „Ach Herr", erwiderte der Esel, „das ist eine lange Zeit. Bedenke mein mühseliges Dasein: von Morgen bis in die Nacht schwere Lasten tragen, Kornsäcke in die Mühle schleppen, damit andere das Brot essen, mit nichts als mit Schlägen und Fußtritten ermuntert und aufgefrischt zu werden! Erlaß mir einen Teil der langen Zeit." Da erbarmte sich Gott und schenkte ihm achtzehn Jahre. Der Esel ging getröstet weg, und der Hund erschien. „Wie lange willst du leben?" sprach Gott zu ihm. „Dem Esel sind dreißig Jahre zuviel, du aber wirst damit zufrieden sein." – „Herr", antwortete der Hund, „ist das dein Wille? Bedenke, was ich laufen muß, das halten meine Füße so lange nicht aus; und habe ich erst die Stimme zum Bellen verloren und die Zähne zum Beißen, was bleibt mir übrig, als aus einer Ecke in die andere zu laufen und zu knurren?" Gott sah, daß er

K. OERTEL SC.

recht hatte, und erließ ihm zwölf Jahre. Darauf kam der Affe. „Du willst wohl gerne dreißig Jahre leben?" sprach der Herr zu ihm. „Du brauchst nicht zu arbeiten wie der Esel und der Hund und bist immer guter Dinge." – „Ach Herr", antwortete er, „das sieht so aus, ist aber anders. Wenn's Hirsebrei regnet, habe ich keinen Löffel. Ich soll immer lustige Streiche machen, Gesichter schneiden, damit die Leute lachen; und wenn sie mir einen Apfel reichen und ich beiße hinein, so ist er sauer. Wie oft steckt die Traurigkeit hinter dem Spaß! Dreißig Jahre halte ich das nicht aus." Gott war gnädig und schenkte ihm zehn Jahre.

Endlich erschien der Mensch, war freudig, gesund und frisch und bat Gott, ihm seine Zeit zu bestimmen. „Dreißig Jahre sollst du leben", sprach der Herr, „ist dir das genug?" – „Welch eine kurze Zeit!" rief der Mensch. „Wenn ich mein Haus gebaut habe und das Feuer auf meinem eigenen Herde brennt; wenn ich Bäume gepflanzt habe, die blühen und Fürchte tragen, und ich meines Lebens froh zu werden gedenke, so soll ich sterben! O Herr, verlängere meine Zeit." – „Ich will dir die achtzehn Jahre des Esels zulegen", sagte Gott. „Das ist nicht genug", erwiderte der Mensch. „Du sollst auch die zwölf Jahre des Hundes haben." – „Immer noch zu wenig." – „Wohlan", sagte Gott, „ich will dir noch die zehn Jahre des Affen geben, aber mehr erhältst du nicht." Der Mensch ging fort, war aber nicht zufriedengestellt.

Also lebte der Mensch siebenzig Jahr. Die ersten dreißig sind seine menschlichen Jahre, die gehen schnell dahin; da ist er gesund, heiter, arbeitet mit Lust und freut sich seines Daseins. Hierauf folgen die achtzehn Jahre des Esels, da wird ihm eine Last nach der anderen aufgelegt; er muß das Korn tragen, das andere nährt, und Schläge und Tritte sind der Lohn seiner treuen Dienste. Dann kommen die zwölf Jahre des Hundes, da liegt er in den Ecken, knurrt und hat keine Zähne mehr zum Beißen. Und wenn diese Zeit vorüber ist, so machen die zehn Jahre des Affen den Beschluß. Da ist der Mensch schwachköpfig und närrisch, treibt alberne Dinge und wird ein Spott der Kinder.

Die sechs Diener

Vor Zeiten lebte eine alte Königin, die war eine Zauberin, und ihre Tochter war das schönste Mädchen unter der Sonne. Die Alte dachte aber auf nichts, als wie sie die Menschen ins Verderben locken könnte, und wenn ein Freier kam, so sprach sie, wer ihre Tochter haben wollte, müßte zuvor einen Bund, eine Aufgabe, lösen, oder er müßte sterben. Viele waren von der Schönheit der Jungfrau verblendet und wagten es wohl; aber sie konnten nicht vollbringen, was die Alte ihnen auflegte, und dann war keine Gnade, sie mußten niederknien, und das Haupt ward ihnen abgeschlagen. Ein Königssohn, der hatte auch von der großen Schönheit der Jungfrau gehört und sprach zu seinem Vater: „Laßt mich hinziehen, ich will um sie werben." – „Nimmermehr", antwortete der König, „gehst du fort, so gehst du in den Tod." Da legte der Sohn sich nieder und ward sterbenskrank und lag sieben Jahre lang, und kein Arzt konnte ihm helfen. Als der Vater sah, daß keine Hoffnung mehr war, sprach er voll Herzenstraurigkeit zu ihm: „Zieh hin und versuche dein Glück, ich weiß dir sonst nicht zu helfen." Wie der Sohn das hörte, stand er auf von seinem Lager, war gesund und machte sich fröhlich auf den Weg.

Es trug sich zu, als er über eine Heide zu reiten kam, daß er von weitem auf der Erde etwas liegen sah wie einen großen Heuhaufen, und wie er sich näherte, konnte er unterscheiden, daß es der Bauch eines Menschen war, der sich dahingestreckt hatte; der Bauch aber sah aus wie ein kleiner Berg. Der Dicke, wie er den Reisenden erblickte, richtete sich in die Höhe und sprach: „Wenn Ihr jemand braucht, so nehmt mich in Eure Dienste." Der Königssohn antwortete: „Was soll ich mit einem so ungefügen Mann anfangen?" – „Oh", sprach der Dicke, „das will nichts sagen; wenn ich mich recht auseinander tue, bin ich noch dreitausendmal so dick." – „Wenn das ist", sagte der Königssohn, „so kann ich dich brauchen, komm mit mir." Da ging der Dicke hinter dem Königssohn her, und über eine Weile fanden sie einen andern, der lag da auf der Erde und hatte das Ohr auf den Rasen gelegt. Fragte der Königssohn: „Was machst du da?" – „Ich horche", antwortete der Mann. „Wonach horchst du so aufmerksam?" – „Ich horche nach dem, was eben in der Welt sich zuträgt; denn meinen Ohren entgeht nichts, das Gras sogar hör ich wachsen." Fragte der Königssohn: „Sag mir, was hörst du am Hofe der alten Königin, welche die schöne Tochter hat?" Da antwortete er: „Ich höre das Schwert sausen, das einem Freier den Kopf abschlägt." Der Königssohn sprach: „Ich kann dich brauchen, komm mit mir."

Da zogen sie weiter und sahen einmal ein Paar Füße daliegen und auch etwas von den Beinen, aber das Ende konnten sie nicht sehen. Als sie eine gute Strecke fortgegangen waren, kamen sie zu dem Leib und endlich auch zu dem Kopf. „Ei", sprach der Königssohn, „was bist du für ein langer Strick!" – „Oh", antwortete der Lange, „das ist noch gar nichts; wenn ich meine Gliedmaßen erst recht ausstrecke, bin ich noch dreitausendmal so lang und bin größer als der höchste Berg auf Erden. Ich will Euch gerne dienen, wenn Ihr mich annehmen wollt." – „Komm mit", sprach der Königssohn, „ich kann dich brauchen."

Sie zogen weiter und fanden einen am Weg sitzen, der hatte die Augen zugebunden. Sprach der Königssohn zu ihm: „Hast du blöde Augen, daß du nicht in das Licht sehen kannst?" – „Nein", antwortete der Mann, „ich darf die Binde nicht abnehmen; denn was ich mit meinen Augen ansehe, das springt auseinander, so gewaltig ist mein Blick. Kann Euch das nützen, so will ich Euch gern dienen." – „Komm mit", antwortete der Königssohn, „ich kann dich brauchen." Sie zogen weiter und fanden einen Mann, der lag im heißen Sonnenschein und zitterte und fror am ganzen Leibe, so daß ihm kein Glied stillstand. „Wie kannst du frieren?" sprach der Königssohn, „und die Sonne scheint so warm." – „Ach", antwortete der Mann, „meine Natur ist ganz anderer Art; je heißer es ist, desto mehr frier ich, und der Frost dringt mir durch alle Knochen. Und je kälter es ist, desto heißer wird mir; mitten im Eis kann ich's vor Hitze und mitten im Feuer vor Kälte nicht aushalten." – „Du bist ein wunderlicher Kerl", sprach der Königssohn; „aber wenn du mir dienen willst, so komm mit." Nun zogen sie weiter und sahen einen Mann stehen, der machte einen langen Hals, schaute sich um und schaute über alle Berge hinaus. Sprach der Königssohn: „Wonach siehst du so eifrig?" Der Mann antwortete: „Ich habe so helle Augen, daß ich über alle Wälder und Felder, Täler und Berge hinaus und durch die ganze Welt sehen kann."

Der Königssohn sprach: „Willst du, so komm mit mir, denn so einer fehlte mir noch."

Nun zog der Königssohn mit seinen sechs Dienern in die Stadt ein, wo die alte Königin lebte. Er sagte nicht, wer er wäre; aber er sprach: „Wollt Ihr mir Eure schöne Tochter geben, so will ich vollbringen, was Ihr mir auferlegt." Die Zauberin freute sich, daß ein so schöner Jüngling wieder in ihre Netze fiel, und sprach: „Dreimal will ich dir einen Bund aufgeben, lösest du ihn jedesmal, so sollst du der Herr und Gemahl meiner Tochter werden." – „Was soll das erste sein?" fragte er. „Daß du mir einen Ring herbeibringst, den ich ins Rote Meer habe fallen lassen." Da ging der Königssohn heim zu seinen Dienern und sprach: „Der erste Bund ist nicht leicht, ein Ring soll aus dem Roten Meer geholt werden, nun schafft Rat." Da sprach der mit den hellen Augen: „Ich will sehen, wo er liegt", schaute in das Meer hinab und sagte: „Dort hängt er an einem spitzen Stein." Der Lange trug sie hin und sprach: „Ich wollte ihn wohl herausholen, wenn ich ihn nur sehen könnte." – „Wenn's weiter nichts ist", rief der Dicke, legte sich nieder und hielt seinen Mund ans Wasser; da fielen die Wellen hinein wie in einen Abgrund, und er trank das ganze Meer aus, daß es trocken ward wie eine Wiese. Der Lange bückte sich ein wenig und holte den Ring mit der Hand heraus. Da war der Königssohn froh, als er den Ring hatte, und brachte ihn der Alten. Sie erstaunte und sprach: „Ja, es ist der rechte Ring, den ersten Bund hast du glücklich gelöst. Aber nun kommt der zweite. Siehst du dort auf der Wiese vor meinem Schloß, da weiden dreihundert fette Ochsen, die mußt du mit Haut und Haar, Knochen und Hörnern verzehren; und unten im Keller liegen dreihundert Fässer Wein, die mußt du dazu austrinken; und bleibt von den Ochsen ein Haar und von dem Wein ein Tröpfchen übrig, so ist mir dein Leben verfallen." Sprach der Königssohn: „Darf ich mir keine Gäste dazu laden? Ohne Gesellschaft schmeckt keine Mahlzeit." Der Alte lachte boshaft und antwortete: „Einen darfst du dir dazu laden, damit du Gesellschaft hast; aber weiter keinen."

Da ging der Königssohn zu seinen Dienern und sprach zu dem Dicken: „Du sollst heute mein Gast sein und dich einmal satt essen." Da tat sich der Dicke voneinander und aß die dreihundert Ochsen, daß kein Haar übrig blieb, und fragte, ob weiter nichts als das Frühstück da wäre; den Wein aber trank er gleich aus den Fässern, ohne daß er ein Glas nötig hatte, und trank den letzten Tropfen vom Nagel herunter. Als die Mahlzeit zu Ende war, ging der Königssohn zur Alten und sagte ihr, der zweite Bund wäre gelöst. Sie verwunderte sich und sprach: „So weit hat's noch keiner gebracht; aber es ist noch ein Bund übrig", und dachte, du sollst mir nicht entgehen und wirst deinen Kopf nicht oben behalten. „Heute abend", sprach sie, „bring ich meine Tochter zu dir in deine Kammer, und du sollst sie mit deinem Arm umschlingen; und wenn ihr da beisammensitzt, so hüte dich, daß du nicht einschläfst! Ich komme Schlag zwölf Uhr, und ist sie dann nicht mehr in deinen Armen, so hast du verloren." Der Königssohn dachte, der Bund ist leicht, ich will wohl meine Augen offen behalten, doch rief er seine Diener, erzählte ihnen, was die Alte gesagt hatte, und sprach: „Wer weiß, was für eine List dahintersteckt. Vorsicht ist gut, haltet Wache und sorgt, daß die Jungfrau nicht wieder aus meiner Kammer kommt." Als die Nacht einbrach, kam die Alte mit ihrer Tochter und führte sie in die Arme des Königssohns, und dann schlug sich der Lange um sie beide in einem Kreis, und der Dicke stellte sich vor die Türe, also daß keine lebendige Seele herein konnte. Da saßen sie beide, und die Jungfrau sprach kein Wort; aber der Mond schien durchs Fenster auf ihr Angesicht, daß er ihre wunderbare Schönheit sehen konnte. Er tat nichts, als sie anschauen, war voll Freude und Liebe, und es kam keine Müdigkeit in seine Augen. Das dauerte bis elf Uhr; da warf die Alte einen Zauber über alle, daß sie einschliefen, und in dem Augenblick war auch die Jungfrau entrückt.

Nun schliefen sie hart bis ein Viertel vor zwölf; da war der Zauber kraftlos, und sie erwachten alle wieder. „O Jammer und Unglück", rief der Königssohn, „nun bin ich verloren!" Die treuen Diener fingen auch an zu klagen; aber der Horcher sprach: „Seid still, ich will horchen", da horchte er einen Augenblick, und dann sprach er: „Sie sitzt in einem Felsen dreihundert Stunden von hier und bejammert ihr Schicksal. Du allein kannst helfen, Langer; wenn du dich aufrichtest, so bist du mit ein paar

Schritten dort.“ – „Ja“, antwortete der Lange, „aber der mit den scharfen Augen muß mitgehen, damit wir den Felsen wegschaffen.“ Da huckte der Lange den mit den verbundenen Augen auf, und im Augenblick, wie man eine Hand umwendet, waren sie vor dem verwünschten Felsen. Alsbald nahm der Lange dem andern die Binde von den Augen, der sich nur umschaute, so zersprang der Felsen in tausend Stücke. Da nahm der Lange die Jungfrau auf den Arm, trug sie in einem Nu zurück, holte ebenso schnell auch seinen Kameraden, und ehe es zwölfe schlug, saßen sie alle wieder wie vorher und waren munter und guter Dinge. Als es zwölf schlug, kam die alte Zauberin herbeigeschlichen, machte ein höhnisches Gesicht, als wollte sie sagen, nun ist er mein, und glaubte, ihre Tochter säße dreihundert Stunden weit im Felsen. Als sie aber ihre Tochter in den Armen des Königssohns erblickte, erschrak sie und sprach: „Da ist einer, der kann mehr als ich.“ Aber sie durfte nichts einwenden und mußte ihm die Jungfrau zusagen.

Da sprach sie ihr ins Ohr: „Schande für dich, daß du gemeinem Volk gehorchen sollst und dir einen Gemahl nicht nach deinem Gefallen wählen darfst.“

Da ward das stolze Herz der Jungfrau mit Zorn erfüllt und sann auf Rache. Sie ließ am andern Morgen dreihundert Malter Holz zusammenfahren und sprach zu dem Königssohn, die drei Bünde wären gelöst, sie würde nicht eher seine Gemahlin werden, bis einer bereit wäre, sich mitten in das Holz zu setzen und das Feuer auszuhalten. Sie dachte, keiner seiner Diener würde sich für ihn verbrennen, und aus Liebe zu ihr würde er selber sich hineinsetzen, und dann wäre sie frei. Die Diener aber sprachen: „Wir haben alle etwas getan, nur der Frostige noch nicht, der muß auch daran“, setzen ihn mitten auf den Holzstoß und steckten ihn an. Da begann das Feuer zu brennen und brannte drei Tage, bis alles Holz verzehrt war, und als die Flammen sich legten, stand der Frostige mitten in der Asche, zitterte wie ein Espenlaub und sprach: „Einen solchen Frost hab ich mein Lebtage nicht ausgehalten, und wenn er länger gedauert hätte, so wäre ich erstarrt.“

Nun war keine Ausflucht mehr zu finden, die schöne Jungfrau mußte den unbekannten Jüngling zum Gemahl nehmen. Als sie aber nach der Kirche fuhren, sprach die Alte: „Ich kann die Schande nicht ertragen“, und schickte ihr Kriegsvolk nach, das sollte alles niedermachen, was ihm vorkäme, und ihr die Tochter zurückbringen. Der Horcher aber hatte die Ohren gespitzt und die heimlichen Reden der Alten vernommen. „Was fangen wir an?“ sprach er zu dem Dicken, aber der wußte Rat, spie einmal oder zweimal hinter dem Wagen einen Teil von dem Meerwasser aus, das er getrunken hatte, da entstand ein großer See, worin die Kriegsvölker steckenblieben und ertranken. Als die Zauberin das vernahm, schickte sie ihre geharnischten Reiter; aber der Horcher hörte das Rasseln ihrer Rüstung und band dem einen die Augen auf, der guckte die Feinde ein bißchen scharf an, da sprangen sie auseinander wie

Glas. Nun fuhren sie ungestört weiter, und als die beiden in der Kirche eingesegnet waren, nahmen die sechs Diener ihren Abschied und sprachen zu ihrem Herrn: „Eure Wünsche sind erfüllt, Ihr habt uns nicht mehr nötig, wir wollen weiterziehen und unser Glück versuchen."

Eine halbe Stunde vor dem Schloß war ein Dorf, vor dem hütete ein Schweinehirt seine Herde. Wie sie dahin kamen, sprach er zu seiner Frau: „Wer ich bin? Ich bin kein Königssohn, sondern ein Schweinehirt, und der mit der Herde dort, das ist mein Vater! Wir zwei müssen auch daran und ihm hüten helfen." Dann stieg er mit ihr in ein Wirtshaus ab und sagte heimlich zu den Wirtsleuten, in der Nacht sollten sie ihr die königlichen Kleider wegnehmen. Wie sie nun am Morgen aufwachte, hatte sie nichts anzutun, und die Wirtin gab ihr einen alten Rock und ein paar alte wollene Strümpfe, dabei tat sie noch, als wär's ein großes Geschenk und sprach: „Wenn nicht Euer Mann wäre, hätt' ich's Euch gar nicht gegeben." Da glaubte sie, er wäre wirklich ein Schweinehirt, und hütete mit ihm die Herde und dachte, ich habe es verdient mit meinem Übermut und Stolz. Das dauerte acht Tage; da konnte sie es nicht mehr aushalten, denn die Füße waren ihr wund geworden. Da kamen ein paar Leute und fragten, ob sie wüßte, wer ihr Mann wäre. „Ja", antwortete sie, „er ist ein Schweinehirt und ist eben ausgegangen, mit Bändern und Schnüren einen kleinen Handel zu treiben." Sie sprachen aber: „Kommt einmal mit, wir wollen Euch zu ihm hinführen", und brachten sie ins Schloß hinauf; und wie sie in den Saal kam, stand da ihr Mann in königlichen Kleidern. Sie erkannte ihn aber nicht, bis er ihr um den Hals fiel, sie küßte und sprach: „Ich habe soviel für dich gelitten, da hast du auch für mich leiden sollen." Nun ward erst die Hochzeit gefeiert, und der's erzählt hat, wollte, er wäre auch dabei gewesen.

Das Meerhäschen

Es war einmal eine Königstochter, die hatte in ihrem Schloß hoch unter der Zinne einen Saal mit zwölf Fenstern, die gingen nach allen Himmelsgegenden, und wenn sie hinaufstieg und umherschaute, so konnte sie ihr ganzes Reich übersehen. Aus dem ersten sah sie schon schärfer als andere Menschen, in dem zweiten noch besser, in dem dritten noch deutlicher und so immer weiter bis in dem zwölften, wo sie alles sah, was über und unter der Erde war und ihr nichts verborgen bleiben konnte. Weil sie aber stolz war, sich niemand unterwerfen wollte und die Herrschaft

L R.

allein behalten, so ließ sie bekanntmachen, es sollte niemand ihr Gemahl werden, der sich nicht so vor ihr verstecken könnte, daß es ihr unmöglich wäre, ihn zu finden. Wer es aber versuche und sie entdecke ihn, so werde ihm das Haupt abgeschlagen und auf einen Pfahl gesteckt. Es standen schon siebenundneunzig Pfähle mit roten Häuptern vor dem Schloß, und in langer Zeit meldete sich niemand. Die Königstochter war vergnügt und dachte: Ich werde nun für mein Lebtag frei bleiben. Da erschienen drei Brüder vor ihr und kündigten ihr an, daß sie ihr Glück versuchen wollten. Der älteste glaubte sicher zu sein, wenn er in ein Kalkloch krieche; aber sie erblickte ihn schon aus dem ersten Fenster, ließ ihn herausziehen und ihm das Haupt abschlagen. Der zweite kroch in den Keller des Schlosses, aber auch diesen erblickte sie aus dem ersten Fenster, und es war um ihn geschehen; sein Haupt kam auf den neunundneunzigsten Pfahl. Da trat der jüngste vor sie hin und bat, sie möchte ihm einen Tag Bedenkzeit geben, auch so gnädig sein, es ihm zweimal zu schenken, wenn sie ihn entdecke; mißlinge es ihm zum drittenmal, so wolle er sich nichts mehr aus seinem Leben machen. Weil er so schön war und so herzlich bat, so sagte sie: „Ja, ich will dir das bewilligen; aber es wird dir nicht glücken."

Den folgenden Tag sann er lange nach, wie er sich verstecken wollte, aber es war vergeblich. Da ergriff er seine Büchse und ging hinaus auf die Jagd. Er sah einen Raben und nahm ihn aufs Korn; eben wollte er losdrücken, da rief der Rabe: „Schieß nicht, ich will dir's vergelten!" Er setzte ab, ging weiter und kam an einen See, wo er einen großen Fisch überraschte, der aus der Tiefe herauf an die Oberfläche des Wassers gekommen war. Als er angelegt hatte, rief der Fisch: „Schieß nicht, ich will dir's vergelten!" Er ließ ihn untertauchen, ging weiter und begegnete einem Fuchs, der hinkte. Er schoß und verfehlte ihn; da rief der Fuchs: „Komm lieber her und zieh mir den Dorn aus dem Fuß." Er tat es zwar, wollte aber dann den Fuchs töten und ihm den Balg abziehen. Der Fuchs sprach: „Laß ab, ich will dir's vergelten!" Der Jüngling ließ ihn laufen, und da es Abend war, kehrte er heim.

Am anderen Tag sollte er sich verkriechen, aber wie er sich auch den Kopf darüber zerbrach, er wußte nicht wohin. Er ging in den Wald zu dem Raben und sprach: „Ich habe dich leben lassen, jetzt sage mir, wohin ich mich verkriechen soll, damit mich die Königstochter nicht sieht." Der Rabe senkte den Kopf und bedachte sich lange. Endlich schnarrte er: „Ich hab's heraus!" Er holte ein Ei aus seinem Nest, zerlegte es in zwei Teile und schloß den Jüngling hinein; dann machte er es wieder ganz und setzte sich darauf. Als die Königstochter an das erste Fenster trat, konnte sie ihn nicht entdecken, auch nicht in den folgenden, und es fing an, ihr bange zu werden, doch im elften erblickte sie ihn. Sie ließ den Raben schießen, das Ei holen und zerbrechen, und der Jüngling mußte herauskommen. Sie sprach: „Einmal ist es dir geschenkt; wenn du es nicht besser machst, so bist du verloren."

Am folgenden Tag ging er an den See, rief den Fisch herbei und sprach: „Ich habe dich leben lassen, nun sage, wohin soll ich mich verbergen, damit mich die Königstochter nicht sieht." Der Fisch besann sich, endlich rief er: „Ich hab's heraus! Ich will dich in meinem Bauch verschließen." Er verschluckte ihn und fuhr hinab auf den Grund des Sees. Die Königstochter blickte durch ihre Fenster, auch im elften sah sie ihn nicht und war bestürzt, doch endlich im zwölften entdeckte sie ihn. Sie ließ den Fisch fangen und töten, und der Jüngling kam zum Vorschein. Es kann sich jeder denken, wie ihm zumut war. Sie sprach: „Zweimal ist dir's geschenkt; aber dein Haupt wird wohl auf den hundertsten Pfahl kommen."

An dem letzten Tag ging er mit schwerem Herzen aufs Feld und begegnete dem Fuchs. „Du weißt alle Schlupfwinkel zu finden", sprach er, „ich habe dich leben lassen, jetzt rat mir, wohin ich mich verstecken soll, damit mich die Königstochter nicht findet." – „Ein schweres Stück", antwortete der Fuchs und machte ein bedenkliches Gesicht. Endlich rief er: „Ich hab's heraus!" Er ging mit ihm zu einer Quelle, tauchte sich hinein und kam als ein Marktkrämer und Tierhändler heraus. Der Jüngling mußte sich auch in das Wasser tauchen und ward in ein kleines Meerhäschen verwandelt. Der Kaufmann zog in die Stadt und zeigte das artige Tierchen. Es lief viel Volk zusammen, um es anzusehen. Zuletzt kam auch die Königstochter, und weil sie großen Gefallen daran hatte, kaufte sie es und gab dem Kaufmann viel Geld dafür. Bevor er es ihr hinreichte, sagte er zu ihm: „Wenn die Königstochter ans Fenster geht, so krieche schnell unter ihren Zopf." Nun kam die Zeit, wo sie ihn suchen sollte. Sie trat nach der Reihe an die Fenster vom ersten bis zum elften und sah ihn nicht. Als sie ihn auch bei dem zwölften nicht sah, war sie voll Angst und Zorn und schlug es so gewaltig zu, daß das Glas in allen Fenstern in tausend Stücke zersprang und das ganze Schloß erzitterte.

Sie ging zurück und fühlte das Meerhäschen unter ihrem Zopf; da packte sie es, warf es zu Boden und rief: „Fort, mir aus den Augen!" Es lief zum Kaufmann, und beide eilten zur Quelle, wo sie sich untertauchten und ihre wahre Gestalt zurückerhielten. Der Jüngling dankte dem Fuchs und sprach: „Der Rabe und der Fisch sind blitzdumm gegen dich, du weißt die rechten Pfiffe, das muß wahr sein."

Der Jüngling ging geradezu in das Schloß. Die Königstochter wartete schon auf ihn und fügte sich ihrem Schicksal. Die Hochzeit ward gefeiert, und er war jetzt der König und Herr des ganzen Reichs. Er erzählte ihr niemals, wohin er sich zum drittenmal versteckt und wer ihm geholfen hätte, und so glaubte sie, er habe alles aus eigener Kunst getan, und hatte Achtung vor ihm; denn sie dachte bei sich: Der kann doch mehr als du!

Die wahre Braut

Es war einmal ein Mädchen, das war jung und schön; aber seine Mutter war ihm früh gestorben, und die Stiefmutter tat ihm alles gebrannte Herzeleid an. Wenn sie ihm eine Arbeit auftrug, sie mochte noch so schwer sein, so ging es unverdrossen daran und tat, was in seinen Kräften stand. Aber es konnte damit das Herz der bösen Frau nicht rühren; immer war es nicht genug. Je fleißiger es arbeitete, je mehr ward ihm aufgelegt, und sie hatte keinen andern Gedanken, als wie sie ihm eine immer größere Last aufbürden und das Leben recht sauer machen wollte.

Eines Tages sagte sie zu ihm: „Da hast du zwölf Pfund Federn, die sollst du abschleißen, und wenn du nicht heute abend damit fertig bist, so wartet eine Tracht Schläge auf dich. Meinst du, du könntest den ganzen Tag faulenzen?“ Das arme Mädchen setzte sich zu der Arbeit nieder; aber die Tränen flossen ihm dabei über die Wangen herab; denn es sah wohl, daß es unmöglich war, mit der Arbeit in einem Tage zu Ende zu kommen. Wenn es ein Häufchen Federn vor sich liegen hatte und es seufzte oder schlug in seiner Angst die Hände zusammen, so stoben sie auseinander, und es mußte sie wieder auflesen und von neuem anfangen.

Da stützte es einmal die Ellbogen auf den Tisch, legte sein Gesicht in beide Hände und rief: „Ist denn niemand auf Gottes Erdboden, der sich meiner erbarmt?“ Indem hörte es eine sanfte Stimme, die sprach: „Tröste dich, mein Kind, ich bin gekommen, dir zu helfen.“ Das Mädchen blickte auf, und eine alte Frau stand neben ihm. Sie faßte das Mädchen freundlich an der Hand und sprach: „Vertraue mir nur an, was dich drückt.“ Da sie so herzlich sprach, so erzählte ihr das Mädchen von seinem traurigen Leben, daß ihm eine Last auf die andere gelegt würde und es mit den aufgegebenen Arbeiten nicht mehr zu Ende kommen könnte. „Wenn ich mit diesen Federn heute abend nicht fertig bin, so schlägt mich die Stiefmutter; sie hat mir's angedroht, und ich weiß, sie hält ihr Wort.“ Ihre Tränen fingen wieder an zu fließen; aber die gute Alte sprach: „Sei unbesorgt, mein Kind, ruhe dich aus, ich will derweil deine Arbeit verrichten.“ Das Mädchen legte sich auf sein Bett und schlief bald ein. Die Alte setzte sich an den Tisch bei den Federn, hu! wie flogen sie von den Kielen ab, die sie mit ihren dürren Händen kaum berührte. Bald war sie mit den zwölf Pfund fertig. Als das Mädchen erwachte, lagen große schneeweiße Haufen aufgetürmt, und alles war im Zimmer reinlich aufgeräumt, aber die Alte war verschwunden. Das Mädchen dankte Gott und saß still, bis der Abend kam. Da trat die Stiefmutter herein und staunte über die vollbrachte Arbeit. „Siehst du, Trulle“, sprach sie, „was man ausrichtet, wenn man fleißig ist? Hättest du nicht noch etwas anderes vornehmen können? Aber da sitzest du und legst die Hände in den Schoß.“ Als sie hinausging, sprach sie: „Die Kreatur kann mehr als Brot essen, ich muß ihr schwerere Arbeit auflegen."

Am andern Morgen rief sie das Mädchen und sprach: „Da hast du einen Löffel, damit schöpfe mir den großen Teich aus, der bei dem Garten liegt. Und wenn du damit abends nicht zu Rand gekommen bist, so weißt du, was erfolgt." Das Mädchen nahm den Löffel und sah, daß er durchlöchert war, und wenn er es auch nicht gewesen wäre, es hätte nimmermehr damit den Teich ausgeschöpft. Es machte sich gleich an die Arbeit, kniete am Wasser, in das seine Tränen fielen, und schöpfte. Aber die gute Alte erschien wieder, und als sie die Ursache von seinem Kummer erfuhr, sprach sie: „Sei getrost, mein Kind, geh in das Gebüsch und lege dich schlafen, ich will deine Arbeit schon tun." Als die Alte allein war, berührte sie nur den Teich. – Wie ein Dunst stieg das Wasser in die Höhe und vermischte sich mit den Wolken. Allmählich ward der Teich leer, und als das Mädchen vor Sonnenuntergang erwachte und herbeikam, so sah es nur noch die Fische, die in dem Schlamm zappelten. Es ging zu der Stiefmutter und zeigte ihr an, daß die Arbeit vollbracht wäre. „Du hättest längst fertig sein sollen", sagte sie und ward blaß vor Ärger, aber sie sann etwas Neues aus.

Am dritten Morgen sprach sie zu dem Mädchen! „Dort in der Ebene mußt du mir ein schönes Schloß bauen, und zum Abend muß es fertig sein." Das Mädchen erschrak und sagte: „Wie kann ich ein so großes Werk vollbringen?" – „Ich dulde keinen Widerspruch", schrie die Stiefmutter. „Kannst du mit einem durchlöcherten Löffel einen Teich ausschöpfen, so kannst du auch ein Schloß bauen. Noch heute will ich es beziehen, und wenn etwas fehlt, sei es das Geringste in Küche oder Keller, so weißt du, was dir bevorsteht." Sie trieb das Mädchen fort, und als es in das Tal kam, so lagen da die Felsen übereinander aufgetürmt; mit aller seiner Kraft konnte es den kleinsten nicht einmal bewegen. Es setzte sich nieder und weinte, doch hoffte es auf den Beistand der Alten. Sie ließ auch nicht lange auf sich warten, kam und sprach ihm Trost ein: „Lege dich nur dort in den Schatten und schlaf, ich will dir das Schloß schon bauen. Wenn es dir Freude macht, so kannst du selbst darin wohnen." Als das Mädchen weggegangen war, rührte die Alte die grauen Felsen an. Alsbald regten sie sich, rückten zusammen und standen da, als hätten Riesen die Mauer gebaut. Darauf erhob sich das Gebäude, und es war, als ob unzählige Hände unsichtbar arbeiteten und Stein auf Stein legten. Der Boden dröhnte, große Säulen stiegen von selbst in die Höhe und stellten sich nebeneinander in Ordnung. Auf dem Dach legten sich die Ziegeln zurecht, und als es Mittag war, drehte sich schon die große Wetterfahne wie eine goldene Jungfrau mit fliegendem Gewand auf der Spitze des Turms. Das Innere des Schlosses war bis zum Abend vollendet. Wie es die Alte anfing, weiß ich nicht, aber die Wände der Zimmer waren mit Seide und

Sammet bezogen, buntgestickte Stühle standen da und reichverzierte Armsessel an Tischen von Marmor, kristallne Kronleuchter hingen von der Bühne herab und spiegelten sich in dem glatten Boden; grüne Papageien saßen in goldenen Käfigen und fremde Vögel, die lieblich sangen. Überall war eine Pracht, als wenn ein König da einziehen sollte. Die Sonne wollte eben untergehen, als das Mädchen erwachte und ihm der Glanz von tausend Lichtern entgegenleuchtete. Mit schnellen Schritten kam es heran und trat durch das geöffnete Tor in das Schloß. Die Treppe war mit rotem Tuch belegt und das goldene Geländer mit blühenden Bäumen besetzt. Als es die Pracht der Zimmer erblickte, blieb es wie erstarrt stehen. Wer weiß, wie lang es so gestanden hätte, wenn ihm nicht der Gedanke an die Stiefmutter gekommen wäre. „Ach", sprach es zu sich selbst, „wenn sie doch endlich zufrieden gestellt wäre und mir das Leben nicht länger zur Qual machen wollte." Das Mädchen ging und zeigte ihr an, daß das Schloß fertig wäre. „Gleich will ich einziehen", sagte sie und erhob sich von ihrem Sitz. Als sie in das Schloß eintrat, mußte sie die Hand vor die Augen halten, so blendete sie der Glanz. „Siehst du", sagte sie zu dem Mädchen, „wie leicht dir's geworden ist, ich hätte dir etwas Schwereres aufgeben sollen." Sie ging durch alle Zimmer und spürte in allen Ecken, ob etwas fehlte oder mangelhaft wäre, aber sie konnte nichts auffinden. „Jetzt wollen wir hinabsteigen", sprach sie und sah das Mädchen mit boshaften Blicken an, „Küche und Keller muß noch untersucht werden, und hast du etwas vergessen, so sollst du deiner Strafe nicht entgehen." Aber das Feuer brannte auf dem Herd, in den Töpfen kochten die Speisen, Kluft und Schippe waren angelehnt und an den Wänden das blanke Geschirr von Messing aufgestellt. Nichts fehlte, selbst nicht der Kohlenkasten und die Wassereimer. „Wo ist der Eingang zum Keller?" rief sie. „Wo der nicht mit Weinfässern reichlich angefüllt ist, so wird dir's schlimm ergehen." Sie hob selbst die Falltüre auf und stieg die Treppe hinab; aber kaum hatte sie zwei Schritte getan, so stürzte die schwere Falltüre, die nur angelehnt war, nieder. Das Mädchen hörte einen Schrei, hob die Türe schnell auf, um ihr zu Hilfe zu kommen; aber sie war hinabgestürzt, und es fand sie entseelt auf dem Boden liegen.

Nun gehörte das prächtige Schloß dem Mädchen ganz allein. Es wußte sich in der ersten Zeit gar nicht in seinem Glück zu finden, schöne Kleider hingen in den Schränken, die Truhen waren mit Gold und Silber oder mit Perlen und Edelsteinen angefüllt, und es hatte keinen Wunsch, den es nicht erfüllen konnte. Bald ging der Ruf von der Schönheit und dem Reichtum des Mädchens durch die ganze Welt. Alle Tage meldeten sich Freier, aber keiner gefiel ihr. Endlich kam auch der Sohn eines Königs, der ihr Herz zu rühren wußte, und sie verlobte sich mit ihm. In dem Schloßgarten stand eine grüne Linde, darunter saßen sie eines Tages vertraulich zusammen, da sagte er zu ihr: „Ich will heimziehen und die Einwilligung meines Vaters zu unse-

Gefunden!
L. RICHTER
A. GABER

rer Vermählung holen; ich bitte dich, harre mein hier unter dieser Linde, in wenigen Stunden bin ich wieder zurück." Das Mädchen küßte ihn auf den linken Backen und sprach: „Bleib mir treu und laß dich von keiner andern auf diesen Backen küssen. Ich will hier unter der Linde warten, bis du wieder zurückkommst."

Das Mädchen blieb unter der Linde sitzen, bis die Sonne unterging; aber er kam nicht wieder zurück. Sie saß drei Tage von Morgen bis Abend und erwartete ihn, aber vergeblich. Als er am vierten Tag noch nicht da war, so sagte sie: „Gewiß ist ihm ein Unglück begegnet, ich will ausgehen und ihn suchen und nicht eher wiederkommen, als bis ich ihn gefunden habe." Sie packte drei von ihren schönsten Kleidern zusammen, eins mit glänzenden Sternen gestickt, das zweite mit silbernen Monden, das dritte mit goldenen Sonnen, band eine Handvoll Edelsteine in ihr Tuch und machte sich auf. Sie fragte allerorten nach ihrem Bräutigam; aber niemand hatte ihn gesehen, niemand wußte von ihm. Weit und breit wanderte sie durch die Welt, aber sie fand ihn nicht. Endlich vermietete sie sich bei einem Bauer als Hirtin und vergrub ihre Kleider und Edelsteine unter einem Stein.

Nun lebte sie als eine Hirtin, hütete ihre Herde, war traurig und voll Sehnsucht nach ihrem Geliebten. Sie hatte ein Kälbchen, das gewöhnte sie an sich, fütterte es aus der Hand, und wenn sie sprach:

„Kälbchen, Kälbchen, knie nieder,
Vergiß nicht deine Hirtin wieder,
Wie der Königssohn die Braut vergaß,
Die unter der grünen Linde saß",

so kniete das Kälbchen nieder und ward von ihr gestreichelt.

Als sie ein paar Jahre einsam und kummervoll gelebt hatte, so verbreitete sich im Lande das Gerücht, daß die Tochter des Königs ihre Hochzeit feiern wollte. Der Weg nach der Stadt ging an dem Dorf vorbei, wo das Mädchen wohnte, und es trug sich zu, als sie einmal ihre Herde austrieb, daß der Bräutigam vorüberzog. Er saß stolz auf seinem Pferd und sah sie nicht an; aber als sie ihn ansah, so erkannte sie ihren Liebsten. Es war, als ob ihr ein scharfes Messer in das Herz schnitte. „Ach", sagte sie, „ich glaubte, er wäre mir treu geblieben; aber er hat mich vergessen."

Am anderen Tag kam er wieder des Wegs. Als er in ihrer Nähe war, sprach sie zum Kälbchen:

„Kälbchen, Kälbchen, knie nieder,
Vergiß nicht deine Hirtin wieder,
Wie der Königssohn die Braut vergaß,
Die unter der grünen Linde saß."

Als er die Stimme vernahm, blickte er herab und hielt sein Pferd an. Er schaute der Hirtin ins Gesicht, hielt dann die Hand vor die Augen, als wollte er sich auf etwas besinnen; aber schnell ritt er weiter und war bald verschwunden. „Ach“, sagte sie, „er kennt mich nicht mehr“, und ihre Trauer ward immer größer.

Bald darauf sollte an dem Hofe des Königs drei Tage lang ein großes Fest gefeiert werden, und das ganze Land ward dazu eingeladen. Nun will ich das Letzte versuchen, dachte das Mädchen, und als der Abend kam, ging es zu dem Stein, unter dem es seine Schätze vergraben hatte. Sie holte das Kleid mit den goldenen Sonnen hervor, legte es an und schmückte sich mit den Edelsteinen. Ihre Haare, die sie unter einem Tuch verborgen hatte, band sie auf, und sie fielen in langen Locken an ihr herab. So ging sie nach der Stadt und ward in der Dunkelheit von niemand bemerkt. Als sie in den hell erleuchteten Saal trat, wichen alle voll Verwunderung zurück; aber niemand wußte, wer sie war. Der Königssohn ging ihr entgegen, doch er erkannte sie nicht. Er führte sie zum Tanz und war so entzückt über ihre Schönheit, daß er an die andere Braut gar nicht mehr dachte. Als das Fest vorüber war, verschwand sie im Gedränge und eilte vor Tagesanbruch in das Dorf, wo sie ihr Hirtenkleid wieder anlegte.

Am anderen Abend nahm sie das Kleid mit den silbernen Monden heraus und steckte einen Halbmond von Edelsteinen in ihre Haare. Als sie auf dem Fest sich zeigte, wendeten sich alle Augen nach ihr, aber der Königssohn eilte ihr entgegen, und ganz von Liebe erfüllt, tanzte er mit ihr allein und blickte keine andere mehr an. Ehe sie wegging, mußte sie ihm versprechen, den letzten Abend nochmals zum Fest zu kommen.

Als sie zum drittenmal erschien, hatte sie das Sternenkleid an, das bei jedem ihrer Schritte funkelte, und Haarband und Gürtel waren Sterne von Edelsteinen. Der Königssohn hatte schon lange auf sie gewartet und drängte sich zu ihr hin. „Sage mir nur, wer du bist?“ sprach er. „Mir ist, als wenn ich dich schon lange gekannt hätte.“ – „Weißt du nicht“, antwortete sie, „was ich tat, als du von mir schiedest?“ Da trat sie zu ihm heran und küßte ihn auf den linken Backen. – In dem Augenblick fiel es wie Schuppen von seinen Augen, und er erkannte die wahre Braut. „Komm“, sagte er zu ihr, „hier ist meines Bleibens nicht länger“, reichte ihr die Hand und führte sie hinab zu dem Wagen. Als wäre der Wind vorgespannt, so eilten die Pferde zu dem Wunderschloß. Schon von weitem erglänzten die erleuchteten Fenster. Als sie bei der Linde vorbeifuhren, schwärmten unzählige Glühwürmer darin; sie schüttelte ihre Äste und sendete ihre Düfte herab. Auf der Treppe blühten die Blumen, aus dem Zimmer schallte der Gesang der fremden Vögel; aber in dem Saal stand der ganze Hof versammelt, und der Priester wartete, um den Bräutigam mit der wahren Braut zu vermählen.

Der Wolf und die sieben jungen Geißlein

Es war einmal eine alte Geiß, die hatte sieben junge Geißlein. Sie hatte sie so lieb, wie eben eine Mutter ihre Kinder lieb hat. Eines Tages wollte sie in den Wald gehen und Futter holen. Da rief sie alle sieben herbei und sprach: „Liebe Kinder, ich muß hinaus in den Wald. Seid inzwischen brav, sperrt die Türe gut zu und nehmt euch in acht vor dem Wolf! Wenn er hereinkommt, frißt er euch mit Haut und Haaren. Der Bösewicht verstellt sich oft, aber an seiner rauhen Stimme und an seinen schwarzen Füßen werdet ihr ihn gleich erkennen."

Die Geißlein sagten: „Liebe Mutter, wir wollen uns schon in acht nehmen, du kannst ohne Sorge fortgehen." Da meckerte die Alte und machte sich getrost auf den Weg.

Es dauerte nicht lange, da klopfte jemand an die Haustür und rief: „Macht auf, ihr lieben Kinder, eure Mutter ist da und hat jedem von euch etwas mitgebracht!"

Aber die Geißlein hörten an der rauhen Stimme, daß es der Wolf war. „Wir machen nicht auf", riefen sie, „du bist nicht unsere Mutter. Die hat eine feine und liebliche Stimme, deine Stimme aber ist rauh. Du bist der Wolf!"

Da ging der Wolf fort zum Krämer und kaufte sich ein großes Stück Kreide. Er aß es auf und machte damit seine Stimme fein. Dann kam er zurück, klopfte an die Haustür und rief: „Macht auf, ihr lieben Kinder, eure Mutter ist da und hat jedem von euch etwas mitgebracht!"

Aber der Wolf hatte seine schwarze Pfote auf das Fensterbrett gelegt. Das sahen die Kinder und riefen: „Wir machen nicht auf! Unsere Mutter hat keinen schwarzen Fuß wie du. Du bist der Wolf!"

Da lief der Wolf zum Bäcker und sprach: „Ich habe mir den Fuß angestoßen, streich mir Teig darüber!"

Als ihm der Bäcker die Pfote bestrichen hatte, lief er zum Müller und sprach: „Streu mir weißes Mehl auf meine Pfote!" Der Müller dachte, der Wolf wolle jemanden betrügen, und weigerte sich. Aber der Wolf sprach: „Wenn du es nicht tust, fresse ich dich!" Da fürchtete sich der Müller und macht ihm die Pfote weiß.

Nun ging der Bösewicht zum dritten Mal zu der Haustür, klopfte an und sprach: „Macht auf, Kinder, euer liebes Mütterchen ist heimgekommen und hat jedem von euch etwas aus dem Walde mitgebracht!"

Die Geißlein riefen: „Zeig uns zuerst deine Pfote, damit wir wissen, daß du unser liebes Mütterchen bist."

Da legte der Wolf die Pfote auf das Fensterbrett. Als die Geißlein sahen, daß sie weiß war, glaubten sie, es wär alles wahr, was er sagte, und machten die Tür auf.

Wer aber hereinkam, war der Wolf! Die Geißlein erschraken und wollten sich verstecken. Das eine sprang unter den Tisch, das zweite ins Bett, das dritte in den Ofen, das vierte in die Küche, das fünfte in den Schrank, das sechste unter die Waschschüssel, das siebente in den Kasten der Wanduhr. Aber der Wolf fand sie alle

und verschluckte eines nach dem andern. Nur das jüngste in dem Uhrkasten, das fand er nicht. Als der Wolf satt war, trollte er sich fort, legte sich draußen auf der grünen Wiese unter einen Baum und fing an zu schlafen.

Nicht lange danach kam die alte Geiß aus dem Walde wieder heim. Ach, was mußte sie da erblicken! Die Haustür stand sperrangelweit offen, Tisch, Stühle und Bänke waren umgeworfen, die Waschschüssel lag in Scherben, Decke und Pölster waren aus dem Bett gezogen. Sie suchte ihre Kinder, aber nirgends waren sie zu finden. Sie rief sie nacheinander bei ihren Namen, aber niemand antwortete. Endlich, als sie das jüngste rief, antwortete eine feine Stimme: „Liebe Mutter, ich stecke im Uhrkasten!"

Da holte die Mutter das junge Geißlein aus seinem Versteck heraus, und es erzählte ihr, daß der Wolf gekommen wäre und die anderen alle gefressen hätte. Ihr könnt euch denken, wie da die alte Geiß über ihre armen Kinder geweint hat!

Endlich ging sie in ihrem Jammer hinaus, und das jüngste Geißlein lief mit. Als sie auf die Wiese kam, lag der Wolf immer noch unter dem Baum und schnarchte, daß die Äste zitterten. Die alte Geiß betrachtete ihn von allen Seiten und sah, daß in seinem vollen Bauch sich etwas regte und zappelte. Ach Gott, dachte sie, sollten meine armen Kinder, die er zum Nachtmahl hinuntergewürgt hat, noch am Leben sein?

Da mußte das Geißlein nach Hause laufen und Schere, Nadel und Zwirn holen. Dann schnitt die alte Geiß dem Bösewicht den Bauch auf. Kaum hatte sie den ersten Schnitt getan, da streckte auch schon ein Geißlein den Kopf heraus. Und als sie weiterschnitt, sprangen nacheinander alle sechs heraus. Sie waren alle heil und gesund, denn der Wolf hatte sie in seiner Gier ganz hinuntergeschluckt.

Das war eine Freude! Da herzten sie ihre liebe Mutter und hüpften wie Schneider bei einer Hochzeit. Die Alte aber sagte: „Jetzt geht und sucht große Steine, damit wollen wir dem bösen Tier den Bauch füllen, solange es noch im Schlafe liegt."

Da schleppten die sieben Geißlein in aller Eile Steine herbei und steckten ihm so viele in den Bauch, als sie nur hineinbringen konnten. Dann nähte ihn die Alte in aller Geschwindigkeit wieder zu, so daß der Wolf nichts merkte und sich nicht einmal regte.

Als er endlich ausgeschlafen war, machte er sich auf die Beine. Und weil ihm die Steine im Magen großen Durst verursachten, wollte er zu einem Brunnen gehen und trinken. Als er aber anfing zu laufen, stießen die Steine in seinem Bauch aneinander und rappelten. Da rief er:

„Was rumpelt und pumpelt
in meinem Bauch herum?
Ich meinte, es wären sechs Geißelein,
doch sind's lauter Wackerstein."

Und als er an den Brunnen kam und sich über das Wasser bückte und trinken wollte, da zogen ihn die schweren Steine hinein und er mußte jämmerlich ersaufen.

Als die sieben Geißlein das sahen, kamen sie eilig herbeigelaufen und riefen laut: „Der Wolf ist tot! Der Wolf ist tot!" Und sie faßten einander an den Händen und tanzten mit ihrer Mutter vor Freude um den Brunnen herum.

Der Riese und der Schneider

Einem Schneider, der ein großer Prahler war, aber ein schlechter Zahler, kam es in den Sinn, ein wenig auszugehen und sich in dem Wald umzuschauen. Sobald er nur konnte, verließ er seine Werkstatt,

Wanderte seinen Weg
Über Brücke und Steg,
Bald da, bald dort,
Immer fort und fort.

Als er nun draußen war, erblickte er in der blauen Ferne einen steilen Berg und dahinter einen himmelhohen Turm, der aus einem wilden und finsteren Wald hervorragte. „Potz Blitz!“ rief der Schneider. „Was ist das?“ Und weil ihn die Neugierde gewaltig stach, so ging er frisch darauf los. Was sperrte er aber Maul und Augen auf, als er in die Nähe kam, denn der Turm hatte Beine, sprang in einem Satz über den steilen Berg und stand als ein großmächtiger Riese vor dem Schneider. „Was willst du hier, du winziges Fliegenbein?“ rief der mit einer Stimme, als wenn's von allen Seiten donnerte. Der Schneider wisperte: „Ich will mich umschauen, ob ich mein Stückchen Brot in dem Wald verdienen kann.“ – „Wenn's um die Zeit ist“, sagte der Riese, „so kannst du ja bei mir im Dienst eintreten.“ – „Wenn's sein muß, warum das nicht? Was krieg ich aber für einen Lohn?“ – „Was du für einen Lohn kriegst?“ sagte der Riese, „das sollst du hören. Jährlich dreihundertundfünfundsechzig Tage, und wenn's ein Schaltjahr ist, noch einen obendrein. Ist dir das recht?“ – „Meinetwegen“, antwortete der Schneider und dachte in seinem Sinn: Man muß sich strecken nach seiner Decke. Ich such mich bald wieder loszumachen.

Darauf sprach der Riese zu ihm: „Geh, kleiner Halunke, und hol mir einen Krug Wasser.“ – „Warum nicht lieber gleich den Brunnen mitsamt der Quelle?“ fragte der Prahlhans und ging mit dem Krug zu dem Wasser. „Was? Den Brunnen mitsamt der Quelle?“ brummte der Riese, der ein bißchen tölpisch und albern war, in den Bart hinein und fing an, sich zu fürchten. „Der Kerl kann mehr als Äpfel braten; der hat einen Alraun im Leib. Sei auf deiner Hut, alter Hans, das ist kein Diener für dich.“ Als der Schneider das Wasser gebracht hatte, befahl ihm der Riese, in dem Wald ein paar Scheite Holz zu hauen und heimzutragen. „Warum nicht lieber den ganzen Wald mit einem Streich,

Den ganzen Wald
Mit jung und alt,
Mit allem, was er hat,
Knorzig und glatt?"

fragte das Schneiderlein und ging, das Holz zu hauen. „Was?

Den ganzen Wald
Mit jung und alt,
Mit allem, was er hat,
Knorzig und glatt?

Und den Brunnen mitsamt der Quelle?" brummte der leichtgläubige Riese in den Bart und fürchtete sich noch mehr. „Der Kerl kann mehr als Äpfel braten, der hat einen Alraun im Leib. Sei auf deiner Hut, alter Hans, das ist kein Diener für dich." Wie der Schneider das Holz gebracht hatte, befahl ihm der Riese, zwei oder drei wilde Schweine zum Abendessen zu schießen. „Warum nicht lieber gleich tausend auf einen Schuß, und die alle hierher?" fragte der hoffärtige Schneider. „Was?" rief der Hasenfuß von einem Riesen und war heftig erschrocken, „laß es nur für heute gut sein und lege dich schlafen."

Der Riese fürchtete sich so gewaltig, daß er die ganze Nacht kein Auge zutun konnte und hin und her dachte, wie er's anfangen sollte, um sich den verwünschten Hexenmeister von Diener je eher je lieber vom Hals zu schaffen. Kommt Zeit, kommt Rat. Am andern Morgen gingen der Riese und der Schneider zu einem Sumpf, um den ringsherum eine Menge Weidenbäume standen. Da sprach der Riese: „Hör einmal, Schneider, setz dich auf eine von den Weidenruten, ich möchte um mein Leben gern sehen, ob du imstand bist, sie herabzubiegen." Husch, saß das Schneiderlein oben, hielt den Atem ein und machte sich schwer, so schwer, daß sich die Gerte niederbog. Als er aber wieder Atem schöpfen mußte, da schnellte sie ihn, weil er zum Unglück kein Bügeleisen in die Tasche gesteckt hatte, zu großer Freude des Riesen so weit in die Höhe, daß man ihn gar nicht mehr sehen konnte. Wenn er nicht wieder heruntergefallen ist, so wird er wohl noch oben in der Luft herumschweben.

Die drei Männlein im Wald

Es war ein Mann, dem starb seine Frau, und eine Frau, der starb ihr Mann. Und der Mann hatte eine Tochter, und die Frau hatte auch eine Tochter. Die Mädchen waren miteinander bekannt, gingen zusammen spazieren und kamen hernach zu der Frau ins Haus. Da sprach sie zu des Mannes Tochter: „Hör, sag deinem Vater, ich wollt' ihn heiraten! Dann sollst du jeden Morgen dich in Milch waschen und Wein trinken; meine Tochter aber soll sich in Wasser waschen und Wasser trinken." Das Mädchen ging nach Haus und erzählte seinem Vater, was die Frau gesagt hatte. Der Mann sprach: „Was soll ich tun? Das Heiraten ist eine Freude und ist auch eine Qual." Endlich, weil er keinen Entschluß fassen konnte, zog er einen Stiefel aus und sagte: „Nimm diesen Stiefel! Der hat in der Sohle ein Loch. Geh damit auf den Boden, häng ihn an den großen Nagel und gieß dann Wasser hinein! Hält er das Wasser, so will ich wieder eine Frau nehmen; läuft's aber durch, so will ich nicht." Das Mädchen tat, wie ihm geheißen. Aber das Wasser zog das Loch zusammen und der Stiefel ward voll bis obenhin. Es verkündete seinem Vater, wie's ausgefallen war. Da stieg er selbst hinauf, und als er sah, daß es seine Richtigkeit hatte, ging er zu der Witwe und freite sie, und die Hochzeit ward gehalten.

Am andern Morgen, als die beiden Mädchen aufstanden, war vor des Mannes Tochter Milch zum Waschen und Wein zum Trinken; vor der Frau Tochter aber stand Wasser zum Waschen und Wasser zum Trinken. Am zweiten Morgen stand Wasser zum Waschen und Wasser zum Trinken so gut vor des Mannes Tochter wie vor der Frau Tochter. Und am dritten Morgen stand Wasser zum Waschen und Wasser zum Trinken vor des Mannes Tochter und Milch zum Waschen und Wein zum Trinken vor der Frau Tochter. Und dabei blieb's. Die Frau ward ihrer Stieftochter spinnefeind und wußte nicht, wie sie es ihr von einem Tag zum andern schlimmer machen könnte. Auch war sie neidisch, weil ihre Stieftochter schön und lieblich war, ihre rechte Tochter aber häßlich und widerlich.

Einmal im Winter, als alles steinhart gefroren war und Berg und Tal vollgeschneit lagen, machte die Frau ein Kleid aus Papier, rief die Stieftochter und sprach: „Da zieh das Kleid an, geh hinaus in den Wald und hol mir ein Körbchen voll Erdbeeren! Ich habe Verlangen danach." – „Du lieber Gott", sagte das Mädchen, „im Winter wachsen doch keine Erdbeeren! Die Erde ist gefroren, und der Schnee hat alles zugedeckt. Und warum soll ich in dem Papierkleid gehen? Es ist draußen so kalt, daß einem der Atem friert. Da weht der Wind hindurch, und die Dornen reißen mir's vom Leib." – „Willst du mir noch widersprechen?" sagte die Stiefmutter. „Mach, daß du fortkommst, und laß dich nicht eher wieder sehen, als bis du ein

Körbchen voll Erdbeeren hast!“ Dann gab sie ihm noch ein Stückchen hartes Brot und sprach: „Davon kannst du den Tag über essen“, und dachte: Draußen wird das Mädchen erfrieren und verhungern und mir nie wieder vor die Augen kommen.

Das Mädchen war gehorsam, tat das Papierkleid an und ging mit dem Körbchen hinaus. Da war nichts als Schnee die Weite und Breite, und war kein grünes Hälmchen zu entdecken. Als es in den Wald kam, sah es ein Häuschen, daraus guckten drei kleine Haulemänner. Es wünschte ihnen die Tageszeit und klopfte bescheidentlich an die Tür. Sie riefen herein, und es trat in die Stube und setzte sich auf die Bank am Ofen. Da wollte es sich wärmen und sein Frühstück essen. Die Haulemännerchen sprachen: „Gib uns auch etwas davon!“ – „Gern“, sprach es, brach ein Stückchen Brot entzwei und gab ihnen die Hälfte. Sie fragten: „Was willst du zu Winterszeit in deinem dünnen Kleidchen hier im Wald?“ – „Ach“, antwortete es, „ich soll ein Körbchen voll Erdbeeren suchen und darf nicht eher nach Hause kommen, als bis ich es mitbringe!“ Nachdem das Mädchen sein Brot gegessen hatte, gaben sie ihm einen Besen und sprachen: „Kehre damit an der Hintertür den Schnee weg!“ Als es aber draußen war, sprachen die drei Männerchen untereinander: „Was sollen wir ihm schenken, weil es so artig und gut ist und sein Brot mit uns geteilt hat?“ Da sagte der erste: „Ich wünsch’ ihm, daß es jeden Tag schöner wird.“ Der zweite sprach: „Ich wünsch’ ihm, daß ihm Goldstücke aus dem Mund fallen, sooft es ein Wort spricht.“ Und der dritte sprach: „Ich wünsch’ ihm, daß ein König kommt und es zu seiner Gemahlin nimmt.“

Das Mädchen aber tat, wie die Haulemännerchen gesagt hatten, kehrte mit dem Besen den Schnee hinter dem Haus weg, und was glaubt ihr wohl, daß es gefunden hat? Lauter reife Erdbeeren, die ganz dunkelrot aus dem Schnee hervorkamen. Da raffte es in seiner Freude sein Körbchen voll, dankte den kleinen Männern, gab jedem die Hand ünd lief nach Haus, um der Stiefmutter das Verlangte zu bringen. Als es eintrat und „Guten Abend“ sagte, fiel ihm gleich ein Goldstück aus dem Mund. Darauf erzählte es, was ihm im Wald begegnet war; aber bei jedem Wort, das es sprach, fielen ihm Goldstücke aus dem Mund, so daß bald die ganze Stube damit bedeckt ward. „Nun sehe einer den Übermut“, rief die Stiefschwester, „das Gold so hinzuwerfen!“, aber heimlich war sie neidisch darüber und wollte auch hinaus in den Wald und Erdbeeren suchen. Die Mutter meinte: „Nein, mein liebes Töchterchen, es ist zu kalt, du könntest mir erfrieren.“ Weil ihr die Tochter aber keine Ruhe ließ, gab sie endlich nach, nähte ihr einen prächtigen Pelzrock, den sie anziehen mußte, und gab ihr Butterbrot und Kuchen mit auf den Weg.

Das Mädchen ging in den Wald und gerade auf das Häuschen zu. Die drei kleinen Haulemänner guckten wieder heraus, aber es grüßte sie nicht, und ohne sich nach ihnen umzusehen und ohne sie zu grüßen, stolperte es in die Stube hinein, setzte sich an den Ofen und fing an, sein Butterbrot und seinen Kuchen zu essen. „Gib uns etwas davon!“ riefen die Kleinen, aber das Mädchen antwortete: „Es langt für mich selber kaum; wie kann ich andern noch davon abgeben!“ Als es fertig war mit dem Essen, sprachen sie: „Da hast du einen Besen. Kehr uns draußen vor der Hintertür rein!“ – „Ei, kehrt euch selber!“ antwortete es; „ich bin eure Magd nicht.“ Als es sah, daß sie ihm nichts schenken wollten, ging es zur Tür hinaus. Da sprachen die kleinen Männer untereinander: „Was sollen wir ihm schenken, weil es so unartig ist und ein böses neidisches Herz hat, das niemand etwas gönnt?“ Der erste sprach: „Ich schenk' ihm, daß es jeden Tag häßlicher wird.“ Der zweite sprach: „Ich schenk' ihm, daß ihm bei jedem Wort, das es spricht, eine Kröte aus dem Mund springt.“ Der dritte sprach: „Ich schenk' ihm, daß es eines unglücklichen Todes stirbt.“ Das Mädchen suchte draußen nach Erdbeeren; als es aber keine fand, ging es verdrießlich nach Haus. Und als es den Mund auftat und seiner Mutter erzählen wollte, was ihm im Wald begegnet war, sprang ihm bei jedem Wort eine Kröte aus dem Mund, so daß alle einen Abscheu vor ihm bekamen.

Nun ärgerte sich die Stiefmutter noch viel mehr und dachte nur darauf, wie sie ihrer Stieftochter alles Herzleid antun wollte, deren Schönheit doch alle Tage größer ward. Endlich nahm sie einen Kessel, setzte ihn zum Feuer und sott Garn darin. Als es gesotten war, hängte sie es dem armen Mädchen auf die Schulter und gab ihm eine Axt dazu. Damit sollte es auf den gefrorenen Fluß gehen, ein Eisloch hauen und das Garn schlittern. Das Mädchen war gehorsam, ging hin und hackte ein Loch in das Eis. Als es mitten im Hacken war, kam ein prächtiger Wagen dahergefahren, worin der König saß. Der Wagen hielt an und der König fragte: „Mein Kind, wer bist du und was machst du da?“ – „Ich bin ein armes Mädchen und schlittere Garn.“ Da fühlte der König Mitleid, und als er sah, wie es so gar schön war, sprach er: „Willst du mit mir fahren?“ – „Ach ja, von Herzen gern!“ antwortete das Mädchen; denn es war froh, daß es der Mutter und Schwester aus den Augen kommen sollte. Also stieg es in den Wagen und fuhr mit dem König fort. Und als sie auf sein Schloß gekommen waren, ward mit großer Pracht die Hochzeit gefeiert, wie es die Männlein dem Mädchen gewünscht hatten.

Über ein Jahr gebar die Königin einen Sohn. Als die Stiefmutter von dem großen Glück gehört hatte, kam sie mit ihrer Tochter ins Schloß und tat, als wollte sie einen Besuch machen. Als aber der König einmal hinausgegangen und sonst niemand zugegen war, packte das böse Weib die Königin am Kopf, und ihre Tochter packte sie an den Füßen; so hoben sie sie aus dem Bett und warfen sie zum Fenster hinaus in den vorbeifließenden Strom. Darauf legte sich die häßliche Tochter ins Bett, und die Alte deckte sie zu bis über den Kopf. Als der König wieder zurückkam und mit seiner Frau sprechen wollte, rief die Alte: „Still, still! Jetzt geht das nicht; sie liegt in starkem Schweiß. Ihr müßt sie heute ruhen lassen." Der König dachte nichts Böses dabei und kam erst am anderen Morgen wieder. Als er mit seiner Frau sprach und sie ihm Antwort gab, sprang bei jedem Wort eine Kröte hervor, während sonst ein Goldstück herausgefallen war. Da fragte er, was das bedeute; aber die Alte sprach, das habe sie von dem starken Schweiß gekriegt und es werde sich schon wieder verlieren.

In der Nacht aber sah der Küchenjunge, wie eine Ente durch die Gosse geschwommen kam, die sprach:

„König, was machst du?
Schläfst oder wachst du?"

Und als er keine Antwort gab, sprach sie:

„Was machen meine Gäste?"

Da antwortete der Küchenjunge:

„Sie schlafen feste."

Fragte die weiter:

„Was macht mein Kindlein?"

Antwortete er:

„Es schläft in der Wiege fein."

Da nahm die Ente der Königin Gestalt an, ging hinauf, gab dem Kind zu trinken, schüttelte ihm sein Bettchen, deckte es zu und schwamm als Ente wieder durch die Gosse fort. So kam sie zwei Nächte. In der dritten sprach sie zu dem Küchenjungen: „Geh und sage dem König, daß er sein Schwert nimmt und auf der Schwelle dreimal über mir schwingt!" Da lief der Küchenjunge und sagte es dem König. Der kam mit seinem Schwert und schwang es dreimal über dem Geist; und beim dritten Mal stand seine Gemahlin vor ihm, frisch, lebendig und gesund, wie sie vorher gewesen war.

Nun war der König in großer Freude. Er hielt aber die Königin in einer Kammer verborgen bis auf den Sonntag, da das Kind getauft werden sollte. Und als es getauft

war, sprach er: „Was gehört einem Menschen, der den andern aus dem Bett trägt und ins Wasser wirft?“ – „Nichts Besseres“, antwortete die Alte, „als daß man den Bösewicht in ein mit Nägel ausgeschlagenes Faß steckt und es den Berg hinab ins Wasser rollt.“ Da sagte der König: „Du hast dein Urteil gesprochen“, ließ ein Faß holen und die Alte mit ihrer Tochter hineinstecken. Dann ward der Boden zugehämmert und das Faß bergab in den Fluß gerollt.

Der König vom goldenen Berg

Ein Kaufmann, der hatte zwei Kinder, einen Buben und ein Mädchen, die waren beide noch klein und konnten noch nicht laufen. Es gingen aber zwei reichbeladene Schiffe von ihm auf dem Meer, und sein ganzes Vermögen war darin, und wie er meinte, dadurch viel Geld zu gewinnen, kam die Nachricht, sie wären versunken. Da war er nun statt eines reichen Mannes ein armer Mann und hatte nichts mehr übrig als einen Acker vor der Stadt. Um sich sein Unglück ein wenig aus den Gedanken zu schlagen, ging er hinaus auf den Acker, und wie er da so auf- und abging, stand auf einmal ein kleines schwarzes Männchen neben ihm und fragte, warum er so traurig wäre und was er sich so sehr zu Herzen nähme. Da sprach der Kaufmann: „Wenn du mir helfen könntest, wollt ich es dir wohl sagen.“ – „Wer weiß“, antwortete das schwarze Männchen, „vielleicht helf' ich dir.“ Da erzählte der Kaufmann, daß ihm sein ganzer Reichtum auf dem Meer zugrunde gegangen wäre, und hätte er nichts mehr übrig als diesen Acker. „Bekümmere dich nicht“, sagte das Männchen, „wenn du mir versprichst, das, was dir zu Haus am ersten widers Bein stößt, in zwölf Jahren hierher auf den Platz zu bringen, sollst du Geld haben, soviel du willst.“ Der Kaufmann dachte: „Was kann das anders sein als mein Hund?“ Aber an seinen kleinen Jungen dachte er nicht und sagte: ja, gab dem schwarzen Mann Handschrift und Siegel darüber und ging nach Haus.

Als er nach Haus kam, da freute sich sein kleiner Junge so sehr darüber, daß er sich an den Bänken hielt, zu ihm herbeiwackelte und ihn an den Beinen fest packte. Da erschrak der Vater, denn es fiel ihm sein Versprechen ein, und er wußte nun, was er verschrieben hatte; weil er aber immer noch kein Geld in seinen Kisten und Kasten fand, dachte er, es wäre nur ein Spaß von dem Männchen gewesen. Einen Monat nachher ging er auf den Boden und wollte altes Zinn zusammensuchen und verkaufen; da sah er einen großen Haufen Geld liegen. Nun war er wieder guter

Dinge, kaufte ein, ward ein größerer Kaufmann als vorher und ließ Gott einen guten Mann sein.

Unterdessen ward der Junge groß und dabei klug und gescheit. Je näher aber die zwölf Jahre herbeikamen, je sorgenvoller ward der Kaufmann, so daß man ihm die Angst im Gesicht sehen konnte. Da fragte ihn der Sohn einmal, was ihm fehle. Der Vater wollte es nicht sagen, aber jener hielt so lange an, bis er ihm endlich sagte, er hätte ihn, ohne zu wissen, was er verspräche, einem schwarzen Männchen zugesagt und vieles Geld dafür bekommen. Er hätte seine Handschrift mit Siegel darüber gegeben, und nun müßte er ihn, wenn zwölf Jahre herum wären, ausliefern. Da sprach der Sohn: „O Vater, laßt Euch nicht bang sein, das soll schon gut werden, der Schwarze hat keine Macht über mich."

Der Sohn ließ sich von dem Geistlichen segnen, und als die Stunde kam, gingen sie zusammen hinaus auf den Acker, und der Sohn machte einen Kreis und stellte sich mit seinem Vater hinein. Da kam das schwarze Männchen und sprach zu dem Alten: „Hast du mitgebracht, was du mir versprochen hast?" Er schwieg still, aber der Sohn fragte: „Was willst du hier?" Da sagte das schwarze Männchen: „Ich habe mit deinem Vater zu sprechen und nicht mit dir." Der Sohn antwortete: „Du hast meinen Vater betrogen und verführt, gib die Handschrift heraus." – „Nein", sagte das schwarze Männchen, „mein Recht geb ich nicht auf." Da redeten sie noch lange miteinander, endlich wurden sie einig, der Sohn, weil er nicht dem Erbfeind und nicht mehr seinem Vater zugehörte, sollte sich in ein Schiffchen setzen, das auf einem hinabwärts fließenden Wasser stände, und der Vater sollte es mit seinem eigenen Fuß fortstoßen, und dann sollte der Sohn dem Wasser überlassen bleiben. Da nahm er Abschied von seinem Vater, setzte sich in ein Schiffchen, und der Vater mußte es mit seinem eigenen Fuß fortstoßen. Das Schiffchen schlug um, so daß der unterste Teil oben war, die Decke aber im Wasser; und der Vater glaubte, sein Sohn wäre verloren, ging heim und trauerte um ihn.

Das Schiffchen aber versank nicht, sondern floß ruhig fort, und der Jüngling saß sicher darin, und so floß es lange, bis es endlich an einem unbekannten Ufer festsitzen blieb. Da stieg er ans Land, sah ein schönes Schloß vor sich liegen und ging darauf los. Wie er aber hineintrat, war es verwünscht; er ging durch alle Zimmer, aber sie waren leer, bis er in die letzte Kammer kam; da lag eine Schlange darin und ringelte sich. Die Schlange aber war eine verwünschte Jungfrau, die freute sich, wie sie ihn sah, und sprach zu ihm: „Kommst du, mein Erlöser? Auf dich habe ich schon zwölf Jahre gewartet; dies Reich ist verwünscht, und du mußt es erlösen." – „Wie kann ich das?" fragte er. „Heute nacht kommen zwölf schwarze Männer, die mit Ketten behangen sind, die werden dich fragen, was du hier machst; da schweig aber still und gib ihnen keine Antwort, und laß sie mit dir machen, was sie wollen: sie werden dich quälen, schlagen und stechen, laß alles geschehen, nur rede nicht; um zwölf Uhr müssen sie wieder fort. Und in der zweiten Nacht werden wieder zwölf andere kommen, in der dritten vierundzwanzig, die werden dir den Kopf abhauen; aber um zwölf Uhr ist ihre Macht vorbei, und wenn du dann ausgehalten hast und kein Wörtchen gesprochen hast, so bin ich erlöst. Ich komme zu dir und habe in der Flasche das Wasser des Lebens, damit bestreiche ich dich, und dann bist du wieder lebendig und gesund wie zuvor." Da sprach er: „Gerne will ich dich erlösen." Es geschah nun alles so, wie sie gesagt hatte, die schwarzen Männer konnten ihm kein Wort abzwingen, und in der dritten Nacht ward die Schlange zu einer schönen Königstochter, die kam mit dem Wasser des Lebens und machte ihn wieder lebendig. Und dann fiel sie ihm um den Hals und küßte ihn, und war Jubel und Freude im ganzen Schloß. Da wurde ihre Hochzeit gehalten, und er war König vom goldenen Berge.

Also lebten sie vergnügt zusammen, und die Königin gebar einen schönen Knaben. Acht Jahre waren schon herum; da fiel ihm sein Vater ein, und sein Herz ward bewegt, und er wünschte, ihn einmal heimzusuchen. Die Königin wollte ihn aber nicht fortlassen und sagte: „Ich weiß schon, daß es mein Unglück ist", er ließ ihr aber keine Ruhe, bis sie einwilligte. Beim Abschied gab sie ihm noch einen Wünschring und sprach: „Nimm diesen Ring und steck ihn an deinen Finger, so wirst du alsbald dahin versetzt, wo du dich hinwünschest, nur mußt du mir versprechen, daß du ihn nicht gebrauchst, mich von hier weg zu deinem Vater zu wünschen." Er versprach ihr das, steckte den Ring an seinen Finger und wünschte sich heim vor die Stadt, wo sein Vater lebte. Im Augenblick befand er sich auch dort und wollte in die Stadt; wie er aber vors Tor kam, wollten ihn die Schildwachen nicht einlassen, weil er seltsame und doch so reiche und prächtige Kleider anhatte. Da ging er auf einen Berg, wo ein Schäfer hütete, tauschte mit diesem die Kleider und zog den alten Schäferrock an und ging also ungestört in die Stadt ein. Als er zu seinem Vater kam, gab er sich zu erkennen, der aber glaubte nimmermehr, daß es sein Sohn wäre, und sagte, er hätte zwar einen Sohn gehabt, der wäre aber längst tot; doch weil er sähe, daß er ein armer, dürftiger Schäfer wäre, so wollte er ihm einen Teller voll zu essen geben. Da sprach der Schäfer zu seinen Eltern: „Ich bin wahrhaftig Euer Sohn; wißt Ihr kein Mal an meinem Leibe, woran Ihr mich erkennen könnt?" – „Ja", sagte die Mutter, „unser Sohn hatte eine Himbeere unter dem rechten Arm." Er streifte das Hemd zurück; da sahen sie die Himbeere unter seinem rechten Arm und zweifelten nicht mehr, daß es ihr Sohn wäre. Darauf erzählte er ihnen, er wäre König vom goldenen Berge, und eine Königstochter wäre seine Gemahlin, und sie hätten einen schönen Sohn von sieben Jahren. Da sprach der Vater: „Nun und nimmermehr ist das wahr! Das ist mir ein schöner König, der in einem zerlumpten Schäferrock hergeht." Da ward der Sohn zornig und drehte, ohne an sein Versprechen zu denken, den Ring herum und wünschte beide, seine Gemahlin und sein Kind, zu sich. In dem Augenblick waren sie auch da, aber die Königin, die klagte und weinte und sagte, er hätte sein Wort gebrochen und hätte sie unglücklich gemacht. Er sagte: „Ich habe es unachtsam getan und nicht mit bösem Willen", und redete ihr zu; sie stellte sich auch, als gäbe sie nach, aber sie hatte Böses im Sinn.

Da führte er sie hinaus vor die Stadt auf den Acker und zeigte ihr das Wasser, wo das Schiffchen war abgestoßen worden, und sprach dann: „Ich bin müde, setze dich nieder, ich will ein wenig auf deinem Schloß schlafen." Da legte er seinen Kopf auf ihren Schoß, und sie lauste ihn ein wenig, bis er einschlief. Als er eingeschlafen war, zog sie erst den Ring von seinem Finger, dann zog sie den Fuß unter ihm weg und ließ nur den Toffel zurück; hierauf nahm sie ihr Kind in den Arm und wünschte sich wieder in ihr Königreich. Als er aufwachte, lag er da ganz verlassen, und seine Gemahlin und das Kind waren fort und der Ring vom Finger auch, nur der Toffel stand noch da zum Wahrzeichen. Nach Haus zu deinen Eltern kannst du nicht wieder gehen, dachte er, die würden sagen, du wärst ein Hexenmeister, du willst aufpacken und gehen, bis du in dein Königreich kommst. Also ging er fort und kam endlich zu einem Berg, vor dem drei Riesen standen und miteinander stritten, weil sie nicht wußten, wie sie ihres Vaters Erbe teilen sollten. Als sie ihn vorbeigehen sahen, riefen sie ihn an und sagten, kleine Menschen hätten klugen Sinn, er sollte ihnen die Erbschaft verteilen. Die Erbschaft aber bestand aus einem Degen; wenn einer den in die Hand nahm und sprach: „Köpf alle runter, nur meiner nicht", so lagen alle Köpfe auf der Erde; zweitens aus einem Mantel; wer den anzog, war unsichtbar: drittens aus ein paar Stiefeln; wenn man die angezogen hatte und sich wohin wünschte, so war man im Augenblick da. Er sagte: „Gebt mir die drei Stücke, damit ich probieren könnte, ob sie noch in gutem Stande sind." Da gaben sie ihm den Mantel, und als er ihn umgehängt hatte, war er unsichtbar und war in eine Fliege verwandelt. Dann nahm er wieder seine Gestalt an und sprach: „Der Mantel ist gut, nun gebt mir das Schwert." Sie sagten: „Nein, das geben wir nicht! Wenn du sprächst: ‚Köpf' alle runter, nur meiner nicht!' so wären unsere Köpfe alle herab und du allein hättest den deinigen noch." Doch gaben sie es ihm unter der Bedingung, daß er's an einem Baum probieren sollte. Das tat er, und das Schwert zerschnitt den Stamm eines Baumes wie einen Strohhalm. Nun wollt er noch die Stiefeln haben, sie sprachen aber: „Nein, die geben wir nicht weg; wenn du sie angezogen hättest und wünschtest dich oben auf den Berg, so stünden wir da unten und hätten nichts." – „Nein", sprach er, „das will ich nicht tun." Da gaben sie ihm auch die Stiefeln. Wie er nun alle drei Stücke hatte, so dachte er an nichts als an seine Frau und sein Kind und sprach so vor sich hin: „Ach, wäre ich auf dem goldenen Berg", und alsbald verschwand er vor den Augen der Riesen und war also ihr Erbe geteilt. Als er nah beim Schloß war, hörte er Freudengeschrei, Geigen und Flöten, und die Leute sagten ihm, seine Gemahlin feierte ihre Hochzeit mit einem andern. Da ward er zornig und sprach: „Die Falsche, sie hat mich betrogen und mich verlassen, als ich eingeschlafen war." Da hing er seinen Mantel um und ging unsichtbar ins Schloß hinein. Als er in den Saal eintrat, war da eine große Tafel mit köstlichen Speisen besetzt, und die Gäste aßen und tranken, lachten und scherzten. Sie aber saß in der Mitte in prächtigen Kleidern auf einem königlichen Sessel und hatte die Krone auf dem Haupt. Er stellte sich hinter sie, und niemand sah ihn. Wenn sie ihr ein Stück Fleisch auf den Teller legten, nahm er ihn weg und aß es; und wenn sie ihr ein Glas Wein einschenkten, nahm er's weg und trank's aus; sie gaben ihr immer, und sie hatte doch immer nichts, denn Teller und Glas verschwanden augenblicklich. Da ward sie bestürzt und schämte sie sich, stand auf und ging in ihre Kammer und weinte, er aber ging hinter ihr her. Da sprach sie: „Ist denn der Teufel über mir, oder kam mein Erlöser nie?" Da schlug er ihr ins Angesicht und sagte: „Kam dein Erlöser nie? Er ist über dir, du Betrügerin. Habe ich das an dir verdient?" Da machte er sich sichtbar, ging in den Saal und rief: „Die Hochzeit ist aus, der wahre König ist gekommen!" Die Könige, Fürsten und Räte, die da versammelt waren, höhnten und verlachten ihn; er aber gab kurze Worte und sprach: „Wollt ihr hinaus oder nicht?" Da wollten sie ihn fangen und drangen auf ihn ein, aber er zog sein Schwert und sprach: „Köpf' alle runter, nur meiner nicht." Da rollten alle Köpfe zur Erde, und er war allein der Herr und war wieder König vom goldenen Berge.

Das blaue Licht

Es war einmal ein Soldat, der hatte dem König lange Jahre treu gedient. Als der Krieg aber zu Ende war und der Soldat der vielen Wunden wegen, die er empfangen hatte, nicht weiterdienen konnte, sprach der König zu ihm: „Du kannst heimgehen, ich brauche dich nicht mehr. Geld bekommst du keines von mir, denn Lohn erhält nur der, der mir Dienste dafür leistet."

Da wußte der Soldat nicht, wovon er nun leben sollte. Er ging voll Sorgen fort und ging den ganzen Tag, bis er abends in einen Wald kam. Als es dunkel wurde, sah er ein Licht. Er ging darauf zu und kam zu einem Haus, in dem eine Hexe wohnte.

„Gib mir doch ein Nachtlager und ein wenig Essen und Trinken, sonst verschmachte ich", sagte er.

„Oho", antwortete die Hexe, „wer kann schon jedem Dahergelaufenen etwas zu essen geben? Doch ich will barmherzig sein und dich aufnehmen, wenn du tust, was ich verlange." – „Was verlangst du?" fragte der Soldat.

„Daß du mir morgen meinen Garten umgräbst", sagte die Hexe.

Der Soldat willigte ein und arbeitete am folgenden Tag mit allen Kräften. Er konnte aber vor abends nicht fertig werden. „Ich sehe wohl", sprach die Hexe, „daß du heute nicht mehr weiterkannst. Ich will dich noch eine Nacht behalten, dafür sollst du mir morgen eine Fuhre Holz spalten und kleinmachen."

Der Soldat brauchte dazu abermals den ganzen Tag, und abends machte ihm die Hexe den Vorschlag, noch eine Nacht zu bleiben. „Du sollst mir morgen nur noch eine leichte Arbeit verrichten", sagte sie. „Hinter meinem Haus ist ein alter, wasserleerer Brunnen, in den ist mir mein Licht hinabgefallen. Es brennt blau und verlischt nicht. Das sollst du mir wieder heraufholen."

Am anderen Tag führte die Alte den Soldaten zu dem Brunnen und ließ ihn in einem Korb hinab. Und wirklich, er fand das blaue Licht und machte der Hexe ein Zeichen, daß sie ihn wieder hinaufziehen sollte. Sie zog ihn auch in die Höhe, als er aber dem Rande nahe war, streckte sie die Hand hinab und wollte ihm das blaue Licht abnehmen.

„Nein!" sagte er, denn er merkte ihre bösen Gedanken, „das Licht gebe ich dir nicht eher, bis ich mit beiden Füßen auf dem Erdboden stehe." Da geriet die Hexe in Wut, ließ ihn wieder in den Brunnen hinabfallen und ging fort.

Der arme Soldat fiel hinab auf den Grund des Brunnens, ohne sich weh zu tun. Das blaue Licht brannte fort und fort, aber was konnte ihm das helfen? Er sah wohl, daß er dem Tod nicht entgehen würde. So saß er eine Weile ganz traurig da, dann griff er zufällig in seine Tasche und fand seine Tabakspfeife, die noch halb gestopft war. Das soll dein letztes Vergnügen sein, dachte er, zündete sie an dem blauen Licht an und fing an zu rauchen.

Als der Rauch der Pfeife in die Höhe emporstieg, stand auf einmal ein kleines schwarzes Männlein vor ihm und fragte: „Herr, was befiehlst du?"

„Was soll ich dir denn befehlen?" erwiderte der Soldat ganz verwundert.

„Ich muß alles tun", sagte das Männchen, „was du verlangst."

„Gut", sprach der Soldat, „so hilf mir zuerst aus dem Brunnen."

Das Männchen nahm ihn bei der Hand und führte ihn durch einen unterirdischen Gang, vergaß aber nicht, das blaue Licht mitzunehmen. Es zeigte ihm unterwegs viele goldene Schätze, welche die Hexe zusammengetragen und da versteckt hatte, und der Soldat nahm so viel davon mit, als er tragen konnte.

Als sie ins Freie kamen, sprach er zu dem Männchen: „Nun geh hin, binde die alte Hexe und führe sie vor das Gericht!“ Nicht lange darauf kam die Hexe auf einem wilden Kater mit furchtbaren Geschrei vorbeigeritten.

Bald kam das Männchen wieder zurück. „Es ist alles geschehen“, sprach es, „die Hexe hat ihre Strafe schon erhalten. Was befiehlst du nun weiter, Herr?“

„Im Augenblick nichts“, antwortete der Soldat. „Du kannst nach Hause gehen. Sei aber gleich wieder zur Stelle, wenn ich dich rufe.“

„Du brauchst nichts weiter zu tun, als deine Pfeife an dem blauen Licht anzuzünden“, sprach das Männchen, „dann stehe ich sogleich vor dir.“ Darauf verschwand es vor seinen Augen.

Der Soldat kehrte nun in die Stadt zurück, aus der er gekommen war, ging in den besten Gasthof und ließ sich schöne Kleider machen. Dann befahl er dem Wirt, ihm ein Zimmer so prächtig als möglich einzurichten. Als er fertig war und der Soldat es bezogen hatte, rief er das schwarze Männchen herbei und sprach: „Ich habe dem König treu gedient, er aber hat mich fortgeschickt und mich hungern lassen. Dafür will ich jetzt Rache nehmen.“

„Was soll ich tun?“ fragte der Kleine.

„Spät abends, wenn die Königstochter im Bett liegt, bringst du sie schlafend hieher, sie soll Mägdedienste bei mir tun“, befahl der Soldat.

Das Männchen sprach: „Für mich ist das ganz leicht, für dich aber sehr gefährlich! Wenn es jemand bemerkt, wird es dir schlecht ergehen!“

Als es Mitternacht geschlagen hatte, sprang die Tür auf und das Männchen trug die Königstochter herein. „Aha, bist du da?“ rief der Soldat. „Nun, dann frisch an die Arbeit! Geh, hol den Besen und kehr die Stube!“

Als die Königstochter damit fertig war, streckte er ihr die Füße entgegen und sprach: „Zieh mir die Stiefel aus!“ Dann warf er die Stiefel auf den Boden, und die Königstochter mußte sie reinigen und glänzend machen. Sie tat alles, was er ihr befahl, ohne Widerstreben, stumm und mit halbgeschlossenen Augen. Bei dem ersten Hahnenschrei wurde sie von dem Männchen wieder in das königliche Schloß und in ihr Bett zurückgetragen.

Am anderen Morgen, als die Königstochter aufgestanden war, ging sie zu ihrem Vater und erzählte ihm, sie hätte einen wunderlichen Traum gehabt. „Ich wurde mit Blitzesschnelle durch die Straßen in das Zimmer eines Soldaten gebracht, dem mußte ich als Magd dienen und aufwarten. Alle niedrigen Arbeiten mußte ich tun, die Stube kehren und die Stiefel putzen. Es war nur ein Traum, und doch bin ich so müde, als wenn ich wirklich alles getan hätte.“

„Der Traum könnte wahr gewesen sein“, sprach der König. „Ich will dir einen Rat geben. Stecke deine Taschen voll Erbsen und mache ein kleines Loch in die

Tasche. Wenn du wieder abgeholt wirst, werden die Erbsen herausfallen und auf der Straße eine Spur hinterlassen."

Während der König so sprach, stand aber das Männchen unsichtbar dabei und hörte alles mit an. Nachts, als es die schlafende Königstochter wieder durch die Straßen trug, fielen zwar einzelne Erbsen aus der Tasche, sie konnten aber keine Spur hinterlassen, denn das listige Männchen hatte vorher in allen Straßen Erbsen verstreut. Die Königstochter mußte wieder bis zum Hahnenschrei Mägdedienste tun.

Am Morgen schickte der König Leute aus, die die Spur suchen sollten. Aber es war vergeblich, denn in allen Straßen saßen arme Kinder, lasen Erbsen auf und sagten: „Es hat heute nacht Erbsen geregnet."

„Wir müssen uns etwas anderes ausdenken", sprach der König. „Behalt deine Schuhe an, wenn du nachts wieder entführt wirst. Ehe du dann zurückkehrst, verstecke einen davon, ich werde ihn schon finden!"

Das schwarze Männchen hörte abermals den Plan des Königs. Als nun der Soldat abends verlangte, es sollte wieder die Königstochter herbeitragen, riet es ihm ab und sagte, es wüßte gegen die neue List des Königs kein geeignetes Mittel. Wenn aber der Schuh bei dem Soldaten gefunden würde, würde es ihm zweifellos schlecht ergehen.

„Tue, was ich dir sage", erwiderte jedoch der Soldat, und die Königstochter mußte auch in der dritten Nacht wie eine Magd arbeiten. Sie versteckte aber, ehe sie zurückgetragen wurde, einen Schuh unter dem Bett.

Am andern Morgen ließ der König in der ganzen Stadt den Schuh seiner Tochter suchen. Er wurde bei dem Soldaten gefunden. Der Soldat selbst, der sich auf den Rat des Kleinen hin eilig durch das Stadttor entfernt hatte, wurde bald eingeholt und ins Gefängnis geworfen.

Er hatte aber sein Bestes bei der Flucht vergessen: das blaue Licht und sein Gold. Nur einen einzigen Dukaten hatte er in der Tasche. Als er nun mit Ketten gefesselt am Fenster seines Gefängnisses stand, sah er einen seiner Kameraden vorbeigehen. Er klopfte an die Scheibe, und als der Kamerad herbeikam, sagte er: „Sei doch so gut und hol mir das kleine Bündel, das ich im Gasthof liegengelassen habe. Ich gebe dir dafür einen Dukaten."

Der Kamerad lief hin und brachte ihm sein Bündel.

Sobald der Soldat nun wieder allein war, steckte er seine Pfeife an und ließ das schwarze Männchen kommen. „Sei ohne Furcht", sprach dieses zu seinem Herrn, „geh hin, wohin sie dich führen, nimm aber überall das blaue Licht mit!"

Am anderen Tag wurde über den Soldaten Gericht gehalten. Obgleich er nichts Böses getan hatte, verurteilten ihn die Richter zum Tode. Als er nun hinausgeführt wurde, bat er den König um eine letzte Gnade.

„Was willst du?“ fragte der König.

„Daß ich auf meinem letzten Weg noch eine Pfeife rauchen darf“, antwortete der Soldat.

„Du darfst drei rauchen“, antwortete der König, „aber glaube nur nicht, daß ich dir das Leben schenke!“

Da zog der Soldat seine Pfeife heraus und zündete sie an dem blauen Licht an. Als ein paar Ringe von dem Rauch aufgestiegen waren, stand auch schon das Männchen da, hatte einen kleinen Knüppel in der Hand und sprach: „Was befiehlt mein Herr?“

„Schlag die falschen Richter zu Boden! Auch den König brauchst du nicht zu schonen, der mich so schimpflich behandelt hat und ins Gefängnis werfen ließ!“

Da fuhr das Männchen wie der Blitz, zick-zack, hin und her, und wen es mit seinem Knüppel nur anrührte, der fiel sogleich zu Boden und getraute sich nicht mehr aufzustehen. Dem König wurde angst und bange, und er begann um Gnade zu bitten. Und um sein Leben zu retten, gab er dem Soldaten seine Tochter zur Gemahlin und das ganze Königreich dazu.

Der Fischer und seine Frau

Es war einmal ein Fischer, der lebte mit seiner Frau in einer armseligen kleinen Hütte nahe am Meer. Er ging jeden Tag auf Fischfang und angelte und angelte immerzu.

So saß er eines Tages wieder einmal bei der Angel und sah immer in das klare Wasser hinein. Plötzlich wurde die Angel immer tiefer gegen den Grund gezogen, und als sie der Fischer herausholte, hing ein großer Fisch daran. Dieser sagte zu ihm: „Lieber Fischer, ich bitte dich, laß mich leben! Ich bin kein richtiger Fisch, sondern ein verzauberter Prinz. Was hilft es dir, wenn du mich tötest, ich würde dir doch nicht schmecken. Wirf mich ins Wasser und laß mich davonschwimmen!“

„Nun“, sagte der Fischer, „du brauchst gar nicht so viele Worte zu machen. Einen Fisch, der sprechen kann, werde ich doch nicht fangen!“ Und warf den Fisch wieder in das klare Wasser und ging nach Hause zu seiner Frau.

„Mann“, sagte die Frau, „hast du denn heute gar nichts gefangen?“

„Nein“, sagte der Fischer, „ich fing nur einen einzigen Fisch, der sagte aber, er wäre ein verzauberter Prinz, und so habe ich ihn wieder schwimmen lassen.“

„Hast du dir nichts von ihm gewünscht?" fragte die Frau.

„Nein", sagte der Mann, „was hätte ich mir denn wünschen sollen? Mir fehlt doch nichts!"

„Ach", rief die Frau, „du hättest uns doch ein hübsches Häuschen wünschen können, damit wir aus dieser elenden Hütte herauskommen. Geh nur gleich noch einmal

hinunter zum Meer, rufe den Fisch heraus und sag ihm, wir wollen ein hübsches Häuschen haben."

„Nein, Frau, das geht nicht", sagte der Mann, „der Fisch wird uns das übelnehmen."

Aber die Frau sprach: „Geh auf der Stelle! Du hast ihm doch das Leben geschenkt, dafür wird dir der Fisch deinen Wunsch sicher erfüllen."

Da mußte der Mann hingehen, weil es seine Frau durchaus haben wollte. Als er an die See kam, war das Wasser nicht mehr klar, sondern es sah grün und gelb aus. Der Fischer trat an das Ufer und sagte:

„Manntje, Manntje, Timpe Te,
Fischlein, Fischlein in der See,
meine Frau, die Ilsebill,
will nicht so, wie ich wohl will.

Der Fischer hatte seinen Spruch kaum beendet, da streckte auch schon der Fisch seinen Kopf aus dem Wasser und fragte: „Nun, was will sie denn?"

„Ach", sagte der Mann, „ich habe dich doch gefangen und wieder freigelassen, und nun sagt meine Frau, ich hätte mir etwas wünschen sollen. Sie mag nicht mehr in unserer Hütte wohnen, sie möchte gern ein kleines hübsches Haus."

„Geh nur hin", sagte der Fisch, „sie hat es schon."

Da ging der Fischer nach Hause und fand an der Stelle der alten Hütte ein schönes Häuschen, und auf einer Bank vor der Tür saß seine Frau. Sie nahm ihn bei der Hand und sagte zu ihm: „Komm nur herein und schau! Nun haben wir es doch viel schöner!" Und sie zeigte ihm die hübsche kleine Stube, die Küche mit der Speisekammer, und alles war auf das beste eingerichtet. Hinter dem Haus war ein Hof mit Hühnern und Enten, und daneben gab es einen kleinen Garten mit Obstbäumen und Gemüse.

„Nun", sagte die Frau, „ist das nicht nett?"

„Ja", sagte der Mann, „und so soll es auch bleiben. Darin wollen wir nun recht vergnügt leben."

„Ei", antwortete die Frau, „das werden wir schon sehen." Dann aßen sie und gingen zu Bett.

So gingen etwa acht oder vierzehn Tage vorüber, da sagte die Frau: „Hör einmal, Mann, dieses Häuschen ist entsetzlich eng, und Hof und Garten sind gar zu klein. Der Fisch hätte uns wohl auch ein größeres Haus schenken können. Ich möchte in einem großen steinernen Schloß wohnen. Geh zum Fisch, er soll uns ein schönes Schloß schenken!"

„Ach, Frau", sagte der Mann, „in dem Häuschen ist es doch so schön. Wozu brauchen wir denn ein Schloß?"

„Ich will eines haben", sagte die Frau. „Geh nur hin, der Fisch kann das leicht machen!"

„Nein, Frau", sagte der Mann, „der Fisch hat uns eben erst das schöne Häuschen gegeben. Ich mag nicht schon wieder um etwas betteln, das könnte den Fisch verdrießen."

„Geh nur hin", sagte die Frau, „der Fisch kann uns das schon noch geben, er wird es gewiß gerne tun. Geh sofort!"

Dem Mann wurde das Herz schwer, und er wollte nicht an das Meer gehen. Er sagte zu sich selbst: „Das ist nicht recht!" Schließlich ging er aber doch.

Als er an die See kam, war das Wasser zwar still und ruhig, aber ganz violett und grau und dunkelblau. Der Fischer trat ans Ufer und sagte:

„Manntje, Manntje, Timpe Te,
Fischlein, Fischlein in der See,
meine Frau, die Ilsebill,
will nicht so, wie ich wohl will."

„Nun, was will sie denn?" fragte der Fisch.

„Ach", sagte der Mann sehr bedrückt, „sie will ein großes steinernes Schloß haben." – „Geh nur hin", sagte der Fisch, „sie hat es schon."

Da ging der Mann hin und traf die Frau vor einem großen prächtigen Schloß. Sie nahm ihn bei der Hand und führte ihn durch das Tor. Da liefen viele Bediente herum, die rissen die Türen von innen auf. Die Wände waren mit seidenen Tapeten bespannt, und in den Zimmern standen goldene Stühle und Tische. Von der Decke hingen kristallene Kronleuchter. Die Tische waren mit den besten Speisen und Getränken besetzt, daß sie schier zusammenbrachen. Hinter dem Schloß war ein großer Hof mit Pferde- und Rinderställen und einem Wagenschuppen. In einem wunderschönen Garten blühten die prächtigsten Blumen und standen die feinsten Obstbäume, und dahinter erstreckte sich ein großer Park, wohl eine halbe Meile lang. Da gab es Hirsche, Rehe und Hasen und alles andere Wild, das man sich nur wünschen konnte.

„Nun", sagte die Frau, „ist das nicht schön?"

„Ach ja", sagte der Mann, „und so soll es auch bleiben. Jetzt wollen wir in diesem schönen Schloß wohnen und zufrieden sein."

„Das werden wir uns schon noch überlegen", antwortete die Frau, „und wollen es erst einmal überschlafen." Darauf gingen sie zu Bett.

Am anderen Morgen wachte die Frau zuerst auf und sah von ihrem Bett aus das herrliche Land vor sich liegen. Da stieß sie ihren Mann mit dem Ellenbogen in die Seiten und sagte: „Mann, steh auf und schau einmal aus dem Fenster! Sag, könnten wir nicht König werden über all das schöne Land? Geh hin zum Fisch und sag, wir wollen hier König und Königin sein!"

„Ach, Frau", sagte der Mann, „wozu sollen wir König werden? Ich mag kein König sein."

„Wenn du nicht willst, werde ich es sein!“ rief die Frau. „Geh nur hin zum Fisch und sag ihm, daß ich Königin sein will!“

Da war der Mann ganz betroffen, daß seine Frau Königin sein wollte. Schweren Herzens ging er hin zum Meer und dachte immerzu bei sich: Das ist nicht recht, das ist nicht recht!

Als er an die See kam, war diese ganz schwarz, und das Wasser wallte und brodelte von unten herauf. Der Fischer trat ans Ufer und sagte:

„Manntje, Manntje, Timpe Te,
Fischlein, Fischlein in der See,
meine Frau, die Ilsebill,
will nicht so, wie ich wohl will.“

„Nun, was will sie denn?“ fragte der Fisch.

„Ach“, sprach der Mann, „sie will Königin werden.“

„Geh nur hin, sie ist es schon“, sagte der Fisch.

Da ging der Mann zurück, und als er zu dem Schloß kam, war dieses zu einem großen prächtigen Palast geworden und hatte sogar einen großen Turm. Vor dem Tor stand eine Schildwache, und viele Soldaten gab es da mit Pauken und Trompeten.

Als der Mann in den Palast eintrat, war alles aus Marmelstein und purem Gold. Die Türen zu einem großen Saal flogen auf. Da war der ganze Hofstaat versammelt, und seine Frau saß auf einem hohen Thron von Gold und Edelsteinen und hatte eine große goldene Krone auf und ein Zepter in der Hand. Zu beiden Seiten von ihr standen sechs Jungfrauen in einer Reihe, eine immer einen Kopf kleiner als die andere.

Der Mann sagte: „Ach, Frau, bist du nun Königin?“

„Ja“, sagte die Frau, „nun bin ich Königin.“

Da blickte sie ihr Mann eine Weile schweigend an, dann sagte er: „Ach, Frau, wie bist du schön als Königin! Nun wollen wir uns aber nichts mehr wünschen.“

„Ach, Mann“, sagte die Frau und war dabei ganz unruhig, „das Königinsein ist mir schon mehr als langweilig, ich kann es gar nicht mehr aushalten. Geh zum Fisch uns sag, ich will nun Kaiserin werden!“

„Ach, Frau“, sagte der Mann, „Kaiser kann der Fisch nicht machen. Ich mag es ihm auch gar nicht sagen. Kaiser gibt es nur einen im Reich.“

„Was?“ sagte die Frau, „du willst nicht hingehen und es dem Fisch sagen? Ich bin die Königin und befehle es dir! Kann der Fisch Könige machen, so kann er auch Kaiser machen! Ich will Kaiserin sein! Geh sofort zum Fisch!“

Da mußte der Mann gehen, aber es wurde ihm angst und bange dabei. Während er so ging, dachte er bei sich: Das geht nicht gut aus! Kaiser sein wollen, das ist doch zu unverschämt, der Fisch wird böse werden!

Indessen war er an die See gekommen. Sie war ganz schwarz und dick, und fing an, von unten herauf gewaltig zu schäumen. Ein Wirbelwind ging über sie hin, daß sie sich nur so drehte. Den Mann ergriff das Grauen. Da stand er nun und sagte:

„Manntje, Manntje, Timpe Te,
Fischlein, Fischlein in der See,
meine Frau, die Ilsebill,
will nicht so, wie ich wohl will."

„Nun, was will sie denn?" fragte der Fisch.

„Ach, Fisch", sagte er, „nun will meine Frau gar Kaiserin werden."

„Geh nur hin", sagte der Fisch, „sie ist es schon."

Da ging der Mann zurück, und als er ankam, war der ganze Palast aus Marmelstein und mit Figuren aus Alabaster und goldenen Zieraten geschmückt. Vor dem Tor marschierten Soldaten auf und ab, die bliesen Trompeten und schlugen Pauken und Trommeln. Im Schlosse aber gingen Barone, Grafen und Herzöge umher, gerade als ob sie Diener wären. Sie machten ihm die Türen auf, die aus purem Golde waren.

Als er eintrat, saß seine Frau auf einem goldenen Thron, der wohl zwei Meilen hoch war. Sie hatte eine goldene Krone auf, die war drei Ellen hoch und mit Brillanten und Edelsteinen besetzt. In der einen Hand hatte sie das Zepter, in der anderen den Reichsapfel. Neben ihr standen die Trabanten in zwei Reihen, immer einer kleiner als der andere, vom allergrößten Riesen bis zum allerwinzigsten Zwerg. Vor ihr standen viele Fürsten und Herzöge. Der Mann ging hin, stellte sich vor den Thron und sagte: „Frau, bist du nun Kaiserin?" – „Ja", sagte sie, „ich bin Kaiserin."

Da betrachtete er sie aufmerksam, und als er sie eine Zeitlang angesehen hatte, sagte er: „Ach, Frau, wie gut dir das steht, daß du Kaiserin bist!"

„Mann", sagte sie, „was stehst du da? Ich bin ja nun Kaiserin, jetzt will ich aber auch noch Papst werden! Geh hin zum Fisch und sag es ihm!"

„Ach, Frau", sagte der Mann, „was willst du denn nicht noch alles werden! Papst kannst du nicht werden, den Papst gibt es doch nur einmal in der Christenheit. Das kann der Fisch nicht machen!"

„Mann", sagte sie, „ich will Papst werden! Geh gleich hin, ich muß heute noch Papst werden!"

„Nein, Frau", sagte der Mann, „das mag ich ihm nicht sagen, das geht nicht gut aus, das ist zuviel verlangt. Zum Papst kann dich der Fisch nicht machen."

„Mann, schwatz kein dummes Zeug!“ sagte die Frau. „Kann er Kaiser machen, so kann er auch Päpste machen. Geh sofort hin, ich bin Kaiserin und befehle es dir!“

Da war der Mann ganz verzweifelt und ging hin. Er zitterte und bebte vor Angst, und die Knie und Waden schlotterten ihm. Plötzlich erhob sich ein Wind, die Wolken flogen, und es wurde so düster, als ob es Abend wäre. Die Blätter wirbelten von den Bäumen, das Wasser ging hoch und brauste, als ob es kochte, und schlug schäumend gegen das Ufer. In der Ferne sah der Mann Schiffe, die gaben Notschüsse ab und tanzten und sprangen auf den Wogen. Der Himmel war in der Mitte noch ein bißchen blau, aber an den Seiten zog es rot und schwarz auf wie ein schweres Gewitter.

Da ging der Mann ganz verzagt hin und stand da in seiner Angst und sagte:

„Manntje, Manntje, Timpe Te,
Fischlein, Fischlein in der See,
meine Frau, die Ilsebill,
will nicht so, wie ich wohl will.“

„Nun, was will sie denn?“ fragte der Fisch.

„Ach“, sagte der Mann, „sie will Papst werden.“

„Geh nur hin, sie ist es schon“, sagte der Fisch.

Da ging der Mann hin, und als er ankam, war da ein großes Gebäude wie eine Kirche, von lauter Palästen umgeben. Da drängte er sich durch das Volk. Der Dom war mit tausend und aber tausend Lichtern erleuchtet, und seine Frau saß, ganz in Gold gekleidet, auf einem noch viel höheren Thron und hatte drei große goldene Kronen auf. Zu beiden Seiten von ihr standen zwei Reihen Lichter, das größte so dick und groß wie der allergrößte Turm, bis zu dem allerkleinsten Küchenlicht. Kaiser und Könige lagen vor ihr auf den Knien und küßten ihr den Pantoffel.

„Frau“, sagte der Mann und sah sie an, „bist du nun Papst?“

„Ja“, sagte sie, „ich bin Papst.“

Dem Mann war, als ob er in die helle Sonne sähe. Als er sie eine Zeitlang angesehen hatte, sagte er: „Frau, es steht dir gut, daß du nun Papst bist!“ Sie aber saß ganz steif wie ein Baum und rührte und regte sich nicht.

Da sagte er: „Frau, nun sei zufrieden. Mehr als Papst kannst du doch nicht mehr werden.“

„Das werde ich mir noch überlegen“, sagte die Frau. Damit gingen sie beide zu Bett.

Aber die Frau war noch immer nicht zufrieden, die Gier ließ sie nicht schlafen. Sie dachte immer darüber nach, was sie noch werden könnte. Der Mann schlief gut und fest, er hatte am Tag viel laufen müssen. Die Frau aber konnte nicht einschlafen und warf sich die ganze Nacht von einer Seite auf die andere. Immer dachte sie darüber nach, was sie wohl noch werden könnte. Es fiel ihr aber nichts mehr ein.

Als endlich die Sonne aufging und sie das Morgenrot sah, setzte sie sich aufrecht im Bette hin und blickte starr hinaus. Ha, dachte sie, ich möchte auch die Sonne und den Mond aufgehen lassen! „Mann“, sagte sie, und stieß ihn mit dem Ellbogen in die Rippen, „wach auf! Geh hin zum Fisch und sag ihm, ich will werden wie der liebe Gott!“

Der Mann war noch ganz schlaftrunken, aber er erschrak so, daß er aus dem Bett fiel. Er meinte, er hätte sich verhört, rieb sich die Augen und sagte: „Was sagst du?“

„Mann“, sagte sie, „wenn ich nicht selbst die Sonne und den Mond aufgehen lassen kann, hab ich keine ruhige Stunde mehr.“ Dabei sah sie ihn so böse an, daß ihn ein Schauder überfiel. „Gleich geh hin, ich will werden wie der liebe Gott!“

„Ach, Frau“, sagte der Mann und fiel vor ihr auf die Knie, „das kann der Fisch nicht. Ich bitte dich, geh in dich und bleib Papst!“

Da kam die Bosheit über die Frau. Die Haare flogen ihr wild um den Kopf und sie schrie: „Ich halte das nicht aus! Ich halte das nicht länger aus! Willst du sofort hingehen?“

Da zog er die Hosen an und lief wie unsinnig davon.

Draußen aber ging ein Sturm und brauste, daß der Mann kaum auf den Füßen stehen konnte. Häuser und Bäume wurden umgelegt, die Berge bebten, und Felsstücke rollten in die See. Der Himmel war ganz pechschwarz, und es donnerte und blitzte. Die See ging in schwarzen Wogen, die so hoch wie Kirchtürme und Berge waren, und oben hatten sie alle eine weiße Schaumkrone. Da schrie er, und er konnte sein eigenes Wort nicht hören:

„Manntje, Manntje, Timpe Te,
Fischlein, Fischlein in der See,
meine Frau, die Ilsebill,
will nicht so, wie ich wohl will.“

„Nun, was will sie denn?“ fragte der Fisch.

„Ach“, sagte der Mann, „jetzt will sie gar werden wie der liebe Gott!“

„Geh nur hin, sie sitzt schon wieder in der alten Hütte.“

Da ging der Mann hin, und wirklich saß die Frau, schluchzend und weinend, in der alten Fischerhütte. Als er das sah, wurde der Mann zornig und sagte: Siehst du, du hochmütiges Weib, das hast du nun davon! Weil du in deiner Gier nicht genug bekommen konntest, hast du jetzt alles wieder verloren.“

Die Frau schämte und grämte sich und hätte jetzt gern das kleine Häuschen gehabt, das ihr der Fisch zuerst geschenkt hatte. Als sie gar nicht aufhören wollte zu jammern und zu flehen, ging der Mann noch einmal ans Meer und rief den Fisch, aber der ließ sich nicht mehr sehen.

Der Räuberbräutigam

Es war einmal ein Müller, der hatte eine schöne Tochter, und als sie herangewachsen war, so wünschte er, sie wäre versorgt und gut verheiratet. Er dachte: Kommt ein ordentlicher Freier und hält um sie an, so will ich sie ihm geben. Nicht lange so kam ein Freier, der schien sehr reich zu sein, und da der Müller nichts an ihm auszusetzen wußte, so versprach er ihm seine Tochter. Das Mädchen aber hatte ihn nicht so recht lieb, wie eine Braut ihren Bräutigam liebhaben soll, und hatte kein Vertrauen zu ihm; sooft sie ihn ansah oder an ihn dachte, fühlte sie ein Grauen in ihrem Herzen. Einmal sprach er zu ihr: „Du bist meine Braut und besuchst mich nicht einmal." Das Mädchen antwortete: „Ich weiß nicht, wo Euer Haus ist." Da sprach der Bräutigam: „Mein Haus ist draußen im dunklen Wald." Es suchte Ausreden und meinte, es könnte den Weg dahin nicht finden. Der Bräutigam sagte: „Künftigen Sonntag mußt du hinaus zu mir kommen, ich habe die Gäste schon eingeladen, und damit du den Weg durch den Wald findest, so will ich dir Asche streuen." Als der Sonntag kam und das Mädchen sich auf den Weg machen sollte, ward ihm so angst, es wußte selbst nicht recht, warum, und damit es den Weg bezeichnen könnte, steckte es sich beide Taschen voll Erbsen und Linsen. An dem Eingang des Waldes war Asche gestreut, der ging es nach, warf aber bei jedem Schritt rechts und links ein paar Erbsen auf die Erde. Es ging fast den ganzen Tag, bis es mitten in den Wald kam, wo er am dunkelsten war; da stand ein einsames Haus, das gefiel ihm nicht, denn es sah so finster und unheimlich aus. Es trat hinein, aber es war niemand darin und herrschte die größte Stille. Plötzlich rief eine Stimme:

„Kehr um, kehr um, du junge Braut,
Du bist in einem Mörderhaus."

Das Mädchen blickte auf und sah, daß die Stimme von einem Vogel kam, der da in einem Bauer an der Wand hing. Nochmals rief er:

„Kehr um, kehr um, du junge Braut,
Du bist in einem Mörderhaus."

Da ging die schöne Braut weiter aus einer Stube in die andere und ging durch das ganze Haus, aber es war alles leer und keine Menschenseele zu finden. Endlich kam sie auch in den Keller, da saß eine steinalte Frau, die wackelte mit dem Kopfe. „Könnt Ihr mir nicht sagen", sprach das Mädchen, „ob mein Bräutigam hier wohnt?" – „Ach, du armes Kind", antwortete die Alte, „wo bist du hingeraten! Du bist in einer Mördergrube. Du meinst, du wärst eine Braut, die bald Hochzeit macht, aber du wirst die Hochzeit mit dem Tode halten. Siehst du, da hab ich einen großen Kessel mit Wasser aufsetzen müssen; wenn sie dich in ihrer Gewalt haben, so zerhacken sie dich ohne Barmherzigkeit, kochen dich und essen dich, denn es sind Menschenfresser. Wenn ich nicht Mitleiden mit dir habe und dich rette, so bist du verloren."

Darauf führte es die Alte hinter ein großes Faß, wo man es nicht sehen konnte. „Sei wie ein Mäuschen still", sagte sie, „rege dich nicht und bewege dich nicht, sonst ist's um dich geschehen. Nachts, wenn die Räuber schlafen, wollen wir entfliehen, ich habe schon lange auf eine Gelegenheit gewartet." Kaum war das geschehen, so kam die gottlose Rotte nach Haus. Sie brachten eine andre Jungfrau mitgeschleppt, waren trunken und hörten nicht auf ihr Schreien und Jammern. Sie gaben ihr Wein zu trinken, drei Gläser voll, ein Glas weißen, ein Glas roten und ein Glas gelben, davon zersprang ihr das Herz. Darauf rissen sie ihr die feinen Kleider ab, legten sie auf einen Tisch, zerhackten ihren schönen Leib in Stücke und streuten Salz darüber. Die arme Braut hinter dem Faß zitterte und bebte, denn sie sah wohl, was für ein Schicksal ihr die Räuber zugedacht hatten. Einer von ihnen bemerkte an dem kleinen Finger der Gemordeten einen goldenen Ring, und als er sich nicht gleich abziehen ließ, so nahm er ein Beil und hackte den Finger ab: aber der Finger sprang in die Höhe über das Faß hinweg und fiel der Braut gerade in den Schoß. Der Räuber nahm ein Licht und wollte ihn suchen, konnte ihn aber nicht finden. Da sprach ein anderer: „Hast du auch schon hinter dem großen Fasse gesucht?" Aber die Alte rief: „Kommt und eßt und laßt das Suchen bis morgen; der Finger läuft euch nicht fort."

Da sprachen die Räuber: „Die Alte hat recht", ließen vom Suchen ab, setzten sich zum Essen, und die Alte tröpfelte ihnen einen Schlaftrunk in den Wein, daß sie sich bald in den Keller hinlegten, schliefen und schnarchten. Als die Braut das hörte, kam sie hinter dem Faß hervor und mußte über die Schlafenden wegschreiten, die da reihenweise auf der Erde lagen, und hatte große Angst, sie möchte einen aufwecken. Aber Gott half ihr, daß sie glücklich durchkam; die Alte stieg mit ihr hinauf, öffnete die Türe, und sie eilten, so schnell sie konnten, aus der Mördergrube fort. Die gestreute Asche hatte der Wind weggeweht, aber die Erbsen und Linsen hatten gekeimt und waren aufgegangen und zeigten im Mondenschein den Weg. Sie gingen die ganze Nacht, bis sie morgens in der Mühle ankamen. Da erzählte das Mädchen seinem Vater alles, wie es sich zugetragen hatte.

Als der Tag kam, wo die Hochzeit sollte gehalten werden, erschien der Bräutigam, der Müller aber hatte alle seine Verwandten und Bekannte einladen lassen. Wie sie bei Tische saßen, ward einem jeden aufgegeben, etwas zu erzählen. Die Braut saß still und redete nichts. Da sprach der Bräutigam zur Braut: „Nun, mein Herz, weißt du nichts? Erzähl uns auch etwas.“ Sie antwortete: „So will ich einen Traum erzählen. Ich ging allein durch einen Wald und kam endlich zu einem Haus, da war keine Menschenseele darin; aber an der Wand war ein Vogel in einem Bauer, der rief:

Kehr um, kehr um, du junge Braut,
Du bist in einem Mörderhaus,

und rief es noch einmal. Mein Schatz, das träumte mir nur. Da ging ich durch alle Stuben, und alle waren leer, und es war so unheimlich darin; ich stieg endlich hinab in den Keller, da saß eine steinalte Frau darin, die wackelte mit dem Kopfe. Ich fragte sie: ‚Wohnt mein Bräutigam in diesem Haus?‘ Sie antwortete: ‚Ach, du armes Kind, du bist in eine Mördergrube geraten; dein Bräutigam wohnt hier, aber er will dich zerhacken und töten und will dich dann kochen und essen.‘ Mein Schatz, das träumte mir nur. Aber die alte Frau versteckte mich hinter ein großes Faß, und kaum war ich da verborgen, so kamen die Räuber heim und schleppten eine Jungfrau mit sich, der gaben sie dreierlei Wein zu trinken, weißen, roten und gelben, davon zersprang ihr das Herz. Mein Schatz, das träumte mir nur. Darauf zogen sie ihr die feinen Kleider ab, zerhackten ihren schönen Leib auf einem Tisch in Stücke und bestreuten ihn mit Salz. Mein Schatz, das träumte mir nur. Und einer von den Räubern sah, daß an dem Goldfinger noch ein Ring steckte, und weil er schwer abzuziehen war, so nahm er ein Beil und hieb ihn ab; aber der Finger sprang in die Höhe und sprang hinter das große Faß und fiel mir in den Schoß. Und da ist der Finger mit dem Ring.“ Bei diesen Worten zog sie ihn hervor und zeigte ihn den Anwesenden.

Der Räuber, der bei der Erzählung ganz kreideweiß geworden war, sprang auf und wollte entfliehen; aber die Gäste hielten ihn fest und überlieferten ihn den Gerichten. Da ward er und seine ganze Bande für ihre Schandtaten gerichtet.

Jorinde und Joringel

Es war einmal ein altes Schloß mitten in einem großen dicken Wald, darinnen wohnte eine alte Frau ganz allein, das war eine Erzzauberin. Am Tage machte sie sich zur Katze oder zur Nachteule, des Abends aber wurde sie wieder ordentlich wie ein Mensch gestaltet. Sie konnte das Wild und die Vögel herbeilocken, und dann schlachtete sie, kochte und briet es. Wenn jemand auf hundert Schritte dem Schloß nahekam, so mußte er stille stehen und konnte sich nicht von der Stelle bewegen, bis sie ihn lossprach; wenn aber eine keusche Jungfrau in diesen Kreis kam, so verwandelte sie dieselbe in einen Vogel und sperrte sie dann in einen Korb ein und trug den Korb in eine Kammer des Schlosses. Sie hatte wohl siebentausend solcher Körbe mit so raren Vögeln im Schlosse.

Nun war einmal eine Jungfrau, die hieß Jorinde; sie war schöner als alle andern Mädchen. Die und dann ein gar schöner Jüngling, namens Joringel, hatten sich zusammen versprochen. Sie waren in den Brauttagen, und sie hatten ihr größtes Vergnügen eins am andern. Damit sie nun einstmalen vertraut zusammen reden könnten, gingen sie in den Wald spazieren. „Hüte dich", sagte Joringel, „daß du nicht so nahe ans Schloß kommst." Es war ein schöner Abend, die Sonne schien zwischen den Stämmen der Bäume hell ins dunkle Grün des Waldes, und die Turteltaube sang kläglich auf den alten Maibuchen.

Jorinde weinte zuweilen, setzte sich hin im Sonnenschein und klagte; Joringel klagte auch. Sie waren so bestürzt, als wenn sie hätten sterben sollen; sie sahen sich um, waren irre und wußten nicht, wohin sie nach Hause gehen sollten. Noch halb stand die Sonne über dem Berg, und halb war sie unter. Joringel sah durchs Gebüsch und sah die alte Mauer des Schlosses nah bei sich; er erschrak und wurde todbang. Jorinde sang:

„Mein Vöglein mit dem Ringlein rot
Singt Leide, Leide, Leide:
Es singt dem Täubelein seinen Tod,
Singt Leide, Lei – zicküth, zicküth, zicküth."

Joringel sah nach Jorinde. Jorinde war in eine Nachtigall verwandelt, die sang: „Zikküth, zicküth." Eine Nachteule mit glühenden Augen flog dreimal um sie herum und schrie dreimal: „Schu, hu, hu, hu." Joringel konnte sich nicht regen: er stand da wie ein Stein, konnte nicht weinen, nicht reden, nicht Hand noch Fuß regen. Nun war die Sonne unter: die Eule flog in einen Strauch, und gleich darauf kam eine alte, krumme Frau aus diesem hervor, gelb und mager: große rote Augen, krumme Nase, die mit der Spitze ans Kinn reichte. Sie murmelte, fing die Nachtigall und trug sie auf der Hand fort. Joringel konnte nichts sagen, nicht von der Stelle kommen; die Nachtigall war fort. Endlich kam das Weib wieder und sagte mit dumpfer Stimme: „Grüß dich, Zachiel wenn's Möndel ins Körbel scheint, bind los, Zachiel, zu guter Stund."

Da wurde Joringel los. Er fiel vor dem Weibe auf die Knie und bat, sie möchte ihm seine Jorinde wiedergeben; aber sie sagte, er sollte sie nie wieder haben, und ging fort. Er rief, er weinte, er jammerte, aber alles umsonst. „Uu, was soll mir geschehen?" Joringel ging fort und kam endlich in ein fremdes Dorf, da hütete er die

Schafe lange Zeit. Oft ging er rund um das Schloß herum, aber nicht zu nahe dabei. Endlich träumte er einmal des Nachts, er fände eine blutrote Blume, in deren Mitte eine schöne, große Perle war. Die Blume brach er ab, ging damit zum Schlosse: alles, was er mit der Blume berührte, ward von der Zauberei frei; auch träumte er, er hätte seine Jorinde dadurch wieder bekommen. Des Morgens, als er aufwachte, fing er an, durch Berg und Tal zu suchen, ob er eine solche Blume fände. Er suchte bis an den neunten Tag, da fand er die blutrote Blume am Morgen früh. In der Mitte war ein großer Tautropfen, so groß wie die schönste Perle. Diese Blume trug er Tag und Nacht bis zum Schloß. Wie er auf hundert Schritt nahe bis zum Schloß kam, da ward er nicht fest, sondern ging fort bis ans Tor. Joringel freute sich hoch, berührte die Pforte mit der Blume, und sie sprang auf. Er ging hinein, durch den Hof, horchte, wo er die vielen Vögel vernähme: endlich hörte er's. Er ging und fand den Saal, darauf war die Zauberin und fütterte die Vögel in den siebentausend Körben. Wie sie den Joringel sah, ward sie bös, sehr bös, schalt, spie Gift und Galle gegen ihn aus, aber sie konnte auf zwei Schritte nicht an ihn kommen. Er kehrte sich nicht an sie und ging, besah die Körbe mit den Vögeln, wie sollte er nun seine Jorinde wieder finden? Indem er so zusah, merkte er, daß die Alte heimlich ein Körbchen mit einem Vogel wegnahm und damit nach der Türe ging. Flugs sprang er hinzu, berührte das Körbchen mit der Blume und auch das alte Weib. Nun konnte sie nichts mehr zaubern, und Jorinde stand da, hatte ihn um den Hals gefaßt, so schön, wie sie ehemals war. Da machte er auch alle die andern Vögel wieder zu Jungfrauen, und da ging er mit seiner Jorinde nach Hause, und sie lebten lange vergnügt zusammen.

Die drei Glückskinder

Ein Vater ließ einmal seine drei Söhne vor sich kommen und schenkte dem ersten einen Hahn, dem zweiten eine Sense, dem dritten eine Katze. „Ich bin schon alt", sagte er, „und mein Tod ist nah; da wollte ich euch vor meinem Ende noch versorgen. Geld habe ich nicht, und was ich euch jetzt gebe, scheint wenig wert, es kommt aber bloß darauf an, daß ihr es verständig anwendet; sucht euch nur ein Land, wo dergleichen Dinge noch unbekannt sind, so ist euer Glück gemacht." Nach dem Tode des Vaters ging der älteste mit seinem Hahn aus, wo er aber hinkam, war der Hahn schon bekannt: in den Städten sah er ihn schon von weitem auf den Türmen sitzen und sich mit dem Wind umdrehen, in den Dörfern hörte er mehr als einen krähen, und niemand wollte sich über das Tier wundern, so daß es nicht das Ansehen hatte, als würde er sein Glück damit machen. Endlich aber geriet's ihm doch, daß er auf eine Insel kam, wo die Leute nichts von einem Hahn wußten, sogar ihre Zeit nicht einzuteilen verstanden. Sie wußten wohl, wenn's Morgen oder Abend war, aber nachts, wenn sie's nicht verschliefen, wußte sich keiner aus der Zeit herauszufinden. „Seht", sprach er, „was für ein stolzes Tier, es hat eine rubinrote Krone auf dem Kopf und trägt Sporen wie ein Ritter; es ruft euch des Nachts dreimal zu bestimmter Zeit an, und wenn's das letztemal ruft, so geht die Sonne bald auf. Wenn's aber bei hellem Tag ruft, so richtet euch darauf ein, dann gibt's gewiß andres Wetter." Den Leuten gefiel das wohl, sie schliefen eine ganze Nacht nicht und hörten mit großer Freude, wie der Hahn um zwei, vier und sechs Uhr laut und vernehmlich die Zeit abrief. Sie fragten ihn, ob das Tier nicht feil wäre und wieviel er dafür verlangte. „Etwa so viel, als ein Esel Gold trägt", antwortete er. „Ein Spottgeld für ein so kostbares Tier", riefen sie insgesamt und gaben ihm gerne, was er gefordert hatte.

Als er mit dem Reichtum heimkam, verwunderten sich seine Brüder, und der zweite sprach: „So will ich mich doch aufmachen und sehen, ob ich meine Sense auch so gut losschlagen kann." Es hatte aber nicht das Ansehen danach, denn überall begegneten ihm Bauern und hatten so gut eine Sense auf der Schulter als er. Doch zuletzt glückte es ihm auch auf einer Insel, wo die Leute nichts von einer Sense wußten. Wenn dort das Korn reif war, so fuhren sie Kanonen vor den Feldern auf und schossen's herunter. Das war nur ein ungewisses Ding; mancher schoß darüber hinaus, ein anderer traf statt des Halms die Ähren und schoß sie fort, dabei ging viel zugrund, und obendrein gab's einen lästerlichen Lärm. Da stellte sich der Mann hin und mähte es so still und geschwind nieder, daß die Leute Maul und Nase vor Verwunderung aufsperrten. Sie waren willig, ihm dafür zu geben, was er verlangte, und er bekam ein Pferd, dem war Gold aufgeladen, so viel es tragen konnte.

Nun wollte der dritte Bruder seine Katze auch an den rechten Mann bringen. Es ging ihm wie den andern; solange er auf dem festen Lande blieb, war nichts auszurichten, es gab aller Orten Katzen und waren ihrer so viel, daß die neugeborenen Jungen meist im Wasser ersäuft wurden. Endlich ließ er sich auf eine Insel überschiffen, und es traf sich glücklicherweise, daß dort noch niemals eine gesehen war und doch die Mäuse so überhand genommen hatten, daß sie auf den Tischen und Bänken tanzten, der Hausherr mochte daheim sein oder nicht. Die Leute jammerten gewaltig über die Plage, der König selbst wußte sich in seinem Schlosse nicht dagegen zu retten: in allen Ecken pfiffen Mäuse und zernagten, was sie mit ihren Zähnen nur pakken konnten. Da fing nun die Katze ihre Jagd an und hatte bald ein paar Säle gereinigt, und die Leute baten den König, das Wundertier für das Reich zu kaufen. Der

König gab gerne, was gefordert wurde: das war ein mit Gold beladener Maulesel, und der dritte Bruder kam mit den allergrößten Schätzen heim.

Die Katze machte sich in dem königlichen Schlosse mit den Mäusen eine rechte Lust und biß so viele tot, daß sie nicht mehr zu zählen waren. Endlich ward ihr von der Arbeit heiß, und sie bekam Durst; da blieb sie stehen, drehte den Kopf in die Höhe und schrie: „Miau, miau." Der König samt allen seinen Leuten, als sie das seltsame Geschrei vernahmen, erschraken und liefen in ihrer Angst sämtlich zum Schloß hinaus. Unten hielt der König Rat, was zu tun das beste wäre; zuletzt ward beschlossen, einen Herold an die Katze abzuschicken und sie aufzufordern, das Schloß zu verlassen oder zu gegenwärtigen, daß Gewalt gegen sie gebraucht würde. Die Räte sagten: „Lieber wollen wir uns von den Mäusen plagen lassen, an das Übel sind wir gewöhnt, als unser Leben einem solchen Untier preiszugeben." Ein Edelknabe mußte hinaufgehen und die Katze fragen, ob sie das Schloß gutwillig räumen wollte. Die Katze aber, deren Durst nur noch größer geworden war, antwortete bloß: „Miau, miau." Der Edelknabe verstand: „Durchaus, durchaus nicht", und überbrachte dem König die Antwort. „Nun", sprachen die Räte, „soll sie der Gewalt weichen." Es wurden Kanonen aufgeführt und das Haus in Brand geschossen. Als das Feuer in den Saal kam, wo die Katze saß, sprang sie glücklich zum Fenster hinaus; die Belagerer hörten aber nicht eher auf, als bis das ganze Schloß in Grund und Boden geschossen war.

Sechs kommen durch die ganze Welt

Es war einmal ein Mann, der verstand allerlei Künste. Er diente im Krieg und hielt sich brav und tapfer. Aber als der Krieg zu Ende war, bekam er den Abschied und drei Heller Zehrgeld auf den Weg. „Wart", sprach er, „das laß ich mir nicht gefallen. Finde ich die rechten Leute, so soll mir der König noch die Schätze des ganzen Landes herausgeben." Da ging er voll Zorn in den Wald und sah einen darin stehen, der hatte sechs Bäume ausgerupft, als wären's Kornhalme. Sprach er zu ihm: „Willst du mein Diener sein und mit mir ziehen?" – „Ja", antwortete er, „aber erst will ich meiner Mutter das Wellchen Holz heimbringen", und nahm einen von den Bäumen und wickelte ihn um die fünf andern, hob die Welle auf die Schultern und trug sie fort. Dann kam er wieder und ging mit seinem Herrn, der sprach: „Wir zwei sollten wohl durch die ganze Welt kommen." Und als sie ein Weilchen gegangen waren, fanden sie einen Jäger, der lag auf den Knien, hatte die Büchse angelegt und zielte. Sprach der Herr zu ihm: „Jäger, was willst du schießen?" Er antwortete: „Zwei Meilen von hier sitzt eine Fliege auf dem Ast eines Eichbaums, der will ich das linke Auge herausschießen." – „Oh, geh mit mir", sprach der Mann, „wenn wir drei zusammen sind, sollten wir wohl durch die ganze Welt kommen." Der Jäger war bereit und ging mit ihm, und sie kamen zu sieben Windmühlen, deren Flügel trieben ganz hastig herum, und ging doch links und rechts kein Wind und bewegte sich kein Blättchen. Da sprach der Mann: „Ich weiß nicht, was die Windmühlen treibt, es regt sich ja kein Lüftchen", und ging mit seinen Dienern weiter, und als sie zwei Meilen fortgegangen waren, sahen sie einen auf einem Baum sitzen, der hielt das eine Nasenloch zu und blies aus dem andern. „Mein, was treibst du da oben?" fragte der Mann. Er antwortete: „Zwei Meilen von hier stehen sieben Windmühlen, seht, die blase ich an, daß sie laufen." – „Oh, geh mit mir", sprach der Mann, „wenn wir vier zusammen sind, sollten wir wohl durch die ganze Welt kommen." Da stieg der Bläser herab und ging mit, und über eine Zeit sahen sie einen, der stand auf einem Bein und hatte das andere abgeschnallt und neben sich gelegt. Da sprach der Herr: „Du hast dir's ja bequem gemacht zum Ausruhen." – „Ich bin ein Läufer", antwortete er, „und damit ich nicht gar zu schnell springe, habe ich mir das eine Bein abgeschnallt; wenn ich mit zwei Beinen laufe, so geht's geschwinder, als ein Vogel fliegt." – „Oh, geh mit mir, wenn wir fünf zusammen sind, sollten wir wohl durch die ganze Welt kommen." Da ging er mit, und gar nicht lang, so begegneten sie einem, der hatte ein Hütchen auf, hatte es aber ganz auf dem einen Ohr sitzen. Da sprach der Herr zu ihm: „Manierlich, manierlich! Häng deinen Hut doch nicht auf ein Ohr, du siehst ja aus wie ein Hans Narr." – „Ich darf's nicht tun", sprach der andere, „denn setz ich meinen Hut gerad, so kommt ein gewaltiger Frost, und die Vögel unter dem Himmel erfrieren und fallen tot zur Erde." – „Oh, geh mit mir", sprach der Herr, „wenn wir sechs zusammen sind, sollten wir wohl durch die ganze Welt kommen."

Nun gingen die sechse in eine Stadt, wo der König hatte bekanntmachen lassen, wer mit seiner Tochter um die Wette laufen wollte und den Sieg davontrüge, der sollte ihr Gemahl werden; wer aber verlöre, müßte auch seinen Kopf hergeben. Da meldete sich der Mann und sprach: „Ich will aber meinen Diener für mich laufen lassen." Der König antwortete: „Dann mußt du auch noch dessen Leben zum Pfand setzen, also daß sein und dein Kopf für den Sieg haften." Als das verabredet und festgemacht war, schnallte der Mann dem Läufer das andere Bein an und sprach zu ihm: „Nun sei hurtig, daß wir siegen." Es war aber bestimmt, daß wer am ersten Wasser aus einem weit abgelegenen Brunnen brächte, der sollte Sieger sein. Nun bekam der Läufer einen Krug und die Königstochter auch einen, und sie fingen zu gleicher Zeit zu laufen an; aber in einem Augenblick, als die Königstochter erst eine kleine Strecke fort war, konnte den Läufer schon kein Zuschauer mehr sehen, und es war nicht anders, als wäre der Wind vorbeigesaust. In kurzer Zeit langte er bei dem Brunnen an, schöpfte den Krug voll Wasser und kehrte wieder um. Mitten aber auf dem Heimweg überkam ihn eine Müdigkeit; da setzte er den Krug hin, legte sich nieder und schlief ein. Er hatte aber einen Pferdeschädel, der da auf der Erde lag, zu Kopfkissen gemacht, damit er hart läge und bald wieder aufwachte. Indessen war die Königstochter, die auch gut laufen konnte, so gut es ein gewöhnlicher Mensch vermag, bei dem Brunnen angelangt und eilte mit ihrem Krug voll Wasser zurück; und als sie den Läufer da liegen und schlafen sah, war sie froh und sprach: „Der Feind ist in meine Hände gegeben", leerte seinen Krug aus und sprang weiter. Nun wäre alles verloren gewesen, wenn nicht zu gutem Glück der Jäger mit seinen scharfen Augen oben auf dem Schloß gestanden und alles mit angesehen hätte. Da sprach er: „Die Königstochter soll doch gegen uns nicht aufkommen", lud seine Büchse und schoß so geschickt, daß er dem Läufer den Pferdeschädel unter dem Kopf wegschoß, ohne ihm weh zu tun. Da erwachte der Läufer, sprang in die Höhe und sah, daß sein Krug leer und die Königstochter schon weit voraus war. Aber er verlor den Mut nicht, lief mit dem Krug wieder zum Brunnen zurück, schöpfte aufs neue Wasser und war noch zehn Minuten eher als die Königstochter daheim. „Seht ihr", sprach er, „jetzt hab ich erst die Beine aufgehoben, vorher war's gar kein Laufen zu nennen."

Den König aber kränkte es und seine Tochter noch mehr, daß sie so ein gemeiner abgedankter Soldat davontragen sollte; sie ratschlagten miteinander, wie sie ihn samt seinen Gesellen loswürden. Da sprach der König zu ihr: „Ich habe ein Mittel gefunden, laß dir nicht bang sein, sie sollen nicht wieder heimkommen." Und sprach zu ihnen: „Ihr sollt euch nun zusammen lustig machen, essen und trinken", und führte sie zu einer Stube, die hatte einen Boden von Eisen, und die Türen waren auch von Eisen, und die Fenster waren mit eisernen Stäben verwahrt. In der Stube war eine Tafel mit köstlichen Speisen besetzt; da sprach der König zu ihnen: „Geht hinein und laßt's euch wohl sein." Und wie sie darinnen waren, ließ er die Türe verschließen und verriegeln. Dann ließ er den Koch kommen und befahl ihm, ein Feuer so lang unter die Stube zu machen, bis das Eisen glühend würde. Das tat der Koch, und es fing an und ward den sechsen in der Stube, während sie an der Tafel saßen, ganz warm, und sie meinten, das käme vom Essen; als aber die Hitze immer größer ward und sie hinaus wollten, Türe und Fenster aber verschlossen fanden, da merkten sie, daß der König Böses im Sinne gehabt hatte und sie ersticken wollte. „Es soll ihm aber nicht gelingen", sprach der mit dem Hütchen, „ich will einen Frost kommen lassen, vor dem sich das Feuer schämen und verkriechen soll." Da setzte er sein Hütchen gerade, und alsbald fiel ein Frost, daß alle Hitze verschwand und die Speisen auf den Schüsseln anfingen zu frieren. Als nun ein paar Stunden herum waren und der König glaubte, sie wären in der Hitze verschmachtet, ließ er die Türe öffnen und wollte selbst nach ihnen sehen. Aber wie die Türe aufging, standen sie alle sechse da, frisch und gesund und sagten, es wäre ihnen lieb, daß sie heraus könnten, sich zu wärmen, denn bei der großen Kälte in der Stube frören die Speisen an den Schüsseln fest. Da ging der König voll Zorn hinab zu dem Koch, schalt ihn und fragte, warum er nicht getan hätte, was ihm wäre befohlen worden. Der Koch aber antwortete: „Es ist Glut genug da, seht nur selbst." Da sah der König, daß ein gewaltiges Feuer unter der Eisenstube brannte, und merkte, daß er den sechsen auf diese Weise nichts anhaben konnte.

Nun sann der König aufs neue, wie er die bösen Gäste los würde, ließ den Meister kommen und sprach: „Willst du Gold nehmen und dein Recht auf meine Tochter aufgeben, so sollst du haben, soviel zu willst." – „O ja, Herr König", antwortete er, „gebt mir soviel, als mein Diener tragen kann, so verlange ich Eure Tochter nicht." Das war der König zufrieden, und jener sprach weiter: „So will ich in vierzehn Tagen kommen und es holen." Darauf rief er alle Schneider aus dem ganzen Reich herbei, die mußten vierzehn Tage lang sitzen und einen Sack nähen. Und als er fertig war, mußte der Starke, welcher Bäume ausrupfen konnte, den Sack auf die Schulter nehmen und mit ihm zum König gehen. Da sprach der König: „Was ist das für ein gewaltiger Kerl, der den haushohen Ballen Leinwand auf der Schulter trägt", erschrak und dachte: Was wird der für Gold wegschleppen! Da hieß er eine Tonne Gold herbringen, die mußten sechzehn der stärksten Männer tragen; aber der Starke packte sie mit einer Hand, steckte sie in den Sack und sprach: „Warum bringt ihr nicht gleich mehr, das deckt ja kaum den Boden." Da ließ der König nach und nach seinen ganzen Schatz herbeitragen, den schob der Starke in den Sack hinein, und der Sack war davon noch nicht zur Hälfte voll. „Schafft mehr herbei", rief er, „die paar Brocken füllen nicht." Da mußten noch siebentausend Wagen mit Gold in dem ganzen Reich zusammengefahren werden, die schob der Starke samt den vorgespannten Ochsen in seinen Sack. „Ich will's nicht lange besehen", sprach er, „und nehmen, was kommt, damit der Sack nur voll wird." Wie alles darinstak, ging doch noch viel hinein; da sprach er: „Ich will dem Ding nur ein Ende machen, man bindet wohl einmal einen Sack zu, wenn er auch noch nicht voll ist." Dann huckte er ihn auf den Rücken und ging mit seinen Gesellen fort.

Als der König nun sah, wie der einzige Mann des ganzen Landes Reichtum forttrug, ward er zornig und ließ seine Reiterei aufsitzen, die sollten den sechsen nachjagen und hatten Befehl, dem Starken den Sack wieder abzunehmen. Zwei Regimenter holten sie bald ein und riefen ihnen zu: „Ihr seid Gefangene, legt den Sack mit dem Gold nieder, oder ihr werdet zusammengehauen." – „Was sagt ihr?" sprach der Bläser, „wir wären Gefangene? Eher sollt ihr sämtlich in der Luft herumtanzen“, hielt das eine Nasenloch zu und blies mit dem andern die beiden Regimenter an; da fuhren sie auseinander und in die blaue Luft über alle Berge weg, der eine hierhin, der andere dorthin. Ein Feldwebel rief um Gnade, er hätte neun Wunden und wäre ein braver Kerl, der den Schimpf nicht verdiente. Da ließ der Bläser ein wenig nach, so daß er ohne Schaden wieder herabkam, dann sprach er zu ihm: „Nun geh heim zum König und sag', er sollte nur noch mehr Reiterei schicken, ich wollte sie alle in die Luft blasen.“ Der König, als er den Bescheid vernahm, sprach: „Laßt die Kerle gehen, die haben etwas an sich.“ Da brachten die sechs den Reichtum heim, teilten ihn unter sich und lebten vergnügt bis an ihr Ende.

Die klare Sonne bringt's an den Tag

Ein Schneidergesell reiste in der Welt auf sein Handwerk herum; nun konnte er einmal keine Arbeit finden und war die Armut bei ihm so groß, daß er keinen Heller Zehrgeld hatte. In der Zeit begegnete ihm auf dem Weg ein Jude, und da dachte er, der hätte viel Geld bei sich, und stieß Gott aus seinem Herzen, ging auf ihn los und sprach: „Gib mir dein Geld, oder ich schlag dich tot.“ Da sagte der Jude: „Schenkt mir doch das Leben, Geld habe ich keins und nicht mehr als acht Heller.“ Der Schneider aber sprach: „Du hast doch Geld, und das soll auch heraus“, brauchte Gewalt und schlug ihn so lange, bis er nah am Tod war. Und wie der Jude nun sterben wollte, sprach er das letzte Wort: „Die klare Sonne wird es an den Tag bringen!“ und starb damit. Der Schneidergesell griff ihm in die Tasche und suchte nach Geld; er fand aber nicht mehr als die acht Heller, wie der Jude gesagt hatte. Da packte er ihn auf, trug ihn hinter einen Busch und zog weiter auf sein Handwerk. Wie er nun lange Zeit gereist war, kam er in eine Stadt bei einem Meister in Arbeit, der hatte eine schöne Tochter, in die verliebte er sich und heiratete sie und lebte in einer guten, vergnügten Ehe.

Über lang, als sie schon zwei Kinder hatten, starben Schwiegervater und Schwiegermutter, und die jungen Leute hatten den Haushalt allein. Eines Morgens, wie der Mann auf dem Tisch vor dem Feuer saß, brachte ihm die Frau den Kaffee, und als er ihn in die Unterschale ausgegossen hatte und eben trinken wollte, da schien die Sonne darauf, und der Wiederschein blinkte oben an der Wand so hin und her und machte Kringel daran. Da sah der Schneider hinauf und sprach: „Ja, ich will's gern an den Tag bringen und kann's nicht!" Die Frau sprach: „Ei, lieber Mann, was ist denn das? Was meinst du damit?" Er antwortete: „Das darf ich dir nicht sagen." Sie aber sprach: „Wenn du mich lieb hast, mußt du mir's sagen", und gab ihm die allerbesten Worte, es sollt's kein Mensch wieder erfahren, und ließ ihm keine Ruhe. Da erzählte er, vor langen Jahren, wie er auf der Wanderschaft ganz abgerissen und ohne Geld gewesen, habe er einen Juden erschlagen, und der Jude habe in der letzten Todesangst die Worte gesprochen: „Die klare Sonne wird's an den Tag bringen!" Nun hätt's die Sonne eben gern an den Tag bringen wollen und hätte an der Wand geblinkt und Kringel gemacht, sie hätt's aber nicht gekonnt. Danach bat er sie noch besonders, sie dürfte es niemand sagen, sonst käme er um sein Leben; das versprach sie auch. Als er sich aber zur Arbeit gesetzt hatte, ging sie zu ihrer Gevatterin und vertraute ihr die Geschichte, sie dürfte sie aber keinem Menschen wieder sagen; ehe aber drei Tage vergingen, wußte es die ganze Stadt, und der Schneider kam vor das Gericht und ward gerichtet. Da hatte es doch die klare Sonne an den Tag gebracht.

Bruder Lustig

Es war einmal ein großer Krieg, und als der Krieg zu Ende war, bekamen viele Soldaten ihren Abschied. Nun bekam der Bruder Lustig auch seinen Abschied und sonst nichts als ein kleines Laibchen Kommißbrot und vier Kreuzer an Geld; damit zog er fort. Der heilige Petrus aber hatte sich als ein armer Bettler an den Weg gesetzt, und wie der Bruder Lustig daherkam, bat er ihn um ein Almosen. Er antwortete: „Lieber Bettelmann, was soll ich dir geben? Ich bin Soldat gewesen und habe meinen Abschied bekommen und habe sonst nichts als das kleine Kommißbrot und vier Kreuzer Geld; wenn das all ist, muß ich betteln so gut wie du. Doch geben will ich dir was." Darauf teilte er den Laib in vier Teile und gab davon dem Apostel einen und auch einen Kreuzer. Der heilige Petrus bedankte sich, ging weiter und setzte sich in einer andern Gestalt wieder als Bettelmann dem Soldaten an den Weg, und als er zu ihm kam, bat er ihn, wie das vorige Mal, um eine Gabe. Der Bruder Lustig sprach wie vorher und gab ihm wieder ein Viertel von dem Brot und einen Kreuzer. Der heilige Petrus bedankte sich und ging weiter, setzte sich aber zum drittenmal in einer andern Gestalt als ein Bettler an den Weg und sprach den Bruder Lustig an. Der Bruder Lustig gab ihm auch das dritte Viertel Brot und den dritten

Kreuzer. Der heilige Petrus bedankte sich, und der Bruder Lustig ging weiter und hatte nicht mehr als ein Viertel Brot und einen Kreuzer. Damit ging er in ein Wirtshaus, aß das Brot und ließ sich für den Kreuzer Bier dazu geben. Als er fertig war, zog er weiter, und da ging ihm der heilige Petrus gleichfalls in der Gestalt eines verabschiedeten Soldaten entgegen und redete ihn an: „Guten Tag, Kamerad, kannst du mir nicht ein Stück Brot geben und einen Kreuzer zu einem Trunk?" – „Wo soll ich's hernehmen", antwortete der Bruder Lustig, „ich habe meinen Abschied und sonst nichts als einen Laib Kommißbrot und vier Kreuzer an Geld bekommen. Drei Bettler sind mir auf der Landstraße begegnet, davon hab ich jedem ein Viertel von meinem Brot und einen Kreuzer Geld gegeben. Das letzte Viertel hab ich im Wirtshaus gegessen und für den letzten Kreuzer dazu getrunken. Jetzt bin ich leer, und wenn du auch nichts mehr hast, so können wir miteinander betteln gehen." – „Nein", antwortete der heilige Petrus, „das wird just nicht nötig sein; ich verstehe mich ein wenig auf die Doktorei, und damit will ich mir schon soviel verdienen, als ich brauche." – „Ja", sagte der Bruder Lustig, „davon verstehe ich nichts, also muß ich allein betteln gehen." – „Nun, komm nur mit", sprach der heilige Petrus, „wenn ich was verdiene, sollst du die Hälfte davon haben." – „Das ist mir wohl recht", sagte der Bruder Lustig. Also zogen sie miteinander fort.

Nun kamen sie an ein Bauernhaus und hörten darin gewaltig jammern und schreien; da gingen sie hinein, so lag der Mann darin auf den Tod krank und war nah am Verscheiden, und die Frau heulte und weinte ganz laut. „Laßt Euer Heulen und Weinen", sprach der heilige Petrus, „ich will den Mann wieder gesund machen", nahm eine Salbe aus der Tasche und heilte den Kranken augenblicklich, so daß er aufstehen konnte und ganz gesund war. Sprachen Mann und Frau in großer Freude: „Wie können wir Euch lohnen? Was sollen wir Euch geben?" Der heilige Petrus aber wollte nichts nehmen, und je mehr ihn die Bauersleute baten, desto mehr weigerte er sich. Der Bruder Lustig aber stieß den heiligen Petrus an und sagte: „So nimm doch was, wir brauchen's ja." Endlich brachte die Bäuerin ein Lamm und sprach zu dem heiligen Petrus, das müßte er annehmen, aber er wollte es nicht. Da stieß ihn der Bruder Lustig in die Seite und sprach: „Nimm's doch, dummer Teufel, wir brauchen's ja. Da sagte der heilige Petrus endlich: „Ja, das Lamm will ich nehmen, aber ich trag's nicht; wenn du's willst, so mußt du es tragen." – „Das hat keine Not", sprach der Bruder Lustig, „das will ich schon tragen", und nahm's auf die Schulter. Nun gingen sie fort und kamen in einen Wald; da war das Lamm dem Bruder Lustig schwer geworden, er aber war hungrig, also sprach er zu dem heiligen Petrus: „Schau, da ist ein schöner Platz, da könnten wir das Lamm kochen und verzehren." – „Mir ist's recht", antwortete der heilige Petrus, „doch kann ich mit der Kocherei nicht umgehen. Willst du kochen, so hast du da einen Kessel, ich will derweil auf und ab gehen, bis es gar ist. Du mußt aber nicht eher zu essen anfangen, als bis ich wieder zurück bin; ich will schon zu rechter Zeit kommen." – „Geh nur", sagte Bruder Lustig, „ich verstehe mich aufs Kochen, ich will's schon machen." Da ging der heilige Petrus fort, und der Bruder Lustig schlachtete das Lamm, machte Feuer an, warf das Fleisch in den Kessel und kochte. Das Lamm war aber schon gar und der Apostel noch immer nicht zurück; da nahm es der Bruder Lustig aus dem Kessel, zerschnitt es und fand das Herz. „Das soll das Beste sein", sprach er und versuchte es, zuletzt aber aß er es ganz auf. Endlich kam der heilige Petrus zurück und sprach: „Du kannst das ganze Lamm allein essen, ich will nur das Herz davon, das gib mir." Da nahm Bruder Lustig Messer und Gabel, tat, als suchte er eifrig in dem Lammfleisch herum, konnte aber das Herz nicht finden; endlich sagte er kurzweg: „Es ist keins da." – „Nun, wo soll's denn sein?" sagte der Apostel. „Das weiß ich nicht", antwortete der Bruder Lustig; „aber schau, was sind wir alle beide für Narren, suchen das Herz vom Lamm und fällt keinem von uns ein, ein Lamm hat ja kein Herz!" – „Ei", sprach der heilige Petrus, „das ist was ganz Neues, jedes Tier hat ja ein Herz, warum sollt' ein Lamm kein Herz haben?" – „Nein, gewißlich, Bruder, ein Lamm hat kein Herz, denk nur recht nach, so wird dir's einfallen, es hat im Ernst keins." – „Nun, es ist schon gut", sagte der heilige Petrus, „ist kein Herz da, so brauch' ich auch nichts vom Lamm, du kannst's allein essen." – „Was ich halt nicht aufessen kann, das nehm' ich mit in meinem Ranzen", sprach der Bruder Lustig, aß das halbe Lamm und steckte das übrige in seinen Ranzen.

Sie gingen weiter; da machte der heilige Petrus, daß ein großes Wasser quer über den Weg floß und sie hindurch mußten. Sprach der heilige Petrus: „Geh du nur voran." – „Nein", antwortete der Bruder Lustig, „geh du voran", und dachte: Wenn dem das Wasser zu tief ist, so bleib ich zurück. Da schritt der heilige Petrus hindurch, und das Wasser ging ihm nur bis ans Knie. Nun wollte Bruder Lustig auch hindurch, aber das Wasser wurde größer und stieg ihm an den Hals. Da rief er: „Bruder, hilf mir." Sagte der heilige Petrus: „Willst du auch gestehen, daß du das Herz von dem Lamm gegessen hast?" – „Nein", antwortete er, „ich hab es nicht gegessen." Da ward das Wasser noch größer und stieg ihm bis an den Mund: „Hilf mir, Bruder", rief der Soldat. Sprach der heilige Petrus noch einmal: „Willst du auch gestehen, daß du das Herz vom Lamm gegessen hast?" – „Nein", antwortete er, „ich hab' es nicht gegessen." Der heilige Petrus wollte ihn doch nicht ertrinken lassen, ließ das Wasser wieder fallen und half hinüber.

Nun zogen sie weiter und kamen in ein Reich, da hörten sie, daß die Königstochter todkrank läge. „Holla, Bruder", sprach der Soldat zum heiligen Petrus, „da ist ein Fang für uns; wenn wir die gesund machen, so ist uns auf ewige Zeiten geholfen." Da war ihm der heilige Petrus nicht geschwind genug: „Nun, heb die Beine auf,

Bruderherz", sprach er zu ihm, „daß wir noch zu rechter Zeit hinkommen." Der heilige Petrus ging aber immer langsamer, wie auch der Bruder Lustig ihn trieb und schob, bis sie endlich hörten, die Königstochter wäre gestorben. „Da haben wir's", sprach der Bruder Lustig, „das kommt von deinem schläfrigen Gang." – „Sei nur still", antwortete der heilige Petrus, „ich kann noch mehr, als Kranke gesund machen, „ich kann auch Tote wieder ins Leben erwecken." – „Nun, wenn das ist", sagte der Bruder Lustig, „so laß ich mir's gefallen, das halbe Königreich mußt du uns aber zum wenigsten damit verdienen." Darauf gingen sie in das königliche Schloß, wo alles in großer Trauer war. Der heilige Petrus aber sagte zu dem König, er wolle die Tochter wieder lebendig machen. Da ward er zu ihr geführt, und dann sprach er: „Bringt mir einen Kessel mit Wasser", und wie der gebracht war, hieß er jedermann hinausgehen, und nur der Bruder Lustig durfte bei ihm bleiben. Darauf schnitt er alle Glieder der Toten los und warf sie ins Wasser, machte Feuer unter den Kessel und ließ sie kochen. Und wie alles Fleisch von den Knochen herabgefallen war, nahm er das schöne weiße Gebein heraus und legte es auf eine Tafel und reihte und legte es nach seiner natürlichen Ordnung zusammen. Als das geschehen war, trat er davor und sprach dreimal: „Im Namen der Allerheiligsten Dreifaltigkeit, Tote, steh auf." Und beim drittenmal erhob sich die Königstochter lebendig, gesund und schön. Nun war der König darüber in großer Freude und sprach zum heiligen Petrus: „Begehre deinen Lohn, und wenn's mein halbes Königreich wäre, so will ich dir's geben." Der heilige Petrus aber antwortete: „Ich verlange nichts dafür." – Oh, du Hans Narr! dachte der Bruder Lustig bei sich, stieß seinen Kameraden in die Seite und sprach: „Sei doch nicht so dumm, wenn du nichts willst, so brauch' ich doch was." Der heilige Petrus aber wollte nichts; doch weil der König sah, daß der andere gerne was wollte, ließ er ihm vom Schatzmeister seinen Ranzen mit Gold anfüllen.

Sie zogen darauf weiter, und wie sie in einen Wald kamen, sprach der heilige Petrus zum Bruder Lustig: „Jetzt wollen wir das Gold teilen." – „Ja", antwortete er, „das wollen wir tun." Da teilte der heilige Petrus das Gold und teilte es in drei Teile. Dachte der Bruder Lustig: Was er wieder für einen Sparren im Kopf hat! Macht drei Teile, und unser sind zwei. Der heilige Petrus aber sprach: „Nun habe ich genau geteilt, ein Teil für mich, ein Teil für dich und ein Teil für den, der das Herz vom Lamm gegessen hat!" – „Oh, das hab' ich gegessen", antwortete der Bruder Lustig, und strich geschwind das Gold ein, „das kannst du mir glauben." – „Wie kann das wahr sein", sprach der heilige Petrus, „ein Lamm hat ja kein Herz." – „Ei was, Bruder, wo denkst du hin! Ein Lamm hat ja ein Herz so gut wie jedes Tier, warum sollte das allein keins haben?"

„Nun, es ist schon gut", sagte der heilige Petrus, „behalt das Gold allein, aber ich bleibe nicht mehr bei dir und will meinen Weg allein gehen." – „Wie du willst, Bruderherz", antwortete der Soldat, „leb wohl."

Da ging der heilige Petrus eine andere Straße, Bruder Lustig aber dachte: Es ist gut, daß er abtrabt, es ist doch ein wunderlicher Heiliger. Nun hatte er zwar Geld genug, wußte aber nicht damit umzugehen, vertat's, verschenkt's und wie eine Zeit herum war, hatte er wieder nichts. Da kam er in ein Land, wo er hörte, daß die Königstochter gestorben wäre. Holla, dachte er, das kann gut werden, die will ich wieder lebendig machen und mir's bezahlen lassen, daß es eine Art hat. Ging also zum König und bot ihm an, die Tote wieder zu erwecken. Nun hatte der König gehört, daß ein abgedankter Soldat herumziehe und die Gestorbenen wieder lebendig mache, und dachte, der Bruder Lustig wäre dieser Mann, doch, weil er kein Vertrauen zu ihm hatte, fragte er erst seine Räte, die sagten aber, er könnte es wagen, da seine Tochter doch tot wäre. Nun ließ sich der Bruder Lustig Wasser im Kessel bringen, hieß jedermann hinausgehen, schnitt die Glieder ab, warf sie ins Wasser und machte Feuer darunter, gerade wie er es beim heiligen Petrus gesehen hatte. Das Wasser fing an zu kochen, und das Fleisch fiel herab; da nahm er das Gebein heraus und tat es auf die Tafel; er wußte aber nicht, in welcher Ordnung es liegen mußte, und legte alles verkehrt durcheinander. Dann stellte er sich davor und sprach: „Im Namen der Allerheiligsten Dreifaltigkeit, Tote, steh auf", und sprach's dreimal; aber die Gebeine rührten sich nicht. Da sprach er es noch dreimal, aber gleichfalls umsonst. „Du Blitzmädel, steh auf, oder es geht dir nicht gut." Wie er das gesprochen, kam der heilige Petrus auf einmal in seiner vorigen Gestalt, als verabschiedeter Soldat, durchs Fenster hereingegangen und sprach: „Du gottloser Mensch, was treibst du da, wie kann die Tote auferstehen, da du ihr Gebein so untereinandergeworfen hast?" – „Bruderherz, ich hab's gemacht, so gut ich konnte", antwortete er. – „Diesmal will ich dir aus der Not helfen, aber das sag' ich dir, wo du noch einmal so etwas unternimmst, so bist du unglücklich; auch darfst du von dem König nicht das geringste dafür begehren oder annehmen." Darauf legte der heilige Petrus die Gebeine in ihre rechte Ordnung, sprach dreimal zu ihr: „Im Namen der Allerheiligsten Dreifaltigkeit, Tote, steh auf", und die Königstochter stand auf, war gesund und schön wie vorher. Nun ging der heilige Petrus wieder durchs Fenster hinaus. Der Bruder Lustig war froh, daß es so gut abgelaufen war, ärgerte sich aber doch, daß er nichts dafür nehmen sollte. Ich möchte nur wissen, dachte er, was der für Mucken im Kopf hat; denn was er mit der einen Hand gibt, das nimmt er mit der andern: da ist kein Verstand drin. Nun bot der König dem Bruder Lustig an, was er haben wollte, er durfte aber nichts nehmen, doch brachte er es durch Anspielung und Listigkeit dahin, daß ihm der König seinen Ranzen mit Gold füllen ließ, und damit zog er ab. Als er hinauskam, stand vor dem Tor der heilige Petrus und sprach:

„Schau, was du für ein Mensch bist; habe ich dir nicht verboten, etwas zu nehmen, und nun hast du den Ranzen doch voll Gold." – „Was kann ich dafür", antwortete Bruder Lustig, „wenn mir's hineingesteckt wird." – „Das sag ich dir, daß du nicht zum zweitenmal solche Dinge unternimmst, sonst soll es dir schlimm ergehen." – „Ei, Bruder, sorg dich nicht, jetzt hab' ich Gold, was soll ich mich da mit dem Kno-

chenwaschen abgeben." – „Ja", sprach der heilige Petrus, „das Gold wir lang dauern! Damit du aber hernach nicht wieder auf unerlaubten Wegen gehst, so will ich deinem Ranzen die Kraft geben, daß alles, was du dir hineinwünschst, auch darin sein soll. Leb wohl, du siehst mich nun nicht wieder." – „Gott befohlen", sprach der Bruder Lustig und dachte: Ich bin froh, daß du fortgehst, du wunderlicher Kauz, ich will dir wohl nicht nachgehen.

An die Wunderkraft aber, die seinem Ranzen verliehen war, dachte er nicht weiter.

Bruder Lustig zog mit seinem Gold umher und vertat's und verfumfeits wie das erstemal. Als er nun nicht mehr als vier Kreuzer hatte, kam er an einem Wirtshaus vorbei und dachte: Das Geld muß fort, und ließ sich für drei Kreuzer Wein und einen Kreuzer Brot geben. Wie er da saß und trank, kam ihm der Geruch von gebratenen Gänsen in die Nase. Bruder Lustig schaute und guckte und sah, daß der Wirt zwei Gänse in der Ofenröhre stehen hatte. Da fiel ihm ein, daß ihm sein Kamerad gesagt hatte, was er sich in seinen Ranzen wünschte, das sollte darin sein. „Holla, das mußt du mit den Gänsen versuchen!" Also ging er hinaus, und vor der Türe sprach er: „So wünsch' ich die zwei gebratenen Gänse aus der Ofenröhre in meinen Ranzen." Wie er das gesagt hatte, schnallte er ihn auf und schaute hinein, da lagen sie beide darin. „Ach, so ist's recht", sprach er, „nun bin ich ein gemachter Kerl", ging fort auf eine Wiese und holte den Braten hervor. Wie er so im besten Essen war, kamen zwei Handwerksburschen daher und sahen die eine Gans, die noch nicht angerührt war, mit hungrigen Augen an. Dachte der Bruder Lustig: Mit einer hast du genug, rief die zwei Burschen herbei und sprach: „Da nehmt die Gans und verzehrt sie auf meine Gesundheit." Sie bedankten sich, gingen damit ins Wirtshaus, ließen sich eine Halbe Wein und ein Brot geben, packten die geschenkte Gans aus und fingen an zu essen. Die Wirtin sah zu und sprach zu ihrem Mann: „Die zwei essen eine Gans, sieh doch nach, ob's nicht eine von unsern aus der Ofenröhre ist." Der Wirt lief hin, da war die Ofenröhre leer: „Was, ihr Diebsgesindel, so wohlfeil wollt ihr Gänse essen! Gleich bezahlt, oder ich will euch mit grünem Haselsaft waschen." Die zwei sprachen: „Wir sind keine Diebe, ein abgedankter Soldat hat uns die Gans draußen auf der Wiese geschenkt." – „Ihr sollt mir keine Nase drehen, der Soldat ist hier gewesen, aber als ein ehrlicher Kerl zur Tür hinausgegangen, auf den hab' ich acht gehabt; ihr seid die Diebe und sollt bezahlen." Da sie aber nicht bezahlen konnten, nahm er den Stock und prügelte sie zur Türe hinaus.

Bruder Lustig ging seiner Wege und kam an einen Ort, da stand ein prächtiges Schloß und nicht weit davon ein schlechtes Wirtshaus, und er bat um ein Nachtlager, aber der Wirt wies ihn ab und sprach: „Es ist kein Platz mehr da, das Haus ist voll vornehmer Gäste." – „Das nimmt mich wunder", sprach der Bruder Lustig, „daß sie zu Euch kommen, und nicht in das prächtige Schloß gehen." – „Ja", antwortete der Wirt, „es hat was an sich, dort eine Nacht zu liegen; wer's noch versucht hat, ist nicht lebendig wieder herausgekommen." – „Wenn's andere versucht haben", sagte der Bruder Lustig, „will ich's auch versuchen." – „Das laßt nur bleiben", sprach der Wirt, „es geht Euch an den Hals." – „Es wird nicht gleich an den Hals gehen", sagte der Bruder Lustig, „gebt mir die Schlüssel und brav Essen und

Trinken mit." Nun gab ihm der Wirt die Schlüssel und Essen und Trinken, und damit ging der Bruder Lustig ins Schloß, ließ sich's gut schmecken, und als er endlich schläfrig wurde, legte er sich auf die Erde, denn es war kein Bett da. Er schlief auch bald ein, in der Nacht aber wurde er von einem großen Lärm aufgeweckt, und wie er sich ermunterte, sah er neun häßliche Teufel in dem Zimmer, die hatten einen Kreis um ihn gemacht und tanzten um ihn herum. Sprach der Bruder Lustig: „Nun tanzt, so lang ihr wollt, aber komm mir keiner zu nah." Die Teufel aber drangen immer näher auf ihn ein und traten ihn mit ihren garstigen Füßen fast ins Gesicht. „Habt Ruh, ihr Teufelsgespenster", sprach er, aber sie trieben's immer ärger. Da ward der Bruder Lustig bös und rief: „Holla, ich will bald Ruhe stiften!", kriegte ein Stuhlbein und schlug mitten hinein. Aber neun Teufel gegen einen Soldaten waren doch zuviel, und wenn er auf den vorderen zuschlug, so packten ihn die andern hinten bei den Haaren und rissen ihn erbärmlich. „Teufelspack", rief er, „jetzt wird mir's zu arg: wartet aber! Alle neune in meinen Ranzen hinein!" Husch, steckten sie darin, und nun schnallte er ihn zu und warf ihn in eine Ecke. Da war's auf einmal still, und der Bruder Lustig legte sich wieder hin und schlief bis in den hellen Morgen. Nun kamen der Wirt und der Edelmann, dem das Schloß gehörte, und wollten sehen, wie es ihm ergangen wäre; als sie ihn gesund und munter erblickten, erstaunten sie und fragten: „Haben Euch denn die Geister nichts getan?" – „Warum nicht gar", antwortete Bruder Lustig, „ich habe sie alle neune in meinem Ranzen. Ihr könnt Euer Schloß wieder ganz ruhig bewohnen, es wird von nun an keiner mehr darin umgehen!" Da dankte ihm der Edelmann, beschenkte ihn reichlich und bat ihn, in seinen Diensten zu bleiben, er wollte ihn auf sein Lebtag gut versorgen. „Nein", antwortete er, „ich bin an das Herumwandern gewöhnt, ich will weiterziehen." Da ging der Bruder Lustig fort, trat in eine Schmiede und legte den Ranzen, worin die neun Teufel waren, auf den Amboß und bat den Schmied und seine Gesellen zuzuschlagen. Die schlugen mit ihren großen Hämmern aus allen Kräften zu, daß die Teufel ein erbärmliches Gekreisch erhoben. Wie er danach den Ranzen aufmachte, waren achte tot, einer aber, der in einer Falte gesessen hatte, war noch lebendig, schlüpfte heraus und fuhr wieder in die Hölle.

Darauf zog der Bruder Lustig noch lange in der Welt herum, und wer's wüßte, könnte viel davon erzählen. Endlich aber wurde er alt und dachte an sein Ende; da ging er zu einem Einsiedler, der als ein frommer Mann bekannt war, und sprach zu ihm: „Ich bin das Wandern müde und will nun trachten, in das Himmelreich zu kommen." Der Einsiedler antwortete: „Es gibt zwei Wege, der eine ist breit und angenehm und führt zur Hölle, der andere ist eng und rauh und führt zum Himmel." Da müßte ich ein Narr sein, dachte der Bruder Lustig, wenn ich den engen und rauhen Weg gehen sollte. Machte sich auf und ging den breiten und angenehmen Weg, und kam endlich zu einem großen schwarzen Tor, und das war das Tor der Hölle. Bruder Lustig klopfte an, und der Torwächter guckte, wer da wäre. Wie er aber den Bruder Lustig sah, erschrak er, denn er war gerade der neunte Teufel, der mit in dem Ranzen gesteckt hatte und mit einem blauen Auge davongekommen war. Darum schob er den Riegel geschwind wieder vor, lief zum Obersten der Teufel und sprach: „Draußen ist ein Kerl mit einem Ranzen und will herein; aber laß ihn beileibe nicht herein, er wünscht sonst die ganze Hölle in seinen Ranzen. Er hat mich einmal garstig darin hämmern lassen." Also ward Bruder Lustig hinausgerufen, er sollte wieder abgehen, er käme nicht herein. Wenn sie mich da nicht wollen, dachte er, will ich sehen, ob ich im Himmel ein Unterkommen finde, irgendwo muß ich doch bleiben. Kehrte also um und zog weiter, bis er vor das Himmelstor kam, wo er auch anklopfte. Der heilige Petrus saß gerade dabei als Torwächter; der Bruder Lustig erkannte ihn gleich und dachte: Hier findest du deinen alten Freund, da wird's besser gehen. Aber der heilige Petrus sprach: „Ich glaube gar, du willst in den Himmel?" – „Laß mich doch ein, Bruder, ich muß doch wo einkehren; hätten sie mich in der Hölle aufgenommen, so wär' ich nicht hierhergegangen." – „Nein", sagte der heilige Petrus, „du kommst nicht herein." – „Nun, willst du mich nicht einlassen, so nimm auch deinen Ranzen wieder: dann will ich gar nichts von dir haben", sprach der Bruder Lustig. „So gib ihn her", sagte der heilige Petrus. Da reichte er den Ranzen durchs Gitter in den Himmel hinein, und der heilige Petrus nahm ihn und hing ihn neben seinen Sessel auf. Da sprach der Bruder Lustig: „Nun wünsch' ich mich selbst in meinen Ranzen hinein." Husch, war er darin und saß nun im Himmel, und der heilige Petrus mußte ihn darin lassen.

Das Mädchen ohne Hände

Ein Müller war nach und nach in Armut geraten und hatte nichts mehr als seine Mühle und einen großen Apfelbaum dahinter. Einmal war er in den Wald gegangen, Holz zu holen, da trat ein alter Mann zu ihm, den er noch niemals gesehen hatte, und sprach: „Was quälst du dich mit Holzhacken, ich will dich reich machen, wenn du mir versprichst, was hinter deiner Mühle steht." – Was kann das anders sein als mein Apfelbaum? dachte der Müller, sagte ja und verschrieb es dem fremden Manne. Der aber lachte höhnisch und sagte: „Nach drei Jahren will ich kommen und abholen, was mir gehört", und ging fort. Als der Müller nach Hause kam, trat ihm seine

Frau entgegen und sprach: „Sage mir, Müller, woher kommt der plötzliche Reichtum in unser Haus? Auf einmal sind alle Kisten und Kasten voll, kein Mensch hat's hereingebracht, und ich weiß nicht, wie es zugegangen ist." Er antwortete: „Das kommt von einem fremden Manne, der mir im Walde begegnet ist und mir große Schätze verheißen hat; ich habe ihm dagegen verschrieben, was hinter der Mühle steht; den großen Apfelbaum können wir wohl dafür geben." – „Ach, Mann", sagte die Frau erschrocken, „das ist der Teufel gewesen; den Apfelbaum hat er nicht gemeint, sondern unsere Tochter, die stand hinter der Mühle und kehrte den Hof."

Die Müllerstochter war ein schönes und frommes Mädchen und lebte die drei Jahre in Gottesfurcht und Sünde. Als nun die Zeit herum war und der Tag kam, wo sie der Böse holen wollte, da wusch sie sich rein und machte mit Kreide einen Kranz um sich. Der Teufel erschien ganz frühe, aber er konnte ihr nicht nahekommen. Zornig sprach er zum Müller: „Tu ihr alles Wasser weg, damit sie sich nicht mehr waschen kann, denn sonst habe ich keine Gewalt über sie." Der Müller fürchtete sich und tat es. Am andern Morgen kam der Teufel wieder, aber sie hatte auf ihre Hände geweint, und sie waren ganz rein. Da konnte er ihr wiederum nicht nahen und sprach wütend zu dem Müller: „Hau ihr die Hände ab, sonst kann ich ihr nichts anhaben." Der Müller entsetzte sich und antwortete: „Wie könnt ich meinem eigenen Kind die Hände abhauen!" Da drohte ihm der Böse und sprach: „Wo du es nicht tust, so bist du mein, und ich hole dich selber." Dem Vater ward angst, und er versprach, ihm zu gehorchen. Da ging er zu dem Mädchen und sagte: „Mein Kind, wenn ich dir nicht beide Hände abhaue, so führt mich der Teufel fort, und in der Angst hab ich es ihm versprochen. Hilf mir doch in meiner Not und verzeihe mir, was ich Böses an dir tue." Sie antwortete: „Lieber Vater, macht mit mir, was Ihr wollt, ich bin Euer Kind." Darauf legte sie beide Hände hin und ließ sie sich abhauen. Der Teufel kam zum drittenmal, aber sie hatte so lange und so viel auf die Stümpfe geweint, daß sie doch ganz rein waren. Da mußte er weichen und hatte alles Recht auf sie verloren.

Der Müller sprach zu ihr: „Ich habe so großes Gut durch dich gewonnen, ich will dich zeitlebens aufs köstlichste halten." Sie antwortete aber: „Hier kann ich nicht bleiben, ich will fortgehen; mitleidige Menschen werden mir schon soviel geben, als ich brauche. Darauf ließ sie sich die verstümmelten Arme auf den Rücken binden, und mit Sonnenaufgang machte sie sich auf den Weg und ging den ganzen Tag, bis es Nacht ward. Da kam sie zu einem königlichen Garten, und beim Mondschimmer sah sie, daß Bäume voll schöner Früchte darin standen; aber sie konnte nicht hinein, denn es war ein Wasser darum. Und weil sie den ganzen Tag gegangen war und keinen Bissen genossen hatte und der Hunger sie quälte, so dachte sie: Ach, wäre ich darin, damit ich etwas von den Früchten äße, sonst muß ich verschmachten. Da kniete sie nieder, rief Gott den Herrn an und betete. Auf einmal kam ein Engel daher, der machte eine Schleuse in dem Wasser zu, so daß der Graben trocken ward und sie hindurchgehen konnte. Nun ging sie in den Garten, und der Engel ging mit ihr. Sie sah einen Baum mit Obst, das waren schöne Birnen, aber sie waren alle gezählt. Da trat sie hinzu und aß eine mit dem Munde vom Baume ab, ihren Hunger zu stillen, aber nicht mehr. Der Gärtner sah es mit an, weil aber der Engel dabei stand, fürchtete er sich und meinte, das Mädchen wäre ein Geist, schwieg still und getraute nicht zu rufen oder den Geist anzureden. Als sie die Birne gegessen hatte, war sie gesättigt und ging und versteckte sich in das Gebüsch. Der König, dem der Garten gehörte, kam am andern Morgen herab; da zählte er und sah, daß eine der Birnen fehlte, und fragte den Gärtner, wo sie hingekommen wäre, sie läge nicht unter dem Baume und wäre doch weg. Da antwortete der Gärtner: „Vorige Nacht kam ein Geist herein, der hatte keine Hände und aß eine mit dem Munde ab." Der König sprach: „Wie ist der Geist über das Wasser herübergekommen? Und wo ist er hingegangen, nachdem er die Birne gegessen hatte?" Der Gärtner antwortete: „Es kam jemand in schneeweißem Kleide vom Himmel, der hat die Schleuse zugemacht und das Wasser gehemmt, damit der Geist durch den Graben gehen konnte. Und weil es ein Engel muß gewesen sein, so habe ich mich gefürchtet, nicht gefragt und nicht gerufen. Als der Geist die Birne gegessen hatte, ist er wieder zurückgegangen." Der König sprach: „Verhält es sich, wie du sagst, so will ich diese Nacht bei dir wachen."

Als es dunkel ward, kam der König in den Garten und brachte einen Priester mit, der sollte den Geist anreden. Alle drei setzten sich unter den Baum und gaben acht. Um Mitternacht kam das Mädchen aus dem Gebüsch gekrochen, trat zu dem Baum und aß wieder mit dem Munde eine Birne ab; neben ihr aber stand der Engel im weißen Kleide. Da ging der Priester hervor und sprach: „Bist du von Gott gekommen oder von der Welt? Bist du ein Geist oder ein Mensch?" Sie antwortete: „Ich bin kein Geist, sondern ein armer Mensch, von allen verlassen, nur von Gott nicht." Der König sprach: „Wenn du von aller Welt verlassen bist, so will ich dich nicht verlassen." Er nahm sie mit sich in sein königliches Schloß, und weil sie so schön und so fromm war, liebte er sie von Herzen, ließ ihr silberne Hände machen und nahm sie zu seiner Gemahlin.

Nach einem Jahre mußte der König über Feld ziehen, da befahl er die junge Königin seiner Mutter und sprach: „Wenn sie ins Kindbett kommt, so haltet und verpflegt sie wohl und schreibt mir's gleich in einem Briefe." Nun gebar sie einen schönen Sohn. Da schrieb es die alte Mutter eilig und meldete ihm die frohe Nachricht. Der Bote aber ruhte unterwegs an einem Bache, und da er von dem langen Wege ermüdet war, schlief er ein. Da kam der Teufel, welcher der frommen Königin immer zu schaden trachtete, und vertauschte den Brief mit einem andern, darin stand, daß die Königin einen Wechselbalg zur Welt gebracht hätte. Als der König den Brief las, erschrak er und betrübte sich sehr, doch schrieb er zur Antwort, sie sollten die Königin wohl halten und pflegen bis zu seiner Ankunft. Der Bote ging mit dem Brief zurück, ruhte an der nämlichen Stelle und schlief wieder ein. Da kam der Teufel abermals und legte ihm einen andern Brief in die Tasche, darin stand, sie sollten die Königin mit ihrem Kinde töten. Die alte Mutter erschrak heftig, als sie den Brief erhielt, konnte es nicht glauben und schrieb dem Könige noch einmal, aber sie bekam keine andere Antwort, weil der Teufel dem Boten jedesmal einen falschen Brief unterschob; und in dem letzten Briefe stand noch, sie sollten zum Wahrzeichen Zunge und Augen der Königin aufheben.

Aber die alte Mutter weinte, daß so unschuldiges Blut sollte vergossen werden, ließ in der Nacht eine Hirschkuh holen, schnitt ihr Zunge und Augen aus und hob sie auf. Dann sprach sie zu der Königin: „Ich kann dich nicht töten lassen, wie der König befiehlt, aber länger darfst du hier nicht bleiben; geh mit deinem Kinde in die weite Welt hinein und komm nie wieder zurück." Sie band ihr das Kind auf den Rücken, und die arme Frau ging mit weiniglichen Augen fort. Sie kam in einen großen wilden Wald, da setzte sie sich auf ihre Knie und betete zu Gott, und der Engel des Herrn erschien ihr und führte sie zu einem kleinen Haus, daran war ein Schildchen mit den Worten: „Hier wohnt ein jeder frei." Aus dem Häuschen kam eine schneeweiße Jungfrau, die sprach: „Willkommen, Frau Königin", und führte sie hinein. Da band sie ihr den kleinen Knaben von dem Rücken und hielt ihn an ihre Brust, damit er trank, und legte ihn dann auf ein schönes gemachtes Bettchen. Da sprach die arme Frau: „Woher weißt du, daß ich eine Königin war?" Die weiße Jungfrau antwortete: „Ich bin ein Engel, von Gott gesandt, dich und dein Kind zu verpflegen." Da blieb sie in dem Hause sieben Jahre und war wohlverpflegt, und durch Gottes Gnade wegen ihrer Frömmigkeit wuchsen ihr die abgehauenen Hände wieder.

Der König kam endlich aus dem Felde wieder nach Haus, und sein erstes war, daß er seine Frau mit dem Kinde sehen wollte. Da fing die alte Mutter an zu weinen und sprach: „Du böser Mann, was hast du mir geschrieben, daß ich zwei unschuldige Seelen ums Leben bringen sollte!" und zeigte ihm die beiden Briefe, die der Böse verfälscht hatte, und sprach weiter: „Ich habe getan, wie du befohlen hast", und wies ihm die Wahrzeichen, Zunge und Augen. Da fing der König an, noch viel bitterlicher zu weinen über seine arme Frau und sein Söhnlein, daß es die alte Mutter erbarmte und sie zu ihm sprach: „Gib dich zufrieden, sie lebt noch. Ich habe eine Hirschkuh heimlich schlachten lassen und von dieser die Wahrzeichen genommen, deiner Frau aber habe ich ihr Kind auf den Rücken gebunden, und sie geheißen, in die weite Welt zu gehen, und sie hat versprechen müssen, nie wieder hierherzukommen, weil du so zornig über sie wärst." Da sprach der König: „Ich will gehen, soweit der Himmel blau ist, und nicht essen und trinken, bis ich meine liebe Frau und mein Kind wiedergefunden habe, wenn sie nicht in der Zeit umgekommen oder Hungers gestorben sind."

Darauf zog der König umher, an die sieben Jahre lang, und suchte sie in allen Steinklippen und Felsenhöhlen, aber er fand sie nicht und dachte, sie wäre verschmachtet. Er aß nicht und trank nicht während dieser ganzen Zeit, aber Gott erhielt ihn. Endlich kam er in einen großen Wald und fand darin das kleine Häuschen, daran das Schildchen war mit den Worten „Hier wohnt jeder frei." Da kam die weiße Jungfrau heraus, nahm ihn bei der Hand, führte ihn hinein und sprach: „Seid willkommen, Herr König", und fragte ihn, wo er herkäme. Er antwortete: „Ich bin bald sieben Jahre umhergezogen und suche meine Frau mit ihrem Kinde, ich kann sie aber nicht finden." Der Engel bot ihm Essen und Trinken an, er nahm es aber nicht und wollte nur ein wenig ruhen. Da legte er sich schlafen und deckte ein Tuch über sein Gesicht.

Darauf ging der Engel in die Kammer, wo die Königin mit ihrem Sohne saß, den sie gewöhnlich Schmerzenreich nannte, und sprach zu ihr: „Geh heraus mitsamt deinem Kinde, dein Gemahl ist gekommen." Da ging sie hin, wo er lag, und das Tuch fiel ihm vom Angesicht. Da sprach sie: „Schmerzenreich, heb' deinem Vater das Tuch auf und decke ihm sein Gesicht wieder zu." Das Kind hob es auf und deckte es wieder über sein Gesicht. Das hörte der König im Schlummer und ließ das Tuch noch einmal gerne fallen. Da ward das Knäblein ungeduldig und sagte: „Liebe Mutter, wie kann ich meinem Vater das Gesicht zudecken, ich habe ja keinen Vater auf der Welt? Ich habe das Beten gelernt, unser Vater, der du bist im Himmel; da hast du gesagt, mein Vater wäre im Himmel und wäre der liebe Gott: wie soll ich einen so wilden Mann kennen? Der ist mein Vater nicht." Wie der König das hörte, richtete er sich auf und fragte, wer sie wäre. Da sagte sie: „Ich bin deine Frau, und das ist dein Sohn Schmerzenreich." Und er sah ihre lebendigen Hände und sprach: „Meine Frau hatte silberne Hände." Sie antwortete: „Die natürlichen Hände hat mir der gnädige Gott wieder wachsen lassen"; und der Engel ging in die Kammer, holte die silbernen Hände und zeigte sie ihm. Da sah er erst gewiß, daß es seine liebe Frau und sein liebes Kind war, und küßte sie und war froh und sagte: „Ein schwerer Stein ist von meinem Herzen gefallen." Da speiste sie der Engel Gottes noch einmal zusammen, und dann gingen sie nach Haus zu seiner alten Mutter. Da war große Freude überall, und der König und die Königin hielten noch einmal Hochzeit, und sie lebten vergnügt bis an ihr seliges Ende.

Das Rätsel

Es war einmal ein Königssohn, der bekam Lust, in der Welt umherzuziehen, und nahm niemand mit als einen treuen Diener. Eines Tages geriet er in einen großen Wald, und als der Abend kam, konnte er keine Herberge finden und wußte nicht, wo er die Nacht zubringen sollte. Da sah er ein Mädchen, das nach einem kleinen Häuschen zuging, und als er näherkam, sah er, daß das Mädchen jung und schön war. Er redete es an und sprach: „Liebes Kind, kann ich und mein Diener in dem Häuschen für die Nacht ein Unterkommen finden?" – „Ach ja", sagte das Mädchen mit trauriger Stimme, „das könnt Ihr wohl, aber ich rate Euch nicht dazu; geht nicht hinein." – „Warum soll ich nicht?" fragte der Königssohn. Das Mädchen seufzte und sprach: „Meine Stiefmutter treibt böse Künste, sie meint's nicht gut mit den Fremden." Da merkte er wohl, daß er zu dem Haus einer Hexe gekommen war, doch weil es finster ward und er nicht weiterkonnte, sich auch nicht fürchtete, so trat er ein. Die Alte saß auf einem Lehnstuhl beim Feuer und sah mit ihren roten Augen die Fremden an. „Guten Abend", schnarrte sie und tat ganz freundlich, „laßt euch nieder und ruht euch aus." Sie blies die Kohlen an, bei welchen sie in einem kleinen Topf etwas kochte. Die Tochter warnte die beiden, vorsichtig zu sein, nichts zu essen und nichts zu trinken, denn die Alte braue böse Getränke. Sie schliefen ruhig bis zum frühen Morgen. Als sie sich zur Abreise fertig machten und der Königssohn schon zu Pferde saß, sprach die Alte: „Warte einen Augenblick, ich will euch erst einen Abschiedstrunk reichen." Während sie ihn holte, ritt der Königssohn fort, und der Diener, der seinen Sattel festschnallen mußte, war allein noch zugegen, als die böse Hexe mit dem Trank kam. „Das bring deinem Herrn", sagte sie, aber in dem Augenblick sprang das Glas, und das Gift spritzte auf das Pferd und war so heftig, daß das Pferd gleich tot hinstürzte. Der Diener lief seinem Herrn nach und erzählte ihm, was geschehen war, wollte aber den Sattel nicht im Stich lassen und lief zurück, um ihn zu holen. Wie er aber zu dem toten Pferde kam, saß schon ein Rabe darauf und fraß davon. „Wer weiß, ob wir heute noch etwas Besseres finden", sagte der Diener, tötete den Raben und nahm ihn mit. Nun zogen sie in dem Walde den ganzen Tag weiter, konnten aber nicht herauskommen. Bei Anbruch der Nacht fanden sie ein Wirtshaus und gingen hinein. Der Diener gab dem Wirt den Raben, den er zum Abendessen bereiten sollte. Sie waren aber in eine Mördergrube geraten, und in der Dunkelheit kamen zwölf Mörder und wollten die Fremden umbringen und berauben. Ehe sie sich aber ans Werk machten, setzten sie sich zu Tisch, und der Wirt und die Hexe setzten sich zu ihnen, und sie aßen zusammen eine Schüssel mit Suppe, in die das Fleisch des Raben gehackt war. Kaum aber hatten sie ein paar Bissen hinuntergeschluckt, so fielen sie alle tot nieder, denn dem Raben hatte sich Gift von dem Pferdefleisch mitgeteilt. Es war nun niemand mehr im Hause übrig als die Tochter des Wirts, die es redlich meinte und an den gottlosen Dingen keinen Teil genommen hatte. Sie öffnete dem Fremden alle Türen und zeigte ihm die angehäuften Schätze.

Der Königssohn aber sagte, sie möchte alles behalten, er wollte nichts davon und ritt mit seinem Diener weiter.

Nachdem sie lange herumgezogen waren, kamen sie in eine Stadt, worin eine schöne, aber übermütige Königstochter war, die hatte bekanntmachen lassen, wer ihr ein Rätsel vorlegte, das sie nicht erraten könnte, der sollte ihr Gemahl werden; erriet sie es aber, so müßte er sich das Haupt abschlagen lassen. Drei Tage hatte sie Zeit, sich zu besinnen; sie war aber so klug, daß sie immer die vorgelegten Rätsel vor der bestimmten Zeit erriet. Schon waren neune auf diese Weise umgekommen, als der Königssohn anlangte und von ihrer großen Schönheit geblendet sein Leben daransetzen wollte. Da trat er vor sie hin und gab ihr sein Rätsel auf: „Was ist das", sagte er, „einer schlug keinen und schlug doch zwölfe?" Sie wußte nicht, was das war, sie sann und sann, aber sie brachte es nicht heraus; sie schlug ihre Rätselbücher auf, aber es stand nicht darin: kurz, ihre Weisheit war zu Ende. Da sie sich nicht zu helfen wußte, befahl sie ihrer Magd, in das Schlafgemach des Herrn zu schleichen, da sollte sie seine Träume behorchen, und dachte, er rede vielleicht im Schlaf und verrate das Rätsel. Aber der kluge Diener hatte sich statt des Herrn ins Bett gelegt, und als die Magd herankam, riß er ihr den Mantel ab, in den sie sich verhüllt hatte, und jagte sie mit Ruten hinaus. In der zweiten Nacht schickte die Königstochter ihre Kammerjungfer, die sollte sehen, ob es ihr mit Horchen besser glückte; aber der Diener nahm auch ihr den Mantel weg und jagte sie mit Ruten hinaus. Nun glaubte der Herr, für die dritte Nacht sicher zu sein, und legte sich in sein Bett; da kam die Königstochter selbst, hatte einen nebelgrauen Mantel umgetan und setzte sich neben ihn. Und als sie dachte, er schliefe und träumte, so redete sie ihn an und hoffte, er werde im Traume antworten, wie viele tun; aber er war wach und verstand und hörte alles sehr wohl. Da fragte sie: „Einer schlug keinen, was ist das?" Er antwortete: „Ein Rabe, der von einem toten und vergifteten Pferde fraß und davon starb." Weiter fragte sie: „Und schlug doch zwölfe, was ist das?" – „Das sind zwölf Mörder, die den Raben verzehrten und daran starben." Als sie das Rätsel wußte, wollte sie sich fortschleichen, aber er hielt ihren Mantel fest, daß sie ihn zurücklassen mußte. Am andern Morgen verkündete die Königstochter, sie habe das Rätsel erraten, und ließ die zwölf Richter kommen und löste es vor ihnen. Aber der Jüngling bat sich Gehör aus und sagte: „Sie ist in der Nacht zu mir geschlichen und hat mich ausgefragt, denn sonst hätte sie es nicht erraten." Die Richter sprachen: „Bringt uns ein Wahrzeichen." Da wurden die drei Mäntel von dem Diener herbeigebracht, und als die Richter den nebelgrauen erblickten, den die Königstochter zu tragen pflegte, so sagten sie: „Laßt den Mantel sticken mit Gold und Silber, so wird's Euer Hochzeitsmantel sein."

Des Teufels rußiger Bruder

Ein abgedankter Soldat hatte nichts zu leben und wußte sich nicht mehr zu helfen. Da ging er hinaus in den Wald, und als er ein Weilchen gegangen war, begegnete ihm ein kleines Männchen, das war aber der Teufel. Das Männchen sagte zu ihm: „Was fehlt dir? Du siehst ja so trübselig aus." Da sprach der Soldat: „Ich habe Hunger, aber kein Geld." Der Teufel sagte: „Willst du dich bei mir vermieten und mein Knecht sein, so sollst du für dein Lebtag genug haben; sieben Jahre sollst du mir dienen, hernach bist du wieder frei. Aber eins sag ich dir, du darfst dich nicht waschen, nicht schnippen, keine Nägel und Haare abschneiden und kein Wasser aus den Augen wischen." Der Soldat sprach: „Frisch dran, wenn's nicht anders sein kann", und ging mit dem Männchen fort, das führte ihn geradewegs in die Hölle hinein. Dann sagte es ihm, was er zu tun hätte: er müßte das Feuer schüren unter den Kesseln, wo die Höllenbraten drin säßen, das Haus rein halten, den Kehrdreck hinter die Türe tragen und überall auf Ordnung sehen; aber guckte er ein einziges Mal in die Kessel hinein, so würde es ihm schlimm ergehen. Der Soldat sprach: „Es ist gut, ich will's schon besorgen." Da ging nun der alte Teufel wieder hinaus auf seine Wanderung, und der Soldat trat seinen Dienst an, legte Feuer zu, kehrte und trug den Kehrdreck hinter die Türe, alles wie es befohlen war. Wie der alte Teufel wieder kam, sah er nach, ob alles geschehen war, zeigte sich zufrieden und ging zum zweiten Male fort. Der Soldat schaute sich nun einmal recht um; da standen die Kessel ringsherum in der Hölle, und war ein gewaltiges Feuer darunter, und es kochte und brutzelte darin. Er hätte für sein Leben gerne hineingeschaut, wenn es ihm der Teufel nicht so streng verboten hätte; endlich konnte er sich nicht mehr anhalten, hob vom ersten Kessel ein bißchen den Deckel auf und guckte hinein. Da sah er seinen ehemaligen Unteroffizier darin sitzen: „Aha, Vogel", sprach er, „treff ich dich hier? Du hast mich gehabt, jetzt hab ich dich", ließ geschwind den Deckel fallen, schürte das Feuer und legte noch frisch zu. Danach ging er zum zweiten Kessel, hob ihn auch ein wenig auf und guckte; da saß sein Fähnrich darin: „Aha, Vogel, treff ich dich hier? Du hast mich gehabt, jetzt hab ich dich", machte den Deckel wieder zu und trug noch einen Klotz herbei, der sollte ihm erst recht heiß machen. Nun wollte er auch sehen, wer im dritten Kessel säße; da war's gar ein General: „Aha, Vogel, treff ich dich hier? Du hast mich gehabt, jetzt hab ich dich", holte den Blasbalg und ließ das Höllenfeuer recht unter ihm flackern. Also tat er sieben Jahre seinen Dienst in der Hölle, wusch sich nicht, schnitt sich die Nägel und Haare nicht und wischte sich kein Wasser aus den Augen; und die sieben Jahre waren ihm so kurz, daß er meinte, es wäre nur ein halbes Jahr gewesen. Als nun die Zeit vollends herum war, kam der Teufel und sagte: „Nun, Hans, was hast du gemacht?" – „Ich habe das Feuer unter den Kesseln geschürt, ich habe gekehrt und den Kehrdreck hinter die Türe getragen." – „Aber du hast auch in die Kessel geguckt; dein Glück ist, daß du noch Holz zugelegt hast, sonst wär dein Leben verloren; jetzt ist deine Zeit herum. Willst du wieder heim?" – „Ja", sagte der Soldat, „ich wollt' auch gerne sehen, was mein Vater daheim macht." Sprach der Teufel: „Damit du deinen verdienten Lohn kriegst, geh und raffe dir deinen Ranzen voll Kehrdreck und nimm's mit nach Haus. Du sollst auch gehen ungewaschen und ungekämmt, mit langen Haaren am Kopf und am Bart, mit ungeschnittenen Nägeln und mit trüben Augen, und wenn du gefragt wirst, woher du kämst, sollst du sagen ‚aus der Hölle', und wenn du gefragt wirst, wer du wärst, sollst du sagen: ‚des Teufels rußiger Bruder und mein König auch'." Der Soldat schwieg still und tat, was der Teufel sagte; aber er war mit seinem Lohn gar nicht zufrieden.

Sobald er nun wieder oben im Wald war, hob er seinen Ranzen vom Rücken und wollt ihn ausschütten. Wie er ihn aber öffnete, so war der Kehrdreck pures Gold geworden. „Das hätte ich mir nicht gedacht", sprach er, war vergnügt und ging in die Stadt hinein. Vor dem Wirtshaus stand der Wirt, und wie ihn der herankommen sah, erschrak er, weil Hans so entsetzlich aussah, ärger als eine Vogelscheuche. Er rief ihn an und fragte: „Woher kommst du?" – „Aus der Hölle." – „Wer bist du?" – „Dem Teufel sein rußiger Bruder und mein König auch." Nun wollte der Wirt ihn nicht einlassen; wie er ihm aber das Gold zeigte; ging er und klinkte selber die Türe auf. Da ließ sich Hans die beste Stube geben und köstlich aufwarten, aß und trank sich satt, wusch sich aber nicht und kämmte sich nicht, wie ihn der Teufel geheißen hatte, und legte sich endlich schlafen. Dem Wirt aber stand der Ranzen voll Gold vor Augen und ließ ihm keine Ruhe, bis er in der Nacht hinschlich und ihn wegstahl.

Wie nun Hans am andern Morgen aufstand, den Wirt bezahlen und weitergehen wollte, da war sein Ranzen weg. Er faßte sich aber kurz, dachte, du bist ohne Schuld unglücklich gewesen, und kehrte wieder um, geradezu in die Hölle; da klagte er dem alten Teufel seine Not und bat ihn um Hilfe. Der Teufel sagte: „Setze dich, ich will dich waschen, kämmen, schnippen, die Haare und Nägel schneiden und die Augen

auswischen“, und als er mit ihm fertig war, gab er ihm den Ranzen wieder voll Kehrdreck und sprach: „Geh hin und sage dem Wirt, er soll dir dein Gold wieder herausgeben, sonst wollt ich kommen und ihn abholen, und er sollte an deinem Platz das Feuer schüren.“ Hans ging hinauf und sprach zum Wirt: „Du hast mein Gold gestohlen; gibst du’s nicht wieder, so kommst du in die Hölle an meinen Platz und sollst aussehen so greulich wie ich.“ Da gab ihm der Wirt das Gold und noch mehr dazu und bat ihn, nur still davon zu sein; und Hans war nun ein reicher Mann.

Hans machte sich auf den Weg heim zu seinem Vater, kaufte sich einen schlechten Linnenkittel auf den Leib, ging herum und machte Musik, denn das hatte er bei dem Teufel in der Hölle gelernt. Es war aber ein alter König im Land, vor dem mußt er spielen, und der geriet darüber in solche Freude, daß er dem Hans seine älteste Tochter zur Ehe versprach. Als die aber hörte, daß sie so einen gemeinen Kerl im weißen Kittel heiraten sollte, sprach sie: „Eh ich das tät, wollt ich lieber ins tiefste Wasser gehen.“ Da gab ihm der König die jüngste, die wollt’s ihrem Vater zuliebe gerne tun; und also bekam des Teufels rußiger Bruder die Königstochter und, als der alte König gestorben war, auch das ganze Reich.

Die Eule

Vor ein paar hundert Jahren, als die Leute noch lange nicht so klug und verschmitzt waren, als sie heutzutage sind, hat sich in einer kleinen Stadt eine seltsame Geschichte zugetragen. Von ungefähr war eine von den großen Eulen, die man Schuhu nennt, aus dem benachbarten Walde bei nächtlicher Weile in die Scheuer eines Bürgers geraten und wagte sich, als der Tag anbrach, aus Furcht vor den Vögeln, die, wenn sie sich blicken läßt, ein furchtbares Geschrei erheben, nicht wieder aus ihrem Schlupfwinkel heraus. Als nun der Hausknecht morgens in die Scheuer kam, um Stroh zu holen, erschrak er bei dem Anblick der Eule, die da in einer Ecke saß, so gewaltig, daß er fortlief und seinem Herrn ankündigte, ein Ungeheuer, wie er zeit seines Lebens keins erblickt hätte, säße in der Scheuer, drehte die Augen im Kopf herum und könnte einen ohne Umstände verschlingen.

„Ich kenn dich schon“, sagte der Herr, „einer Amsel im Felde nachzujagen, dazu hast du Mut genug; aber wenn du ein totes Huhn liegen siehst, so holst du dir erst einen Stock, ehe du ihm nahekommst. Ich muß nur selbst einmal nachsehen, was das für ein Ungeheuer ist“, setzte der Herr hinzu, ging ganz tapfer zur Scheuer hinein und blickte umher. Als er aber das seltsame und greuliche Tier mit eigenen Augen sah, so geriet er in nicht geringere Angst als der Knecht. Mit ein paar Sätzen sprang er hinaus, lief zu seinen Nachbarn und bat sie flehentlich, ihm gegen ein unbekanntes und gefährliches Tier Beistand zu leisten; ohnehin könnte die ganze Stadt in Gefahr kommen, wenn es aus der Scheuer, wo es säße, herausbräche. Es entstand großer Lärm und Geschrei in allen Straßen: die Bürger kamen mit Spießen, Heugabeln, Sensen und Äxten bewaffnet herbei, als wollten sie gegen den Feind ausziehen; zuletzt erschienen auch die Herren des Rats mit dem Bürgermeister an der Spitze. Als sie sich auf dem Markt geordnet hatten, zogen sie zu der Scheuer und umringten sie von allen Seiten. Hierauf trat einer der Beherztesten hervor und ging mit gefälltem Spieß hinein, kam aber gleich darauf mit einem Schrei und totenbleich wieder herausgelaufen und konnte kein Wort hervorbringen. Noch zwei andere wagten sich hinein, es erging ihnen aber nicht besser. Endlich trat einer hervor, ein großer starker Mann, der wegen seiner Kriegstaten berühmt war, und sprach: „Mit bloßem Ansehen werdet ihr das Ungetüm nicht vertreiben, hier muß Ernst gebraucht werden; aber ich sehe, daß ihr alle zu Weibern geworden seid und keiner den Fuchs beißen will." Er ließ sich Harnisch, Schwert und Spieß bringen und rüstete sich. Alle rühmten seinen Mut, obgleich viele um sein Leben besorgt waren. Die beiden Scheuertore wurden aufgetan, und man erblickte die Eule, die sich indessen in die Mitte auf einen großen Querbalken gesetzt hatte. Er ließ eine Leiter herbeibringen, und als er sie anlegte und sich bereitete hinaufzusteigen, so riefen ihm alle zu, er solle sich männlich halten, und empfahlen ihn dem heiligen Georg, der den Drachen getötet hatte. Als er bald oben war und die Eule sah, daß er an sie wollte, auch von der Menge und dem Geschrei des Volkes verwirrt war und nicht wußte, wo hinaus, so verdrehte sie die Augen, sträubte die Federn, sperrte die Flügel auf, gnappte mit dem Schnabel und ließ ihr Schuhu, Schuhu mit rauher Stimme hören. „Stoß zu, stoß zu!" rief die Menge draußen dem tapferen Helden zu. „Wer hier stände, wo ich stehe", antwortete er, „der würde nicht ‚stoß zu' rufen." Er setzte zwar den Fuß noch eine Staffel höher, dann aber fing er an zu zittern und machte sich halb ohnmächtig auf den Rückweg.

Nun war keiner mehr übrig, der sich in die Gefahr hätte begeben wollen. „Das Ungeheuer" sagten sie, „hat den stärksten Mann, der unter uns zu finden war, durch sein Gnappen und Anhauchen allein vergiftet und tödlich verwundet. Sollen wir andern auch unser Leben in die Schanze schlagen?" Sie ratschlagten, was zu tun wäre, wenn die ganze Stadt nicht sollte zugrunde gehen. Lange Zeit schien alles vergeblich, bis endlich der Bürgermeister einen Ausweg fand. „Meine Meinung geht dahin", sprach er, „daß wir aus gemeinem Säckel diese Scheuer samt allem, was darin liegt, Getreide, Stroh und Heu, dem Eigentümer bezahlen und ihn schadlos halten, dann aber das ganze Gebäude und mit ihm das fürchterliche Tier abbrennen, so braucht doch niemand sein Leben daransetzen. Hier ist keine Gelegenheit, zu sparen, und Knauserei wäre übel angewendet." Alle stimmten ihm bei. Also ward die Scheuer an vier Ecken angezündet und mit ihr die Eule jämmerlich verbrannt. Wer's nicht glauben will, der gehe hin und frage selbst nach.

Der Krautesel

Es war einmal ein junger Jäger, der ging in den Wald auf Anstand. Er hatte ein frisches und fröhliches Herz, und als er daherging und auf dem Blatt pfiff, kam ein altes häßliches Mütterchen, das redete ihn an und sprach: „Guten Tag, lieber Jäger, du bist wohl lustig und vergnügt, aber ich leide Hunger und Durst, gib mir doch ein Almosen." Da dauerte den Jäger das arme Mütterchen, daß er in seine Tasche griff und ihr nach seinem Vermögen etwas reichte. Nun wollte er weitergehen, aber die alte Frau hielt ihn an und sprach: „Höre, lieber Jäger, was ich dir sage, für dein gutes Herz will ich dir ein Geschenk machen: geh nur immer deiner Wege, über ein Weilchen wirst du an einen Baum kommen, darauf sitzen neun Vögel, die haben einen Mantel in den Krallen und raufen sich darum. Da lege du deine Büchse an und schieß mitten drunter; den Mantel werden sie dir wohl fallen lassen, aber auch einer von den Vögeln wird getroffen sein und tot herabstürzen. Den Mantel nimm mit dir, es ist ein Wunschmantel; wenn du ihn um die Schultern wirfst, brauchst du dich nur an einen Ort zu wünschen, und im Augenblick bist du dort. Aus dem toten Vogel nimm das Herz heraus und verschluck es ganz, dann wirst du allen und jeden Morgen früh beim Aufstehen ein Goldstück unter deinem Kopfkissen finden."

Der Jäger dankte der weisen Frau und dachte bei sich: Schöne Dinge, die sie mir versprochen hat; wenn's nur auch all' so einträfe. Doch, wie er etwa hundert Schritte gegangen war, hörte er über sich in den Ästen ein Geschrei und Gezwitscher, daß er aufschaute; da sah er einen Haufen Vögel, die rissen mit den Schnäbeln und Füßen ein Tuch herum, schrien, zerrten und balgten sich, als wollt's ein jeder allein haben. „Nun", sprach der Jäger, „das ist wunderlich, es kommt ja geradeso, wie das Mütterchen gesagt hat", nahm die Büchse von der Schulter, legte an und tat seinen Schuß mitten hinein, daß die Federn herumflogen. Alsbald nahm das Getier mit großem Schreien die Flucht, aber einer fiel tot herab, und der Mantel sank ebenfalls herunter.

Da tat der Jäger, wie ihm die Alte geheißen, schnitt den Vogel auf, suchte das Herz, schluckte es hinunter und nahm den Mantel mit nach Haus.

Am andern Morgen, als er aufwachte, fiel ihm die Verheißung ein, und er wollte sehen, ob sie auch eingetroffen wäre. Wie er aber sein Kopfkissen in die Höhe hob, da schimmerte ihm das Goldstück entgegen, und am andern Morgen fand er wieder eins, und so weiter jedesmal, wenn er aufstand. Er sammelte sich einen Haufen Gold, endlich aber dachte er: Was hilft mir all mein Gold, wenn ich daheim bleibe? Ich will ausziehen und mich in der Welt umsehen.

Da nahm er von seinen Eltern Abschied, hing seinen Jägerranzen und seine Flinte um und zog in die Welt. Es trug sich zu, daß er eines Tages durch einen dicken Wald kam, und wie der zu Ende war, lag in der Ebene vor ihm ein ansehnliches Schloß. In einem Fenster stand eine Alte mit einer wunderschönen Jungfrau und schaute herab. Die Alte aber war eine Hexe und sprach zu dem Mädchen: „Dort kommt einer aus dem Wald, der hat einen wunderbaren Schatz im Leib, den müssen wir darum berücken, mein Herzenstöchterchen; uns steht das besser an als ihm. Er hat ein Vogelherz bei sich, deshalb liegt jeden Morgen ein Goldstück unter seinem Kopfkissen." Sie erzählte ihr, wie es damit beschaffen wäre und wie sie darum zu spielen hätte, und zuletzt drohte sie und sprach mit zornigen Augen: „Und wenn du mir nicht gehorchst, so bist du unglücklich." Als nun der Jäger näher kam, erblickte er das Mädchen und sprach zu sich: „Ich bin nun so lang herumgezogen, ich will einmal ausruhen und in das schöne Schloß einkehren, Geld hab ich ja vollauf." Eigentlich aber war die Ursache, daß er ein Auge auf das schöne Bild geworfen hatte.

Er trat in das Haus ein und ward freundlich empfangen und höflich bewirtet. Es dauerte nicht lange, da war er so in das Hexenmädchen verliebt, daß er an nichts anderes mehr dachte und nur nach ihren Augen sah, und was sie verlangte, das tat er gerne. Da sprach die Alte: „Nun müssen wir das Vogelherz haben, er wird nichts spüren, wenn es ihm fehlt." Sie richteten einen Trank zu, und wie er gekocht war, tat sie ihn in einen Becher und gab ihn dem Mädchen, das mußte ihn dem Jäger reichen. Sprach es: „Nun, mein Liebster, trink mir zu." Da nahm er den Becher, und wie er den Trank geschluckt hatte, brach er das Herz des Vogels aus dem Leibe. Das Mädchen mußte es heimlich fortschaffen und dann selbst verschlucken, denn die Alte wollte es haben. Von nun an fand er kein Gold mehr unter seinem Kopfkissen, sondern es lag unter dem Kissen des Mädchens, wo es die Alte jeden Morgen holte; aber er war so verliebt und vernarrt, daß er an nichts anderes dachte, als sich mit dem Mädchen die Zeit zu vertreiben.

Da sprach die alte Hexe: „Das Vogelherz haben wir, aber den Wunschmantel müssen wir ihm auch abnehmen." Antwortete das Mädchen: „Den wollen wir ihm lassen, er hat ja doch seinen Reichtum verloren." Da ward die Alte böse und sprach:

„So ein Mantel ist ein wunderbares Ding, das selten auf der Welt gefunden wird, den soll und muß ich haben." Sie gab dem Mädchen Anschläge und sagte, wenn es ihr nicht gehorchte, sollte es ihm schlimm ergehen. Da tat es nach dem Geheiß der Alten, stellte sich einmal ans Fenster und schaute in die weite Gegend, als wäre es ganz traurig. Fragte der Jäger: „Was stehst du so traurig da?" – „Ach, mein Schatz", gab es zur Antwort, „da gegenüber liegt der Granatenberg, wo die köstlichen Edelsteine wachsen. Ich trage so groß Verlangen danach, daß, wenn ich daran denke, ich ganz traurig bin. Aber wer kann sie holen! Nur die Vögel, die fliegen, kommen hin, ein Mensch nimmermehr." – „Hast du weiter nichts zu klagen", sagte der Jäger, „den Kummer will ich dir bald vom Herzen nehmen." Damit faßte er sie unter seinen Mantel und wünschte sich hinüber auf den Granatenberg, und im Augenblick saßen sie auch beide drauf. Da schimmerte das edle Gestein von allen Seiten, daß es eine Freude war anzusehen, und sie lasen die schönsten und kostbarsten Stücke zusammen. Nun hatte es aber die Alte durch ihre Hexenkunst bewirkt, daß dem Jäger die Augen schwer wurden. Er sprach zu dem Mädchen: „Wir wollen ein wenig niedersitzen und ruhen, ich bin so müde, daß ich mich nicht mehr auf den Füßen erhalten kann." Da setzten sie sich, und er legte sein Haupt in ihren Schoß und schlief ein. Wie er entschlafen war, da band es ihm den Mantel von den Schultern und hing ihn sich selbst um, las die Granaten und Steine auf und wünschte sich damit nach Haus.

Als aber der Jäger seinen Schlaf ausgetan hatte und aufwachte, sah er, daß seine Liebste ihn betrogen und auf dem wilden Gebirg allein gelassen hatte. „Oh", sprach er, „wie ist die Untreue so groß auf der Welt", saß da in Sorge und Herzeleid und wußte nicht, was er anfangen sollte. Der Berg aber gehörte wilden und ungeheuren Riesen, die darauf wohnten und ihr Wesen trieben, und er saß nicht lange, so sah er ihrer drei daherschreiten. Da legte er sich nieder, als wäre er in tiefen Schlaf versunken. Nun kamen die Riesen herbei, und der erste stieß ihn mit dem Fuß an und sprach: „Was liegt da für ein Erdwurm und beschaut sich inwendig?" Der zweite sprach: „Tritt ihn tot." Der dritte aber sprach verächtlich: „Das wäre der Mühe wert! Laßt ihn nur leben, hier kann er nicht bleiben, und wenn er höher steigt bis auf die Bergspitze, so packen ihn die Wolken und tragen ihn fort." Unter diesem Gespräch gingen sie vorüber, der Jäger aber hatte auf ihre Worte gemerkt, und sobald sie fort waren, stand er auf und klimmte den Berggipfel hinauf. Als er ein Weilchen da gesessen hatte, so schwebte eine Wolke heran, ergriff ihn, trug ihn fort und zog eine Zeitlang am Himmel her, dann senkte sie sich und ließ sich über einen großen, rings mit Mauern umgebenen Krautgarten nieder, also daß er zwischen Kohl und Gemüsen sanft auf den Boden kam.

Da sah der Jäger sich um und sprach: „Wenn ich nur etwas zu essen hätte, ich bin so hungrig, und mit dem Weiterkommen wird's schwerfallen; aber hier seh ich keinen Apfel und keine Birne und keinerlei Obst, überall nichts als Krautwerk." Endlich dachte er: Zur Not kann ich von dem Salat essen, der schmeckt nicht sonderlich, wird mich aber erfrischen. Also suchte er sich ein schönes Haupt aus und aß davon, aber kaum hatte er ein paar Bissen hinabgeschluckt, so war ihm so wunderlich zumute, und er fühlte sich ganz verändert. Es wuchsen ihm vier Beine, ein dicker Kopf und zwei lange Ohren, und er sah mit Schrecken, daß er in einen Esel verwandelt war. Doch weil er dabei immer noch großen Hunger spürte und ihm der saftige Salat nach seiner jetzigen Natur gut schmeckte, so aß er mit großer Gier immerzu. Endlich gelangte er an eine andere Art Salat, aber kaum hatte er etwas davon verschluckt, so fühlte er aufs neue eine Veränderung und kehrte in seine menschliche Gestalt zurück.

Nun legte sich der Jäger nieder und schlief seine Müdigkeit aus. Als er am andern Morgen erwachte, brach er ein Haupt von dem bösen und eins von dem guten Salat ab und dachte: Das soll mir zu dem Meinigen wieder helfen und die Treulosigkeit bestrafen. Dann steckte er die Häupter zu sich, kletterte über die Mauer und ging fort, das Schloß seiner Liebsten zu suchen. Als er ein paar Tage herumgestrichen war, fand er es glücklicherweise wieder. Da bräunte er sich schnell sein Gesicht, daß ihn seine eigene Mutter nicht erkannt hätte, ging in das Schloß, und er bat um eine Herberge. „Ich bin so müde", sprach er, „und kann nicht weiter." Fragte die Hexe: „Landsmann, wer seid Ihr, und was ist Euer Geschäft?" Er antwortete: „Ich bin ein Bote des Königs und war ausgeschickt, den köstlichsten Salat zu suchen, der unter der Sonne wächst. Ich bin auch so glücklich gewesen, ihn zu finden, und trage ihn bei mir; aber die Sonnenhitze brennt gar zu stark, daß mir das zarte Kraut zu welken droht, und ich weiß nicht, ob ich es weiterbringen werde."

Als die Alte von dem köstlichen Salat hörte, ward sie lüstern und sprach: „Lieber Landsmann, laßt mich doch den wunderbaren Salat versuchen." – „Warum nicht?" antwortete er, „ich habe zwei Häupter mitgebracht und will Euch eins geben", machte seinen Sack auf und reichte ihr das böse hin. Die Hexe dachte an nichts Arges, und der Mund wässerte ihr so sehr nach dem neuen Gericht, daß sie selbst in die Küche ging und es zubereitete. Als es fertig war, konnte sie nicht warten, bis es auf dem Tisch stand, sondern sie nahm gleich ein paar Blätter und steckte sie in den Mund; kaum aber waren sie verschluckt, so war auch die menschliche Gestalt verloren, und sie lief als eine Eselin hinab in den Hof. Nun kam die Magd in die Küche, sah den fertigen Salat stehen und wollte ihn auftragen, unterwegs aber überfiel sie, nach alter Gewohnheit, die Lust zu versuchen, und sie aß ein paar Blätter. Alsbald zeigte sich die Wunderkraft, und sie ward ebenfalls zu einer Eselin und lief hinaus zu der Alten, und die Schüssel mit Salat fiel auf die Erde. Der Bote saß in der Zeit bei dem schönen Mädchen, und als niemand mit dem Salat kam und es doch auch lüstern danach war, sprach es: „Ich weiß nicht, wo der Salat bleibt." Da dachte der Jäger: Das Kraut wird schon gewirkt haben, und sprach: „Ich will nach der Küche gehen und mich erkundigen." Wie er hinabkam, sah er die zwei Eselinnen im Hof herumlaufen, der Salat aber lag auf der Erde. „Schon recht", sprach er, „die zwei haben ihr Teil weg", und hob die übrigen Blätter auf, legte sie auf die Schüssel und brachte sie dem Mädchen. „Ich bringe Euch selbst das köstliche Essen", sprach er, „damit Ihr nicht länger zu warten braucht." Da aß sie davon und war alsbald wie die übrigen ihrer menschlichen Gestalt beraubt und lief als eine Eselin in den Hof.

Nachdem sich der Jäger sein Angesicht gewaschen hatte, also daß ihn die Verwandelten erkennen konnten, ging er hinab in den Hof und sprach: „Jetzt sollt ihr den Lohn für eure Untreue empfangen." Er band sie alle drei an ein Seil und trieb sie fort, bis er zu einer Mühle kam. Er klopfte an das Fenster, der Müller steckte den Kopf heraus und fragte, was sein Begehren wäre. „Ich habe drei böse Tiere", antwortete er, „die ich nicht länger behalten mag. Wollt Ihr sie zu Euch nehmen, Futter und Lager geben und sie halten, wie ich Euch sage, so zahle ich dafür, was Ihr verlangt." Sprach der Müller: „Warum das nicht? Wie soll ich sie aber halten?" Da sagte der Jäger, der alten Eselin, und das war die Hexe, sollte er täglich dreimal Schläge und einmal zu fressen geben; der jüngeren, welche die Magd war, einmal Schläge und dreimal Futter; und der jüngsten, welche das Mädchen war, keinmal Schläge und dreimal zu fressen; denn er konnte es doch nicht über das Herz bringen, daß das Mädchen sollte geschlagen werden. Darauf ging er zurück in das Schloß, und was er nötig hatte, das fand er alles darin.

Nach ein paar Tagen kam der Müller und sprach, er müßte melden, daß die alte Eselin, die nur Schläge bekommen hätte und nur einmal zu fressen, gestorben wäre. „Die zwei andern", sagte er weiter, „sind zwar nicht gestorben und kriegen auch dreimal zu fressen; aber sie sind so traurig, daß es nicht lange mit ihnen dauern kann." Da erbarmte sich der Jäger, ließ den Zorn fahren und sprach zum Müller, er sollte sie wieder hertreiben. Und wie sie kamen, gab er ihnen von dem guten Salat zu fressen, daß sie wieder zu Menschen wurden. Da fiel das schöne Mädchen vor ihm auf die Knie und sprach: „Ach, mein Liebster, verzeihe mir, was ich Böses an Euch getan, meine Mutter hatte mich dazu gezwungen; es ist gegen meinen Willen geschehen, denn ich habe Euch von Herzen lieb. Euer Wunschmantel hängt in einem Schrank, und für das Vogelherz will ich einen Brechtrunk einnehmen." Da ward er anderen Sinnes und sprach: „Behalt es nur, es ist doch einerlei, denn ich will dich zu meiner treuen Ehegemahlin annehmen." Und da ward Hochzeit gehalten, und sie lebten vergnügt miteinander bis an ihren Tod.

Die Alte im Wald

Es fuhr einmal ein armes Dienstmädchen mit seiner Herrschaft durch einen großen Wald, und als sie mitten darin waren, kamen Räuber aus dem Dickicht hervor und ermordeten, wen sie fanden. Da kamen alle miteinander um, bis auf das Mädchen; das war in der Angst aus dem Wagen gesprungen und hatte sich hinter einem Baum verborgen. Wie die Räuber mit ihrer Beute fort waren, trat es herbei und sah das große Unglück. Da fing es an bitterlich zu weinen und sagte: „Was soll ich armes Mädchen nun anfangen, ich weiß mich nicht aus dem Wald herauszufinden, keine Menschenseele wohnt darin, so muß ich gewiß verhungern." Es ging herum, suchte einen Weg, konnte aber keinen finden. Als es Abend war, setzte sie sich unter einen Baum, befahl sich Gott und wollte da sitzenbleiben und nicht weggehen, möchte geschehen, was immer wollte. Als es aber eine Weile dagesessen hatte, kam ein weißes Täubchen zu ihm geflogen und hatte ein goldenes Schlüsselchen im Schnabel. Das Schlüsselchen legte es ihm in die Hand und sprach: „Siehst du dort den großen Baum, daran ist ein kleines Schloß, das schließ mit dem Schlüsselchen auf, so wirst du Speise genug finden und keinen Hunger mehr leiden." Da ging es zu dem Baum und schloß ihn auf und fand Milch in einem kleinen Schüsselchen und Weißbrot zum Einbrocken dabei, daß es sich satt essen konnte. Als es satt war, sprach es: „Jetzt ist es Zeit, wo die Hühner daheim auffliegen; ich bin so müde, könnt ich mich doch auch in mein Bett legen." Da kam das Täubchen wieder geflogen und brachte ein anderes goldenes Schlüsselchen im Schnabel und sagte: „Schließ dort den Baum auf, so wirst du ein Bett finden." Da schloß es auf und fand ein schönes weiches Bettchen; da betete es zum lieben Gott, er möchte es behüten in der Nacht, legte sich und schlief ein. Am Morgen kam das Täubchen zum drittenmal, brachte wieder ein Schlüsselchen und sprach: „Schließ dort den Baum auf, da wirst du Kleider finden." Und wie es aufschloß, fand es Kleider mit Gold und Edelsteinen besetzt, so herrlich, wie sie keine Königstochter hat. Also lebte es da eine Zeitlang und kam das Täubchen alle Tage und sorgte für alles, was es bedurfte, und war das ein stilles, gutes Leben.

Einmal kam aber das Täubchen und sprach: „Willst du mir etwas zuliebe tun?" – „Von Herzen gerne", sagte das Mädchen. Da sprach das Täubchen: „Ich will dich zu einem kleinen Häuschen führen, da geh hinein, mittendrin am Herd wird eine alte Frau sitzen und ‚guten Tag' sagen. Aber gib ihr beileibe keine Antwort, sie mag auch anfangen, was sie will, sondern geh zu ihrer rechten Hand weiter, da ist eine Türe, die mach auf, so wirst du in eine Stube kommen, wo eine Menge von Ringen allerlei Art auf dem Tisch liegt, darunter sind prächtige mit glitzerigen Steinen, die laß aber liegen und suche einen schlichten heraus, der auch darunter sein muß, und bringe ihn zu mir her, so geschwind du kannst." Das Mädchen ging zu dem Häuschen und trat zu der Türe ein; da saß eine Alte, die machte große Augen, wie sie sie erblickte, und sprach: „Guten Tag, mein Kind." Es gab ihr aber keine Antwort und ging auf die Türe zu. „Wo hinaus?" rief sie und faßte es beim Rock und wollte es festhalten; „das ist mein Haus, da darf niemand herein, wenn ich's nicht haben will." Aber das Mädchen schwieg still, machte sich von ihr los und ging gerade in die Stube hinein. Da lag nun auf dem Tisch eine übergroße Menge von Ringen, die glitzten und glimmerten ihm vor den Augen; es warf sie herum und suchte nach dem schlichten, konnte ihn aber nicht finden. Wie sie so suchte, sah es die Alte, wie sie daherschlich und einen Vogelkäfig in der Hand hatte und damit fort wollte. Da ging es auf sie zu und nahm ihr den Käfig aus der Hand, und wie es ihn aufhob und hineinsah, saß ein Vogel darin, der hatte den schlichten Ring im Schnabel. Da nahm es den Ring und lief ganz froh damit zum Haus hinaus und dachte, das weiße Täubchen würde kommen und den Ring holen, aber es kam nicht. Da lehnte es sich an einen Baum und wollte auf das Täubchen warten, und wie es so stand, da war es, als würde der Baum weich und biegsam und senkte seine Zweige herab. Und auf einmal schlangen sich die Zweige um es herum und waren zwei Arme, und wie es sich umsah, war der Baum ein schöner Mann, der es umfaßte und herzlich küßte und sagte: „Du hast mich erlöst und aus der Gewalt der Alten befreit, die eine böse Hexe ist. Sie hatte mich in einen Baum verwandelt, und alle Tage ein paar Stunden war ich eine weiße Taube, und solange sie den Ring besaß, konnte ich meine menschliche Gestalt nicht wieder erhalten." Da waren auch seine Bedienten und Pferde von dem Zauber frei, die sie auch in Bäume verwandelt hatte, und standen neben ihm. Da fuhren sie fort in sein Reich, denn er war eines Königs Sohn, und sie heirateten sich und lebten glücklich.

Die drei Brüder

Es war ein Mann, der hatte drei Söhne und weiter nichts im Vermögen als das Haus, worin er wohnte. Nun hätte jeder gerne nach seinem Tode das Haus gehabt, dem Vater war aber einer so lieb als der andere; da wußte er nicht, wie er's anfangen sollte, daß er keinem zu nahe tät; verkaufen wollte er das Haus auch nicht, weil's von seinen Voreltern war, sonst hätte er das Geld unter sie geteilt. Da fiel ihm endlich ein Rat ein, und er sprach zu seinen Söhnen: „Geht in die Welt und versucht euch und lerne jeder sein Handwerk; wenn ihr dann wiederkommt, wer das beste Meisterstück macht, der soll das Haus haben."

Das waren die Söhne zufrieden, und der älteste wollte ein Hufschmied, der zweite ein Barbier, der dritte aber ein Fechtmeister werden. Darauf bestimmten sie eine Zeit, wo sie wieder nach Haus zusammenkommen wollten, und zogen fort. Es traf sich auch, daß jeder einen tüchtigen Meister fand, wo er was Rechtschaffenes lernte.

Der Schmied mußte des Königs Pferde beschlagen und dachte: „Nun kann dir's nicht fehlen, du kriegst das Haus. Der Barbier rasierte lauter vornehme Herren und meinte auch, das Haus wäre schon sein. Der Fechtmeister kriegte manchen Hieb, biß aber die Zähne zusammen und ließ sich's nicht verdrießen: denn er dachte bei sich: Fürchtest du dich vor einem Hieb, so kriegst du das Haus nimmermehr. Als nun die gesetzte Zeit herum war, kamen sie bei ihrem Vater wieder zusammen; sie wußten aber nicht, wie sie die beste Gelegenheit finden sollten, ihre Kunst zu zeigen, saßen beisammen und ratschlagten. Wie sie so saßen, kam auf einmal ein Hase übers Feld dahergelaufen. „Ei“, sagte der Barbier, „der kommt wie gerufen“, nahm Becken und Seife, schaumte so lange, bis der Hase in die Nähe kam, dann seifte er ihn in vollem Laufe ein und rasierte ihm auch in vollem Laufe ein Stutzbärtchen, und dabei schnitt er ihn nicht und tat ihm an keinem Haare weh. „Das gefällt mir“, sagte der Vater, „wenn sich die andern nicht gewaltig angreifen, so ist das Haus dein.“ Es währte nicht lang, so kam ein Herr in einem Wagen dahergefahren in vollem Jagen. „Nun sollt Ihr sehen, Vater, was ich kann“, sprach der Hufschmied, sprang dem Wagen nach, riß dem Pferd, das in einem fortjagte, die vier Hufeisen ab und schlug ihm auch im Jagen vier neue wieder an. „Du bist ein ganzer Kerl“, sprach der Vater, „du machst deine Sachen so gut wie dein Bruder; ich weiß nicht, wem ich das Haus geben soll.“ Da sprach der dritte: „Vater, laßt mich auch einmal gewähren“, und weil es anfing zu regnen, zog er seinen Degen und schwenkte ihn in Kreuzhieben über seinen Kopf, daß kein Tropfen auf ihn fiel; und als der Regen stärker ward und endlich so stark, als ob man mit Mulden vom Himmel gösse, schwang er den Degen immer schneller und blieb so trocken, als säße er unter Dach und Fach. Wie der Vater das sah, erstaunte er und sprach: „Du hast das beste Meisterstück gemacht, das Haus ist dein.“

Die beiden andern Brüder waren damit zufrieden, wie sie vorher gelobt hatten, und weil sie einander so lieb hatten, blieben sie alle drei zusammen im Haus und trieben ihr Handwerk; und da sie so gut ausgelernt hatten und so geschickt waren, verdienten sie viel Geld. So lebten sie vergnügt bis in ihr Alter zusammen, und als der eine krank ward und starb, grämten sich die zwei andern so sehr darüber, daß auch sie krank wurden und bald starben. Da wurden sie, weil sie so geschickt gewesen waren und sich so lieb gehabt hatten, alle drei zusammen in ein Grab gelegt.

Einäuglein, Zweiäuglein, Dreiäuglein

Es war einmal eine Frau, die hatte drei Töchter. Die älteste davon hieß Einäuglein, weil sie nur ein einziges Auge mitten auf der Stirn hatte. Die mittlere hieß Zweiäuglein, weil sie zwei Augen hatte wie alle anderen Menschen, und die jüngste Dreiäuglein, weil sie drei Augen hatte. Das dritte Auge stand bei ihr gleichfalls mitten auf der Stirn.

Weil nun Zweiäuglein nicht anders aussah als andere Menschenkinder, konnten es die Schwestern und die Mutter nicht leiden. Sie sprachen zu ihm: „Du mit deinen zwei Augen bist nicht besser als das gewöhnliche Volk, du gehörst nicht zu uns!" Und sie stießen es herum, warfen ihm schlechte Kleider hin und gaben ihm nur das zu essen, was sie selbst übrigließen. Dabei taten sie ihm noch Herzeleid an, wo sie nur konnten.

Nun trug es sich einmal zu, daß Zweiäuglein auf die Wiese hinausgehen und die Ziege hüten mußte. Es war aber noch hungrig, weil ihm seine Schwestern so wenig zu essen gegeben hatten. Da setzte es sich auf einen Rain und fing an zu weinen. Es weinte so heftig, daß zwei Bächlein aus seinen Augen herabflossen. Als es in seinem Jammer einmal aufblickte, stand eine Frau neben ihm, die fragte: „Zweiäuglein, warum weinst du?"

Zweiäuglein antwortete: „Soll ich nicht weinen? Weil ich zwei Augen habe wie andere Menschen können mich meine Schwestern und meine Mutter nicht leiden. Sie stoßen mich aus einer Ecke in die andere, werfen mir alte Kleider hin und geben mir nichts zu essen, als was sie übriglassen. Heute haben sie mir so wenig gegeben, daß ich noch ganz hungrig bin."

Da sprach die weise Frau: „Zweiäuglein, trockne dir das Gesicht ab, ich will dir etwas sagen, damit du nicht mehr hungern mußt. Sprich zu deiner Ziege:

‚Zicklein meck,
Tischlein deck!'

und sogleich wird ein sauber gedecktes Tischlein vor dir stehen mit dem besten Essen darauf. Davon kannst du essen, so viel du magst. Wenn du satt bist und das Tischlein nicht mehr brauchst, so sprich nur:

‚Zicklein meck,
Tischlein weg!'

dann wird es sofort wieder verschwinden." Darauf ging die weise Frau wieder fort.

Zweiäuglein aber dachte: Ich muß gleich einmal versuchen, ob es wahr ist, was sie gesagt hat, denn ich bin ja so hungrig. Es sprach also:

„Zicklein meck,
Tischlein deck!"

Kaum hatte es die Worte gesprochen, stand ein Tischlein da, das mit einem weißen Tüchlein gedeckt war. Darauf war ein Teller mit Messer, Gabel und einem silbernen Löffel, und rundherum standen die schönsten Speisen. Sie rauchten und waren noch warm, als wären sie eben aus der Küche gekommen. Da sagte Zweiäuglein das kürzeste Gebet, das es wußte, dann griff es zu und ließ sich's gut schmecken.

Als es satt war, sprach es, wie es die weise Frau gelehrt hatte:

„Zicklein meck,
Tischlein weg!"

Augenblicklich war das Tischchen und alles, was darauf gestanden war, wieder verschwunden. Da hab' ich nun einen guten Koch, dachte Zweiäuglein und war vergnügt und guter Dinge.

Als es abends mit seiner Ziege heimkam, fand es ein irdenes Schüsselchen mit Essen, das ihm die Schwestern hingestellt hatten. Aber es rührte nichts an. Am andern Tag zog es mit seiner Ziege wieder hinaus und ließ die paar Brocken, die ihm gereicht wurden, abermals liegen.

Die beiden ersten Male beachteten dies die Schwestern gar nicht. Als es aber jedesmal geschah, wurden sie aufmerksam und sprachen: „Es ist etwas nicht richtig mit dem Zweiäuglein, es läßt das Essen immer stehen und hat doch sonst alles aufgegessen, was ihm gereicht wurde. Es muß sich anderswo sattessen." Damit sie aber die Wahrheit herausbekämen, sollte Einäuglein mitgehen, wenn Zweiäuglein die Ziege auf die Weide trieb. Es sollte achtgeben, was da geschähe, und ob etwa jemand dem Zweiäuglein Essen und Trinken brächte.

Als nun das Zweiäuglein wieder weggehen wollte, trat Einäuglein zu ihm und sprach: „Ich will mitgehen auf die Wiese und sehen, ob die Ziege auch ordentlich zu fressen bekommt."

Aber Zweiäuglein merkte, was Einäuglein im Sinne hatte. Es trieb die Ziege hinaus ins hohe Gras und sprach: „Komm, Einäuglein, wir wollen uns niedersetzen, ich will dir etwas vorsingen." Einäuglein setzte sich nieder, denn es war von dem ungewohnten Weg und von der Sonnenhitze müde. Zweiäuglein aber begann zu singen und sang immerzu:

„Einäuglein, wachst du?
Einäuglein, schläfst du?"

Da fiel dem Einäuglein das eine Auge zu und es schlief ein. Als Zweiäuglein sah, daß Einäuglein fest schlief und nichts verraten konnte, sprach es:

„Zicklein meck,
Tischlein deck!“

Es setzte sich an sein Tischlein und aß und trank, bis es satt war. Dann rief es wieder:

„Zicklein meck,
Tischlein weg!“

und augenblicklich war alles wieder verschwunden.

Nun weckte Zweiäuglein das Einäuglein auf und sprach: „Einäuglein, du willst die Ziege hüten und schläfst dabei ein! Inzwischen hätte das brave Tier in alle Welt laufen können! Komm, wir wollen nach Hause gehen!“

Sie gingen nach Hause, und Zweiäuglein ließ wieder sein Schüsselchen unberührt stehen. Einäuglein aber konnte der Mutter nicht verraten, warum es nicht essen wollte, und sagte zu seiner Entschuldigung: „Ich war draußen eingeschlafen.“

Am andern Tag sprach die Mutter zu Dreiäuglein: „Diesmal sollst du mitgehen und achtgeben, ob Zweiäuglein draußen ißt, und wer ihm Essen und Trinken bringt.“ Da trat Dreiäuglein zum Zweiäuglein und sprach: „Ich will mitgehen auf die Wiese und sehen, ob die Ziege auch gut gehütet wird und ordentlich zu fressen bekommt.“

Aber Zweiäuglein merkte, was Dreiäuglein im Sinne hatte. Es trieb die Ziege hinaus ins hohe Gras und sprach: „Wir wollen uns niedersetzen, Dreiäuglein, ich will dir etwas vorsingen.“ Dreiäuglein setzte sich nieder, denn es war vom Weg und der Sonnenhitze müde. Zweiäuglein aber sang wie am Vortag:

„Dreiäuglein, wachst du?“

Aber statt, daß es nun weitergesungen hätte:

„Dreiäuglein, schläfst du?“

sang es aus Unachtsamkeit:

„Zweiäuglein, schläfst du?“

So sang es immerzu:

„Dreiäuglein, wachst du?
Zweiäuglein, schläfst du?“

Da fielen dem Dreiäuglein zwei Augen zu und schliefen. Aber das dritte Auge, das von dem Sprüchlein nicht angeredet worden war, schlief nicht ein. Dreiäuglein tat es zwar zu, aber nur aus List. In Wahrheit blinzelte es und konnte alles gar wohl sehen und beobachten, was nun geschah.

Als Zweiäuglein meinte, Dreiäuglein schliefe fest, sagte es sein Sprüchlein:

„Zicklein meck,
Tischlein deck!“

Es aß und trank nach Herzenslust und ließ dann das Tischlein wieder verschwinden:

„Zicklein meck,
Tischlein weg!“

Dreiäuglein aber hatte alles mit angesehen. Nach einer Weile kam Zweiäuglein zu ihm, weckte es auf und sprach: „Ei, Dreiäuglein, bist du eingeschlafen? Du kannst gut hüten! Komm, wir wollen heimgehen!“

Als sie nach Hause kamen, aß Zweiäuglein wieder nichts, und Dreiäuglein sprach zur Mutter: „Ich weiß nun, warum das hochmütige Ding nicht ißt. Wenn sie draußen zur Ziege spricht:

‚Zicklein meck,
Tischlein deck!‘

so steht augenblicklich ein Tischlein vor ihr, das ist mit dem besten Essen besetzt, viel besser, als wir es haben. Wenn sie satt ist, spricht sie:

‚Zicklein meck,
Tischlein weg!‘

und alles ist wieder verschwunden. Ich habe alles genau mit angesehen. Zwei Augen hatte sie mir zwar mit einem Sprüchlein eingeschläfert, aber das Auge auf der Stirn, das war zum Glück wach geblieben.“

Da rief die neidische Mutter Zweiäuglein zu: „Ei, willst du es besser haben als wir? Die Lust soll dir vergehen!“ Sie holte ein Messer und stieß es der Ziege ins Herz, daß diese tot umfiel.

Als Zweiäuglein das sah, ging es voll Trauer hinaus, setzte sich auf den Feldrain und weinte bittere Tränen. Da stand auf einmal wieder die weise Frau neben ihm und sprach: „Zweiäuglein, warum weinst du?“

„Soll ich nicht weinen?“ antwortete das Mädchen. „Die Ziege, die mir jeden Tag den Tisch so schön deckte, wenn ich Euer Sprüchlein sagte, ist von meiner Mutter totgestochen worden. Nun muß ich wieder Hunger und Kummer leiden.“

Die weise Frau sprach: „Zweiäuglein, ich will dir einen guten Rat erteilen. Bitte deine Schwestern, daß sie dir die Eingeweide von der geschlachteten Ziege geben. Nimm sie und vergrab sie vor der Haustür in der Erde, es wird dein Glück sein!“ Darauf verschwand sie.

Zweiäuglein ging heim und sprach zu den Schwestern: „Liebe Schwestern, gebt mir doch etwas von meiner Ziege. Ich verlange nichts Gutes, gebt mir nur die Eingeweide!“ Da lachten die anderen und sprachen: „Die kannst du haben, wenn du weiter nichts willst.“ Zweiäuglein aber nahm die Eingeweide und vergrub sie abends in aller Stille nach dem Rat der weisen Frau vor der Haustür.

Als sie am anderen Morgen alle erwachten und vor die Haustür traten, stand da ein wunderbarer Baum. Er hatte silberne Blätter, und dazwischen hingen Früchte aus Gold. Es gab wohl nichts Schöneres und Köstlicheres auf der weiten Welt. Sie wußten nicht, wie der Baum in der Nacht hiehergekommen war. Zweiäuglein aber merkte, daß er aus den Eingeweiden der Ziege herausgewachsen war, denn er stand gerade an der Stelle, wo sie diese in der Nacht vergraben hatte.

Da sprach die Mutter zu Einäuglein: „Steig hinauf, mein Kind, und pflück uns die Früchte von dem Baume!“ Einäuglein stieg hinauf. Als es aber einen von den goldenen Äpfeln fassen wollte, fuhr ihm der Zweig aus den Händen. Das geschah jedesmal, so daß es keinen einzigen Apfel pflücken konnte, es mochte sich anstellen, wie es wollte.

Da sprach die Mutter: „Dreiäuglein, steig du hinauf! Du kannst mit deinen drei Augen besser um dich schauen als Einäuglein“ Einäuglein rutschte herunter und Dreiäuglein stieg hinauf. Doch Dreiäuglein war nicht geschickter und mochte schauen, wie es wollte, die goldenen Äpfel wichen immer zurück.

Endlich wurde die Mutter ungeduldig. Sie stieg selbst hinauf, konnte aber ebensowenig wie Einäuglein und Dreiäuglein die Früchte fassen und griff immer in die Luft.

Da sprach Zweiäuglein: „Ich will hinaufsteigen, vielleicht gelingt es mir.“ Die Schwestern riefen zwar: „Du mit deinen zwei Augen, was willst du wohl erreichen!“ Aber Zweiäuglein stieg hinauf, und die goldenen Äpfel wichen nicht vor ihm zurück, sondern fielen wie von selbst in seine Hände herab, so daß es einen nach dem anderen abpflücken konnte und ein ganzes Schürzchen voll mit herunterbrachte.

Die Mutter nahm sie ihm alle ab. Aber statt, daß sie nun alle das arme Zweiäuglein besser behandelt hätten, gingen sie nur noch härter mit ihm um, weil sie neidisch waren, daß Zweiäuglein allein die goldenen Früchte pflücken konnte.

Da trug es sich einmal zu, daß sie alle beisammen unter dem Baum standen, als ein junger Ritter daherkam. „Geschwind, Zweiäuglein!" riefen die Schwestern, „versteck dich, daß wir uns deiner nicht schämen müssen!" Sie stürzten über das arme Zweiäuglein in aller Eile ein leeres Faß, das gerade unter dem Baum stand, und schoben die goldenen Äpfel, die es abgepflückt hatte, auch darunter.

Als nun der Ritter näher kam, hielt er sein Pferd an, bewunderte den prächtigen Baum aus Gold und Silber und sprach zu den beiden Schwestern: „Wem gehört dieser schöne Baum? Wer mir einen Zweig davon gäbe, könnte dafür verlangen, was er wollte."

Da antworteten Einäuglein und Dreiäuglein, der Baum gehörte ihnen, und sie wollten ihm gern einen Zweig davon abbrechen. Sie gaben sich auch beide große Mühe, aber sie waren es nicht imstande, denn die Zweige und Früchte wichen jedesmal vor ihnen zurück.

Da sprach der Ritter: „Das ist aber seltsam, daß der Baum euch gehört und ihr doch nicht die Macht habt, einen Zweig davon abzubrechen." Sie blieben aber dabei, der Baum wäre ihr Eigentum.

Während sie so sprachen, rollte Zweiäuglein unter dem Faß ein paar goldene Äpfel hervor, so daß sie gerade dem Ritter vor die Füße hinliefen. Zweiäuglein war böse, daß Einäuglein und Dreiäuglein nicht die Wahrheit sagten. Als der Ritter die Äpfel sah, war er erstaunt und fragte, woher sie kämen. Einäuglein und Dreiäuglein antworteten, sie hätten noch eine Schwester, die dürfte sich aber nicht sehen lassen, weil sie nur zwei Augen hätte, wie andere gewöhnliche Menschen. Der Ritter aber rief: „Zweiäuglein, komm hervor!"

Da kam Zweiäuglein getrost unter dem Faß hervor, und der Ritter war überrascht von seiner großen Schönheit. Er sprach: „Zweiäuglein, kannst du mir einen Zweig abbrechen?"

„Ja", antwortete Zweiäuglein, „das kann ich wohl, denn der Baum gehört mir." Es stieg hinauf und brach ohne Mühe einen Zweig mit goldenen Früchten ab und reichte ihn dem Ritter.

Da sprach dieser: „Zweiäuglein, was soll ich dir für diesen Zweig geben?"

„Ach", antwortete Zweiäuglein, „ich leide Hunger und Durst, Kummer und Not vom frühen Morgen bis zum späten Abend. Wenn Ihr mich mitnehmen wolltet, so wäre ich glücklich."

Da hob der Ritter das Zweiäuglein auf sein Pferd und brachte es heim auf sein väterliches Schloß. Dort gab er ihm schöne Kleider und Essen und Trinken nach Herzenslust. Und weil er es gar so lieb hatte, machte er es nicht lange darauf zu seiner Gemahlin, und die Hochzeit wurde mit großer Pracht gefeiert.

Als nun Zweiäuglein von dem schönen Ritter fortgeführt worden war, hatten es seine beiden Schwestern sehr um sein Glück beneidet. Doch bald trösteten sie sich. Der Baum bleibt uns doch, dachten sie. Können wir auch keine Früchte davon brechen, so wird doch jedermann davor stehenbleiben und ihn bewundern. Wer weiß, was wir noch für ein Glück machen!

Aber am andern Morgen war der Baum verschwunden und ihre ganze Hoffnung dahin. Als Zweiäuglein bei seinem Kämmerlein hinaussah, stand er zu seiner großen Freude davor!

Zweiäuglein lebte nun lange Zeit vergnügt in seinem Schloß. Einmal kamen zwei arme Frauen zu ihm und baten um ein Almosen. Da schaute ihnen Zweiäuglein ins Gesicht und erkannte seine Schwestern Einäuglein und Dreiäuglein, die so in Not geraten waren, daß sie umherziehen und betteln mußten. Zweiäuglein aber hieß sie willkommen, tat ihnen Gutes und pflegte sie. Da bereuten die beiden von Herzen, daß sie ihrer Schwester einst so viel Böses angetan hatten.

Das Hirtenbüblein

Es war einmal ein Hirtenbüblein, das war wegen der weisen Antworten, die es auf alle Fragen gab, weit und breit berühmt. Auch der König des Landes hörte davon, glaubte es nicht und ließ das Büblein zu sich kommen. Er sprach zu ihm: „Wenn du mir drei Fragen, die ich dir stellen werde, beantworten kannst, werde ich dich halten wie mein eigenes Kind, und du sollst bei mir in meinem Schlosse wohnen."

Da fragte das Büblein: „Wie heißen die drei Fragen?"

Der König sagte: „Die erste lautet: Wie viele Tropfen Wasser sind im Weltmeer?"

Das Hirtenbüblein antwortete: „Herr König, laßt alle Bäche und Flüsse auf der Erde verstopfen, damit kein Tropfen Wasser mehr daraus ins Meer läuft. Wenn das geschehen ist, dann will ich Euch sagen, wie viele Tropfen im Meere sind."

Da sprach der König: „Die zweite Frage lautet: Wie viele Sterne stehen am Himmel?"

Das Hirtenbüblein sagte: „Gebt mir einen großen Bogen weißes Papier!" Dann machte es mit einer Feder so viel feine Punkte darauf, daß sie kaum zu sehen waren und einem die Augen übergingen, wenn man daraufblickte. Dann sprach es: „So viele Sterne stehen am Himmel, als hier Punkte auf dem Papier, zählt sie nur." Aber niemand war es imstande.

Da sprach der König: „Die dritte Frage lautet: Wie viele Sekunden hat die Ewigkeit?"

Da sagte das Hirtenbüblein: „In Hinterpommern liegt der Demantberg. Er hat eine Stunde in die Höhe, eine Stunde in die Breite und eine Stunde in die Tiefe. Dahin kommt alle hundert Jahre ein Vöglein und wetzt sein Schnäblein daran. Wenn der ganze Berg abgewetzt ist, dann ist die erste Sekunde der Ewigkeit vorbei."

Da sprach der König: „Du hast die drei Fragen aufgelöst wie ein Weiser. Von nun an sollst du bei mir in meinem königlichen Schlosse wohnen, und ich will dich halten wie mein eigenes Kind."

Das Waldhaus

Ein armer Holzhauer lebte mit seiner Frau und drei Töchtern in einer kleinen Hütte am Rande eines einsamen Waldes. Eines Morgens, als er an seine Arbeit gehen wollte, sagte er zu seiner Frau: „Laß mir mein Mittagsbrot von dem ältesten Mädchen hinaus in den Wald bringen, ich werde sonst mit meiner Arbeit nicht fertig. Damit sich das Kind nicht verirrt, will ich einen Beutel mit Hirse mitnehmen und die Körner auf den Weg streuen."

Als nun die Sonne mitten über dem Wald stand, machte sich das Mädchen mit einem Topf voll Suppe auf den Weg. Aber die Feld- und Waldsperlinge, die Lerchen und Finken, Amseln und Zeisige hatten die Hirse schon längst aufgepickt, und das Mädchen konnte den Weg nicht finden. Da ging es auf gut Glück immer fort, bis die Sonne sank und die Nacht hereinbrach. Die Bäume rauschten in der Dunkelheit, die Eulen schnarrten, und dem Mädchen wurde angst und bange.

Da erblickte es in der Ferne ein Licht, das zwischen den Bäumen durchschimmerte. Dort werden wohl Menschen wohnen, die mich über Nacht behalten, dachte das Mädchen, und ging auf das Licht zu. Es dauerte nicht lange, so kam es zu einem Haus, dessen Fenster erleuchtet waren.

Es klopfte an, und eine rauhe Stimme rief: „Herein!“ Das Mädchen trat in die dunkle Diele und pochte an die Stubentür.

„Nur herein!“ rief die Stimme.

Als das Mädchen öffnete, sah es einen alten, eisgrauen Mann beim Tisch sitzen, der das Gesicht auf beide Hände gestützt hatte. Sein weißer Bart floß über den Tisch herab fast bis auf die Erde. Am Ofen lagen drei Tiere, ein Hühnchen, ein Hähnchen und eine buntgescheckte Kuh.

Das Mädchen erzählte dem Alten, daß es sich verirrt habe, und bat um ein Nachtlager. Der Mann sprach:

„Schön Hühnchen,
schön Hähnchen
und du, schöne bunte Kuh,
was sagst du dazu?“

„Duks!“ antworteten die Tiere, und das mußte wohl heißen: „Wir sind einverstanden“, denn der Alte sprach weiter: „Es ist alles in Hülle und Fülle da, geh hinaus zum Herd und koch uns ein Abendessen!“

Das Mädchen fand in der Küche alles, was es brauchte, und kochte eine gute Speise, aber an die Tiere dachte es nicht. Es trug die volle Schüssel auf den Tisch, setzte sich zu dem grauen Mann, aß und stillte seinen Hunger. Als es satt war, sprach es: „Aber jetzt bin ich müde. Wo ist ein Bett, in dem ich schlafen kann?“

Die Tiere antworteten:

„Du hast mit ihm gegessen,
du hast mit ihm getrunken,
du hast an uns gar nicht gedacht,
nun sieh auch, wo du bleibst die Nacht!“

Da sprach der Alte: „Steig nur die Treppe hinauf, da wirst du eine Kammer mit zwei Betten finden. Schüttle sie auf und beziehe sie mit weißem Linnen. Ich will dann auch gleich kommen und mich schlafen legen.“

Das Mädchen stieg hinauf, und als es die Betten geschüttelt und frisch bezogen hatte, legte es sich in das eine Bett, ohne weiter auf den Alten zu warten.

Nach einiger Zeit kam der grauhaarige Mann, beleuchtete das Mädchen mit dem Licht und schüttelte den Kopf. Als er sah, daß es fest eingeschlafen war, öffnete er eine Falltüre und ließ die Schlafende in den Keller sinken.

Der Holzhauer kam am späten Abend nach Hause und machte seiner Frau Vorwürfe, daß sie ihn den ganzen Tag habe hungern lassen. „Ich habe keine Schuld", antwortete sie. „Das Mädchen ist mit dem Mittagessen hinausgegangen, es muß sich verirrt haben. Morgen wird es schon wieder kommen!"

Vor Tagesanbruch stand der Holzhauer auf, wollte wieder in den Wald gehen und verlangte, daß diesmal die zweite Tochter das Essen bringe. „Ich will einen Beutel mit Linsen mitnehmen", sagte er. „Die Körner sind größer als Hirse, das Mädchen wird sie besser sehen und den Weg nicht verfehlen."

Zur Mittagszeit trug das Mädchen das Essen hinaus, aber die Linsen waren verschwunden. Die Waldvögel hatten sie wie am Tage vorher aufgepickt und nichts davon übriggelassen. Das Mädchen irrte im Walde umher, bis es Nacht wurde. Dann kam es ebenfalls zu dem Hause des Alten, wurde hineingerufen und bat um Speise und Nachtlager. Und wieder fragte der Mann mit dem weißen Bart die Tiere:

„Schön Hühnchen,
schön Hähnchen
und du, schöne bunte Kuh,
was sagst du dazu?"

Die Tiere antworteten abermals: „Duks!" und es geschah alles wie am vorigen Tag. Das Mädchen kochte eine gute Speise, aß und trank mit dem Alten und kümmerte sich nicht um die Tiere. Als es zuletzt um ein Nachtlager fragte, antworteten diese:

„Du hast mit ihm gegessen,
du hast mit ihm getrunken,
du hast an uns gar nicht gedacht,
nun sieh auch, wo du bleibst die Nacht!"

Nachdem das Mädchen eingeschlafen war, kam der Alte, betrachtete es mit Kopfschütteln und ließ es in den Keller hinunter.

Am dritten Morgen sprach der Holzhauer zu seiner Frau: „Schicke mir heute unser jüngstes Kind mit dem Essen hinaus. Es ist immer gut und gehorsam gewesen, es wird auf dem rechten Weg bleiben und nicht wie seine Schwestern, die wilden Hummeln, herumschwärmen."

Die Mutter wollte nicht und sprach: „Soll ich mein liebstes Kind auch noch verlieren?"

„Sei ohne Sorge", antwortete der Mann, „das Mädchen verirrt sich nicht, es ist zu klug und verständig. Zur Vorsicht will ich überdies Erbsen mitnehmen und ausstreuen, die sind noch größer als Linsen und werden ihm den Weg zeigen."

Aber als das Mädchen mit dem Korb am Arm hinauskam, hatten die Waldtauben die Erbsen schon im Kropf, und das Kind wußte nicht, wohin es sich wenden sollte. Es war voll Sorge und dachte beständig daran, wie der arme Vater hungern und die gute Mutter jammern würde, wenn es ausblieb.

Endlich, als es finster wurde, erblickte es das Lichtchen und kam zu dem Waldhaus. Es bat freundlich, sie möchten es über Nacht beherbergen, und der Mann mit dem weißen Bart fragte wieder seine Tiere:

„Schön Hühnchen,
schön Hähnchen
und du, schöne bunte Kuh,
was sagst du dazu?"

„Duks!" sagten sie. Da trat das Mädchen an den Ofen, wo die Tiere lagen. Es liebkoste Hühnchen und Hähnchen, indem es mit der Hand über ihre glatten Federn strich, und streichelte die bunte Kuh zwischen den Hörnern.

Als es auf Geheiß des Alten eine gute Suppe bereitete und die Schüssel auf den Tisch gestellt hatte, sprach es: „Soll ich mich sättigen, und die guten Tiere sollen nichts haben? Draußen ist Futter in Hülle und Fülle, erst will ich für die Tiere sorgen."

Es ging hinaus, holte Gerste, streute sie dem Hühnchen und Hähnchen vor und brachte der Kuh einen ganzen Arm voll wohlriechenden Heus. „Laßt's euch schmekken, ihr lieben Tiere!" sagte das Mädchen. „Und wenn ihr durstig seid, sollt ihr auch einen frischen Trunk haben!" Es trug einen Eimer voll Wasser herein. Hühnchen und Hähnchen sprangen auf den Rand des Eimers, steckten den Schnabel hinein und hielten den Kopf dann in die Höhe, wie die Vögel eben trinken. Auch die bunte Kuh tat einen herzhaften Zug.

Als die Tiere gefüttert waren, setzte sich das Mädchen zu dem Alten an den Tisch und aß, was er ihm übriggelassen hatte. Nicht lange darauf fingen Hühnchen und Hähnchen an, das Köpfchen zwischen die Flügel zu stecken, und die bunte Kuh blinzelte mit den Augen. Da sprach das Mädchen: „Sollen wir uns nicht zur Ruhe begeben?

„Schön Hühnchen,
schön Hähnchen
und du, schöne bunte Kuh,
was sagst du dazu?"

Die Tiere antworteten „Duks!

> Du hast mit uns gegessen,
> du hast mit uns getrunken,
> du hast uns alle wohlbedacht,
> wir wünschen dir eine gute Nacht!“

Da ging das Mädchen die Treppe hinauf, schüttelte die Federkissen und bezog die Betten frisch. Als es fertig war, kam der Alte, legte sich in das eine Bett, und sein weißer Bart reichte ihm bis an die Füße. Das Mädchen legte sich in das andere Bett, sprach sein Gebet und schlief ein.

Es schlief ruhig bis Mitternacht. Da wurde es so unruhig in dem Hause, daß das Mädchen erwachte. In allen Ecken fing es an zu knittern und zu knattern, die Tür sprang auf und schlug an die Wand. Die Balken dröhnten, als ob sie aus den Fugen gerissen würden, und es war, als ob die Treppe einstürzte. Endlich krachte es, als ob das ganze Dach zusammenfiele. Dann wurde es wieder still, und da dem Mädchen kein Leid geschah, blieb es ruhig liegen und schlief wieder ein.

Als es aber am Morgen bei hellem Sonnenschein aufwachte, was erblickten da seine Augen! Es lag in einem großen Saal, und ringsumher glänzte alles in königlicher Pracht. An den Wänden wuchsen auf grünseidenem Grund goldene Blumen in die Höhe. Das Bett war aus Elfenbein, und die Decke darauf aus rotem Samt. Auf einem Stuhl daneben standen mit Perlen bestickte Pantoffeln. Das Mädchen glaubte, das alles wäre nur ein Traum.

Da traten drei reichgekleidete Diener herein und fragten, was es zu befehlen hätte. „Geht nur“, antwortete das Mädchen, „ich will gleich aufstehen und dem Alten eine Suppe kochen und auch schön Hühnchen, schön Hähnchen und die schöne bunte Kuh füttern.“

Das Mädchen dachte, der Alte wäre schon aufgestanden und sah sich nach seinem Bett um. Aber an seiner Stelle lag ein fremder Mann darinnen. Während ihn das Mädchen betrachtete und darüber staunte, wie jung und schön er war, erwachte er, richtete sich auf und sprach:

„Ich bin ein Königssohn und war von einer bösen Hexe verwünscht worden, als alter, eisgrauer Mann im Walde zu leben. Niemand sollte um mich sein als meine drei Diener in Gestalt eines Hühnchens, eines Hähnchens und einer bunten Kuh. Und wir sollten nicht eher erlöst werden, als bis ein Mädchen zu uns käme, das nicht nur gegen mich, sondern auch gegen die Tiere gut und hilfreich wäre. Das bist du gewesen, und heute um Mitternacht sind wir durch dich erlöst worden, und das alte Waldhaus wurde wieder in meinen königlichen Palast zurückverwandelt.“

Als sie aufgestanden waren, sagte der Königssohn zu den drei Dienern, sie sollten hinfahren und Vater und Mutter des Mädchens zur Hochzeitsfeier herbeiholen.

„Aber wo sind meine zwei Schwestern?" fragte das Mädchen.

„Die habe ich in den Keller gesperrt", antwortete der Königssohn. „Morgen werden sie in den Wald geführt werden, sie sollen bei einem Köhler so lange als Mägde dienen, bis sie sich gebessert haben und auch die armen Tiere nicht hungern lassen!"

Die weiße Schlange

Es ist nun schon lang her, da lebte ein König, dessen Weisheit im ganzen Lande berühmt war. Nichts blieb ihm unbekannt, und es war, als ob ihm Nachricht von den verborgensten Dingen durch die Luft zugetragen würde. Er hatte aber eine seltsame Gewohnheit. Jeden Mittag, wenn von der Tafel alles abgetragen und niemand mehr zugegen war, mußte ein vertrauter Diener noch eine Schüssel bringen. Sie war zugedeckt, und der Diener wußte selbst nicht, was darinnen war. Kein Mensch wußte es, denn der König deckte sie nicht eher auf und aß nicht davon, bis er ganz allein war.

Das hatte schon lange Zeit gedauert, da packte eines Tages den Diener, der die Schüssel wieder wegtrug, die Neugierde. Er konnte nicht widerstehen und brachte die Schüssel in seine Kammer. Als er die Tür sorgfältig verschlossen hatte, hob er den Deckel auf. Da sah er, daß eine weiße Schlange darinnen lag. Bei ihrem Anblick konnte sich der Diener nicht zurückhalten, sie zu kosten. Er schnitt ein Stückchen davon ab und steckte es in den Mund. Kaum aber hatte es seine Zunge berührt, da hörte er vor seinem Fester ein seltsames Gewisper von feinen Stimmen. Er ging und horchte. Da merkte er, daß es die Spatzen waren, die miteinander sprachen und sich allerlei erzählten, was sie in Feld und Wald gesehen hatten. Weil er von der weißen Schlange gegessen hatte, konnte er nun die Sprache der Tiere verstehen!

Nun trug es sich zu, daß gerade an diesem Tage die Königin ihren schönsten Ring vermißte. Auf den vertrauten Diener, der überall Zugang hatte, fiel der Verdacht, er habe ihn gestohlen. Der König ließ ihn zu sich kommen. Er drohte ihm unter heftigen Scheltworten, er werde ihn als Dieb vor Gericht stellen, wenn er den Täter bis morgen nicht zu nennen wüßte. Der Diener beteuerte seine Unschuld, aber es half nichts. Der König ließ nicht mit sich reden.

In seiner Unruhe und Angst ging der Diener in den Hof und überlegte, wie er sich in seiner Not helfen könnte. Da saßen die Enten an einem fließenden Wasser friedlich nebeneinander und ruhten. Sie putzten sich mit ihren Schnäbeln glatt und hielten ein vertrauliches Gespräch. Der Diener blieb stehen und hörte ihnen zu. Sie erzählten einander, wo sie heute morgen überall herumgewackelt waren und was für gutes Futter sie gefunden hätten. Da sagte eine Ente verdrießlich: „Mir liegt etwas schwer im Magen. Ich habe einen Ring, der unter der Königin Fenster lag, in der Hast mit hinuntergeschluckt."

Da packte sie der Diener gleich beim Kragen, trug sie in die Küche und sprach zum Koch: „Schlachte doch diese Ente ab, sie ist schon dick und fett!"

„Ja", sagte der Koch und wog sie in der Hand, „die hat keine Mühe gescheut, sich zu mästen und schon lange darauf gewartet, gebraten zu werden." Er schnitt ihr den Hals ab, und als sie ausgenommen wurde, fand man den Ring der Königin in ihrem Magen.

Der Diener konnte nun leicht vor dem König seine Unschuld beweisen. Da dieser sein Unrecht wieder gutmachen wollte, erlaubte er ihm, sich eine Gnade auszubitten. Er versprach ihm die höchste Ehrenstelle, die er an seinem Hofe zu vergeben hätte.

Der Diener aber schlug alles aus und bat nur um ein Pferd und etwas Reisegeld. Er wollte sich ein wenig die Welt ansehen und eine Weile darin umherziehen. Als seine Bitte erfüllt worden war, machte er sich auf den Weg und kam eines Tages an einem Teich vorbei. Da bemerkte er drei Fische, die sich im Rohr gefangen hatten und nach Wasser schnappten. Obgleich man sagt, die Fische wären stumm, vernahm er doch ihre Klage, daß sie so elend umkommen müßten. Weil er ein mitleidiges Herz hatte, stieg er vom Pferde und setzte die drei gefangenen Fische wieder ins Wasser. Sie zappelten vor Freude, streckten die Köpfe heraus und riefen ihm zu: „Wir wollen dir's gedenken und dir's vergelten, daß du uns errettet hast!"

Der Jüngling ritt weiter, und nach einem Weilchen kam es ihm vor, als hörte er zu seinen Füßen im Sand eine Stimme. Er horchte und vernahm, wie ein Ameisenkönig klagte: „Wenn uns nur die Menschen mit diesen Pferden vom Leibe blieben! Da tritt mir so ein dummes Roß mit seinen schweren Hufen meine Leute ohne Barmherzigkeit nieder!" Als der Diener das hörte, lenkte er auf einen Seitenweg ein, und der Ameisenkönig rief ihm zu: „Wir wollen dir's gedenken und dir's vergelten!"

Nun führte der Weg den Diener in einen Wald. Da sah er einen Rabenvater und eine Rabenmutter, die standen bei ihrem Nest und warfen ihre Jungen heraus: „Fort mit euch, ihr Lumpenpack!" riefen sie. „Wir können euch nicht mehr satt machen. Ihr seid groß genug und könnt euch selbst ernähren!" Die armen Jungen lagen auf der Erde, flatterten, schlugen mit ihren Fittichen und schrien: „Wir hilflosen Kinder, wir sollen uns selbst ernähren und können doch noch nicht einmal fliegen! Was bleibt uns übrig, als hier Hungers zu sterben!"

Da stieg der Jüngling ab, tötete sein Pferd mit dem Degen und überließ es den jungen Raben als Futter. Die kamen herbeigehüpft, sättigten sich und riefen: „Wir wollen dir's gedenken und dir's vergelten!"

Jetzt mußte der Bursche zu Fuß weiterwandern. Als er lange Zeit gegangen war, kam er in eine große Stadt. Da war ein Lärmen und Drängen in den Straßen, und ein Reiter kam daher, der verkündete mit lauter Stimme, daß die Königstochter einen Gemahl suche. Wer sich aber um sie bewerben wolle, der müsse eine schwere Aufgabe vollbringen. Könne er sie nicht glücklich ausführen, so habe er sein Leben verwirkt. Viele hätten es schon versucht, aber vergeblich ihr Leben aufs Spiel gesetzt.

Als der Jüngling die Königstochter sah, gefiel sie ihm so sehr, daß er alle Gefahren vergaß. Er trat vor den König hin und meldete sich als Freier. Alsbald wurde er hinaus ans Meer geführt, und vor seinen Augen wurde ein goldener Ring hineingeworfen. Darauf befahl ihm der König, diesen Ring wieder vom Meeresgrund herauszuholen. „Wenn du ohne Ring wieder in die Höhe kommst, wirst du so oft aufs neue hinabgestürzt, bis du in den Wellen umkommst!" fügte der König hinzu.

Alle bedauerten den Jüngling und ließen ihn dann einsam am Meer zurück. Er stand am Ufer und überlegte, was er tun sollte. Da sah er auf einmal drei Fische daherschwimmen. Es waren keine anderen als jene, welchen er das Leben gerettet hatte. Der mittlere hielt eine Muschel im Mund, die er zu Füßen des Jünglings hinlegte. Als dieser sie aufhob und öffnete, lag der Goldring darin! Voll Freude brachte er ihn dem König und erwartete, daß er ihm nun den versprochenen Lohn gewähren würde.

Die Königstochter aber war sehr stolz, sie verschmähte den Burschen, weil er ihr nicht ebenbürtig war, und verlangte, daß er noch eine zweite Aufgabe löste. Sie ging hinab in den Garten und streute zehn Säcke voll Hirse ins Gras. „Die muß er morgen, ehe die Sonne hervorkommt, aufgelesen haben", sprach sie, „und es darf kein Körnchen fehlen!"

Der Jüngling setzte sich in den Garten und dachte nach, wie es möglich wäre, auch diese Aufgabe zu lösen. Aber es fiel ihm nichts ein, er saß ganz traurig da und erwartete, daß man ihn bei Anbruch des Morgens zum Tode führen würde.

Als aber die ersten Sonnenstrahlen in den Garten fielen, sah er die zehn Säcke alle wohlgefüllt nebeneinander stehen und kein Körnchen fehlte darin. Der Ameisenkönig war in der Nacht mit seinen tausend und aber tausend Ameisen gekommen, und die dankbaren Tiere hatten die Hirse mit großer Emsigkeit aufgelesen und in die Säcke gesammelt. Die Königstochter kam selbst in den Garten herab und sah mit Verwunderung, daß der Jüngling auch die zweite Aufgabe gelöst hatte.

Sie konnte jedoch ihr stolzes Herz noch immer nicht bezwingen und sprach: „Hat er auch die beiden Aufgaben gelöst, so soll er doch nicht eher mein Gemahl werden, bis er mir einen Apfel vom Baum des Lebens gebracht hat!"

Der Jüngling wußte nicht, wo der Baum des Lebens stand. Er machte sich auf und wollte immerzu gehen, solange ihn seine Beine trügen. Aber er hatte keine Hoffnung, den Baum des Lebens zu finden. Als er schon durch drei Königreiche gewandert war und abends in einen Wald kam, setzte er sich unter einen Baum und wollte schlafen. Da hörte er in den Ästen ein Geräusch, und ein goldener Apfel fiel in seine Hand. Zugleich flogen drei Raben zu ihm herab, setzten sich auf seine Knie und sagten: „Wir sind die drei jungen Raben, die du einst vor dem Hungertode gerettet hast. Als wir groß geworden waren und hörten, daß du den goldenen Apfel suchst, sind wir über das Meer geflogen bis ans Ende der Welt, wo der Baum des Lebens steht. Von dort haben wir dir den Apfel geholt."

Voll Freude machte sich nun der Jüngling auf den Heimweg. Er brachte der schönen Königstochter den goldenen Apfel, und jetzt blieb ihr keine Ausrede mehr übrig, sie mußte den Jüngling zum Gemahl nehmen. Sie teilten den Apfel des Lebens und aßen ihn mitsammen auf. Da wurde das Herz der Königstochter mit Liebe zu dem Jüngling erfüllt, und sie lebten miteinander in ungestörtem Glück bis ins hohe Alter.

Das Märchen vom Schlaraffenland

In der Schlaraffenzeit da ging ich und sah: an einem kleinen Seidenfaden hing Rom und der Lateran, und ein fußloser Mann, der überlief ein schnelles Pferd, und ein bitterscharfes Schwert, das durchhieb eine Brücke. Da sah ich einen jungen Esel mit einer silbernen Nase, der jagte hinter zwei schnellen Hasen her, und eine Linde, die war breit, auf der wuchsen heiße Fladen. Da sah ich eine alte dürre Geiß, trug wohl hundert Fuder Schmalzes an ihrem Leibe und sechzig Fuder Salzes. Ist das nicht gelogen genug? Da sah ich ackern einen Pflug ohne Roß und Rinder, und ein jähriges Kind warf vier Mühlsteine von Regensburg bis nach Trier und von Trier hinein in Straßburg, und ein Habicht schwamm über den Rhein; das tat er mit vollem Recht. Da hört ich Fische miteinander Lärm anfangen, daß es in den Himmel hinaufscholl, und ein süßer Honig floß wie Wasser von einem tiefen Tal auf einen hohen Berg; das waren seltsame Geschichten. Da waren zwei Krähen, mähten eine

Wiese, und ich sah zwei Mücken an einer Brücke bauen, und zwei Tauben zerrupften einen Wolf, zwei Kinder, die wurfen zwei Zicklein, aber zwei Frösche droschen miteinander Getreid aus. Da sah ich zwei Mäuse einen Bischof weihen, zwei Katzen, die einem Bären die Zunge auskratzten. Da kam eine Schnecke gerannt und erschlug

zwei wilde Löwen. Da stand ein Bartscherer, schor einer Frauen ihren Bart ab, und zwei säugende Kinder hießen ihre Mutter stilleschweigen. Da sah ich zwei Windhunde, brachten eine Mühle aus dem Wasser getragen, und eine alte Schindmähre stand dabei, die sprach, es wäre recht. Und im Hof standen vier Rosse, die droschen Korn aus allen Kräften, und zwei Ziegen, die den Ofen heizten, und eine rote Kuh schoß das Brot in den Ofen. Da krähte ein Huhn: „Kikeriki, das Märchen ist auserzählt, kikeriki."

Der süße Brei

Es war einmal ein armes frommes Mädchen, das lebte mit seiner Mutter allein, und sie hatten nichts mehr zu essen. Da ging das Kind hinaus in den Wald, und begegnete ihm da eine alte Frau, die wußte seinen Jammer schon und schenkte ihm ein Töpfchen, zu dem sollte es sagen: „Töpfchen koche“, so kochte es guten süßen Hirsebrei, und wenn es sagte: „Töpfchen steh“, so hörte es wieder auf zu kochen. Das Mädchen brachte den Topf seiner Mutter heim, und nun waren sie ihrer Armut und ihres Hungers ledig und aßen süßen Brei, so oft sie wollten. Auf eine Zeit war das Mädchen ausgegangen; da sprach die Mutter: „Töpfchen koche“, da kocht es, und sie ißt sich satt; nun will sie, daß das Töpfchen wieder aufhören soll, aber sie weiß das Wort nicht. Also kocht es fort, und der Brei steigt über den Rand hinaus und kocht immerzu, die Küche und das ganze Haus voll, und das zweite Haus und dann die Straße, als wollt's die ganze Welt satt machen, und ist die größte Not, und kein Mensch weiß sich da zu helfen. Endlich, wie nur noch ein einziges Haus übrig ist, da kommt das Kind heim und spricht nur „Töpfchen steh“, da steht es und hört auf zu kochen; und wer wieder in die Stadt wollte, der mußte sich durchessen.